近松秋江全集

第一巻

八木書店刊

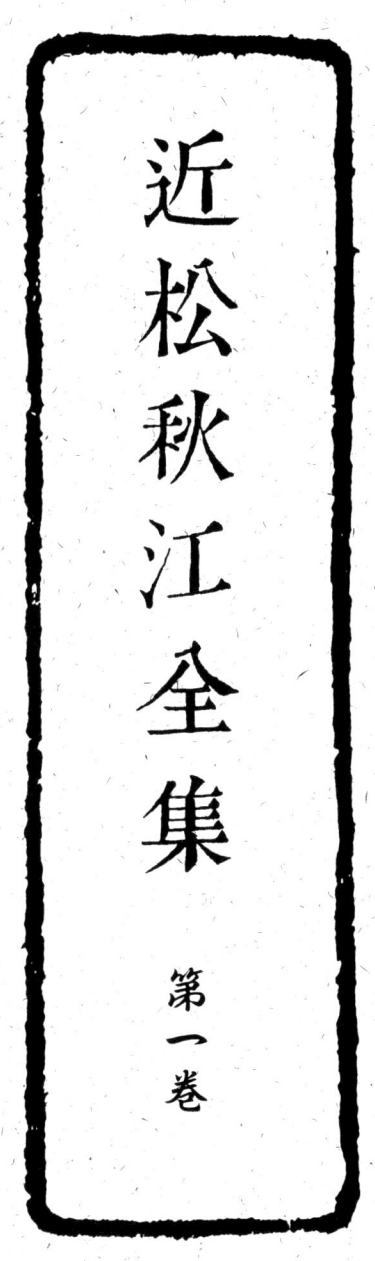

装画・徳永春穂
装丁・大貫伸樹

明治40年5月14日　東京にて

左から　大貫ます、徳永道太郎、秋江、徳永節衛

近松秋江全集　第一巻　目次

近松秋江全集　第一巻

食後

午後一時頃昼餐《めし》の箸を投げて今二階に上つたまゝの二人の男が六畳の間に同じやうに有合ふ書籍《ほん》を二三冊重ねて枕代りにし丁《てい》字形に寝転んで居る。

此の人達は最早《もう》人間の味をば塩鮭か鹿尾菜《ひじき》かくらいにしか思つて居ないほどに悪戯《いたづら》をして来て居る。一人は小説家に成りかけである。一人は弁護士に成りかけである。「小説家に成りかけ」の男は流石に恋といひ肉慾といふ字に多少詩的の味を覚えるが弁護士に成りかけの男は天から恋といひ肉慾といふ面倒臭い文字の必要を感じた場合が無い。

『吉本、君も随分女性《をんな》が好きな方だが、今まで関係したのを数へたら大分あるだらうねえ。』と小説家は何を思ひ出したか種々《いろん》なことを考へると見えて、出抜けに妙なことを聞く。

『あゝ随分あるねえ。』と、未来の弁護士先生は頗る平気なものだ。

『幾人《いくら》くらいある?。』

『さうだねえ……』と、黙つて指を折りながら、独り口の中で、

『あれとあれと、あーれーと』と、約十分間も数へて居つたが、

『まだ何だか落ちて居るに相違ないが、今数へて見たゞけでも百八人ほどあるねえ。百八煩悩とは能く言つたものさハヽヽヽ』

『フウム君にしては其れくらい敢て驚くほどの数《すう》でもないが、素人をさう沢山冒されても物騒だが、まさかさうぢやあるまい。』

『それはさうと素人を滅多にそんなことが出来るものか。勿論素人が好いには相違ないが、僕はそんな交陟をする――口説き落すなんといふ、そんな洒落れた気の永いことは到底《とて》も出来ぬ。殆ど皆な苦労人《くらうと》だ。女郎か芸妓《げいしや》か、さうでなければ准苦労人《じゆんくらうと》だ。尤も其の中一割くらいは素人がある。』

『フウム一割くらいなものかねえ。いくら無いと言つたつて、君のことだからも少しあると思つた。例のそれ、彼れ是れ十年近くにもなるだらう、君と下宿屋に居た時分に、嫁《かたづ》いてから、学校に宛てゝ

『あなたのたねをやどし、それをうたがはれます』つて、端書を越《よこ》したのは何うした?、』

『何うしたつて、あれきりさ。もう可い加減な嬶《かゝあ》になつて居るだらう。』

『あれが其の一割の一人だ。それから其の他は何様《どん》なのだ。』

『何様なつて、一々話せぬが、一人、僕より十歳も古い、其の時分四十くらいな他人の妻君があつた。有夫姦《いうふかん》さ。』

『へえ。それは好かつたねえ。何うしてさういふ具合になつたんだ。』

『何うしたつてまあさう詳しいことは言へないが、つまり淫乱なのだ。向から仕向けたから別に拒むにも及ばない此方でも承知したまでさ。』

『或る時期になると、自分より年長《としうへ》のが好くなる時があるさうだが、初めての時も年長の者が手ほどきをしてくれるのが多いさうだが、君の場合は何うだつた?、』

『全くいふ通りだねえ。僕もそも〳〵の知り始《そ》めは年長の女性だつた。数が多くつても、さういふやうなのは忘れないものだね………それだつて、最早十八年も昔の事だからハツキリとは覚えて居らぬが。』

　と、言ふやうに吉本が話し出した。

『それは僕が十四の歳の春ももう末頃であつたと思ふ。中学のまだ一年の時分だ。其の時宿といふのが、本当の下宿屋ではなかつたが、全くの素人下宿でもなかつた、つまり曖昧然とした宿屋であつた。家《うち》の者といふのは、確かもう六十を越して居つたと思ふ婆さんと、孫だか貰ひつ娘だか二十歳《はたち》ばかしの娘と二人つきりであつた。其の頃二十歳といつても或はそれより一つ二つはまだ若かつたかも知れん。吾々のやうに斯う三十を越すやうになつては男も女もさうではないが、男が二十歳以下十四五の時分には同じくらいな歳恰好の女に向つても自分よりは何だか歳が上のやうに思はれるものだが、それが三つ四つも違へば、大変に向が歳上のやうに思はれて、却つて何となしに心の置けないやうな、隔てのないやうな、向から、一寸としたことでも世話を焼いてくれゝば、それが無精《むしやう》に嬉しくつて、仕なり放題言ひなり放題に、なんでも『ア、〳〵』と聞く気になる。向ではまたさう順直《すなほ》に仕向けられると弟でゝもあるやうに可愛《かあい》くなる。但し僕の場合が確かにさうであつたか、何うであつたか、それこそ殆ど二た昔後の今日では明瞭に記憶を呼び起すことは出来ぬが、仮令《たとへ》君等が好んで口にする恋ではないまでも——僕は恋ではなかつたと、それだけは断言する——今言ふくらいな極く普通《ひとゝほり》の心安い関係になつて居つたには相違ない。

其家《そこ》の二階の六畳に、僕と、も一人之れも中学に行く男とが一所に居つたのだが、其男《それ》は自分の村で小学校の先生か、なんかをして居つて後に中学校に入つたのだから僕よりは四つも五つも歳上で最も級《クラス》は一級上であつたが非常に僕に深切で色々な世話をしてくれて居つた。自家《うち》には最早妻君があつて、余り遠くもない処であつたから土曜日毎に帰家《かへ》つて居つた。

『其日も日曜か何かであつたらうと思ふ。其の男は留守だし、僕は毎時ものやうに晩飯後二階の卓《テーブル》に凭つて何か書籍を披げて居つたが、君等と違つて僕等のやうに文学的感情の乏しい者でも気候の変化と肉体《にくたい》の関係から自然に起る生慾の力といふものには勝てないものだねえ——之れは今君に話す場合に一つ君等の口吻を真似てそんな解釈をして見るのだけれど、幾何マセて居つてもまだ十四で中学校の一年だ。固《もと》より其様な六ヶ敷い意《かん》識《がへ》はなかつたが、桜も散り、山吹も散り躑躅も萎れて藤が盛といふ頃であつた。市中《しちう》に筍売りの声が喧騒《やかまし》く声《きこ》えるやうになると、丁度冷い水と温い油と一所にして、十分に混合せぬやうな、表面《うはべ》は暖かでも底の寒かつた春も段々更《た》けて、もう水ならば水の底まで、肉体《からだ》ならば肉体の心まで温味《ぬくみ》が徹つて、寒さに凍えた処は、肉体中何処を探しても針で衝いたほどもない。精神《こゝろ》も肉体も一様に伸びたけ伸びたやうだ。が、さてさうなつても若い者の癖としてまだ何処といふことなしに人懐かしいやうな何ともいふにいへない堪え難い気の落着かない淋しい懐ひがする。

『春も、もう遅い夕暮れであつた夕飯は済んだが、火を点すにはまだ暫らく間がある。僕は書籍を披いたまゝ気を入れて見やうともせず椅子に腰を掛けて暮れかゝる室《へや》の内に寂然《ひつそり》として居ると、トン〳〵と蓮葉《はすは》な調子に階段《はしごだん》を踏む音がして、

『吉本さんお独りで淋しいでせう。』と、お楽が上つて来た。さうだお楽と言つた。

『僕は別段気にも留めず、僕が其の女に対する毎例《いつも》の通り、「アヽ」と言ふと、お楽はポツと若い女の臭ひをさせながら、僕の卓に添ふて立つた。静かな晩で、呼吸《いき》の音まで明かに聞える。お楽はそれから何か喋つたゞらうが、僕は確かに何をも言はなかつたがじつと女の香《か》を吸うともなしに吸うて居ると小供らしい、臆病な、ムラ〳〵とする気が起つた。

『アァア』と言ひさま、両手《て》で頭の後を抱へて椅子に凭れかゝつた。

『お楽は微笑《にっこ》として『ホヽ、何うしたんです?』と言つたらしかつたが、僕は相変らず無言のまゝ唯焦《ぢ》れて居た。お楽は相変らず微笑りして立つて居た。

『僕は静《じつ》として居られなくなつて、また『アァア』と言ひ〳〵立つて中窓の所に行き表の通りを当もなく見た。お楽もまた其処に来て僕に寄添ふて立つた。全体が着痩せのする肉付きの好い肉体《からだ》ほどあつて、小色の白い丈夫〳〵した女であつたが、一方ならぬ暑がり性で、早くから薄着をする癖があつた。其の時何様なものを着て居つたか無論僕に気が着かう筈はないが、唯ダラリとした薄い衣服《きもの》を着て居たと思ふ。一寸側に寄られると、直ぐ肉体の暖味が襲うて来る。

『何時の間にか夕暮れの空を糠のやうな春雨が音をも立てず、しと〳〵と降つて居る。

『お楽は戸外《そと》を見て何か言つたやうであつたが、僕は何様《どん》な者が通つて居るのやら女が何を言つたのやら少しも耳に入らぬ。唯習慣になつた『アヽ〳〵』を意味も無く繰返すばかりだ。戸外はまだ明るいが、室内《うち》は暗くなつた。急《せ》くやうな気がする。

『表を見ながら寄添ふて立つた背後《うしろ》の方から、ソーッと余所事のやうに手を廻してお楽の腰を軽く抱くやうにした。その時僕

は頭がグラ〳〵ツとして、眼が暗くなつたやうであつた。お楽はと気が着くと、そ知らぬ風で静つとして居る。僕はそれに幾《いく》何《ら》か心が落着いたやうになつて、慄《ふる》ふ手首を慄はせまいと力を入れて居ると掌《てのひら》から指先の方が汗ばんで来る。

『お楽は平気か、それとも平気を装ふのか、依然として知らぬ風である。僕はます〳〵心が落着く。無論手は放さない。

『軈て小三十分もさうしたまゝ戸外の暮れるのを眺めて居つた。するとお楽が、

『斯うして居つても何だか詰りませんねえ。何か買つて来て食べませうか。』

と、言つた。

『僕は矢張り『ア、』とばかり言ひながら、其の手を離した。が何か取逃がすやうな気がした。快活《きさく》なお楽は、さう言ひながら、直ぐ下りて行つた。

『僕は其の後で耳が遠くなつたやうになつて、独り心を動悸《どき》つかせて戸外を見て居ると最早お楽は藍色がゝつた派手な立縞の半纏を引掛けて大きな行書を三文字ばかり書き流した油の能く枯れた傘を傾《かゝ》げ、紅い振口を此方に向けて小走りに出て行つた。それが何とも言へずなまめかしい。

『其の時そのなまめかしいのでフト想ひ起した。何時であつたか、矢張り其の夕方のやうに小雨の降つて居る晩であつた。何処へ行つた帰りか、年頃の若い男とお楽が相合傘で一寸《ちよい》と裾を端折りながら、両側の店から照らす火影《ほかげ》にパツと派手な姿を浮き出したやうにして戻つて来たことがあつた。

『それが今も眼の前《さき》に浮ぶ。それを想ふと、『僕だつて』と、言ふやうな気がして心がまた落着く。

『僕はマッチを捜つてラムプを燈し、いそ〳〵して待つて居ると、間もなくお楽は茶を入れて餅菓子と一所に盆に載せて上つて来た。

『詳しいことは覚えて居らぬが、それから二人ラムプの傍《そば》に寄つて、菓子を食つてはお茶を飲み、罪もない、同宿の男の噂から、知つた人間の上などを話して居つたと思ふ。

『さまで降つて居るやうではないが戸外は春雨の筧に伝ふ音が段々高くなつて閉め切つた室の内がしつとりとする。お楽が笑ふて肉体を揺ぶる度に頭髪《あたま》の香が妙に鼻を衝く。僕は訳もなく唯だ急くやうな気がして『アァア』を頻りに繰返へすと。お楽は、

『貴下其様なにお怠屈?ぢやお床を敷いて上げませうか。』

『ア、。』無論僕等は平生《へいぜい》自分で床を敷て居るのだ。

お楽は直ぐ起つて行つて床を敷いてくれた。僕は無雑作に寝巻に着更へて其の中にモグリ込んだ。餓えたものゝやうに、ガツ〳〵歯たゝきがして肉体《にくたい》に震へを感ずる。無中に心を励まして、

『此処で菓子を食べやうか』と言つた。お楽は平気で無言のまゝ

肯いた。

『翌朝《あくるあき》になつて、僕は言ふにいへない気味が悪くなつた。何といふことなしに恐ろしいやうな気もする、自分ながら自分が嫌な気もする、誰か其処らで自分を見て居るものはないかと独り顔を赫くして周囲《ぐるり》を見る気になる。で、お楽はと見るとお楽は何時もの通り平気な顔をして居る。それでも僕の恐怖は止まない。唯だ無精にお楽の家に居るのが気痛《きづら》い、一刻も早く其処を抜け出したくなつた。

『が出るにしてからが、困つたことが二つある。一つはお楽と、今一つは同宿の友人《ともだち》だ、お楽の方こそ何うともなるだらう。が、友人《いうじん》に対しては何と言訳けしたらよからう。僕がまだ中学に入学せぬ当時から殆ど一年の間、僕とは兄弟のやうにして、万事深切に気を着けてくれて居る。其の友人に何と言つたら好いだらう。僕もまだ十四だ。幾何兄弟のやうにして居るとはいひながらまさかそればかりは実状を打明かすほどの勇気はない、その勇気がないくらいだから訳もなくお楽の家が抜け出したい気にもなつたのだ。

『友人《いうじん》は例《いつも》の如く、月曜日の朝は自家から直ぐ学校に行つて、午後になつて下宿に帰つた、

『僕は何うしやうかと思つて、そつと其の面を見ると、勿論友《いう》人《じん》は毎時もの通りの面をして居る。僕には相変らず深切に口を聞く。

僕は困り切つて、丁度一週間の間、学校に行く暇に其の事ばかりを思ひ続けた。次の土曜日にはまた例の如く、友人は学校から直ぐ自家へ帰つた。

『其の翌日であつた。僕は簡単に、唯少し事情があつて、俄に叔母の処に引移るから、といふ意味の手紙を認《したゝ》めて、心で断りながら、それを友人の書籍箱の間に挟んで置き僅かばかしの荷物を寂然《こそ〳〵》と取纏めてお楽の動静《やうす》を窺つて居た。するとお午過ぎになつてお楽はやゝ離れた処にある井傍《ゐどばた》に洗濯に出て行つた。其の留守の間に婆さんまで急に都合があつて、親類の方に引移るからと、迫《せ》り立てるやうに、勘定もそこ〳〵にして、遂々其家を抜け出した。

『その翌々日からであつた。友人は始めて僕が無断で留守の間に移転したことを知つて、ひどく腹を立てたらしかつた、其の後すれ違うても、なか〳〵口をも聞なくなつた。最も其の内日が経つに従つて、また元の如く会へば一寸《ちよい》とした談話《はなし》くらいはするやうになつたが、其処に何だか隔てが出来たやうで、十分打解けられなかつた。

『其の後二年ばかし経つて、或る人通りの少い淋しい街でフトお楽に会つた。今の自分であつたら何とか言つたらうが、其の時はまだ何となく面を合はすのが、気恥しいやうで、唯ハツとなつた。向では此方の顔を覚えて居たか、何うだか、きつとまだ覚えて居たかも知れぬが、少しの間にひどく世帯やつれがし

て、古ぼけて居つた。唯普通に通過ごしたが、其の癖僕は直ぐ前《さき》の回《まが》り角まで行つて、立止まつてじつと、振返つて見た。

『お楽は翌朝になつて、前の晩食べたお菜が何であつたか、それを一々考へて見るやうな人間ではなかつたのだ。

『友人はその後一年ばかしゝて中途に退学した。僕には絶えず『済まぬ〳〵』といふ心が十分あつたが、さらばと言つて思切つて、実状を明す勇気は無論まだない。さう思ひながらも、友人の姿が学校に見えなくなつたので、俄かに気が寛いだやうであつた。

『其の後十七八年の今日まで、友人には遂に一度も会はぬ。無断で移転した理由《わけ》は誤解のまゝ忘られて居るであらう。が此様な馬鹿な話をすると何時か会ふ時があつたら、其の時こそ誤解を解かうといふ心が今も尚ほ僕の胸の底の底の方に一部分を占領して居るやうに思はれる。』

小説家は黙つて聞いて居た。弁護士も黙つた。二人とも物の二十分間も黙つて居つたが、胃も段々軽くなつたと思はれて、言ひ合はしたやうに起き上つて銘々の机に凭つた。

弁護士は伏せて居つた大部《たいぶ》な刑法論を起した。小説家はトルストイのクレーツエロウソナタの読みさしをまた読み始めた。

人影

それは唯普通《ひとゝうり》の晩でした。十月十九日の午後六時過ぎ、私《わたし》は例《いつも》のやうに夕飯を済して、勝手の間と店の間との境に置いた火鉢に寄つて表を眺めて居りますと、十三四ばかしの男の児が、端書を持つて入つて来ました。すると私の後から家《うち》の者が

『おやまたお宅へ参りまして？何うもお気の毒さまな。』と申します。

それは私と同姓の家がつい近所の坂下にありますので、其の方は土地に古く住んで居ます所から時々郵便物が間違て其方へ行くのです。で私も一と口礼を言ひながら端書を取上げますと、差出人の名所に野村繁三と書いてあるのが、直ぐ眼に入りました。野村繁三といふは私の姪の婿です。兼て中等教員の検定試験に応ぜんが為に、岡山の第六高等学校の博物科の助手を勤めながら其の準備をして居つたのです。それが四五日前の新聞に予備試験に及第した者の連名中に在りましたから、私はその端書を見ると、直ぐ『ハヽア、之れは野村が本試験を受ける為に東京に来る報知であらう。』と覚りまして、本文の所を見ますと、果してさうです。分り切つたことですから、私は極々疎《おろそ》か

に読み流したのです。

其の端書はペンで走り書きにしてありましたが、最後の五六行の処に行きますと、一段小い文字で行間に何やら書き添えてあります。文字の小《ちさ》いだけ、私は自然に注意力を弱くして何気なくそれを読みますと、不思議です。

在米の叔父さま去月二十八日の夜死去被遊候由にて、藤野（私が実家の所在地）岡山（在米の兄が養家の所在地）共去る十六日其の報知に接せられ、藤野の叔父さま始め、父（私どもの姉婿、繁三の義父）も本朝来岡、小生も共に御留守宅に参集いたし候遺骨は十月一日シヤトル出帆の船にて到着の筈の由。何れ上京の上詳しく御物語り致すべく、藤野の叔父さまより別に御通知可有之と存候。

　十七日夜認む

とあります。

『在米の兄が死んだ？』私には其の端書が戯談《じやうだん》のやうに思はれました。私には何かの誤報としか受取れませんでした。其時兄の事を思つて居た、居ないにしろ、今《いんま》の今まで兄は私の頭の中《うち》に生きて居つたのです。否私はその端書を見ても決して兄が死んだものとは、信じません。何故かと申せ、去月（九月）二十八日の夜亡くなつたものなら既に其の当時に於て電報を以つて簡単にせよ通知がある訳です。否死去の報知の来る以前に先づ病気の報知が来る訳です。仮令《よしんば》ば其の死が急死であつたにしろ其の当時に於て一片の電報ぐらゐは来る訳です。然るに死去の報と共に最早《もう》遺骨の来ることまで書いてあります。遺骨のことまで言つてある所を見ると事実であらうか、とも思ひましたが、私には何うしても戯談としか考へられませんでした。私は端書の書き様もあらうに、其様な大切であるべき報知をば、僅かに自分が中等教員の本試験を受けに来る前報の添え書きに併かも小く不明瞭に認めてあるのを見てひどく癪に障りまして。

『嗚呼自己以外の死は、それが如何に自己に近親なる者の死といへども、自己が生存上の一小事実にだも及ず』といふやうな事を考へましたが、また

『いや、さう思ふのは兄弟の死を懐ふ自分の情だ。繁三に対しては僅かに妻の叔父たる関係に過ぎない。妻の叔父が一人くらゐ死なうとも、それは、自分が中等教員の予備試験に及第して将に本試験に応じやうとする喜びに容易《たやす》く打消さるべきものであらう。それにしては此様な事件が事実とすれば、常に些《さゝ》やかな吉凶禍福をも報道するに怠らぬ実家の兄が何うして手紙を越さぬのであろう。繁三の端書に依れば兄も姉婿も寄集うたと書いてある。きつと今に何とか言つて来るであらう。』

とは思ひながら、私は其の何とか言つて来るのをじつとして待つて居られませんでした。

で、私は『電報で聞いて見やうと言ひながら、直ちに近くに在る牛込郵便局に駆けて行つて、『リクシストハマコトカヘン

ジ』といふ電報を打ちました。リクとは在米の兄は名を利九治と申すのです。

郵便局の直ぐ前では、明日から早稲田大学の創立二十五年祭にかねて大隈伯爵の銅像開幕式が挙行されるので、その祝意を表せんが為に町内の催しで横行燈の拱門《アーチ》の上に大きな大学の制帽の模型を装置して居りました。往来の人も足を留めて眺め、多勢《おほぜい》の小供は囂々《がやがや》楽しさうに騒いで居りました。私の腹の中はそれ所ではございません。帰つて、郵便屋が来はしないかと、何か来るものを恐れるやうな心地で待つて居ますと、来ました。果して実家の兄からの書状です。而かも表に『大至急』と添え書きがしてあります。

それを見て私は最早いよいよ駄目だと思ひました。で、絶望しながら中を読んで見ますと、

拝啓時下追々秋冷相加はり申候処御変りなく御壮健に御座候哉。御伺ひ申上候。次に当方皆々無事に候へども爰《ここ》に一つ存外の事出来し、一同大に驚愕落胆いたし候。それは米国に在りし利九治事去る九月二十八日の夜卒中にて死亡せし旨彼の地にて利九治の友人なる緒方、安田と申す者より小山重蔵氏（利九治の養家の義兄です）に当てゝ九月三十日に認めたる書面十月十九日に到着いたし、岡山よりは直ちに自宅に通知あり。又御承知の如く、近頃当村より難波宗太郎氏が利九治を頼りて渡米いたし居り、漸く死亡する十日前に利九治に面会なし、今後兄弟の様にして共に辛抱をせんと約束してから僅かに十日ぶりに此の如き有様に相成りし趣宗太郎氏より、九月二十九日の夜認めたる書面が十月十六日の朝徳永道太郎氏（宗太郎の親戚）に当てゝ参り、同氏は直ちに其の書面を自宅に持ち来り、一同始めて驚き入り申候。前申したる岡山の方に当てゝ参りたる通知とよく符合する処を見れば別に疑はしき事も無之、全く死亡いたしたるものに相違なく候。誠にくく可愛《かあい》きことといたし、落胆の至りに堪へず候。尚ほ右の難波宗太郎氏より道太郎氏へ越したる手紙は必要の箇処のみ書抜きて左に記載いたし候。

前文御免被下度候。陳《のぶれ》ば、過日小山君に面会いたし、色々御厄介に相成、国元の話しも致し、大に御安心に相成候就ては、之れからは兄弟同様にして働かうと申合ひ居り、最も小山君には一二ケ月ほどさる田舎の方に遊びに行つて来る故、何分辛抱して居れと仰せあり、私も父兄と頼みて何卒早く御帰りあれと申せし折から、二十八日の夜十月一日出帆の信濃丸にて帰国する太田君と申す人の送別会の催しあり、小山君もそれに出席いたされ、同夜十二時頃、宿所たる演芸会事務所に帰宿せられ候由。それより二時間ばかし遅れて、同じく事務所に宿泊の人が帰りしに、小山君が寝床《ベッド》の上に大の字形に寝て居られるを見て、「オイ小山君風邪を引くな」と言ひながらゆり起せしに、何の返事もなき故よくよく見れば、何う

も状態《やうす》が常ならざるに気着き、既に寝たる者を呼起すやら、始めて大騒ぎとなり、直様さま医師を馳せ迎へたれども、最早繂切れたる後にて如何とも致すこと能はず、其のまゝ逝去被遊候由。小生の許へ通知しくれしは漸く四時半にて、跳ね起きさま足の踏む処も覚えず駆けつけしに、既に右の有様にて、泣くにも泣かれず、たゞ余りの事に愕然たるばかりにて涙も出でかね候ひし。遥々《はる〴〵》頼り来て、数年振りに面会いたし。海山遠き故郷《ふるさと》の物語りに、互に旅情を慰められつ慰めつして僅かに十日を出でざるに斯の如き有様、如何なる因縁にやと天を恨み申候。

小山君より早く寝た人の話しを聞くに、「帰つて寝て居たが、二度水を呑みに出て、それから高鼾で寝て居たやうであつたが、自分も寝入つたから、呼起されるまでは、後の様子を知らなかつた」との事に候。寝て居られた所を見ますに、少し吐いて居られた位のことにて、別に何等の変つたことも無く、全く一二時間中の出来事に候。それより引続き演芸会を初め生前の友人等と相談いたし、十月一日に火葬に付し、遺骨を国元に御送付申すことに決定いたし、又生命保険の方も有る故、診断書及び領事の証明書等も合せて御送付いたすやう、其の件は演芸会の方に依頼いたし居り候。小生も及ぶ限りは尽力いたし居り候へども、何分にも日は浅く、知人は無し、土地の様子は分らず、驚愕落胆の余り、徒らに手を揉むばかりに候。尚ほ又金員衣服を初め、重要なる所持品に就ては、後程判明致し申すべく、更めて可申進候。何卒右の次第益田様へ御伝言被成下度、何としても、唯今の処小生より直接に手紙を出す事は気の毒にて忍びかね候。草々

九月二十九日夜一時三十分認む　難波宗太郎

又岡山の方へ参りたる手紙も数度繰返へして読み候へども右宗太郎氏の文面と大同小異なれば、其の方は此処に記載せず。中に所持品は明日帰朝の人に托送すとあり、即ち宗太郎氏の文中に在る、太田と申す仁《ひと》のことならん、果して然らば、今二三日中には帰着する日都合故、其の仁に面会せば委細《くはしき》こと分り可申、其の節更めて可申上候以上

十月十八日認む

かう書てある所を見れば、壮健《たつしや》で働いて居ることゝのみ思つて居た兄は最早《もはや》二十日も以前に死んで、此の世には亡くなつて居つたのです。唯々私共今の今まで夢にも其様なことのあらうとは思ひもそめなかつたものゝ頭に彼れは二十日間生延びたばかりです。

併しながら私をして兄が死んだといふ事実を認めさしやうとするものは、僅に右に示した百行にも足らぬ書面のみです。書面を見たのみで兄の死は私の脳中には容易に事実らしい印象を与へないのです。兄の肉体は既に四年の久しい間、五千里外の遠くに私の眼界から離れて居つたのです。夫れ故に生より死に

変ずといふ一大事実は此の場合私には極めて薄弱な認識を与へたのみです。愚かなものは人間の情です。私は此の手紙を繰返へし〳〵見て、まだ其の中に何処か死の事実を否定すべき欠陥はないかと心の中で探しました。その手紙一片の中に何うかして兄を蘇生せしめようとしたのです。推測するに、壊れた茶碗の破片《かけ》を取上げて之れを故《もと》の形に合せて見たものは、一人私のみではありますまい、一日千秋の懐で彼れが帰来する日を指を折て待つ老母や妻子も定めしさうしたに相違ありませぬ。否現《げん》場《じやう》に居つて死の事実を目撃した難波宗太郎を初め、兄が生前の知人、つい一時間前まで一所にビールを飲んで騒いだ連中も死して床上《しやうじやう》に横れる利九治が形骸を見出した瞬間にはさう思つたでありませう。況して僅々数百の文字に依つて死を信じやうとするのです。必然の勢ひとして此の際私の脳底に先づ顕はれ来る兄は死んだ兄ではなくして、生きた兄です。生きた兄の面影が漠然として浮んで来ました。何にしても此の四ヶ年といふものは兄の肉体を見ないのです。折に触れて彼れが面影を思ひ浮べることがあつても、それは最近三四年間の兄ではなくして、三四年以前の彼れです。彼方に行つてから私の所へ寄せた写真が二枚ございますが、此方に居た時よりも肥つてハイカラになつて余程変つて居ります。それ故に私は其の写真に依つては兄といふ感じを呼起すことが出来難《に》くいのです。私の脳底に先づ出現する兄は日本に居た時の彼れであつて、併かも愈々渡航出帆の当日、横浜の英吉利波頭場《はとば》の桟橋にベタ付けになつて居つた六千何百噸の大汽船の三等船客の甲板の上で会ふた其の時の面影です。それが私に取つては彼れが最近の面影で、しかも今では最後の見収めとなつて仕舞つたのです。

三十七年の六月七日といへば、日露戦争の真最中です。多くの人の注意力は喜ぶにも悲むにも凡て満韓の方面に向つて居ました。兄が出働ぎの為に米国シヤトルに渡航せんとて便乗した神奈川丸は其の日の正午抜錨といふことでした。兄は固《もと》より三等船客のことではあり、消毒やら、身体検査やら、乗船の準備万端の為に、五日の朝、私が其時分の住居《すまゐ》であつた小石川小日向台町の家を出て横浜の乗船宿に泊つて居たのです。で、いよいよ七日には見送りといふことで、私は八時頃から出掛けて行きました。横浜停車場前の橋を渡つた直ぐ右手の旅館がそれです。私が尋ねて行きますと、帳場に居合せた番頭が、

『エ、、小山さん。其の方なら最早お乗込みになりましたから、直ぐ船に入らしつて、手前共の若い者が多勢彼方に行つて居りまするから、それにお聞きになると直ぐにお分りになります。』

『此方の若い衆《しゆ》といふのは何うしたら分るかね。』

『皆な手前共の印絆纏を着て居りますから直ぐ分ります。』と申しますから、其処から車に乗つて桟橋に駆けつけました。

その時私は車の上で熟々《つく〴〵》思ひました。まあ何といふ心細い出立であらう。之れが世に名高い人の欧米漫遊の出立とでもいふ

なら勿論の事、一寸《ちよい》とした名のある人の出立でも見送り人は相応にある。然るに僅かに郷党の誰れ彼れにのみ知られた自分の兄が、二百里外の此の地から渡航するのであつて見れば、固より見送る人のないのも当然である。其様な意味の虚栄心のない兄自からでもいよ〳〵、これで幾年の間は故国の見収めであると思へば、無意識の間にも、不景気な出立に淋しい〳〵哀別の情を感ずるであらう。彼れには虚栄心の無い如く青年の空想もない。併しながら彼れには養ふべき親もあり、妻もあり、三人の児もある。一家の働《かせ》ぎ人《にん》といふ真面目な重い重い責任を担ふて微塵も浮気でない労働に出て行くのである。ナニ真面目な事は淋しく行はれるものであると考へながら、私は的所《あてど》もなく、兄の為にむら〳〵と復讐の情を感じました。さうしてじつと涙の眼を潰つて彼れ相当の成功を禱りました。

　長い桟橋を渡つて、神奈川丸の傍《そば》に行きますと、船の上も橋の上も随分な混雑です。甲板に上つて行つて、雑沓を分け其の旅館の印絆纏を着た若い衆は居らぬかと探しましたが、それすら容易に見当りませんでしたが、漸くのことに一人見着けて、これ〳〵の人は知らないかと尋ねますと、心は彼方に口だけ此方といふ風な気のない返事で、唯一言

『彼方の三等の甲板の方にも自家《うち》の者が居りますから聞いて下さい』と早口に言つて向へ行つて仕舞ひました。

　私が洋行の人を此の桟橋に見送つたのは此度でたつた二度です。それでも最初の時は、ある名誉ある留学生を送つたのです。見送人も大勢ありました。其の時は唯航海の愉快を想像するのみでした。所が兄の場合はさうではありません。旅費といへば乗船費を払つた後は僅か百円ばかしの所謂「見せ金《きん》」といふのを用意して居るばかり其の他に心の依頼とすべき二三通の紹介状を以つて居るのみです。仮令何百通あつたとて、他人から他人へ他人を紹介するのです、それが何になりませう。女郎の仇《あだ》文《ぶみ》と同じことです。要するに彼れは眇たる自己の体力を自信する以外には全然運命を天に任したのです。

　汽車に乗つても、三等車の窓から、赤帽を呼んだのでは容易に来てはくれません。余裕の金がなくつても一二等車に乗込んで、自分の権利だけの場所を占領して遣らねば気がすまぬ、それでなければ汽車を打《たゝ》き潰して遣りたいほどに思ふ私ですけれども、其時は半被《はつぴ》を着た若い衆に少し不親切な口を聞かれたので、もう心がオド〳〵して、

『嗚呼弱き旅人！孤独なる兄は何処に居るであらう？』と思ひながら、悄然《すご〳〵》他を探しました。

　早い夏の日の、十一時頃の空は、蒼々と名残もなく晴れ渡つて、太陽《ひ》は何処までも〳〵眩しいばかりに輝き、目路の際涯は遠く〳〵煙つたやうに霞み、湾内の水は濃緑《こみどり》に澄んで漣さへも立てず、ノタリ〳〵と漾うた水中には浮動する細かい塵埃さへも透けて見えるやうでした。遥かに瞰下ろすと、向の方の、強

い日光《ひ》を受けてキラキラと白刃の如く光つて居る海面には、大きな樽のやうな赤色の浮標が静かに浮んで居ります。桟橋の反対の側には、何れ仏蘭西か独逸あたりの郵船といふのでせう。近い頃入港したものと見えて、彼方でも此方でも、幾万里の長途の海波に疲れた損所を修繕の鉄槌の音をカン〳〵と、耳を打《うち》貫《ぬ》くやうに巨大な船体に響かせて居ります。真向の甲板には、水浅黄色の安つぽい洋服を着た黒ン坊が五六人、此方を向いて欄干に凭れ、指差しながら、白い歯を露出《むきだ》して鄙《いや》しさうに笑つて、何か喋つて居ります。

その活動の光景、空気の色までが、流石に、歴々と、直ちに海外に交通する開港の趣を忍ばせて、東京でも、多く山の手ばかりに住み馴れた者には、もう此処まで来ると、何となく日本より外国に近くなつたやうで、自然に家郷の念さへ湧かしめるのです。

それは夏の初の季候にしては少し暑過ぎるくらゐな、航海和晴とでもいふべき日でした。私は照りつける日光を天幕《テント》の蔭に避け、地獄の谷底のやうな蒸熱《いき》れ臭ひ機関室の椽を渡り、生魚や脂豚《ヘット》の焦げ着く臭に胸を衝くやうな厨房の脇を通越して、もう一つ向の下甲板に尋ねて行きました。其処には畳んだ帆やら、巻いた帆綱やら、船の智識に乏しい私には、唯力の入つたやうな船具とばかりに思はれる雑多《いろん》な大道具が今盛に積み揚げられつゝある貨物と一所に処狭きばかりに置き並べてあつて、容易に足の踏込む所もございません。私は唯其処をウロ〳〵して居りますと、直ぐ鼻先に在る天窓見たやうな処から兄が帽子も冠らず。ヒヨックリ出て参りました。思はず

二人一所に、

『あゝ』

と言ひながら、傍に寄りました。初めてチラッと眼に映つた時に、顔が少し窶れたやうに思はれました。二日見ぬ間に頬がまた幾何か削《こ》けた所為です。色も好くはありませんでした。大抵の人は、後に回復する分とも、此様な場合には、底に心配がありますから一時面痩《おもや》せがするものです。私は黙つて熟視《みまも》りながら、腹の中で『無理はない』と思ひました。私の家《うち》に逗留中、東京で調製《こしら》へた、黒地に薄い白の立縞のある時候服を着て、裾を端折り素足に赤い鼻緒の麻裏草履を穿いて居りました。

『其処か』と聞きますと、

『ウム、一寸来て見い』と申しまして、先に立つて、僅かに一人の体を入るゝに足る其の天窓の中に又下りて行きます。私も後から続きますと、口の所が荒削りの極々粗末な五六段もある梯子になつて居て、それを降りると可なり広い、陰気な船艙です。胸の高さに、一面棚があつて、其の上と下とに三等船客が身動きのならぬほど一杯塡《つま》つて居ります。天井の高さはやゝ四尺もありましたらうか、自由に背を伸ばすことは出来ません。兄は上段の真中よりは少し船壁《かべ》に寄つた処に、幅二尺縦五尺ほ

どの間に好い加減古くなつた白い毛布を敷いて場を取り、其の隅に小さな柳行李を二つとブリキの金盥とを置いて居ました。荷物といふのはそればかりでした。其処へ上つて行つて、兄は極めて浮かぬ調子で、

『此処で半月ばかし暮らすんぢや。あれから海が見える。』

　と言つて、向の小さい窓を顎で指し、また

『これ、本も斯うしてある。怠屈したらこれでも読まう。』

と薄笑をして浄瑠璃の五行本を四五冊重ねて置いてあつたのを取り上げて見せました。が笑つても其の笑がちつとも表に発しませんでした。

　兄は何よりも義太夫と酒が好きで、生命《いのち》もそれに取られたらしいのです。それですから慣れぬ航海中の鬱悶も義太夫を唸つてゞも散じやうとしたのです。それは私も好く承知して居ます、さうして承知して居ることを兄もまた好く知つて居る筈です。それに五行本を取つて見せたりなんかするのは、それと明かに面には見せませんが、離愁の感に満ちて、覚えず知らず意味の少いことをもして見せたのです。人は胸が重く閉ぢた時、声を出すのが怠儀な為に僅かに動作で意《こゝろ》を示すことがあるものです。

『何か夏蜜柑でも買つて来やうと思つたが、遅くなつたと思つて急いだから……尤も入れば船でも売るであらう』私は初から兄をして成るべく、亜米利加なぞは近いものだといふ感を持たしめようとして表面《うはべ》には何処までも平気を装つたのでした。

　兄も稚い頃には可なり四方の志があつた方でしたけれど、私とはまた一時代前の人です。従つて外国といふ観念が私などとは変つて、一層前途が暗く感ぜられるだらうと、此方で思遣つたのです。

『夏蜜柑ももう買つた。これ。』と、ハンカチーフに包んであつた大きなのを二つ、わざ〳〵解いて見せ、それから紗草縄《くゞなは》で絡めた瓶を二本取上げて、

『飲む物も此処にかうして用意してある。旅館で之れが大辺船に乗る時に好いといふから持つて来た……最早支度は全然《すつかり》出来た。これで船が出さへすれば好い。』

　と、自分でも強ひて安心しよう、気を休めようと力める風が私には分明《あきらか》に見えました。私は唯

『ウム〳〵』と返事をするばかり。今となつては能く憶へても居ません、また気に留めて委しく観もしませんでしたが、何方を向ひても余り服装《みなり》の映えない人たちばかり、あてもなき長途の旅を想ひわびて、人知れず哀愁の涙に咽《むせ》ぶか、身を横にして彼方に向つて居る者もあれば、不安の面《おもて》をそつと垂れて趺座《ふざ》して居る者もありました。私は兄に対してばかりではありません、何れは海外渡航の三等船客の身の上であるべき、運命の便なさを想ふて一図に悲惨《ミゼラブル》の感がいたしました。で、永く其処に入つて居るのが、窮屈で呼吸《いき》苦しいやうで、一寸《ちよいと》兄の席を見届けたばかりで早速甲板に出ました。兄もつゞいて出ました。

と、また飽くまでも広々とした海原から、初夏の風が微々《そよ〳〵》と、若い健康に充ちたやうな香を送つて、悲観の胸を吹払うやうです。

　直ぐ眼前《めのさき》の中等船客の運動場では、二十七八とも思はれる、雪を欺くパナマを少し前のめりに冠り、鼻下に美髯を蓄へた、風采態度凡てハイカラ仕立ての好男子が、赤い鼻緒の上穿で緩く運動しながら、快闊さうに、見送人らしいのと話して居ます。何心なく耳に入るのを聞きますと、

『で何時頃お帰りですか。』

『多分此の秋になりませう。』

　と言つて、吸い残しの煙草をポツと海に投げました。其の屈托のなさゝうな面持、笑ひながら物を言ふ時に微かに溢《も》れる金歯、左手に輝いた金の指環、歳に合はして、自分で自分の運を開拓したらしい人とは何うしても受取れませんでしたが、私は凝乎其の人の態度《やうす》を眺め入つて、腹の中で、

『此の秋』といふことを繰返へし、当ある旅人と、当なき旅人の上を想ひ合せました。

　兄も其処に立つて居ましたが、精神《こゝろ》は何処にあるのだか分らぬやうに見えました。

　一体兄も私も口数は相応に多い方ですが、兄弟差向ひになつた時には、真面目な用談でもあれば兎も角、唯ベチヤ〳〵喋るのが、甘たれたやうな、擽《くすぐ》つたいやうな気がして――向でもさうでしたらう――無口になるのです。

　それに話すだけのことは話して仕舞たし、今は何かいふのも怠儀なやうで、双方黙つたまゝ、其処をブラ〳〵通越して中央の上甲板の方に上つて行きました。其処には清潔《きれい》に掃除の行届いた幾室かの船室《ケビン》が戸を開放されたまま一様に連なつて、涼しい風を自由に吹入れて居ります。天幕の蔭に置き並べた籐椅子の辺には、外国とは何度も往復したらしい、身奇麗に時世粧をした若い紳士が幾組も其処此処に立つて話して居ます。其の間を潜り抜けるやうにして、十三四ばかしの、外国人の女の児が、純白の小倉服をキチンと着付けたボーイを対手に、活潑に跳返つて居ました。吾々は其の甲板をグルリと一と周《めぐ》りして、稍々人離れのした物蔭に来て、黙然欄干に凭つて稍々暫く遠くの海を眺めて居ました。

　すると、何処からともなく、静かにではありますがバタ〳〵と急な足音がしましたので、思はず其方を振向きますと、五十の上を聽て五つ六つも越したらしい、小さい丸髷の老婦《としより》が逃げるやうに正体を崩して人眼のない処に寄つて来ました。

　と、思ふ間もなく、十三四の小娘と、十一二の男の児がまた続いて駆け寄つて、三人手と手を取合ふて、声をも立てず、絞るやうに泣きました。娘だけはそれでも双子《ふたご》か何かの衣服を着て居ましたが、老婦《をんな》も小供も田舎染みた木綿着物で、男の児も女の児も、円く小高くなつた肩揚げの処に浪を打たせたやうに

泣いて居ました。さうして居ると、後から五十格向の背の詰つた色の浅黒い、羽織と単衣と対の銘仙を着た職人なら一寸親方らしい男が遣つて来て、老婦に向ひ、

『お前からして左様じや、小供までが仕方がないぢやないか。見つともない止めなさい〳〵。』

と、叱るやうに言ひました。

私共はハツとなりましたが直ぐ又脇を向き、知らぬ風で何処かへ行きました。それが夫婦であつたやら、孫であつたやら、何方が見送る人で、何方が見送らるゝ人であつたやら、それとも皆遠くに行く人であつたやら、無論私には分らう筈はございません。私は唯其の光景を観て人事とは想はなかつたばかりです。それも忘れ果てゝ居ましたが、兄の事を思ふにつけ、フト想ひ起しました。

さうかうして居ります内に、一応、三等船客の人調べがあるといふことで、兄も列に入りました。私も其処に行つて、兄の傍に立つて暫らく待ちましたが、一二人不足だとか何とか斯とかで、容易に調べが果てさうでもございません。私は永く甲板の日に照りつけられて頭が重くなつたやうではあり、固より兄も私も『若い者だから、壮健だから』といふ自信がありますから、

『何時まで居つても同じ事だから、もう帰らう。』と、申しますと、

『さうか』と言つて立ちあぐんだ列を離れました。

群衆《ひとごみ》を押分けて、私は威勢よくサツ〳〵と架橋の方に歩いて参りますと、兄も其処まで付いて来ました。架橋の中途で振返りましたら、兄は欄干に凭れて此方を見て居りました。桟橋に降り四五間も来て、又振返り、遠眼で探しましたら、其の時は上甲板に戻つて行つて、多勢欄に立ち並んだ中から、帽子を冠らぬ兄が遥かに私の後姿を追うて眺めて居るのが漸と眼に着きました。それつきり私は兄を見ないのです。

要するに、兄は社会の前面に立つて働いて居た人間ではありません。一家の私事に過ぎない我が兄の死を以つて、他人に其の悲みを強やうとは思ひません。

此方で気使つたほどのこともなく、彼地《むかふ》に行つてからは、彼れにしては、幾分か其の志を伸ばすことを得て、出稼ぎの唯一の目的たる金をも相当に仕送つたのです。それですから、曩の横浜埠頭の離愁の感も、間もなく薄らいで、消えて仕舞つたのです。それが、今寝耳に水のやうに、死んで亡くなつたといふことを聞いて、再び悲しい追想の情となつて胸に浮んだのです。

私は今日の処、一度死んだ者が、未来永劫の生命を保つといふ信仰も持ちません。また、子孫の繁栄を図つて死者の冥福を禱るといふやうな、極めて冷めた道理に依つて、死者に対する当座の愛惜の情、離別の感を慰めることも出来ません。雲の果て水の底といへども生きて居ればこそ何とも思ひませんが、永《とこ》

久《しへ》に帰つて来ぬ人となつて仕舞たかと思へば、彼れが生前、嬉しいにつけ、悲しいにつけ、時に依つて変つたその面差し、性癖、境遇、嗜好、乃至其れより発生する平常《ふだん》の生活の、極めて些やかなことまでが、凡べて暗い、哀れなそれは〳〵痛はしい色を帯びて繰出すやうに何処までも想ひ起されるのです。私はそれを想うて〳〵、胸の痛くなるほど想つて遣たならば、幽明境を異にする彼れと私と、霊魂が何処かで相会ふのではあるまいかと思はれます。

彼れは東京を距ること約二百里、山陽道の片田舎の、さる中資産家の三男に生れ、明治十年代から二十年代にかけて、其少年時代を過したのです。我が邦の文物の変遷は頗ぶる急激です。二三十年以前の片田舎は、教育思想も低ければ、生活に対する希望も低かつたのです。彼れは唯普通の小供として育ち、父祖の家業たる農商に従事して、普通の人となつたのです。さうして廿五歳の夏他家に養子となりました。さうして其の秋実の父を失なひ、続いて翌年の夏また養父を失なひました。彼れが真面目に生存の悲哀《つらき》を感じ初めたのは、それからであつたらうと思はれます。それは独身の新体詩人の歌ふやうなセンチメンタルなものではなかつたかも知れませんが、平凡な生活状態の底に通例人の悲劇を包んで居つたのです。彼れは十年の間に三人の子の親となり、自からそれと深く覚らずして、境遇、旧慣の奴隷となり、常に些やかなる家庭の葛藤の犠牲となりました。さうして御飯の喉に通らぬ思ひをしたことも度々であつたらうと思はれます。私の家に逗留中其の事を話しました。

私は兄が過半世の経歴を想ふにつけて、多少二三十年前に成《ひと》長《な》つた人間の時代想を偲ぶ心地がせられるのです。彼れは一つは明かに其の圧迫を脱せんがために、一つは家計の困難を救はんがために、三十五歳の春、再び独身の昔に復り、青年時代の勇気を奮励し、少時閑谷の漢学塾で習ひ覚えた『人間到処有青山』を低誦して、天涯の孤客となつたのです。

それは三十七年の春の初め頃でした。職業を異にし且つ遠く離れて居る親戚の間には有り勝ちに、暫く音信の絶えて居た兄から突然手紙を越し、此度想ひ起つて亜米利加に渡航する積りである。それに就いては横浜から乗船する筈だから、お前の処にも行《ゆ》くと書いて居ました。私は兎も角賛成し、奮励の意を籠めた返事をいたしました。で、兼ねて私の家に来たのも一度東京に来たいと言つて居た老母を扶《は》けながら、五月十五日の午前十一時頃新橋に到着しました。

それから約二十日ばかりの間、老母を真中に、兄と私と其の両側に寝て、遅い春の宵、寝物語に夜の更けるをも忘れました。其の時の感は、二十余年前《ぜん》吾々が、矢張り母の両側に寝て、冬の朝など暖くなつた寝床を離れるに痛く、蒲団の中にもぐりながら、其の頃田舎に用ゐた、枕頭に置いてある、大きな丸行燈の、銅《あかゞね》製の皿の中で、堆積くなつたマツチの余燼を掻き集めて、それを家のやうに組立てゝは、火を点けて燃して徒戯《いたづら》をして居つた頃のことが何時か見た夢のやうに想ひ浮べられたのでした。

彼れは天成《うまれながら》の美音で、量《かさ》もあれば艶もある声を持つて居ました。また私の父母兄弟《けいてい》に比べては珍しく酒好きでした。さうして私共と違ひ、飲み且つ歌へば、其の時は、凡ての憂苦を忘れ果てることの出来る人間でした。

兄は浄瑠璃が好きで、また上手でした。シヤトルに居着いてからも、在留日本人の演劇や、其の他の催しのある時にそれを語つたといふことです。後には商館の番頭よりも、義太夫語の方が本職のやうになり、遠く異郷に在つて遥かに郷音を忍ぶ邦人に取つては、手離し難い芸人であつたのです。死ぬる十日前に宗太郎に会つて、種々と故郷の近状をも聞くことを得て、ずツと安心をし、日頃好きな酒と演芸であるから、其の晩も打ち寛いで飲んだり、歌つたり、踊つたりしたことであらうと思はれます。

浄瑠璃の中でも、取分けてあの、寺岡平右衛門らが山科の閑居に、由良之助父子の位牌を持つて帰つて来る『忠臣蔵二度目《にどめの》清書《きよがき》寺岡切腹の段』が好きでもあり、お箱でゞもありました。酒は飲まぬが、彼れの家族は凡て演芸が好きです。中にも母は浄瑠璃を聞いて泣く人です。

『……力弥もお前と諸共に、年に似合ぬ健気者《けなげもの》、海山こへてはる〴〵の東の果で死んだもの、侍じやとて武士じやとて、母が恋しうあるまいか、わしも子じやもの親じやもの、かはゆうなふて何とせう………。』

『海山越えてはる〴〵の、東の果てゞ死んだもの、かはゆうなふて何とせう。』母は此処の処を口ずさむでは、兄のことを想ひ出し、遠く〳〵雲の果てを眺めて、ホロリ〳〵として居ることでございませう。さういへば位牌ではない、白骨が最早追付け来る時分です。

一体彼れは二十日生き伸びたのか、四年生き伸びたのか、それとも三十八年生き伸びたのか、私には分りません。影です、影です、人間は影です。

その一人

私《わたくし》に物情《ものごゝろ》が着き初《そ》めてから、私の家《うち》におみねといふ女中が居つたことを想ひ起す。が何ういふものか、その女に対して私の見解《かんがへ》が全然《まるで》一変するやうになる其の前までは、私は其の女に何等の注意をも払はなかつた。その見解《みかた》の変つた理由《いはれ》を次に話して見やう。

その頃おみねは廿五、私は十五で十《とう》も違つてゐた。

彼女《かれ》はなか〳〵綺麗な女であつた。が私は此処にそれを明細に記すことは止めやう。何故なれば、さうしやうとすれば、勢ひ私が彼女に対して熱情を傾注して居つた、其の当時、秘かに私の胸の内に描いて居つた美い夢幻《まぼろし》の姿が恍惚として再び浮び出るといふ気使があるから。

唯間違のない所だけを言へば、彼女は恐しい色の白い、十分《よく》肉体の発達した、最早《もう》立派な婦人《おとな》であつた。さうして私はまだほんの数へ年十五になつたばかりであつた。

其の頃のことであつた。ある日私は日頃乱読してゐた何かの絵双紙の本を手にしたまゝ部室《へや》の中を彼方此方に往つたり来たり、また椽側《えん》に出てコツ〳〵足音をさせて見たり、または何であつたか、ある取止もない唱歌のやうなことを独り口ずさんだり、或は鉛筆を以つて障子の紙に下らぬ落書をしたり、さうかと思へば此度は忽ち何の考へもなく、文字の意味には気を留めやうともせず、大きな声を出して双紙の中の文句を読み揚げたり――一言《いちげん》にいへば、何をする気にもなれず、たゞ何か面白い事はないかといふやうな気のする時であつた。私はフラリと其の座敷を出て、何の目的《あて》もなし唯階下《した》に降りて行かうとした。

すると、階下の椽側に誰れかの足音がして、上つて来る者があるらしい。勿論其の時私は誰れであるか知りたいくらゐに思つたらうが、その足音が不意と止つた。とおみねの声がして

『あれ、何をそんなお悪戯《いた》をなさるんです、貴郎《あなた》は。お母さまにさう申上げます。』

『言つたつて搆はない。』と、兄の私語《さゝや》く声がして、恰どおみねを引留めやうとでもする気配がする。兄は私とたつた二つ違ひで十七であつた。

『あれ、何を貴郎は手を以つてなさるんですよう。本当に甚い人！』と抑へるやうに言ひながら、おみねは濃い紫の襦袢の襟のかゝつた胸元を少し拡げて真白い肥《むつち》りした肉を露しながら、私を跳ね越すやうにして、駆けて行つた。

余《あん》り思ひがけもないことを見付け出したので私は吃驚《びつくり》して呆気に取られて仕舞つた。

が、その驚異《おどろき》の感は速《すみや》かに兄の悪戯《いたづら》に対する同感の念に変つ

た。私を驚かしたのは彼れの行為《おこなひ》ではなくつて、如何して何時の間に彼れはそんなことを為るのを愉快と思ふやうになつたであらうかといふことであつた。さうして無意識《ひとりで》に私も兄のするやうなことをして見たいといふ気になつた。

それからといふものは、また今までとは違つた、自分ながら罪の深いやうな、妙に気恥かしいやうな好奇心が一つ増して、私は時々椽側の廻り角や部室の偶《すみ》などで、若し何か、あんなやうな気配がしはせぬだらうかと、そゝられるやうな、楽しいものを待つやうな気で凝乎《じつ》と呼吸《いき》を殺して長いこと立ち尽して茫《ぼん》然《やり》聴き澄してゐたことがあつた。

併しながら私は自分から進んで兄の真似をして見やうといふ勇気は何としても出なかつた。その癖私は腹の中では何よりも一番それを遣つて見たくつて見たくつてならなかつたのである。また時としては私は誰れも気のつかぬやうに戸の蔭に潜んでこつそり女中部室を覗込み、其処の中で意味は分らないが、唯女の声がするのを、訳もなく妬ましいやうな焦《じ》れ気味で聞き惚れてゐたことさへあつた。同じ女性《をんな》でもお祖母さんやお母さんの声は何ういふものか、女中の声とは全く違つて私の耳に響いた。

で、立聞しながら斯う考へて見た。若し私があの中へ入つて行つて兄がするやうにおみねを接吻《きつす》しやうとしたならば、何うであらう。何と言つたら好いだらう。此の平板《ぺたんこ》な鼻で、厭に総々した猫毛《ねこつけ》のやうな頭髪《かみ》をして、おみねが『何の御用です？』と問《き》いたら、私は何と言つて返事をしてよいであらう。彼時《あれ》からも私はおみねが兄に斯う言つてゐるのを聞いた。

『そらつ甚うございますよ……何うしてさう貴郎は私に纏着《つきまと》うてばつかりゐらつしやるんでしやう？彼方ゐらつしやいつてば、悪戯《いたづら》ばつかりなさつて？御覧なさいな、小さい若様はそんな馬鹿なことは些《ちつと》もなさらないぢやありませんか。』

おみねは其の小さい若様が其の時椽側の戸の蔭に突立つて、兄と同じやうにその馬鹿なことをさせてくれるなら、此の世の中のものは何でも斯でも皆なくれてやるにと思つてゐることを知らなかつたのだ。

私は天性穏和《うまれつきおとなし》かつた。が、私の穏和ひのは、自分ながら私の不縹緻といふことを知つてゐたから、それが大きに手伝つて言はゞ気を減けさしたのであつた。さうして自分にはかういふことを自信してゐた。それは、何が何としても男振ほど人の行状《おこなひ》の上に強ひ勢力を有するものはない。他人の心を惹くにも惹かぬにも容貌風采《みめかたち》といふものは、人間一個《ひとり》の信用にも劣らぬほどの力を有つてゐるものである。

私も其の頃から相当に自負心には富んでおつた方であつたから、自分の地位に狎れて端《はした》ない業をしやうといふ気《こころ》を多少は抑へ得たかも知れぬ。けれどもそれはあのイソツプの物語に在ると同じやうに手の届かぬ処に在る葡萄はまだ青いくらいに思つて内々自分で諦めてゐたのかも知れぬ。

　つまり私は容貌風采の上から剝脱された、あらゆる快楽を蔑視しやうと力めた――それをば兄は十分に享楽してゐるやうに私の眼に映つた――で、その癖私は全精根を傾けて、兄の身を妬んだ。妬みながらも自分は高慢な孤独の内にせめてもの慰藉《なぐさめ》を見出さうとして頻りに小供心を砕き、想像に耽り、散々に神経を悩ました。

報知

　一家は今宵も寂しい幸福の裡に、睡眠《ねむり》に就うとしてゐる。頭を十二、仲を十、末を八つの、揃ひも揃うて壮健《すこやか》な男の児は座敷の八畳の間に、小さい枕を並べて先程横になつた。が、まだ寝入らずにゐる。

　兄の奇一は高等小学の一年、次の明二は尋常の三年、末の達雄は学齢不足でまだ学校には行つて居ない。奇一は級《クラス》の組長で、此の間先生に教へられて仕た演説の仕振が好かつたと言つて、賞与《ほうび》を貰った。

　今日は十月の第二の土曜日で、明日の日曜日は高等と尋常と一所に二つ彼方《さき》の停車場《ステーション》まで汽車で行くほどの村まで遠足会があるのだ。其処では旗取、綱引、行列運動、縄飛などの遊戯があるので、小供たちは自分で、まだ宵の中に小さい草鞋を二足買つて来て上り先きに揃へて置いた。お母さんが行李の中から、蔵《つか》つて置いた小さい脚絆を、之れも二足取出して草鞋の傍に置いてくれた。小倉の袴と衣服とは小供の枕頭に置いてある。

　お祖母さんは晩の中から、孫が明日の弁当に、一人お勝手で干瓢を煮て海苔巻を拵らへてゐたが、それも先刻《さつき》済んで、コドコドと戸棚へ仕舞つた音のしたのも最う一時間も前。後は私《ひつ》そりとして、田舎町から田舎町に通ずる家の背後の国道も昼間の賑かさに似ず、静まつて来た。秋の夜は刻々更けて行く。

小供のお父《とつ》さんは四年前一人で亜米利加へ労働に出て行つた。其の後はお祖母さんにお母さんと小供が三人と、五人で暮してゐる。お父さんはなか〳〵の辛抱人で、遠方に行つてからも相応に金を送つて越した。それで借金の形も付いた。其れから後送つた分は銀行へ預づけてある。

お父さんは他家《よそ》から養子に来た人で、それに一体が足らぬ勝な身上《しんじやう》であつたから、家の内は余り面白い方ではなかつた。お祖母さんの気嫌は平常《いつも》悪かつた。が、根が他人のお父さんの居なくなつてからは、家内《うちは》は寂しいながらも幸福である。お祖母さんに取つては娘よりも大切な孫―併かも壮健な男の児が三人もある。お父さんは時々お祖母さんにと言つて別に小使銭を送つて越す。つい二三日前隣村からお父さんと同じ処に行つて居た人が帰つて来た時、お祖母さんの小使に百円托《こと》けた。お祖母さんは百円貰つても使ふ道はない。大切に蔵つて置いて、好きな晩酌の代《しろ》と、孫の小使銭をチビリ〳〵その中から出して遣るのとが何よりの楽みだ。

お母さんは此の一週間ばかしリユウマチスの心地で臥たり起きたりしてゐる。こんなことがあると、遥かにお父さんの事を想起して寂しいと感ずることもないではないが、お母さんはなか〳〵気丈夫者だから、留守を守つて今にお父さんが帰国《かへつ》て来るのを楽しみに、三人の小供を大きくしてお父さんが、どつさり銭を儲けて戻つた時に、自分の方では、大きくなつた小供をお父さんに賞めて貰はうと、前途《さき》を待つて居る。

お母さんは、八畳の横の六畳の間に、一人先刻から横になつてゐた。と、八畳の間で小供の話しをする声が聞える。何かと思つて聞くもなく、不覚《つい》無心の耳を其方に傾けると、総領の声で、

『お父さんは、最早《もう》一年経つたら戻るんだつて、其の時は一同《みんな》で停車場まで迎へに行うぢやないか。』

と、此度は次の児が

『さうだ。お父さんが送つてくれた靴を穿いて』

また此度は末の児の声で

『兄さん私も連てつておくれ、其の時は』

『あゝ一同で行くんだ』

そんなことを言つてゐるかと思へば、またもとの明日の遠足会の話になつて、稍しばらく、話声がして居たが、それも何時しか聞えなくなつた。

壮健《たつしや》なお祖母さんは、お勝手を形付けて、燈火《あかし》を消して、六畳の娘の処に来て、横になつた。戸外《そと》には人通も絶えた。秋の夜極めて静かである。

八畳からはもう小供の寝呼吸が聞えて来る。母と娘の心頭《こゝろ》に

は今は何物もない。彼等は既に四年の間主人の留守になれて、其の日〳〵を静かに単調に消して行くのが平常《ふだん》になつてゐるのだ。で、お祖母さんは一つ欠伸をして稍暫らく黙つてゐたが、やがて村の内の或る人間の上の世間話を始めた。

と、表の戸口をドン〳〵と叩いて

『もう寝たのか』と言ふものがある。其の声は本家の繁蔵の声だ。

『はあ、もう寝たが、何か用かの?』とお祖母さんは言つた。

『あゝ一寸明けて貰う。』

で、お祖母さんは枕頭《まくらもと》の燈火《ランプ》を持つて起《た》つて行つた。繁蔵はお祖母さんの長男で、これには本家を続《つ》がし妹を養子にして別居してゐるのだ。

繁蔵は戸外の暗黒《くらがり》から真青な顔をして黙つて家内《なか》に入つた。

『何うしたの』お祖母さんは別段に不思議がらずに聞いた。

繁蔵は其れには返事をせず、『ひさはもう寝たの?』と妹の事を聞きながら、母子《おやこ》一所に六畳の間に入つて行つた。

妹は平気で『何うかしたの?』とお祖母さんと同じやうに聞く。繁蔵の胸は波を打てゐる。で、

『斯ういふ手紙が今来た。何うも啓吉が死んだやうだ。』と言つて手紙を読んで聞かせた。啓吉は小供のお父さんの名である。

之れを聞ひてお祖母さんとお母さんとは一時に『え、』と言つたきり、一間は稍々しばらく恐しい沈黙に支配された。其の沈黙が経過すると、此度は『わあ、』と劇しく泣く声がした。

お母さんは泣きながら、襖越しに小供の寝た間の気配に静《そつ》と気を付けると、総領の声で、

『何うしたんだらう? 皆な泣いてゐる。お父さんが具合でも悪いのではあるまいか?』と言つてゐる。

お母さんはそれを聞ひてまた劇しく泣いた。『奇一やお父さんが具合が悪いと、困るがの。それでもお前がたは心配せずによくお寝!』と言つてきかせた。

小供は母親の此の言葉に安心して、またすや〳〵と寝入つた。大人は勿論其の夜寝ずに明した。

さうして翌朝《あす》は、小供を遠足に出して遣つた。お祖母さんとお母さんとは小さい草鞋脚絆を穿た凛《りゝ》しい小供の背姿を見送つてまた『わつ』と泣伏した。

八月の末

二十八日

彼れは妻君と差向ひで八時頃朝飯を食つた後、暫く其処に静《じつ》としてゐると、妻君は落着き払つて、

『貴下、小使が無くなりました。何かして下さい。』と、唯之れだけ言つた。

　彼れは其の「小使」といふ辺《へん》で既う、跳び上らうとする処を、薙刀のやうなもので裾を払はれたやうな気がした。

『何かして下さい！』分らぬのかといふやうに繰返へした。

『…………うむ。』

『本当に何かして下さいよ。斯して毎日〳〵店の物を売食ひにして、最早《もう》碌な物品《もの》はありやしない。それでもまだ売れさへすれば何にかなるけれど、小使ほども売れないのですもの。儲けでせめて小使が出れば好《い》いといふのが、自家《うち》ぢや一日《いちんち》の売上りで其の日の小使にもならぬのですもの。貴下は私が毎日黙つてさへ居れば、何かなつて、行くもの〻やうに思つてゐるんでせうけれど、此の頃のまた客の来ないこと〻言つたら。………一昨日《おとゝひ》三拾銭。昨日《きのふ》は唯拾三銭しかありやしない。其の中から私が骨を折つて瓦斯燈代を除《よ》ける。昨日其れに九拾銭取られると。もう銭箱は空ぽです。』

　彼れは悄気《しよげ》て『まあ仕方がないさ！斯う暑くつては客も来ない。今に涼しくなつたら何かなる。』と強て打遣つて置くやうに言つて了つた。

　彼れは或る私立学校の文学科を、既う七八年も前に出た男で、つい一二年後までは、雑誌記者にもなつたり、流行の辞書物の編輯係にもなつたりして来たのであるが、本来身体《からだ》が壮健でない上に、一つは其の身体の強くないのが手伝ふ妙な性格から如何な仕事でも如何な勤めでも一年と倦かずに続いたことはない。尤も辞書の編纂だけは仕事が遊ぶやうであつたので二年は続けたが、それさへ最早後二分といふ所で止して仕舞つた。或は先方から止されたのかも知れぬ。

　で、其の以来は、愈々文筆を以つて立つて行かねばならぬものとすれば、自分で何か立派なものでも書けて、相当に地位を作つた上でゝもなければと、月給の仕事は断念した。さうして其の何かを書く内助にせんが為に、彼れは三十面をして、意苦地がないと思はぬではないが、故郷《くに》の兄から五六百円の銭《かね》を融通して貰つて、其れを以つて妻君に雑貨商を始めさした。所がそれを始める時分の意気込みでは、妻君にそれを遣らして、家《う》内《ち》に不自由さへなくして置けば、自分は楽に思ふ存分な働きが出来るだらうと思つてゐたが、月給の仕事と違ひ、其の内何か

書かうといふやうな期限のない仕事は尚更此様な人間に出来る事ではない。聊かながらも店に売溜めが出来るのを、初めは借りて置くやうに区別をして使つてゐたのが、段々何時とはなしに混然《ごつちゃ》に使ひ減すやうな癖は容易く出来て了つた。で、一年経たない内に好い加減食ひ減らした時分に仕方がなくなつて、或る書肆と談合して、多少長い翻訳ものをすることにして、それを為る傍、友人の関係してゐる新聞だの雑誌だのに時々内心の悶々を洩す「不平録」のやうな雑録物を書き棄てゝはそれからも雀が餌《えさ》を拾ひ集めるやうに僅かばかしの収入を計つてゐる。所が、其の翻訳も根気よくは出来ぬ。月の中二十日頃までは何とか斯とか自分で道理を付けて、怠けて、あと十日ほどになつて足許から鳥の立つやうにして俄か仕事をする。それをもう、去年の暮れから始めて既に八九ケ月にもなるが、前後で六七百枚ばかしのものを長く完成せぬが為に書肆をして催促の奔命に疲れしめてゐる。尤も前篇だけは兎に角此の頃漸く後校正を少しといふ所まで漕ぎつけたが、彼れは其の後篇を書き始めてから此の八月の四日に多少纏つた原稿料を取つたきり以後廿四五日といふもの何もしない。新聞の雑録すら今月は暑さに劣けたと言つて思ふやうには書けぬ。で、何の当もないのだが、『△△社に行つて来やう。序に△△新聞にも回つて来るかも知れぬ。』と、彼れは其の場を外《はづ》すやうな気でフワリと起つた。

△△社の翻訳をしてゐるのだ。新聞社には友人がゐて、其れから雑録料として月々八円乃至拾円は入つて来る。今月は其の半分もないのだが、今日は廿八日だ。小使には其処から受取つて来やう。尤も彼れには唯《たつた》それだけの銭が大抵月末まで待てない。

で、△△社に行つては明日の晩までに何枚書いて持つて来るから、それだけ受取れるやうにして置いてくれと約束し、更に新聞社を尋ねたが、友人は帰つた後であつた。彼れは失望しながらグル〳〵彼れの、嫌ひな電車を乗り廻はしお昼飯《ひる》すぎに帰つた。さうして友人にはその夜下宿に自働電話で話しをして、これも明日行くことにした。

廿九日

今日も朝から暑さうだ。昨夜《いうべ》の約束の通り彼れはお昼飯頃から京橋の△△新聞社に行く積りでゐる。それゆゑ午前中は自家で働けるのであるが、矢張り心が落着かぬやうな身体が怠るいやうなので何をするといふ気も起らぬ。その癖何処となく唯半無意識に『早くせねばならぬ、早くせねばならぬ。』と眼には見えぬが或る物に催促せられてゐるやうな心地で居る。

で、今朝も亦た例《いつも》の通り二階の机に寄つて座つて見たが、さて座つて見ると、不思議なほど忽ち、また頸背から脊骨へかけて棒でも挟込んだかと思はれるやうに悪く突張る。

東、南、西と三方開放した六畳の室《へや》には、日光《あかり》が入り過るほど射して彼れの落着かぬ心を其の底の底まで小蔭をも残さず、明らさまに照り付けたやうな気分がする。

二三分間静と机に座つてゐたが、戸外《そと》の街路《とほり》から毎日《いつも》九時少し過には定《きま》つたやうに通る豆売りの、石油の缶を叩くやうな燥《はしや》いだ音が、騒々しい歌の拍子と一所になつて響いて来る。と、それが彼れの頭にさゝらのやうな感じを起す。彼れは忽ち焦々《いら〱》となつて『チェツ』と舌打ちをして其処を立ち上り、東に向いた窓から戸外を見た。大空は蒼々と晴れ渡つてゐるが、屋根に近い辺《あたり》は黄色く濁つた色をしてゐる。『もう好い加減にして秋らしくなりさうなものだが』と彼れは腹の中で、祈るやうな呪ふやうな思ひで向の屋根越しに見える大きな銀杏の樹を眺めたが、青々と繁つた無数の葉は強い朝日に照りつけられて繁みの奥まで明るく映へてゐる。何処を見ても朝らしいそよとの風も動いてゐない。

平常《いつも》の通りの街路には何の興を惹くものも無い。彼れの心眼《め》には何も留らなかつた。すると、『斯うしては居られぬ』といふ気がして、彼れはまた階下《した》に降りて行つた。

台所の流しでは妻君が向むきになつて洗濯をしてゐる。彼れは其の方をチラリと見て、さも自分が降りて来たのを憚るやうに、静《そつ》と板の間に続いた茶の間の壁に寄つて、倒れるやうに背を凭せて両足を投出して尻を落した。

彼れは仕事をせねばならぬ体を斯うして怠けてゐるのを妻君に憚つてゐるのだ。否それよりも彼れは彼れ自身に対して憚つてゐる。さうして斯様《こん》な事で男が妻君にまでも憚らねばならぬばかりではない。自分で自分に対して憚つてゐることを十分承知してゐるので、吾れと吾れ自身をそつとして置くやうな心地でゐるのだ。

長火鉢の代りに置いた大きな安物の瀬戸の火鉢の傍《そば》には見棄てた新聞が一杯散かつてゐる。

彼れは其れを取上げて今朝《けさ》も空虚《うはのそら》で一遍見た処を興味もなくまた眼を通した。が、それも物の十五分間とも続かず、此度は其処にごろりと横になつた。さうして今日も朝から生欠伸ばかりしてゐた。

やがて妻君が洗濯を済した頃、

さも大変な事のやうに

『おい十二時少し前に新聞社に行くんだから其の積りで御飯を拵へてくれ。』と呼びかけた。彼れは此の御飯を食つて出掛けることを大変なことゝして、それを控へてゐるが為に今何《なん》にもしてゐないのだと弁護するやうな気で妻君に命令した。けれども彼れにはそれが決して好い心持ではなかつた。

妻君は『さうですか』と知つてゐることでもあり、気の無さゝうに返事した。それから昼飯を食つて往復切符を買ふだけの九銭を妻君から受取つて出て行つた。

偶《たま》に電車に乗るさへ彼れには厭であるのに昨日の今日復た長

い間乗つて此の暑い日を京橋くんだりまで行かねばならぬのかと思ふと、それを思ふてさへ堪へ難い気がする。

江戸川の石切橋から電車に乗つたが、蒸れて、静としてゐてさへ自然《ひとりで》に汗の出るやうな日に、飯を食つた後傘も差さず直ぐ出て歩いて来たので、半病人のやうになつて体には其様なことでも直に障つて、電車の中で眩暈《めまひ》がして心を確乎《しつかり》して居ないと、動もすれば倒れさうな心地がする。それを我慢しい〳〵△△新聞社に行つた。

昨夕の今日であるからM君は取次ぎの者と殆ど前後して出て来た。さうして『これだけだが』と言つてグシャリと握つた五円札を一枚彼れに手渡しゝた。彼れは

『さうか、多いね。』と言つて受取つた。

何も話すことはない。M君は

『君は直ぐ帰るのか』

『うむ、帰るんだが、暫らく行つて見ぬから丸善に一寸寄つて見やうかと思ふ。君は用は既う済んだか、君も行つて見ぬか?』

『用は済んだ。行つて見ても好い。』

それから二人は帰途に丸善に立寄つた。

書架には文壇の時節柄最も読んで見ても好い小冊子が二種あつた。さういふことには眼の早い彼れは、直ぐそれと気が着いて、

『何うだ?』と手に取上げてM君に見せた。

彼れにも劣けず呑込みの早いM君は

『うむ、之れはよからう』と言つて二種ながら買ふことにした。

彼れも買ひたい。が、唯今《たつた》受取つた五円は実に用途の多い銭で、とても急に読みもせぬ書籍を買ふやうな余裕を許さない。心《しん》から読みたいだけならM君に借りてゞも読まれる。彼れは即座にそれを考へもし、また自分がさうと思つたものは何でも斯でも買はずには居られぬのだといふ弱点をも意識したが、それでも『僕も持つて行《ゆか》う』と言つて買つた。なけなしの五円が弐円弐拾銭傷が付いた。彼れはつりを受取りながら大変銭が少くなつたやうで厭な気持がした。

間もなく其処を出でM君とは須田町で分れて三時頃に死んだやうな青い顔をして自家に帰つた。妻君は平常《ふだん》屢く『貴下は少し長歩きすると直ぐ頬が削けて見える』と言ふ。彼れは帰ると物をも言はず、いきなり堪へられないやうに衣服《きもの》を脱ぎ棄てゝ流しに下りて急性《せつかち》に汗を拭き取つた。それから妻君には新聞社では四円受取つたと言つて、五円から弐円弐拾銭引去つたあと弐円八拾銭渡して、『また本を買つたのですか』と言はれたのが、自分でも悪い事をして了つたのを咎められたやうで『うむ。ナニ壱円ほどの本だ。』と事もなげに自分の弱点を逐払ふとする心で言ひまぎらした。

西日は、正面《まとも》に西に向いて明いた裏口から容赦もなく火照るやうな強い光線を斜《はす》に射込んで、狭い四畳半の茶の間は限なく

照らされて、彼には家の内にゐてさへ日光《ひ》を避《よ》ける逃場がないやうな気がした。取散かした新聞だの、洗濯物の布《きれ》だの、種々《いろん》なものが其処等中に一杯になつてゐて、それへ射し付ける光線に塵埃《ほこり》が立つてゐる。

彼れは裸体《はだか》のまゝ眩しさうに顔を渋めて『あゝ疲《くたぶ》れた。』と言つて太息《ためいき》を吐いて、其の痩せた体を長々と横になつた。

その内段々晩らしい物売りの声や配達の響がして来出すと、妻君はお勝手に立つた。彼れは徒《た》だ寝転んだまゝでゐる。さうして別段空腹をも感じないのに、晩飯が来るのを待つてゐるやうな、それが済めば何とか為るといふやうに思えてゐた。

それでもまだ暮れるには間がある。静と横になつてゐると、日中を戸外に出た所為か、また頭の心にヅキン〳〵痛みを覚えて来た。其の暮れる間を、仕事をせねばならぬ身でむざと寝転んでゐるのは気が咎められる。さうかと言つてさて仕事に取りかゝる元気は心にも体にもない。でもせめて何かせねば第一自分に対して気が済まぬ。

考へて見るともう暫く髪を剪《つ》みに行かぬ。頭の悪いのも一つは其の所為かも知れぬ。さうだ髪を剪んで序に湯に入つて来やうと思つて

『おい髪を剪んで来るよ』と言つて跳ね起きた。すると妻君はお勝手から

『今から髪を剪みに行つては、私が行水を使ふ間がなくなります。』と言ふ。

『だつて行水は私が戻つて来てからだつて好いぢやないか。』

『貴下が戻る時分にや遅くなつて寒くつてもう使へやしない。』

『なに寒くなるものか。今から。行つて来る。』

『ぢや貴下の勝手にするが好い……貴下は何だつて自分の勝手にせねば聞かないんだから。』

彼れにも増して劣けず嫌ひの妻君は、腹に面白くないことばかりだと、斯様な些《ちよい》としたことにまで逐《つ》い自暴《やけ》気味で反抗をする心になる。

彼れは二時間ほどして帰つて来た。

夕飯は無事に済んだ。今夜こそ食後には屹度仕事をしやうと思つて、心を一新するつもりで実は髪も剪んだり、湯にも入つて来たのであるが、さて食事が済んで見ると、食つた後は疲れたやうで何しても為る気になれぬ。夜になつてもそよとの風もない。残暑が土用よりも酷い。全《まる》で釜の中で蒸されてゐるやうだ。

彼れは『何して斯う何時までも暑いのだらう。』と、天を怨むやうに言つて、また其処にごろりと横臥《ねそべ》つた。起きてゐると背《せなか》が怠いやうで、腋の下から清水のやうな汗が流れるのだ。

妻君は食後の食卓《ちやぶだい》をそのまゝ少し脇に片寄せたまゝ暫らく黙つて煙草を吹かしてゐたが、

『貴下は一体何するつもりです？今日は既う廿九日ですよ。』と明然《はつきり》と唯斯う言つた。

其の言葉が彼れには胸を抉《えぐ》られたかと思ふやうに強く響いた。彼れは決して妻君の言葉には驚かぬ。自分でも憤つてゐる弱点を其の言葉で刺されたと感じて神経の鋭くなつてゐる所へムツト癪に障つた。

『何うするたつて何うもしやしない。』

『何《どう》もしやしないと言つたつて、貴下は何うもしないでも、他《ひ》人《と》と時とは何もしやしないでは通さない……』

『知つてゐるよ。其様なことを言はなくつたつて。』

『さうですか。知つてゐるんですか。知つてゐるんなら好《よ》ござんすが、私はまた貴下が知らないのかと思つて！』

『生意気な事を言ふな。知つてゐればこそ何かしやう〳〵と焦つてゐるんだが、何しやうたつて何も出来ないから仕様がないのだ。』

『出来ないから仕様がないつて、それぢや貴下が自暴だ。男が自分で勝手に銭を借りて置いて、払ふ時分になつて何うも出来ないから仕様がないつて。それぢや貴下は嘘を吐いて他人の銭を借りたんですか。払う当もないのに銭を借りたんですか。』妻君はもう声が疳走つて来た。

『何を言やがるんだ。払ふつもりで借りたつて払へなけりや仕様がない。』売り言葉に買ひ言葉で、彼れも段々荒い声にはなつたが、案外平気で寝転んだまゝで対手になつてゐた。

すると妻君は何と思つたか、突然《いきなり》ついと起ち上つて、其の儘黙つて何処かへ出て行つた。

彼れは寝転んだまゝ、姉の処か、それとも平常繁々往来《ゆきゝ》する隣町の知合の処へでも気晴らしに行つたのだらうと思つて、それは別に気にも留めなかつたが、其の留守を幸に自分で急に何処かへ飛び出さうと決心した。

全体酷く夏劣けのする彼れは、既に幾年来の経験で、七月八月の極暑は、何処か涼しい田舎へ避暑せねばならぬと思つてゐる。否七月八月処ではない。一年中四季の変化に連れて生ずる自然の力に対抗して其れに打勝つほどの――仮し気力はあるつもりでも体力の無い彼れは、春先きから既う身体に倦怠を覚えるのだ。春もまだ彼岸桜の咲く頃までは左程でもないが、四月も十日近くなつて、本当の桜が咲き揃ふ頃になると、頭が悩しくつて食物が不味《まづく》つて、『あゝまた怠惰な夏が来る！』と、夏の来るのを恐ろしいものが襲来するを待つやうな、地球以外に何処か逃げ場があれば逃げても行きたいやうな感情《こゝろもち》でゐる。

何だか塵埃が起《た》つて、ソワ〳〵するやうな花の四月が一と先づ過ぎて五月に入ると、それでも何処やらまた多少《いくらか》落着いたやうな、時候の定つた時の快い気持にもなるが、やがて其の五月も了り、六月に入ると、キラ〳〵した鋭い光線に眼を射られて、頭が焦々として来る。それからの彼れは毎日〳〵心のみは急々《せか〳〵》しながら全然《まるで》酔つたやうな熱病を病むだやうな有様で夏中を苦むのだ。

それゆゑ彼れは、自分の避暑といふことを敢て贅沢と思つてゐないばかりではない。壮健な者が汗を流しながらも、雄々しく東京の塵埃の真中で働いてゐるのに、自分は何して斯う避暑を必要とせねばならぬか。自然力の圧迫におめ〳〵と屈服せねばならぬかとおもつて、熟々《つく〴〵》と自分で自分が厭になる。それと共にまた彼れには、此の暑い夏中を東京で蠢々《ぐづ〳〵》として暮らさねばならぬ境涯を想ふて自他を憐み、ならう事なら、精々と奇麗に働いて上手に旅行でもして長閑《のどか》に遊びたい慾望に満ちてゐる。彼れは既に何年来、来年の夏は〳〵と来年の実行を唯繰返して来た。で、其の実行の出来ないことを回顧して、彼れは、自分は単に避暑ばかりではない、万事《なにごと》をも実行〳〵と想ひながら其れを果たさないといふことに聯想して避暑其のものは兎に角自分のあらゆる弱点がそれによつて見せ付けられたやうな気がする。さう思つて来ると否でも応でも其れを果さねば自分で自分に劣けたやうである。

処が彼れの今日は、無理をしない以上はとても其様なことの出来る境涯ではない。今歳も矢張り昨年一昨年と同じやうに最早春の頃から『此の夏は』と逃げるやうな積りでゐたが、種々《いろ〳〵》なことに趣味の多い欲望の強い彼れは、其の春の頃から不図卑しい女と関係を結んだ――それに就いても話せば随分長くなるのであるが――さて結んで見ると、何事に付けても物足らぬやうに感ずる彼れは、折角自分で勝手な道理を設けて性慾の満足を得やうと思つたのが最初の意気込ほど全精根を傾けて其れを楽むことが出来ぬ。楽むことが出来ぬばかりではない。間もなく其れに倦いて仕舞つた、倦いて仕舞つて女との仲を清潔《きれい》にならうと思つたが、それにはまたそれ相応の銭を要する。僅かばかしの銭であるが、それがまたオイソレと即座には湧いて出ぬ。仕事をしやうにも前に言つた次第で身体が心の命令に従はぬ。それが為に都合上形《かた》の付くまでと言つて一月ばかり其の女を自家に入れて、七月の半から八月の半まで暑い最中《さなか》を三人銘々をこねて可い加減間を置いては時々噴火山の爆発したやうに喧嘩をしてゐたが、銭さへあれば其の場で何にでもなるのであるけれど、勿論出来様はない。彼れは毎日〳〵今更のやうに銭に依つて殆ど凡てを決することが出来、銭に依つて恥も外聞も蔽ふことが出来るものであるといふことを感ずるばかりで其の間を今に何かして〳〵と思ひながら徒らに過したが遂々《とう〳〵》弱り果てゝ、兼て義理の重り抜いてゐる処へ行つて事理《ことわけ》を話して、此の分は八月末までに必ずと言つて、また何某《なにがし》かの銭を借りて来て、漸《やつ》と其の女との手は断《き》つた。妻君が嘘を吐いて借りたのですかと言つた銭は其の銭のことである。さうして其の八月の末は迫つて来たのだ。

その銭ばかりではない。問屋の払ひも方々にある。家賃も払はねばならぬ。米代も二三ケ月滞つてゐる。質屋の流れなどは何度言つて来ても、最早初めのやうに苦にならなくなつてゐるのだが、斯うしてゐて入る当は鐚《びた》一文すらもない。

で、今までも彼れは斯うして暑い間を何もせずゴロ〳〵してゐたのでは何時まで経つても埒《らち》は明かず、また実際しやうたつて船に酔つたやうな心持ちでは出来もせねば、幾度《いくたび》か翻訳の仕事を持つて早く何処か涼しい処へ行つて、本心に立帰り気を落着けてミツシリと働《かせ》がうと思ふたのであつたが、さうするには仮令《たとひ》大きな所は後にする分とも、細々した諸払ひを形付けて、それから行くだけの旅費なりとも書いて取つてと言ふ腹で、『今に〳〵』と今日まで押詰つたのである。尤もこれまでとても、妻君に何か催促がましいことでも言はれたのが原《もと》で二人の間に諍論《いさかひ》が始まると、感情の発作に任せて其の諸払ひや旅費の分別が就くも就かぬも考へなく春以来女道楽に大半《おほかた》売り尽した僅かばかりの書籍の残りを打《たゝ》き売つてゞも飛んで出やうかと思ひ立つことも度々で其の都度其の辺を一と廻りしては舞ひ戻つて来る。さうして月末までにはまだ何日あると、指ばかり折つて見て、まだまだ二週間あるから大丈夫だ。十日あるからまだ構はぬと焦《いら》ちながらも独りで心を安めてゐたのが、段々十日が一週間となり五日と減つて来ると夢に何物かに追はれた時のやうな心持で此度は其の原稿の紙数を空想で一日〳〵と増《ふや》して一日に五枚書いて十日に五十枚になる所を、一日に十枚書いて五日で五十枚にして見る。さうすると、それが実際出来るやうに思はれるので、自分でもつい呆然《うつかり》安心して『ナに遣ぞ！』と内々意気つてゐた。

が二十九日もまた無駄に暮れて了つた。

で其の晩もまた例《いつも》の発作に依つて『何処かへ行かう』と憤つて見たが、考へれば、旅費は一文もない――つい三四日後までは、せめて諸払だけは済してと思つて居たのが、今となつては旅費さへあれば直にも飛び出すのだが、それすらない――彼れはそれを思ふて熟々《つく〴〵》自分が情なくなつた。胸の中には石炭殻見たいな物を一杯詰込まれたやうで。味もなければ色もない。重いのやら軽いのやら自分でも分らぬが斯うなつて来ると今までも度々腹の中で繰返しては、さうせずともと思ひ止つてゐた窮策を止むを得ず試みねばならなくなつた。

△△社で昨日今日持つて行くと約束した原稿は勿論出来てゐないが、仕方がない△△社《あすこ》へでも行つて恥辱《はぢ》を忍んで事由を精しく話してまた前借《ぜんしやく》でもするより他はない。承知するかしないか分らないまでもさうして見やう。と、彼れは半分の自己は無理に眼を閉《つぶ》つて置くといふやうな心持で俄かに起ち上つて手捷《てばしこ》く必要な品だけ、成るべく少く手荷物を纏めにかゝつた。

既に幾度も斯様な時に、書籍《ほん》などを入れては下げて見した鞄が、二階の押入に其儘そつとしてある。彼は先づ其れに駆け上つて行つて、其中から二三冊碌々何といふことを見もしないで取り出した。何よりも必要なのは翻訳の道具である。有り合ふ小風呂敷を拡げて、原書だのペンだの原稿用紙だの吸ひ取り紙までも忘ぬやうに急ぎながらも落着いて積み重ねた。が、何やらまだ必要なものを忘れたやうな気がする。何であつたかと手を止めて考へると辞書だ。辞書がなくては何することも出来ぬ。彼れは神経的の眼をグル〳〵見廻したが其辞書が何しても目付らぬ。舌打ちしながら階段《はしごだん》を二三度も降りて見たり上つて見たりしたがそれでも無い。仕方なくさうして置いて此度は店の間に行つて売り減した石鹸《しやぼん》を二個《ふたつ》と、安香水を一瓶取つた。彼れは斯様な場合にでも妙な所に細い気が着く。之れから旅に出て宿屋に泊つて蒲団や枕が汚かつた時に其の香水を撒《ふり》布《ま》いて、安眠を得る呪禁《まじなひ》にしやうとの用意なのだ。彼れは旅に出ると屹度不眠に苦められるのだ。

　其等を持つて二階に上ると、風呂敷の端の下から手擦れた細長い辞書が半身を顕はしてゐた。彼れは其れを捉《つか》んで『此奴めが！』と仇のやうに畳の上に二ばかし投げ付けて、さて凡てを包んで端を括つた。

　店に客が一人も来ない晩は珍しくない。時計を見ると八時を過ぎてゐる。彼れは妻君が居ない時でも戸外に行きたくなれば、勝手に店を明けつ放しにして出ることがある。ナニ明つ放した方が安心だと、後では妻君に話す。妻君はまあ呆れた人だと言つてゐる。

　其の晩は尚ほの事明放しが平気だ。が、出際は流石に罪悪《ギルチイ》なやうな心が悪く太くなつたやうな、それでも何処か頼りないやうな、自分を生活に繋いだ綱がこれきりふツつり断ち切れたやうな心持がする。

　今頃になつても少しも涼しくならぬ。歩いてゐると、地上《ぢべた》に熱い蒸気《もや》が騰《た》つてゐるやうで、昼間も着て歩いた単衣が脚に絡れ付く。気にして少くと思つた包が歩く間に段々重くなつて、またしては右と左に抱へ直す。

　彼れは斯うして出は出て歩いてゐるもの丶、至当《あたりまへ》に考へれば、△△社に行つたからとてとても其前借を諾と言ふ筈はないと知つてゐる。従来《これまで》に前借は可い加減してゐるのだが、其れは其の社から発行する雑誌に時々《じじ》雑録を書いて貰ふことにして帳消しにする。其の代り以後《これから》更に始める翻訳には断じて前借を諾かぬことにするといふ先方の申出を、彼れも尤もと聞いてゐるのである。其の約束を厳守したいのは彼れの腹一杯であるが、さて実際にさう行はれない。少くとも今の場合はそれを破ぶる相談でもするより他仕方がなくなつた。

　で、今日中に持つて行くと言つた話があるから、会つて話せば肝心の原稿は持つて居なくとも、持つて行けば当然くれるべき銭がある筈だ。其の銭でも何うかしてくれるであらうぐらいに考へて、不安の眼前《めさき》を窃むやうにして、真暗い波に漂ふてゐる心地で裏通りを通つて、神楽坂の下から電車に乗つた。

　彼れは出る時店の小さい銭箱から——其の中には白い色が二《ふた》所《ところ》しかなかつたやうに思はれる——唯茫然《ぼんやり》とした或る本能で六

七銭しか捉まなかつた。売り溜を食ひ耗《へら》したのを彼れは自分の弱点の一つと思つてゐる。妻君は毎日のやうに其れが為に身を刻まれるやうだと言つてゐる。

で、電車に乗つて切符を買ふとすると、六七銭しか捉まなかつた茫然した意味が始めて判然《はつきり》として来た。苟も電車の便のある所ならば、それに乗らずには居られない。彼れは牛込見附と市ケ谷見附との間を往復九銭の電車に乗りつけてゐながら、巾着の乏しい折に不図気が着いては向側の甲武鉄道に乗つて五銭倹約することがある。彼れは今行く先きで何か出来たならば、当分之れつきり自家に戻るまいと思ひながら、『若しか』といふ場合を思つて何の気なしに六七銭持つたのであつた。で、五銭出して片道買つた。

市ケ谷見附内《うち》の其の社に行くと、さういふ場合には必ず有り勝ちに思はれる通り、果して主人は留守であつた。……多分留守であつた。

当然《あたりまへ》の事であるのに、彼れは今更のやうに失望した。何することも出来ぬ。取次ぎの小僧を徒だ玄関前《さき》に待たせたまゝ彼れは五分間ばかり黙つて立つてゐた。

自家には帰らぬつもりで出た。仮令《よし》帰るにしても、家の奴が戻つてゐた時具合が悪い。が、決して帰りたくはない。何処か友人の所に行つてゞも一泊しやうか？然るに彼れは友人の所などへ行つて泊つたことは何年に一度もない。他人の所などで寝られた例がない。すると、残額の弐銭が『へ、大丈夫だ！』と言ふやうに思はれる。

『あ、さうですか』と突然、半分は小僧に、半分は自分に対して言つて其処を去つた。

勿論の事とて、彼れは其処《そこ》となく歩き寄つて市ケ谷の停車場から甲武鉄道に乗つた。

何物かに降参するやうな心地で自家に戻つて見ると、妻君はまだ帰つてゐなかつた。

『まだ好かつた！』と、思ひながら些《ちよい》と頸を縮めて時計を見ると一時間経つてゐた。

兎に角明日の事と、其の儘二階に上つて、持扱つた包を下に置いた。肩が外れたやうだ。また荷を減して、石鹸だけは其儘《そつくり》元の所に持つて行つて置いた。

さうしてゐる内に妻君は険しい顔をして戻つて来た。黙つて煙草を吹かし出した。

彼れは斯うなつて来ると、『見てゐやがれ！』といふ気になつて此方も黙つて何気なく例の如く二階に上つて寝た。

三十日

対抗は今朝までも続いてゐた。黙つたまゝ朝飯だけは毎時《いつも》のやうに食べた。

彼れは昨夜《ゆうべ》軽くして置いた包を其の上から更に新聞紙を以つ

て纏《くる》んだ。彼れが本を売りに行く時には屹度《きつと》新聞で包んで行く。さうして家を出た。出ると間もなく新聞は取つて棄てた。今朝は乗りつけの宿車《やどぐるま》に乗つて△△社へ行つた。

主人《あるじ》は今朝もまた留守であつた。が、今日は上つて二時間の余も待てゐた。主人は帰つた。

『昨夜は失礼しました、××はゐたのです。××にさう言つて置いたのですが、××を一寸呼んで戴だけば好かつたのです。』主人は彼れが約束通りに原稿を持つて来たのを、昨夜《きくや》は留守にして済まなかつたといふやうに、些《ちよい》とかけひきを言つた。

彼れは『ナニ、××がゐるものか、甘いことを言つてゐる。』と想うたが。自分が持つて来べきものを持つて来てゐないので十分気が減《ひ》けてゐる所であるから『さうでしたか。』と何気なく言つた。

で、稍《やゝ》間を置いて、実は一昨日約束した原稿を持つて来ることが出来なかつた。けれども東京《こちら》に斯うしてゐたのでは何時まで経つても思ふやうに仕事が出来ぬから、一刻も早く何処かへ転地したいと思ふ。旅費だけで好いから前借さしてくれと頼んだ。すると、主人は忽ち眉目を険しくして

『いけません。そりやいけません……もう前借は断じてしないといふことにしてあるんですもの。』と言ふ。

これまでの前借を済《な》し崩しに帳消しにするといふ寛大な処置まで取つてあるのに、また新しく前借をさせとは言へた義理か、何と言ふ性懲《しやうこり》もない意志の薄弱な人間であらうといふ腹が彼れには直ぐ読めた。が、彼れは主人の顔色に読むよりも一層強く自分の腹で其れを思つてゐるのだ。

で、彼れは腹の中で『駄目かな』と失望を感じながら、

『えゝ、そりやさうなんですが……』と言つたまゝ後を暫く黙つて、話頭を転じた。さうして何かしてくれるであらう。』といふ考で、些い〳〵間を置いては頼んで見る。先づ拾円と言つたのを、そんなには手許にないと言はれて、遂々長い、別な話の間に挟で五円でもとまけて出た。それくらいならば何かなるであらうと言つた、それにまた附け上つて、もう二円余計にと請求した。さて其の七円も、自分の手許にはないのを種々な融《やり》通《くり》をして漸《やつ》と拵へたといふやうにして、始めて貸してくれた。彼れは其の小細工を十分承知してゐて、此の場合『貸してくれさへすれば、何でも好いのだ。』と凝乎《じつ》と眼を瞑《ねむ》つて七円の力にプラウドも肉体も全く屈服して仕舞つた。最早二時になる。朝から六時間掛つた。空腹や何や斯やらで、疲れた心が更に疲れを覚える。

七円を握ると、彼れはフラ〳〵と街路《まち》に出た。

今日は昨日よりも尚ほ暑い。朝よりも顔が悄然《げつそり》したやうに見える。口を開いて喘々《ぜい〳〵》熱い太息を吐きながら、背《せなか》が発汗で冷々するのを、早く何処かへ行つて何かしたいといふ心地で、電車で兎も角も神田に出た。

小川町で、胸の中で何度も同じ勘定を繰返し〳〵七円の中から肝《き》を割く思ひで凡てゞ二円ほどの細《こま》〳〵した買物をした。其の中には八拾銭の下駄があつた。

それから其処らの牛肉屋へ入つて飯を食つた。が、時分が過ぎてゐるのと、疲労とて食物《たべもの》に味が無い。下町の家の中は、彼れには汽缶室にでもゐるやうに思はれる。彼れは飯を食ずに、洗面所で身体ばかり拭いて其処を出た。

長い夏の日はまだ高かい。彼れは麦藁帽子の重量《おもみ》さへ明瞭《あり》〳〵と感じた。宛然《さながら》鉄の鉢巻でもしてゐるやうである。それを取つて手に翳しながら頭を上げて、睨《にら》むが如く鋭く太陽を見た。空は一面に赤く濁つて強い活動の色を帯びた。日輪《ひ》は其の真中に光沢《つや》が褪せたやうに白茶《しらつちや》けて、容易く認められる。路傍《みちばた》の柳も萎たれてゐる。彼れは洞然として何物かに破砕されてゐながら、其れを覚らぬものゝやうに、復た電車に乗つた。

彼れは湯ケ原に行《ゆか》うと思つてゐるのだ。

新橋でまた懐中を考へ〳〵青い切符を買つた。暑い日に汚い顔を見ながら穢《むさくる》しい臭をかぎ〳〵狭い箱の中にゐるのは、此様な場合でも彼れには堪え難い思ひがする。それよりも自分で三等の運命を付する事が苦痛なのだ。

国府津から電車に乗替へて、小田原に入る頃には日はとつぷりと暮れた。軽便鉄道発車駅で降りる。

『熱海、湯ヶ原ゆきは明朝《みやうあさ》でございます。如何でございます、お泊りになりましては？』と耳の傍でのべたらに言ふものがある。振向くと宿引であつた。宿引は其の顔を見てまた『さあ此方へ、手前共は直ぐ此家《これ》でございます。』と手付で誘《いざな》ふやうにする。彼れは『何をうるさい』と思ひながら駅内《なか》に入つて見ると、なるほど五時何十分の最終が既う三時間も前に出てゐる。

彼れは進まぬながら遂に宿引のいふがまゝに小脇の荷物を手渡しゝて直ぐ横手の旅宿《はたごや》に一晩をつまらなく明すことに決心した。

泊客《とまり》は他にはないやうだ。吾が家を立つ時から行先まであてある旅をする者が何で此様な中間《あひ》の宿《しゆく》に夜を明さう！と、彼れは小い風呂に身を沈めながら、さう思つた。

それでもさつぱりと、汗を流して二階に戻つて来ると、広々と開放した室を、すつとした風が顔を弄《な》ぶるやうに吹き抜ける。此処は涼しい。幾許か蘇生《よみかへ》つたやうだ。

夕飯は欲くない。床を取つてくれと、早速蒲団の上に倒れる如く横つた。

横になつたまゝ、ものゝ二十分間も静と気を安めてゐると、種々な物の響や、知つた顔などが、望遠鏡を倒まにして見たやうに遠くの方で入乱れてゐる。それが何やら誰やら判然《はつきり》と記憶の表に浮ばぬ。不図吾れに返ると、自分は激しい東京を離れてゐる。

彼れは安心の中にも何処やら落人のやうな寂寞《さびしみ》を感じた。

お金さん

一月の半、私《わたし》は二階の書斎で急ぎもの〻書き物をしてゐると、昨日《きのふ》のお昼《ひる》飯前から来て泊つてゐたお金さんが、上り口の障子を明けて、

『それでは藤村さん御免蒙ります。一寸上りまして色々御厄介になりました。』

　私は筆を擱きざま振返つて、

『あゝ、さうですか。もうお帰りですか、何のお構ひもしませんで……。』

　と言ひながら起上《たち》つた。

　お金さんは、『何卒《どうぞ》もうお構ひなく。』と、手真似で止めて、階《はしご》段《だん》を降りる。私も『えゝ、でも。』と言ひ言ひ後から降りた。

『でも、雨が降つても電車だと、川崎まで雑作ありませんねえ。』と私は自然《ひとりで》に口端《くちさき》に出ることをいひながら、家内と両端に立つて、店の前まで、お金さんを送つた。

　お金さんは『えゝ、訳はありません。電車ですから。――よく降りますねえ。』

　と一寸戸外を見て言つて、余り寒さ凌ぎになりさうもない、手編の小い毛糸の頸巻《えりま》きを当て〻ゐる。

『本当によく降りますねえ。』と、此度は家内が言つた。家内とお金さんとは、昨日から、一昼夜の上、殆んど話しづめに話してゐたのだ。

『それではご免下さい。兎に角何分共よろしくお頼み申します。』と挨拶して、お金さんは傘を翳《さ》して帰つて行つた。

『おや此様なに泥を跳ねかして。――あら先刻兵隊が馬に乗つて通つた時跳ねたんだ。仕様がありやしない。折角昨日拭いたのが、無駄になつて了つた。』

　と言つて家内は店の硝子障子を見てゐる。

　私も其方に顔を向けた。と其の拍子に家内と顔を見合はした。家内は言ひたいことが幾許もあるといふやうな表情《かほつき》をして、

『好く饒舌る人間でせう。』と言ひ〳〵引返へす。

『うむ、よく饒舌る人間だ。あの疳の立つたやうな声が二階まで響いて来て気になつて気になつて仕様がなかつた。』

　私は直ぐには二階に上らず、其の儘茶の間に坐つた。

『本当によく饒舌る人！　ノベツ幕無しに饒舌つてゐる。恐ろしい聞かん気の顔をしてゐるでせう！　でも年が寄つた。去年……否既う一昨年《おとゝし》になるか。一昨年貴下の留守に此家へ来た時分にやそれでもまだ彼様なぢやなかつたが、最早《もう》あゝなつちや年々年を取るのが眼に立つばかりだ。』

『うむ、恐しい厳《いかつ》い顔をしてゐるねえ。斯う眼が、ギロリと白

い処が多くつて、鷹のやうな眼だ。お金さんお金さんて何年此の方聞くだけ聞いてゐた人間だ。初めて見たよ。先方《むかう》でもさうだが。』

『えゝ、本当だ。あれこそさいかちのやうな眼と言ふんだ。――甚《ひど》く色が黒くなつて、一体に光沢《つや》がなくなつた。ずつと、もつと色が白くつて、艶々した奇麗な、あれでなか〳〵佳《い》い縹致《きりやう》だつたんですがねえ。またあの人の苦労ツたら一通ぢやないんですから。』

『あれで幾歳《いくつ》だえ。お米さんよりか若く見えるね。』

『いゝえ。姉さんよりかずつと上。あれで四十三になるんですツて！　若いでせう。』

『へええ四十三。四十三とは何うしても見えないねえ。若いねえ。さうして何ういふんだい。』

『お金さんも何時までごつたすつたが絶えないんでせう！　老《おや》爺《ぢ》さんが故国《くに》から帰つて来たんですつて。』

『故国《くに》から帰つたつて？　何時《いつ》か離縁《わかれ》話しが着いてもう故国に帰つて了つたつていふ話しぢやなかつたか。』

『えゝ一旦あの時帰るにや帰つたんですが、あれは一昨年《おとゝし》でした。一昨年の十二月に帰つて、直ぐまた去年の二月の十一日にそれでも五十円貰つてひよつくり出て来たんですつて。』

『老爺さん、故国は何処だつけな？』

『故国は伊勢です。さうしてお金さん、その此方へ帰つて来た時の顔付が、何とも言へない顔をしてゐて、いまだに眼に残つて、思つて見ても恐くなるといふんです。』

『ふむ………。』

『御亭主の方ぢや、あゝしてお金さんが、自分を体好く故国に追ひ返して置いて、また相当な男でも、持つ積りでゐるやうに思ひひがんで、故国《あつち》へ行つてゐても安心してゐられないんですつて。――

『それは、戻つて来た時分に、何とも言へない凄い顔をして、自分が疑ぐつてゐることが、何か出来て居りはせぬかと思つて、キヨロ〳〵其処等中を探すやうな風をして入つて来たので、お金さん驚愕《びつくり》して了つたさうですよ。――全く驚愕したでせうよ。』

『併し気の毒なもんだねえ。御亭主、片眼だらう。さうして幾歳？　故国《くに》には兄弟はあるのか？』

『今歳で五十二ですつて。片眼にも〳〵其の上痛風《ちゆうぶ》で半身不随なんですもの、おまけに右だから何うすることも出来やしませんわ！　――兄弟は東京《こちら》にも一人ゐて書画の商売《あきなひ》かなんかしてゐるといふことですが、何うせさう好か無いんでせうよ。――仲も余《あんま》り好かないんでせう。それにお金さんが余り劣ん気が勝ち過ぎて他人に好れない方ですから。何時かも、其処のお神さんが亡くなつた時にお金さんが行つたら、兄貴といふのが、秘《そつ》と傍《わき》へ呼んで、よく来てくれたが、お葬式には出なくつても好いと言つて、お金さんの服装《なり》の汚いのを厭がるんですと。総領は家系《あと》を継いで故国《くに》で百姓かなんかしてゐるんでせうよ。故国にも此方にも親類は方々にあるらしいんですが、親類なんか駄目でせう。その五拾円のお金も方々の親類から喧嘩面をして貰つて来たんださうですが、老爺の方も彼様な風で因業だから何処へ行つたつて好かれないんでせうよ。甥に一人お坊さんになつてゐるのがあつて、之れは極く気楽にやつてゐるんで、帰つた時にも初めの内は其処の家に拠掛《よつか》つてゐたんださうですが、一と月経つか経たない内に甥と喧嘩をして、もうお前の家《うち》なんかに厄介になるもんかつて、其処を出て了つたんですつて。何うせさうでせうよ。甥にだつて女房や子供があるんださうですから。

『それから五拾円貰つて来たつて、それくらゐ食つて仕舞ふに雑作はないし、何うすることも出来ないから去年の暮に、またいよ〳〵故国に帰らうかとでも思つて馬喰町か何処かに、まだお金さんなどが簪《かんざし》類の卸売をしてゐた時分からの心安い、羽織の紐を卸す家《うち》が一軒あつて、其処の家へ相談にでも行つたんでせうよ。所が唯帰つたつて仕様があるまいからと云ふんで、ぢや品物は貸すから川崎辺《へん》で、まあ売つて見なさい、間の儲は其方《そつち》で取ることにして、といふやうなことで、年末《くれ》に其れを売つて見たんです。所がまあ五円儲かつた。去年一年で老爺さんの儲《もうけ》がそれで唯その五円にしかならないと、お金さん、言ふんです。ハヽハヽ…………。』

家内は此処で一寸、自分の経験から同情は寄するものゝ、さも〳〵お可笑《かし》いといふやうな笑ひやうをして、更に話を続けた。

『さうでせうとも、川崎辺《あた》りで何うなるものですか、売ると言つたつて、ほんの知つた家《とこ》へ行つて頼んで買つて貰ふと言ふまでだから、一度買つたらもう買ふことは滅多にないんですもの…………。』

『片眼に半身不随！　俺は一寸見ただけでもあんな聞かぬ気のお金さんが、よくもよくも其様な処へ打ち当てゝ嫁付《かたつ》いたものだねえ。――其の事も時々お前から聞くにや聞いたけれども。』

『それが何うも不思議ですねえ！　あれが腐れ縁といふんですねえ！　選《え》りに選つて此度が一番の屑ですもの。全く一杯食はされたの。彼処《あすこ》へ嫁付いて行く直ぐ前、姉さんの処で、文さんが、何処か、文さんの仲間内へ、――其処には多少《いくらか》小金もあるし――世話をすると言つて、それは見合までしたんです。所がお金さんあの通りの強情つ張りだから、先方《さき》の顔を見ると急遽《いきなり》駆け出して戻つて来て、甚く腹を立てゝ、「人を馬鹿にしてゐる！　幾許此方《こつち》が何度出戻りだつて、連れ児をしたつて彼様な男の処に世話をするなんて厭な事。」と言つて、その縁談《はなし》はそれつ切りになつたんです。ナニ男はさう悪かなかつたんですよ。文さんはまた文さんで甚く腹を立てゝ「折角世話をしやうといふのに、何方《どつち》が人を馬鹿にしてゐるのだ。」と言つて、あんなに人のことをよく心配する人が、それつきりお金さんのことには口を利かなくなつたんです。それだのにあの聞かぬ気のお金さんが川崎から相談に出て来るといふんだから此度こそ、よくよく独りで思ひあぐんだんでせうよ。』

『ぢや何んだな、文さんの処へ十何年振りに相談に来たんだな。既う嫁つてから十年の上からになるんだらう。』

『え丶なりますとも、貞吉といふ子が行つてから直ぐ出来たんで、先刻《さつき》明けてもう十二になると言ひましたから。』

『行つた時分にや、先方《むかう》だつてまさか其様なぢやなかつたんだらう。』

『え丶、身上《しんじやう》は別に財産《もの》があるといふ方ぢやなかつたが、でも商売の資本《もとで》ぐらゐは何うか出来たんです——けど矢張り、あのお金さんでも一杯食はされたの。男振に。

『といふのが斯うなんです。見合の時分に先方が服装《いしやう》は好《い》いなりをしてゐるし、それに男が大きな、一寸立派な格服なもんだから、本当よりかずつと好く見えたんですねえ。——さうして金縁の眼鏡なんか掛込んでゐたから、よもや片眼といふことには気が付かなかつたの。で、婚礼の晩だつて矢張り金縁眼鏡を掛けてゐたから分らなかつたんですつて。——さうしていよいよお退散《ひけ》になつて、これからお床入りといふ間際になつて——ハ、ハ、、其の間際になつて始めて眼鏡を外すと、さあ片眼でせう！

『お金さん其の時だけは、ハアツ仕舞つたと思つたつて言ひましたよ。けれども幾許何と思つたつて、生《うぶ》な花嫁かなんぞなら知らぬこと。まさか其の場で逃げられもしまひし。つまりそれなり往生したんですねえ。』

『それがお金さん幾歳の時？』

『ですから行つて間もなく子供が出来て、それが今十二になるんですから、さう、お金さんが廿九か三十の時分ですねえ。』

『三十の時分。その時やお金さん悔しかつたらう。』

『そりや悔しかつたでせうよ。ですから、あの通り気の早い人間のこつたから、直ぐ其のお床入りの場で片眼と分つた時、其の場では何うするつたつて仕方がないが、さうしてまあ少しゐる内にまた何とか話を着けて出やうと腹を定めて了つたさうですよ。——其処になると又初めて嫁に行つた者と違つて話がし易いし、当人だつてそれほど構はないから。

『ですから自分で頭《てん》から男が厭で〳〵溜らないくらゐだから、あの劣けぬ気の、気位の高い人間が、私達訪ねて行つたつて、初めて行つた時なんぞ、亭主を私達に見られるのが厭さに、私達を上に上げないの。うちでは今日茶だかお花だか、其の連中のお客があるからと言つて私達を上げないの。ナニお客なんかありやしなかつたんですが、男を見させたくないの。

『あれは嫁《い》つてから何でも二月くらゐも経つてからでした。姉《ねえ》さんが、「此度はお金さん何様な処へ行つたらう。行つて見やうぢやないか」と言つて、其の時分はまだ嫁付いた当座で本所にゐた時です。何処かお参りに行つた序にずつと廻つて寄つて見たのです。

『でも其の時は一寸小綺麗な家に居りました。その兄といふのが、前言《さつき》つたやうに書画の商なんぞをしてゐて、風流な商売ですから良《い》い人達とお茶の仲間なんかゞあつて、其様な時に使ふ為に別に小綺麗な家を持つて明けて置いた。其処へ夫婦《いつしよ》になつた当座はゐたんです。——三間ばかりの、凝つた家でした。

『で、此方が行くと、お金さん、上り口の処まで出て来て、其処で、さも困つたといふやうな顔をして「まあお米さん、本当に私や困つて了つた。」て、いきなり低声《こごえ》でさう言ふんでせう。』

『ふむ。』

『母指を出して奥を指す真似をして、「これが片眼悪いの」といふんです。

『私と姉さんとは一所に「へえツ片眼？」と言ふやうなことで、其の儘其処に腰を掛けてから尚ほよく聞くと、全く今言つた其の、婚礼の晩に金縁に巧く騙かされて分らなかつたんですと。

——ナニ其の時だつて私だけなら上げたかも知れないが、此方は姉さんと一所でせう。何せ後日《のち》になれば分る分とも姉さんには見られるのが痛《つら》かつたでせうよ。前に文さんが世話をしやうと言つた時に、男が悪いと言つて嫌つた点《かど》があるから。——姉さんには見せられませんさ！

『それから段々聞くと、お金さん、ナニ片眼だけなら、私は別にそれほど困らん、と言ふんです。片眼だけならさう困らないが、もう何うも仕様のないことがあると言ふんです。』

『ふむ、ふむ〻〻。』

『で、お金さんも初めの中はなか〳〵言はなかつたが、段々私達の方で問ひ詰めて行くと、「丁度今月から閉止《とま》つて了つた」といふんです。

『その時分、自家《うち》の兄《あに》さん達「お金さん、其の夜最早出来て了つたんだ。」なんて言つてゐました。ナニ片眼だけなら、いよ〳〵気に入なければ出て来たつて好いんですが、お腹に児があつては、さうは行きません。此度また何処かへ行くとすれば違つた父親《おや》の子と二人も連れるやうになりますから、で、また斯う考へ直したんです。もう斯うなつた以上は仕方がないから、身二つになるまで辛抱してゐて、いよいよ其の児が生れた上で出るなり何するなりしやう。もし女の子でゞもあつたら、睦坊が既う一人あるんだから惜くはない。都合よく男の子でも生れゝば、また其の時思案をしやうと定めたんです。』

『それが貞吉《ていきち》といふ男の子なんだらう。』

『えゝ、それが其の子です。』

『それでもお金さん、今になつて、矢張《やつぱ》り別れる気なんだな。』

『えゝ、矢張り別れるといふんです。』

『だつて其様な事を言つたつて仕様があるもんか、幾許何だつてお金さんも最早四十にも四十二にもなつて。』

『ですから最早今となつてや男振が何うの斯うのと言ふんぢやない、老爺さんと一所に此のまゝゐたんでは此の先親子四人首に袋を下げるのは知れ切つてゐると言ふんです。――昨夜も姉さんの処で文さんにも座つて貰つて、あんな時分まで四人で種《いろ》種《いろ》相談をしたんですけれど――。』

此処で私が一寸そのお金さんといふ人のことを話して置く。

私が前にも言つたやうに、お金さんといふ人間は昨日初めて会つたばかりであるのみならず大抵二階にばかり閉籠つてゐて、ほんの偶《たま》にしか階下《した》に降りぬから染々と話もしなかつた。固《もと》より私に用があつて来たのではない。それに世間にあまり珍らしくもない、苦労話しをしに来てゐるのを知つてゐたから私はわざと避けてもゐたのであつた。

けれども、私と家内は一所になつて最早五六年になる。その五六年の長い間、度々話された多くの人の身の上話しの中にも此のお金さんの名も時々出たのである。併し割合に多く出た。尤も其の都度私は毎時聞かされる役であつた。といふのは、此のお金さんと家内とは従姉妹の子同志くらゐにあたる。だから家内の老母とお金さんとは一代だけ血縁が濃くなる。お金さんは今から二十年ほど前に、此の血縁を依頼《たより》にして能登の七尾から唯二三枚の着換を抱えたまゝで東京に脱けて来たのであつた。私達が六年の生活の間に、私が時々聞いてゐて、別段に記憶に留めやうでもないが、自然に記憶に残つてゐることを今ざつと掻摘んで想つて見るのに、お金さんといふ婦人《をんな》は、これまでも度々聞かされたやうに余程聞ぬ気の、何事でも自分で定めて自分ですると言つたやうな人間に違ひない。

何でも故郷の家では仕立屋と湯屋とをしてゐるとやらで、出て来る前に相当な材木屋とかへ一旦嫁付いたのだが、何が気に入らなかつたのか、兎に角に気に入ないで、自分で出て戻つて、それから間もなく東京《こちら》へ来たのだといふことだ。

その時分には家内の家でもまた可也大きく米屋をしてゐた頃とかで、お金さんは其処に一と先づ落ち着くと、直ぐ間もなく、女性《をんな》で、二十歳《はたち》で、併も田舎からポツト出といふのに、何処で何うしたか、自分で職の口を見付けて襯衣《しやつ》類の仕立屋に入つた。さう斯うしてゐる内に今度は鉄道に出るとか、工場に出るとか言ふ月給を取る者の処へ自分で見立てゝ嫁に行つた。それは家内の家でも知なかつたのであるが、ある時突然斯々《かう〳〵》した次第で斯ういふ処へ嫁付いたけれど、悉然《すつかり》自分の眼が覆つた。何かして脱けて出やうと思ふ。それには自分独りでは荷物の所置に困る。何時何日《いついつか》は男が居ない日だから其方から誰れか来て荷物を持つて帰つて預つてゐてくれといふ手紙を越した。で、此方は其の言ふ通りにして遣つた。

それからは家内の自家でも其様な独断《ひとりぎめ》なことをしてはならぬ、と言つても聞かしたし、また自分でも当分は男を持ぬと言つて、何しろ裁縫の腕がある所から、独りで一軒小広い家を持つて仕事の看板を懸け、傍ら同居を二三人置いた。すると、家内の話すのでは、お金さんといふ人は不思議に仕事が来るのださうな。その時も呉服屋に一軒華客《とくい》が出来て其家のだけでも仕切れないほど来る。まあ斯ういつたやうな風で精々《せつ〳〵》とやつてゐる内に、矢張り初めは仕事が縁の端になつたのであらう。何処か大きな金持とか番頭とかと一所になつた。

　けれども、此の時もお金さんの方では浮いた気は少しもなかつたのだといふことだ。私が聞いただけで前後を判断して見ても何うもさうらしい。

　で、何時かずつと前に此の事を家内から噂に聞いた時に、

『でも先方は初から妾の積であつたんだらう。』と言つたら、

『後になつて見ると何うもさうらしいんです。でもあの通りお金さんの事だから油断はしません。初め若しお妾といふことなら断じて厭だ。今は仮令《たとひ》一寸の間《ま》其様な風にしてゐても、行々《ゆく〳〵》細君になるといふのでなければ承知せぬと、きつぱり言つたんださうです。で、初め仕事を頼まれる縁が家主の酒屋とかであつたもんだから、其の時も矢張り酒屋が仲に入つて口を聞いたんですつて。――私も其の男を一二度知つてゐます。そりや立派な男で、着物でも持物でも金の掛つたものばかしでした。さうして其処のお金さんの家へ兎も角も一所に当分ゐたんですが、其の内三月か四月かすると、もう他の処に情婦《をんな》が出来て、此方へ寄り着かなくなつたんです。騙しもしたらうが、一体浮気な男なんでせう。それからお金さん怒るまい事か、邪々張《じや〳〵ば》つて何と言つても衣服《きもの》も持物も押さへて渡さなかつたが、それでも仕舞には遂々《とう〳〵》幾許か手切を取つて物別れになつたんです。』

と、斯う言つたことがある。私もそれくらゐであつたらうと思ふ。

　その後《のち》お金さんは家内《うち》を畳んで了つて、また一二年は、方々の家へお針の仕事に入つてゐたのださうな。

　と、此度は表向世話をする人があつて軍曹で憲兵をしてゐる者の処に嫁付いた。その憲兵こそ、人間が堅い上に男も好くつて、お金さんには今までに一番気に入つて、『此度こそ此家《こゝ》を死場処にする』と言つてゐた。さうして此度だけは早速籍も入れ、お睦と言ふ女の児も一人出来た。所が御亭主は後に台湾に行つて勤めてゐたが、子供が三つの時に彼方でマラリアに罹つて死んだのださうな。

　さうして見ると、故国で一人と、東京《こちら》に来てから四人《よつたり》と都合五人、お金さんは亭主を持つたことになる。

　お金さんの経歴と言つては、私は是れつきりか知らない。固より自分には全く関係の無い人の身の上であるが、私もつい引入れられて、

『ぢや其の男の子が今日に至るまでお金さんの桎梏《くびき》になつたといふ訳なんだね。』

『え〻え〻、其の子が本《もと》なんです。ですから昨夜も染々さう言つてゐましたよ。「私はあの貞吉に引されて却つて不仕合を見る。」つて。

『……それがまた一つ拍子が違つて来ると、皆《みん》ながバタ〳〵と違つて来るんですねえ。お金さんだつて食へさへすれば何も其処へ嫁《ゆ》くんぢやなかつたんでせうが、其の睦坊のお父つあんが台湾《あちら》で亡くなつてから、当座は遺族《あと》の者の扶助料として年に三十円しか下《さが》らなかつたんです。それではとても女の一人腕で子を育て〻行くことが出来ないからと言ふんで、嫁付くことになつたんです。で、行くと直ぐお腹には子が出来るし、其処へ以つて来て不意に一時金が何でも、あれで五百円ばかり下つたのです。初めからさうと知つてゐれば、それだけあればまた何かして遣つて行けるから、もう行くんぢやなかつたんでせうが、其処まではお金さんにも分らないし、それで、御亭主の方からも資本《もと》を出し、お金さんの方からも其の金を注ぎ込んで、横山町辺で小間物の卸屋を始めたのです。御亭主といふのが、一体器用なことは器用なの。自分で色々簪などの工夫をして、それを職人に拵《こ》さへさすんです。店の者も三人くらゐ置いてゐましたよ。あれで無事に続いたら好かつたんですが、――お金さん、あの時は好い恰好の丸髷に結つて、下町風の意気なお神さんになつてゐました。――で、お金さんの考では、その亭主は何処までも厭なんだから、さうして置いて身も二つになり、商売の方も多少道が立つてから、話合で別れやうといふ下心であつたんです。処が、あれで一年も遣つてゐるか、ゐない内に亭主が、どつと痛風で寝て了つたの。それからは貸しが出来る。店の者にも――幾許お金さんでも、自分が外に出るんでないから――外で好いやうにされる。段々居食《ゐぐひ》をするやうになつて、仕方がないので今の川崎に、百円とか百五十円とか貸しになつてゐる家があつて、それを貸しの代りに店を立退して自分達で其処に行つて店を始めたんですが、何しろ亭主が何にも出来ない上に、薬代や何や斯や種々費用《ものいり》が嵩むから商売は従つてます〳〵立ち行かなくなる。加之《それに》その子供が男の子であつたから、お金さん、またそれが愛《お》しくつて手放し難《にく》くなつて了つた。』

『そこで今ぢや木賃宿かなんかしてゐるんだらう。』

『え〻、まあ木賃宿ですねえ。安宿《やすどまり》をしてゐるの。それまでだつてお金さんのこつたから種々《いろ〳〵》に悶掻いて見たんでせう。一時は鶏《にはとり》を飼つたり何かしてゐましたが。何時であつたか、自家の老母《おばあ》さん、久振りで訪づねて行つた時にも、鶏《にはとり》に食はすんだから、お老母さんも一所に捕りに行つておくれつて、家内中で田圃へ稲子《いなご》を捕りに行くんですつて、幾許勘定に合はないたつて。鶏《とり》に稲子ばかし捕つて来て食はしとくもんだから、鶏《とり》が悉皆《みんな》死んで了つた。ハ、ハ……一体が吝嗇《けち》で、物事を余り考へ過ぎては失敗《しくじ》るの』

『だけどもまた、お金さんの真似は人毎には出来ませんねえ。

根の好《い》つたら、あれくらゐ根の好い人間も、たんとはない。夏なんか、朝、大夜着《おほよぎ》を解いて、洗つて、乾かして、それから糊をして、また乾して、綿を入れて、閉ぢて、それが夜着て寝やうと思へば着られるまでになるといふくらゐですもの。さうして何事《なん》だつて其の通りなの。その癖年中お銭《あし》の勘定ばかしゝてゐて。』

『ハヽヽヽで、今度は何いふやうに別れやうといふの？』

『ですから、お金さんの言ふのでは、今の商売には到底《とても》見込はないで、此の先彼様な厄介者を食はへてゐたんでは、頭で二人の子供をそれ〴〵に育てゝ行くことも出来はしないから、何うあつても老爺さんには、自分の子供の行末を思つても、矢張り故国に帰つて貰はねばならぬ。さうして置いて子供は二人ながら奉公なり何なりに出して、自分独りになれば、また東京の方へ出て来ても何うかして遣つて行けるといふんです。』

『だつて、そりや老爺が可哀《かあい》さうぢやないか。金銭《もの》もない、女房にも別れられる。さうすりや、もう此の世に依頼と言つては、二人の間に出来た其の男の子が一人ぢやないか。それさへ此方に置いて、――何様な人間か知らんが、兎に角永年住み馴れた土地を棄てゝ故国に帰るといふのは、消えると同じだ。私なんぞにしたら死んで了ふね。』

『ですから、お金さんが、余《あんま》りそれをいふと、「俺等《おいら》は最早在つて入らぬ人間だ。お前達の方で、いよ〳〵さうすりや、誰れも彼れも殺して了つて俺も死ぬ」つて、さう言ふんですつて。それも分らんといふんです。あゝなつたら――』

『無理もないさ。別れなくつたつて、好さゝうなものだがなあ、幾許厭だつて今まで十三年も四年も一所にゐたんぢやないか、二人を奉公に出すんなら、出して、後夫婦《ふたり》で遣つて行けさうなものだ。お金さんが一人遣つて行けるほどなら。』

『否、さうは行きませんさ。これで病み患ひといふことがありますもの。女一人で何うすることが出来るものですか。それでもお金さんが壮健《たつしや》な間《うち》は好いかも知れないが、もしお金さんが何うかして以後《これから》病気にならないとも限らないから。一昨年もお金さんが患つたから困つたんでせう。昨夜もそれを言ふんです。』

『ふむ、さうかなあ。』

『さうして老爺がまたよく食ふんですつて。お金さん昨夜も、「他の者は誰れか彼か、御飯が欲しくないといふ日があつても、お父《とつ》さんと来たら、何にもしない癖にそれこそ一年三百六十五日、今日は飯が不味といふ日は唯の一日だつてない」つて、さう言ふんです。お金さんのこつたから、厭となつたら、其様なことまでが厭で厭で仕様がないんでせう。』

『さうしてまた姉の睦坊は睦坊で、「お母さん、何うかして彼様なお父つさんとは早く別れておくれよ。戸外《そと》へ行つてゐても、途中で自家のお父つさんと会ふと、私や他人に面を見られるやうで毎時も横町へ外《そ》れて了ふ」て、さう言つて、何でも早く別れて了へ〳〵といふんですつて。さうでせう、最早彼の娘も十六ですから段々種々《いろん》なことが分つて来るんでせう。年々下る三拾円のお金だつて、一時《とき》の其の五百円だつて、皆なあの娘の名義で下りたんですもの。それを今の老爺の為に注《つぎ》込んで、自分は満足に学校へも遣つて貰へない上に奉公に行《ゆ》かなければならぬ、といふ気にもなりますからねえ。さうして第一老爺が汚いんですもの。それをも一つは嫌ふの。不具の上に疳か何かで口が斯うグツと引釣つてゐる処へ以つて来て歯が総入れ歯なもんだから、笑つたりすると、それがずつと皆な見えるんでせう。――それでもねえ、あの娘も考へてゐると見えて、「お母さんお母さん、分れるのも可いけれどもねえ、彼様なかぶれ虫のやうなお父つさんのこつたから、またよく話をしないで無理に別れて隠れたりなんかしてゐると、何様なにかして探し当てゝ殺しでもするかも知れん。そんな事になつては詰らぬから」つて言ふんですつて。』

『ふむ。老爺にしても無理はないねえ。だから其の男の児を向へ付けて遣るのが本当ぢやないか。』

『えゝ、けれどお金さん、それが惜しいの。』

『惜しいたつて其様な勝手なことがあるものか。それほど厭な亭主と別れたいから別れるんだもの。』

『それがねえ。昨夜もお金さん、此の頃になつてや是非に男の子を向に遣らないとは、自分では言はないといふんです。処が子供に「お前何だえ、お父つさんと二人で田舎へ行くか」と言つて聞くと「厭だ田舎へなんぞ行くもんか」つて頭からいふことを聞かないんですつて。さうかと言つて「お前奉公に行くかえ、姉さんも行くんだから」つていふと、矢張し「奉公なんかに行くもんか、尋常も卒業しないで」て、何と言つても聞かない。さうして此の頃は何処でも小学校で貯金といふことを子供にさすんでせう四銭か幾許か。それを自家に小遣があらうが無からうが頓着《とんぢやく》しやしない。「今日は持つて行くのはお止し」と言つたつて構はない「いや持つて行くんだ」つて、其処等中を搔《かつ》浚《さ》らつて行く。それでなけりや「姉さん四銭おくれ」つて睦坊の小遣を取つて行く。といふやうなんだから老爺は、「彼奴が行かないつたつて首へ綱を付けてゞも引張つて行く」と、いつてゐるんださうですが、お金さんは、また「幾許引張つて行くつたつても、其様なに嫌ふものを、伊勢や尾張までも附けて遣つたつて、彼様な自分の用さへ弁じかねる人に任して置いたのでは、何うなることか之れから行く先が思はれる」と言ふんです。――睦坊も睦坊で、「お母さん、何うかしてお父つさんだけ故国にやつて、貞吉には此方で小学校だけでも遣つておやりよ。私は奉公に行つても好いから」といふし、老爺は老爺で、何うでも故国に帰るなら子供を連れて行くといふし。――けれど大根が、老爺の方ぢや、お金さんに凭掛《よつかゝ》つてゐたいのが腹一杯なんでせう。田舎へ行つたつて其の通り詰らないし、加之《それに》何処までも、其様なに田舎に行け〳〵といふのは俺をさうして置いて、他に亭主を持つ気に相違ないと、それを何と説き明しても疑ぐつてゐるんでせう。ですから田舎へ行つたつて、静《じつ》としてゐられないんでせう。それだから直にヒヨコ〳〵戻つて来るんですよ。

『姉さんの暢気なのにも呆れる。昨夜も此方から私とお金さんと行つて、其の話を始めると「おやまた戻つて来たの、私は、もう故国に帰つたと聞いてゐたから、お金さん、また好い御亭主が出来てゐる時分だと思つてたのに」つて、さう言ふんです。ですからお金さん、「まあ、お米さんの何時までも暢気でゐられるのが羨ましい」つて、腹を立てますはな。

『でも、一昨年も、また子供が生れたんですよ。私はそれを聞いた時、ウンザリして了つた。あれほど嫁付き早々別れる〳〵と言つてゐるものが、十年も間を置いて、また出来たといふんですもの。一昨年貴下の留守に来た時にも、自家に無いから、それを貰つてもらへまいかつて実は其の相談に来たの。けど自家ぢや駄目だつて言つたんです。でも好い塩梅に三月か四月かして亡くなつたさうですよ。』

『その老爺の子だらうか？』

『そりやさうでせう。お金さん、其様なことはない人間だし。却つて老爺のでなければ、無理もないといふことがあるけれど……あれで、女を断つから身体が元になるやうにつて、何処かで願をかけたこともあつたんですよ。』

『で、文さん何と言つたの？　昨夜。』

『文さんは、「斯うなつてまだ其様な子供のことばかし思つてゐても仕方がないから、此処で思ひ切つて付けて故国に遣る方が好い。で、睦坊は何処か好い奉公先を見付るから此方に越しなさい。」と、私達もさう言つたんです。だから之れからまた自家へ帰つて老爺と論判を始めるんでせう。』

『何しろお金さん、恐い眼だ。』

『此の頃あゝなつたんですよ。毎日〳〵亭主と互に向は何いふ量見でゐるかと思つて、両方で腹ばかし探りつこをしてゐるから。』

『……おや最早二時になつた。今日は十八日だ。彼処《あすこ》へまた原稿を遅れると大変だ。何れ！』と言つて、私は二階に上《のぼ》つた。

一人娘

三十〇年の秋も既う冬に近い頃であつた。二年ばかり前から、専ら自分が主になつて編輯してゐた、ある書肆の辞書も一段落を告げることゝなつた。それでも書肆からは其の月の月給の他に一ヶ月分だけ余分に持つて来てくれたけれども、入る時には、また入るだけ手一杯の生活《くらし》をしてゐるので、そればかりの銭《かね》は焼石に水を濺ぐやうになつて瞬く内に何処かへ消えて了つた。

其処へ以つて来て、片手間に関係してゐたある文学雑誌も今度いよ〳〵立ち行かなくなつて遂々《とう〳〵》廃刊することになつた。

私《わたし》は一時《とき》に前後に糧道を断たれて了つた。折から世間は不景気なり、何うしやうにも生活の方法が付かなくなつて、宛然《まるで》落城するやうに、小日向台町から音羽の谷に裏家住居《ずまゐ》をした。折角楽んだ縁日物の草花も私には何となく永く懐ひ残された。

目白台から新道《しんだう》の坂を吹颪《おろ》す砂塵《すなほこり》を真正面《まとも》に受けて、畳の上は平時《いつ》もザラ〳〵として居心地が悪い。大地を震撼《ゆす》つて行く荷馬車の音が、閑静《しづか》な処に居馴れた耳にはうるさく響く。バラ〳〵と鉄葉《ぶりき》の屋根を弄《なぶ》つて過ぎる時雨にも冷たい夢を覚され勝であつた。

住居といふは、音羽の裏通を流れる大溝渠《どぶ》に沿ふた、二軒立の、六畳に三畳に二畳の長屋であつた。

他の室《へや》はさらに日の目といふものを見ぬ。唯《たつた》二畳の四尺の格子に、十時から十二時頃まで弱い冬の日がさした。私は其の下に机を置いて、「金が無ければ陽光《ひかげ》さへ買ふことも出来ぬ。」と想ひながら、また伝手《つて》があつて、此度は他の書肆ではあるが、矢張《やつぱ》り辞書の下書をして覚束ない生命《いのち》を辛くも繋いでゐた。辞書は何時までも私には縁が切れぬと見える。併しながら辞書の下書を何時までもしてゐるといふことは、何時までも有達の上らぬといふことである。

三畳に続く台所《かつて》の直ぐ前に共同の水道があつて、それを壁合の隣家《となり》と二軒で使つてゐた。

隣家は最早《もう》八十を越すといふ、恰ど半円形に腰の曲つた、萎びた老婆《ばあさん》と、その娘といふ五十前後の、まだ水〳〵した御新造と母子《おやこ》二人暮しであつた。老婆《おばあさん》の肉体《からだ》には何しても私達と同じ血が通ふてゐるとは思はれぬ。大方八十年といふ長い歳月が身体の組織を酸化して了つたのであらう。あれで能く物が見えると思へるやうな、濁つた青黒い瞳の色をしてゐる、切髪が白いといふよりは、黄色に光つてゐる。連合は江戸の町医であつたとやらで、目鼻立から、そのヨボ〳〵とした身体の取扱ひにも、何処やらさういふ種類の人であるらしい昔時《むかし》の名残が認られた。

娘の方は、顔に少し小皺こそあれ、背《せい》のスツクリと形の好い、奇麗に何時も丸髷を結つて服装《みなり》も小ざつぱりと、メイセンの羽織くらいは平常《ふだん》に着てゐた。若い時分は、さぞ美しかつたらうと思はれて、顔に何処と言つて非難の打ち処がない。珍しく、よく整つてゐる。それが為に、特色もないが、また少しも険といふものがない。上品で人が好さゝうである。口に三処も四処も金で細く詰歯をしてゐるのが、擦《す》り耗《へ》つて黒染《くろず》んでゐる。

初め引越した当座は、妻《さい》との話に、お隣家は母子二人きりで、気楽な暮しのやうだが、何様な身柄の人であらうかと言つてゐたが、その後間もなく、妻が湯から帰つて来て、

『今、お湯でお隣家の御新造と一所になりましてねえ、御新造は流しを取つてゐませんでしたから、背《せなか》を流して上げましたが、顔にはあんなに小皺がありますが、肉体は何うして〳〵まだ若々しい。私なんぞよりかずつと肉がありますよ。』と話した。

さうして一所に帰つて来て、途中での話によれば、隣家では書生に貸間をしてゐるのださうな。

あゝ、其様なことをしてゐるのか、道理で、なるほど割合に人出入が多いやうだと思つてゐた。と直ぐ其の翌日《あくるひ》ゴタ〳〵荷物を運び出すやうな気配がするので、格子から覗いて見ると、書生が三人他へ引越して行く処であつた。

すると書生が出て行つた直ぐその後から、『かしま』と書いてある板切れが、半窓の処にブラ下げられた。

その日の昼飯後《ひるご》、私は例の通り、二畳の机に寄つて仕事をしてゐるし、妻は台所《かつて》で後形付をしてゐる。と御新造が水を汲みに来て、昨夜《ゆうべ》の礼を言つて、それから今朝《けさ》俄かに書生が出て行つたし、老婆は先刻《さつき》弁天町のお寺へお説教を聞きに行つたから、夕方でなくつては帰つて来ませんから、御用が済んだら奥様《おくさん》些《ち》とお話に入しつて下さいと言つて帰つたやうであつた。間もなく妻も出て行つたらしい。

それから一時間ばかしゝて妻は帰つて来た。私も怠屈したので、出て来て、三畳の火鉢の前に坐つた。で、茶を入れさせながら、『何処？隣家へ行つてゐたの？』と聞くと、妻は

『えゝ、お隣家へ行つて今まで話してゐました。お隣家の御新造、何時までも〳〵話を止めない人！私は可い加減にして帰つて来たのです、——ですがお隣家は暖《あたゝか》で好うござんすよ。南向きに八畳と四畳半とあつた、八畳には自家《うち》とは違つて床の間もあるし、庭はないが、椽側が附いてゐて、其処へ一杯日が射して、四畳半も南に一間の臂掛け窓があるんですよ。其処へ長火鉢が置いてあつて、其処で今まで話してゐたんですが、御新造は、それは〳〵清潔《きれい》好きなんですつて。ですから家《うち》の中が光つてますわ。さうでせう。私にお茶一杯出すんでも、茶棚から茶器を出し、抽斗からは奇麗な布巾を取出して、そして一つ一つに馬鹿鄭寧《ばかつていねい》にそれを拭いて、それからやつとお茶を入れるの。お菓子を食べてゐても、其の砕片《かけ》が落ちるでせう。それを一々拾つて、火鉢に入れて、摘めないやうなのは、指の先を嘗めて

まで取るんです。ですから私が、「御新造さん、貴下随分お清潔好きですねえ」つて言ふと、「えゝ、これは昔からなんです。私は畳の上に毛ほどのものがあつても、気になつて気になつて、仕様がないから、暇さへあれば、透して見て、畳を空拭してます」つていふんです。何て甚い疳性なんでせう！今もね、奇麗に畳んだ手巾《はんけち》を取出すから、何うするのかと思つてゐると、出もせぬ鼻をチン〳〵チン〳〵耳も鼻も裂けるだらうと思ふほどカムんですもの。私はお可笑《かし》いのを耐忍してゐました。ハヽヽヽ。』

『ハヽヽヽ。——ぢや自家より幾許か広いんだね？』

『えゝ、さうです。まだ玄関が三畳あるんですから。——家賃が五円五十銭で、自家よりか壱円高いだけ好ござんすわ。ですけど働《かせ》ぎ人《にん》がないから、あゝして八畳に同居を置くんですつて。』

と言つたが、妻は独りフト想出したやうに、

『おゝ、さう〳〵、それにしては先刻椽先に男の寝巻が乾《ほ》してあつた。書生は行つて了つたし。何んだか可怪《おか》しい！』と言つてゐた。

それから二三日も経つと、また借手が就いて、此度は書生が二人来た。と、それが五六日もすると直き行つて了う。さうすると其の後に直ぐ例の『かしま』の板がブラ下る。斯うして板が度々出たり引込だりして遂々その歳も暮れて了つた。

私は其の歳は曇つたやうな正月をした。

隣家には相変らず窓に『かしま』の板が寂しく下つてゐた。すると確か七草頃であつた。差配が年始に来た。自家を出て隣家に入つたやうであつたが、一向出て行つた様子がない。と、壁の彼方で男の話声がする。今まで寂然《ひつそり》してゐた隣家の台所《だいどころ》では俄かにガタ〳〵と膳拵への音がある。ガラと格子が明いて、御新造が何か買物に出て行つたらしい。

差配に挨拶に立つてから、そのまゝ火鉢の処に黙つて坐つてゐた妻が、

『本当にあの差配、何だか虫が好かぬ。隣家に上つたやうですねえ。お隣家と差配とは親類かしら？今まで遂に其様な話も聞かなかつたが。——さうと知つたら、私、何日か、彼様なに、差配の事を、御新造に悪く言ふんぢやなかつたに、道理であの時御新造が厭な顔をしたと思つた。』と、独語《ひとりごと》のやうに言つてゐた。

といふのは、此の家は妻の名義で借りてある。無論差配との交際《かけあひ》も妻がしたのだ。引越した日の午後は、私は他に用事があつて、ゐなかつたが、まだ取散かしてゐる中へ、差配は早速店請証を持つて遣つて来た。さうして上れとも言はぬに、ズン〳〵座敷に通つて長火鉢の前に坐り込んだ。妻は、此の急しいのに、サツ〳〵と帰れば好いと、思ひながらも、可い加減な世辞を言つてゐると、先方《むかふ》は、好い気になつて、頼みもせぬに、指図が

ましく、やれ簞笥は何処に置いたが好いの、やれ茶棚は何う向けたが好いのと、其様なことまで小うるさく世話を焼く。『何て厭な人だらう！』と言つて、御新造に其様なことを、妻が話してゐたのを私も聞いたことがある。

差配といふは、同じ音羽にゐて、全体に小造りな、一寸見は四十二三にしか見えぬが。或は六七になるのかも知れぬ。何時もキリツと唐桟くらいのさつぱりした衣服《きもの》を着て、何処か道楽肌らしひ様子が見える。

間もなく隣家では酒宴《さかもり》が始つたらしい。

其の後松も取れ、学校が始まる頃になつて、貸間は塞がつた様子である。書生がまた朝々水道の処へ顔を洗ひに来出した。と思つてゐたら、また四五日してそれが来なくなつた。

夜になつて四辺《あたり》が寂然として来ると、壁の彼方では、相変らず御新造がチン〱チン〱例の鼻をカム音がする。と、その他に、も一人鼻をカム音がする。それが何うも老婆ではない。男がカムでゐるやうである。それが時々する。書生のゐる時分にもするが、書生がゐなくなると、一層繁々聞える。

それから私には眼に着なかつたが、妻が言ふのでは、時折隣家から差配が出るのを見るさうだ。

で、ある日、また御新造が自家に話しに来た時、妻が、

『御新造さん、お宅と御差配とは御親類なんですの？』と尋ねたら、御新造は、

『いえ、別に親類でも何でもありやしません。彼家《あすこ》には貸金《かし》があるもんですから……』

『へえ、貸金？　余程お有りなんですか？』と重ねて聞いたら、

『えゝ〱、それで困つてゐるんです。私共もそれが為に此様な小《ち》さい処にゐるんです。』と、不意と顔を曇らして、下を向きながら独語のやうに言つた。が、それ以上には言はないで、他へ話頭《はなし》を外らして了つた。

其の後も折々、所在なさに、私と妻との間に隣家の噂が始まる。妻がいふのでは、

『何うもお隣家の御新造は、あの差配のお妾ぢやないかしら？』

『だつて此な間お前に、差配には大分《だいぶ》貸金があると言つてたぢやないか。』

『さう――さうですねえ。お妾にしては余り吝な生活ですねえ。屢く私、魚屋や八百屋などで一所になることがありますが、書生さんのゐる時には、お肴を、二人ゐれば二切れ、一人ゐる時には一切れしか買つてゐないんですよ。自分達や何を食べてゐるんでせう？――おゝさう〱何日だつけか、私が福村へ行つてゐると、背後から「屑羊羹を弐銭下さい」と言ふ声がするので、私は、おや、屑羊羹を弐銭と思ひながら振返るとお隣家の御新造なんでせう。御新造もまさか私が其処にゐると思はなかつたもんですから、「お供物《くもつ》にするんだから」と言ふんですよ。そしてねえ私に向つて、「何うも私の処はねえ、仏が多いので困

つて了まふんですよ。」つて。幾許仏が多いたつてねえ。——あの服装《なり》をして弐銭ばかし！そんなくらゐならお重《そな》へでも買へば好いのにねえ。

『その癖お刺身を一人前買つてゐたり、徳利を羽織の下に隠してゐることなどが、時偶《ときたま》あるの。其様な時は、屹度隣家《うち》に差配が来てゐるんですよ。』などゝ言つて私に話す。

では其様なに生活を詰めてしてゐるのなら、手内職でもしてゐるかといふに、手内職処が、不断着物までも外へ出す。何日かも妻《つま》がお湯で、差配の息子の嫁に会つた時に、隣家の噂が出て、妻《つま》が『お宅とは大変御懇意のやうですねえ。』と言つたら『えゝ〳〵叔母さん毎日私共へ来ない日はありません。——叔母さん自家にゐる時には、あれで何かしてゐるやうですか？』と聞く。

『さう、毎日箒と雑巾ばつかし持つてゐらつしやる。随分疳性ですねえ。あれでは何にも出来ますまい。』

『まあッ——矢張しさうですか。私はまた此の頃は、暇には手内職でもしてゐることゝ思つてましたに。襦袢一つ縫ふんでも、自分にや出来ないんですからねえ。其様な時には自分が糸だけ通して、あの眼の悪いお祖母《ばあ》さんに縫つて貰ふんですもの。真《ほん》個《と》に取所《とりえ》のない人！——あの人、若い時分にや、お湯屋で断《せ》かれたほどですよ。長い湯で、お湯をザブ〳〵使ふんで、二人前の湯銭でなければ、入れぬと言はれて、始終《しよつちゆう》二人前以つて入りに来たんですよ。』と話してゐた。

でも御新造は、流石に此の頃は何か自分に出来さうな事でもあつたら、仕やうと思ふが老婆は、

『お前は何をするつたつて、習ひに行かなければ出来ず、そんなにして職を覚えたとて、幾許取れるものか。私のやうに若し眼でも悪くすると五拾銭や壱円には代へられないぢやないか。』

と、

何処一つ身体に悪い処の無い者を、さう言つて労《いたは》つて止める。

二月の末のある晩のことであつた。私達は遅く戸を叩き起された。牛込にゐる妻《さい》の兄が急病だと言つて呼びに来たのだ。その夜から引続いて二十日《はつか》ばかしといふもの、妻は殆ど行きづめに看病をしてゐた。

私は一人で仕事を続けてゐた。午飯《ごはん》などは、兄の処から誰かしら運んで来てくれた。で、私は怠屈した時などは、隣家の御新造が、親切に言つてくれるので、留守を頼んで置いては表《おも》口《て》を閉めて、裏木戸から散歩などに出て行つたこともあつた。

一時は何うかと思つた病人は段々快復した。妻《さい》も三月の半頃には戻つて来た。取り敢えず妻《さい》は隣家へ顔を出して、留守中の礼を言ひ置いてそれから二日三日は男一人で放棄《うつちやり》にしてゐた、掃除やら形付やらに忙はしかつた。

と、その頃の時候にはよくある、一日塵埃《ほこり》を巻き上げて、温《あつた》かい風が吹き暴れたことがあつた。それが晩方になつてますま

、す吹き募る。バラ〳〵と、坂道に添ふた羽目板に小礫《こいし》を打ち中《あて》る音がする。此の時風上を受けた水口の戸を閉め切つてお台所《かつて》をしてゐた妻《つま》は、何か物音を聞いたやうで、急遽《いきなり》ガラリと其処の戸を明けた。と、お勝手へ駆込む後姿が見えた。丁度其処には今朝取つた炭に水を濺《か》けて置いてあつた。と、入つたと思つた御新造は、直ぐ此方に振向ひて、

『甚い風ですねえ。』と言つた。その顔付が此方には思ひ做しか妙に思はれた。

『えゝ』と言つた切り、妻《さい》は其の炭俵を抱え込んだ。

夕飯の膳に向つてから、妻《さい》は、私に

『貴下は、先達て中、私の留守に、あの流しの処に、して置いてあつた水餅を焼いて上つて？』と問く。

『いや、俺は餅なんか食ひはしない。』

『まあッ！私、お隣家の御新造にも驚いて了ひました！……へえッ！道理で私、此《こ》な間《ひだ》から変だと思つてゐた。』と、抑へるやうに言ふ。

『何うしたの？』

『いえね、私がまだ牛込へ看病に行く前に、流しへ、瓶に一杯水餅をして置いたのです。まだ一つも食べもしないに、大変少くなつてゐるんでせう。——何時かも御新造が、私が水餅をしてゐるのを見て、「自家の老婆も粟が好きだが今歳は搗けなかつた」と、いふもんですから、少し上げたんですよ。——貴下は嫌ひでもあるし、上らないと言ふし。煮物もしないのに、お砂糖も減つてゐるし。何うも可怪いと思つてゐましたら先刻も斯うなんですよ。』と言つて、炭の一件を話し

『今までは、まさかと思つてゐましたけれど、あの様子では、矢張し私の疑つた通りですよ。』

『ふむ、——まさか其様な人ぢやないんだらうがねえ。』

『矢張し困ると、あゝなるんですねえ。』妻《さい》はさうと決めてゐるらしい。

『もしさうだとすれば、あの人が悪いといふよりは、貧乏といふことが不道徳なんだよ。だつて、斯うして銭がなければ、日の中らぬ処にゐなければならぬ。貧乏してゐるのが罪悪《つみ》なんだ。——知らん顔を、して置け〳〵。』

『えゝ、それは知らん顔でゐますさ。』

併しさういふことがあつてからは、前《ぜん》ほどは親《ちか》しくしなかつた。

段々時候が春らしくなつて来るにつれ、私はまた毎年のやうに、身体中が気怠くつて、節々が光照るやう痛み出した。

幸ひに直ぐ向に、女按摩がゐた。私は度々それを呼んで揉した。段々馴染になるにつれて、種々話しの中には、勿論隣家の噂も出た。盲人は音羽の生れで土地の事には委しかつた。

按摩は『ナニあの御新造のは自分の心柄《こゝろがら》ですよ。』とケナシ

てゐた。

　御新造は、元此の近くの何町の、大きな質屋へ、縹緻《きりやう》望みで後妻に貰はれて行つてゐた。旦那との歳こそ違ふが、他に何一つ不足はなかつた。と、その内旦那は患ひ就いた。その時、あの差配が法華の凝り固りで同じ講中であつた処から、足繁く祈禱に来てゐた処から、何時か御新造と妙な仲になつた。旦那の病気もそれやこれやで一層重くなつたのか、程なく亡くなつた。

　二人の仲は、次第に濃くなつた。それが此度は義子《むすこ》の耳に入つたので、一生気楽にしてゐられる身が、それが為に其家を離縁になつた。

　その後もまた一度嫁付《かたづ》いたが、矢張し其の男との仲が切れぬために、半歳ばかしゝて、又其家《そこ》からも出された。

　それから、此の方ズツトあんな調子でゐるといふことだ。

　按摩は斯う言つてゐた。『此な間《こあひだ》もね。あの差配《ひと》の肩を揉んでゐると、此度息子が兵卒《へい》に取られて行くので近い内身延山へお詣りすると言つてゐましたから、あなたのやうな人には、さぞお影があるでせうと言つてやつたら、甚いことを言ふと、言つてゐましたつけ。――矢張し今でも毎日来るでせう。だもの何で書生なんか居着くもんですか。本当に気の毒なのはお婆さんですよ。あの歳をして。』

　上野の桜に人の出盛る頃であつた。私はその花を見やうとでもなかつたが、折から根岸辺に用事があつて博物館の横を新坂の方に行くとその途中で、御新造が、差配と女の児を連れて通るのを見掛けた。

　其の晩、御飯後の話に、妻《さい》は

『今日ねえ、隣家でも御新造は、親類へ、行つたとか言つて、お婆さん、お天気が好いので、私もしてゐるし、其処で洗濯をしてゐましたが、済んでから、お茶を入れて種々《いろん》な話を聞きましたが、全くあのお婆さんは気の毒ですねえ。』と言つて其れを話して聞かせた。

　お婆さんは、何処までも差配を怨んでゐる。これまでも方々を引越して、段々斯ういふ処へ住ふやうになつたのである。先祖から永く牛込の榎町に相当の家屋敷を持つてゐた。御新造は其の一人娘であつた。稚い時から随分甘やかして育てられたらしい。婿も二人まで取つたが、最初《はじめ》のは病死した、後《あと》のは道楽者で大分使ひ減された。その頃はまだ父親も存命中であつたから、養子は遂に離縁した。それでも、まだ堅くすれば母子食つて行けるほどはあつたので、間もなく父親も亡くなるし、養子にはそれつきり懲りて了ひ、その後暫時《しばらく》二人で暮してゐた。する内、仲に立つ者があつて、此方は先方《さき》の子を以つて立てさすといふ約束で後妻に望まれて行つた。それが其の質屋である。

お婆さんは、

『よく／＼娘《あれ》の運の悪いのです。折角さうして好い縁があつて嫁付いて、私も安心してゐましたのに、また其の連合にも死なれました。何いふものかあれには元から子がないものですから、連合がなくなつて見れば他人ばかりの処には娘も居痛くあらうし、私の方へ引取つて了いました。その後は別に好い縁もないので、最早十二三年も矢張しかうしてゐます。』と言つてゐる。

財産も今では悉皆《すつかり》無いのだ。

何しろ女性《をんな》母子ばかりで、他に親類と言つては、相談になるやうな処もないし、差配が何処までも親切らしく言ふのを信用して、僅ばかりの家屋敷も抵当流れのやうになつて、失くされて了つた。お婆さんは、もう差配の顔を見るのが厭なのであるが仕方なく反対《あべこべ》に此方から縋るやうにして、その形に何某《なにがし》かを毎月渋り〳〵助けて貰つてゐる。

『此様なにしてゐるよりか私はいつそ身でも投げて死んで了ふかと思ふこともありますが、そんなことをすれば、また娘に痛い目をさせねばなりませず。』と泣き〳〵話した。余り逆上《こみ》げたのでダラ〳〵と、鼻血が出た。

私達は其れから一月ばかしゝて高田の方に移転《ひきこ》した。もう五六年になる。その後一二度妻は御新造に途中で会つたら音羽もまたずつと奥へ越したと言つてゐたさうである。

田舎の友

一

一日《あるひ》、私《わたくし》は、東京《とうけい》からは二百里の余も遠くにゐる、河西といふ旧い友人《ともだち》から、突然に手紙を受取つた、その手紙は五六尺にもあまる長い文句であつた、手紙の意味は

……此の秋もまた勇気を鼓して御邪魔に出る積りであつたが、種々《いろ〳〵》な障碍《さはり》が出来て意《こと》に任せぬ。特には弟が甚《ひど》い病気をして、今では漸《やつ》と生命《いのち》だけは此世《こちら》のものにはしたが、それが為に、去年から、また一年間辛抱して、来《く》る秋の上京費に宛て貯蓄した僅かばかしの銭《かね》も使い果した。

……僕も今歳こそは三度目に是非とも宿年の志望を達して、自分も喜び、家族の者等をも喜ばし、度々厄介をかける君にも喜んで貰はうと思つて来たのが、今年もまた駄目になつて了つた。

……けれども、僕も最早《もう》田舎の中学校の教師には飽々した、僕が此の山の中に来てから既う十年に近くなる。初めの二三年は小年を対手にイツト、イズ、ドツグを繰返すのも何とはなく多少の興味がないでもなかつたし、君、十年前だもの、僕だつ

てまだ若かつた。それに僕の目的とする所は、御承知の通り、年齢《とし》が、何方かと言へば生若いよりは、むしろ一歳《とし》取つた方が人の信用も好いだらうと、君とも始終《しよつちう》お話した通りまだ〳〵二年や三年で後れませぬ。と悠然《ゆつくり》を構まへてゐたのだ。それが斯うして今歳はまた他の方の差支から受験が出来ぬとあつて見れば最早何時までも〳〵落着いてばかりはゐられないやうな気がして来た。

……去年二度目が駄目と分つてから此の方といふものは、僕は毎日〳〵判を捺したやうに学校に出るのが無上《むしやう》に厭になつて了つたのだ。十年近く耳に障らなかつた生徒の喧騒《さはぎ》が却つて此の頃になつてうるさくつて〳〵仕様がない。ゴトリと何か音がしても甚くうるさがつたのは君だ。僕はまだ其の反対に大抵は音には搆はぬ方で、君を笑ひ〳〵して、果は罪もない議論に亢《かう》じたことなどもあつたつけが、僕は、君とあの駿河台の下宿の六畳に机を並べてゐた十二三年の昔が此の頃頻りに懐しくつてならぬ。君は何とか斯とか言つてもその頃から好きであつた文学を、些《すこ》しの繫累も差障《さしさはり》もなく自由自在に続けてやつてゐるのだもの、それが幸福でなくつて、何が幸福だらう。僕のうるさがるのを無理はないと思つてくれ玉へ。

……それに君も御承知であらうが、此の頃は例の中学校の教員資格問題がます〳〵厳《やか》ましくなつて、従つて、官立出身のは固より、君と同じ学校の出身者なども二三人も来てゐる。何れも、僕が十年前《ぜん》に此処に来た時くらいの年格向で、それと共に、希望も心もまだ〳〵若いやうだ、併しながら、其の人達は皆な有資格とあつて、僕の上役さ！　其様なことにもまた同情の多い君だ。察し玉へ。

……随分愚智を並べて済まぬが、他の者には言ひはせぬ。聞いてくれ玉へ。まあさういふやうな理由《わけ》で、僕も中学教師はつく〳〵厭になつた。それに例の志望を達するには、此の、東京を距《さ》る二百余里の山間にばかりゐては到底も駄目だ。何様なものを参考して準備して好いやら、最早方角が分らなくなつたやうな心地《こゝろ》がする。それを防ぐには何うしても常に東京の空気の中に生活して居らねばならぬ。それ故僕も何とかして東京に出たいと思ふ。

……愚妻などは、まだお二人とも会つたことはないけれども、始終、君の家《うち》のことを羨んであるよ。さうして何日《いつ》になつたら私達は山の中を出られるのでせうと、此の頃ではそればかり言つてゐる、僕は君、女性《おんな》の虚栄心などに引されるやうな人間ではないといふことは君も知つてゐてくれるであらう。けれども此の頃では僕の方がむしろ、妻よりもその考が甚しくなつて来たのだ。

……僕も男の意地としても、是非一度は東京か、さもなくば大坂あたりで生活して見たい、妻子にも生活さして遣りたいと思つてゐる。

……でそれに就いて君にお願ひやら相談やらしたいといふのは、差当り受験の準備かた〴〵東京に出て何か僕の身に適当した商売がして見たい。それには今の所は、僕自分だけに考へてゐるのでは、矢張り将来の職業柄

一、法律鑑定といふやうなことをして見ては何うか。何だか三百代言見たやうで、一寸人聞が好くないが、まあ之れならば、自分にも出来るやう思はれる。さうして其の傍《かたはら》地所家作の売買の周旋のやうなこともして見たいと思ふ。

二、洋酒でも日本酒でも好いから、一寸《ちよいと》した一杯飲みのやうな商売。――私は此処の処で河西が非常な酒好だといふことを思ひ起した。

三、焼芋といふ商売は、大へん割の好いといふ事だ。妻は、焼芋は何うであらう、それなら私《わたし》がおッ張つて遣つて見ますと言つてゐる。

……兎に角右の三種に就いて損益の内情なり、資本なり、何ういふやうなものか、君は既に永年の東京通ではあり、其の辺《へん》の事情には一層お委しからし、一つ研究をして見てくれ玉へ。と、斯ういふ主意であつた。

二

私は此の長い手紙を繰披げて読んで行《ゆ》きながら、世間に、敢て珍らしい問題でもないが、あの河西が斯ういふことを言ふやうになつたかと思つて、腹の中で無理はない、と言つて遣つた。

それと共に、私には、河西といふ男の今までが始めて新に想ひ起されるやうな気がした。私が河西を知つたのは随分古いことである。

それは十七年前《ぜん》の秋の初めであつた、私は其の年の春の末、故郷《くに》の中学校の入学試験に首尾よく及第して、これから前途《さき》の永い学生々活の首途《かどで》を父母《おや》や兄が喜ばれて、私には初めて経験する書生の暑中休暇らしい二月の休暇をば夢のやうに、生意気に暮して、更に九月の新学期の始まる頃際涯《はてし》の無い希望を抱いて其の中学校の所在地たる地方の都会《まち》に出て行た時であつた。私は、私の隣家の竹馬の友が、私よりは歳も一つ上なれば中学校にも二年前から入つてゐる吉田といふ賢い学生と連立つて、田舎都会の書生らしく其の町の晩景を散歩しながら、何によりも何によりも楽みな、新学期の教科書を買ふ為にX町の書肆へ立寄つた。此の書肆は――今日でこそ高等学校も出来れば師団なども設置せられたといふことであるが――其の頃では、此の都会《とくわい》の唯一の誇であつた中学校の教科書を一手に販売してゐるといふので、吾等の伴侶《コムレード》の出入も随て頻繁であつて、従つてその上華客《とくい》たる吾等は非常に好遇せられ、馴々《なれ〴〵》しく世辞を揮《ふ》り播れたものである。私は先輩たる友人に連れられて始めて其の書肆に入つて行く時は、『入つしやい』といふ其家《そこ》の妻君《おかみ》の、明晴《はつきり》した東京式の言葉に、ハツと顔が光照《ほて》つた、燦爛として店頭を

輝かしてゐる背皮金文字の書籍に、吾れにもなく動悸を躍らせられたのを憶えてゐる。それでも昨日自家を出る時に父から手渡しされた五円札が一枚――五円札を自分の物として随意に使ふことの出来るやうになつたのは、私が中学生になつて、父母《ふぼ》の膝下を離れて、人類の中最も希望のあるべき学生生活を始める光栄に自から附属した特権の一つであつた。――その五円札を出してウイルソンのエレメンタル、ゼオメトリーだの、クワッケンボスの米国史などを買ひ得たときは他人《ひと》が吾等学生といふものに対して払ふ敬意の価値が自らでも意識されたやうであつた。

すると店頭に五六人も立籠めた学生の中に、一人円椅子に腰を掛けて、本屋とはもう古い馴染らしく、話し込んでゐた青年があつた。私の友人《とも》は其の方に向つて

「やあ」と言つて軽く頭を下げた。先方《むかふ》も此方を向いて同じやうに

「やあ」と言つて微笑《ゑ》んだ。臆面もなく頭髪《かみ》を分けて最早立派に一人前の大人である。鉈豆煙管で、落着いて煙草を吹かしてゐた。

吉田は「暑かつたなあ」と重ねて言つた

青年はまたそれに対して「あゝ、暑かつた。身体《からだ》が溶けさうにあつた。」とお道化た言ひ方をして笑つた。

私は静《じつ》と、傍《そば》でそれを聞いてゐて、自分の連友《つれ》が、此様なマセた学生と、斯ういふ書肆で平然として言葉を交へてゐる、学生として十分物馴れた態度をしてゐるのを思ふて、何とはなく心丈夫に感じた。

それから其家を出ると直ぐ私は、吉田に「今のは何年生？」と、聞いたら、「四年生」と言つた。さう！四年生、と思ひながら、続けて「能く出来るのか」と聞いたら「うむ、能く出来る。四年の二番だ。数学が得意だ。」と言つた。「数学が得意」と聞いて私は些《ちよつ》と名状し難い一種の尊厳と恐怖とを感じた。で、更に続けて「何と言ふ名？」と尋ねた。「河西正東《まさはる》といふ名だ。六ケしい名だらう。だから僕等、正東《せいとう》さん〳〵といふんだ。」と言つて聞かした。

其の時分、吾等の伴侶は馴々しく互に名にさんを附けて、例へば河西正東ならば、河西君とは言はないで正さん〳〵と呼びツこをするのが、些やかな見えでもあり、また流行の一つでもあつた。諸君《きみたち》は何処かの学校に初めて入学した時の経験であるでせう。さうして其の時若い元気な人達の間に、一種の、其の学校特得の流行のやうなものであつて、新に入学したものは、其の流行に対して、ある懐しい恐れを感ずることを経験したでせう。私も亦た其の時それを経験した。さうして其の時吉田によつて話された河西に就いての簡単なる噂に対しても私は懐しさを感じた。私は暫らく黙つて歩いてゐた、

「あの人は頭髪《かみ》を分けているんだは。」と吉田に言つた。吉田は、

すると、私の方を振向いて微笑《にっこ》をしながら
「うむ、――さうして煙草を吸つている。」と言つた。二人はそれから黙つて歩いた。

その頃私は十六、吉田は十七才あつた。吉田も私もまだ頭髪《あたま》を分けたり、煙草を吸つたりすることに対しては、同じやうに、何とはなくデリケートな面羞《おもはゆさ》を感じてゐた。

それから二日めに新学期は始つた。何も斯も懐かしい、畏しいものばかり。吾等の控室は旧藩時代の藩校の大講堂の跡をそのまゝに当てゝあつた、その寺院造りの、古い大講堂は、全校幾百の若い学生達の喧騒と喋々《きへづり》と笑声《わらひ》とに充満《みち〳〵》てゐた。私はその声とその響とが何とも言へず好きであつた。

その控室の西北の隅《すみっこ》の処には一つの小《ちさ》い火鉢が置いてあつて、其処には六七人の、最早何も斯も学校の事には馴れたといふやうな人達が群つて頻りに煙草の烟《けむ》を上げてゐた。私は、新学期の最初の日から其の連中の中に河西君を発見した。彼等の、人も無げに談笑する態度には、此の控室に許されたる唯一の火鉢を占領してゐるといふ誇が見えてゐた。私は一年生の群《むれ》衆の間から遥かに河西君を想望してゐた。

けれども勿論私は河西君に近くことは出来なかつた。唯河西君は校友会雑誌の幹事でもあり、演説会の有力なる弁士でもあつから、私は河西君の文章と演説とによつて親しんでゐた。

それほどに思つた中学生活であつたが、数学の出来ないのと、何《なに》事にでも直に興味の醒め易い私は、その後二学年の二学期まで行つて中途に退学をした。

三

それから四年ばかし経つてゞあつた。私が、父の死後二度めに上京してゐた時であつた。九月から私は神田のある英語学校に通つてゐた。とその時の学友の一人が河西君の従弟であるといふことを知り、それと同時に河西君がつい一と月ほど前に上京して、神田のある法律学校に入つてゐるといふことをも知つた。私は諸君《しょくん》の前に、私は、自分の偉いと信じてゐる人を容易に崇拝し得る性質を有つてゐるといふことを公言する幸か不幸かその性質を有つてゐる、その時私は此の性癖に任せて従弟に、河西君に会せてもらいたいといふことを話した。それで私は初めてあの中学時代の河西君と親しく交はることゝなつた。

河西君は其の時九段の中坂の、とある下宿屋の、玄関脇の其の家では最下等の三畳の間にゐた。私が中学校の一年の時分に貴方は四年で、貴方は知らないでせうが、私は斯ういふことで能く記憶してゐる、と言つて話しても、河西君は『あゝさうでしたか。』と言つて少しも気取らなかつた。其の時河西君は確か私よりは二つ上で二十二か三であつた。お父《とつ》さんは一郡では有志家の方、と才幹のある村長でもあつたことがあるのだが、河西君のお父さんくらいの年配の人には其の頃屡《ま》々見る、種々《いろん》な事業を目論んでは何時もそれが思ふ図に乗つて来ないで段々先祖以来の家産を蕩尽して、今は殆ど凡てを蕩尽し果したと言つたやうな境遇にゐる人であると聞いた、それ故河西君を頭に男ばかり三人の息《むすこ》をば、皆な中学校だけは親の義務として卒業さするが、それから前途は銘々自分で遣つて行けと言ひ渡されてゐるのだといふことをも段々後になつて聞いた、河西君はそれが為に、中学校を優等の成績で卒業してからは、自分の校友《ともだち》の多くが東京だの京都だのと言つて、進んで高等の学校に入るを、静と耐忍《がまん》して見過しながら、田舎に帰つて、全二年間村の小学校の先生をした、さうして其の間に何某《なにがし》かの学資を貯へて、此度出て来たのである。机の辺には小学校を教へてゐる時から取つて読んでゐたといふ、今行つて居る法律学校の講義録を千切つて飾気《かざりつけ》もなく、そのまゝ閉ぢたのを四五冊と、小い厚い六法令全書とが寂しさうに置いてあるばかりであつた。その後も引続いて私の方から時々遊びに行つてゐた。その間に、私は、河西君と自分とは趣味も非常に違へば、凡て世間に対する見地も遥かに違つてゐる、無論性質などは全然反対であるといふことを明瞭に意識しては来たが、それと同時に私は、先方《むかう》が、私の持つことの出来ない種々な美徳をも天性《うまれつき》具へてゐるといふことをも解した。さうして斯ういふ人間と交はるのは、多くの華かな興味は得られぬけれども、何よりも第一に安心して交はることの出来る人だと思つた。尤も其の時私は斯ういふことを一々打算したのではなかつた。何とはなく唯さういふ感情《こゝろもち》がしたのであつた。河西君はまた、私に向つて、君は軽薄なやうに見えて軽薄でない。今少し無遠慮に言へば、軽薄な所があるやうだと思へば存外僕には真似の出来ない軽薄にない所があると言つてゐた。つまり河西君は、私が、何事《なに》にでも直に心酔したり、また直にそれに飽いたりする所が、河西君自身の性情や嗜好とは正反対であるといふことをも十分認めてゐたのだ。

さうして二三ケ月してから、河西君は、どうも今の下宿では何よりも間代に銭が掛つて困ると、言つて、遂々《とう〳〵》私の下宿に同居することになつた。勿論その時も私が進んで歓迎したのであつた。その頃駿河台にゐたのだ。

それから一層深く交はるにつけ、此の人がその年頃の青年にしては珍らしく空想といふものを聊かも有つてゐないのを知つて来た。

悪いにせよ善いにせよ、空想は青年の花である仇花かも知れぬが花である。私はそれが為に、机を並べて坐つてゐる河西君が度々癪に障つたことがある。

私も河西君と同じ神田区の学校に通ひながら、その実学校に行くのは稀であつた。私は何うせ行く〳〵は文学の学校に入るにしても、その前に、何《なに》か一つ自分の文才を試すものを書いてゐねば自分で満足が得られないやうな気がして、大抵は室《へや》にゐてその頃の名家の論文や小説などを読み耽つていた。河西君は、

「他人は他人、己れは己れ」といふ沈静な、自己を乱さぬ人であつたから、其様な不規則な生活をしてゐる私に対しても、唯の一言も忠告らしいことは言はなかつたが、自分で学資を作るほどの河西君であるから、明かに私を詰らない日を費してゐると思つてゐたに相違ない。固より取留もない空想に乗じて吾れ知らず増長して居つた私であるから、仮し河西君が私に対して其様な考を持つてゐると気が附いても、私は多分自分の其の点をば病しとは思はなかつたであらう。また不明にも、其の時は、私に河西君のその時の意中が分らなかつたけれども後日《のち》になつて想起《おもひおこ》して見るのに、あの河西君の大きな、兎もすれば非常に意地が悪いやうに見えて其の癖案外深い優みを湛えた二重瞼《ふたへ》の眼に、私の其様な身の持做しや、将来の目的に対する、何処までも薄弱な実例をば、静かに傍《はた》から観てゐて、「馬鹿なことをする」と言ふ心が表はれてゐたやうに思はれる。私は今日の日に至るまでも深くそれを慚ぢる。

　河西君は私とは反対に、自から努めやうとはしないで飽まで平易に自己を支配することの出来る人であつた。いや、自分でも自分は何等の努力無しに、平易に、自分を支配してゐるといふことを思はぬ人であつた少くとも思ふ必要のない人であつた。朝御飯が済めば、品は変つたらうが、矢張り鉈豆の煙管で、二十分間ばかり、甘さうに煙草を吸ひながら私と仲間で取つてゐた新聞を一種《いろ》読み、朝の休息をする。河西君は私が殆ど毎朝のやうに新聞の記事に依つては何かしら不平の種を発見し、それに自分の意見《かんがへ》を附加して慷慨しつ喋りつするのと反対に、恐らく新聞の何処を見ても、其様な椽の下の力持のやうな、神経の動揺は感じなかつたのであらう。私が新聞に何か知ら注意を喚起されるやうなことがあると、ものゝ二時間も一所《ひとところ》を何度となく繰返して読んだり、頭を痛めて気にしたり、折から冬の事とて、火鉢の火気《かつき》で赫つと上せて、新聞を棄てゝさてこれから真面目の読書に取掛らうといふ時分には、既う好い加減頭が疲れてゐると言ふのに、河西君は、夙に新聞も火鉢もずつと私の方に押寄せて了つて、例の講義録の仮閉《かりとぢ》を、少しもわざとらしい風はなく、規帳面に机の真中に置直して、珠筆を取つて肝要な箇処に見点を打ちながら澱もなくスラ〳〵と黙読を始めてゐる所であつた。そんな時、私は本を披いたまゝ、それは留守にして静と眼の前《さき》の障子を見詰るともなく見詰めて、何か知ら筋もないことを考へてなどゐるが、フト河西君の些《すこし》の余念もなく法律の講義録を読み澄してゐる姿勢を見向いて何となく厭な感のすることがある。さうして法律家といふものは此様なものかと思ふ。が其の念は忽ちまた消えて了つて、河西君は何うしても自分よりは偉いと思つて、自分の本の上に眼を遣る。

四

一度かういふことのあつたのを憶えてゐる。春の暖かい日のことであつた。――春にも冬よりまだ寒い日のあることが多い。――河西君も中学校にゐた頃読んだことがあると言つて、徳富蘇峯氏の「吉田松陰」によつて知つた郊外の世田ケ谷村に何月《いつ》か松陰先生の墓を弔ふて見やう、序にその近処に在るといふ有名な井伊家の旧臣によつて守れてゐる掃部守《かもんのかみ》の墓にも詣つて見やうと、予てから二人で言つてゐた。――尤もこの後《のち》の方は其の話の出た時、河西君はよくは知らなかつた。

　河西君は家にゐる時は、前に言つたやうにしてせかず急がず講義録と六法令全書とを繰つてゐる。学校に時間のある時は、小学校の先生をしてゐる時買求めたといふ、恰どその持主をシムボルしているやうな鉄側《がは》の懐中時計の少し錆の出た奴をチンと机の隅に置いて、別段心を労しはしないが、学校までの道程《みちのり》を算入した時間の来るのを間違ぬやうに気を着けてゐる。学校に講義はある時でも、その時自分に聴講する必要のない講義だと思へば「今日のは行《ゆか》なくつても好い」と言つてキツパリと止《と》める。

　で、其の暖い日であつた。もう五六日といふもの湿々《しめ〳〵》と底冷のして毎日〳〵小雨を降してゐたのが、この一時に、折角咲盛つた桜花《はな》を散流して了ふかと思はれるやうな夜来の土砂降りが、朝起きて見るとカラリと晴れ上つて、高台の開け放した窓からは一目に見渡される猿楽町や三崎町の家々は幾日《いくか》も〳〵掛つて積つた塵埃《ほこり》が宛然《さながら》一夜《ひとや》の雨に綺灑に洗ひ流されたかのやうに、新鮮な、春の朝の空気の中に、平常《いつも》よりはグツと此方へ近寄つたやうに透通つて見える。少し遠くの牛込の高台から九段の方面は、白い処に淡い紅を潮した色彩《いろ》を輪廓もなく一円に塗つたやうで、其のあい間〳〵には、つい五六日前、まだ雨天にならぬ時分には、それと少しも気の着かなかつたものが、今朝《けさ》になつて見ると少時《ちよつと》忘れていた間に最早軟かな黄緑の色がそことなく萌えてゐた。九段の上の高い常夜燈の塔が今日は不思議な形に、謎かなんぞのやうに、私には遠い〳〵未来の楽であつた何物かが、俄かに現在のものになつて現はれて、それを早く捉へねば、もう何時まで経つても再び捉へられる機会《おり》はないぞと告げてゐるやうに思はれる。その九段と牛込の高台との間の低く谷になつた方の蒼穹《そら》は際涯のないやうに、唯茫《ぼうつ》と霞が漾ふている。

　私は最早横擦《よこずり》を使つている間から、何か知ら鼻歌のやうなものが、自然《ひとりで》に身体《からだ》の底の方から起つて来た。その時若し振返つて考へて見たら、それが何の歌であつたやら、何の詩であつたやら恐らく自分でも分らなかたらうと思ふ。

　まだ冷いばかり爽やかな空気の中を何処からともなく強い木蓮の薫が鼻を刺して来る。

　私は独りで静としてゐられなくなつて、河西君に。

「君、今日世田ケ谷へ行《ゆ》かうか？」と誘ふた、平常《ふだん》の通りな顔をして何時もの通りに、顔を洗つて来る二三服吸つてさて、御

膳を引寄せてゐた河西君は、それを聞いて
「うむ、…………。」と唯言つた。
「行かうか?好い天気だ。」と重ねて言つたら
「うむ、今日は学校があるから。」と、私の方を向いて、折角誘ふものを断り兼ねたが、それでも思ひ切つて断るといふやうな表情《かほ》をして言つた。
　私はその返辞よりも其の表情《かほいろ》を見て取つて、
「相変らず話にならぬ河西だ。止すなら止せ!。」と腹の中で言つて、
「ぢや僕は独りで行かう!。」と、少し反抗の意を口に洩した。私は反抗ばかりでない、それよりも軽蔑の感が其の時ムラ〳〵と湧いて起つた。さうして女中に草鞋を取つて来さして私は快闊らしう独りで出て行つた。けれども何とはなしに、それが為に既う一日の興を大半《たいはん》殺がれて了つたやうで、私は淋しい想がした。河西は河西で、仰山に草鞋など穿いて出て行つた私をば、後で一人で軽蔑してゐたに違いない。晩に帰つて来て一所に夕《いう》飯《めし》を食つてゐる時、河西は
「何うだつた?」と、矢張《やつぱ》り朝の通りの一つは済なくもあるし、また一つは例の「馬鹿」といふ意見《かんがへ》を底に蔵《かく》してゐるといふやうな表情《かほ》をして尋ねた。
「詰らなかつたよ」と此方からあべこべに言つたきり、後何《なん》にも言なかつた。

たまに此様なことがあつても、それは唯其の場きりの事で、何時もそれなりに後は消えて了ふ。

　それならば河西君には少しも道楽がないかといふに、決してさうではない。第一そんな、つましくせねばならぬ学資でありながら、酒は飯よりも止められなかつた。私が時々義太夫や落語を聞きに行くのを、僕には何うも其様な趣味がないと言つて、さうして自分は、少し熱心に勉強したとか、学校の時間が多かつたとかいふ日には、定つて「あゝ疲《くたび》れた!」と言つて晩飯に正宗の一合瓶を二度に二本取る。一本と思つた奴が何しても一本では済されないのだ。

　それからも一つ道楽があつた。河西君は一と月に三度か、多くて四度か、大底七日め十日めくらいに新宿か吉原へ行つて泊つて来る。偶には品川や、洲崎若しくは千住《こつ》あたりまでも遠征を試みるやうなこともあつた。――勿論其の頃は電車はなかつた。で、その頃は私にはまだよく分らなかつたが、斯ういふやうな遊び方をした処を思つて見ると、河西君は其の時分既に十分性慾に対する修業が積んでゐたらしい。河西君は明かに私をば、初心、共に論ずるに足らずとしてゐた。といふのは、其様な処へ行ても、それを其の時直ぐには明さなかつた。後には私が様子を知る骨《こつ》を覚えて図星を指しても、何時もたゞ笑ひに間切らして、七日も十日も経つてから先の口を惚けやら惚けでないのやら私には解《げ》しかねるやうな口振で自分から興味を以つて

只私にそれを報告する、委しく報告する。私が、そんなことすれば銭が掛かるであらうと言へばナニ銭は掛からぬやうに遊べる法があるさ。と言ふ。さうして時としては二日くらい流連《ゐつゞけ》して来ることがあるけれども平常《いつも》の時は固より、そんな折でも、帰ると朝からもう落着いて講義録を読み澄すのであつた。我が河西君は、さういう遊びに対しても詩人文士に屢く見るやうな、例へば耽溺とか惑溺とかいふやうな六ケ敷い哲学的の形容詞などを用ゐる必要を微塵だも感じなかつたのである。彼れは唯酒を飲まんと欲すれば即ち飲み、女を擁せんと欲すれば即ち擁したまでゝある。彼れは自から物利主義《マテリヤリスト》と知らないで、生れながらのマテリヤリストであつた。自から自分の主義《イズム》を解《かい》してゐると揚言する者に、未だ真個《ほんと》の主義者のあつた例《ためし》は少ない。

五

私はその自分から既う、春の暖気がさして来ると、五体《からだ》に倦怠を覚えたり、飯が不味かつたり、頭が重くなつたりする癖があつた。其処へ以つて来て、少し身体に障があつたり、何とはなくたゞ生活の単調を感じて来たりすると、耐忍《がまん》の勇気もなく居場処を更へたり、故郷に帰つたりして見る性情があつた。で、其の春もやがて末になつてから、私はさういふ次第で荷物は河西君に托して置いて一先づ故郷に帰つた。さうして其の秋の半に再び出て来た。その時河西君は、あの下宿で一人では銭が掛ると言つて、甲賀町辺の汚い下宿に更つてゐた。私は荷物を世話になつた礼を言つて、到着の一晩は其処に久振に一所に寝たが私は上京の途中から更に劇しく腸胃を傷ねてゐたので、思ひ立つていよ〳〵消化器専門の病院に入院して二ケ月の余も其院《そこ》にゐた。が、何うも身体の容態が到底此の前東京の土地にゐて勉強など出来さうにもなかつたし、医師の勧めでもあり、此度は殆ど永久的に見切りを着けて、其の冬の暮に、荷物を纏めてまた帰国して了つた。

河西君は其の後、端書で簡単に芝の方に移つたといふ通知を越した。さうして或る吾々双方の知人からは何時であつたか、河西は此の頃芝の方に行つた英漢数の教授の看板を掲けてゐるが、来る者が少なさうだと知らした。恥辱《はぢ》でもないのに河西はその事は私には知らさなかつた。

私は一旦覚悟を定めて故郷に退いたものゝ、何うも東京の空が懐かしくつて〳〵ならぬ日々に何回となく村はづれの鉄橋を轟々と鳴響かせて、静かな村中を揺つて東に東にと馳せる汽車は、立ち迷ふ間もなく敢果《はか》なく消えて行くその煙《けむ》にも深いやうな遠いやうな懐ひが偲ばれて、快楽も希望も生命も私には独り東京にのみ存在してゐるとしか想はれない。

私は堪えられなくなつて翌年《あくるとし》の春またしても東京に出た。河西は看板が張り切れなくつて、丁度私とはかけ違ひに、故国に帰つたと、来てから聞いた。私はそれからずつと引続いて東京《こちら》に腰を据えた。河西は帰つてからまた前と同じやうに全二年の間小学教師を勤《や》つてゐて、時々音信《いんしん》を通ずる。

それから私が学校——方々の学校に入り散した私の生涯に於ける最後の二学年の終の時分に、河西は、此度は今まで矢張り関係を続けてゐる法律学校の卒業の資格を得るために、ほんの三四ケ月上京するといふ先布令《さきぶれ》でまた私の下宿に来て泊つた。けれどもまだ其の時の河西は、依然たる河西であつた。彼れの特質たる堅い素地《ぢみ》な元気をその静かな言語や動作の底に蔵して持つてゐるやうであつた。で、卒業式まで待つて、それが済むと、直ぐ其の晩に立つて帰国した。

その時は、これまでよりも更に詳しく自家の内情を話して、父親《おやぢ》は此の頃では、昔時《むかし》の道楽が本職になつて漁をして糊口のたつきにしてゐる。自分では試験を受けるには東京《こちら》にゐたいのが腹一杯ではあるが、これから帰つて何処か中学校の教師の口でも見付《めつけ》て、父親の酒の代《しろ》だけは是非とも自分で助《す》けてやらねばならぬ自家の父親は助けさする方なのだと言つてゐた。それからまだ中学校にゐる末の弟をも見てやらねばならぬと言つてゐたけれどもさういふ口には聊かだも愚智らしい処はなかつた。

帰つた歳の秋であつた。女房までも親に押付《おつ》けられたと言つて越したことがある。

その後全く五年の間用事もなければ、従つて吾々の交際は一年に一回、新年状の交換にのみ繋がれてゐた。その翌年は私も兎も角学校を出て、さうして学資といふ、宛《あたか》も天賦の権利のやうに心得てゐた、故郷からの安楽な扶持を離れてからといふもの、一口には言ふことの出来ぬ種々《いろ〳〵》な経験が私の胸に多くの沈痛なる痕跡を刻んだ。その結果は、私のあの有り余るほどの空想も多くは色彩《いろ》も香気《にほひ》もないものとなつて了つた。空想は新らしい。私は此の意味に於て空想家を尊ぶ。けれども吾々凡人に在つては、空想は唯害こそあれ多くの利益はない。吾が河西君はその空想を絶した種類の人間である。さうして何《なん》事でも人並には劣けて居ぬ人間である。私は、河西君は、これから後といへど彼の小説に屢くある人物のやうに惨怛《みじめ》に廃滅して行く人とは何しても信じられぬ。否、私は断じて信じないつもりである。………けれども河西君も最早今年は確か三十五か六である。私は弁護士といふ職業の内情は知らぬが、これとてもさう楽なものではあるまい。四十を控へた三十五六では多くの人が一寸職業に躁《あせ》つて見易ひ。

空想に欺むかれ勝であつた私は、幸ひにして河西君の手紙に対してはまた一方ならず同情を寄せることが出来るのである。が、冒頭に言つた文意に就いては、今日で五六日になるが、まだ何と言つてやつて可いやら一寸私も決しかねてゐる。河西君は多分返辞を待つてゐることであらう。

同級の人

私は、十日頃には最早《もう》小使銭にまごついた。それを補充するには、差当り何でも手取り早く書き物をせねばならぬ。それが為に、私は此の二三日、机に寄つて原稿紙を展《の》べて見たり、新刊雑誌の拾い読みをしたりして、ヒントの難産をしてゐた。

その二三日さういふことに想ひ耽つてゐた間に、世間は何も斯も最早全然《すつかり》春になつて了つた。

女子大学を奥に控へた目白台町の通路《とほり》は、場末ながらも朝早くからゾロ〳〵と人の足音を絶たぬ。

今日は日曜日に以つて来て桜花《はな》が真盛《まつさかり》である。これが翌日になつたら桜花も散り初めやう。人出もずつと減らう。

家《うち》の者は下町に所用《よう》の序に、帰途《かへり》は上野に回つて見ると言つて、あるたけの小使銭の中を何某《なにがし》か持つていそ〳〵と先刻《さつき》出て行つた。

留守はわざと門のかけ鍵《がね》を差して、矢張《やつぱ》り二三日来の所作を続けてゐた。

幾許苦しい境遇でも所詮春は長閑《のどか》である。八畳と六畳との境の襖を明け開いて、広々と其の真中に偃臥《ねそべ》つてゐると、暖い軟かな風が何処からともなく甘酸ぱい桜花《さくら》の匂を送つて来る。

私はその風に吹かれながら、その匂を臭きながら戸外《そと》の足音や、今日の上野や向島の人出を想像してゐた。花蜂が単調な唸声《うなりごゑ》を立てゝ静かな室《へや》の中をスウツと輪を描いてゐる。その声の絶間〳〵に、何と言ひやうもない、唯東京の物音が遠くから響ひて来る。私は其等の物の音《ね》に誘《そゝ》られてつい微睡《うつとり》としてゐた。と、戸外《そと》から、私の姓を呼ぶやうである。頭を擡《もた》げると矢張り私を呼んでゐるのであつた。

志摩といふ、私と同時に学校を卒業した男が、思ひ掛けもなく訪ねて来た。

私達が学校を出てからは最早彼れ此れ十年に近くなる。が妙なもので同じ学校を出ても、例へば性格に多少の類似でもあるとか職業が密接な関係を以つてゐるとかそれまでゝなくとも、唯話が合ふといふくらいでゝもあれば、互に交際もしやう、足繁く往訪もしやうが、志摩と私とには、そんなやうな関係は何処にもなかつた。唯三年間の在学中に、普通に顔を見合して、普通に口を聞いてゐたゞけの間柄であつた。

尤も志摩も、卒業後は、私と同じやうに――吾々と同時に卒業した連中は三十人近くもあつたが、今東京にゐる者は大方其の三分の一にも当らぬであらう――東京にゐるといふことは、途中で二三度会つて知つてゐた。それに、此の志摩といふ人は、確か卒業して間もなくであつた一度気が狂れて巣鴨に入つたか、入らせられたかしたことがあつた筈だ。

その当座も私はそれをば、二人も三人もの口から耳へと伝はつた唯余波の風説として聞いたに過ぎなかつた。

その時のことであつた。前言つたやうに、私とは多少性格も似通ひ理解や趣味もまづある程度までは同じで、従つて他の者には通暁し兼ねるやうな極めて細い問題《こと》でも双方同じ感情と同じ喜憂とを以つて笑つたり悲しんだりしてゐる私のある友人が、

『志摩が狂人になつたさうだ。職業問題からなんだらう。何処か神田の辺で私塾の英語かなんか教へてゐたんだらう。段々変なことを独語《ひとりごと》を言つたりするから、塾の主人《あるじ》が、それを何とか言ふと直ぐ疳癪を起して乱暴をして仕様がない。それで遂々《とう〳〵》巣鴨に連て行つたんだが、自分では「巣鴨に入れたりなんかするッ」て憤つて硝子《ガラス》を打壊《ぶち》して、飛出して国に帰ると言つて新橋まで行つて、其処でまた切符のことか何かで駅夫と言ひ合つて乱暴を始めてゐる処へ病院の追手が掛つて――あの志摩一人を四人五人がゝりで遂々大八車に仰《あをの》けに縛り付けて連れて戻つたさうだ。』と話して聞かせたことがある。或は本当に気が狂れたのではなかつたかも知れぬ。

その志摩が不意と入つて来た。

『やあ!久振だ!さあ此方来玉へ!』

丁度好い光線《ひ》が縁側に当つてゐた所であつたから、私達は其処に座蒲団を持ち出して会話《はなし》をした。

『何処?此の辺に用事でもあつて?』

『ウム、……其処の島田春男の処に来たんだ。これで此間《こないだ》から四度だが、また留守だつた。』と、志摩は、往時《むかし》に変らぬ温順《おとな》しい、平気な物の言ひやうをする。

けれども本人の志摩よりも、寧ろ私の方であまり平気には取らなかつた。

『島田は昨日《きのふ》静岡に大学の校友会があつて行つたと今日の新聞に出てゐるぢやないか。――併し居てもなか〳〵会ふまいよ。あの男が!』

斯う言ひながら私は志摩の顔をジロ〳〵見た。

志摩の顔は相変らず光沢《つや》のない土気色をしてゐる。その頭他には別段に不健康だといふことは聞いたことはないが、其の顔の色が、私には未だに永く此の男を印象に残してゐるのだ。唇の色までうぢやぢやけた、眼付に恐ろしい険のある容貌《かほ》である。

『ウム――僕はそれを、つい知らなかつたから。』

『何うしだの?仕事の口でも頼むの?』

『大学の方へ出やうと思つて、――最早話は九分定つてゐるんだ。』と自分から事もなげに言ふ。

大学といふのは吾々が嘗て一所に出た学校が、追々盛になつて今日の私立大学となつたので、島田春雄といふのは、其の校長である。私は毎夏〳〵此の学校から吐き出れるやうになつて

卒業する者が、殆ど皆な卒業後の職業問題に苦んで此の校長の玄関に押寄せるのを知つてゐる。島田氏も固より責任はあることゝは言ひながら、それには大分《だいぶ》持て余してゐるといふことをも私は承知してゐる。十年も前の古顔の卒業者が行かずとも、新手《あらて》で押寄せるものは数限りもあるまい。其処へ今更志摩が行く！それだけならまだよい。『大学へ出る』とは、変なことを言ふ。大学が、何を苦しんで志摩なんぞを教師にしやう。といふことも、私はよく承知してゐる。私は其様な訳で、再びジロ〳〵志摩の顔を見た。さうして私も平気に、

『さう、大学へ。何を教へるつもり？』と聞いて見た。

『英文学をやるさ。』

『ウム、英文学。それは面白いだらう。併し学校にも欠員でもなければ一寸六ケ敷《ちよと むずか》からう。あるかしら？』

『小松崎の後さ、あれが英国へ行つてゐるから。』と昂然として言ふ。

成程小松崎といふ、其の大学の英文学の教師が西洋へ行つたのも、私は聞いて知つてゐる。その空席をと志摩が思つたのも、志摩の考にしては無理ではないかも知れぬ。が、志摩にして若し其の希望が、自分に充され得る範囲のことゝして予期してゐるのだとすれば、私は志摩を以つて最も世間の事情に迂《うと》い人間の一人だと思はざるを得ない。それとも志摩は世間の事情などには一向頓着なしに、自分でそれが成就され得《う》ることゝ信じてゐるのであらうか。

私はそれを想ふと何だか気が群々となつて、急に泣きたくなつた。で、一段声を優しうして。

『で、島田は何といふの？』と問ふて見た。

志摩は矢張《やつぱ》り事も無げに、

『ウム、初め野村にさう言つたんだ。野村は、自分では無論至極望む所だが、それは島田に行つて話すが好《い》い。島田さへ承知すれば、何でもないと言ふんだ。だから殆ど話は出来てゐるんだ。』

野村といふのも、矢張り其の大学の教師で、文科の科長とかである。

『フム、さうかそれは好い』と、私は唯何方《どちら》付かずの返辞をしてゐた。でも志摩は自分でも流石に心元ないといふ気がするのか、

『学校は唯教師といふ肩書が欲しいから――僕は此の次屹度代議士に出るから×××大学の教師といふと、選挙区に非常に聞えが好いから。――ナニ学校の教師なんか仕様がありやしない。文学なんか、君、可い加減にして止した方が好い。』

志摩は何処までも断定的に高手的《かうしゆ》に言つて了ふ。

『さうか、代議士。其れは面白い。文学や学校の教師では一生埒は明ぬ。代議士になつて、銭《かね》を儲けるさ。銭を蓄めぬのは嘘だ。』

志摩は其様な事は耳にも留めぬらしく、

『今の代議士に、何にも道理《わけ》の分つた奴はない。もう吾々が出なければならぬ時分だ。』

『さうだとも。さうして何処から出るね？』

『僕の故郷《くに》さ！故郷の者等、始終《しよつちう》、僕に出てくれ、出てくれつて言つてゐるんだ。去年の総選挙の時など、是非出てくれつて言つて来たんだが、僕はまだこれで満三十歳にならないんだ。だから其の時喜連川《きつれがは》（喜連川といふのは、確か志摩と同じ県下選出の代議士で、代議士中の有力家であるといふことは、私も平常《ふだん》新聞や何かで知つてゐる）の処に行つたんだ。喜連川は、それは至極好いが、何《なん》しろ年齢不足では仕方がないから、もう一期待てと言ふんだ。加之《それに》、多分一期は続くまい、屹度解散があるに相違ないから、其の時は、互に尽力をしやうと言つてゐるんだ。』

私は固《もと》より政界の内情などは知らう筈はないが、其の喜連川氏といふは議院に過半数を占むる大政党の院内総務とかであつて、同時に、現政府に対しては、少くとも政府提出の原案をば、さまで立入つた調査をも経ずして通過さするほどの関係を以つてゐるといふことをも新聞知識に依つて知つてゐる。その得意の境涯にある大政党の領袖が解散を期する理由は、先づ無い筈だと思ひながら、

『併し代議士に出るには、大分銭が入るだらう。幾許くらゐ掛る？』

『さうさ、千円くらいなもんだ。』

『千円とは安いな、』

『ナニ、僕の郷国《くに》の者等、自分達、運動費を持出して運動してやらうといふんだ。だから掛らないさ。僕だつて、其の積りで少しは貯蓄してゐるさ。』

志摩は、何某県の、確か一島で一郡をなしてゐる、さる離れ島の出身であつた。選挙法の一部が改正された結果、今では選挙区といふものがなくなつたが、旧規則の時分には、その一島で一選挙区をもなしてゐたのであらう。さうすれば何某県の如き、辺陬《へんすう》の地で、併かもその離れ小島《おじま》であつて見れば、志摩が其の島中での識者であるのかも知れぬ。だから私は志摩のやうな正直な芝居気のない人間が言ふことを妄りに疑つたりなどはせぬ。すると、志摩は稍《やゝ》あつて、

『かうして十年苦心をしてゐる。十年苦心をしてゐれば最早代議士になつても好い。郷国の者が厭でも応でも出すといふもの。』

『無論出るが好い。——さうして此の頃は何をしてゐるの？』

『矢張り英語の先生さ！』と、これは打消すやうに言つて、『長《おさ》船《ふね》は相変らず小説を書いてゐるやうだな。あゝして小説を書くのは矢張り天性備はるんだな。——君が書いた雑録も一二度読んで見たよ。僕も文学はやつて見たよ。文学だつてやれるよ。

――がまあ兎に角代議士には是非出てくれといふもんだから、其の方を一つやつて置いてそれから文学をやるさ。長船には、学校を出てからまだ一度も会はぬよ。何処にゐるかね、一遍遊びに行つて見やう。』

長船といふのも、吾々と同時に卒業した仲間の一人である。で、私は其の現住所番地を言つて聞かした。志摩はポケットから手帳を取出して私の教へるのを記しながら、

『おゝ、さう〳〵。此の頃山野が来てゐるよ。芝の方にゐる。』

『ウム、僕も一寸《ちよつと》聞いたやうに思ふ。山野は好いんだらう。新聞社でも好い地位なんだらう。君は会つたのか。』

『ウム、会つたさ。何うだらう？其の時山野と話したんだが、一度同級の会をしやうぢやないか、せめて書生流に。君も出るだらう。』

私は、別に不賛成を唱へる理由もないので、唯、好らうと言つた。けれどもさうして先刻《さつき》から会話《はなし》をしてゐても、それに何の興味も湧ぬ。志摩に対する私の応答《うけこたへ》が知らず〳〵お座なりになる。私は何だか睡気《ねむけ》が潮《さ》して来た。

余まり好過ぎたと思つた天気が、何やら風が出たらしい。折々戸外《そと》の街路《とほり》からサァツと塵埃《ほこり》を吹き込む。

二人は暫らく黙つてゐた。

すると、此度は一つ大きな風が吹き寄せて、家の者が縁側の竿に引掛けて行つた脱き棄てを翻《はほ》り落した。見散かした新聞が風に狂つて庭に飛んだ。

私は地上《ぢびた》に降りてそれを拾いながら、

『家内《うち》に入つて話さうぢやないか。』と志摩を誘ふた。が、志摩は其様なことで、『オイ来た』と動く人間ではない。

『此処が好い暖《あたゝ》かで。』と言つて矢張り縁側に静《じつ》としてゐる。

私は『あゝ、仕事をせぬほどなら昼寝をするに、早く帰れば好いに！』と思ひながら、一人座敷の火鉢に寄つた。

二人は黙つてゐる。

暫時《しばらく》して志摩も其処に来た。さうして此度は志摩の方でジロジロ私の顔を見守りながら、

『君は蒼い顔をしてゐるぢやないか。』と意見をするやうな語調で言ふ。

『さうだらう、蒼いかも知れぬ。』

と、私は睡い眼頭を両手の指尖で擦《こす》つて序に頰を撫で回して、さて大きな欠伸を一つした。

志摩は黙つて巻煙草の灰を火鉢の縁で叩き落しながら、其の険のある眼で私を見守つてゐる。私は何となく不気味な心地がして来た。

『其様な蒼い顔をしてゐては仕方がない。少し運動をしたら好いだらう。』志摩が重ねて言つた。

『ウム、運動も些《ちよい》〳〵はするんだが……』私は一向興味が引立たぬ。

『君のやうでも仕方がない。少し社会に出なければ駄目だよ。小説を書くツたつて、文学をやるつたつて、凡て社会――活社会を見なければ駄目だ。………君は何処か新聞社にでも出て見たら何うだ？』

『ウム、新聞社にも出たく無いこともないが、論説でも書いて遊ばす処があるか知ら？』

『………社会に出なくつては好けない。………気を付けて浪人にならないやうにしないと好けない。』

志摩は自分に対つて言ふやうに言つた。

『ウム、――僕は以太利へでも移住しやうかと思つてゐる。ニイチェは以太利で妹と二人きりで、一ケ月六十マークでやつてゐたといふことだ。六十マークといへば三拾円だ。一ケ月三拾円で真個《ほんと》にやつて行けるなら、日本にゐるよりか余程《よつぽど》面白さうだな。僕は日本の新聞社で駅夫のやうな仕事をするよりも、以太利へ行つて遊んでゐた方が好いね。』

さう言ふと、私も幾許か睡いのが醒めたやうな気がして来た。志摩は大した刺激もなさゝうに、『それは好からう』と言つた。

さうして暫時して『イヤお邪魔をした。今日からまた学校が初まる。何れ！神田の猿楽町××番地××館だから、あの方に序があつたら、寄つてくれ玉へ。』と言つて起つた。

私は強ては止めなかつた。

さうして志摩を送り出して、また門のかゝけ鍵《がね》を差して、元の座に戻つた。机に寄つて『志摩は罪の無い男だ。生憎《あやにく》一人何のお愛相《あいそ》もしなかつた。』と澄まぬやうな気がした。が、最早今聞いた番地や下宿の名を忘れて了つた。

雪の日

あまり暖いので、翌日《あす》は雨か。と思つて寝たが、朝になつて見ると、珍らしくも一面の銀世界である。鵞鳥の羽毛《はね》を千切つて落すかと思ふやうなのが、静かに音をも立てず落ちてゐる。

私《わたし》は斯ういふ日には心が何時になく落着く。さうして勤めの無い者も仕合《しあは》せだなと思ふことがある。私達は、門を閉めて、今日は打寛《うちくつろ》いで、置炬燵に差向つた。さうして斯ういふ話をした。

『お前は何かね。私と斯うして一所になる前に、本当に自分の方から思つてゐたといふやうな男があつたかね。』

『えゝそれは無いことはありませんでした。本当に私が、お嫁に行《ゆ》くんなら、あんな人の処に行きたいと思つたのが一人ありました。それが屢く小説なんかに言つてある初恋といふんでせう。それは一人ありましたよ。あつたと言つて何うもしやしない。それこそ唯腹の中で思つてゐたゞけですが、あんな罪も無く思つてたやうなことは、あれつきりありませんねえ。丁度、あの、それ一葉女史の書いた「十三夜」といふ小説の中に、お関といふ女が、録之助といふ、車夫《くるまや》になつてゐる、幼馴染みの煙草屋の息子と出会《でくわ》す処があるでせう。些《ちつ》とあれ見たやうなものです。』

『私の家《うち》、その時分はまだ米屋をしてゐた頃です。ですから最《も》早《う》十年にもなります。すると問屋《とんや》から二十《はたち》ばかりの手代が三日置きぐらゐに廻つて来るんです。それが如何にもシヤンとした、普通《あたりまへ》な口数しか聞かない。温順《おとな》しい男で、私は、「あゝ嫁に行くなら斯ういふ人の処に行つて、一所に稼ぎたい」と思つて、——その時分は、米屋の娘だから矢張し米屋か酒屋かへ嫁に行くものと、唯普通《あたりまへ》のことしか思つてゐなかつたのです。何《なん》でもあの時分が大事なんですねえ。

そりや縁不縁といふこともあり、運不運といふこともありますが、矢張しそれ相応な処へ、好い加減な時分に、サツ〳〵と嫁いて了はねば飛んだことになつて了ふ。何うしたつて、私とあなたとは相応な縁ぢやないんですものねえ。——さうして私、その手代が三日置きに廻つて来るのを待つてゐるやうな気がしましたよ。すると、米撞《つ》きの男なんかゞ、もう私の心持を知つてゐて、その男が来ると、姉《ねえ》さん来ましたよ。と言つて戯弄ふんです。戯弄はれても此方《こつち》は何だか嬉しいやうな気がしました。』

『フウ。それから何うなつた？』

『別に何うもなりやしません。唯それだけのことで、——さうしてゐる内に、兄《あに》さんにあの嫁が来て、それから私は自家《うち》を飛出すやうになつたのが失敗《しくじり》の初りになつたんです。それから先《せん》の連合に嫁づいて散々苦労もするし、そりや面白いことも最初《はじめ》の内はありましたさ。けれど罪も無く、何うしやうなんといふ、そんな端無《はした》い考へもなく、「あんな人が好《い》い」と本当に、私が思つたのは、其の時ばかりです。先《せん》の連合に嫁いたのだつて、傍《はた》の者や、向がヤイ〳〵言つて来るし、其処へ以つて来て、自分は、もう、あんな女房《にようぼ》を取ると直ぐ女房に巻れて、妹を袖にするやうな、あんな兄の世話には一生ならぬ。自分は自分で早く身を固めやうと思つてゐた矢先だつたから、それほどに言ふものならと、つい彼様《あん》な処へ嫁くやうになつたんです。けれどもその時は、何も此方《こちら》から思つたんぢやない。私の思つたのは其の手代きりです。――何うしましたか、私も自家を飛出してから妙な方に外《そ》れて了つたから、唯それだけのことです。』

『フウ。……さうだらう。お前には、そんなだらしのないこともなかつたらう。他人《ひと》の腹の中は割つて見なければ何とも言へないといふけれど、――そりやさうだらう。お前が真個《ほんと》に男の肌を知つてゐるのは、私と其の先の亭主だけだらう。斯うして長くゐれば大抵察しられるものだよ。……私には男だけに大分《だいぶ》あるよ。』

『あゝ、さう〳〵それから斯様なことがまだありました。』

女は、段々往昔《むかし》の追憶が起つて来るといふやうに、自分の心の底に想ひ沈んでゐるといふやうであつたが、自分の話に興を感ずると言つたやうに斯う言つた。

『私は別に縹緻《きりやう》と言つては、そりや好くないけれど、十七八から二十頃までは、皮膚《きめ》の細かい、――お湯などに行つて鏡の処に行つて、自分でも何うして斯う色が白いだらうと。鏡に向いて自分でも嬉しいやうで、ツツと振返つてお湯に来てゐる人を見廻すと皆《み》な自分より色は黒い。さう思ふと、――若い女といふ者はお可笑《かし》なものですねえ――さう思ふと自惚《うぬぼ》れるんです。その時分は、私はそりやお洒落でしたから。――皆な屢く雪ちやんくらいお洒落はないと言ひ〳〵したくらゐです。

すると、――あれは何時でしたか、何でもお母《つか》さんと私と二人で、神楽坂の傍《そば》の軽子坂の処に隠居してゐた時分です。あれは丁度私が二十歳《はたち》の時分でした。春の宵の口に、私独りでお湯から帰つて来ると、街の角の処で、何処の男が、若い男が突立つてゐる。此方《こちら》は誰れか知らないのに、先《さき》は私の名を知つてゝ、『お雪さん〳〵』と言つて呼び留める。私はギヨツとしたが、此様な時生中《なまなか》逃げたり、走つたりするのは好くないと思つたから、静《じ》つと立ち止つて、

『何か御用ですか。』ツて落着いてさう言つた。落着いてゐるやうでも、此方《こちら》はもう一生懸命で、足がブル〳〵して、動悸がして、何を言つたか、自分の声が分らない。……そりや私幼い時分から、些《ちよい》としたことにも吃驚《びつくり》する性質《たち》でしたから。……一遍十六七の時分に、お勝手をしてゐたら、内庭《には》の米俵の蔭に、

大きな蛙《ひきがへる》がゐるのを知らずに踏み蹴つて、私、その時くらゐ吃驚したことはなかつた。『キヤアツ』と言つて飛び上つて、胸がドキ〳〵して何時までも止まない。私あんまり吃驚りさせられて、悔しかつたから、いぢ〳〵して、大きな火箸を以て行つて、遠くの方から、火箸の尖で打《ぶ》つて遣つた。散々ぱら打つたら漸やくの事で俵の奥の方に、ノソ〳〵逃げて入つた。さうすると、夜になつて、あんなに非道く蛙《ひきがへる》を打つた。怨んで出やしないだらうか、火箸で焼傷《やけど》をして困つてゐやしないだらうか。枕の所に、あの何とも言へない色をした蛙《かへる》が来てゐるやうで、私、蒲団を頭からすつぽり被つて明朝《あす》は早く起きて、米撞きの男を頼んで、積み俵を取り除けて貰つて見やう。さうしやうと思つて、一晩寝られなかつたことがありました。』

私は『ウム〳〵』と言つて聞きながら、十年も経つてから、十六七の時分に蛙《かへる》を火箸で打つたことを、能く覚えてゐて、其の時神経を悩ました記憶を尚ほ今日まで覚えてゐたり、それよりも蛙《かへる》を踏み蹴つたくらゐをさも大事《おほごと》のやうに思つたり、それを火箸で打つたのを夜中《よなか》苦に病んだりする性情を静と黙つて解釈しながら、気楽な落着いた淡い興味を感じて、そんな女の性質が気に入つた。さうして、

『それから其の男の話は何うした！』と前の話の続きを促した。

『別に何うと言ふことはない。それだけの話ですが、「何か御用ですか」と言ふと、男の方でも何だか極りの悪さうに、先方《さき》だつて声が顫えてゐました。

『「あなたは私を知らないでせうけれど、私は能くあなたを知つてゐます。どうぞ私の言ふことを聞いてくれないでせうか。」つて言ふんです。私は「さうですか、何ういふ御用か知りませんが、御用があるなら、私にはお母さんがあるから、お母さんにさう言つて下さい」つて、さう言つて遣つたんです。さうすると、男は何とも言ひ得ませんでした。

けれども私は何うなるかと思つて恐かつた。さうしてゐる処へ丁度都合よく道を通る者が来合はしたから、私はそれから逸散に駆けて戻りました。

『フウ。そんなことがあつたのか。』

私は、斯う簡単に言つた。

私が女と一所になつたのでは言ふまでもなく普通《ひととほり》の手続きで斯うなつたのではない。妙な仲から今のやうになつたのである。女は其の時最早散々苦労を仕抜いて所帯崩しであつた。私と斯うなつたに就いても、それから一所になつてからも、四年越の今日になるまでには、一口にも二口にも言ふことの出来ない——つまり主として私の性格、境遇から由来した種々雑多な悲しい思ひ、味気ない思ひもした。固より嬉しい思ひもした。また不思議な嫉妬もした。それが為には私は身体《からだ》が痩せるまでに悲み悶えた。併しながらそれが、何ういふことであつたか。此処ではそれを言ふまひ。——或は一生言はない方が好いかも

知れぬ。いや、言ふべきことでないかも知れぬ。断じて〳〵言ふべきことで無い。何となれば自己の私生涯を衆人環視の前に暴露して、それで飯《めし》を食ふといふことが、何うして堪えられやう！。

私は、まだ此の口を糊するが為に貴重なる自己を売り物にせねばならぬまでに浅間しく成り果てたとは、自分でも信じられない。

此の創痍《きうゐ》多き胸は、それを想ふてだに堪えられない。此の焼け爛れた感情は、微《かす》かに指先を触れたゞけでも飛び上るやうに痛ましい。

で、私は前言つたやうに、唯『フン。そんなことがあつたのか。』と言つた。

斯う言つて、私は、其の自分の言葉を不図想つて見た。私は、女が、淡い、無邪気な恋をしたこともあつたかと思つたが、私は、それを嫉ましいとは想へなかつた。

私は、女と一所になつてから、今では何でもない、先《せん》の夫との仲を、ひどく嫉んだ。現在不義せられてゐるもの丶如く嫉んだ。私はそれが為に嫉妬の焔に全身を燃した。それが為に絶えず喧嘩をした。さうして喧嘩をしながらも熱く愛してゐた。愛しながら喧嘩をした。喧嘩と熱愛と互に相表裏して長くつゞいた、その時分、女は屢く斯ういふことを言つた。『あなたくらゐお可笑な人は無い。自分で「出戻りだつて構はない。」と言つて一所になつてゐながら、一所になれば、出戻りは厭だといふんですもの、之れが仲に立つ人でもあつて一所になつたのならば、話の持つて行《ゆ》き場もあるが、二人で勝手に一所になつてゐて、あなたに其様なことを言はれて、私は――立つ瀬がない。』

私は、此の道理に無理は無いと思つた。さう思つたけれども、一所になる前には邪魔にならなかつた先《せん》の夫の幻影《まぼろし》が、今は盛に私をして嫉妬の焔に悶えしめたのであつた。

『フム。そんなことがあつたか。』

と言ふ私の言葉は、何うしても最早、大した感興から発せられたものとは思へなかつた。さうして私は女に向つて斯う言つた。

『おい、お前とは屢く喧嘩をしたり、嫉妬《やきもち》を焼いたりしたもんだなあ。あれつきり段々あんなことは無くなつたねえ。』

『え丶あの頃は、あなたが、先《せん》の連合と私との事に就いてよく種々《いろん》なことをほじつて聞いた。前《ぜん》のことを、気味悪がり〳〵聞いた。』

『ウム。いろんなことを執固く聞いては、それを焼き〳〵したねえ。それでもあの年三月家《うち》を持つて、半歳ばかりさうであつたが、秋になつて、蒲生さんの借家《うち》に行つた時分から止んだねえ。』

『え丶、あの時分は、貴下《あなた》が最早、何うせ私とは分れるものと思つて、前のことなんぞは何うでも好いと諦らめて了つたから。』

『だつて、また斯うして一所になつてゐるぢやないか。』

『…………』女は、不思議のやうに、また此の先き何うなるのであらう？と思つてゐるものゝやうに暫時《しばらく》黙つてゐた。

するとそんなことは考へて居たくないといふやうに、

『私、あの時分のやうに、もう一遍あなたの泣くのが見たい。』

『俺がよく泣いたねえ。一度お前を横抱きにして、お前の顔の上にハラ〳〵涙を落して泣いたことがあつたねえ。』

『えゝ』

斯う言つて、二人は、幾許か其の時分のことの追憶の興に促されたやうに、凝《じつ》と互に顔を見合はした。

『俺は最早あんなに泣けないよ。』

『さうですとも。もう私を何うでも好いと思つてゐるから。』

『さうぢやない。最早、何もそんなに、強ゐて泣く必要がなくなつたからぢやないか。』

と、言つたが、私は、女の言ふ通り、果して女に対して熱愛が薄くなつたが為に、二人の此れから先きの運命に就いて泣けさうになくなつたのか、それとも歳月《としつき》を経てゐる間に知らず識らず二人の仲がもう何うしても離すことの出来ない、例へばラムプとか飯茶碗とか言つたやうな日常必須の所帯道具のやうに馴れつこになつて了つたのかも知れぬ。私はそれが何れとも分らなかつた。


『お前、先《せん》の人と別れた時には泣いたと言つたねえ。』

『えゝ、それや泣きましたさ。』

『私と若し分れたつて、泣いてはくれまい。』

『そりやそうですとも、貴下と私とは、若しそんなことがあれば、あなたが私を棄てるんだもの。……私はもう大した慾はありません。一生何うか斯うかその日に困らぬやうになりさへすれば好い。貴下も本当に、早くも少し気楽にならなけりやいけません。仕事を精出してして下さいよ。』

『まあ、そんなことは、今言はなくたつて可い。……先《せん》の別れる時に泣いた。……お前一旦戻つてからも、後《のち》になつて、お前が患らつてゐるのを聞いたとかして、見舞に来て今までの通りになつてくれつて向うでまたさう言つて頼んだんだらう。』

私はこれまでにもう何度も聞き古したことを聞いた。

『えゝ、さう言つて、たつて頼みましたけれど、私どうしても聞かなかつた。そりやあなたと違つて深切にやあつた。畢竟深切に引かれて辛抱したやうなものゝ、最初《はじめ》嫁いて行き早々「あゝこれは好くない処へ来た」と自分で思つたくらゐだから、何と言つたつて、もう帰りやしません。』

『私も、最早何時かのやうに、お前の先《せん》の連合のことを、私とお前とが為るやうに、「あゝもしたらう。斯うもしたらう」と思ひ沈んで嫉くやうなことはしない。……けれどもお前だつて少しは思ひ出すこともあるだらう。』

『不断は、そりや忘れてゐますさ。けれど斯様な話をすると、思ひ出さないことはないけれど、七年にも八年にもなることだから忘れて了つた。もうそんなおさらひ話は廃しませう。』

『まあ〱好いぢやないか、して聞かしてくれ。……偶には、それでも会つて見たいといふ好奇心は起らないものかねえ？』

女は黙つて静《じつ》と考へてゐたが、少し感興を生じたやうな顔をして、

『あゝ、さう〱一度斯ういふことがありました。あれは何でも貴下が、函根に行つてゐた時分か、それとも国に行つてゐらしつた時分か、確か去年の春だつたらうと思ふ。私、買ひ物にX町《まち》の通りに行つて、姉と一所に歩いてたんです。さうして呉服屋であつたか、八百屋であつたかの店前《さき》に、街の方を背《うしろ》にして立つてゐると、傍《そば》に立つてゐた姉が、「あれ〱」つて不意に私の横腹《よこばら》の処を強く突くから、私、何《なん》かと思つて、「えツ何ツ」つて背後《うしろ》を向くと、姉が「其方《そつち》ぢやない。彼方《あつち》〱つて」まだ一間か一間半ばかしも行つてゐない方を頤で指し「間抜けだねえ、お前、あれが分らないか」と言ふんです。それが先《せん》の連合なの。――ですから姉が初め私の横腹《よこつぱら》を突いた時分に、丁度背後の処を通つてゐたくらいでせう。それでもまだ先方《さき》の横顔だけは見えました。――それが自分の兄《あに》さんの嫁と二人連れなの。――私より兄さんの嫁は遅く来て、私が戻つて来る時分には、以前は商買人であつたとか言つて、病身でひどく窶れてゐたが、顔立ちは好い女だつたから病気も直つたと見えて、私の知つてゐる時分より若くなつて奇麗になつてゐるの。お召か、なんかの好い着物を着て、私の連合の方は矢張し結城かなんか渋いものを着てゐました。さうして二人連れ立つて行くんでせう。――牛込の奥に菩提寺があるんですから、屹度お寺詣りにでも行つたんでせうが、変なものですねえ。さうして二人並んで歩いて行くのを見ると、最早縁もゆかりもないんだが、あゝして二人で一所に歩いたりなんかするやうでは何うかなつてゐるのぢやないかと思はれて、それが何だか腹が立つやうな、斯う憎いやうな気がしましたよ。

分れて戻る時だつて、「私は、牛込には先祖の寺があるから、時々寺詣りには行く。其の他何処で出会はぬとも言はぬ。会つたら悪い顔をしないで、普通に挨拶くらゐは互にしやう。けれどお前が此度持つ夫と一所であつたら、会つても、その人に気の毒だから見ても見ぬ振りをして居らう。私の方でももし此度何時か持つ家内と一所であつても、その積りでゐてくれ」と言つてゐたんでせう。それが、あゝして兄さんの神さんと一所に私の直ぐ傍を通りながら黙つて行くなんてことがあるものか。人を三年も四年も苦労をさして置きながら……と思つて、姉に、何うだつた？私を見たやうであつたか？と聞くと、
姉は「あゝ知つてゐたやうであつたよ。二人でお前の方を見い〱何か密々《ひそ〱》話しながら行つたから」と言ふし、私は悔しく

つて〳〵凝乎《じつ》と向の方に行くのを何時までも見送つてゐると、余程《よつぽど》行つてから二人で私の方を振返つて見てゐました。

私は、それから気分が変になつて、直ぐ近処の姉の家に寄つて――、姉が餅菓子か何か買つて行つて茶を入れたりなどしたけれど――私は、茶も菓子も欲しくない。少し心持が悪いからと言ふと、姉もそれと察して、「ぢや少し横になつて休んだら好いだらう」と言つて、枕を出したりなどしてくれました。』

『フム。それから何した？』私も何だか古い焼け疵を触られるやうな心持がして、少し呼吸《いき》が詰るやうになつた。

『ナニそれから何うといふことはない。少し休んでゐると、段々落着いて来たから、「も少し休んで行つたら好いだらう。」と姉が言ふのを、ナニもう好いよ。と言つて自家に戻つて来たけれど、私、その日一日貴下は留守だし、お母さんに、私、今日少し心持が悪いから寝るよ。と言つて寝ました。………私、此の事は、決して貴下には言ふまいと思つてゐたけれど、まあ斯う言ふ種々な話が出たから言ふんです、それは変な何とも言へない気分になりましたよ。』

女は斯う言つて、罪深いやうな、私に済まないといふやうな顔をして、私の顔を見た。

私も、それを聞いて幾許か身体《からだ》が固く縛られたやうな感じがして来た。さうして

『何日《いつ》の事だえ？　それは』と聞いてもつまらないことを聞き直した。

『ですからさ、去年ですよ。――去年の春ですよ。――それから之れは其の後《のち》でしたが、貴下が国から帰つて来てから一度姉の処に行くと、姉の処の新さんが、「何うです、お雪さん。村田さんが此度国に帰つて、お雪さんの話しでも定《き》めて来たのですか。」つて聞いたから、「否《いえ》、其様な話は少しもなかつたやうでした。」つて言ふと、新さんの事だから、「村田といふ人は、恐しい薄情な人だ。あんな薄情な人はない。私は、またお雪さんと一所になつて、始めて国に行つたんだから其様な話でもあつたかと思つてゐた。どうですお雪さん、寧そまた初めの人の処に戻つては何うです。あの人の方が村田さんよりも幾許深切だつたか知れやしない。」つて、新さんも、姉から、先達つて、其の先の連合が通つた時の私の様子を、後で聞いてゐたもんだから、………それに引き更へてあなたが何時までも、他人《ひと》の娘を蛇の生殺しのやうにしてゐるといふ腹で、ついさう言つて見たんでせう。新さんだつて本当にそんなことが出来るものぢやないと知つてゐますが。』

私は、女が情には脆《もろ》いが、堅い確乎《しつかり》した気質だといふことを信じてゐる。さうして斯う言つて見た。

『姦通なんて出来るものかね？』

『さう〳〵、それから一遍斯ういふことがありました。先《せん》の時分に、もう何うしても花牌《はな》の道楽が止まないから、いよ〳〵出

て戻らうか何うしやうかと散々思ひあぐんで、頭髪《かみ》も何も脱けて了つて、私は自家で、肩で呼吸をしてゐる。それでも五日も十日も自家へ寄り付かない。それを知つてゐるある男があつて、私が一人で裁縫《しごと》をしてゐる処へ入つて来て、
「私は、前から貴女のことは思つてゐる。何うしてお宅ではあんなに何時までも道楽が止まないんでせう。貴女がお気の毒だ」
といふやうなことを言つて甘く持ち掛けて来るから、
「私には、幾許道楽をしても何をしても、亭主があるのですから、たつてさうおつ仰《しや》れば、宿にも話しませう。」と、さう言つてやつたら、其の男は、それつきり顔を見せませんでしたよ。』

私は、女の所謂、気味を悪がり〳〵ほじつて聞いては、嫉いてゐた時分に、聞き洩らしたことや、また自分と一所になつてからの女の心持の――其の一部分を斯うして聞いた。けれども私は最早以前のやうに胸のわく〳〵することはなかつた。それは何ういふ理由《わけ》であらう？愛が薄くなつたのであらうか。それともまた愛の為に其様なやくざな思ひが何時しか二人の仲に融けて流れて了つたのであらうか？分らない。

戸外の雪は、まだハタ〳〵と静かに降つて、積つてゐた。

『やあ、大分種々な話を聞いたね。』

と言つて、一つの大きな欠伸をした。さうして

『今日は一つ鰻でも食はうか。』

『えゝ食べませう。』

『ぢや私がさう言つて来るよ。』と、私は出て行つた。

別れたる妻に送る手紙

拝啓

お前——分れて了つたから、もう私《わたし》がお前と呼び掛ける権利は無い。それのみならず、風の音信《たより》に聞けば、お前はもう疾《とつく》に嫁《かた》づいてゐるらしくもある。もしさうだとすれば、お前はもう取返しの附かぬ人の妻だ。その人にこんな手紙を上げるのは、道理《すじみち》から言つても私が間違つてゐる。けれど、私は、まだお前と呼ばずにはゐられない。どうぞ此の手紙だけではお前と呼ばしてくれ。また斯様《こん》な手紙を送つたと知れたなら大変だ。私はもう何うでも可《い》いが、お前が、さぞ迷惑するであらうから申すまでもないが、読んで了つたら、直ぐ焼くなり、何うなりしてくれ。——お前が、私とは、つひ眼と鼻との間の同じ小石川区内にゐるとは知つてゐるけれど丁度今頃は何処に何うしてゐるやら少しも分らない。けれども私は斯うして其の後《のち》のことをお前に知らせたい。イヤ聞いて貰ひたい。お前の顔を見なくなつてから、やがて七月《なゝつき》になる。その間には、私には種々《いろん》なことがあつた。

一緒にゐる時分は、ホンノ些《ちよい》としたお可笑いことでも、悔しいことでも即座に打《ぶ》ちまけて何とか斯《かん》とか言つて貰はねば気が済まなかつたものだ。またその頃はお前の知つてゐる通り、別段に変つたことさへなければ、国の母や兄とは、近年ホンノ一月に一度か、二月に三度くらゐしか手紙の往復《やりとり》をしなかつたものだが、去年の秋私一人になつた当座は殆ど二日置きくらゐに母と兄とに交る〴〵手紙を遣つた。

けれども今此処に打明けやうと思ふやうなことは、母や兄には話されない。誰れにも話すことが出来ない。唯せめてお前にだけは聞いて貰ひたい。——私は最後の半歳ほどは正直お前を恨んでゐる。けれどもそれまでの私の仕打ちに就いては随分自分が好くなかつた。といふことを、十分に自身でも承知してゐる。だから今話すことを聞いてくれたなら、お前の胸も幾許か晴れやう。また私は、お前にそれを心のありつたけ話し尽したならば、私の此の胸も透くだらうと思ふ。さうでもしなければ私は本当に気でも狂《ふ》れるかも知れない。出来るならば、手紙でなく、お前に直《じか》に会つて話したい。けれどもそれは出来ないことだ。それゆゑ斯うして手紙を書いて送る。

お前は大方忘れたらうが、私はよく覚えてゐる。あれは去年の八月の末——二百十日の朝であつた。お前は

『もう話しの着いてゐるのに、貴下《あなた》が、さう何時までも、のべんぐらりと、ずる〳〵にしてゐては、皆に、私が矢張し貴下に未練があつて、一緒にずる〳〵になつてゐるやうに思はれるの

が辛い。少しは、貴下だつて人の迷惑といふことも考へて下さい。いよ〳〵分れて了へば、私は明日《あす》の日から自分で食ふことを考へねばならぬ。………それを思へば、貴下は独身《ひとりみ》になれば、何うしやうと、足纏ひがなくなつて結句気楽ぢやありませんか。さうしてゐる内に貴下はまた好きな奥さんなり、女なりありますよ。兎に角今日中に何処か下宿へ行つて下さい。さうでなければ私が柳町の人達に何とも言ひやうがないから。』

と言つて催促するから、私は探しに行つた。

二百十日の蒸暑い風が口の中までジャリ〳〵するやうに砂塵埃を吹き捲つて夏劣《ま》けのした身体《からだ》は、唯歩くのさへ怠儀であつた。矢来に一処あつたが、私は、主婦《おかみ》を案内に空間を見たけれど、仮令《たとひ》何様な暮しをしやうとも、これまで六年も七年も下宿屋の飯は食べないで来てゐるのに、これからまた以前《もと》の下宿生活に戻るのかと思つたら、私は、其の座敷の、夏季《なつ》の間《ま》に裏返したらしい畳のモジャ〳〵を見て今更に自分の身が浅間しくなつた。それで

『多分明日から来るかも知れぬから。』

と言つて帰りは帰つたが、どう思ふても急に他へは行きたくなかつた。といふのは強ち《あながち》お前のお母《つか》さんの住んでゐる家《うち》――お前の傍《そば》を去りたくなかつたといふのではない。それよりも斯うしてゐて自然に、心が変つて行く日が来るまでは身体を動すのが怠儀であつたのだ。加之《それにかね》銭だつて差当り入《い》るだけ無いぢやないか。帰つて来て、

『どうも可い宿《うち》はない。』といふと、

『急にさう思ふやうな宿は何うせ見付らない。松林館に行つたら屹度《きつと》あるかも知れぬ。彼処《あすこ》ならば知つた宿だから可い。今晩一緒に行つて見ませう。』

と言つて、二人で聞きに行つた。けれども其処には何様な室もなかつた。其の途中で、歩きながら私は最後に本気になつて種々と言つて見たけれど、お前は

『そりや、あの時分はあの時分のことだ。……私は先《せん》の時分にも四年も貧乏に苦労して、また貴下で七年も貧乏の苦労をした。私も最早《もう》貧乏には本当に飽き〳〵した。……仮令月給の仕事があつたつて私は、文学者は嫌ひ。文学者なんて偉い人は私風情にはもつたいない。私もよもやに引されて、今に貴下が良くなるだらう。今に良くなるだらうと思つてゐても、何時まで経つてもよくならないのだもの。それに貴下くらゐ猫の眼のやうに心の変る人は無い。一生当てにならない。……』

斯う言つた。そりや私も自分でもさう偉い人間だとは思つてゐないけれども、お前に斯う言はれて見れば、丁度色の黒い女が、お前は色が黒い。と言つて一口にヘコまされたやうな気がした。屢く以前、

『貴下は何斯《なにか》に就けて私をヘコます。』と言ひ〳〵した。私は

『あゝ済ぬ。』と思ひながらも随分言ひにくいことを屢々《しば〳〵》言つて

お前をこき下した。それを能く覚えてゐる私には、あの時お前にさう言はれても、何と言ひ返す言葉もなかつた。それのみならず全く私はお前に満六年間

『今日は、』

といふ想ひを唯《たゞ》の一日だつてさせなかつた。それゆゑさうなくつてさへ何につけ自信の無い私は、その時から一層自分ほど詰らない人間は無いと思はれた。何を考へても、何を見ても、何をしても白湯《さゆ》を飲むやうな気持もしなかつた。……けれども、斯様なことを言ふと、お前に何だか愚痴を言ふやうに当る。私は此の手紙でお前に愚痴をいふつもりではなかつた。愚痴は、もう止さう。

兎に角、あの一緒に私の下宿を探しに行つた晩、

『貴下がどうでも家にゐれば、今日から私の方で、貴下のゐる間、親類へでも何処へでも行つてゐる。……奉公にでも行く。……好い縁《くち》があれば、明日でも嫁かねばならぬ。……同じ歳だつて、女の三十四では今の内早く何うかせねば拾つてくれ手が無くなる。』と言ふから

『ぢや今夜だけは家《うち》にゐて明日からいよ〳〵さうしたら好いぢやないか。さうしてくれ。』と私が頼むやうに言ふと、

『さうすると、また貴下が因縁を付けるから……厭だ。』

『だつて今夜だけ好いぢやないか。』

『ぢや貴下、一足前《さき》に帰つてゐらつしやい。私柳町に一寸《ちよつと》寄つて後から行くから。』

私は言ふがまゝに、独り自家《うち》に戻つて、遅くまで待つてゐたけれど、お前は遂に帰つて来なかつた、あれッきりお前は私の眼から姿を隠して了つたのだ。

それから九月、十月、十一月と、三月の間、繰返さなくつても、後で聞いて知つてもゐるだらうが、私は、お前のお母さんに御飯を炊いて貰つた。お前も私の癖は好く知つてゐる。お前の洗つてくれた茶碗でなければ、私は立つて、わざ〳〵自分で洗ひ直しに行つたものだ。分けてもお前のお母さんと来たら不精で汚らしい、そのお母さんの炊いた御飯を、私は三月——三月といへば百日だ。私は百日の間辛抱して食つてゐた。

お前達の方では、これまでの私の性分を好く知り抜いてゐるから、あゝして置けば遂に堪らなくなつて出て行くであらう、といふ量見《かんがへ》もあつたのだらう。が私はまた、前にも言つたやうに、自然《ひとりで》に心が移つて行くまで待たなければ、何うする気にもなれなかつたのだ。

それは老母《としより》の身体で、朝起きて見れば、遠い井から、雨が降らうが何うせうが、水も手桶に一杯は汲んで、チャンと縁側に置いてあつた。顔を洗つて座敷に戻れば、机の前に膳も据ゑてくれ、火鉢に火も入れて貰つた。

段々寒くなつてからは、お前がした通りに、朝の燃《た》き落しを安火に入れて、寝てゐる裾から静《そつ》と入れてくれた。——私には

お前の居先きは判らぬ。またお母さんに聞いたつて金輪際それを明す訳はないと思つてゐるから、此方《こつち》からも聞かうともしなかつたけれど、お母さんがお前の処に一寸〳〵会ひに行つてゐるくらゐは分つてゐた。それゆゑ安火を入れるのだけは、『あの人は寒がり性だから、朝寝起きに安火を入れてあげておくれ。』とでもお前から言つたのだらうと思つた。

　それでも何うも夜も落々眠られないし、朝だつて習慣《くせ》になつてゐることが、ガラリと様子が変つて来たから寝覚めが好くない。以前屢くお前に話し〳〵したことだが、朝熟《よ》く寝入つてゐて知らぬ間に静と音の立たぬやうに新聞を胸の上に載せて貰つて、その何とも言へない朝らしい新らしい匂ひで、何時とはなく眼の覚めた日ほど心持の好いことはない。まだ幼い時分に、母が目覚しを枕頭《もと》に置いてゐて『これッ〳〵』と呼び覚してゐたと同じやうな気がしてゐた。それが最早《もう》、まさか新聞まで寝入つてゐる間に持つて来て下さい。とは言はれないし。仮令さうして貰つたからとて、お前にして貰つたやうに、甘くシックリと行かないと思つたから頼みもしなかつた。が、時々其様なことを思つて一つさうして貰つて見やうかなどゝ寝床の中で考へては、ハッと私は何といふ馬鹿だらうと思つて独りでを可笑くなつて笑つたこともあつたよ。

　で、新聞だけは自分で起きて取つて来て、また寝ながら見たが、さうしたのでは唯字が眼に入るだけで、もう面白くも何ともありやしない。……本当に新聞さへ沢山取つてゐるばかりで碌々読む気はしなかつた。

　それに、あの不愛相な人のことだから、何一つ私と世間話しをしやうぢやなし。――尤も新聞も面白くないくらゐだから、そんなら誰れと世間話しをしやうといふ興も湧なかつたが――米だつて悪い米だ。私はその、朝無闇に早く炊いて、私の起きる頃には、もう可い加減冷めてポロ〳〵になつた御飯に茶をかけて流し込むやうにして朝飯を済した。――間食をしない私が、何様なに三度の食事を楽みにしてゐたか、お前がよく知つてゐる。さうして独りでつくねんとして御飯を食べてゐるのだと思つて来ると、ムラ〳〵と逆上げて来て果ては、膳も茶碗も霞んで了ふ。

　寝床だつて暫時《しばらく》は起きたまゝで放つて置く。床を畳む元気もないぢやないか、枕当ての汚れたのだつて、私が一々口を聞いて何とかせねばならぬ。

　秋になつてから始終《しよつちう》雨が降り続いた。あの古い家のことだから二所《ふたところ》も三所《みところ》も雨が漏つて、其処ら中にバケツや盥を並べる。家賃はそれでも、十日くらゐ遅れることがあつても払つたが、幾許直してくれと言つて催促してもなか〳〵職人を越さない。寒いから障子を入れやうと思へば、どれも破れてゐる。それでも入れやうと思つて種々《いろ〳〵》にして見たが、建て付けが悪くなつて何れ一つ満足なのが無い。

私はもう『え〻何うなりとなれ！』と、パタリ〳〵雨滴《あまだれ》の落ちる音を聞きながら、障子もしめない座敷に静として、何を為やうでもなく、何にを考へやうでもなく、四時間も五時間も唯呆然《ぼんやり》となつて坐つたなり日を暮すことがあつた。

何日《いつ》であつたか寝床を出て鉢前の処の雨戸を繰ると、あの真《ま》正面《とも》に北を受けた縁側に落葉交りの雨が顔をも出されないほど吹付けてゐる。それでも私は寝巻の濡れるのをも忘れて、其処に立つたま〻凝乎《じつ》と、向の方を眺めると、雨の中に遠くに久世山の高台が見える。そこらは私には何時までも忘れることの出来ぬ処だ。それから左の方に銀杏《いてふ》の樹が高く見える。それがつひ四五日気の付かなかつた間に黄色い葉が見違へるばかりにまばらに痩せてゐる。私達はその下にも住んでゐたことがあつたのだ。

そんなことを思つては、私は方々、目的《あて》もなく歩き廻つた。天気が好ければよくつて戸外に出るし、雨が降れば降つて家内《うち》に静としてゐられないで出て歩いた。破ぶれた傘を翳《さ》して出歩いた。

さうしてお前と一緒に借りてゐた家《いへ》は、古いのから古いのから見て廻つた。けれども何の家の前に立つて見たつて、皆《み》な知らぬ人が住んでゐる。中には取払はれて、以前《まへ》の跡形《あとかた》もない家もあつた。

でも九月中くらゐは、若しかお前のゐる気配はせぬかと雨が降つてゐれば、傘で姿が隠せるから、雨の降る日を待つて、柳町の家《うち》の前を行つたり来たりして見た。

家内にゐる時は、もう書籍《ほん》なんか読む気にはなれない。大抵猫と遊んでゐた。あの猫が面白い猫であれと追駆《おつかけ》こをして見たり、樹に逐《お》ひ登らして、それを竿でつ〻いたり、弱つた秋蟬を捕つてやつたり、ホウセンカの実つて弾けるのを自分でも面白くつて、むしつて見たり、それを打《ぶ》つけて吃驚《びつく》りさせて見たり、そんなことばかりしてゐた。処がその猫も、一度二日も続いて土砂降りのした前の晩、些《ちよつ》との間に何処へ行つたかゐなくなつて了つた。お母さんと二人で種々探して見たが遂に分らなかつた。

そんな寂しい思ひをしてゐるからつて、これが他の事と違つて知人《ひと》に話の出来ることぢやなし、また誰れにも話したくなかつた。唯独りの心に閉ぢ籠つて思ひ耽つてゐた。けれどもあの矢来の婆さんの家《ところ》へは始終行つてゐた。後には『また想ひ遣りですか。……貴下が、あんまりお雪さんを虐めたから。……また貴下もみつちりお働《かせ》ぎなさい。そうしたらお雪さんが、此度は向から頭を下げて謝つて来るから。……』など〻言つて笑ひながら話すこともあつたが、あの婆《ひと》は、丁度お前のお母さんと違つて口の上手な人でもあるし、また若い時から随分種々な目にも会つてゐる女だから、

『本当にお雪さんの気の強いのにも呆れる。……私だつて、あ〻

して四十年連れ添ふた老爺《ぢい》さまと分れは分れたが、あゝ今頃は何うしてゐるだらうかと思つて時々呼び寄せては、私が状袋を張つたお銭《あし》で好きな酒の一口も飲まして、小遣ひを遣つて帰すんです。……私には到底《とても》お雪さんの真似は出来ない。……思ひ切りの好い女だ。それを思ふと雪岡さん、私は貴下がお気の毒になりますよ……』

と言つて、襦袢の袖口で眼を拭いてくれるから、私のことゝ婆さんのことゝは理由《わけ》が全然違つてゐるとは知つてゐながら、

『ナニお雪の奴、そんな人間であるもんですか。……それに最早、何うも嫁づいてゐるらしい。屹度それに違ひない。』と言ふと、婆さんは此度は思はせ振りに笑ひながら、

『へ……奴なんて、まあ大層お雪さんが憎いと思はれますね。まさか其様なことはないでせう……私には分らないが……お雪さんだつて、あれで貴下のことは色々と思つてゐるんですよ。……あの自家の押入れに預かつてある茶碗なんか御覧なさいな。壊れないやうに丹念に一つ〳〵紙で包んで仕舞つてある。矢張しまた貴下と所帯を持つ下心があるからだ。……あんなに細かいことまでシャンシャンとよく気の利く人はありませんよ。』と斯う言ひ〳〵した。

私は、私とお前との間は、私とお前とが誰れよりもよく知つてゐると知つてゐたから婆さんがそんなことを言つたつて決つして本当にはしやしない。随分度々、お前には引越の手数《てすう》を掛けたものだが、その度毎に、茶碗だつて何だつて鄭寧に始末をしたのは、私も知つてゐる――尤も後になつては、段々お前も、『もう茶碗なんか鄭寧に包まない。』と言ひ出した。それも私はよく知つてゐる。また其れが、いよいよ分れねばならぬことになつて、一層鄭寧に、私の所帯道具《もちもの》の始末をしてくれたのも知つてゐる。

それでゐて、私は、柳町の人達よりも一層深い事情《わけ》を知らぬ婆さんが、さう言つてくれるのを自分でも気安めだ。と承知しながら、聞いてゐるのが何よりも楽しみであつた。私は寄席にでも行くやうなつもりで、何か買つて懐中《ふところ》に入れては婆さんの六十何年の人情の節を付けた調子で『お雪さんだつて、あれで貴下のことは思つてゐるんですよ。』を聞きに行つた。

さうしながら心は種々に迷ふた。何うせ他へ行かねばならぬのだから家《うち》を持うかと思つて探しにも行つた。出歩るきながら眼に着く貸家《うち》には入つても見た。が婆さんを置くにしても、小女を置くにしても私の性分として矢張し自分の心を使はねばならぬ。それに敷金なんかは出来やうがない。少し纏つた銭《かね》の取れる書き物なんかする気には何うしてもなれない。それなら何うしやうといふのではないが、唯何にでも魂魄《こゝろ》が奪られ易くなつてゐるから、道を歩きながら、フト眼に留つた見知らぬ女があると、浮々と何処までも其の後を追ふても見た。

長く男一人でゐれば、女性《をんな》も欲しくなるから、矢張し遊びに

も行つた。さうかと言つて銭が無いのだから、好くつて面白い処には行けない。それゆゑ銭の入《い》らない珍らしい処を〳〵と漁《あさ》つて歩いた。ならうならば、何もしたくないのだから、家賃とか米代とか、お母さんに酷しく言はれるものは、拠《よんどころ》なく書き物をして五円、八円取つて来たが、其様な処へ遊びに行く銭は、『あゝ行きたい。』と思へば段々段々と大切にしてゐる書籍を凝乎と、披いて見たり、捻《ひねく》つて見たりして、『あゝこれを売らうか遊びに行かうか。』と思案をし尽して、最後《しまひ》にはさて何うしても売つて遊びに行つた。矢来の婆さんの処にも度々古本屋を連れ込んだ。さうすれば、でも二三日は少しは心が落着いた。

その時分のことだらう。居先きは明さないが、一度お前が後始末の用ながらに婆さんの処へ寄つて、私の本箱を明けて見たり、抽斗《ひきだし》を引出して見たりして、

『まあ本当に本も大方売って了つてゐる。あの人は何日まで、あゝなんだらう。』と言つて、それから私の蒲団《やぐ》を戸棚から取出して、黴を払つて、縁側の日の当る処に乾《ほ》して、婆さんに晩に取入れてくれるやうに頼んで行つたことをも聞いた。

まあさういふやうにして、チョビ〳〵書籍を売つては、銭を拵へて遊びにも行つた。けれども、それでも矢張し物足りなくつて、私の足は一処にとまらなかつた。唯女を買つたゞけでは気の済む訳がないのだ。私には一人楽みが出来なければ寂しいのも間切れない。

処がさうしてゐる内に、遂々一人の女に出会《でくわ》した。

それが何ういふ種類の女であるか、商買人ではあるが、芸者ではない。といへばお前には判断出来やう。一口に芸者でないと言つたつて――笑つては可けない。――さう馬鹿には出来ないよ。遊びやうによつては随分銭も掛る。加之女だつて銘々性《た》格《ち》があるから、芸者だから面白いのばかしとは限らない。

その時は、多少《いくらか》纏まつた銭が骨折れずに入つた時であつたから、何時もチョビ〳〵本を売つてはを可笑《かし》な処ばかしを彷徨《うろつ》いてゐたが、今日は少し気楽な贅沢が仕て見たくなつて、一度長《おさ》田《だ》の友達といふので行つた待合に行つて、その時知つた女を呼んだ。さうするとそれがゐなくつて、他な女が来た。それが初め入つて来て挨拶をした時にチラと見たのでは、それほどゝも思はなかつたが、別の間に入つてからよく見ると些《ちよつ》と男好きのする女だ。――お前が知つてゐる通り私はよく斯様なことに気が着いて困るんだが、――脱いだ着物を、一寸《ちよつと》触つて見ると、着物も、羽織も、コリ〳〵するやうな好いお召の新らしいのを着てゐる。此の社会のことには私も大抵目が利いてゐるから、それを見て直ぐ『此《こ》女《れ》は、なか〳〵売れる女だな。』と思つた。

よく似合つた極くハイカラな束髪に結つて小肥な、色の白い、肌膚《きめ》の細かいそれでゐて血気《ちけ》のある女で、――これは段々後になつて分つたことだが、――気分もよく変つたが、顔が始終変はる女だつた。――心持ち平面《ひらおもて》の、鼻が少し低いが私の好な口

の小《ちさ》い。——尤も笑ふと少し崩れるが、——眼も平常《いつも》はさう好くなかつた。でもさう馬鹿に濃くなくつて、柔か味のある眉毛の格恰から額にかけて、何処か気高いやうな処があつて泣くか、何うかして憂ひに沈んだ時に一寸〳〵品の好い顔をして見せた。そんな時には顔が小《ちひさ》く見えて、眼もしほらしい眼になつた。後には種々なことから自暴酒《やけざけ》を飲んだらしかつたが、酒を飲むと溜らない大きな顔になつて、三ツ四ツも古《ふ》けて見えた。私も『どうして此様な女が、さう好いのだらう？』と少し自分でも不思議になつて、終《しまひ》には浅間しく思ふことさへもあつた。肉体《からだ》も、厚味のある、幅の狭い。さう大きくなくつて、私とはつりあひが取れてゐた。

　で、その女をよく見ると、『あゝ斯ういふ女《をんな》がゐたか。』と思つた。それが、その女が私の気に染み付いたそも〳〵だつた。さうすると、私の心は最早今までと違つて何となく、自然《ひとりで》に優あしくなつた。

　静《じつ》と女の指——その指がまた可愛《かあい》い指であつた。指輪も好いのをはめてゐた。——を握つたり、もんだりしながら、

『君は大変綺麗な手をしてゐるねえ。さうして斯う見た処、こんな社会に身を落すやうな人柄でもなさゝうだ。それには何れ種んな理由《わけ》もあるのだらうが出来ることなら、少しも早く此様な商売は止して堅気になつた方が好いよ。君は何となしまだ此の社会の灰汁《あく》が骨まで浸込んでゐないやうだ。惜しいものだ。』

　人間といふものは勝手なものだ。此様な境涯に身を置く人に同情があるならば、私は何の女に向つても、同じことを言ふ理由《はず》だが、私は其の女にだけそれを言つた。さう言ふと、女は指を私に任せながら、黙つて聞いてゐた。

『名は何といふの？』

『宮』

『それが本当《ほんと》の名？』

『えゝ本当は下田しまといふんですけれど、此処では宮と言つてゐるんです。』

『宮とは可愛い名だねえ。……お宮さん。』

『えツ』

『私はお前が気に入つたよ。』

『さうォ……貴下は何をなさる方？』

『さあ何をする人間のやうに思はれるかね。言ひ当てゝ御覧。』

　さういふと、女は、しほ〳〵した眼で、まじ〳〵と私の顔を見ながら、

『さう……学生ぢやなし、商人ぢやなし、会社員ぢやなし……判りませんわ。』

『さう……判らないだらう。まあ何かする人だらう。』

『でも気になるわ。』

『さう気にしなくつても心配ない。これでも悪いことをする人間ぢやないから。』

『さうぢやないけれど……本当言つて御覧なさい。』

『これでも学者を見たやうなものだ。』

『学者！何学者？……私、学者は好き。』

本当に学者が好きらしう聞くから、

『さうか。お宮さん学者が好きか。此の土地にや、お客の好みに叶ふやうに、頭だけ束髪の外見《みかけ》だけのハイカラが多いんだが、お宮さんは、ぢや何処か学校にでも行つてゐたことでもあるの？』

学生とか、ハイカラ女を好む客などに対しては、その客の気風を察した上で、女学生上りを看板にするのが多い。――それも商売をしてゐれば無理の無いことだ。――その女も果して女学校に行つて居つたか、何うかは遂には分らなかつたが所謂学者が好きといふことは、後になるに従つて本当になつて来た。

斯う言つて先方《さき》の意に投ずるやうに聞くと、

『本郷の〇〇女学校に二年まで行つてゐましたけれど、都合があつて廃《よ》したんです。』と言ふからぢや何うして斯様な処に来てゐるのかと訊いたら、斯うしてお母さんを養《つか》なつてゐると言ふ。お母さんは何処にゐるんだ？と聞くと下谷にゐて、他家《よそ》の間を借りて、裁縫《しごと》をしてゐるんです。と言ふ。

私は、全然《まる〳〵》直ぐそれを本当とは思はなかつたけれど、女の口に乗つて、紙屋治兵衛の小春の「私一人を頼みの母様。南辺《へん》の賃仕事して裏家住《うらやず》み……」といふ文句を思ひ起して、お宮の母親のことを本当と思ひたかつた。――否或は本当と思込んだのかも知れぬ。

お前が斯様なことをしてお母さんを養はなくつても他に養ふ人はないのか？と訊くと、姉が一人あるんですけれど、それは深川のある会社に勤める人に嫁いてゐて先方《さき》に人数《にんず》が多いから、お母さんは私が養はなければならぬ。としほらしく言ふ。

『さうか。……ぢや宮といふ名は、小説で名高い名だが、宮ちやん君は小説のお宮を知つてゐるかね？』

『えゝ、あの貫一のお宮でせう？知つてゐます。』

『さうか。まあ彼様《あん》なものを読む学者だ。私は。』

『ぢや貴下は文学者？小説家？』

『まあ其処等あたりと思つてゐれば可い。』

『私《あたし》もさうかと思つてゐましたわ。……私、文学者とか法学者だとか、そんな人が好き。貴下の名は何といふんです？』

『雪岡といふんだ。』

『雪岡さん。』と、独り飲込むやうに言つてゐた。

『宮ちやん年は幾歳？』

『十九。』

十九にしては、まだ二つ三つも若く見えるやうな、派手な薄紅葉色の、シッポウ形の友禅縮緬と水色繻子との狭い腹合せ帯を其処に解き棄てゝゐたのが、未だに、私は眼に残つてゐる。

暫時そんな話をしてゐた。

　それから○○○○○○、○○○○○○○○○○。○○○○○○○○○○○○○○○○○○○。○○○○○○○○○○○○○○○○、○○○○○○○○○○○○○○○○○○○○○○○○○○。○○○○○○○○○、○○○○○○○○○○○○○○○○○○○○○○○○○○○、○○○○○○○○○○、○○○○○○○○○○○○○、○○○○○○○○○。』私は、さうしてゐる束髪の何とも言へない、後部《うしろ》の、少し潰《つぶ》れたやうな黒々とした形を引入れられるやうに見入つてゐた。

　さうして長襦袢と肌襦袢との襟が小さい頸の形に円く二つ重なつてゐる処が堪らなくなつて、○○○○○○○○○○○○、『おい何うかしたの？……何処か悪いの？』と言つて、掌《てのひら》で脊《せなか》をサァツ〱と撫でてやつた。

　すると、女は、

『いえ』と、軽く頭振《かぶり》を振つて。○○○○○○○○○○○○○○○○○○○『○○○○○○○○○』○、○○○○○○○○○○○。○○○○○○○○○○○○○○○○○○○○○○○、○○○○○○○○○○○○○○○○○○○○○○○○○、○○○○○○○○○○○○○○○○○○○○○○○○○○○○○○○、○○○○○○○○○○○○○○○○○○○○○○○○○。○○○○○○○○○○○○○○○。

　私は、最初《はじめ》から此様な嬉しい目に逢つたのは、生れて初めてゞあつた。

　水の中を泳いでゐる魚ではあるが、私は急に、そのまゝにして置くのが惜しいやうな気がして来て、

『宮ちゃん。君には、もう好い情人《ひと》が幾人《いくたり》もあるんだらう。』と言つて見た。

　すると、お宮は、眼を瞑《ねむ》つた顔を口元だけ微笑《ゑ》みながら、

『そんなに他人《ひと》の性格なんか直ぐ分るもんですか。』甘へるやうに言つた。私は性格といふ言葉を使つたのに、また少し興を催ほして、

『性格！……性格なんて、君は面白い言葉を知つてゐるねえ』

と世辞を言つた。――兎に角漢語をよく用ひる女だつた。

　さうして私は、唯柔かい、可愛いらしい精神《こゝろ》になつて、蒲団を畳む手伝までしてやつた。

　他の室に戻つてから、

『また来るよ。君の家《うち》は何といふ家？』

『家は沢村といへば分ります。……あゝ、それから電話もあります。電話は浪花のね三四の十二でせう。それに五つ多くなつて、三四十七、三千四百十七番と覚えてゐれば好いんです。』

と、立ちながら言つて疲れて顳顬《こめかみ》の辺《ところ》を蒼くして帰つて行つた。

　私は、何だか俄かに枯木に芽が吹いて来たやうな心持がし出して、――忘れもせぬ十一月の七日の雨のバラ〱と降つてゐた晩であつたが、私も一足後から其家《そこ》を出て、番傘を下げながら――不思議なものだ、その時フト傘の破れてゐるのが、気に

なつたよ。種々な屋台店の幾個も並んでゐる人形町の通りに出た。湿とりとした小春らしい夜であつたが、私は自然《ひとりで》にフイ〳〵口浄瑠璃を唸りたいやうな気になつて、すしを摘うかやきとりにしやうか、と考へながら頭でのれんを分けて露店の前に立つた。

その銭が入つたら――例の函根から酷しくも言つて来るし、自分でも是非そのまゝにしてゐる荷物を取つて来たり、勘定の仕残りだのして二三日遊んで来やうと思つてゐたのだが、私はもう函根に行くのは厭になつた。で種々考へて見て函根へは為替で銭を送ることにして、明日の晩早くからまた行つた。さうして此度は泊つた。――斯様いふ処へ来て泊るなんといふことは、お前がよく知つてゐる。私には殆ど無いと言つて可い。

続けて行つたものだから、お宮は、入つて来て私と見ると、『さては……』とでも思つたか『いらっつしゃい。』と離れた処で尋常に挨拶をして、此度上げた顔を見ると嬉しさを、キュッと紅を潮した唇で小さく食ひ締めて、誰れが来てゐるのかといつたやうな風に空とぼけて、眼を遠くの壁に遣りながら、少し、頸を斜《はす》にして、黙つてゐた。その顔は今に忘れることが出来ない。好い色に白い。意地の強さうな顔であつた。二十歳《はたち》頃の女の意地の強さうな顔だから、私には唯美しいと見えた。

私はを可笑なつて此方も暫く黙つてゐた。けれども、私はそんなにして黙つてゐるのが嫌ひだから、

『そんな風をしないでもつと此方においで。』と言つた。

待つてゐる間、机の上に置いてあつた硯箱を明けて、巻紙に徒ら書きをしてゐた処であつたから机の向に来ると、

『宮ちやん、之れに字を書いて御覧。』

『えゝ書きます。何を？』

『何とでも可いから。』

『何か貴下さう言つて下さい。』

『私が言はないつたつて、君が考へて何か書いたら可いだらう。』

『でも貴下言つて下さい。』

『ぢや宮とでも何とでも。』

『……私書けない。』

『書けないことはなからう。書いてごらん。』

『あなた神経質ねえ。私そんな神経質の人嫌ひ！』

『…………』

『分つてゐるから、……貴下のお考へは。貴下私に字を書かして見て何うするつもりか、ちやんと分つてゐるわ。……ですから、後で手紙を上げますよ。あゝ私貴下に済まないことをしたの。名刺を貰つたのを、つひ無くして了つた。けれど住所《ところ》はちやんと憶えてゐます。……〇〇区〇〇町〇〇番地雪岡京太郎といふんでせう。』

斯様なことを言つた。私に字を書かして見て何うするつもり

か貴下の心は分つてゐます。なんて自惚《うぬぼれ》も強い女だつた。

その晩、待合《うち》の湯に入つた。『お前、前入つておいで。』と言つて置いて可い加減な時分に後から行つた。〇〇〇〇〇〇〇〇〇〇〇〇〇。

尚ほ他の室に行つてから、

『宮ちやん、お前斯ういふ処へ来る前に何処か嫁づいてゐたことでもあるの？』と、具合よく聞いて見た。

『えゝ、一度行つてゐたことがあるの。』と問ひに応ずるやうに返事をした。

日毎、夜毎に種々な男に会ふ女と知りながら、また何れ前世のあることゝは察してゐながら、私は自分で勝手に尋ねて置いて、それに就いてした返事を聞いて少し嫉ましくなつて来た。

『何ういふ人の処へ行つてゐたの？』

『大学生の処へ行つてゐたの。……卒業前の法科大学生の処へ行つてゐたんです。』

私は腹の中で、『ヘッ！甘いことを言つてゐる。成程本郷の女学校に行つてゐた。といふから、もしさうだとすれば、何うせ野合者《くつつきもの》だ。さうでなければ生計《くら》しかねて、母子相談での内職か。』と思つたが、何処かさう思はせない品の高い処もある。

『へえ。大学生！大学生とは好い人の処へ行つてゐたものだねえ。どういふやうな理由《わけ》から、それがまた斯様な処へ来るやうになつたの？』

『行つて見たら他に細君があつたの。』

『他に細君があつた！それはまた非道い処へ行つたものだねえ。欺されたの？』大学生には、なか〳〵女たらしがゐる。また女の方で随分たらされもするから、私は、或は本当かとも思つた。

『えゝ』と問ふやうに返事をした。

『だつて、公然《おもてむき》、仲に立つて世話でもする人はなかつたの？お母さんが附いて居ながら、大事な娘の身で、そんな、もう細君のある男の処へ行くなんて。』

『そりや、その時は口を聞く人はあつたの。ですけれど此方がお母さんと私と二人きりだつたから甘く皆《みんな》に欺されたの。』

私は、女が口から出任せに嘘八百を言つてゐると思ひながら、聞いてゐれば、聞いてゐるほど、段々先方《さき》の言ふことが真実《ほんとう》のやうにも思はれて来た。さうして憐れな女、母子の為に、話しの大学生が憎いやうな、また羨ましいやうな気がした。

『ひどい大学生だねえ。お母さんが――さぞ腹を立てたらう。』

『そりや怒《おこ》りましたさ。』

『無理もない、ねえ。………が一体如何な人間だつた？本当の名を言つて御覧。』

女は枕に顔を伏せながら、それには答へず、『はあ………』と、さも術なさうな深い太息をして、

『だから私、男はもう厭！』傍《あたり》を構はず思ひ入つたやうに言つた。『私もその人は好きであつたし。その人も私が好きであつた

んですけれど、細君があるから、何うすることも出来ないの。……温順《をとな》しい、それは深切な人なんですけれど、男といふものは、あゝ見えても皆な道楽をするものですかねえ。……下宿屋の娘か何かと夫婦《いつしよ》になつて、それにもう児があるんですもの。』

『フム。……ぢや別れる時には二人とも泣いたらう。』

『えゝ、そりや泣いたわ。』女は悲しい甘い涙を憶ひ起したやうな少し浮いた声を出した。

『自分でも私はお前の方が好いんだけれど、一時の無分別から、もう児まで出来てゐるから、何うすることも出来ない。と言つて男泣きに泣いて、私の手を取つて散々あやまるんですもの。――その女の方で何処までも付いてゐて離れないんでせう――私の方だつて、ですから怒らうたつて怒られやしない。気の毒で可愛さうになつたわ。――でも細君があると知れてから、随分悶《も》んで苦《いぢ》めてやつた。』

　人を傍に置いてゐて、さう言つて独りで忘れられない、楽しい追憶《おもひで》に耽つてゐるやうであつた。私は静《じ》つと聞いてゐて、馬鹿にされてゐるやうな気がしたが、自分もその大学生のやうに想はれて、さうして苦められるだけ、苦められて見たくなつた。

　その男は高等官になつて、名古屋に行つてゐると言つた。江馬と言つて段々遠慮がなくなるにつれて、何につけ『江馬さん江馬さん』と言つてゐた。

　それのみならず、大学生に馴染があるとか、あつたとかいふのが此の女の誇りで、後になつても屡く『角帽姿は、また好いんだもの。』と口に水の溜るやうな調子で言ひ〳〵した。

　すると、お宮は暫時して、フッと顔を此方に向けて、

『貴下、本当に奥様《さん》は無いの？』

『あゝ。』

『本当に無いの？』

『本当に無いんだよ。』

『男といふものは、真個《ほんとう》にを可笑いよ。細君があれば、あると言つて了つたら好ささうなものに、此方で、「貴下、奥様があつて？」と、聞くと、大抵の人があつても無いといふよ。』

『ぢや私も有つても無いと言つてゐるやうに思はれるかい？』

『何うだか分らない。』人の顔を探るやうに見て言つた。

『僕、本当はねえ。あつたんだけれど、今は無いの。』

『さうら……本当に？』女はニヤ〳〵笑ひながら、油断なく私の顔を見守つた。

『本当だとも。有つたんだけれど、分れたのさ。……薄情に分れられたのさ。……一人で気楽だよ。………同情してくれ玉へ！衣類《きもの》だつて、あれ、あの通り綻びだらけぢやないか。』

『それで今、その女は何うしてゐるの？』お宮の瞳が冴えて、両頬《ほゝ》に少し熱を潮して来た。

『さあ、分れたツきり。自家にゐるか、何うしてゐるか。行先なんか知らないさ。』

『本当に？……何時分かれたんです？……チヤンと分るやうに仰しやい！法学者の処にゐたから、曖昧な事を言ふと、直ぐ弱点を抑へるから。………何うして分れたんです？』気味悪さうに聞いた。

『種々一所にゐられない理由《わけ》があつて分れたんだが、最早半歳も前の事さ。』

『へツ、今だつて貴下その女に会つてゐるんでせう。』揶揄《くす》ぐるやうに疑《うたぐ》つて言た。

『馬鹿な。分れた細君に何処に会ふ奴があるものかね。』

『さう……でも其の女のことは矢張し思つてゐるでせう。』

『そりや、何年か連添ふた女房だもの。少しは思ひもするさ。斯うしてゐても忘れられないこともある。けれども最早いくら思つたつて仕様がないぢやないか。宮ちやんの、その人のことだつて同じことだ。』

『……私。貴下の家に遊びに行くわ。』

本当に遊びに来て貰ひたかつた。けれども今来られては都合が悪い。

『あゝ、遊びにお出で。………けれども今は一寸家《うち》の都合が悪いから、その内私家を変らうと思つてゐるから、さうしたら是非来ておくれ。』

　私は、その時始めて、お前のお母さんの家を出やうといふ気が起つた。自然《ひとりで》に心の移る日を待つてゐたらお宮を遊びに来さす為には早く他へ行きたくもなつた。

　さう言ふと、お宮はまた少し烏散さうに
『都合が悪い！……へッ矢張しあるんだ。』と微笑《ほゝゑ》んだ。

『ある処かね。あれば仕合せなんだが。』

『ぢや遊びに行く。』

『………』

『奥様がなくつて、ぢや貴下何様な処にゐるの？』

『年取つた婆さんに御飯を炊いて貰つて二人でゐるんだから面白くもないぢやないか。宮ちやんに遊びに来て貰ひたいのは山々だけれど、その婆さんは私が細君と分れた時分のことから、知つてゐるんだから、少しは私も年寄りの手前を慎まなければならぬのに、幾許半歳経つと言つたつて、宮ちやんのやうな綺麗な若い女《ひと》に訪ねて来られると、一寸具合が悪いからねえ。屹度変るから変つたらお出で。』

　すると、『宮ちやん〳〵。』と、女中の低声《こゞゑ》がして、階段《はしごだん》の方で急しさうに呼んでゐる。

　二人は少しハツとなつた。

『何うしたんだらう？』

『何うしたんだらう？……』二三秒して、『エツ？』と女中に聞えるやうに言つた。『一寸行つて見て来る。』

　お宮は、そのまゝ出て行つた。

　四五分間して戻つて来た。『此の頃、警察がやかましいんですつて。戸外に変な者が、ウロ〳〵してゐるやうだから何時遣つて来るかも知れないから、若し来たら階下《した》から『宮ちやん〳〵。』ツて声をかけるから、さうしたら脱衣《きもの》を抱へて直ぐ降りてお出でツて。……チヤンと隠れる処が出来てゐるの。……今燈を点して見せて貰つたら、ズーツと奥の方の物置室《ものおき》の座板の下に畳を敷た座敷があるの……』

　さう言つて大して驚いてゐる気色も見えぬ。また私も驚きもしなかつた。

　やがて廊下を隔た隣の間でも、ドシ〳〵と男の足音がしたり、静な話声がしたり、衣擦《きぬず》れの音がしたりして段々客があるらしい。

　自家に帰れば猫の子もゐない座敷を、手索りにマツチを擦つて、汚れ放題汚れた煎餅蒲団に一人柏葉餅のやうになつて寝ねばならぬのに斯うして電燈の点いた室に湯上りに、差向ひで何か食つて〇〇〇〇〇〇〇〇〇〇〇〇〇〇〇〇〇〇〇〇〇〇〇私はもう一生待合《こゝ》で斯うして暮したくなつた。

『………』私は何か言つた。

　廊下の足音が偶《たま》に枕に響いた。

『……誰か来やしないか、………一寸お待ちなさい。………そら誰れか其処にゐるよ……』手真似で制した。警察のやかましいくらい平気でゐるかと思つたら、また存外神経質で処女《きむすめ》のやうに臆病な性質《ところ》もあつた。

　夜が更ければ、更けるほど、朝になればなつても不思議に〇〇美しい女であつた。

　きぬ〴〵の別れ、といふ言葉は、想ひ出されないほど前から聞いて知つてはゐたが元来堅仁の私は恥づべきことか、それとも恥とすべからざることか、それが果して、何ういふ心持のするものか、此歳になるまで、自分では遂ぞ覚えがなかつたが、その朝は生れて初めて成程これが『朝の別れ』といふものかと懐かしいやうな残り惜いやうな想ひがした。

　女が『ぢや切りがないから、もう帰りますよ。』と言つて帰つて行つた後で、女中の持つて来た桜湯に涸いた咽喉《のど》を湿《うるほ》して、十時を過ぎて、其家《そこ》を出た。

　午前《ひるまへ》の市街《まち》は騒々しい電車や急しさうな人力車《くるま》や大勢の人間や、眼の廻るやうに動いてゐた。

　十一月初旬《はじめ》の日は、好く晴れてゐても、弱く、静かに暖かであつたが、私には、それでもまだ光線が稍《やゝ》強過ぎるやうで、脊筋に何とも言ひやうのない好い心地の怠さを覚えて、少しは肉体の処々に冷たい感《かんじ》をしながら、何といふ目的《あて》もなく、唯も少し永く此の心持を続けてゐたいやうな気がして浮々《うか〳〵》と来合せた電車に乗つて遊びに行きつけた△△新聞社に行つて見た。

　長田は旅行に出てゐなかつたが、上田や村田と一としきり話しをして、自家に戻つた。お宮が昨夜《いふべ》貴下の処へ遊びに行くと言つた。それには自家を変らねばならぬ。変るには銭が入る。

何うして銭を拵へやうかと、そんなことを考へながら戻つた。

それから二三日して長田の家《ところ》に遊びに行くと、長田が――よく子供が歯を出してイーといふことをする。丁度そのイーをしたやうな心持のする険しい顔を一寸《ちよいと》して、

『此間桜木に行つたら「此の頃屢くゐらつしやいます。泊つたりしてゐらつしやいます。」……お宮といふのを呼んだと言つてゐた。……僕は泊つたりなんかすることはないが、……お宮といふのは、何様《の》な女か、僕は知らないが、……』

その言葉が、私の胸には自分が泊らないのに、何うして泊つた？自分がまだ知らない女を何うして呼んだ？と言つてゐるやうに響いた。私は苦笑しながら黙つてゐた。長田は言葉を続けて、

『此間《こなひだ》社に来て、昨夜耽溺をして来た。と言つてゐたと聞いたから、ハア此奴は屹度桜木に行つたな。と思つたから、直ぐ行つて聞いて見てやつた。』笑ひながら嘲弄するやうに言つた。

私は、返事の仕様がないやうな気がして、

『ウム……お宮といふんだが、君は知らないのか……。』と下手に出た。

他の女ならば何でもないが、此のお宮のことだけは誰れにも知られたくなかつた。尤も平常《ふだん》から聞いて知つてゐる長田の遊び振りでは或は夙《とつく》にお宮といふ女のゐることは知つてゐるんだが、長田のこと丶てつい何でもなく通り過ぎて了つたのかとも思つてゐた。――初めてお宮に会つた時にもう其様なことが胸に浮んでゐた。それが今、長田の言ふのを聞けば、長田は知つてゐなかつた。知つてゐなかつたとすれば尚ほのこと、知られたくなかつたのだが、既う斯う突き止められた上に、悪戯《いたづら》で岡妬きの強い人間と来てゐるから、此の形勢では早晩《いづれ》何とか為ずにはゐまい。もしさうされたつて『売り物、買ひ物』それを差止める権利は毛頭無い。また多寡があゝいふ商売の女を長田と張合つたとあつては、自分でも野暮臭くつて厭だ。もし他人《ひと》に聞かれでもすると一層外聞《ざま》が悪い。此処は一つ観念の眼を瞑《ねむ》つて、長田の心で、ならうやうにならして置くより他はないと思つた。

が、さうは思つたもの丶、自分の今の場合、折角探しあてた宝をムザ〳〵知人に遊ばれるのは身を斬られるやうに痛い。と言つて、『後生だ。何うもしないで置いてくれ。』と口に出して頼まれもしないし。頼めば、長田のことだから、一層悪く出て悪戯をしながら、黙つてゐるくらゐのことだ。と、
私はお宮ゆゑに色々心を砕きながら自家に戻つた。此の心をお宮に知らす術《すべ》はないかと思つた。

取留めもなく、唯自家で沈込んでゐた時分には、何うかして心の間切れるやうに好きな女でも見附つたならば、意気も揚るであらう。さうしたら自然《しぜん》に読み書きをする気にもなるだらう。読み書きをするのが、何うでも自分の職業とあれば、それを勉

強せねば身が立たぬ。と思つてゐた。すると女は兎も角も見附つた。けれども見附ると同時に、此度はまた新らしい不安心が湧いて来た。しばらく寂しく沈んでゐた心が一方に向つて強く動き出したと思つたら、それが楽しいながらも苦しくなつて来た。

女からは初めて、心を惹くやうな、悲しんで訴へるやうな、気取つた手紙を越した。私の心は何も斯も忘れて了つて、唯其方の方に迷うてゐた。

銭がなければ女の顔を見ることが出来ない。がその銭を拵へる心の努力《はげみ》は決して容易ではなかつた。――辛抱して銭を拵らへる間が待たれなかつたのだ。

さうする内に函根から荷物が届いた。長く彼方にゐるつもりであつたから、その中には、私に取つて何よりも大切な書籍《ほん》もあつた。之ばかりは何様なことがあつても売るまいと思つてゐたが、お宮の顔を見る為にはそれも売つて惜しくないやうになつた。

厭味のない紺青の、サンタヤナのライフ・オブ・リーゾンは五冊揃つてゐた。此の夏それを丸善から買つて抱へて帰る時には、電車の中でも紙包《つゝみ》を披いて見た。オリーブ表紙のサイモンヅの以太利《イタリー》紀行の三冊は、十幾年来憧れてゐて、それも此の春漸く手に入つたものであつた。座右を放さなかつたアミイルの日記と、サイモンヅの訳したベンベニユトオ・チェリニーの自叙伝とは西洋《むかふ》に誂へて取つたものであつた。アーサア・シモンスの「七芸術論」サント・ブーブの『名士と賢婦の絵像』などもあつた。

私は其等をキチンと前に並べて、独り熟々と見惚《みと》れてゐた。さうしてゐると、その中に哲人文士の精神が籠つてゐて、何とか言つてゐるやうにも思はれる。或はまた今まで其等が私に嘘を吐《つ》いてゐたやうにも思はれる。

私がそんな書籍を買つてゐる間、お前はお勝手口で、三十日に借金取の断りばかりしてゐた。私もまさかそんな書籍を買つて来て、書箱《ほんばこ》の中に並べ立てゝ、それを静と眺めてさへゐれば、それでお前が、私に言つて責めるやうに『今に良くなるだらう。』と安心してゐるほどの分らず屋ではなかつたが、けれども唯お前と差向つてばかりゐたのでは何を目的《あて》に生きてゐるのか、といふやうな気がして、心が寂しい。けれどもさうして書箱にそんな、種々《いろん》な書籍があつて、それを時々出して見てゐれば、其処に生き効もあれば、また目的《あて》もあるやうに思へた。私だとても米代を払ふ胸算《あて》もなしに、書籍を買ふのではないが、でもそれを読んで、何か書いてゐれば、『今に良くなるのだらう。』くらゐには思はないこともなかつた。

これはお宮の髪容姿《かたち》と、その厭味のない、智識らしい気高い「ライフ・オブ・リーゾン」やアミイルの日記などゝ比べて見て始めて気の附いたことでもない。

イヤ、お前に『私もよもやに引されて、今に貴下が良くなるだらう。今に良くなるだらうと思つてゐても、何時まで経つてもよくならないのだもの。』と口に出して言はれる以前から自分にも分つてゐた。『良くなる』といふのは、何が良くなるのだらう？私には『良くなる』といふことが、よく分つてゐるやうで、考へて見れば見るほど分らなくなつて来た。

私は一度は手を振上げて其の本に『何だ、馬鹿野郎！』と、拳固《げんこ》を入れた。けれども果して書籍に入れたのやら、それとも私自身に入れたのやら、分からなくなつた。

私は、ハツとなつて、振返つて、四辺《あたり》を見廻した。けれども幸ひ誰もゐなかつた。固より誰れもゐやう筈はない。

身体は自家にゐながら、魂魄《こゝろ》は宙に迷ふてゐた。お宮を遊びに来さす為には家を変りたいと思つたが、お前のこと、過去《これまで》のことを思へば、無惨《むざ》と、此所を余所《わき》へ行く事も出来ない。お母さんの顔には日の経つごとに『何時までゐるつもりだ。サツ〳〵と出て行け！』といふ色が、一日〳〵と濃く読めた。またそれを口に出して言ひもした。私も無理はないと知つてゐた。さうでなくてさへ況して年を取つた親心には、可愛い実《うみ》の娘に長い間苦労をさした男は、訳もなく唯、仇敵《かたき》よりも憎い。お母さんで見れば、私と分れたからと言つて、そんならお前を何うしやうといふのではない。唯暫時でも傍《そば》へ置いときさへすれば好い。それが仇敵がさうしてゐる為に、娘を傍に置くことが出来ないばかりではない。自分で仇敵に朝晩の世話までしてやらなければならぬ。老母《としより》に取つては、それほど逆さまなことはない。けれども、私の腹では、仮令お前はゐなくつても、此家《こゝ》に斯うしてゐれば、まだ何処か縁が繋つてゐるやうにも思はれる。出て了へば、此度こそ最早それきりの縁だ。それゆゑイザとなつては、思ひ切つて出ることも出来ない。さうしてゐて、たゞ一寸逃れにお宮の処に行つてゐたかつた。

四度目であつたか――火影《ほかげ》の暗い座敷に、独り机によつてゐたら、曳入れられるやうに自分のこと、お前のこと、またお宮のことが思はれて、堪《こら》へられなくなつた。お宮には、銭さへあれば直ぐにも逢へる。逢つてゐる間は他の事は何も斯も忘れてゐる。私は何うしやうかと思つて、立上つた。立上つて考へてゐると、もうそのまま坐るのも怠儀になる。私は少し遅れてから出掛けた。

桜木に行くと、女中が例《いつも》の通り愛相よく出迎へたが、上ると、気の毒さうな顔をして、

『先刻《さつき》、沢村から、電話でねえ。貴下がゐらつしやるといふ電話でしたけれど、他の者の知らない間に主婦《おかみ》さんが、もう一昨日から断られないお客様にお約束を受けてゐて、つい今、お鳥さまに連れられて行つたから、今晩は遅くなりませうツて。貴下がゐらしつたら、一寸電話口まで出て戴きたいつて、さう言つて来てゐるんですが。……』

私は、さうかと言つて電話に出たが、固より『えゝ〳〵。』と言ふより仕方がなかつた。

女中は、商売柄『まことにお気の毒さまねえ。今晩だけ他な女《の》をお遊びになつては如何です。他にまだ好いのもありますよ。』と言つてくれたが、私はお宮を見附けてから、もう他の女は扭《ね》ぢ向いて見る気にもならなかつた。

まだ浅い馴染とはいひながら、それまでは行く度びに機会《をり》好く思ふやうに呼べたが、逢ひたいと思ふ女が、さうして他の客に連れられてお鳥さまに行つた。と聞いては、固より有り内のことゝ承知してゐながらも、流石に好い気持はしなかつた。さういふ女を思ふ自分の心を哀れと思ふた。

『いや！また来ませう。』と其家を出て、そのまゝ戻つたが、私は女中達に心を見透されたやうで、独りで恥かしかつた。さぞ悄然《すご〳〵》として見えたことであらう。

戸外は寒い風が、道路《みち》に、時々軽い砂塵埃を捲いてゐた。その晩は分けて電車の音も冴えて響ひた。ましてお鳥さまと、女中などの言ふのを聞けば、何となく冬も急がれる心地がする。

『あゝ詰らない〳〵。斯うして、浮々《うか〳〵》としてゐて、自分の行末は何うなるといふのであらう？』と、そんなことを取留もなく考へ込んで、も少しで電車の乗換へ場を行き過ぎる処であつた。心柄《がら》とはいひながら、夜風に吹き曝されて、私は眼頭に涙を潤《にじ》ませて帰つた。

それでも少しは、何かせねばならぬこともあつて、二三日間を置いてまた行つた。私は電車に乗つてゐる間が毎時も待ち遠しかつた。さういふ時には時間の経つのを忘れてゐるやうに面白い雑誌か何か持つて乗つた。

その時は三四時間待たされた。——此間《こなひだ》の晩もあるのに、あんまり来やうが遅いから、来たら些と口説を言つてやらう。それでも最う来るだらうから、一つ寝入つた風をしてゐてやれ。と夜着の襟に顔を隠して自分から寝た気になつても見る。するとそれも、ものゝ十分間とは我慢しきれないで、またしては顔を出して何度見直したか知れない雑誌を繰抜ひて見たり、好きもせぬ煙草を無闇に吹かせたり、独りで焦れたり、嬉しがつたり、浮れたりしてゐた。

火鉢の佐倉炭が、段々真赤に円くなつて、冬の夜ながらも、室の中は湿とりとしてゐる。煙草の烟で上の方はぼんやりと淡青くなつて、黒の勝つた新しい模様の夕禅メリンスの小い幕を被せた電燈が朧ろに霞んで見える。

階下では女中の声も更けた。もう大分《だいぶ》前に表の木戸を降したらしい。時々低く電話を鳴してお宮を催促してゐるやうであつた。

やがてスーツと襖が開いて、衣擦れの音がして、枕頭の火鉢の傍に黙つて坐つた。私は独で擽られるやうな気持になつて凝乎と堪えて蒲団を被つたまゝでゐた。

女は矢張し黙つて、軽い太息《ためいき》を洩してゐる。

私は遂々劣けて襟から顔を出した。

女は雲のやうな束髪《かみ》をしてゐる。何時か西洋の演劇雑誌で見たことのある、西洋の女俳優《やくしゃ》のやうな頭髪《かみ》をしてゐる。と思つて私は仰けに寝ながら顔だけ少し横にして、凝乎と微笑《わら》ひ〳〵女の姿態《やうす》に見惚れてゐた。

壁鼠とでもいふのか、くすんだ地に薄く茶糸でシッポウ繋ぎを織り出した例のお召の羽織に矢張り之れもお召の沈んだ小豆色の派手な矢絣の薄綿を着てゐた。

深夜《よふけ》の、朧に霞んだ電燈の微光《うすあかり》の下に、私は、それを、何も斯も美しいと見た。

女は、矢張り黙つてゐる。

『おい！　どうしたの？』私は矢張り劣けて静に斯う口を切つた。

『どうも遅くなつて済みませんでした。』優しく口を利いて、軽く嬌態《しな》をした。

さう言つたまゝ、後は復た黙あつて此度は一層強い太息を洩らしながら、それまでは火鉢の縁に翳《かざ》してゐた両手を懐中に入れて、傍の一貫張りの机にぐッたりと身を凭せかけた。さうして右の掌だけ半分ほど胸の処から覗して、襦袢の襟を抑へた。その指に指輪が光つてゐた。崩れた膝の間から派手な長襦袢が溢《こぼ》れてゐる。

女と逢ひそめてから、これでまだ四度にしかならぬ。それが、其様な悩んだ風情を見せられるのが初めてなのでそれをも、私は嬉しく美しいと自分も黙あつて飽ず眺めてゐた。

けれども遂々辛抱しきれないで、復た
『どうしたの？』と重ねて柔しく問うた。すると、女は、

『はあッ』と絶え入るやうに更に強い太息を吐いて片袖に顔を隠して机の上に俯伏《うつぶ》して了つた。束髪は袖に緩く乱れた。

私は哀れに嬉しく心元なくなつて来た。

戸外を更けた新内の流しが通つて行つた。

『おい！本当に何うかしたの？』私は三度問うた。

すると尚ほ暫時経つて女は
『ホウッ』と、一つ深あい呼吸《いき》をして、疲れたやうに静《そうつ》と顔を上げて、此度はさも思ひ余つたやうに胸元《むね》をガックリと落として、頸を肩の上に投げたまゝ味気なささうに、目的もなく畳の方を見詰めて居た。矢張り両手を懐中にして。

私は何処までも凝乎とそれを見てゐた。

平常《いつも》はあまり眼に立たぬほどの切れの浅い二重瞼が少し逆上《ほつ》となつて赤く際だつてしほれて見えた。睫毛が長く眸を霞めてゐる。

『何うしたい？』四度目には気軽く訊ねた。『散々私を待たして置いて来る早々沈んで了つて。何が其様な気の揉めることがあるの？　好い情人《ひと》でも何うかしたの？』

『遅くなつたつて私が故意に遅くしたのぢやないし。ですから、済みませんでした。と謝つてゐるぢやありませんか。………早く来ないと言つたつて、方々都合が好いやうに行やしない。………はあッ、私もう此様な商売するのが厭になつた。……』うるさゝうに言つた。

それまでは、機会《おり》に依つては、何処かツンと思ひ揚つて、取澄してゐるかと思へば、また甚く慎やかで、愛相もさう悪くはなかつたが、今夜は余程《よつぽど》思ひ余つたことがあるらしく、心が悩めば悩むほど、放埒《わがまま》な感情がピリ〳〵と、苛立つて、人を人臭いとも思はぬやうな、自暴自棄《すてばち》な気性を見せて来た。

その時私はます〳〵『こりや好い女を見付けた。此の先きどうか自分の持物にして、モデルにもしたい。』と腹で考へた。さう思ふと尚ほ女が愛《を》しくなつて、一層声を和げて賺《すか》すやうに、

『……何を言つてる?君が早く来ないと言つてそれを何とも言つてやしないぢやないか。見玉へ!斯うして温順しく書籍を読んで待つてゐたぢやないか。……戸外はさぞ寒かつたらう。サッ入つてお寝!』

『本当に済みませんでしたねえ、随分待つたでせう。』此方に顔を見せて微笑《ゑ》んだ。

『サァ〳〵そんなことは何うでも好いわ。………』けれどもそれは女の耳に入らぬやうであつた。

『はあッ…………私、困つたことが出来たの。』声も絶え〴〵に言つた。『困つた。……何うしやう?………言つて了ふか』と一寸小首を傾けたが、『言はうかなあ……言はないで置うかッ。』と一つ舌打ちをして、『言つたら、さぞ貴下が愛相を尽すだらうなあ!』と独りで思案にくれてとつおいつしてゐる。私は、やゝ心元なくなつて来た。

『何うしたの?……私が愛相を尽すやうなことッて。何か知らぬが、差支へなければ言つて見たら好いぢやないか。』私はその時些と胸に浮んだので、『はあ!ぢや分つた!私の知つた人でも遊びに来たの?』と続けて訊いた。

『否《う》む!』と頭振りを振つた。私も幾許何でもまさか其様なことは無いであらうと思つてゐたが、あんまり心配さうに言ふので、もし其様なことでゝもあるのかと思つたがさうでなくつて、先づそれは安心した。

『ぢや何だね?　待して焦してさ!　尚ほその上に唯困つたことがある。困つたことがある。と言つてゐたのでは私も斯うしてゐれば気に掛るぢやないか。役に立つやうだつたら、私も一緒に心配しやうぢやないか。……何様なこと?』

『はあッ』と、まだ太息を吐いてゐる。『ぢや思ひ切つて言つて了ふかなあ!………貴下が屹度愛相を尽すよ。………尽さない?』うるさく訊く。

『何様なことか知らぬが尽しやしないよ。僕は君といふものが好いんだから仮令これまでに如何なことをしてゐやうとも何様

な素性であらうとも差支へないぢやないか。それより早く言つて聞してくれ。宵からさう何や斯に焦されてゐては私の身も耐らない。』と言ひは言つたが、腹では本当に拠りない心持ちがして来た。

『ぢや屹度愛相尽さない？』

『大丈夫！』

『ぢや言ふ！……私には情夫《をとこ》があるの！』

『へえッ……今？』

『今！』

『何時から？』

『以前《もと》から！』

『以前から？　ぢや法科大学の学生《ひと》の処に行つてゐたといふのはあれは嘘？』私もまさかとは思つてゐたがそれでも少しは本当もあると思つてゐた。

『それもさうなの。けれどまだ其の前からあつたの。』

『その前からあつた！　それは何様な人？』

先刻から一人で浮れてゐた私は、真面目に心細くなつて来た。さうして腹の中で、斯ういふ境涯の女にはよくあり勝ちな、悪足でもあることゝ直ぐ察したから、

『遊人か何か？』と続けさまに訊いた。

『イヤ、さうぢやないの。………それも矢張り学生は学生なの。……それもなかなか出来ることは出来る人なの………』低い声で独り恥辱《はぢ》を弁解するやうに言つた。其男《それ》を悪く言ふのは、自分の古傷に触られる心地がするので、成るたけ静《そつ》として置きたいやうである。

『フム。矢張し学生で……大学生の前から………』、私は独語《ひとりごと》のやうに言つて考へた。

女も、それは耳にも入らぬらしく、再び机に体を凭たして考へ込んでゐる。

『それでその人とは今何ういふ関係なの？……ぢや大学生の処に、欺まされてお嫁に行つたといふのも嘘だつたね。……さうか………。』私は軽く復た独語のやうに言つた。さうして自分から、美しう信じてゐた女の箔《はく》が急に剝げて安ぽく思はれた。温順しいと思つた女が、悪擦れのやうにも思はれて唯聞いたゞけでは少し恐くもなつて来た。

『えゝ嘘なの。………私にはその前から男があるの。………はあッ！』と、また一つ深い、太息をして、更に言葉を続けた。

『私は、その男に去年の十二月から、つひ此間まで隠れてゐたの。………もう分らないだらうと思つて、一と月ほど前から此《こ》地《こ》に来てゐると、一昨日また、それが、私のゐる処を探り当てゝ出て来たの。………私、明後日《あさつて》までにまた何処かへ姿を隠さねばならぬ。………ですから最早今晩きり貴下にも逢へないの。………貴下にこれを上げますから、これを紀念に持つて行つて下さい。』と言葉は落着いて温順しいが、仕舞をテキパキと言ひ

つゝ腰に締めた、茶と小豆の弁慶格子の、もう可い加減古くなつた、短かい縮緬の下じめを解いて前に出した。

『へーえッ！』と、ばかり、私は、寝心よく夢みてゐた楽しい夢を、無理に揺り起されたやうで、暫く呆れた口が塞らなかつた。けれども、しごきをやるから、これを紀念に持つて行つてくれ。といふのは、子供らしいが、嬉しい。何といふ懐しい想ひをさする女だらう！悪い男があればあつても面白い！と、吾れ識らず棄て難い心持がして、私は

『だつて、何うかならないものかねえ？さう急に隠れなくたつて、……私は君と今これッきりになりたくないよ。も少し私を棄てないで置いてくれないか。……何日かも話した通り、此の土地で始めてお蓮を呼んで、あまり好くもなかつたから、二十日ばかりも足踏みしなかつたが、また、ひょツと来て見たくなつて、お蓮でも可いから呼べと思つて、呼ぶと、蓮ちゃんがゐなくつて、宮ちゃんが来た。それから後は君の知つてゐる通りだ。宮ちゃんのやうな女《ひと》は、また容易に目付らないもの。』

さう言つて、私は、仰けになつてゐた身体を跳ね起きて、女の方に向ひて、蒲団の上に胡坐をかいた。

お宮は、沈んだ頭振を振つて、

『いけない！何うしても隠れなくつちやならない！』堅く自分に決心したやうに底力のある声で言つて、後は『ですから貴下にはお気の毒なの……。私の代りにまたお蓮さんを呼んであげて下さい。』と言葉尻を優しく愛相を言つた。さうしてまた独りで思案に暮れてゐるらしい。

私は、喪然《がつかり》して了つた。

『何うでも隠れなくつてはならない！……君には、其様な逃げ隠れをせねばならぬやうな人があつたのか。……それには何れ一と通りならぬ理由《わけ》のあることだらうが、何うしてまあ其様なことになつたの？……そんなことゝは知らず、僕は真実《ほんとう》に君を想つてゐた。——尤も君を想つてゐる人は、まだ他にも沢山あるのだらうが——けれども、さういふ男があると知れては、幾許思つたつて仕方がない。……ねえ！宮ちゃん！……ぢや、せめてお前と、その人との身の上でも話して聞してくれないか。……もう大分遅いやうだが、今晩寝ないでも聞くよ。……私にはしごきなんかよりもその方が好いよ。……私もさういふことのまんざら分らないこともない。同情するよ。……それを聞かして貰はうぢやないか。……えッ？宮ちゃん！……お前の国は本当何処なの？』私は、わざと陽気になつて言つた。

何処かで、ボーン〳〵と、高く二時が鳴つた。

すると、お宮は沈み込んでゐた顔を、ツイと興奮したやうに上げて、私の問ひに応じて口数少くその来歴を語つた。

一体お宮は、一口に言つて見れば、単《ひと》へに嘘を商売にしてゐるからばかりではない。その言つてゐることでも、その所作に

も何処までが真個《ほんとう》で、何処までが嘘なのか嘘と真個との見界の付ないやうな気持をさする女性《をんな》だつた。年も初め十九と言つたが、二十一か二にはなつてゐたらう。心の恐しく複雑《いりく》んで、人の口裏を察したり、眼顔を読むことの驚くほどはしこい、それでゐてあどけないやうな、何処までも情け深さうな、たより無気で人に憐れを催さすやうな、嘘を言つてゐるかと思ふと、また思ひ詰めれば、至つて正直な処もあつた。それ故その身の上ばなしも、前後《あときき》辻褄の合ぬことも多くつて、私には何処までが真個なのか分らない。

　お宮といふ名前も、また初めての時、下田しまと言つた本当の名も、皆その他にまだ幾通かある、変名《かへな》の中の一つであつた。『だから故郷は栃木と言つてゐるぢやないか。』お宮はうるささうに言つた。

『さうかい。………だつて僕はさう聞なかつた。何時か、熊本と言つたのは嘘か。福岡と言つてゐたこともあつたよ。………それらは皆知つた男の故郷だらう。』

『そんなことは一々覚えてゐない。………宇都宮が本当さ！』

『何時東京には出て来たの？』

『丁度、あれは日比谷で焼討のあつた時であつたから、私は十五の時だ。下谷に親類があつて、其処に来てゐる頃、その直ぐ近くの家に其男《それ》もゐて、遊びに行つたり来たりしてゐる間に次第にさういふ関係になつたの。』

『その人も学校に行つてゐたんだらうが、その時分何処の学校に行つてゐたんだ？』

『さあ、よく知らないけれど、師範学校とか言つてゐたよ。』

『師範学校？師範学校とは少し変だな。』私は、女がまた出鱈目を言つてゐるのか、それとも、さうと思つてゐるのか、と真個《ほんと》に教育の有無《あるなし》をも考へて見た、

『でも師範学校の免状を見せたよ。』

『免状を見せた。ぢや高等であつたか尋常であつたか。』

『さあ、そんなことは何方であつたか、知らない。』

『その人は国は何処なんだ。年は幾つ？　何と言ふの？』

『熊本。………今二十九になるかな。名は吉村定太郎といふの。………それはなかなか才子なの。』

『フム。江馬といふ人と何うだ？』

『さうだなあ、才子といふ点から言へば、それや吉村の方が才子だ。』

『男振は？』

『男は何方も好いの。』と、普通《あたりまへ》に言つた。私は、それを聞いて、腹では一寸焼けた。

『何うも御馳走さま！………宮ちやん男を拵へるのが上手と思はれるナ。……そりやまあ、学生と娘と関係するなんか、ザラに世間にあることだから、悪くばかしは言へない。が、其の吉村といふ人とそんな仲になつて、それから何ういふ理由で、そ

の男を逃げ隠れをするやうになつたり、またお前が斯様な処に来るやうな破滅《はめ》になつたんだ？』私は、何処までも優しく尋ねた。

『吉村も道楽者なの。』と、言ひにくさうに言つた。『貴下さぞ私に愛相が尽きたでせう。』

『フム……江馬さんも温順しい、深切な人であつたが、下宿屋の娘と食付《くつ》いたし。吉村さんも道楽者。……成程お前が、何時か「男はもう厭！」と言つたのに無理はないかも知れぬ。……私にしたつて、斯うして斯様な処に来るのだから矢張り道楽者に違ひない。……が、併しその人は何ういふ道楽者か知らないが、道楽者なら道楽者として置いて、君が此様な処に来た理由が分ないな。私には。私だつて、つき合つて見れば、此の土地にゐる女達《ひと》も大凡《おほよ》そ何様な人柄かくらゐは見当が付く。先達つて私の処に始めて越した手紙だつて「……多くの人は、妾等の悲境をも知らで、侮蔑を以つて能事とする中に、流石は、同情を以つて、その天職とせる文学者に始めて接したる、その刹那の感想は……」――ねえ、チャンと斯う私は君の手紙を暗記してゐるよ。――その刹那の感想はなんて、あんな手紙を書くのを見ると、何うしても女学生あがりといふ処だ。……何うも君の実家《うち》だつて、さう悪い家だとは思はれない。加之に宮ちやんは非常に気位が高い。随分大勢女もゐるが、皆な平気で商売してゐるのに君は自分が悲境にゐることをよく知つてゐて、それほど侮蔑を苦痛に感じるほど高慢な人が、何うして此様な処に来たの？……可笑しいぢやないか。えッ宮ちやん？』

けれどもお宮は、それに就いては、唯人に饒舌らして置くばかりで、黙つてゐた。さうして此度は其の男を弁護するかのやうに、

『そりや初めはその人の世話にも随分なるにはなつたの。……貴下の処に遣つた、その手紙に書いてゐるやうなことも、私がよく漢語を使ふのも皆其の人が先生のやうに教育してくれたの。……けれど、学資が来てゐる間はよかつたけれど、その内学校を卒業するでせう。卒業してから学資《それ》がピッタリ来なくなつてから困つて了つて、それから何することも出来なくなつたの。』

『だつて可笑いなあ。君がいふやうに、本当に師範学校に行つてゐて卒業したのなら、高等の方だとすると、立派なものだ。そんな人が、何故自分の手を付けた若い娘を終《しまひ》に此様な処に来なければならぬやうにするか。……十五で出て来て間もなくといふんだから、男を知つたのも、その人が屹度初めだらう？』

『えゝ、そりや其の人に〇〇を破られたの。』と、それを取返しの付ぬことに思つてゐるらしい。

『ハヽヽ。面白いことを言ふねえ。もし尋常師範ならば、成程国で卒業して、東京に出てからぐれるといふこともあるかも知れぬが、今二十九で、五年も前からだといふから、年を積つ

ても可笑い。師範学校ぢやなからう。………お前の言ふことは何うも分らない。……けれど、まあ其様な根掘り葉掘り聞く必要はないわねえ。………で、一昨日は何うして此処に来てゐることが分つたの?』

『下谷に知つた家があつて、其処から一昨日は電話が掛つて、一寸私に来てくれと言ふから、何かと思つて行くと、其処に吉村が、チャンと来てゐるの。それを見ると、私はハアッと思つて、本当にゾッとして了つた。』

『フム。それで何うした?』

『私は黙あつてゐてやつた。さうすると、「何うして黙つてゐる?お前は非道い奴だ。俺を一体何と思つてゐる?殺して了ふぞ。」と、恐ろしい権幕で言ふから、「何と思つてゐるッて、貴下こそ私を何と思つてゐる?」と、私も強く言つてやつた。此方でさう言ふと、此度は、向から優しく出るの。さうして何卒《どうぞ》これまでのやうになつてゐてくれといふの。………私は、「厭だ!」と言つてやつた。其様なことを言ふんなら、私は今此処で本当に殺してくれと言つてやつた。………悪い奴なの。』と、さも〱悪者のやうに言ふ。

『さういふと、何う云つた?』

『けれども、何うもすることは出来ないの。………元は屡く私を打つたもんだが、それでも、此度は余程弱つてゐると思はれて、何うもしなかつた。』お宮は終を独語のやうに言つた。

『何うして分つたらうねえ?お前が此処にゐるのが。』

『其処が才子なの。私本当に恐しくなるわ。方々探しても、何うしても分らなかつたから、口髯《ひげ》なんか剃つて了つて、一寸見たくらゐでは見違へるやうにして、私の故郷《くに》に行つたの。さうすると、家の者が、皆口ぢや何処にゐるか知らない。と甘く言つたけれど、田舎者のことだから間が抜けてゐるでせう。すると、誰れも一寸居ない間に、吉村が状差しを探して見て、その中に私が此処から遣つた手紙が見付つたの。よくさう言つてあるのに、本当《ほんと》に田舎者は仕様がない。』

『フム。お前の故郷まで行つて探した!ぢや余程深い仲だなあ。………さうして其の人、今何処にゐるんだ?何をしてゐるの?』

『さあ、何処にゐるか。其様なこと聞きやしないさ。………それでも私、後で可哀さうになつたから、持つてゐたお銭を二三円あつたのを、銀貨入れのまゝそつくり遣つたよ。煙草なんかだつて、悪い煙草を吸つてゐるんだもの。………くれて遣つたよ、私。』と、ホッと息を吐いて、後は萎れて、しばらく黙つてゐる。

『身装《なり》なんか、何様な風をしてゐる?』

『そりや汚い身装をしてゐるさ。』

『どうも私には、まだ十分解らない処があるが、余程深い理由があるらしい。宮ちやんも少し何うかして上げれば好い。』

『何うかしてあげれば好いつて、何うすることも出来やしない。

際限《きり》がないんだもの。』と、お宮は、怒るやうに言つたが、『私もその人の為にはこれまで尽せるだけは、尽してゐるの。初め此方が世話になつたのは、既う夙に恩は返してゐる。何倍此方が尽してゐるか知れりやしない。………つまり自分でも此の頃漸く、私くらゐな女は、何処を探しても無いといふことが分つて来たんでせうと思ふんだ。斯う見えても、私は、本当の心は好いんですから、そりや私くらゐ尽す女は滅多にありやしないもの。………ですから其の人の心も、他の者には分らなくつても、私にだけは分ることは、よく分つてゐるの。』と、しんみりとなつた。

『ウム〳〵。さうだ。お前の言ふことも、私にはよく分つてゐる。………ぢや二人で余程苦労もしたんだらう。』

『それや苦労も随分した。米の一升買ひもするし………私、終には月給取つて働ぎに出たよ。』

『へえ、そりやエライ。何処に？』

『上野に博覧会のあつた時に、あの日本橋に山本といふ葉茶屋があるでせう。彼処の出店に会計係になつても出るし、それから神保町の△△堂の店員になつて出てゐたこともある。………博覧会に出てゐた時なんか、暑うい時分に、私は朝早くから起きて、自分で御飯を炊いて、私が一日《いちんち》居なくつても好いやうにして出て行く。その後で、晩に遅くなつて帰つて見ると、家では、朝から酒ばッかり飲んで。何にもしないでゐるんですもの。………』

『酒飲みぢや仕様がない。………酒乱だな。』

『えゝ酒乱なの、だから私、此様な処にゐても、酒を飲む人は嫌ひ。………湯島天神に家を以つてゐたんですが、私、一と頃生傷が絶えたことがなかつた。………そんな風だから、私の方でも、終には、「あゝもう厭だ。」と思つて、何か気に入らぬことがあると此方でも劣けずに言ふでせう。さうすると「貴様俺に向つて何言ふんだ。」と言つて、煙管で打つ、ビールの空瓶で打つ、煙草盆を投げ付ける。………その煙草盆を投げ付けた時であつた。その時の傷がまだ残つてゐるんです。此処に小《ちさ》い痣が出来てゐるでせう。痣なんか、私にやありやしなかつた。』と、言つて、白い顔の柔和な眉毛の下を遺恨《うらみ》のあるやうに、軽く指尖で抑へて見せた。それは、あるか、無いかの淡青い痣の痕であつた。

私は、黙つてお宮の言ふのを聞きながら、静《そう》と其の姿態《やうす》を見守つて、成程段々聞いてゐれば、何うも賢い女だ。縹緻だつて、他人には何うだか、自分にはまづ気に入つた。これが、まだそんな十七や八の若い身で元は皆心がらとはいひながら、男の為に、真実にさういふ所帯の苦労をしたかと思へば、唯いぢらしくもなる。自分で気にするほどでもないが、痣の痕を見れば、寧そ其れがしほらしくも見える。私は、『おゝ』と言つて抱いてやりたい気になつて、

『フム……それは感心なことだが。併しそれほど心掛の好い人が何うして、とゞの詰り斯ういふ処へ来るやうになつたんだらうねえ？』と、

　またコロリと横になりながら、心《しん》からさう思つて、余りうるさく訊くのも、却つて女の痛心《こゝろ》に対して察しの無いことだから、さも余処《よそ》の女のことのやうに言つてまたしても斯う尋ねて見た。さうして、つひ身につまされて、先刻からお宮の話しを聞きながらも、私は自分とお前とのことに、また熟々と思入つてゐた。

「お雪の奴、いま頃は何処に何うしてゐるだらう？本当に既う嫁いてゐるか。嫁いてゐなければ好いが。嫁いてゐると思へば心元なくてならぬ。最後《のち》には自分から私《ひと》を振切つて行つて了つたのだ。それを思へば憎い。が、元を思へば、皆な此方が苦労をさしたからだ。あゝ悪いことをした。彼女《あれ》も行末は何うなる身の上だらう？浅間しくなつて、果てるのではなからうか？」と、しみ〴〵と哀れになつて、斯うして静《じつ》としてはゐられないやうな気がして来て、しばらくは、私達が丁度お宮等二人のやうに思はれてゐたが、「イヤ〳〵お雪が、お宮と同じであらう道理が無い。自分がまた吉村であらう筈も無い。私に、何うして斯ういふ女を、終に斯様な処に来なければならぬやうにするやうな、そんな無惨なことが出来やう！」と、私は少しく我れに返つて、

『けれども其の人間も随分非道いねえ。そんなにして何処までも、今まで通りに夫婦《いつしよ》になつてゐてくれといふほどならば、何故、宮ちやんが其様なにして尽してゐる間に、少しはお前を可愛いとは思はなかつたらうねえ？お前が可愛いければ、自分でも確乎《しつかり》せねばならぬ筈だ。況して自分が初めて手を付けた若い女ぢやないか！』と、人の事を全然《まるで》自分を責めるやうに、さう言つた。

　お宮はお宮で、先刻から黙つて、独りで自分の事を考へ沈んでゐたやうであつたが、

『ですから私、何度逃げ出したか知れやしない。………その度毎に追掛けて来て捉《つかま》へて放さないんだもの……はあッ！一昨日からまた其の事で、彼方此方してゐた。』と、またしても太息ばかり吐いて、屈託し切つてゐる。私には其大学生の江馬と吉村と女との顚末などに就いても、屹度面白い筋があるに違ひない。と、それを探るのを一つは楽しくも思ひながら、種々と腹の中で考へて見たが、お宮に対《むか》つてはその上強ひては聞かうともしなかつた。唯、『で、一昨日は何と言つて別れたの？』と訊ねると、

『まあ二三日考へさしてくれと、可い加減なことを言つて帰つて来た。……ですから、何うしたら好いか、貴下に智恵を借りれば好いの。……』と、其の事に種々心を砕いてゐる何為《せい》か、それとも、唯私に対してさう言つて見たゞけなのか、腹から出たとも口前《さき》から出たとも分らないやうな調子で言ふから、

『……智恵を借りるツたつて、別に好い智恵もないが、ぢや私が何処かへ隠して上げやうか。』

　と、女の思惑を察して私も唯一口さう言つて見たが、此方からさう言ふと、女は
『否！何うしても駄目！』と頭振りを振つた。

『ぢや仕様がない。よく自分で考へるさ。……あゝ遅くなつた。もう寝やう。君も寝たまへ』と、言ひながら、私は欠伸を嚙み殺した。

『えゝ』と、お宮は気の抜けたやうな返事をして、それから五分間ばかりして、

『貴下ねえ。済ませんが、今晩私を此のまゝ静《そう》つと寝かして下さい。一昨日から何処の座敷に行つても、私身体の塩梅が悪いからツて、皆な、さう言つて断つてゐるの……明日の朝ねえ……はあツ神経衰弱になつて了ふ。』と萎えたやうに言つて、横になつたかと、思ふと、此方に背《せな》を向けて、襟に顔を隠して了つた。さうして夜具の中から『あゝ、貴下本当に済みませんが、電燈を一寸捻《ひね》つて下さい。』

『あゝ〳〵。よくお寝！』

　と、私は立つて電燈を消したが、頭の心が冴えて了つて眠られない。

　また立つて明るくして見た。お宮は眠つた眼を眩しさうに細く可愛く開いて見て、口の中で何かムニヤ〳〵言ひながら、一旦上に向けた顔を、またクルリと枕に伏せた。私は此度は幕で火影を包んで置いて、それから腹這ひになつて、煙草を一本摘んだ。それが尽きると、また立ち上つて暗くした。……私は夜明けまで遂々熟睡しなかつた。お宮は聴てグツスリ寝入つたらしい。翌朝《あくるあさ》、お宮は、

『精神的に接するわ。』と、一つは神経の疲れてゐた所為もあつたらうが、ひどく身体を使つた。

『ぢや、これツ切り、最う会へないねえ。何だか残り惜いなあ。お別れに飯でも食べやう。……何が好いか？……かしわにしやうか。』と、私は手を鳴して朝飯《めし》を誂らへた。

　お宮は所在なさゝうに、

『貴下、私に詩を教へて下さい。私詩が好きよツ。』と、言つて、自分で頼山陽の『雲乎山乎《くもかやまか》』を低声で興の無さゝうに口ずさんでゐる。

　その顔を、凝乎と見ると、種々《いろん》な苦労をするか、今朝はひどく面瘻れがして、先刻洗つて来た、昨夕の白粉の痕が青く斑点《ぶち》になつて見える。『……万里泊舟天草灘《ばんりふねをはくすあまくさのなだ》……』と唯口の前だけ声を出して、大きく動してゐる下顋《あご》の骨が厭に角張つて突き出てゐる。斯うして見れば年も三つ四つ老けて案外、さう縹緻も好くないなあ！と思つた。

『ねえ！教へて下さい。』

　と、いふから、『ぢや好いのを教へやう』と気は進まないなが

ら、自分の好な張若虚の『春江花月夜《しゆんこうくわげつのよ》』を教へて遣つた。『これに書いて意味を教へて下さい。』といふから巻紙に記して、講釈をして聞せて遣つた。『……昨夜間潭夢落花《さくやかんたんらくくわをゆめむ》。可憐春半不《あはれむべしはるなかばにしてま》還家《たかへらず》。江水流春去欲尽《こうすゐはるをながしさつてつきんとほつす》……』といふ辺《あたり》は、私だけには大いに心遣りのつもりがあつた。

　飯は済んだが、私はまだ女を帰したくなかつた。

　お宮は、心は何処を彷徨《うろつ》いてゐるのか分らないやうに、懐手をして、呆然窓の処に立つて、つま先きで足拍子を取りながら、何かフイ〳〵口の中《うち》で言つて、目的もなく戸外を眺めなどしてゐる。

『貴下、一寸〳〵』

　と、いふから、『えツ何？』と、私も立つて、其処に行つて見ると、

『あれ、子供が体操の真似をしてゐる。……見てゐると面白いよ。』と、水天宮の裏門で子供の遊んでゐるのを面白がつてゐる。

　私は、『何だ！昨夜はあんな思ひ詰めたやうなことを言つてゐて、今朝《けさ》の此のフワ〳〵とした風は？……』と元の座に戻りながら、不思議に思つて、またしては女の態度《やうす》を見守つた。

　すると、女は、フツと此方を振向いて、窓の処から傍に寄つて来ながら、

『貴下、妾《わたし》を棄てない？……棄てないで下さいい！』と、言葉に力は入つてゐるが、それもまた口の前から出るのやら、腹の底から出たのやら分らぬやうな調子で言つた。

『あゝ』と、私もそれに応ずるやうに返事した。

『ぢや屹度棄てない？……屹度？』重ねて言つた。

　さう言はれると、此方もつひ釣込れて、

『あゝ、屹度棄てやしないよ。……僕より君の方が棄てないか？』と、言つたが、真実に腹から『棄てないで下さい！』と言ふのならば、思ひ切つて、何かして下さい。とでも、も少し打明けて相談をし掛けないのであらうと、それを効なくも思つてゐた。

　さういふと、女は黙つてゐた。また以前《もと》の通り何処に心があるのやら分らなかつた。するとまた暫時く経つて『定《きま》つたら貴下に手紙を上げますから、さうしたら何うかして下さいな。』と、さう言ふ。此度は此方で『うむ！』と気のない返事をした。

　戸外は日が明く照つて、近処から、チーン〳〵と鍛冶の槌の音が強く耳に響いて来る。何処か少し遠い処で地を揺るやうな機械の音がする。今朝は何だか湿りつ気がない。

　勘定が大分嵩んだらう。……斯う長く居るつもりではなかつたから、固より持合せは少かつた。私は突然《だしぬけ》に好い夢を破られた失望の感《かんじ》と共に、少しでも勘定が不足になるのが気になつて、さうしてゐながらも、些とも面白くなかつた。私にはまだ自分で待合で勘定を借りた経験はなかつた。お宮を早く帰せば銭も嵩まないと分つてゐたが、それは出来なかつた。又仮令これ限

りお宮を見なくなるにしてもお宮のゐる前で勘定の不足をするのは尚ほ堪へられなかつた。さう思つて先刻から、一人で神経を悩ましてゐたが、フッと、今日は、長田が社に出る日だ。彼処《あすこ》に使ひを遣つて、今日は最う十七日だから今月書いた今までの分を借りやう。――それはお前も知つてゐる通りに、始終行《や》つてゐたことだ。――と、さう気が着いて、手紙の裏には「牛込区喜久井町、雪岡」と書いて車夫《つかひ》に、彼方に行つてから、若し何処から来たと聞かれても、牛込から来た。と言はしてくれと女中に頼んだ。

暫時して車夫は帰つて来たが、急いで封を切つて見ると、銭は入いつてゐなくつて唯、

『主筆も編輯長もまだ出社せねば、その金は渡すこと相成りがたく候。』

と、長田の例の乱筆で、汚い新聞社の原稿紙に、いかにも素気なく書いてある。私は、それを見ると、銭の入つてゐない失望と同時に『ハツ』と胸を打れた。成程使者《つかひ》が丁度向に行つた頃が十二時々分であつたらうから、主筆も編輯長もまだ出社せぬといふのは、さうであらう。が、『その金は渡すこと相成り難く候。』とあるのは可怪い。長田の編輯してゐる日曜附録に、つまらぬことを書かして貰つて、僅かばかりの原稿料を、併も銭に困つて、一度に、月末まで待てないで、二度に割たりなどして受取つてゐるのだが、分けても此の頃は種々なことが心の面白くないことばかりで、それすら碌々に書いてもゐない。けれども前借《ぜんしやく》をと言へば、仮し自分が出社せぬ日であつても、これまで何時も主筆か編輯長に当てゝ幾許の銭を雪岡に渡すやうに、と、長田の手紙を持つてさへ行けば、私に直ぐ受取れるやうに、兎に角気軽にしてくれてゐる。然るに、仮令銭は渡せない分とも、その銭は渡すことならぬ。といふその銭は何ういふつもりで書いたのだらう？自分は平常懶惰者《なまけもの》で通つてゐる。お雪を初めその母親《おや》や兄すらも、最初こそ二足も三足も譲つてゐたものだが、それすら後には向からあの通り遂々愛相を尽して了つた。幾許自分にしても傍《はた》で見てゐるやうに理由もなく、只々懶けるのでもないが、成程懶けてゐるに違ひない。長田は国も同じければ、学校も同時に出、また為てゐる職業も略ぼ似てゐる。それ故此の東京にゐる知人の中でも長田は最も古い知人で、自分の古い頃のことから、つい近頃のことまで、長田が自分で観、また此方から一寸〳〵話しただけのことは知つてゐる。長田の心では雪岡はまた女に凝てゐる。あの通り、長い間一緒にゐた女とも有耶無耶《うやむや》に別れて了つて、段々詰らん坊になり下つてゐる癖に、またしても、女道楽でもあるまい。と、少しは見せしめの為めにその銭は渡すこと相ならぬ。といふ積りなのであらうか。それならば難有い訳だ。が、否《いや》！あの人間の平常から考へて見ても、他人《ひと》の事に立入つた忠告がましいことや、口を利いたりなどする長田ではない。して見れば、此の、その銭は渡

されぬといふ簡単な文句には、あの先達つての様子といひ、長田の性質が歴然《あり〳〵》と出てゐる。これまでとても、随分向側に廻て、小蔭から種々な事に、チビリ〳〵邪魔をされたのが、あれにあれに、あれと、眼に見えるやうに心に残つてゐる。此度はまた淫売のことで祟られるかな。と平常は忘れてゐる其様なことが一時に念頭に上つて自分をば取着く島もなく突き離されたその上に、まだ石を打付けられるかと、犇々《ひし〳〵》と感じながら、『フムフム。』と、独り肯き肯き唯それだけの手紙を私はお宮が

『それは何？』と、

終に怪しんで問ふまで、長い間、黙つて凝視《みつ》めてゐた。それ故文句も、一字一句覚えてゐる。

お宮にさう言はれて、漸と我れに返つて、『ウム。何でもないさ！』と、言つて置いて、早速降りて行つて、女中を小蔭に呼んで訳を話すと、女中忽ち厭《いやあ》な顔をして、

『そりや困りますねえ。手前共では、もう何方《どなた》にも、一切さういふことは、しないやうにして居るんですが、万一さういふことがあつた場合には、私共女中がお立て換へをせねばならぬことになつて居るんですから。ですから其の時は時計か何か持つてお出になる品物でも一時お預りして置くやうにして居りますが。』と、言ひにくさうに言ふ。ぢや、古い外套《とんび》だが、あれでも置いとかう。と、私が座敷に戻つて来ると、神経質のお宮は、もう感付いたか、些と顔を青くして、心配さうに、

『何《なに》事？……何うしたの？……何うしたの？』と、気にして聞く。私は、失敗《しくじ》つた！と、穴にも入りたい心地を力めて隠して、

『否《う》む！ナニ。何でもないよ。』と言つてゐると、階下から、

『宮ちやん！〳〵。』と口早に呼ぶ。

お宮は『えッ？』と降りて行つたが、直ぐ上つて来て、黙つて坐つた。

『ぢや、もうお帰り。』と、いふと、

『さうですか。ぢやもう帰りますから……種々御迷惑を掛けました。』と、尋常に挨拶をして帰つて行つた。

その後から、直ぐ此度は、若い三十七八の他の女中が、入り交りに上つて来て、

『本当にお気の毒さまですねえ。手前共では、もう一切さういふことはしないことにして居りますから。どうぞ悪からず覚召さないでねえ。……あの長田さんにも随分長い間、御贔屓にして戴いて居りますけれど、あの方も本当にお堅い方で。長田さんにすら、もう一度も其様なことはございませんのですから。……況して貴下は長田さんのお友達とは承知して居りますけれど、つひまだ昨今のことでございますし。』

と、さも気の毒さうな顔をして、黄色い声で、口先で世辞とも何とも付ぬことを言ひながら、追立《おつた》てるやうに、其等のものを片端《かたつぱし》からサッ〳〵と形付け始めた。

『えゝ、ナニ。そりやさうですとも。私の方が済ないんです。

私は今まで此様な処で借りを拵へた覚えがないもんですから、それが極りが悪いんです。』と、心の千分の一を言葉に出して恥《は》辱《ぢ》を自分で間切した。

『あれ！極りが悪いなんて。些ともそんな御心配はありませんわ。ナニ此様な失礼なことを申すのぢやございませんのですけれどねえ。』と、少し低声になつた真似をして『帳場が、また悪く八ケ間敷いんですから。私なんか全く困るんですよ。……時々斯うして、お客様に、女中がお気の毒な目をお掛け申して。』

『全く貴女方にはお気の毒ですよ。……イヤ。何うも長居をして済みませんでした。』と、私はそんなことを言ひながらも、『あの女は、もうゐなくなるさうですねえ。……自分ぢや、つひ此の間出たばかりだ。と言つてゐたが、そんなことはないでせう。』

と聞くと、

『えゝ居なくなるなんてことは、まだ聞きませんが、随分前からですよ。此度戻つて来たのは、つひ此間ですけれど、始めて出てからもう余程になりますよ。』

と、言ふ。私は、『彼女《あいつ》め！何処まで嘘を吐くか。』と思つて、ます〳〵心に描いた女の箔が褪めた思ひがした。

　私は、あの古い外套を形に置いて、桜木の入口を出たが、それでも、其れを着てゐれば目に立たぬが、下には、あの、もう袖口も何処も切れた、剝げちよろけの古い米沢琉球の羽織に、着物は例の、焼けて焦茶色になつた秩父銘仙の綿入れを着て、堅く腕組みをしながら玄関を下りた時の心持は、吾れながら、自分の見下げ果てた状態《ざま》が、歴々と眼に映るやうで、思ひ做しばかりではない、女中の『左様なら！どうぞお近い内に！』といふ送くり出す声は、背後《うしろ》から冷水を浴せ掛けられてゐるやうであつた。

　昨夜は、お宮の来るのが、遅いので、女中が気にして時々顔を出しては、『……いえ。あの娘のゐる家は、恐しい欲張りなもんですから、一寸でも時間があると、御座敷へ出さすものですから、それで斯う遅くなるのです。……本当にお気の毒さまねえ。でも、もう追付け参りませうから。』と詫びながら柔かいお召のどてらなどを持つて来て貸してくれた。私はそれを、悠然と着込んで待つてゐたのだが、用《よう》事のある者は、皆な、それ〴〵急しさうにしてゐる時分に、日の射してゐる中を、昨夜に変る、今朝の此の姿は、色男の器量を瞬く間に下げて了つたやうで、音も響も耳に入らず、眼に着くものも眼に入らず。消え入るやうに、勢も力もなく電車に乗つたが、私は切符を買ふのも気が進まなかつた。

　喜久井町の自家に戻ると、もう彼れ是れ二時を過ぎてゐた。さて詰らなさゝうに戻つて見れば、家の中は今更に、水の退いた跡のやうで、何の気もしない。何処か、其処らに執り着く物でもゐるのではないかと思はれるやうに、またゾッと寂しさが募る。私は、落ちるやうに机の前に尻を置いて、『ホーッ』と、一つ太息を吐いて、見るともなく眼を遣ると、もう幾日《いくか》も〳〵形付けをせぬ机の上は、塵埃だらけな種々なものが、重なり放題重なつて、何処から手の付けやうもない。それを見ると、また続けて太息が出る。『あゝ！』と思ひながら、脇を向いて、此度は、脊を凹ますやうに捻ぢまげて何気なく、奥の六畳の方を振返ると、あの薄暗い壁際に、矢張りお前の箪笥がある。其れには平常《いつも》の通り、用箪笥だの、針箱などが重ねてあつて、その上には、何時からか長いこと、桃色甲斐絹の裏の付いた、糸織の、古うい前掛けに包んだ火熨斗《ひのし》が吊してある。『あの前掛は大方十年も前に締めたものであらう！』と思ひながら私は、あの暗い天井の隅々を、一遍グルリッと見廻した。さうして、また箪笥の方に気が着くと、

　あの抽斗《ひきだし》も、下の方の、お前の僅ばかりの物で、重なるものゝ入つてゐさうな処は、最初《はじめ》から錠を下してあつたが、でも上の二つは、――私の物も少しは入つてゐるし、――何か知ら、種々なものがあつて、錠も下さないであつたが、婆さんがしたのか、誰れがしたのか、何時の間にか、お前の物は、余所々々《よそ〳〵》しく、他へ入換て了つて、今では唯《たつた》上の一つが、抽《ぬ》き差し出来るだけで、それには私の単衣が二三枚あるばかりだ。……『一体何処に何うしてゐるんだらう？』と、また暫時く其様なことを思ひ沈んでゐたが。

……お宮も何処かへ行つて了ふと、言ふ。加之今朝のことを思ひ出せば、遠く離れた此処に斯うしてゐても何とも言ふに言へない失態《ぶざま》が未だに身に付き纒ふてゐるやうで、唯あの土地を、思つても厭な心持ちがする。ナニ糞！と思つて了へば好いのだが、さう思へないのは矢張りお宮に心が残るのであらう。と、フッと自分が可笑くもなつて、独り笑ひをした。

　後はまた、それからそれへと種々なことを取留めもなく考へながら、呆然《ぼんやり》縁側に立つて、遠の方を見ると、晩秋《あき》の空は見上げるやうに高く、清浄《きれい》に晴れ渡つて、世間が静かで、冷《ひい》やりと、自然《ひとりで》に好い気持ちがして来る。向ふの高台の上の方に、何処かの工場の烟であらう？緩く立迷つてゐる。

　それ等を見るともなく見ると、私は、あゝ、自分は秋が好きであつた。誰れに向つても、自分は秋が好きだ〳〵。と言つて、秋をば自分の時節が回つて来たやうに、その静なのを却つて楽しく賑かなものに思つてゐたのだが、此の四五年来といふもの、年一年と何《ど》の年を考へ出して見ても楽しい筈であつた其の秋の楽しかつたことがない。毎年《いつ》も唯ソワ〳〵と、心ばかり急がしさうにしてゐる間に経つて行つて了ふ。分けても此の秋くらゐ、斯うして此様な寂しい思ひのするのは、始めて覚えることだ。何よりも一つは年齢《とし》の所為かも知れぬ。白髪《しらが》さへ頻りに眼に付て来た。加之段々、予期してゐたことが、実際とは違つて来るのに、気が付くに連れて、世の中の事物《もの》が、何も斯も大抵輿が

醒めたやうな心持がする。――昨夕のお宮が恰どそれだ。あゝいふ境遇にゐる女性だから、何うせ清浄なものであらう筈も無いのだが、何につけ事物を善く美しう、真個《ほんと》のやうに思ひ込み勝ちな自分は、あのお宮が最初からさう思はれてならなかつた。すると昨夕から今朝にかけて美しいお宮が普通《あたりまへ》な淫売《をんな》になつて了つた。口の利きやうからして次第に粗在《ぞんざい》な口を利いた。自分の思つてゐたお宮が今更に懐かしい。――が、あのお宮は真実に去つて了ふか知らん？――自分は何うも夢を真実と思ひ込む性癖《くせ》がある。それをお雪は屡々言つて、『貴下は空想家だ。小栗風葉の書いた欽哉にそつくりだ。』と、戯談《からか》ふやうに『欽哉欽哉』と言つては、『そんな目算も無いことばかり考へてゐないで、もつと手近なことを、サッ〱と為さいな！』と、たしなめ〱した。本当に、自分は、今に、もつと良いことがある。今に、もつと良いことがある。と夢ばかり見てゐた。けれども、私を空想家だ〱と言つた。あのお雪が矢張り空想勝ちな人間であつた。『今に貴下が良くなるだらう。今に良くなるだらう。と思つてゐても何時まで経つても良くならないのだもの。』と、あの晩彼女《あれ》が言つたことは、自分でも熟々とさう思つたからであらうが、私には、あゝ言つたあの調子が悲哀《みじめ》なやうに思はれて、何時までも忘れられない。彼女も私と一緒に、自分の福運《うん》を只夢を見てゐたのだ。私は遂々其の夢を本当にしてやることが出来なかつた。七年の長い間のことを、今では、さも、詰らない夢を見て年齢ばかり取つて了つた。と、恨んで居るであらう。年々ひどく顔の皺を気にしては、

『私の眼の下の此の、皺は、貴下が拵らへたのだ。私は此の皺だけは恨みがある。……これは、あの音羽にゐた時分に、あんまり貧乏の苦労をさせられたお影で出来たんだ。』

と、二三年来、鏡を見ると、時々それを言つてゐた。――そんなことを思ひながら、フッと庭に目を遣ると、杉垣の傍の、笹混りの草の葉が、既う紅葉するのは、して、何時か末枯れて了つてゐる中に、ヒョロ〱ッと、身長《せい》ばかり伸びて、勢《せい》の無いコスモスが三四本、わびしさうに咲き遅れてゐる。

これは此の六月の初めに、遂々話が着いて、彼女が後の女中の心配までして置いて、あの関口台町から此家《こゝ》へ帰つて来る時分に、彼家《あすこ》の庭によく育つてゐたのを、

『貴下、あのコスモスを少し持つて行きますよ。自家の庭に植ゑるんですから。』と、それでも楽しさうに言つて、箪笥や蒲団の包みと一緒に荷車に載せて持つて戻つたのだが、誰れが植ゑたか、投げ植ゑるやうにしてあるのが、今時分になつて、漸う漸う数へるほどの花が白く開いてゐる。

あゝ、さう思へば、あの戸袋の下の壁際にある秋海棠《しうかいだう》も、あの時持つて来たのであつた。先達て中始終秋雨《あめ》の降り朽ちてゐるのに、後から〱と蕾を附けて、根好く咲いてゐるな。と思つて、折々眼に着く度に、さう思つてゐたが、其れは既う咲き

止んだ。

　六月、七月、八月、九月、十月、十一月と、丁度半歳になる。あの後、何うも不自由で仕方が無い。夏は何うせ東京には居られないのだから、旅行をするまでと、言つて、また後を追ふて此家に暫時く一緒になつて、それから、七月の十八日《ち》であつた。いよいよ箱根に二月ばかし行く。それが最後の別れだ。と言つて、立つ前の日の朝、一緒に出て、二人の白単衣《しろかたびら》を買つた。それを着て行れるやうに、丁度盆時分からかけて暑い中を、私は早く寝て了つたが、独り徹夜をして縫ひ上げて、自分の敷蒲団の下に敷いて寝て、敷伸《しきのし》をしてくれた。朝、眼を覚して見ると、もう自分は起きてゐて、まだ寝巻きのまゝ、詰らなさゝうに、考へ込んだ顔をして、静《じつ》と黙つて煙草を吸つてゐた。もう年が年でもあるし、小柄な、痩た、縹緻も、よくない女であつたが、あゝ、それを思ふと、一層みじめなやうな気がする。それから新橋まで私を送つて、暫時く汽車の窓の外に立つてゐたが、別に話すこともなかつた。私の方でも口を聞くのも怠儀であつた。

『斯うしてゐても際限《きり》がないから、……私、最早帰りますよ。……ぢやこれで一生会ひません。』と、傍《あたり》を憚るやうに、低声で、強ひて笑ふやうにして言つた。

　私は『うむ！』と、唯一口、首肯くのやら、頭振を振るのやら自分でも分らないやうに、言つた。

　それから汽車に乗つてゐる間、窓の枠に頭を凭して、乗客《ひと》の顔の見えない方ばかりに眼をやつて、静と思ひに耽けつてゐた。――彼地に行つても面白くないから、それで、またしては戻つて来たのだが。斯うしてゐても、あの年齢を取つた、血気のない、悧巧さうな顔が、明白《ありく》と眼に見える。……あれから、あゝして、あゝしてゐる間に秋海棠も咲き、コスモスも咲いて、日は流れるやうに経つて了つた。………

　それにしても、胸に納まらぬのは、あの長田の手紙の文句だ。帰途《かへり》に電車の中でも、勢ひその事ばかりが考へられたが、此度のお宮に就いては、悪戯《いたづら》ぢやない嫉妬《やきもち》だ。洒落れた唯の悪戯は長田のしさうなことではない。……碌に銭も持たないで待合に長居をするなどは、誰れに話したつて、自分が悪い。それに就いて人は怨まれぬ。が、あの手紙を書いた長田の心持ちは、忌々しさに、打壊《ぶちこわ》しをやるに違ひない。何《どう》いふ心であるか。余処ながら見て置かねばならぬ。もし間違つて、此方の察した通りでなかつたならば、其れこそ幸ひだが。それにしても、他人との間に、些とでも荒立つた気持ちでゐるのは、自分には斯う静と独りでゐても、耐《こら》へられない。兎に角行つて様子を見やう。自家にゐても何だか心が落着ぬ。

と、また出て長田の処に行つた。

　長田は、もう一と月も前から、目白坂の、あの、水田の居たあとの、二階のある家に越して来てゐたから、行には近かつた。

――長田は言ふに及ばず、その水田でも前に言つた△△新聞社の上田でも、村田でも、其の他これから後で名をいふ人達も、凡てお前の一寸でも知つてゐる人ばかりだ。――

　長田は、丁度居たが、二階に上つて行くと、平常は大抵此方から何か知ら、初め口を利くのが、その時は、長田に似ず、何か自分で気の済まぬことでも、私に仕向けたのを笑ひで間切らすやうに、些と顔に愛嬌をして、

『今日も少し使者《つかひ》の来るのが遅かつたら、好つたんだが………明日でも自分で社に行くと可い。』

と言ふ。

『ウム。ナニ。一寸相変らずまた小遣が無くなつたもんだから。』

と私は、何時も屢くいふ通りに言つて、何気なく笑つてゐた。すると、長田は、意地悪さうな顔をして、

『他人が使ふ銭だから、そりや何に使つても可い理由《わけ》なんだ。………何に使つても可い理由なんだ。』と、私に向つて言ふよりも、自分の何か、胸に潜んでゐることに向つて言つてゐるやうに、軽く首肯きながら言つた。

　私は、『妙なことを言ふ。ぢや確適《てつきり》と此方で想像した通りであつた。』と腹で肯づいた。が、それにしても、彼様なことをいふ処を見れば、今朝の使者が何処から行つたといふことを長田のことだから、最う見抜いてゐるのではなからうか。とも思ひながら、俺が道楽に銭を遣ふことに就いて言つてゐるのだらう。それは飲み込んでゐる。といふやうに、

『ハヽヽ』と私は抑へた笑ひ方をして、それに無言《むげん》の答へをしてゐた。けれども何処から使者が行つたかは気が着いてゐないらしい。

　けれども、お宮はあの通り隠れると言つたから、本当にゐなくなるかも知れぬ。若し矢張りゐるにしても、ゐなくなると言つて置いた方が事がなくつて好い。無残《むざ》〳〵と人に話すには、惜いやうな昨夕であつたが、寧そ長田に話して了つて、岡嫉きの気持を和らがした方が可い。と私は即座に決心して、

『例《れい》のは、もう居なくなるよ。二三日あと一寸行つたが、彼女《あれ》には悪い情夫《をとこ》が着いてゐる。初め大学生の処に嫁に行つてゐたなんて言つてゐたが、まさか其様なことは無いだらうと思つてゐたが、その通りだつた。その男を去年の十二月から、つひ此な間まで隠れてゐたんだが、其奴がまた探しあてゝ出て来たから二三日中にまた何処かへ隠れねばならぬ。と言つて紀念に持つてゐてくれつて僕に古臭いしごきなんかをくれたりした。………少しの間面白い夢を見たが、最早覚めた。あゝ！あゝ！もう行ない。』

　笑ひ〳〵、さう言ふと、長田は興ありさうに聞いてゐたが、居なくなると言つたので始めて、稍同情したらしい笑顔になつて、私の顔を珍らしく優しく見守りながら

『本当に、一寸だつたなあ………さういふやうなのが果敢《はかな》き縁

といふのだなあ!』

と、私の心を咏歎するやうに言つた。私もそれにつれて、少しじめ〳〵した心地になつて、唯
『うむ!』と言つてゐると、

『本当にゐなくなるか知らん?さういふやうな奴は屢くあるんだが、其様なことを言つても、なか〳〵急に何処へも行きやしないつて。……さうかと思つてゐると、まだ居ると思つた奴が、此度行つて見ると、もうゐなくなつてゐる。なんて言ふことは屢くあることなんだから。』と、長田は自分の従来《これまで》の経験から割り出したことは確だと、いふやうに一寸と首を傾けて、キツとした顔をしながら半分は独言のやうに言つた。

私は、凝乎と、その言葉を聞きながら顔色を見てゐると、『その内是非一つ行つて見てやらう。』といふ心が歴々《あり〳〵》と見える。

『或はさうかも知れない。』と私はそれに応じて答へた。

暫時そんなことを話してゐたが、長田は忙しさうであつたから、早く出て戻つた。

自家に戻ると、日の短い最中だから、四時頃からもう暗くなつたが、何をする気にもなれず、また矢張り机に凭つて掌《てのひら》に額を支へたまゝ静《じつ》としてゐると、段々気が滅入り込むやうで、何か確乎《しつかり》としたものにでも執り付いてゐなければ、何処かへ奪はれて行きさうだ。さうして薄暗くなつて行く室の中では、頭の中に、お宮の、初めて逢つた晩の、あの驚くやうに〇〇〇〇〇〇〇。深夜《よふけ》の朧に霞んだ電燈の微光《うすあかり》の下に〇〇〇〇〇〇〇〇、〇〇〇〇〇〇〇〇〇〇〇〇。それから今朝『精神的に接するわ。』と言つた、あの時のこと、その他折によつて、色々に変つて、此方の眼に映つた眉毛、目元口付、むつちりとした白い掌《て》先《さき》。くゝれの出来た手首などが明歴《あり〳〵》と浮き上つて忘れられない。……それが最早居なくなつて了ふのだと、思ふと尚ほ明らかに眼に残る。

私は、何かして、此の寂しく廃れたやうな心持ちを、少しでも陽気に引立てる工夫はないものか、と考へながら何の気なく、其処にあつた新聞を取上げて見てゐると、
有楽座で今晩恰ど呂昇の『新口村《にのくちむら》』がある。これは好いものがある。これなりと聞きに行かう。と、八時を過ぎてから出掛けた。

さういふやうにして、お宮に夢中になつてゐたから、勝手に付けては、殆ど毎日のやうに行つてゐた矢来の婆さんの家《ところ》へは此の十日ばかりといふもの、パツタリと忘れたやうに、足踏みしなかつたが、お宮がゐなくなつて見ると、また矢張り婆さんの家が恋しくなつて、久振りに行つて見た。婆さんは何時《いつ》も根好く状袋を張つてゐたが、例《いつも》の優しい声で、

『おや、雪岡さん。何うなさいました?此の頃はチツトもお顔をお見せなさいませんなあ。何処かお加減でも悪いのかと思つて、おばさんは心配してゐましたよ。』

と言ひながら、眼鏡越しに私を見守つて、『雪岡さん。頭髪《かみ》なん

かつんで、大層綺麗におめかしゝて』と、尚ほ私の方を見て微笑《わらつ》てゐる。

『えゝ暫時御無沙汰をしてゐました。』

と言づてゐると、

『雪岡さん。貴下既う好い情婦が出来たんですつてねえ。大層早く拵らへてねえ。』と、あの婆さんのことだから、言葉に情愛を着けて面白く言ふ。私は、ハテ不思議だ。屹度お宮のことを言ふのだらうが、何うしてそれが瞬く間に此の婆さんの家にまで分つたらうか。と思つて、首を傾けながら、

『えゝ、少しやそれに似たこともあつたんですが、何うして、それがおばさんに分つて？』

『ですから悪いことは出来ませんよ。………チヤンと私には分つてゐますよ。』

『へえ！不思議ですねえ。』

『不思議でせう………此の間お雪さんが柳町へ来た序《ついで》に、また一寸寄つた。と言つて、私の家へ来て、「まあ、おばさん。聞いて下さい。雪岡は何うでせう。既う情婦を拵らへてよ。矢張りまた前年《いつか》のやうに浜町か蠣殻町らしいの………あの人は三十を過ぎてから覚えた道楽だから、もう一生止まない。だから愛相が尽きて了ふ。」ツて、お雪さんが自分でさう言つてゐました。………雪岡さん、本当に悪いことは言はないから淫売婦《いんばい》なんかお止しなさい。貴下の男が下るばかりだから。』と思ひ掛けもないことを言ふ。

『へーえツ………驚いたねえ！お雪が、さう言つた。不思議だ！嘘だらう。おばさん可い加減なことを言つてゐるんでせう。………お雪が其様なことを知つてゐる理由《わけ》がないもの………』

『不思議でせう！………貴下此の頃、頭髪《あたま》に付ける香油《あぶら》かなんか買つて来たでせう。チヤンと机の上に瓶が置いてあるといふではありませんか。さうして鏡を見ては頭髪《かみ》を梳いてゐるでせう。』婆さんは、若い者と違つて、別段に冷かすなどといふ風もなく、さういふことにも言ひ馴れた。といふ風に、初めから終まで同じやうな句調で、落着き払つて、柔らかに云ふ。

『へーえツ！其様なことまで！何うしてそれが分つたでせう？』

『それから女の処から屢く手紙が来るといふではありませんか。』

『へッ！手紙の来ることまで！』

私は本当に呆れて了つた。さうして自然《ひとりで》に頭部《あたま》に手を遣りながら、『気味が悪いなあ！お雪の奴、来て見てゐたんだらうか。………彼奴屹度来て見たに違ひ無い。』

『否、お雪さんは行きやしないが、お母さんが、お雪さんの処へ行つて、さう言つたんでせう。………さうして此の頃何だか、ひどくソワ〳〵して、一寸《ちよい》〳〵泊つても来るつて。帰ると思つて、戸を締めないで置くもんだから不用心で仕様が無いつて。』

『へーえツ！あの婆さんが、さう言つた。嘘だ！年寄に其様なことが、一々分る道理《わけ》が無いもの。』

『それでも、お母さんが、さう言つたつて。お母さんですよ。違やあしませんよ。………あれで矢張し吾が娘《こ》に関したことだから、幾許年を取つてゐても、気に掛けてゐるんでせうよ………何うしても雪岡といふ人は、駄目だから、お前も、もう其の積りでゐるが好いつて、お雪さんに、さう言つてゐたさうですよ。』

『へーえツ！さうですかなあ！本当に済まないなあ！』私は真から済ないと思つた。

『ですからお雪さんだつて、貴下の動静《やうす》を遠くから、あゝして見てゐるんですよ。嫁いてなんかゐやしませんよ。』

『さうでせうか？』

『さうですよ。それに違ひありませんよ………此の間も私の話を聞いて、お雪さん、独りで大層笑つてゐましたつけ………私が、「お雪さん、雪岡さんがねえ。時々私の家へ来ては、婆やのやうに、おばさん〳〵と、くさやで、お茶漬を一杯呼んで下さいと言つて。自家に無ければ、自分で買つて来て、それを私には出来ないから、おばさんに焼いて、むしつてくれつて、箸を持つて、チヤンと待てゐるのよ。」と言つたら、お雪さんが「まあ！其様なことまでいふの？本当に雪岡には呆れて了ふ。おばさんを捉へて私に言ふ通りに言つてゐるのよ。」と独りで、はあ〳〵言つて笑つてゐましたよ。』と婆さんは、言葉に甘味を付けて、静かに微笑《わら》ひながら、さう言つた。

私も『へーえ、お雪公、其様なことを言つてゐましたか。』と言ひながら笑つた。

淫売婦《いんばい》と思へば汚いけれどお宮は、ひどく気に入つた女だつたが、彼女《あれ》がゐなくなつても、お前が、時々矢来《こゝ》へ来て其様なことを言つて、婆さんと、影ながらでも私の噂をしてゐるかと思へば、思ひ做《なし》にも自分の世界が賑かになつたやうで、お宮のことも諦められさうな気持ちがして、

『矢張り何処に居るとも言ひませんでしたか。』

と、訊ねて見たが、婆さんも、

『言はないツ！何処にゐるか、それだけは私が何と言つて聞いても、「まあ〳〵それだけは」と言つて何うしても明さない。』

と、さも〳〵其れだけは、力に及ばぬやうに言ふ。

さうなると、矢張り私の心元なさは少しも減じない。それからそれへと、種々なことが思はれて、相変らず心の遣りばに迷ひながら、気抜けがしたやうになつて、またしては、以前のやうに何処といふ目的もなく方々歩き廻つた。けれどもお宮といふ者を知らない時分に歩き廻つたのとはまた気持が大分違ふ。寂しくて物足りないのは同じだが、その有楽座の新口村を聴いてから、あの「………薄尾花も冬枯れて………」と、呂昇の透き徹るやうな、高い声を張り上げて語つた処が、何時までも耳に残つてゐて、それがお宮を懐しいと思ふ情《こゝろ》を誘《そゝ》つて、自分

でも時々可笑いと思ふくらゐ心が浮ついて、世間が何となく陽気に思はれる。私は湯に入ても、便所に行つても其処を口ずさんで、お宮を思つてゐた。

　明後日までに何とか定めて了はなければならぬ。と、言てゐたから、二日ばかりは其様な取留めもないことばかりを思つてゐたが、丁度その日になつて、日本橋の辺《へん》を彷徨《うろ〳〵》しながら、有り合せた自働電話に入つて、そのお宮のゐる沢村といふ家へ聞くと、お宮は居なくつて、主婦《おかみ》が出て、

『えゝ、宮ちやん。さういふことを言ふにや言つてゐたやうですけれど、まだ急に何処へも行きやしないでせう。荷物もまだ自家に置いてゐるくらゐですもの。………ですから、御安心なさい。また何うか来てやつて下さい。』と、流石に商売柄、此方から正直に女から聞いた通りを口に出して訊ねて見ても、其様な悪い情夫の付いてゐることなんか、少しも知らぬことのやうに、何でもなく言ふ。

　兎に角、さう言ふから、ぢやお宮といふ女奴、何を言つてゐるのか。知れたものぢやない。と思ひもしたが、まだ何処へも行きやしないといふので安心した。斯うしてブラ〳〵としてゐても、まだ心の目的の楽しみがあるやうな気がする。けれども其処にゐるとすれば、何れ長田のことだから、此の間も、あの『本当に何処かへ行くか知らん？』と言つてゐた処を見ると、遣つて行くに相違ない。その他固より種々な嫖客《きやく》に出る。これまでは其様なことが、さう気にならなかつたが、しごきをくれた心が忘れられないばかりではない。あれからは女が自分の物のやうに思はれてならぬ。と思ひ詰めれば其様な気がするが、よく考へれば、その吉村といふ切つて切れぬらしい情夫がある。………自分でも『いけない！』といふし。情夫のある者は何うすることも出来ない。と言つて、あゝして、あのまゝ置くのも惜しくつて心元ない。銭がウンと有れば十日でも二十日でも居続けてゐたい。「あゝ銭が欲しいなあ！」と、私は盗坊といふものは、斯ういふ時分にするものかも知れぬ。と其様なことまで下らなく思ひあぐんで、日を暮らしてゐた。

　そんなにして自家に独りでゐても何《なん》事にも手に付ないし、さうかと言つて出歩るいても心は少しも落着ない。それで、またしては自働電話に入つてお宮の処に電話を掛けて見る。

『宮ちやん、お前あんなことを言つてゐたから、私は本当かと思つてゐたのに、主婦さんに聞くと、何処にも行かないといふぢやないか。君は嘘ばつかり言つてゐるよ。君がゐてくれゝば僕には好いんだが、あの時は喪然《がつかり》して了つたよ。』と恨むやうに言ふと、

『えゝ、さう思ふには思つたんですけれど、種々都合があつてねえ。………それに自家の姉さんも、まあ、少し考へたが好いといふしねえ。………貴下また入しつて下さい。』

『あゝ、行くよ。』

と、言ふやうなことを言つて、何時までゞも電話で話しをしてゐた。行く銭が無い時には、私は五銭の白銅一つで、せめて電話でお宮と話しをして虫を堪へてゐた。電話を掛けると、大抵は女中か、主婦かゞ初め電話口に出て、『今日、宮ちやんゐるかね?』と聞くと、『えゝ、ゐますよ。』と言つて、それからお宮が出て来るのだが、その出て来る間の、たつた一分間ほどが、私にはぞく〳〵として待たれた。お宮が出て来ると、毎時も、眼を瞑《つぶ》つたやうな静かな、優しい声で、

『えゝ、貴下、雪岡さん?、わたし宮ですよ。』と、定つてさう言ふ。その『わたし宮ですよ。』といふ、何とも言ふに言へない句調が、私の心を溶かして了ふやうで、それを聞いてゐると、少し細長い笑窪の出来た、物を言ふ口元が歴々と眼に見える。

『ぢやその内行くからねえ。』と、言つて、『左様なら。切るよ。』と、言ふと、『あゝ、もし〳〵。あゝ、もし〳〵。雪岡さん!』と呼び掛けて、切らせない。此度は、『さよなら!ぢや、いらつしやいな!切りますよ。』と、向から言ふと、私が、『あゝもしもし。もし〳〵、宮ちやん〳〵、一寸《ちよいと》〳〵。まだ話すことがあるんだよ。』と何か話すことがありさうに言つて追掛ける。終には、わざと、両方で
『左様なら!』

『さよなら!』

を言つて、後を黙《だまあ》つてゐて見せる。私は、お宮の方でも、さうだらうと思つてゐた。

さうして交換手に『もう五分間来ましたよ。』と、催促をせられて、そのまゝ惜しいが切つて了ふこともあつたが、後には、あとからまた一つ落して、続けることもあつた。白銅を三つ入れたこともあれば、十銭銀貨を入れたこともあつた。私は、気にして、始終《しよつちゆう》白銅を絶やさないやうにしてゐた。

珍らしく一週間も経つて。桜木では、此の間のやうなこともあつたし、元々其家《そこ》は長田の定宿のやうになつてゐる処だから、また何様なことで、何が分るかも知れないと思つて、お宮に電話で、桜木は何だか厭だから、是非何処か、お前の知つた他の待合《うち》にしてといふと、それではこれ〳〵の処に菊水といふ、桜木ほどに清潔《きれい》ではないが、私の気の置けない小《ちひさ》い家《うち》があるから。と、約束をして、私は、もの一と月も顔を見なかつたやうな、急々《せか〳〵》した心持をしながら、電話で聞いたゞけでは、其の菊水といふ家もよく分らないし、一つは沢村といふ家は何様な家か、見て置きたいとも思つて、人形町の停留場で降りて、行つて見ると、成程蠣殻町二丁目十四番地に、沢村ヒサと女名前の小い表札を打つた家がある。古ぼけた二階建ての棟割り長屋で、狭い間口のガラス戸をピツタリ締め切つて、店前に、言ひ訳のやうに、数へられるほど『敷島』だの『大和』だのを並べて、他に半紙とか状袋のやうなものをも少しばかり置いてゐる。グツと差し出した軒燈に、通りすがりにも、よく眼に着くやうに、

向つて行く方に向けて赤く大きな煙草の葉を印に描いてゐる。

『斯ういふ処にゐて働ぎに出るのかなあ!』と、私は、穢《きたな》いやうな、浅間しいやうな気がして、暫時戸外に立つたまゝ静《そつ》と内の様子を見てゐた。

『ご免!』

と言つて、私は出て来た女に、身を隠すやうにして、低声で、

『私、雪岡ですが。宮ちやんゐますか。』と、言ひながら、愛相に『敷島』を一つ買つた。『あゝ、さうですか。ぢや一寸お待ちなさい!』と、次の間に入つて行つたが、また出て来て『宮ちやん、其方《そつち》の戸外《そと》の方から行きますから。』と、密々《ひそ〳〵》と言ふ。

私は何処から出て来るのだらう?と思つて、戸外に突立つてゐると、直ぐ壁隣の洋食屋の先きの、廂合ひのやうな薄闇りの中から、フイと、真白に塗つた顔を出して、お宮が、

『ホヽ、アハヽ、ヽ。……雪岡さん?』と、懐しさうに言ふ。

変な処から出て来たと思ひながら、『おや!其様な処から!』と言ひながら、傍《そば》に寄つて行くと、『アハヽ、ヽ、暫くねえ!何うしてゐて?』と、向ふからも寄り添ふて来る。

其辺《そこら》の火灯《あかり》で、夜眼にも今宵は、紅を潮《さ》した唇をだらしなく開けて、此方を仰ぐやうにして笑つてゐるのが分る。私は外套の胸を、女の胸に押付けるやうにして、『何うしてゐたかツて?……電話で話した通りぢやないかツ……人に入らぬ心配さして!』

女は『アハヽ、ヽ』と笑つてばかしゐる。

『おい!菊水といふのは何処だい?』

『貴下、あんなに言つても分らないの?直ぐ其処を突き当つて、一寸《ちよいと》右に向くと、左手に狭い横丁があるから、それを入つて行くと直き分つてよ。……その横丁の入口に、幾個《いくつ》も軒燈が出てゐるから。その内に菊水と、書いたのもありますよ。よく目を明けて御覧なさい!……先刻、私、お湯から帰りに寄つて、貴下が来るから、座敷を空けて置くやうに、よくさう言つて置いたから……二畳の小《ちさ》い好い室があるから、早く其室《そこ》へ行つて待つてゐらつしやい。私、直ぐ後から行くから。』と嬉々《いそ〳〵》としてゐる。

『さうか。ぢや直ぐお出で!……畜生!直ぐ来ないと承知しないぞツ!』と、私は一つ睨んで置いて、菊水に行つた。

お宮は直ぐ後から来て、今晩はまだ早いから、何処か其処らの寄席にでも行きませう。といふ。それは好からうと、菊水の老婢《ばあさん》を連れて、薬師の宮松に呂清を聴きに行つた。

私は、もうグツと色男になつたつもりになつて、蟇口をお宮に渡して了つて、二階の先きの方に上つて、二人を前に坐らせて、自分はその背後《うしろ》に横になつて、心を遊ばせてゐた。

此な間、有楽座に行つた時には、此座《ここ》へお宮を連れて来たら、さぞ見素ぼらしいであらう。と思つたが、此席《ここ》では何うであらうか。と、思ひながら、便所に行つた時、向側の階下《した》の処から、

一寸お宮の方を見ると、色だけは人並より優れて白い。

その晩、

『吉村といふ人、それから何うした？』と聞くと、

『矢張りそのまゝゐるわ。』と、言ふ。

『そのまゝツて何処にゐるの？』

『何処か柳島の方にゐるとか言つてゐた。………私、本当に何処かへ行つて了ふかも知れないよ。』と、萎《しほ》れたやうに言ふ。

私は、居るのだと思つてゐれば、また其様なことを言ふ。と思つて、ハツと落胆しながら、

『君の言ふことは、始終変つてゐるねえ。も少し居たら好いぢやないか。』と、私は、斯うしてゐる内に何うか出来るであらうと思つて、引き留めるやうに言つた。けれども女は、それには答へないで、

『………私また吉村が可哀さうになつて了つた。………昨日、手紙を読んで、私真個《ほんとう》に泣いたよ。』と、率直に、此の間と打つて変つて今晩は、染々と吉村を可哀さうな者に言ふ。

さう言ふと、妙なもので、此度は吉村とお宮との仲が、いくらか小憎いやうに思はれた、

『ヘツ！此の間、彼様なに悪い人間のやうに言つてゐたものが、何うしてまた、さう遽《には》かに可哀さうになつた？』私は軽く冷かすやうに言つた。

『………手紙の文句がまた甘いんだもの。それや文章なんか実に甘いの。才子だなあ！私感心して了つた。斯う人に同情を起さすやうに、同情を起さすやうに書いてあるの。』と、独りで感心してゐる。

『へーえ。さうかなあ。』と、私はあまり好い心持ちはしないで、気の無い返事をしながらも、腹では、フン、文章が甘いツて、何れほど甘いんであらう？と、馬鹿にされたやうな気もして、

『お前なんか、何を言つてゐるか分りやしない。ぢや向の言ふやうに、一緒になつてゐたら好いぢやないか。何も此様な処にゐないでも。』

さういふと女は
『其様なことが出来るものか。』と、一口にケナシて了ふ。

私は、これは、愈々《いよ〳〵》聞いて見たいと思つたが、その上強ひては聞かなかつた。

お宮のことに就いて、長田の心がよく分つてから、以後その事に就いては、断じて此方から口にせぬ方が可いと思つたが、誰れの処といふことなく寂しいと思へば遊びに行く私のことだから、………先達てから二週間ばかりも経つて久振りに遊びに行くと、丁度其処へ饗庭――これもお前の、よく知つた人だ。――が来てゐたが、
何かの話が途切れた機会《はづみ》に、長田が、

『お宮は其の後何うした？』と訊く。

私は、なるたけ避けて静《そう》として置きたいが、腹一杯であつた

から、

『もう、お宮のことに就いては、何にも言はないで置いてくれ。』と、一寸左の掌《て》を出して、拝む真似をして笑つて、言ふと、長田は、唯ジロ〳〵と、笑つてゐたが、暫時して、

『あの女は寝顔の好い女だ。』

と、一口言つて私の顔を見た。

　私は、その時、ハッとなつて、『ぢや愈々』と思つたが強ひて何気ない体を装ふて、

『ぢや、買つたのかい？』と軽く笑つて訊いた。

『ウム！………一生君には言ふまいと思つてゐたけれど、………此間《このあひだ》行つて見た。フ、ン！』と嘲笑《あざわら》ふやうに、私の顔を見て言つた。

『まあ可いさ。何うせ種々の奴が買つてゐるんだから、………支那人にも出たと言つてゐたよ。』私は固より好い気持のする理由はないが、何うせ斯うなると承知してゐたから、案外平気で居られた。すると、長田は、

『フ、ン、そりや其様なこともあるだらうが、知らない者なら幾許買つても可いが、併し吾々の内の知つた人間が買つたことが分ると、最早連れて来ることも何うすることも出来ないだらう！………変な気がするだらう』と、ざまを見ろ！好い気味だといふやうに、段々恐い顔をして、鼻の先で『フ、ン！』と言つてゐる。

『変な気は、しやしないよ。』と避けやうとすると、

『フ、ン！それでも少しは変な気がする筈だ。………変な気がするだらう！』劣け吝みを言ふな。嘘だらう、といふやうに冷笑する。

　それでも私は却つて此方から長田を宥めるやうに、

『可いぢやないか。支那人や癩病と違つて君だと清浄に素性が分つてゐるから。………まあ構はないさ！』と苦笑《にがわらひ》に間切らして、見て見ぬ振りをしながら、一寸長田の顔を見ると、何とも言へない、執念深い眼で此方を見てゐる。私は、慄然《ぞつと》するやうな気がして、これはなるたけ障《さは》らぬやうにして置くが好いと思つて、後を黙つてゐると、先は、反対《あべこべ》に、何処までも、それを追掛けるやうに、

『此の頃は吾々の知つた者が、多勢彼処《おほぜいあすこ》に行くさうだが、僕は、最早あんな処に余り行かないやうにしなければならん。………安井なんかも、屢く行くさうだ。それから生田なんかも時々行くさうだから、屹度安井や生田なんかも買つてゐるに違ひない。生田が買つてゐると、一番面白いんだが。アハ、、、、だから知つた者は多いアハ、、、、』と、何処までも引絡《ひつから》んで厭がらせを存分に言はふとする。生田といふのは、自家に長田の弟と時々遊びに来た、あの眼の片眼悪い人間のことだ。………あんまり執拗いから、私も次第に胸に据ゑかねて、『此方が、初め悪いことでも、しはしまいし。何といふ無理な厭味を言ふ。』と、

今更に呆れたが、長田の面と向つた、無遠慮な厭味は年来耳に馴れてゐるので尚ほ静《じつ》と耐らへて、

『君と青山とは、一生岡焼をして暮す人間だね。』と、矢張り笑つて居らうとして、フッと長田と私との間に坐つてゐる右手の饗庭の顔をみると、饗庭が、何とも言へない独り居り場に困つてゐるといふやうな顔をして私の顔を凝乎見てゐる。その顔を見ると自分は泣き顔をしてゐるのではないか。と思つて、悄気《しよげ》た風を見せまいと一層心を励まして顔に笑ひを出さうとしてゐると、長田は、ます〳〵癖の白い歯を、イーンと露して嬲《なぶ》り殺しの止めでも刺すかのやうに、荒い鼻呼吸《いき》をしながら
『雪岡が〇〇〇奴だと思つたら厭な気がしたが、チエッ！此奴姦通するつもりで〇〇〇〇れと思つて汚す積りで〇〇〇〇つた。ハヽヽヽ、君とお宮とを侮辱するつもりで〇〇〇〇つた。』と、せゝら笑ひをして、悪毒く厭味を言つた。

　けれども私は、『何うしてそんなことを言ふか？』と言つた処が詰まらないし。立上つて喧嘩をすれば野暮になる。それに忌々しさの嫉妬心から打壊しを遣つたのだ。といふことは十分に飲込めてゐるから、何《なに》事に就けても嫉妬心が強くつて、直ぐまたそれを表に出す人間だが其様なにもお宮のことが焼けたかなあ。と思ひながら、私は長田の嫉妬心の強いのを今更に恐れてゐた。

　それと共に、また自分の知つた女をそれまでに羨まれたと思へば却つて長田の心が気の毒なやうな気も少しはして、それから、さういふ毒々しい侮辱の心持ちでしたと思もへば、何だかお宮も可哀さうな、自分も可哀さうな気分になつて来た。私はそんなことを思つて打壊された痛い心と、面と向つて突掛《つゝかゝ》られる荒立つ心とを凝乎と取鎮めやうとしてゐた。他の二人も暫時黙つて座が変になつてゐた。すると饗庭が、

『あゝ、今日会ひましたよ。』と微笑《にこ〳〵》としながら、私の顔を見て言ふ。

『誰れに？』と、聞くと、

『奥さんに。』

　すると長田が、横合から口を出して、

『僕が会へば好つたのに。………さうすれば面白かつた。フヽン。』といふ。私は、それには素知らぬ顔をして、

『へーえ！何処で？』と聞くと
『つひ、其処の山吹町の通りで。』

『何とか言つてゐましたか。』

『いえ。別に何とも。………唯皆様に宜く言つて下さいつて。』

　すると、また長田が横から口を出して、

『フヽン。彼奴も一つ俺れが口説いたら何うだらう。ハヽツ』

と、毒々しく当り散す。

　それを聞いて、仮令口先だけの戯談《じやうだん》にもせよ、ひどいことを言ふと思つて、私は、グツと癪に障つた。今まで散々、種々なことを、言ひ放題言はして置いたといふのに。お宮は何うせ売

り物買ひ物の淫売婦だ。長田が買ないッたつて誰れが買つてゐるのか分りやしない。先刻から黙《だまあ》つて聞いてゐれば、随分人を嘲弄したことを言つてゐる。それでも此方が強ひて笑つて聞き流して居やうとするのは、其様な詰まらないことで男同志が物を言ひ合つたりなどするのが見つともないからだ。

　お雪は今立派な商人《あきんど》の娘と、いふぢやない。またあゝいふ処にも手伝だつてもゐたし以前嫁いてゐた処もあんまり人聞きの好い処ぢやなかつた。あれから七年此の方、自分と、彼《あ》ゝなつて斯うなつたといふ筋道を知つてゐるが為に、人を卑すんでそんなことを言ふが。仮令見る影もない貧乏な生計《くらし》をして来やうとも、また其の間が何ういふ関係であつたらうとも、苟めにも人の妻《さい》でゐたものを捉かまへて、『彼奴も、一つ俺が口説いたら何うだらう。』とは何だ。此方で何時までも温順く苦笑で、済してゐれば付け上つて虫けらかなんぞのやうに思つてゐる。言つて自分の損になるやうな人間に向つては、其様なことは、おくびにも出し得ない癖に一文も、たそくにならないやくざな人間だと思つて、人を馬鹿にしやがるないツ。

　と、忽ちさう感じて湧々《わく〳〵》する胸を撫でるやうに堪へながら、向の顔を凝乎と見ると、

　長田は、その浅黒い、意地の悪い顔を此方に向けて、ジロ〳〵と視てゐる。

『彼奴も俺が口説いたら何うだらう。』と、いふその暴け糞な出放題な言ひ草の口裏には、自分の始終行つてゐる蠣殻町で、此方が案外好い女と知つて、しごきなどを貰つた。といふことが嫉けて嫉けて、焦《じ》れ〳〵して、それが其様なことを口走つたのだといふことが、明歴《まざ》と見え透いてゐる。

　さう思つて、また凝乎と長田の顔色を読みながら、自分の波のやうに騒ぐ心を落着け〳〵してゐたが、

　饗庭は先刻その長田の言つた言葉を聞くと、同時にまた気の毒な顔をして私を見てゐたが、二人が後を黙つてゐるので、暫時く経つてから、何と思つたか、

『あの人可いぢやありませんか。……私なんか本当に感服してゐたんですよ。……感服してゐたんですよ……』と、誰れにも柔かな饗庭のことだから、平常《ふだん》略《ほ》ぼ知つてゐる私の離別に事寄せてその場の私を軽く慰めるやうに言ふ。

『えゝ、何うもさう行ない理由《わけ》があるもんですから。』と詳しく事情を知らぬ饗庭に答へてゐると、また長田が口を出して、

『ありや、細君にするなんて、初めから其様な気はなかつたんだらう。一寸家を持つから来てくれつて、それから、ずる〳〵にあゝなつたんだらう。』と、

　にべも艶もなく、人を馬鹿にしたやうに、鼻の先で言つた。

　私は、成程、男と女と一緒になるには、種々な風で一緒になるのだから、長田が、さう思へば、それで可いのだが、饗庭が、仮令その場限りのことにして、折角さう言つて、面白くも無い、

気持を悪くするやうな話を和げさうとしてゐるのに、また面と向つて、そんなことを言ふ。何といふ言葉遣ひをする人間だらう！と思つて、返答の仕様もないから、それには答へず、黙つてまた長田の顔を見たが、お宮のことが忌々しさに気が荒立つてゐるのは分り切つてゐる。さう思ふと、後には腹の中で可笑くもなつて、怒られもしないといふ気になつた。で、それよりも寧そ悄気た照れ隠しに、先達つての、あのしごきをくれた時のことを、面白く詳しく話して、陽気に浮かれてゐた方が好い。他人《ひと》に話すに惜い晩であつた。と、これまでは、其の事をチビリ、チビリ思ひ出しては独り嬉しい、甘い思ひ出を歓しんでゐたが、斯う打ち壊はされて、荒されて見ると大事に蔵つてゐたとて詰まらぬことだ。――あゝそれを思へば残念だが、何うせ斯うなるとは、ずつと以前『直ぐ行つて聞いて見てやつた。』と言つた時から分つてゐたことだ。と種々なことが逆上つて、咽《の》喉《ど》の奥では咽ぶやうな気がするのを静《じつ》と堪へながら、表面《うはべ》は陽気に面白お可笑く、二人のゐる前で、前《さつき》言つた、しごきをくれた夜の様を女の身振や声色まで真似をして話した。

主観と事実と印象

一

七月七日の夜《よ》は、糠のやうな五月雨が、しと〳〵と降つてゐた。

三十五で、独身者《もの》で、余所《よそ》の二階に同居してゐる、雪岡は今日も朝から、種々《いろ〳〵》な用事で、書肆だの、知人だのを訪ねて、一日暮した。夜は書き物をしようかと、心に元気を付けて見たが、何だか物足りなくつて寂しくつて興が無い、何処か話しに行《ゆ》く処は無いか。と、方々先輩、知人のことを考へて見たが、さて別段珍らしい興の湧きさうな処も無い。その中では、矢張り柴野さんの処が面白さうだ。彼家《あすこ》へは、五月の廿六日に行つたきり、行かぬ。加之《それに》、昨日《きのふ》到来の手紙に就いて、一寸誤解を解いて置かねばならぬ。あすこへ行かうと。雪岡は、遽《には》かに決心した。乍併《しかしながら》市街の電車で行くのは、何といふ理由《わけ》はなく、唯、折角興を催ふす為に行く今晩を、途中で無趣味にして了ふやうな気がして、厭だ、無駄だけれども、目白の停車場まで人力車《くるま》で行つて、それから郊外電車で行かう。あの電車は広くつて、大きくつて、心地が好い。と、雪岡は、

『少し遅くなるな。』と思つたが、新らしく歯を入れた足駄を穿いて、傘を翳して、七時半から出掛けた。

目白の停車場では、寂しかつた。プラットホームの亜鉛板《とたん》の屋根に、雨滴《あまだれ》の音が繁かつた。

長い百人乗りの車室には、乗客《ひと》が二三人しか乗つてゐない。向の入口の処では、雨除けに夏外套を被《はほ》つた五十ばかりの人が、気楽さうに低声《こゞゑ》で謡曲を唸つてゐる。初めは誰れが遣つてゐるんだらうと思つてゐたが、静《じつ》と気を付けて聞いてゐると、その人間の処から声がして来る。雪岡に二間ばかり離れた入口《はいりくち》の、直ぐ脇では、池袋から乗つた、子供を十文字に脊負つた、三十恰好の細君が、紅葉全集の何巻かを、包みから取出して見てゐた。些《ちよい》と好《い》い細君だな。と思つて、彼れは幾許かの興味を以つて、その方を見てゐたが、細君は巣鴨で降りて了つた。

日暮里の停車場から、柴野さんの処へは、さまで遠くない。今晩は在宅《うち》だらうと思つて、玄関に立つと、女中のおしげさんが、ランプを持つて出て来て、

『上野で、会があつていらつしやいました。………今晩も十一時頃になるでせう。』と、絶望的なことを言ふ。

『新ちやんは？』と聞くと、

『新ちやんも、今、其処へ旦那さまの下駄を持つていらつしやいました。』

と、言つたきり、上れとも、少し待てとも言はなかつたが、雪岡は、

『ぢや、折角遠方を来たのだから、また何時かのやうに待つてゐませうか、新ちやんの帰るまでゞも。』

『えゝ、何卒お上んなさい。』

彼れは、上つて客間に通つた。其処へ、おしげさんは、座蒲団を型の通り二つ並べたが、暑くつて、蚊がゐて、静としてゐられない。

『おしげさん。大変な蚊だねえ。此方《こちら》の先生の書斎の方が好《い》いよ。』と、言つて、襖を明けながら、

『あゝ、此処が好い、此処が好い、椅子があるから。』と、雪岡は椅子に腰を掛けた。

さうして、書卓《てーぶる》に眼を遣ると、新らしい、水色表紙のアーサー・シモンスの Cities of Italy が置いてある。彼れは、直ぐそれを手に取つて披いて見ながら、これは、去年始めて、何処か、知人《しりびと》の処で見て、その時フト眼に留つた Bolagna の処が、ひどく気に入つてゐたのだ。その書き出しに This sad and learned city ——此の悲しき、学問のある市《まち》——それからして気に入つてゐた。それから、シモンスは、以太利《いたりー》の南の都会《まち》 Naples から、此市《こゝ》へ来て、俄かに North を感じた。と言つてゐる。さうして寂しき旅舎の寝床《ベツト》に横はりながら、静かに、窓外に疎雨の過ぐる音を聞いた。と書いてゐる。其処は雪岡の、始めて此の書《しよ》を見た時から忘れられぬ処であつた。過日かも此処でシモン

スの話が出た時に、雪岡は、そのボロニアの処を話した。今、その書《ほん》が、柴野さんの処にあるので、先生、買つたな。と、思つて見た。

それを、机の上に置いて、此度は、右手の書架の方に眼を遣ると、板で以つて、極めて無雑作に拵へた、その大きな棚には、乱雑に、嵩張た原稿だの、雑誌だのと一所に、赤い立派な表紙の、鷹揚な体裁のギボンの「羅馬《ろーま》史全集」。クローマーの「埃及《えぢぷと》経営策」。ウオルタア、ペータアの「文芸復興期論」。「快楽家メリアス」。サンターヤナの「ライフ、オブ、リーゾン」。アーサー、シモンスの「ウイリアム、ブレーク」。「七芸術研究」。「演劇、音楽」などが眼に着く。

けれども、何だか蒸々《むし〳〵》して静としてゐられない。雪岡は、書斎と客間とを行つたり来たりしながら、

『おしげさん。蚊がゐて仕様がないねえ。………僕は、もう帰らうか知らん。』と、またしても、言ふ。

『ぢや、今、蚊いぶしを買つて来ますから少しお待ちなさい。………一寸、留守を頼みますよ。』

と、言つて、おしげさんは出て行つた。

雪岡は、何うしやうか。帰らうか。でも随分遠方を来たんだから。と思ひあぐんで、此度は縁側を彼方此方《あちらこちら》歩いてゐた。

すると、暫時《しばらく》して、玄関に音がして帰つて来た。

『おしげさん。私、もう帰るよ。』

さう言ひながら、返事が無いと思つてゐたら、新ちやんが帰つて来たのであつた。

『おや、新ちやん。お帰んなさい。また来て、待つてゐますよ。………叔父さんは会ですつてねえ。何処の会です？』

其処へ、おしげさんは、向の方の裏木戸を明けて、庭園《には》さき、の暗に顔を出しながら、

『おや、坊ツちやん、最早《もう》お帰んなすつたの！　まあ早いこと。………私も、今、蚊いぶしを買ひに行つて来ました。』

雪岡は、二人に戯弄《からか》ふやうに、

『何うです。また此な間のやうに、一同で、隠れん坊《ぼ》をしませうか。』

『いや！………雪岡さん、あんなことを新聞に書くもんですから、私達ひどく叱られたわねえ坊ちやん。』

『何と言つて？』

『何と言つてツて。………お客様と、そんな隠れん坊なんかするものがあるものか。………馬鹿がツて。』と、おしげさんは、そんな怨みを言ひながらも、馴々しくはしやいでゐる。

『隠れん坊には、もう懲々しましたよ。………あとで、非道く叔父に叱られて了つて。』と、温順な新ちやんは、雪岡の腰を掛けた椅子の傍《そば》に、坐つて、優しく笑ひながら言つた。

『さうですか。それはお気の毒でした。もう書きません。』

『本当に懲々して了つた。その他、方々に行つて笑はれました

よ。』

『方々つて、何処で？』

『此な間「中央公論社」に使者《つかひ》に行つたら、麻田さんが、隠れん坊をしましたつてねえ。と言うて。………それから千葉さんの所へ行つたら、彼家でも笑つてゐました。………あの千葉さんが、義太夫の稽古に行かれる途中で風に吹かれると、先へ行つてから声が出なくなる。といふ処を。……新聞に書かれたねえツて！』

『アハ……さうでしたか。私もその内、千葉さんの処へ遊びに行つて見ませう。』

『本当に懲々しましたよ。』と、新ちやんは笑つてゐる。

『会は上野の何処であるのです？　何の会？』

『えゝ、屢く家内《うち》でする、哲学の会なんですけれど、今度は、今年のお仕舞だからつて、上野の鶯亭であるんです。……早稲田の大杉さんだの、白松さんだの、関さんだの。それから大学の紀平さん、得納《とくなふ》さん、大島さんなどです。』

『あゝさうですか。………鶯亭て、何処？』

『すぐ彼処《あすこ》の新坂の上の左手です。………鉄道の踏切りの上の。』

『あゝ分りました。〳〵。ぢや僕其処へ行つて見てやらう。帰途《かへり》に白松君など、同伴《つれ》があつて好いから。』

　暫時して雪岡は、その鶯亭に行つた。

二

　夜の五月雨は、上野の森に煙つて、新坂の暗を照した蒼白い瓦斯燈の火光《ひかり》が、黒い青葉に、芝居の背景を見るやうに映つてゐる。

　雪岡は、好い夜の景だな。と思つて人足絶えた、九時頃の、上野の森の中に、静と立つて、暫らく見惚《みと》れてゐた。

　あるとも思はれぬ風に誘はれて、時々パラ〳〵と、急に降つて来たのでは無いかと思はれるやうに、桜の小梢《こずゑ》から雨滴《しづく》が落ちかゝつた。

　鶯亭の玄関に立つて、取次を頼むと、柴野さんは出て来た。

『やあ、雪岡君。お上んなさい。……一同《みんな》君の知つた人達ですよ。……白松君も来てゐます。此室《こつち》です。……君も少し早く来ると好かつたんですが。……今丁度、飯を食つた処でした。』

と、例《いつも》の通り、優しく言つて、廊下を先に立つた。

『これ、雪岡春江君です。』と、柴野さんは、室に入りながら紹介をした。雪岡は、其処に坐つて、挨拶をしながら、見ると、洋服を着た人達が碁を打つてゐる。白松君も関君もゐる。

　柴野さんは、襖を取外《とりはづ》した二間続きの、向ふの、誰れも居らぬ方に、そのまゝ立つて行つて、雪岡の方を見ながら、

『雪岡君、此方へ来給へ。』と、言つてゐる。

　雪岡は、多勢《おほぜい》ゐる処を通りかねて、一寸、と惑うたが、庭に

向いた、踏み石の方に廻つて、其処にあつた庭下駄を突掛けて、下から行つた。

見ると、高い見晴《みはらし》の、暗い夜の景に、何処のか、大きな棟の輪郭をしたイルミネーションが、まづ眼に付く。その他数へ切れぬほどの燈火《ともしび》が、闇に浮いてゐる。直ぐ崖下では、大きな停車場らしくカーン〳〵と鉄を叩く音がして、汽鑵車の吐く白い蒸気が、庭園を取巻いた生垣の、直ぐ向に、フハ〳〵といふ大きな音と同時に、湧き上つた。

座敷の火光に、雨に濡れた地上《ぢびた》が光つてゐる。其処へ、白だの、薄青だのゝ支那椅子が彼方《あつち》にも此方《こつち》にも立つてゐる。雪岡は、

『好い景色ですねえ。』

と、言ひながら、踏石に上つて、柴野さんに向つて、座敷口に腰を掛けた。

『昨日は、お手紙を伺うも。………昨日、上らうかと思つたのですが、今晩遅くから、今、お宅の方に上つて、此方《こちら》と聞きました。』

『えゝ、此処直ぐ分つたでせう。』

『直ぐ分りました。』

それから、柴野さんと雪岡とは、暫時手紙の一件に就いて、和解的な談柄《こと》を話してゐた。その事に就いては柴野さんの方が余計弁じた。

するど、柴野さんは更に話頭を転じて、

『あゝ、シモンスの Cities of Italy を買ひましたよ。』と言ふ。

『えゝ、今、お宅で、お買ひになつたな。と思つて一寸見ました。……ようございませう。』

『シモンスは旨《うま》いですねえ。………君が言つた、あのボロニアの処をも一寸見ましたがな。………僕は、あのカンパニアの処が大変好いと思つて、見てゐました。』と、柴野さんは、意味《しゆみ》深さうに言ふ。

『あゝ、さうですか。………先生！　私は、ノベリストでも立派になれば、それは好いとは思ひますが、併し私は、何だか、小説家といふのは、厭です。同じ筆を執るならそれよりも彼様なアーサー、シモンスの遣つてゐるやうな仕事の方が為たいんです。さうしたら、自分でも満足だらうと思ひます。』と、雪岡は腹から出るやうに言つた。

『然《う》む！………君には、シモンスに大分《だいぶん》共通した点がある。………あるなあ、あるがね。併し、君、僕は、誰れに向つても、好い処は賞めるから、その代りお世辞も言はないからねえ。………君、も少し読書をしなければ可けないよ。そりや読書は全部ぢやないがね。併し書《ほん》も必要だからねえ。』と柴野さんは、毎時も、雪岡に向つて屢く言ふことを、優しく忠告的に言つた。

『えゝ、私も、それや承知してゐるには、してゐるんですが何か書かなければ食へないし。食ふには評論では駄目だし。相変

らず、人生不如意なことばかりです。』

と、雪岡もまた、柴野さんに、さう言はれゝば、毎時も屡く、返事する通りのことを、同じやうに言つた。

『アーサー、シモンスのやうな見方も、あれで面白いんです。事物《もの》を実質の方から見ないで、斯う細い断片的な印象を精しく見て、其処に truth があるといふ見方も成立つんですねえ。』柴野さんは本領の哲学《フィロソフィカル》的な言ひ方をした。

　雪岡は、『えゝ、〳〵』と、黙つて、その静かな口調を心地好く聞きながら、かういふ五月雨の音をも立てず降る夜を、鶯亭の高い見晴《みはらし》で、宛然《さながら》沖《おき》の漁火《いさりび》を見るやうに、人界の燈火の明滅するのを見ながら、柴野さんと、アーサー、シモンスの話しなどをするのを、一寸面白いと思つた。

　女中は、新しく来た雪岡と柴野さんとに、番茶を運《はこ》んだ。暫時経つてたら、またガラスの酒盃《こつぷ》に桜湯を持つて来た。

　羊羹の皿と蒸菓子の皿とが、眼の先に二つ並んでゐた。

　今晩は Bradley の何とかを読んだのださうで、それが済んで、その後夕飯があつて、一同少しづつまだ、顔に酒のあとが残つてゐる。分けても酒の飲《い》けぬ柴野さんは、苦しさうな呼吸《いき》をしてゐる。何となく、もう皆《みん》な少し疲れたといふやうである。

『好い処でせう。此処は。』

『えゝ、好い処です。』

『今晩、雪岡君泊つて行き玉へ。』

『えゝ、ありがたう！』と言つて、雪岡は考へてゐた。

　もう散会といふ処になつて、帳場で、会計に永く手間を取つた。皆《みん》なは立ちながら話してゐた。

『関君、君は何時故郷《くに》へ行きます？』

と、誰かゞ言つてゐる。

『多分、来月になるだらうと思つてゐますが。』と、返事してゐるらしい。

　向の方から、柴野さんが、

『あゝ、得納君、君の James の Universe を僕序に借りて行くよ。』と言ふ。得納さんが、

『あゝ』と言ふ。

　やがて勘定が済んで、一同《みんな》ぞろ〳〵と、玄関に出た。深夜の森は、いよ〳〵雨に煙つて、時々パラ〳〵と音がして雨が落ちる。柴野さんが

『降つてゐるのかねえ？』と言ふ。

『降つてやしない。風で雨滴《しづく》が落ちるのだらう。』と、誰れかゞ言つた。

　柴野さんと雪岡とは、一同に分れて新坂を下りて、何か話しながら根岸道を、柴野さんの宅に戻つた。

三

　二人は、一としきり話して、又寝ながら話した。

寝床が変ると、すぐ神経が亢奮して容易に寝付かれない雪岡も、此家《こゝ》では、度々泊るのと、柴野さんの、優しい口調の、併も品の好い話を聞きながら、それを添乳のやうな心地で、彼れは横になると、間もなく微睡《うと〳〵》しかけた。

柴野さんは、頻りに話してゐる。それに、雪岡は、

『えゝ、〳〵、〳〵』と、唯、返事してゐる。

柴野さんは、種々《いろ〳〵》の話題《トピツク》の中に斯ういふことを言つた。

『僕は、何うも奈良原紅風のやうな説には賛成出来ないんだねえ。それは趣味の論としては、面白いにや面白いけれど、例へば吉原にしても昔時《むかし》のやうでなければ不可いとか、今のやうに、病気の検査などがあつては遊郭といふものゝ趣味がないとか、芝居などでも、出方が、昔時のやうに毛ずねを出したりなどしてゐるから面白いので、今のやうに、あんな裁付《たつゝ》け袴などを穿いてゐては、芝居といふものを見る興味が大半減じられる。とか言ふのは、それや、徳川時代は、社会の種々な理由からさうであつたので、何も毛ずねを出すとか娼妓《おいらん》といふものゝ検査をせぬとかいふのが趣味があるのではない。それはその時代々々の状態が止むを得ずさうであつたので、検査をしないよりか、矢張りする方が好い。そんなら今、検査を止して見たら何うかといふのに、矢張り徳川時代とは違つてゐる。今日は、今日で、またそれ〴〵その時代の習慣に伴うた趣味が出来て来つゝあると思ふ。………今だつて、既に出来てゐる点もあると、思ふ。』

『えゝ。〳〵。』

『その他何うもあの人の説は、偏狭だと思ふ。さうして同じ趣味のことを言つても、何うも、大勢の人が苦しんでゐるのを、自分だけ、別な高い処にゐて馬鹿にして冷笑してゐるやうな処があつてその大勢の人が苦しんでゐる内部の事情などは分らないで、そんなことには同情も何も無く、唯、それを笑つてゐるといふやうな処がある。………シエレイも書いてゐるし、その他多勢書いてゐるが、昔時希臘《ギリシヤ》にプロメシユウスといふものがあつて、それが、人間に始めて火食の術を教へた。すると、神が何故教へた？　と言つて怒つた。プロメシユウスは、それに答へて、教へたのが何故悪い？　人間を幸福にするのは可いぢやないか。と言つた。静と苦んでゐるのを見てゐないで、苦痛なら救つてやるのは可いぢやないか。と、言つた。といふ話があるが、僕は、その苦しんでゐるのを、冷笑して見てゐないで降りて行つて解いて遣るのが、何うもNobleだと思ふねえ。奈良原紅風のは何うも唯冷笑してばかりゐるといふ処がある。』

雪岡は、次第に睡くなつて、『えゝ、〳〵』といふのも、心の努力を要するやうになつて来た。その内柴野さんの声も、止んだ。

四

翌朝《あくるあさ》、雪岡は、フト心好い眼を覚して見ると、もう柴野さ

ん、新ちやん、おしげさんなどの声がして、縁側を歩く音などが枕《まくら》頭に響く。

雪岡は、も少し寝たい。と思つたが、威勢よく起きて、縁側に出た。雨は上つて、白い五月雨晴れの空に日が眩しく照つてゐる。

縁側では、白い瀬戸ひきの金盥に、ガラスの酒盃と一所に水を溢《こぼ》れるほど入れて、その傍《そば》にシヤボンと、手拭と、歯磨《はみがき》粉と、竹楊枝とが置いてある。

雪岡は、庭下駄を見て、それから顔を洗ふ道具を一切持つて、向の方の井傍に下りて行つた。座敷に戻ると、もう膳が出てゐる。

雪岡は、何か言ひながら、書斎と、客間との境に立つと、そこの書棚と壁との辺《へん》で、猫の児の泣く声がする。昨夕《ゆふべ》も、時々猫の声に眼を覚させられたが、『また児を産んだのかな。』と、思つて、

『また猫が児を産みましたか。何処にゐるんだらう?』と言ふと、

柴野さんと、新ちやんとが、

『えゝ。』と言つてゐる。

『新ちやん、一寸、出して見せて下さい。』

新ちやんは、

『此処ですよ。』と言つて、書棚の前に立つた。

見ると、一番下の棚の、本の重つた奥の処に、焦茶色の斑《ぶち》が二つと、白い処の多い三毛が一つと一つ処に団子のやうに固つてゐる。

『やあ、ゐる〳〵。あすこにゐる。』と、言つて雪岡は笑つた。新ちやんも笑つた。

座敷で柴野さんも、

『えへ。』と言つて温順《おとな》しく笑つてゐる。

『こら、出ろ、〳〵。』と言ひながら雪岡は、本を小口から取除《の》けて掛つた。

二つは、モク〳〵してゐるのに、一匹、斑点《ぶち》の丸々肥つた奴が、小さい癖に、可愛《かあい》い口を明けて、『フウ!……フウ!』と言つて、棚の奥に立ち上つたやうにして、手で引掻く真似をする。

『ホウ!　此奴は強い!……こら!　そんなに怒るなよ。』と、雪岡は面白がつてゐる。

『それは、きついんですよ。ウフ……』と、新ちやんも笑つてゐる。

柴野さんが、『一匹、元気なのがゐるでせう!』と、座敷から言つた。

『新ちやん、摘み出して御覧なさい!』

新ちやんは、上手に摘んで出した。三匹は、ぞろ〳〵座敷を歩いた。その一匹の奴は、歩きながらもまだ『フウ〳〵』言つ

て、毛を逆立つて、脊を円くしてゐる。

『皆な雄ですか。』

『いや。………その白いのが一匹雌です。』と言つて、新ちやんは、それを一寸《ちよいと》摘み上げた。

『好い猫ですね。あゝ、私も飼ひたい！』と、雪岡は仰山に、子供のやうなことを言つた。

　それから朝飯《めし》になつた。

五

　朝飯が済んでから、柴野さんは、

『君、失敬ですが、………僕、今日、十時から卒業式があるものですから、それで行かなくちやならないんですが。』と、軽く気の毒さうに言つた。柴野さんは、専攻は哲学であるが、ある高等実業学校の教授で、英語を受持つてゐるのである。雪岡は、それと聞いて、

『あゝ、さうですか、それは失礼しました。私はちつとも構やしません。』

　雪岡が構はない如く、柴野さんも、さう気の毒とも思はなかつたのである。

　柴野さんは、直ちに立つて、フロツクコートに着更へ始めた。時としては、神経的に沈み込むが、平常《ふだん》は、挙動に落着の無い雪岡も、また続いて立つた。さうして、柴野さんが、新ちやんだの、おしげさんだのに手伝はれて、洋服を着てゐる傍に行つて、

『あゝ、さう〳〵！　先生に、一つ哲学上の問題に就いてお尋ねすることがあつたんです。………先生、………例へばですね。此処に一人の人物があつて、それがある性格と、閲歴とを備へてゐて、更にまた違つた場合に、違つた言動をする。その際のその違つた新しい言動も、仮令《たとひ》断片的のものであつても、矢張しその人物の性格が有つてゐる言動に違ひないんでせう。………つまり言ひ換へれば、昨夕のお話のアーサー・シモンスが、極く断片的な印象を捉《つか》へて、其処に真理《ツルース》があるとすると同じ道理なんですが、その言動は事実《じつ》でせう。………？』と、早口に訊いた。柴野さんは、

『えゝ、………さうです。事実《ファクト》です。………』

　柴野さんは、考へ出した。斯ういふ話になると、黙つて何時までゞも考へるのが柴野さんの特質《くせ》だ。さうして、その沈黙の時間に何か張り詰めてゐる意味があるやうだ。

　二人は一所に門を出た。さうして歩きながら、雪岡が、また斯う聞いた。

『先生！　それからまた斯う言ふ事実《じつ》もあるでせう。………例へば、アーサー・シモンスが、以太利《いたり》の、ある市《まち》で、仮りに、或る寺院《カセドラル》を見たとする。処が、そのカセドラルは、古いローマンチツクな建築であつて、其の辺には緑の樹木が鬱蒼として茂

つてゐて、それに今、白い雨が降りかゝつてゐるとする。さうすると、遠くからは、その古い寺院が銀鼠の色に見える。然るに、そのカセドラルは、傍で見ると、薄い黒い色の建築材料であつたとする。其の場合に、遠くから見た銀鼠の色は、嘘か。といふに、嘘ではないでせう。………事実《じじつ》でせう?………』

『えゝ、そりや事実《じじつ》です。銀鼠の色は事実《じじつ》なんです。寺院は、その時実際、銀鼠の色をしてゐたのです。人間の性格だつて、その通りで、例へば、平常、品性の高い人物として、眼に映つてゐる。然るに、それに矛盾した行為をしたとする。その時は、従来《これまで》の経験によつては、品性の高い人として見てゐたのが、一朝、俄かに品性の高くない人間であつたと分る。成るほど高いらしい処もある。が同時にまた低い処のあるのも事実《じじつ》だといふことになる。けれども、また、それに類似した場合に品性の高い人が、俄かに卑しい行為《おこなひ》をしたやうに思はれる。で、あの人は、案外、従来と違つて、品性の低い人だと思つてゐる。すると、それが、後になつて、此方の誤解であつたといふことが分る。其様な場合には、印象が、自己《おのれ》を欺むいてゐる。』

『えゝ。〳〵。』

二人は、通行の少い根岸の裏道を、坂本二丁目の停留場《ば》を目的として歩きながら並んで話してゐる。

柴野さんは、更に話を続けた。

『ですから、凡て、此方の主観で、物は決するでせう。………例へば画家が、山を描く場合に三十里も遠方に在る山が、一朝空気や光線の関係によつて、三里ぐらゐしか離れてゐないやうに見える。その時は、山は、三里しか隔つてゐないのです。実際三里の近くに、山はあるのです。画家はその通りに描いて好いんだ。けれども、本当の山は矢張り三十里の処に在つて、少しも動かない。朝、起きて見ると、昨日の晩に見た山が今朝《けさ》は直ぐ眼の前に近寄つて来たやうに思はれる。その時は、事実《じじつ》、山が直ぐ眼の前に在るのだ。実際山が近くに来たのだ。が、従来の種々な経験や、その他地理上の智識によつて、山は動くものでないといふことを知つてゐる。で、否、これは山が近くに来たのでなくつて、空気や光線の具合で近くに来たやうに思はれるのだと思ふ。………ですから印象は真理として好い理由《わけ》なのです。道徳だつて、印象的に行つて好い理由なんです。………好い場合もあるんです。色彩的な行状を遣つても別に悪いとは言へないんだ。けれども、永い間の経験に教へられて、吾々は、その時々の欲望を発作的に満足さしても、それが直ぐ後になつて、全体の自己に障害を興へる結果を来す。それ故、発作的に、唯その折々の欲望を満足さすことが果して善いか、悪いか。といふことになつて来るんです。でなければ、印象的な色彩のある行為をしても差支へないんですねえ。………』

『えゝ、〳〵、〳〵。』と、雪岡は、それに答へながら、一方では、腹の中で、自分の道徳的行為に就いて敏感に考へてゐた。

さうして、自分の従来行つてゐる多少の色彩的な行状――色彩的だと言うたからとて、此処では必ずしも美しいといふのではない。我儘な、感情の放縦な生活といふことを意味してゐるのである。――その行状が、今何う言ふ結果を来たしてゐるかに聯想せざるを得なかつた。それと共にまた彼れは、斯ういふことをも考へた。

自分は、今ある小説を作つてゐる。さうして、その作にモデルになつてゐる、ある性格に就いて、その性格の全部――或は全生涯――またその腹の中までも分つてはゐない。それ故自分に分つてゐる部分だけを取つて描いてゐる。然らば、此方に見えたゞけの性格は、其の人物の真の属性でないか。何うか。自分は空想を事実《じゞつ》と誤認してゐるのではなからうか。と省みた。が、大丈夫、それは矢張り事実《じゞつ》なのであると分つた。その場合モデルたる人物の言ひ且つ行つたことは、正しく時間と空間との範疇に入るべき事実《じゞつ》として存在してゐたのである。それを取つて材とするは、空想でも虚偽でもない。純乎たる事実《じゞつ》であると思つた。

さう思ひながら、雪岡は、

『先生！　斯うして先生と歩きながら、シモンスだの印象だの事実《じゞつ》だの。といふ話をするのは愉快ですねえ。今朝は、お宅を出てから此処まで来る間が面白かつたですよ。』と、宛然愉快さうに言つた。

柴野さんは、

『えゝ、何時も失敬します。またお出でなさい！』と笑つてゐる。

その内坂本の停留場《ば》に来た。空は段々に白く照つて、強い五月雨上りの光線が、人間や人家や泥濘《ぬかるみ》道を蒸すやうに射して来た。

上野のステーシヨンの前で、柴野さんは浅草行きに、雪岡は、江戸川行きに、乗り換へるつもりで、電車を降りて分れた。

雪岡は、後、一人此度の電車の窓枠に、凝乎と頭を凭せながら、無心になつて見るともなく、向側の女連中の乗客《きやく》を見てゐた。さうしてその一人の、廿四五の細君の縹緻《きりやう》を余り好くない、そして白粉が頸の周囲《まはり》に斑点《まだら》になつてゐて、見にくいと思つた。

すると、広小路を、ジヨキ〳〵〳〵〳〵と、刻むやうな音をたて立てゝ定斎屋が多勢人の往来する間を縫うて通つて行くのに眼が留つた。雪岡は、それを厭ふべき夏の訪づれだ。と思つて、『あゝまた彼奴が来た！』と、腹の中で歎息した。

骨肉

乗客《ひと》が充満《いつぱい》なので、十一月半でも、汽車の中はさまで寒くもない。新橋から山陽線の沿道は珍しくないから見たいと思ふ処もない。加之《それも》心が楽しまぬから、明日の夕暮実家《うち》に帰り着くまでは何うか此のまま斯う静《じつ》として、一つことに想ひ耽けりたい。なるべくならば、乗客の顔も見たくない。声も聞きたくない。

横浜から上陸する人に頼んだといふ手紙であつたといふから、最早《もう》此の線路を通つて遺骨《はゝ》は故郷《くに》に行つたであらうか。四年前シヤトルに行く時には老母と一所に同じ汽車で此処を斯うして乗つて来たのだが骨に成つて、小《ちさ》い函に仕舞はれて、他手《ひとで》に持ち運ばれて、荒い太平洋の波に揺られて、それからまた汽車で二百里を帰つたかと思へば、そんなことまでが、悲しくなつて、取留めもなく気が滅入る。

父親も亡くなつた。上から二人めの兄も亡くなつた。今度はこれで三度めに肉身に死別れたのだ。まだ幼《ちい》くつて、祖母《ばゞ》や両親や多勢《おほぜい》の兄弟と賑やかに育つ盛りの頃は、此の人の世を寂しいの果敢ないのと思ふ心は微塵もなかつたが、段々永い歳月《としつき》を経てゐる間には種々《いろ〳〵》様々な辛いこと、寂しいことが自分から招かずとも自然《ひとりで》に湧いて来る。

仮し帰つてたとて、病んでまだ活きてゐるといふのではないし、骨になつて了つたものが何うなるものぞ。故郷からは、遺骨が着き次第葬式を営むといふ通知《しらせ》をしたきり戻れとも何とも言つて来ない。彼方でも考へは此方と同じなのであらう。

今度の兄の死にやうこそ、生きるも死ぬるも此の世を夢だと思ひ知らしたことはない。祖母は私が十二の時亡くなつた。父親は、十九の時亡くなつた。前《さき》の兄は、二十一の時亡くなつた。その頃は、まだホンの些《ちよい》としたことでも新しい感《かんじ》を以つて胸に触《さは》つた時分のことであつたから、単純な心で、全身を傾けて沁《しみ》沁《じみ》と死を感じ、死を哀れみ、死を悲しむことが出来た。が、今は自分の心が俗世《このよ》の塵に染み、情の色が褪めた所為か、昔のやうに心のありたけ死んだ者を悲しむことの出来なくなつた。自分はそれを情けなく思ふ。

亡兄《あに》の養家《うち》は岡山だが、まづ故郷の実家《うち》の方へ寄つて見やうと思つて帰つて行くと嫂《あね》が一人ゐて、私《わたし》の姿を見ると、いきなり傍《そば》に駆けて来ながらおろ〳〵声で、

『あゝ、京さん。録さんが俄かにあんなことになつて、お母さんも長兄《あに》さんも、もう力を落して了つて………よく早く帰れましたなあ。』

『えゝ、今、帰つて来たばかりなんですが、もう葬式は済みましたか。』

『えゝ、葬式は昨日済んで、長兄さんは、あの手紙が来てから、もう始終其事ばかりに彼方此方《あつちこつち》して居られたが、昨夜葬式が済むと直ぐ帰つて来られて、今日は他の用で停車場《ステーション》の島屋で相談事があるからと言つて朝から行つて居られるんですが、………。』

『あゝさうですか。葬式が済みましたか。お母さんは何うしました。まだ岡山に行つてゐますか。』

『えゝ、お母さんも、それから三石《いし》のお姉さんもまだ岡山《あちら》に居られるでせう。これから直ぐお出でなさるがようございます。長兄さんに会ふには、島屋へも寄つて御覧なさい。』

『えゝ、ぢや直ぐ行つて見ませう。』

私は、久し振りに東京から帰つたのに、立ち話しをするやうにして急いで、乗つて来た車に乗つて、また停車場に引返した。其処までは三十丁。岡山までは汽車で一時間。

停車場の島屋で長兄に会つたが、男同志のこと。

『困つたことになつた。』と言つたきり、長兄は何も言はない。

昨夕《ゆうべ》から汽車の中で寝不足の疲れた体を、また汽車に乗せた。窓から田舎の草屋や枯れ山が寒く、暮れて行くのが見るともなく眼に入つた。

亡兄の養母《しうと》は、私が車を降りて上つて行く処を一番駆けに出て来て、此の人持前の仰山な声で、

『あら……まあ！京さん。録がなあ、貴下、飛んだことになつて了ひましたがなあ。』

飛び附くやうな物の言ひやうをする。笑つてゐるのやら、悲しんでゐるのやら分らない。

嫂も出て来て、

『困つたことになつて了ひましたがな。』

と、寂しさうに、でも何処やら底に元気は落してゐない。と思はれるやうな言ひ方をした。

私は、それに挨拶をしながら、藤野のお母さんは何うしましたか。と聞くと、

『お母さんは、三石の姉さんと、静《しづ》さんの処へ行つて居られる。今晩は彼方にお泊りかも知れません。お母さんも姉さんも、もうその事ばかりで……。』と二人して言ふ。

私はまづ何より先にと、立つて、座敷の間の仏前に行つて坐つた。嫂は

『これが、遺骨です。まあ見て下さい。』

と言ひながら床の位牌を置いた、下の段に種々《いろん》な供物と並べて置いた、粗末な白木の箱を取つて私の前に置いた。その中には大きな茶壷の形をした赤銅《あかがね》の鑵があつて、それを明けると、恰ど石灰のやうな白い粉末《こな》が入つてゐる。

私は驚きながら

『おや遺骨と言つて斯様な物ですか。………、私は、遺骨といふから、矢張し頭の骨とか、また歯でも入つてゐるのかと思つ

てゐました。』

『え、一同《みんな》も同じやうにさう思つてゐましたら、そんな物が入つてゐるんですよ。……日本《こちら》の火葬とは違つて、燃す脂《あぶら》をかけて唯《たつた》十二分間で焼いて了ふんですつて。でも藤野の長兄さんは、此の方が思ひが残らんから却つて好《い》いつて、言つて居られました。三石の姉さんは面白い人だ。どれ、せめて録の臭ひでもしやしないかつて、此の中へ手を突込んで、これを掬《す》くつて、フン〳〵嗅いで見たりして居られました。』さう言つて嫂は寂しさうに笑つた。

『藤野の長兄さんは、さう言はれたけれど、それでもなあ、此様なに白い灰になつて了つたものが何うなりやつて申しますこつてす。藤野のお母さんもこれを見てから尚ほのこと、力をお落しなさつたやうですよ。』養母も口を添へた。

『火葬場の写真や、葬式の時の写真も送つて来てゐるんですが、藤野の長兄さんが、京太郎は何れ帰りはすまいから、詳しく手紙で書いて送るつて、持つて帰つて居られます。』嫂が言ふ。

『さうですか。………イヤまあ何と言つたつて、もう仕様がございません。兎に角、これから一寸静の処へ行つて母や姉に会つて来ませう。』私は母や姉の傍《そば》で其等の悲む心と自分の悲む心とを思ふまゝ打明けたのでなければ、此の兄の死を悲むに不足を感じた。

さう言ふと、二人は
『あら、京さん行《ゆ》かれいでも、ぢや車でお母さんを呼びに遣りませう。お母さんも貴下《あなた》がさぞ力を落して居られるであらうつて、さう言つて居られました。』

で、私は行かぬことにした。静は三石の姉の娘で嫁いて夫と一所に岡山に来てゐる。

やがて母は車に乗つて戻つて来た。

『おゝ、お前戻つたか。』と言つたが、母の眼には最早《もう》涙の跡は見えなかつた。自分は予期した悲みの色が母の顔に出てゐないのを暫らく不思議に思つた。が、その理由《わけ》はよく分つた。私は幼い時から悲しいことに身を傷るほど悲んだのを記憶してゐる。二番めの兄が二十九で亡くなつた時に母が悲んだことを知つてゐる。その時は母もまだ五十五六で、元気が好かつた。悲みを憤るほどの気力があつた。それから十年経つた六十七の母の顔を今静《じつ》と見ると、気のないお婆さん〳〵して、永い歳月の間、種々《いろ〳〵》な失望と悲痛《かなしみ》とに堪へて、もう心の膜が怠《た》るんで了つて、最早今度のことは、新しい鋭い力を以つて此の老体に食ひ入ることが出来ないのであつた。

さうして
『お前、録の遺骨を見たかぇ。あんなに灰になつてゐるよ。』と言つたきり、あと余《あん》り口を利く元気もなさゝうだ。

兄には十二を頭に男の子供が三人あつた。それも悲みを知らぬやうに遊んでゐる。

『子供は何と思つてゐます？』と聞くと、

『他なのはまだ理由がよく分らんから何とも思つてはゐないやうだが、それでも一番大きいのは、分ると思はれて、死んだといふ手紙が来てから引続いて皆《みんな》が彼方此方して賑かであつたから、気が間切れてゐたからでもあらうが、一昨日《をとゝひ》の晩葬式が済んでから藤野や三石の叔父さん達が之れから帰るといふ時になつて俄かに泣き出して、泣いて泣いて止まなかつた。葬式も済んで了つて、皆がボツ〳〵帰つて行くので、それでお父さんが亡くなつたのが明歴《あり〳〵》と思ひ出されたのであらう。………それから新と基とが叔父さんらは帰るがな、お父さんは亡くなつても、叔父さんがゐるから、何にも心細いことはないからな。心配しないで、学校を勉強しなさい。と言つて聞かすと、段々泣き止めたが、一時《ひとしきり》は余り泣くので困つたよ。』と母は、泣き声で笑ひながら言つた。

兄の家《うち》は、街道に沿うた岡山の町外れにあつた。養母は家附の娘で、前の入夫《やうし》に出来た総領に本家を立てさして、二度めの養子に出来た二人の娘と小《ちさ》く別家をしたのであつた。兄はその末の娘に養子になつたのだ。

その夜も町内のお歓喜を貰ふので、私達は皆な奥の一間に入つて、兄が彼方にゐた間の話などをしてゐた。後に商館を止めて、義太夫語りになつたのは、大阪から行ゐてゐた鶴何とかいふ女義太夫に兄の芸が素人にしては苦労人になつてゐるので、買はれたのださうな。一同が此の買はれたといふ言葉に意味を持たして話した。私は、成程兄は女芸人に買はれるやうな男であつた。と思つた。学問を余り好かなかつたから、人間がギクシヤクしないで六ケ敷《しい》理窟も言はず、心に毒がなくつて、誰れに向つても気に障るやうな出過ぎた口も聞かず。さうかと言つて無口《むつつり》でもなく、面白いことなら随分無駄な戯談《じやうだん》を言ふ。それでゐて、ステ、コぐらゐ踊つて、にはかの真似が出来て、流行《はやり》唄《うた》の節を直《ぢき》に覚えて、芸者の三味線くらゐには調子が乗つて、義太夫は岡山《くに》にゐても苦労人に従いて稽古をしてゐた。彼方にゐても一週六日の間はせつせと働いて、日曜一日を、平常《ふだん》を忘れたやうに道楽を楽みにしてゐたのださうな。あんなに世間を楽むことの出来た人間が、何うしてコロリと死んだであらうかと思へば、此の世は何うしても辻褄が会はない。

私は襖の間からソツと座敷の間を覗いて見ると、歓喜の客は十人にも足りない。床の間の仏前も何だか寂しい。燈明の火光《あかり》も一向神々《かう〴〵》しく栄えてゐない。またしてもこんなことにつけても死んだ者が可哀《かはい》さうになつて来る。

嫂は仕舞つてある蒲団を取出して私の床を取つた、子供は二人の祖母と話しながら床に入つた。

翌《あくる》朝起きて見ると、一面霧の立罩めた、遠くの見渡せる広い野面に稲は黄色に露で湿つてゐた。兄の袷の寝衣《ねまき》のまゝ表の庭に下り立つてゐると、寝起きで火照つた身内が朝の風に中《あた》つて、ヒヤ〱と気持ちが好い。

『またもう秋が来た。兄は遠くで死んだ。帰つて教育しやうと楽んでゐた子供を三人残して、死んで空しく灰になつて戻つて来た。自分は今、東京から此処に斯うして来てゐる、東京にも大して面白いことも無い。また東に帰らねばならぬ。併し、何《な》故《ぜ》に帰らねばならぬか、誰れも是非とも帰れと言つて強ゆるものはない。老母には此の世の思ひ、子の思ひに堪へ逆らふだけの力が衰へてゐるのがひどく眼に立つ。東京に帰つて何をしよう？心の目的《あて》がない。』

　此様なことを思つて其処らを歩いてゐると、もう夙《とつく》に起きた子供が上の二人、供物のお配りをして来たと言つて、朝露に濡れた街道を向ふの方の家のある処からヒョン〱飛ぶやうにして笑ひさゞめきながら戻つて来た。

　母は、朝飯《あさはん》が済んでから、『これから静の処に一所に行かう。三石の姉さんにも会つて、まあ久振りに話しをして来やう。……先達つてから、もう死んだ者の話しばかりしてゐる。此方のお祖母さんとも言つてゐることぢやまあ死んだ者は唯一筋道で何にも知らんけれど、生きてゐる者は話しでもして、せめて間切らさうぢやないか。』

　斯う言ふ調子からして何度考へても、何うしても、以前父が死に、前《さき》の兄が死んだ時ほど悲みに崩折れてゐない。心が枯れて悲みが上辷《うはすべ》りがしてゐるのだ。子供を見ても、母を見ても、仏前を見ても、歓喜《くわんき》のお軽少《けいせう》なのを見ても、何も斯も死んだ悲みが、十分に表はれてゐない。私は自分の実家で亡き後を取扱はれた時に比べて、何だか、生死《いきしに》といふことが弄ばれてゐるやうに思はれた。

　姉の処に行くと、之れは元気で、言葉に力を入れて、死んだことを繰返へし〱悔んだ。

『お姉さんはなあ、此度といふ此度こそ他人といふ者は薄情なものぢやと思ふたよ。他人といふものはまさかの時に薄情か薄情でないか分るねえ。此の間藤野から基が録の彼方で死んだ時のことから、それから火葬にした時のことまで詳しく八重さんに托言《ことづけ》をして越してくれたから、私やねえ、さうかなあと思つて、自家の義兄さんが、他処《よそ》から戻つて来ると、直ぐ傍へ行つて、「貴下〱今藤野から基が録のことが詳しく分つたと八重さんに托言をして来てくれましたが、死んだ者の顔を一同して、清潔《きれい》に剃つてそれから新らしい洋服を着せて、棺の中に寝さして、身体《からだ》が一杯埋るやうに、棺の中の空いた処へ種々《いろ〱》な花を入れたんだつて、――此等とは、すつかり違ふんだなあ。………』

　そんなことを始めて聞いた姉は、さういふことを自分の兄弟の身の上にあつたので深く身に沁みて理解《のみこ》めるやうに感心しながら、話して悲みを味ふやうに顔を剃つて洋服を着せて、花で身の周囲《まはり》を埋めたことを繰返し〱言つた。

『それから大勢で火葬場に連れて行つて、脂をかけてたつた十二分間で彼様な白い灰になつて了ふんだつて。清潔な物質《もの》だらう。私や緑の臭ひでもしやせんかと思つて手で掬《すく》つて嗅いで見たよ。』

　姉も、親兄弟がありながら、遠方で死んで、他人手に始末をして貰つた者の最後を、せめても思ひ耽つて、それで自分の心を慰めやうとしてゐるらしい。

『さう言つて義兄《あに》さんに話すと、何うだらう。「えゝもう汚いツ！」さう言つて脇を向いて了つたから、私は腹が立つて腹が立つて、他人といふ者は薄情なものだと思つたよ、それぢやもう聞いて貰はないでもよろしいと言つて、私も怒《おこ》つて遣つたよ。』姉は感慨に堪へぬやうに言ふ。

　私は微笑《ゑ》みながらそれを聞いて首肯《うなづ》いてゐた。傍には母も聞いてゐる。静も聞いてゐた。

『お母さんが余まり執固く言ふものだから、それでお父さんも汚いと言つたんですよ。』と言つて静は笑つた。母も笑ひながら

『このゐがまた思ひだしたら一つことをくど〳〵と思はずにはゐられない性分だから、それで大方新さんもさう言つたんだらう。』と言つて笑つた。

『いや、さうぢやなかつたよ。私もさう思ふがねえ。何ぼ汚くつても、死んだ者では、本当の兄弟と他人とは何うしても違ふよ。』

　私は、東京で自分の家で恰どそれと同じことがあつたのを思つて、笑ひながら、

『さうだ〳〵。兄弟とそれに連れ添うてゐる者の間ほど薄いものはない。三石の長兄さんなどは本当の兄弟に近いくらゐのものだよ。』と言つて先達てのことを思つたが、其処で口には出して言はなかつた。

　それは兄が死んだことを聞いてから一週間ばかりといふもの私は、誰れに向つてそのことを口にして好いか対手が無つた。人間は何方を向いても兄とは関係のないものばかりであつた。人間は互に思ふことを口にするからそれで生きてゐられるのだ。思ふことが打明すことが出来なかつたら死ぬより苦しいであらう。故郷では何れ一同で取返しの付かぬことを繰返してゐるであらう。愚かなことのやうでもそれが人間だ。斯うして自分一人で思つてゐるのは苦しい。それで時々太息《ためいき》をしながら、

『何うして死んだかなあ。あんな元気な男が』と言つてゐると、自分の妻は、

『私の兄弟は、さう一つことを引くり返へし、とつくり返し言やしないツ！』

　と何かしながら、当て擦るやうに言つた。妻《さい》は愛情にも強い代り、反感情にも強かつた。幾ら思つたつて生き返りやしないが、暫くは思はないでゐられないのが自然の人情だ。他人《ひと》に話すべきことでないから独で思つて気を晴さうとしてゐるのに、それをも知らないでと思つたから自分は突然《いきなり》立上つて、

『何を吐《ぬか》しやがるんだ。』と肩先を健《したゝ》か打《ぶん》なぐつて遣つた。さうすると、自分の兄弟のことに思ひが引れてゐるのが、此の間から癪に障つてゐる処だから、女も劣けてはゐない。

『なんだ未練な死んだ者が生りやしないし。』と言ひなり武者振り付いた。自分は其奴をまた二つ三つなぐつて、暫らく取組《とつく》んでゐた。が、此んな時には対手にならぬが好いと思つたから、早く打棄《うつちや》らかして戸外《そと》に出ようと思つて手を解いて逃げ出すと、

『此処は貴下の家です。何処へ行くんです。出るなら私が出ます。』と言つて追掛《おつか》ける。

私は困つて了つたが、それでも遂々《とう〳〵》出て外して了た。

『何といふ気狂見たやうな奴だらう。』と泣きたくなつて、其処らを一周りして戻つて来た。

今自分はそのことを思ひ出しながら姉の話しを聞いてゐた。さうしてお可笑しくなつて『死ぬといふことは何れだけ悲しんだら可いものか。』と思つた。

晩にはお母さんも姉さんも早く帰つて下さい。精進落ちをして、それから一同のお墓へ参つて、それで葬式《とむらひ》も形付くのだがと言ふことであつたから、私は母と帰つた。

搗き立ての餅を引張り合つて、それを何とかして食べるものださうな。私も座敷で膳に坐つたが、お客らしい客もない。町外《はづれ》の場末の自宅《うち》の借家に住んでる者が二三人来てゐる。それとお坊様斗《ばか》りだ。

養母は何がお可笑いのか、ハア〳〵笑ひながら餅を取つて借家の男の方に差出して引張り合つてゐる。私はそれを見て腹で思つた。

『何んだ。兄の死くなつたから斯うして東京からわざ〳〵帰つて来たのではないか。それだのに私を差置いて、借家の男に酒をついだり餅を引張り合つたり、私を何と心得てゐる。』

暫らく、不味《まづ》さうに膳をつゝいてゐたが、私はフイと立ち上つて、他の間にゐた母の家《ところ》へ行つて、

『お母さん、私はもう藤野へ帰りますよ。もう帰らうぢやありませんか。』といふと、母も大分の逗留になるので、

『さうか、お前は早いぢやないか。何うして？』

『何うしてつて。私も東京から汽車で来た疲労《くたぶれ》がまだ治らぬから。……』

『さうか、それぢや帰らう。』

と言つてその支度をしかけてゐると、声を聞いたか、嫂が入つて来て、

『何うするんです？』

『これが帰るといふから、私も一所に帰らうと思つて。』

『帰るつて、まだ好いぢやありませんか。京さんまだ好いぢやありませんか。』

嫂は目出度い酒宴の客でも引留めるやうにわざと元気よく陽気に私を留めた。

『えゝ。けれど、もう帰りませう。』私は何方へも気が進まぬやうに言つた。さう言ひながら帰り支度を止《や》めなかつた。母も止めなかつた。嫂は出て行つた。暫らくして座敷でザワ〳〵言つてゐた養母が怪訝な顔をして入つて来て、

『何うしたのです？　しまが、ホン泣いてるが。何うしたんだらう。』

　それを聞いて母は着物を着更へながら出て行つた。私もそつちの方を見ると、先刻《さつき》まで、せめて陽気に御馳走の支度に急しさうにしてゐた嫂は、台所の処でシク〳〵立つて泣いてゐる。母はその傍に行つて何か言つてゐる。さうして、私が顔を出したのを見て、

『京たや。お前もう一と晩泊つて行《ゆか》うよ。さうして座敷が済んだら一同でまあ録が何様な処に葬られてるか。お墓へも詣つて帰らうよ。お墓があの向ふの方の寺の山にあるんだから此処から一里もあるんだつて。』と言ひながら此方に寄つて来た。

　養母は養母で、

『ホン。しまは京さんが東京から帰つて下さつて、アメリカから生きて戻つたやうに思つて元気が着いてゐるのに、折角帰つて来たのに、直ぐまた帰つてお了ひなさるつて、さう言つてゐるんですから、京さん今晩は是非。……藤野のお母さんもまあ御一所に。』と怒るやうに言ふ。私も嫂の心の内を思つて、また心が崩折れた。私は嫂や姉や母と一所に、客も誰れも交へずじつと静かに泣いて見たかつたのだ。

　客が帰つてから一同は墓の詣ることになつた。母は私を誘うた。私は『墓へまゐつたつて、死んだものがゐるぢやない。詰らんから参らない。』と言つて独り残つた。

　其の翌日私は母と一所に藤野の実家へ戻つた。岡山の停車場のプラツトホームに吹曝されて汽車を待つてゐるのが寒かつた。母は元気なさうに西の山の方を指して、

『あれ。彼処の寺の背後《うしろ》に大きな銀杏の樹の立つてゐる、あの少し上の処に録の墓があるんぢや。』

と言つた。私はその方を向いて見て、それから母の顔を静と見ると、母は水鼻をすゝつてゐた。銀杏の葉も遠くから粗枝《まばら》になつて見える。山の色も灰色に枯れてゐる。もうすつかり冬景色だ。と思つた。

桑原先生

今日も午前《ひるまへ》に神田の医者に行つた。之れで最う三十日の余も通つてゐる。此の夏は、丁度土用に入つてから暑い最中を毎日医者に通うて暮らした。此の頃では大分凌ぎよくなつたけれど、一時は、自分の心が痺れてゐるやうであつた。白い強い光線の照りつける大道を歩いてゐると、自分といふものゝ存在がなくつて、身体の肉も血も其処等にある土や砂や打ち水と同じやうに、砕かれ、蹂躙され撒乱されてゐるやうであつた。私は唯自然の一塊として白日に照らされて地上に蠢動してゐるに過ぎないやうな気がした。それでも医者の前に行つて、療治をして貰つてゐる間は、意識が何となく鮮明に集中されて、自分の存在も認められ、自分を保存せねばならぬといふ気になるのであつた。

　医者は五十に近い人である。それとも頭髪が薄いので年よりは古く見えるのかも知れぬ。鼻下と顎とに仏蘭西式の半白の髯があつた、直立した体格の好い点などから言つても、些《ちよい》と西洋人のやうな感じを与へる風貌の人である。男らしい、少しの厭味のない、それでゐて親切な優しいサツパリした口調で簡単に、その日〳〵の病気の容態《ようだい》を訊ねながら

『何うだ？浸むか。何うだ？』

と言つて薬を注入してくれる。私は此のお医者さんに治療をして貰ふのが、気持がよくつて、此処の手術室に入つてゐる間には、静かに我れといふものが想ひ起されて、人間生活は大切だ。といふ気が自然《ひとりで》に起つて来るやうに思はれた。それで、此の頃では毎日、朝の新聞を見たら、或はその未読の分を懐にして、此のお医者さんの許へ行くのが散歩をかねて、楽みにもなつて来た。で、先日も先生に

『先生、散歩のつもりで、私は、段々良くなつても、毎日此方へまゐります。』

と笑ひながら言つたら、先生も笑ひながら

『えゝ、ようございます。』と首肯いた。

　私は、此の先生には可也永い間世話になつてゐる。故郷の実兄が、何時か、私の手紙の端に書いたのを見て、『軍人なら三等症だ。』と言つて、見離したやうなことを書いて寄越した。成程肺病や胃病と違つて君子の罹る理由のない病気である。が、私は敢て自分の行状を弁護しやうとは思はない。けれど、此の病――他の病に対してもさうであらうが――には、自分は余程感染し易い素質を持つてゐるらしい。俗曲にある弁慶は、たつた一夜の契りにも子供が出来た。まあ私の此の病は其様なやうなものだ。で、此の先生の処には、一昨年の秋の初から行き始め

て、丁度二年の間、――中絶してゐたこともあるが、診断表は、今でも矢張りその時分からのを引続いて用ひてあるらしい。その以前にも同じ病ひで、他の医者の手にかゝつたこともあつた。私が始めて此の病に罹つた時は、非常に恥辱と恐怖との念に苦められたが、人間の弱点から来る惰性ほど道徳を滅ぼすものはない。此の頃では手術室の寝台の上に、患部を露出して、若い看護婦などの前で、仰臥するのも平気である。至つて平気である。

まだ十七八歳の時分、国の中学にゐた時、同宿の友人と下宿を変ると言つて、県立病院のある街通に移つたが、其処から病院の屋根が見えるのが、私には何だか恐ろしいやうな、気味が悪いやうな、汚いやうな気がして。一人また他へ変つたことがあつた。それが今日では病院へ行くのが、心持ちを持直すために行く処のやうな気がするのだ。殊勝なる基督教には、瞑想室といふのがあるさうだが、私には今の処、此の医者の手術室に入つてゐる間、或は患者の控室で順番の来るのを待つてゐる間などが、静かに種々《いろ〳〵》なことを想起せしめ、またそれを順序よく統一して、諦めるものは諦めしめ、実行すべきものは、実行しやうといふ気にならしめる、黙想室のやうなものである。

私の先輩の一人は、何時か、『そんな風でゐるくらいなら、寧そ死ぬるなら、死んで了ふし、生きる積りがあるなら、もつと生きるやうな方法で生きるが好い。』と言つて強く説諫してくれた。

私は、全く死に比べて生を価値の少いものと思つてゐた。――それは今日でも思つてゐる。また若い文学者などにはあまり珍しい考へではないかも知れぬが多くはその観念《アイデヤ》と実生活とは大分離れて考へてゐるらしい。私は即いて〳〵殆ど其の渦中にゐた。実際生の難きよりも死の安易なる方が遥かに優れてゐる、と思つてゐた。此の観念は、後日更に遂に制止し難い力を以つて再び発作して来る時があるかも知れぬ。何だかあるらしく思はれる。が、今の処では、大分平静に帰してゐる。私は此の平静に帰した動機を、フトその三等症に罹つたことにあるやうに思へるのだ。

殆ど寸分の余裕？ないまでに、生きるべき方法を無視してゐたが、それでも生物の本能は直接の苦痛には堪へられないものと思はれる。差当り肉体の痛いことも痒いことも感じなかつた間は、凡ての生きるべき方法を放擲してゐたのだが、フトまた三等症を発病したことを発見した時には、自分は『あゝ面倒臭い、生きるのは面倒だ。生きやうと思へば、種々なことを思ふ前に、まづ此の新らしい痛患《うれひ》を治さねばならぬ生活を断念して了へば治さずとも済む。此の暑い日を厭でも応でもまた医者に通はなければならないのか。』と思つて、本当にガツカリして了つた。

それにしても何故また三等症に罹つたらう？三等症に罹る理

由を、私は小半日もかゝつて考へた。医者は新らしく発したのだ。と言つたが、私は再発としか思へぬのだ。で、放擲して置けば、一日の中に驚くほど病は募つて来る。私は生きやうか、何うしやうか。を一日の中に決定しなければならぬやうな気がした。繰返へし〳〵『あゝ何といふ面倒なことだらう。』と慨嘆した。それで遂々『まあ生きるとも、生活を止めにするとも、差当り痛い処を治して、それから考へやうと思つて、新らしい痛患を治すかこの面倒なのを、『仕方が無い』と諦めた。それからは、凡ての生きるべき積極的の方法を無視してゐた者が、消極的に生きることを妨げる差当つて障害を除くことに出来るだけの力を尽した。此の努力は、一般の人間には容易なことであるかも知れぬが、私に取つては実に一方ならぬ苦痛であつた。

九十度の炎熱を冒して、毎日医者に通ふ。斯うして生きてゐて、それから何様な面白いことがあるのだらう？三等症を治療して、それによつて、再び性欲の快楽を完全ならしめることが出来るだらうか？従来の経験によれば自分は性欲の快楽は次第に薄れて行く。詰らぬことだ。目的《あて》のないことに時間と労力とをつぎ込むやうなものだ。と思ひながら外に出ると、暑くつても人は多勢歩いてゐる。電車に乗つて見れば、電車に乗込む人間も多い。江戸川終点には何時も多勢の人が電車を待つてゐた。皆な生きる為に斯うしてゐて少しも怪まないのだ。など思ふと、世間の人は、自分に比べて、遥かに殊勝な人のやうに思へた。自分に比べて少しも馬鹿だと思へないで、矢張り堅実な人達だと感心してゐた。さうして私は、フト綱島梁川氏が屢々『病も一つの事業と思つてゐる。』と言つたのを思ひ出した。『病も一つの事業！』まして氏の病気は、三等症の如き自分から――、而も快楽を求めやうとして――直接な原因を作つたのではなかつた。『ぢや一層心を殊勝にして、自己を罰する気で此の暑い日の下を治療に通はねばならぬのか。』とも思つたが、その殊勝なる心掛けを誰れに対して起すのか、如何なる目的があつて起すのか、殊勝といふ言葉そのものは嘉《よみ》すべき文字であるにしても自分の場合に持つて来て、病を治すといふことが果して何の為に殊勝なるか。治さぬことが何故に不殊勝なるかとまた反問した。自然にさう考へられたのである。

かうして、僅かばかしの治療費を拵へては、暑い日の下を毎日〳〵医者に通つてゐる間にも、自分はそのつまらなさを厭はずにはゐられなかつた。さうして同時にそれが、私には幾度も幾度もやり直した生活を初手の出立点に後戻りするやうに思はれた。同時に出発した者は既に遠くに行つてゐるのに、自分はまだ〳〵地形《ぢげう》を築いては壊し〳〵してゐるものゝやうに思はれた。

病院に通ふ患者は可なりあつたそれ等も江戸川の終点で電車を待つてゐる多くの人達と同じ人々であるのだらう。さして治療室に入つて行くと、例のフランス、スタイルの髯を蓄へた先生の嘗て休むだことのない、一日も疲労を覚えたことの無いやうな笑顔と、治療に就いて少しも疑ひを以つてゐない、俗人の汚はしがるべき物も手にし、雑司のするやうな些末なことまで自分ですることを嘗て厭ふ気色もない、また人間の疾患を治する病院の事業について、自分で少しの疑念などを持つてゐないらしい平穏なその態度とは、少からず私をして其の先生に対する懐かしさを覚えしめた。

先生は毎日同じやうに、薬を注入しながら、『浸むか、何うか。少し浸むか。』と言つて聞く。さうして其訊くのが、吾々が商店で買ひ物をして出て来る時に後から浴せ掛けて貰ふ世辞のやうに、唯口先きから機械的に出るのとは全く違つたものである。先生は、心《しん》から患者の苦痛――仮令微かな苦痛を表白する辞にも、殆ど神経的に、自然に気を配るといふやうな調子で、気にして『何うだ？ウム？何うだ？』と訊く。それは気の毒なほど訊いてくれる。

で、私は斯う思つた。先生と自分と、三等症を除けば全然他人である。然るに唯此の病あるのみで、併かも僅かに『富士』を二袋ばかりの治療費で、先生は、私自身が自分の患部を庇ふよりも余計に注意を払つてくれる。先生の此の唯治すといふ信仰の他には、露疑ふ気色も見えない態度は、何となく此の疾患《やまひ》の他に、私をして人生を信ぜよ。と言つてゐるやうに思はる。さうして私は毎日其処へ通つてゐるのだ。先生はなんでも好いから飲料を余計に取れ。と言つてゐる。就中牛乳が好いと言つてゐる。で、私は、何時も途中の飯田町三丁目の停留場で電車を下りて、其処の官報の他には新聞も何も置いてない北斗社の清潔なミルク・ホールに寄つて冷蔵した牛乳を二杯飲んでビスケットを摘んで帰つて来る。私には今の場合此の桑原先生に通ふのと、北斗社の冷蔵の牛乳を呑むのとが自分を人生に繋ぐ唯一の綱のやうな心がするのである。

途中

（ふとしたことから斯ういふ手紙が手に入つた。他人の秘密を曝露するのは善くないが、私は科学者の態度を持して、そのまゝ此処に発表する。）

一信

お手紙拝見いたし申候。昨年夏よりの御無沙汰深く御わび申し上候。

　思ひがけぬことにおどろきました。一度は、小説の材料になさるつもりかと、腹が立ちましたが、それほどまで私をお卑みなさる筈もないと存じまして、思ひなほして、お返辞をすることにいたしました。

　私のやうな者をそんなにまで思つて下さるお心に対しては、謝する言葉もございませんが、静かに考へて見ますに、行末お互の幸福とは思はれませぬ。並はづれて鋭い私の眼にはあとあとの悲惨な有様があり〳〵と映ります。何故なれば、あなたは私を買ひかぶつてゐらつしやいます。私は決してハウプトマンのケエテ夫人にも女学生マアルにもなり得ない女です。見にくい愚たら女です。それに病持ちです。無暗に腹を立てたり、涙が止め度もなく流れたりするヒステリーの女です。私はもう人の妻になどなり得る者ではありません。またなり度もございません。女の務めだの、人の天職だなどゝいふ言葉は私の頭に何の刺激も与へません。私は好きな様にして、自由な生活をしやうと思つてゐます。こんな強情な自我の強い女を妻にしたりなどしては、あなたの生涯はみじめです。私にはよく解つてゐます。

　それに、あなたは窮迫してゐるの、冷めてゐるの、とおつしやつても、私には、それが解りません。何が窮迫してゐるのです。何が冷めてゐるのです。外国の小説などをお読みになつたくらいで、冷めてゐるの、窮迫してゐるのとおつしやる理由がないではございませんか。

　あなたは、前途のおありなさる方です。五六年も十年も先になつて御結婚なさるならば、どんな女でも得られます。美しい女らしいお嬢さまでも、嵐のやうな強い女でも思ふまゝの方が得られやうぢやございませんか。お国から、どんなに結婚を強ゐられても、強い意思が、おありなさるならば、十年二十年先きでも、いゝでせう。私は早婚なさらないことをおすゝめいたします。

　結婚は最後の幕です。私は思ふても厭です。

　私は何時までも処女の心でゐたいと思ひます。永い前途を有つてゐらつしやるのですもの。こんなことなどあんまりお考へなさらないで一心に御勉強なさるやうに祈ります。切に祈ります。

それとも、あなたは、御自分の事よりも、老ひゆく私の身をお哀れみ下すつたのかも知れませんが、私は、どうにかなります。御心配下さらぬやうに願ひます。二年前の、あの時分のこと、ほんとに暫らくの間のことですけれど、私にとつて最初の経験ですもの、それは何時まで経つても私の生涯遂に忘れることは出来ませんけれども、それはお互の胸の奥に永久の秘密として葬つてしまひませう。あなたも、どうかさうお諦め下さいまし。今度のお手紙で御親切に言つて下すつたことは、何時までも忘れはいたしませぬが、御好意に副ふことは、どうしても出来ませぬ。これまではあなたの方面から見た不利のみ申上げましたが、不利は私のがはにもございますけれど、それは申上げる必要もございませんからよします。決して他に想ふ人があるなどゝいふのではございません。元来恋ひなどゝいふことは私のなし得ることではないのです。ですからそのことは誤解ならぬやうに願ひます。

もうこれが最後の手紙になりませう。いよ〳〵御幸福に、御盛名を挙げ玉はんことを蔭で待つてゐます。

五月十六日　　　　むら子

丸尾恭三様

二信

二十九日のお手紙昨晩受取りました。

私、いく度か、くりかへしては、嬉しさに泣きましたわ。私は、もう弱い〳〵女です。人並はづれて涙もろい女です。どうして拒む力がありませう。強い心を求めるとおつしやる、あなたのお心には副ひませぬけれど、お許し下さいませ。

若く、美しい、富も、学識も備はる方の妻となる女の幸福を思ひ、また私の識つてゐる若い夫婦の楽しさなどを思へば、何事を措いても早くから得たい幸運でございますが、私はそんな幸運を背負つて生れなかつたのでせう。私は、境遇上どうしても他家《ほか》へは行けないことになるだらうと思つてゐます。姉の夫は人は悪くないのですが、何故か、父の気に入りませんので、只今別家話しが出てゐますので、平和な家庭が此処数ケ月は不愉快な日を送つて居ります。妹は一月に嫁入らせましたし、別家をすれば、私が破れ家と父母とを引受けなければなりませぬ。私は、とても養子などする気はございませんが、さうなれば仕方がありません。一人で一家を支へる決心でをります。私には女らしい良妻賢母の生活よりも其の方が適当かも知れません。こんなわけで、私の遣る瀬ない心も、幸運も棄てゝ諦めなければならぬかと思ふては、幾夜の夢を結ばぬこともございました。あなたお察し下さい。

それでも或は別家しないかも知れませんが、その内にはまたどうなりますことやらあなたも何時かはお一人ではいらつしやらないし、とてもかなはぬことでございます。私が家《いへ》の後取りとならないとしても、家《うち》のも親戚の者も皆なやかましやばかりで此様なに手紙の往復などしてゐる内に間違ひでもあつたやうな噂でも立つと、多勢の人達の反対にあふことは知れきつてをります。私はもうあきらめてをります。私でさへあきらめてゐるのですもの、前途に光明の輝いてゐるあなた、どうぞ思ひ棄てゝください。それでも私のことを永くお忘れなすつてはいけません。私は、何時までも忘れませぬ。お手紙は永き思ひ出にして、肌に着けて、ひしと抱く夜半もあります。私の胸には断えず美しい温い想ひを秘めて、せめて淋しさを忘れるのでございます。私は此の意味からも深く御厚情を謝します。

五月三十一日　　　　むらより

丸尾さま

三信

あの夜のうれしき追憶にふけりながら、静かなる夜を、恋しき君の御許に筆を運ばせ申候。

真夏とはいひながら暗い夜にて候ひし。あの夢のやうな淡路島の姿態《かたち》、沖に揺れる燈火《ともしび》明石の浜の松原の暗は、世を忍ぶ私どもの身に何んなにか頼もしく懐かしく候ひしぞ。温かいお心から洩れるやさしきお言葉。私はたゞ嬉しさに胸ばかり躍つて、燃ゆる思ひも、御返辞も得聞も上げず、あの時の私を、さぞ効なく思召されしならんと、今に至りて、そのことのみ尚ほ気にかゝり申候。この後運命とやらが、いかに二人を弄ぶとも、私はもはやあなたの妻たるべく候。

あなたのおかげにて新らしき生命を得たる私は、この新らしき生命をあなたに捧げ申すべく候。もはや棄てばちも申すまじく候。もし一時のいたづらに遊ばされしことならば、今のうちに直ちに御取消し下されたく候。さはれ一とたび相離れし者が、再び斯様なまはりあはせに相成り候こと、よく〳〵の縁かとも思はれ申候。

昨日、言ひ残せしことも申上げたく、この上にも尚ほ御決心のほど伺ひたく、宿を出で立たせたまはぬ間にと朝早く、姉達の目を忍び、一寸海辺を散歩する振りして松籟館、といふを目あてに探しまゐり候処、昨夜は心も空に歩きまはりしことゝて方向を失ひ、松原に入つたり、また浜辺に出てたり、二三度も、あのあたりを往きつ戻りつして、処々小路までも探し候へどもも遂に見あたらず、辻待の車夫に怪まれ、道に遊べる小供にまでからかはれ申候。さうする内に段々暑くもなり、時刻も大分経ちたれば、他の者の手前もあり、がつかりしながら急ぎ引返し申候。その日はよく〳〵運の悪き日にて、あなたに会ふことかなはざりしのみか、停車場に行く途中、私を乗せたる車過つて五六歳の子供を挽き倒し、幸に子供の負傷《けが》は軽くて済み、安心いたし候へども、気がゝりのこと多き折りとて悲しく胸を痛め申候。四時三十五分発の汽車に乗り申候。すると、私の腰掛けたる前に若い夫婦の者乗り居り、様子は相当の収入なる職工くらいの階級の人と察せられ候。二人の仲のよさ、互に満足せる様を、私はあかず見入りて、わけなきに、たゞ涙が流れ申候。何処より来りて何処へ行く人々やら、彼等が永き旅路の安全と幸福とを祈りて私は別れ申候。

帰り着きてより、静かなる離れに独りおかたみの隅田川を取りいだして読み行けば小説の文字は目に入らず、それよりも、あの「御身が仕事に飽きて、見るともなく物を見入るとき、小生は……」と認めたまひしあなたのこと思ひ出されてたまらず、果ては書物もろともかきいだき申候。それから九十四ページの処に二寸ばかりの髪の毛二本はさまれ居り候。私は、あまりのなつかしさに、何時までも、それを手に持ち申候。今もまだ

…………

二十二日よりは琴の師匠まゐり、毎日けいこいたし居り候へども、思ふまじとすればなか〳〵思ひ出されて、師匠は常に変り、手許の乱れ、曲の進みの鈍きをいぶかり、たしなめられ申候。三日にもなるにまだ磯千鳥の曲のなかばに候。この手紙でも認めまゐらせたらば、少しは心も落着くことかと、試に筆とり申候。

琴の音が好きと仰せられしことの、つく〴〵うれしく候。あなたを思ふ度にかなで申すべく候。好きな人の琴の音を聞くは何時かと仰せられしが、果して何時にて候やら、三年とはあまりに待ち遠しく候。私はいよ〳〵老ひゆく先が気づかはしく候。せめて思のまゝに書信の往復なりとも心に任す境遇になり度候。私への書信は、必ず女の名前になし下され度、私よりのは不取締りなる田舎の郵便局の関所が越え難く候。新聞には榛名様御同宿のやうに報じ居り候。榛名様あてに作文の添削を乞ふ体にしたらば、あざむきおへることゝ存じ候へども、これは随分苦悶の謀にて、私の純なる心には苦痛に御座候。願くは親の許しを得て、公に手紙の贈答出来得るやうになりたく、くれ〴〵も念じ居り候。篤と御分別願はしく存じ候。

杉村氏など、よく自分のふしだらをも得々として他人に語るゝとか、大方の男性と申すものゝ御性情かと存ぜられ候。私自身は最早如何なる世評をうくるともいとはず候へども、旧き家の潔き歴史を誇りとして生ける私の父母のために何事をもお洩し玉はるまじく切に願ひまゐらせ候。私は汚れたる行ひとも思ひませんが古き人々の古き考をも察せねばならず候。

東京の御親友にならば、差支へもなかるまじく候へども、苟めにも教育にたづさはれる地方の人達は、実際の行ひはとにかく、たゞ口のみうるさく候。分けても杉村氏などは恐ろしき人に候。ゆめ〳〵お洩し下さるまじく候。既にお洩しになつたことあれば何等かの方法にて御取消し下され度頼みまゐらせ候。

はる〴〵と明石までお迎へ申しながら、思ふことよくも得申上げず、本意なきお別れいたし、来年の夏まで、また会ふおりなくば、あまりに情なく候。せめて一月になりともお目にかゝりたく候。ならば御上京を神戸あたりまでもお送り申たく候へども、本月中は師匠滞在いたし居り候へば、手ばなしがたく候。九月十日頃には好き都合なるやも知れず、候併しながら、なまなかに、逢ふばかりにては、あなたも本意なく思召され候はずや、いつそ来年の此の頃まで、逢ふまじく候。

思ひ出るまゝに書き続け申候。この後はこの後に思ふまゝを書き表はして御許に送るを此の上なき楽しみといたすべく候。

八月二十六日　　　　むら子

恭さま

四信

今日私の方からもお手紙を出しましたあとで、お手紙を受取りました。野上さんが病気のため、入院なさつたから、手間取つたのです。あなたからもお見舞状をお出し下さい。樫原病院の婦人科第三号です。

独立することに御相談が定つたんですつて、私の為にさうなさつたの……私は何だか、それでは却つて将来家の内が一層六ケ敷くなりはしないかと思はれます。ジュリエットの覚悟をせよとおつしやつても、私は、あんな若い人ではありませんもの。家がありますもの。親がありますもの。今日はまた心配なことが出来ました。

あなた、私がもし他へ行つたら何うします。私が突然こんなことをお尋ねしたつて私を疑はないで下さい。去年此の地方に大演習があつた時、私の家《うち》にも軍人が泊つたのです。其時色々な話から私の叔父が軍人でこれ〳〵の要職にゐるといふことを話したのです。その軍人は中尉でした。すると、後になつて、それが私の処へ手紙を越すやうになつたのです。今でも時々越してゐます。父の処へも越したのではないかと思はれるのです。父も叔父が軍人として成功してゐるから、どうしても其の方へ心が傾くのです。さうして私に嫁に行けといふのです。ですけれど私が軍人を厭つてゐるのはあなたもよく御存じでせう。父は決して強制的には申しませんが、私もあなたが、学校を卒業なさるまでにはまだ三年もかゝると思へば、自分のゆくことを考へずにはゐられないのですもの。それにかうして二人で秘密を守らねばならぬ境遇では、文通だつて思ふやうには出来ないし、私はもう此のまゝ息が絶えればよいと思ひます。美しい恋ひを胸に抱いて……

あゝ、私はあかれない内に、捨てられぬうちに死んでしまひたい。さうしたら、あなたゞつて永久に可愛いと思つて下さるでせう。けれども私の様なものを、うそにもせよ生命《いのち》かけてとまで思つて下さるものを。私は無残〳〵死にたくもありませぬ。お許し下さい。今日は、あまりに世間が思ふやうにならぬので、ついそんな気になりましたもの。もう申しますまい。

あなたこそ舌を出してゐらつしやるのじやなくつて、私が初め言つたやうに物語りの材料になさるつもりでせう。それならばもう化の皮をお脱ぎなさい。罪が深かうなりますよ。

兎に角写真は送ります。二十四日に野上の姉を見舞ひますから、都合でその時にします。ですから少し延びるかも知れません。あなたから送つて戴くのは三木あてゞは駄目です。郵便局に見てしまふのですもの。至急に御都合がつきますなら。この日曜日に神戸の樫原医院に着くやうに御願ひします。

神戸に行つたら、きつとおたよりします。封筒はいくら書いて差上げたつて駄目。私の蚯蚓《みゝず》流がよくわかりますもの。

〇〇子の宛名ももう皆なの不審の目標になつてゐるの。どこまで人の眼は利くのやらわかりませぬ。私が苦労性だからかも知れません。

八月二十九日

むら子

恭　三　さ　ま

五　信

二十五日発のお手紙は、樫原病院で、丁度野上さんの留守に着きました。旅行先きで手紙を受取るには、私は、ほんとに可い加減心配をしました。野上さんの夫といふ人のこと、あなた御存じでせう。三四年前地方の農業学校を出た人で、その二人の仲が面白くないのですから、もし其の方の手にでも入つたら、表《うは》書きの宛名が野上となつてゐますから、野上さんがどんな目に逢ふやらと、気をもんでばかりゐました。私は何でも苦労性なのですわ。手紙を出して五日も返事が来ぬと、もう何処かで失はれたのではないかと気になるのです。誰かに秘密を知られたやうな気がして、他の人達の顔付などに「もうチヤンとあなたの秘密は知つてゐる。白々しい、吾々が知らないと思つて隠してゐたつて駄目。」と言つて冷笑してゐられるやうな心地がするのです。そんな苦労性が半年も返事をしなかつたことがありましたねえ。どうも済みません。私は、あの頃何故あんなに強情だつたのでせう。こんな弱い、あなたに縋つて活きやうといふ女が。それも皆な許して下さるでせう。ねえ、許して下さい。

みんなもうあなたの物になつてしまつたものです。

御上京は、土曜日にして下さつたの。私、行きたい。都合のつき次第行きます。是非五時幾分のになさいな。明石でお目にかゝらねば、ずつといらしつて、もし都合よくば神戸でお止め申しますよ。でも女があんまり厚皮しいやうですわ。もつと考へませう。三年でも五年でも待たれぬこともない筈です——お心に変りさへなければ——けれども誘惑の多い都、美しい、賢い人の多い都に何時までも心変らぬ人があるでせうかそれを思へば、悲しく心細くなります。あなたを疑つてはすみませぬ。でも私苦労性ですもの。

私の方に心配があるといつて、どんな事ですか、聞きこんだこともあるといつて、何でせう。私、こんな土地《ところ》に感心する人なんか一人もありませんわ。

いやになつてしまふ。他人はいゝかげんなことをいふのですもの　他人どころか親でも兄弟でもあてにもならないものですね、父は誰よりも私を愛してくれます。もつたいないほど。比ひないほどなやさしい姉よりも末つ子の妹よりもまだ私を愛してくれます。それでゐて私の心は知つてくれないのですわ。早々良縁を見出さねばと思ひ〳〵そばをはなしたくない様子が私にはよくわかります。

母は此の三木の町に二人と見出されないといふ、好い母親といふ評判ものですが、それでも私を地位ある人、有為な人に嫁入らせたい——それも私のためばかりでない、自分のために——といふ考へを知つてゐる私は多勢の者の愛を受くる境遇にありながら孤独の淋しさを感じます。私は誰れ一人の頼る者もなかつたのです。あなたは私を孤独の淋しさから救つて下さるでせう。ほんとうに私のために思つて下さるのは、あなたばかりですわね。あなたの大きな強いお手にすがりますよ。

勉強しますわ。書籍は私の方で求められますが、どんなのがいゝかお気にかけていらしつて下さい。私は何だか哲学書が読みたくつてたまりませぬ。

雑誌はお読みふるしを頂きたう存じます。なつかしいうつり香に、限りなき思ひを寄せたくて。でも中に紙ぎれはお入れなさらぬやうに願ひます。見付けられるといやですから。

写真、もういゝでせう。立派でもない風采を見られるのはいやです。あなたのは頂きたくも頂けませぬ。置くところがないのですもの。あとは九日にお目にかゝれたら申上げます。今日はやめませう。学校で書くと皆さんが長いのですなと、冷かすのですもの。手紙がつきましたら、はがきで時候見舞の体裁にしてでもおよこし下さい。

八月三十日

むらより

丸尾さま御許

六　信

今日はまた野上さんの看病のために神戸に来ました。野上さんは昨日手術をして動かれないのです。病室内には夜具もない様な始末ですから、病院の前の宿屋に一夜をあかすことにして只今――十時こゝにまゐりました。病院には野上さんもゐらつしやいました。思つたよりは衰へてゐない姉を見て、心は落付きましたものゝ不幸な姉の上や、私の、はかられぬ運命など思つて今夜は寝られさうにもありませぬ。

姉はほんとは可哀さうな人です。大家に生れて破産の悲運に会い、父を失ひ、母もまた昨年死んで、今は只一人の夫があるばかりです。その夫も真の同情者でないのですもの。

学校時代は才色並びなき盛名を馳せたのですが、今は名もない人の妻になつて感情の芳烈な野上さんは堪えがたない不効なさに悶えてゐるのです。どんな生活の苦をしても、心の満足を得たいとあせつてゐるのです。野上さんとも一寸お話しましたが、姉の良人として姉のあこがれてゐる人格とは非常な差がある様でした。感情家悪くいへば我儘な姉の前途はどうなるものでせう。

今夜八時すぎ、野上さんへのお見舞のおはがきがつきました。姉は字が動いてよく見えないと申します。野上さんのお目にとまつてはよくないと思ひました。私に下すつた手紙と一緒に持つて帰りました。幾度か「むら子は何に悩むのだらう。私は何を考へるのだらう」と、そこに行くと私は涙が止め度もなく流れるのです。私ははがき文が好きなの。物を思ふにいゝのね。考へさせるのですもの。

明石、あの夜は二人でしたね。今夜は淋しい独りで宿屋に寝たことのない私はそれでも誰れに気兼ねもなしに恋しい人が思へるから好い。あの夜は何故もつと大胆になれなかつたのでせう。朝松籟館の近くまで見送つて頂いて、帰へるとあの通りでせう。私、あなたが横丁の角を曲らないで、真直にゐらしつたから、もしか私の姉が後姿を認めはしなかつたかとハツとしましたが、でも好い塩梅にそれには気が着かなかつたらしいのです。昨夜《ゆふべ》余り帰りが遅いから多分井上さんのお宅へでも泊つたかと思つたといふのです。私の品行を信じ切つてゐる姉の言葉を思ふと、私は帰つてよかつたと思ひました。が、今になると、私、もつと何うかすればよかつたにと、残り惜しくつて残り惜しくつて仕様がありません。私、それだけ熱が高まつたのでせうか。

御不用の書物で、私に読めさうなものがあれば送つて下さい。宛名は活版にしたらどうでせう。三木郵便局には、私の知つてゐる学校の卒業生が三人もゐるんですもの、こわいわ。

写真は今朝家《うち》を出かけにあはてゝ忘れました。此地で新にうつして送らうかとも思ひましたが、それでは私の逗留してゐる間に合ひませぬ。榛名何子さまとでもして送るかも知れませぬ。ですが、変名《かへな》のさとられぬやうに注意して下さい。〇〇の学校へもなるべくお便り遊ばさぬがよかないかと思ひます。あなたのお処が分ると注意を惹きますから。同校のあの先生が、先日もある処であつたらば、近頃あなたから便りがあるかつて、笑ひながら聞くのですよ。私、何て失敬な人だらうと腹が立ちましたが、此方も負けぬ気で、「えゝ時々あります。」と簡単に言つてやりました。

それではいけますまいか。でも、その時は、それより外に言ふことが出来なかつたのですもの。

あの人くらい失敬な人はありません。あのずつと前に、私に申出て、承知されなかつた腹が矢張りまだ収まらないのです。ほんとに男らしくない人です。あなたの何時かのお手紙なども私の机の上に乗せてありました。有体に言ひますと、私はその頃それほどに思ふても居りませず、痛くもない腹を探られるやうな気がして、お手紙を見るのが恐《こは》かつたのです。すぐ開くことも出来ず、と言つて懐に仕舞ふことも出来ず、そのまゝたらだらしく隅の方に投げやつて置いて教室に行きました。

一時間済まして帰ると、机の中央《まんなか》に直されてありました。今度は有合せの本の下にして行きました。帰つて見ると、また直してあります。私は、意地になつて、気をもませやうと思つて、そのまゝお終ひまで開かずに置きました。教案が済んでも傍で煙草を吹かして動かないのです。私もいよ〳〵根比べをしやうと思つて、どうしても開封しませんでした。すると、とう〳〵負けて帰りました。

とにかくあなたに対する関係の嫉妬は大したものです。あの温和しさうな〇〇さんまでも丸尾君はよく遊びに来る。余程この学校に好いところがあると見えるなどゝ皮肉を言ふのですもの。私は悲しかつたわ。成るたけ誤解を消したいと思つて種々のことに気を配りました。でも今から思へば悔ることもありますす。私もうあなたの物だから大胆になりませう。

あなたは何う？　嫉妬もなさるの？

それよりか、私と斯様なになつたことをお悔みなさらなくつて？　お悔みなさりはしないでせうか。私、心細いわ。それに結婚した人達が皆な面白くない様に見えるのね。死んだ福井さんのあの人だつて、野上さんだつて。満足してゐる人は見付かりませんね。私達も若しかすると、あんなになるのだと思ふと、矢張りかうして遠くにゐて恋ひしてゐる方が好い。あなた、さうはお思ひなさらなくつて？

父が、時々中尉のことを言ふのです。あなた、私がもし父の言ふことを聞いたとしたら、私をどうなさつて？　あゝ〳〵もう、それを考へても、私、身を裂かれるやうですわ。さうしたら、あなた私を嘘吐きと思ふでせう。

もうこんなこと書くのはよしませうね。鉛筆の尖がなくなつて了ひました。返事を下さい。心配しますから。

九月三日　　　　　　　　　　　　む　ら

恭　三　さ　ま

七　信

駅で、汽車が動き出さうとするとき、あの人の、最後のやさしい視線が窓から注がれた時、私は、何もかも忘れて走り出したかつた。でも意思の弱い私には父母をあざむいて一日の旅をすることはむつかしかつた。

あの夕は、昼間の夕立からつゞいて曇つてゐた。晴れてゐればさぞ美しかるべき月も雲に隠れて見えず、旅立つ人の心細さを思つては、私の意苦地なさが、自分ながら、かへす〴〵も恨めしかつた。私はどうして斯う小胆なのでせう。それからその夜は種々なことが思はれて、心地よく寝付かれなかつた。気がゝりの事や悲しいことなどが、それを考へてゐる間に段々大きくなつて来る。その日の新聞の雑報に、私と同窓の高等女学校の卒業生で、汽船から投身して死んだ人の哀れな失恋の悲劇が冷笑的に書いてあつたのを想ひ出して、その事が、何だか私の身にもあるのではあるまいかと気使はれて仕方がありませんでした。三四ケ月のお腹をして、薄情な、妻も子もある情人を恨んで死んだ島原のおさよさんが、私は可哀さうで〳〵ならぬ。島原さんの人となりは、私は、委しくは知らないのですが、此の間もある処で会つた同窓生の誰れ彼れは、一同、不潔な品行だの、妻子のある人とそんなになるなんて、不道徳だのと罵詈を加へて誰れ一人一片の同情をも向けなかつたので、私は一人余計にあはれさをましました。あんなのが罪悪でせうか、恋ひをするといふことは女の恥辱でせうか、島原さんは、大かた誰れが何と言つて謗つても、たゞ一人の同情に生きるでせう。それさへ失つたあなたは、よく覚悟して死んでおしまひなさつた。と、私は床の中で涙を流して言つてやりました。私、そんな不吉なことを思ひながら、かりにもあの人の心を疑ふなんて、本当に済みません。だけど、私、あんまり前途が楽しいと思ふにつけて、すぐ後からそんな不安の念が湧いて来るのですもの。ふと聞いた、知つた人の事から、つい身につまされて、無暗に心細くなつたのですもの。あなたが例の処にゐらしつた時分にあつたといふ恋ひの物語が、本当であつたとすれば、あの温い胸に彫られた人の面影が嫉ましい。私にのみ優しいと聞いたあのお声は、私より先きに聞いた人があるかと思へば、誰れにでも聞かされたお声のやうに思へてなりませぬ。どうぞありのまゝを言つて下さい。そんなことがあつたのですか、なかつたのですか、あつたとおつしやつても私は決して〳〵あなたを恨むことは出来ませぬ。只一人で悲むばかりです。私自身を哀むばかりです。それでも矢張り私はその事実を知りたい。本当に噂のやうなことがあつたのですか。知つて悲しい事実ならば、私は飽くまでも独りでそれを悲みたい。どうぞ本当を言つて下さい。

そんなことまで、私は床の中で思ひ続けてゐました。さうして明くる日は直ぐ手紙を書いて見る気になつて、書きかけましたが、思ふやうに書けませんでした。でも次の日もまたその次の日も書いて見ました。けれどもそれは一つも郵便にして出すことは出来ません。気が咎めて度々出せないのです。出せないと覚悟しながら、たゞ手紙を書いて見るのがせめてもの楽みなのです。それで今も斯うして手紙を書いております……

京都よりのおはがき、鎌倉よりのおたよりで、無事にお上京のことゝ存じます。今日は「青踏」を頂きました。今宵は燈火の下にそれを繙きながら、涼しい秋の夜を静かにあなたのこと、それから東京のこと、東京の女流作家のことなどを思ひませう。

先月の今日――二十二日は、二人の忘られぬ日でした。私は何も言はないで、たゞあなたにばかり物を言はして、それから御飯を食べやうとおしやれば、「ご飯なんかお上んなさんな」ととめ、お湯に入つて来やうとおつしやれば、「お湯になんかお入んなさんな」ととめ。さうしてどうするのかといへば、あなたは立つて窓の傍に行つたり、机の向に坐つて、口をお聞きになつたり私は少し横坐りになつて、机に臂をかけて。黙つて俯向いてゐる。さうしてお了ひには、バツタリ机に顔を伏せて泣きました。一体私は何といふ心なのでせう。今になつてあの時の私のしたことが、しみ〴〵と思ひ反されます。私は、たゞあなたを、一刻も私から奪はれたくなかつたのです。

もうすつかり私ですわ。これから段々淋しくなるのが今から気がゝりです。時候の変りめですからお風を召さぬやうになさい。夏、御酒を上つてお腹に障つたさうですが、お酒も少しはようござんすが、たんとはいけませんよ。

私は自分からあまり度々お手紙をお越しにならぬやうにと言つておきながら、それでゐて、毎日郵便の来るのを希望を以つて待たぬ日とてはございませんの。それでもどうしても度々頂くことは出来ませんのね。淋しいわ。

九月二十四日夜　　むらより

恭三様

八信

むらちやんなんて呼ばれると、日本髷に結つた色白の丸ぽちやが、えくぼをうかせて出て来なければなりませんのね。私、苦しい〳〵て言ひましたが、御心配をかけましたお許し下さい。私など、とても良妻にはなれないのですね。苦しい事でもぢつと小さい胸に収めて、良人に心づかひをかけぬといふ様な我慢なんか出来やしませぬもの。悲しい時にはすがりついて足るほど泣きたいのですもの。あなたは強い心が欲しいとおつしやいましたね。私には強いところは何処にもありませぬ。それでもお捨てなさりはしませぬか、考へて見ると、私はあなたの永い旅の荷物になるばかりですわ。重い荷物に、何処に道づれらしいお伴らしいところがありませう。所詮泥人形よ。泥人形の重荷にあなたはお堪えなさるでせうか。お気の毒でたまりませぬわ。それなら泥人形にならぬやうに勉めたらいゝじやないかとおつしやるでせう。でも泥人形は幾らみがいても泥ですもの。あゝ私、東京に行つて文学者の奥さんが見たい。東京の遊学は多年の望でした。今だつて行けるものなら……それに、懐しい方がゐらつしやるのですもの、行きたいのですわ。でも行く事の出来ぬ理由を申上げませう。

在学中私の我儘な性情からひどい学科の好き嫌ひをしました。それに教員になることがいやでしたから、級生時代に怠けてばかりゐました。その報で卒業がむつかしいやうでした。国語の教師が気の毒がつて、どうにかなさいつて種々尽力もして下さつたのですが、その頃私の家は不慮のことから破産をして遊学などさす事はむつかしかつたのです。それで独逸に留学中の叔父に頼んでやりますと、兎に角年に二百円や二百五十円なら出すと言つてくれました。けれども叔父は家政学か音楽かの他に女の学問はないといふので、音楽にきめました。愈々叔父の帰朝となつて四月上京といふ年の二月大患に罹つてその年は中止。医師は百姓になる気でなほせと、親達と一緒にやめさせてしまつたのです。今からでは晩学で、叔父だつてもう出資してくれますまい。家からはなほ気の毒ですし、叔父など望のないものに学問させないといふ主義ですから、もう泣きつく元気もなくなつてあきらめて了ひました。お恥かしい内証を皆な言つてしまひました。

写真は神戸で送り損ねて、今手許にあります。も少しお待ち下さい。

あなたのお写真を書物と共に小包でお送り下さい。手紙はお入れなさらぬやうにして下さい。此の間小包の中に入れた手紙を郵便局で発見して告訴されたことが新聞にありましたから——私、あまりに小心なのでせうか、恐れてばかりゐても仕方がない。あなたがおつしやる様に一事をするには犠牲が入るとすれば、私の小さな、あまりに美しくもない名など、どうなつてもいゝ訳ですわね。今の私の唯一つの目的を達するための犠牲ならば喜んでなりますわ。名も生命も皆なかけたつて私はそれでいゝのでせう。二つも年の若いあなたに皆な導かれておぼつかない光を目あてに進みますけれど、私の足はこんなに弱いのですよ。眼はこんなに鈍いのですよ。あゝ私は随いて行けるでせうか。

今夜は、隣り屋敷で村芝居をしてます。皆な来い〳〵と、よびにまゐります。けれど私は皆なを出してしまつて、留守居をしてゐます。幕毎に迎へにまゐりますが、私は此の頃一人でゐる事が好きなものですから、じつとして広い空家の様な屋敷に独りで都人を思つてゐます。とう〳〵思ひ疲れてあまりのなつかしさに、私、縁先に立て、柱に犇と抱きついて、東の空を見つめました。でも私には都の様がはつきりと見えませぬ。

あなた、お瘠せなすつたつて、何故でせう。夏の様な御病気じやないでせうか。私は喜んで下さい。秋立つと一所に近来にない健康です。私はある心のはりで生き〳〵として来た様に思はれます。風も引きませぬ。毎年秋風が吹くと痛む胸も痛みませぬ。

私は心のはりといふことを深く思はずにはゐられませぬ。

十月三日　　　　むら子

恭さま

九信

永い〳〵間に思つたことを、一時に言つてしまはねばならぬとあせつては、先便の様な訳の分らぬものになつてしまひます。ほんとに私には七日の日も永く〳〵思へて仕様がないのです。その間、昼となく夜となく思ひ続けた空しい想ひを一時に四五枚の紙に言つてしまへつて、あんまり無理ですわ。きつとお笑ひなされたでせう、仕方がありませんわ。

恭さま、私はとう〳〵昨夜思ひあまつて打ちあけましたの、母に。昨夜は父の留守、姉夫婦は、離れに、母屋は母と二人で、またなき機《おり》と思はれましたから、幾度も〳〵ためらひながら強ゐて言ひ出しました。母子《おやこ》でもこんな場合は改まるもので、変でした。私、味もなく言つてのけた時には、泣いて訴へるやうな母が欲しいと思ひました。それでも母は優しかつた。一度は怒りもしました。でも、私の常に変る此の頃の様子に気が付いたか、若い時から物語好きな芝居好きの母には、若いローマンスとやらの血が流れてゐるのか、それを話す前に、母のすきな其物語の話をして聞かせましたら、もろくも私の同情者になりました。父の許しさへ得るならばとまで進みましたが、頑固な父の事だから、それまでは繁々と文通などもせぬ様に、他人に覚られぬやうにしてくれと申しました。無理もありませぬ、他人の口にかゝる事を此上ない恥として他人のために生きて居る様な母には、私もこれまで逆ふ事は出来ませんでした。

それでも私は文通まで出来なくなつて、どうしませうと毎日学校の教室から見える明石街道を走る郵便車を見てはあの中に私の求める恋しいものがと当てもないに見つめるのでせう。それを嗚呼！　遣る瀬ない淋しさも、前途のために忍ぶが賢い道ならば――私の取らねばならぬ道ならば――あのなつかしい車もねたましい物になつてしまふわね。

でも私にはそんな事はとても出来ませんわ。

恭さま独立なさることに就いて先々便で何だか変な書き方でもしはしなかつたかと思ふのですが、私、あなたが相続者の地位を離れて独立なさつては遺産の分配が減るが悲しいとばかり思つたのではありませぬ。けれどもお金は大事です。無理をせずに得られるならば、おだやかな仕方があれば、と思つたのです。老先の永くない私の恋人の父様母様のお心がお痛はしいのです。出来ることならばお帰りは願へなくともせめて今のお心に波立たせたくないと思ひます。それも、どうしても離れねばならぬ事情が他にお有りなさるなら、仕方もありませぬが、事が私どもに関はるなら、どうしても思ひ止つて頂きたいと思つたのです。それに御相談なさつた兄様は、ほんとに真からあなたをお思ひ遊ばして御賛成なさつたのでせうか。兄様は私ほどにあなたを思つてゐらつしやるでせうか、私は兄弟なんて当にならぬと思はれるわ。

親子や夫婦ほどの真実はないと断言します。あなたの兄弟を悪くいふのではありませぬ。皆な兄弟はさうなのですもの。あなたお腹が立ちまして。失礼な事を申しましたわね。でも私の見方が違つてゐるのかも知れません。私は元から眼鏡が曇つてゐるのですもの。何を見ても灰色なのですわ。

前途を夢の様に楽しいものと思ふなとのお話しでしたね。私、それは覚悟してゐますわ。だから初めあんなにお断りしたのでした。でも今となつて一筋の道を歩くのみです。

十一月五日から三日間修学旅行があります。せめて京都にでも行くのなら名古屋あたりまで行きますに。今日は葉書を頂きました。どこまでも私を心配させないお心つく〳〵おやさしさ！　恭さま私はあなたのために生きるの。おゝ恋しい〳〵！

今夜も雨、都もきつと雨でせう。前栽の白薔薇が淡暗の中に、際立つて白く。おりおり滴《しづく》を払ふ風に淡い薫を持つて来る。静な淋しい田舎の夜は更けて虫の音の他に私の思ひをみだすものもない。私は、こんな夜ほどあの人を気兼ねなしに思へることはない。私は昼間きれ〴〵に思ひ続けたことをまとめて見る。去年の今頃、雨のふるころ来た消息に今から思ふとおかしいのがありました。あの頃の姉様が御身と変り、またお前と変つた今から思ふと、私とあなたとの身の成りゆきも何だか物語りのやうですわねえ。

十月九日

むら子

恭三さま

十信

この手紙がお手元につく頃は、お父様の御病気が快くなつて、既に御上京なさつたあとかとも思ひ、逆に段々お悪くなつてゆくのではないかと思つたり、私は蔭でばかりお案じ申すより外に術もありません。申すまでもないことですが、お父様の御満足遊ばすやうに十分御看病してお上げなさい。親ほど好いものはありませんわ。私の父方の祖母が二週間ばかり前に七十七で、赤痢を病んで亡くなりました。父母は大患との電報が来ると、夜中車を馳せてまゐりました。祖母には五人の歴《れつき》とした男子があります。一人はその東京にゐる軍人。父と他の三人は皆な田舎にゐるのですが、祖母の家の伯父は御飯も食べないで心配したといひますけれど、離れ島の避病院に行つて看護をしたのは私の父一人です。私は、自分の父に感心して居ります。親子の情はやつぱり美しいものですのね。その間には何も濁つたものが含まれてはゐないのですね。

十月二十二日

むら子

恭　三　様御許

十一信

翌日は失神したやうになつて、悲しい別れも意識しなかつた。よく出る筈の涙さへ出なかつた。汽車の出た後は、たゞ恍然《うつとり》となつて、レールの光つてゐるのを凝乎《じつと》見つめてゐた。下り列車に乗り込む間も只無中に過ごした。すると、ふとまた兵庫で会つた人達に車室の中で出会つたので、初めて我れに帰りました。来年の夏でなければ逢へないと思つてゐたのが、お父様の御病気のお蔭――といつては済みませぬが矢張りこれも親のお蔭と思つてゐますわ――で、思ひがけもなく逢へたので、今になつて考へると何とも言へない美しい夢を一晩見てゐたやうですわ。

車室の外に立つて、御機嫌ようとの一言さへ言はずに別れた事が残り惜しくつて、今一度逢ひたいと、窓に面を伏せて、身悶えした。加古川ではゆつくり話してくれと、義兄《あに》が止めるのを、労れてゐるから断つて帰つた。家に帰つた頃は点燈頃《ひともし》であつた。喜び迎へてくれる父や母に土産話もなかつた。たゞあの人の面影が、何時までも眼に見えてゐるのだもの。さうして今夜がもう一夜昨夜のやうであれば好いと思へて仕方がないの。私、どうせう。女中が御一所にのべませうかと聞く、あなたはさうしてくれと言ふ。私が別々にしておくれと言ふ。遂々《とう〳〵》私のいふ通りにして、さうして明け方になつたら寒いと言つて、何時の間にか、私、あなたの傍に行つてゐたわねえ。さうして胸の上に俯伏《うつぶ》して泣いたりなんかして、……私、泣くのが好きですもの。ご免なさい。でもあの夜は自分ながら驚かれるほど安心して大胆に寝られた。翌る日学校の階段を上る時、私の足はすくんで胸苦しかつた。神様のやうな児童が無心に戯れてゐるのを見て、私は引返へさうとした。けれど思ひなほして入ると、案外平気になれた。

九日には駕籠を迎へるために午前四時から停車場まで行つた。寒い有明月の影を踏んでコツ〳〵と静かな足音を立てゝ大勢列を作つて歩いて行くのに私は上の空で物思ひつゝ随いて行つた。

何故私は、もつと拒まなかつたであろう。あのいとほしき人の為めを思へば、唯手紙の贈答ばかりに止めて置けばよかつたに……もう〳〵私は何うすることも出来ない若い、美しい、前途のある人に苦労を掛けて済まない。

十日の朝はお懐しいおたより、何よりも先きに書いたとお書きになつたのが、私、嬉しい。

十一月十二日

むら子

丸尾恭三さま

十二信

私、何だか此の頃気になることが出来て仕方がありません。あんなことでもよもやと思ひながらも事実はまだ否定されませぬもの。何だか自分の身体が飽くまで秘密を守らうとする私の心を冷笑してゐるやうに思へて恐くなりました。

此の間の夜のことを、あなたは不満に思つてゐらつしやるのね。だつて私は思つたことが、胸一杯にあつても、それを皆な口に出して言へないのですもの。

あなたは甘へ付くやうな人はお好きですか。私は甘い言葉も知つてゐて、甘つたれるのがいゝのだらうと思つても私にはどうしてもそれが出来ないのですもの。私は損な性分ですわ。

只今家の者は皆な寝静つて戸外《そと》を時々ザワ〳〵と風が吹いて通る音がしてゐます。傍の火鉢には火の気もなくなつて、寒い夜何の気兼ねもなしに、かうして物を思へるのが、私、うれしい。わけもなく頰に伝はる涙を人に見られぬまゝ、そのまゝにして置いて、乾いたあとから、また熱いのが流れて落ちるのが私は心地が好い。それをせめて都の人にだけは見せたい。あなたも其方で今私を思つてゐて下すつて。？

十二月三日夜

むらより

恭さまおん許

立食

近頃珍らしい梅日和なので、外套《とんび》を何処かへ無くしてゐる丑之助には、外出に持つて来いの暖い午後であつた。五日の晩迄には屹度と言つて断つてある家賃を持つて行かねばならぬので、珍らしく昨夕《ゆうべ》は遅くまで、今朝《けさ》はまた早く起きて、漸《やつ》と今しがた書き上げた二十枚ばかりの原稿を、ペンを投げると同時にそれを四つに折つて懐《ふところ》に入れて、それから電車賃もないので、家を出がけに、古雑誌だの、古本などの積み重ねてゐる奥の板の間に入つて其処から五六十銭になりさうな古本を二三冊抽《ぬき》取つて、それをも原稿と一所に懐中《ふところ》にしてそゝくさと家を出て行つた。表に出ると一寸眉目の辺を顰めるやうにして彼《か》の日の照つてゐる大空を仰いだ。

それから毎時も行き付けの肴町の武田に行つて其家の主人《あるじ》と喧嘩をするやうな戯談口《じやうだんぐち》を聞きながら袂から鐚一文種銭《びたいちもんたねせん》の入つてゐない小さいがま口を取出しながら、

パチツと明けて、

『ヘイ此ん中へ！』

と、それを主人の鼻前《はなさき》へ突きつけた。

主人は笑ひながら、その中へ

『これだけです。』

と言ひながら五拾銭銀貨を一つと、弐拾銭のを一つと入れた。

丑之助は、

『滅法安いなあ。そんなに貧乏人を踏み倒すと、今に社会主義が起つたら、僕は一番駆けに此処に来て、何も斯も打《た》き潰すぞ。』

と、笑ひ〳〵捨て台辞を言つて通りへ出た。

丑之助は、神楽坂の下から電車に乗つて、之から博文館に行くんだが、今日は余り無理を頼めない人の処に持つて行くんだから、直ぐ現金《なま》にして貰へるか、何うか、それを腹の中で心配してゐる。家主には今日晩までに遣らねば、ひどく、自分に対する先方のイリユジヨンを破らせることになる。何うか間に合してくれゝば好いが。

用事の人間に会つて原稿を見せて、先日《いつか》の口約もあり、頼みの筋を言ふと、口数の少い物静な編輯係は、簡単に、唯、承知したが、明後日にしてくれといふ。

ひどい神経衰弱で、一寸したことにでも、直ぐ不健全な刺激を脳に感ずるので丑之助はそれを聞くと、丁度山葵《わさび》を嘗め過ぎた時の様に脳天がヅキ〳〵ツとして、眼が眩むやうであつた。前に、書き直すと言つて遣つてゐる原稿が一つ行つてゐる上の少し無理な頼みであるから、余り請求がましいことは言へない。と言つて今日現金にして貰へねば、自分の家へ帰られぬやうな気がする。生憎また家主が眼と鼻との間に在るのだから。

『ぢや明日にして頂けませんか……私も矢張り困つてゐるものですから……』と、さも遠慮勝ちに言つた。

さうすると『宜しい明日にして差上げませう。』

と、口数の少い編輯係は承諾した。

でも丑之助は恰も三十円是非入用の金を三十円貸してくれと頼んでも弐十円しか貸して貰へなかつたやうな不足の失望を感じたけれど、どうも仕方がないと思つて諦らめて、折から其処の応接室に来合した二三の文士と久し振りに、表面《うわべ》だけは陽気になつて、色々な雑談をして帰つた。

彼れは、屢《よ》く此館《こゝ》に原稿料を戴きに上る度に、毎時もその三階の帽子掛けの処から、螺旋形になつてゐる階段の曲りくねつた間から遥に透して見下される空間を高く覗いて見て、此処から飛び降りたら一と思ひに死んで了へるだらう。困つてゐる文士が、大きな書肆の三階から飛び下りて死んだとしたら変なものだらうと思つて、原稿を取つて貰ひに来るのが厭さに時々其様なことを思ふのであるが、今帽子を取つて、冠りながらその眼の眩むやうな高い空間を仕切つた欄干に添うて歩きながら、彼れは忽ち暗い死といふものに誘はれたやうな気がした。それを静《じつ》と堪らへながら、グラ〳〵する眼を瞑《つぶ》つて漸々《やう〳〵》に降りて来た。

何うせ帰へらねばならぬ自分の家ながら、銭《かね》を持たずには、暗くなるまでは帰られないやうな気がするので、まだ早いし、天気は暖かし、何処か歩きたい。此処の薬品《くすり》の臭ひのする生薬屋《きぐすりや》の前を左に行けば、以前此処から直ぐ其方へ足を向け〳〵した人形町の方に行かれるのだが、近頃は其様な気はなくなつた。何処か清浄《きれい》に暇を潰す処はないかと考へながら、大通りへ出て、それから電車に乗らないでブラリ〳〵日本橋の方に歩いて行つた。

暫らく魚河岸の寿しを食つて見ない。此の頃彼れは朝と晩との二食《じき》にしてゐるのだが、珍らしく外に出て歩いたものだから丁度好い加減に腹も減つて来たやうだ。一つやつて見やうと思ひながら毎時も汚く濡れてゐる横丁に曲つた。

汚れた紺納簾を頭で分けて入ると、其処の台の上には、丑之助の好きな赤貝の紐があつた、あなごの大きな奴もある。

『一つ紐を握つておくんなさい!』

『えゝ今!』

と寿しやのお爺《やぢ》は景気の好い返事をしながら飯櫃の蓋を取つて、まだ暖い飯を握つてまづ一つだけ前に並べて、番茶の熱い奴を汲んで出した。それが丑之助の咽喉にゴクリと音をさせるやうにして、入つて行つた。それから鮪にこはだを三つ四つつまんで其処を立去つた。

それからブラリ〳〵日本橋を南へ渡りながら、丑之助の頭には、これから国民新聞社にSを訪ねて見やうといふ考へが浮んだ。橋の南詰の空地には、村井本店建築用地と書いた大きな杭の立つた板囲の上の方に、凄いほど大きな鉄材を高く組合はせて、その上を腰に縄切れを挿した仕事師が猿のやうに身軽に渡り歩いてゐる。丑之助は、其処等に見てゐる連中と同じやうに、道に立つてそれを見上げた。彼れは此の頃東京に大きな鉄骨の家屋の建築されるのを見る毎に何だか自分は弱い打砕かれた人間であるやうな感がするのである。さうしてまた其様《そん》な原因から眩暈《めまひ》を感じながら、賑かな街を彼方此方眺め廻したり、両側の人道を歩いてゐる女の頭髪《あたま》の形から、衣服の縞柄地質などに見惚《みと》れた。中にも馬鹿に大きくない丸髷にコート姿のスラリと身長《せい》の高いのが、何の裾か紅い裾裡《すそうら》を返しながら、真白い外行きの足袋を詩的に、しなやかに運んで歩いてゐるのが眼に止まつた。さういふのになると、彼れは往復《ゆきゝ》の頻繁な大道の真中をも忘れて、立停《たちとま》つて振返つて、其の姿が見えなくなるまで眺めるのであつた。さうしながら、また白木屋のシヨウ、ウインドウの前に立つたり、大西白牡丹の縦覧室に入つて見たりした。丸善の筋向に在る大島物と薩摩物とを専門に商なつてゐる家の飾店《かざりだな》は、分けても丑之助が好きで〳〵溜らぬ処であつた。此の頃では専ら冬物の大島ばかりを飾つてゐる。派手な女物を見ると、あゝいふのを着せるものが欲しいと思つた。さうして着せ得たいと思つた。その店は夏になると、薩摩上布《じやうふ》を出してゐる。丑之助は、もう何年か毎年のやうに其の前に立つて眺めるのであるが、其処の真白い雪のやうな上布を肌に着けることが出来ないのである。

　そんなことを思ひ返し〳〵丑之助は我が世の不如意なるにまたしても屈托心地になつて、また歩を運ばすのであつた。

　竹川町の停留場の処から右に曲つて、直ぐまた左に折れて、丁度料理店花月の裏の内田静枝と小い標札の出た巴屋といふ軒燈の付いた気詰りな芸者屋の前を通り掛つた。それが眼に着くと、丑之助はあゝ此処だな例の評判の文学者の情婦《いろ》の家はと思つた。

　その通りを出外れて、また右に曲つて、も一つ左りに折れると、すぐ国民新聞社はある。

　Sは生憎ゐなかつた。が、懇意な、社員の画伯がゐて、それが久し振りだ、話しませうと言つて、すぐ隣家のカフエー、プランタンに連れて行つた。

　其家は有名な小説家や画家を定連に持つてゐるので、芸術界の逸話などを生む処になつてゐる。牛込の矢来の片隅に朝から晩まで燻つてゐる丑之助は、何うした風の吹き廻しか今日は朝から種々な余所行きの心構へにならなければならぬやうな人間や境地《シチユーシヨン》や舞台の上に立たせられたり、接せられたりしたので、さうなくなつても此の頃また頭が悪くつて視力が鈍つてゐるのに、一層眼が眩《くら》くなつたやうな気がするのである。

　やがて暮れかゝつたので、丑之助は帰りたくない歩調《あし》を羊のやうに運ばせてそこを出た。

山下町の停留場では冷い風が澱んだ掘割の水の上を渡つてゐた。

錦町の三丁目で降りて久し振りに医者に寄つたら『大変に良くなつた』と言つた。けれども彼れは別してそれを福音とも思つて聞かなかつた。

病院を出て外濠線に乗つて神楽坂の下で降りた。平常なら江戸川行きに乗つて、水道町で降りるのだが、今日は其処で降りたといふのは、丑之助、腹に一物あるのだ。それは何でもない。今日はおやつを魚河岸の寿しと洒落れた、何うせ家に帰つたつて、一尺八寸の膳を九寸づゝとか分けて食べるといふ女房が、夕飯の膳を拵らへて待つてゐるといふではなし、堅気の紳士には味の知れない立食《たちぐ》ひといふ奴は、こちとらには立食《りつしよく》と読むのだ。今日は一つ夕飯も立食にしてやれ——先達つて森田草平と佐藤春夫とで来た毘沙門前のおでんやに寄つた。

『すぢと芋を』と言ひながら、彼は太い不細工な竹の箸を取つた。

いつこく屋と自分で言つてゐるおでんやのお爺《やぢ》は色の黒い不愛相な顔を、黙つたまゝ、グツ〳〵と音を立てゝ、豆腐だの、こんにやくだの竹輪だの、色々《いろん》な物が盛んな湯気を立てゝ甘さうに煮えてゐる中から、芋とすぢとを、皿に杓《しや》くひあげて差出した。彼れは、それに竹のしやじで辛を塗《なす》つてフウ〳〵吹きながらベロ〳〵食べた。

あんまり甘いので『飯を貰はう』と言つた。

遂々《とう〳〵》小さい茶碗に山盛りにした飯を二杯食つた。それを食べてゐると、かうしておでんやで立食ひをしてゐるといふ一種の気さくな心地が浮んで軽い境涯だ。妻もなければ子供もない。夕飯も斯うしておでんやで甘く済まされるかと思ふと、しみじみ放浪者の心が味はゝれるやうであつた。放浪の味は止められない。

丑之助は温まつて、満腹して九銭投げ出して其処を出た。さうしてブラリ〳〵と神楽坂を歩いて戻つて来ると、時計屋で蓄音機が義太夫を唸つてゐるのを耳にした。聞き済すと、彼れが恋ひする、呂昇のお俊伝兵衛のさはりの処であつた。

『……そりや聞えませぬ伝兵衛さん……』と長く引張る処を、何うかして甘く、此の一時を外さず覚え込まうとして、一心になつて聞き惚《と》れてゐると、直ぐ後から

『……お言葉無理とは思はねど……そも逢ひかゝる初めより……』と、何とも言ふに言へない好い節廻しが続々として追つ掛ける。『思はねど……』と切つて少し間を置いて、それから『そも逢ひ……』と出る、その『そも……』の処のほんの一寸の間に千金の価値《ねうち》がある。声音といふものも、斯うも気高い美快感を人の感覚に生ぜしめるものかと思ふ。その音楽の調子に乗つて、丑之助は腹の中で、自分の好きな閨秀芸術家は、一葉女史、豊竹呂昇と二人だなと聯想する。さうしてゐると、最うその一

節は了つて時計屋の小僧は、種板《たねいた》を取換へに立つた。

　聞き済してゐると、今度は、八陣のさはりらしい。『そのお心とは露知らず。都でお別れ申してより……』といふのが、又何とも言へず好い。之れは丑之助が子供の時分に、屢く自分の家で、父親が兄や姉に教へて居つた処であつた。彼れは今それを聞いてゐて、寒い冬の街路に立つてゐながら温かつた、子供の時分の家庭の有様を歴々《まじまじ》と現在眼に見るやうに思つた。さう思つてゐると、また最《も》うその一節も了りに近づいて、二十幾年の昔の遠い甘い夢幻《ゆめ》は蓄音機の針が曲板を擦る音と同じやうにかすれて了つた。それから『三つ違ひの兄さんと……』『私は元中国生れ……』など続々として止まない。彼れは好い加減にして其処を去つた。

　牛込亭の前まで来ると、明進軒横丁に、毎時のての字が最う夜店を張つてゐる。その火光《ほかげ》を見ると、何時でも丑之助は夕飯を済した後でも立ち寄らねば気が済まぬのである。

　ツイと頭で紺ののれんを分けながら、『おゝ寒い！』と言つた。

『寒がすねえ。』と、此の頃は大抵悴の方である。

　海苔巻きを摘みながら『どうだね？森田君は来るかね？』

『えゝ昨夕も遅くなつていらつしやいました。』

　紅葉、鏡花、春葉、青果などのまゝ立ち寄つたといふ手の字は、今森田草平などの立ち寄る処となつてゐる。

　丑之助は、其家で勘定をすると、前刻古本を売つた七拾銭のお足が丁度空つぽになつた。

伊年の屏風

一

京太郎は、毎時ものやうに落着かない挙動《ようす》で急々《せか〳〵》玄関から上つて来ながら、

『オイまだ来なかつたえ？』

と言つて奥の六畳で何か古切れの補綴物《つゞくりもの》をしてゐる妻君の方に行つて、向側にドカリと尻を落して両足を投出して後の箪笥に背を寄掛《よつか》けて、

『あゝ〳〵！　疲びれた！』と、一つ大きな生欠伸をした。

　細君は先刻《さつき》から京太郎の言ふことには返事をしないで黙つて口唇《くちもと》を小さく引結んでゐたが、糸を嚙み切る為に初めて口を開いた、その序に、京太郎の方は見やうとはせず、

『貴下《あなた》、そんな当の無いことばかり待つてゐないで、少し落着いてその日の用事《こと》をなさいな。先刻も家主と車屋とが来ましたよ……』

　京太郎が急々して疲びれて戻つて来たのは、ナニも之れといふ用事《よう》があつて出て行つたのではなかつた。唯、家内《うち》にゐて机の前に坐つてゐても何だか種々《いろん》なことに追ひ巻くられてゐるやうな心持がするので理由《わけ》もなく其の辺《へん》をブラリと一と廻りして来たのであつた。彼れは自分で、堅忍不抜に、為やうと思ふことを遣り徹すことが出来ないで、独りで悶々《もや〳〵》してゐる上に、細君がその弱点を十分に知つてゐることをも知つてゐるから、
　気軽に尋ねたことには答へられないで、そこに坐るが早いか、頭から鋭くきめ付けられたのに脆くも浮いた気勢を折られて、悄気《しよげ》てしまつた。

『うゝ！』と言つたまゝ、稍《やゝ》しばらく気を兼ねたやうにして、恐ろしい細君の顔を熟々《つく〴〵》見守つてゐた。さういふ時の京太郎の顔は、気の好《い》い犬が、自分を愛育してくれる主人に「くうゝ」と低い唸るやうな声を出して纏ひかかるやうに、何も斯も投げ出して他人《ひと》に依頼ると言つたやうに見えるのである。

　京太郎よりも尚ほ以上に神経質な細君は、重ねて、何か恐るべきことを警告するものゝやうな弛緩《たるみ》の無い語調で、

『屏風々々つて、明けても暮れても同じ事ばかり言ひ暮してゐたつて、貴下自分で言つてゐるやうに、まだ来て見なけりや何様な物だか解らないぢやありませんか。……野島さんの方だつて、あゝして一と月近くも貴下の言ふやうに月給を貰つて暇を貰つて、伊香保に行つて思ふやうに遊んで来たぢやありませんか。……先月の借銭《もの》がまだ形付いてゐないのに、呆然《うつかり》してゐる間に貴下また雑誌の仕事に追はれますよ。』

　最初に、軟かい気分でゐる処を突然《いきなり》手酷《てきび》しくたしなめられた

ので、暫らく順直《すなほ》に黙つて聞いてゐた京太郎も、畳みかけてツケ〳〵言はれるので、

『あゝ、もう可いよ〳〵。』

と、痛い処に触らうとするのを、押しのけるやうな調子で言ひ消しながら、立ち上つて隣の六畳の方に出て行きながら境の襖をガタピシ閉め切つた。さうして端然《きちん》と行儀よく机の前に坐つた。

さうして、たゞ題目《だい》を記したばかりのや、二三行書きかけてそのまゝにしたのや、幾枚と数の知れぬ原稿紙の書き潰しの重ねたのを机の上から取上げて、コトン〳〵と音をさして端整《きちやうめん》に揃へて、その上に新らしい用紙を重ねた。さうして稍しばらく考へ込んでゐるやうであつたが、物の十分間もすると、両方の臂を机の上に載せてその両手の人指ゆびを両方の顳顬《こめかみ》に持つて行つて、強く押して回すやうに動かした。が、それも長くはさうしてゐなかつた。此度は『はあゝツ』と、一つ大きな太息《ためいき》を吐いて、仰のけに後方《うしろ》に倒れた。さうしてまじ〳〵と、たゞ煤けた天井を眺めてゐた。……すると京太郎は襲はれるやうに、急に自分の身が悲しくなつた。さうして彼れツ切り黙つて、居るのか居ないのか解らぬやうに静かにしてゐる襖の彼方にゐる妻が、此の依拠《たより》のない自分を依拠にして今日を生きてゐる者かと思ふと、それが世にも哀れなものゝやうに思はれて、何うしてゐるか、傷はしいものを見ないではゐられないやうな心地になつて俄かに跳ね起きて、また襖を明けてその方に行つた。

細君は依然として沈黙を守つてゐるが、襖を隔てゝゐても、京太郎が何うして〳〵ゐるかといふことをば、長い平常《ふだん》の観察から、チヤンと、目撃してゐるやうに承知してゐるのである。

『あゝツ！　どうも頭が痛いツ。』と言ひ別けするやうに照れ隠しを言ひながら、また元の処に趺坐をかいた。

『でも最早《もう》来さうなもんだがなあ。……途中で若し間違でも出来ると大変だぞ！』

彼れは対手《あひて》が強ひて聞きたさうにもしてゐないのに、また自分でもそれを知つてゐるのに、心の雲霧《もや》を払ひ除けやうとするやうな気で、わざと快闊らしい声を大くして言つた。が、さういふと、何だか、自分でフト戯談《じやうだん》に言つたことが、本当のやうに思はれて来て、途中で汽車が何うかなつて、大事な貨物が、鉄橋から大きな川の中にでも落ちて不明《わか》らなくなつて了はねば好いがといふ懸念が起つた。

二

先達て中京太郎が伊香保の温泉に行つてゐた時のことであつた。彼れは、その夏非常に夏劣けのした身体《からだ》を恢復しやうと思つて、力めて心を閑散にして、夏場、雑踏してゐた客が退散した後の寂《しん》とした静かな九月の温泉宿の二階に夜も昼もなく、精神《こゝろ》の髄まで湯に煮《うだ》つた身体を縦《ほしいまゝ》に寝転ばしたり、気骨の折れな

い幾種かの新聞の記事を何度も繰返へして目を通したり、さうかと思ふと、突然起上つて、高い廊下に立つて、遠くに開展した吾妻の大きな渓谷を眺めたり、でなければ強い生樹《はえき》の匂のする小暗い渓間の桟道を散歩したりして、色々な空想にばかり耽つてゐた。彼れは其等の空想に暖められて、時とすると長い時間の間快い心地になつてゐることがある。けれどもそれが余りに長く続くと、後には思ひ覚めに覚めて了つて、今まで我知らず酔つてゐた頭は、丁度悪い酒の酔が覚めた時のやうに、心《しん》が疲れて、独り手に生欠伸が続いて、眼からは味のない涙が冷たく頬に流れ落ちるのである。さうして漸く現実の我に返ると、

『かうして気楽にしてゐられるのも、もう暫らくの間だ。何時まで遊んでゐられる身体ではない。近い内にはまたあの塵埃《ほこり》の立つ東京に帰つて恐ろしい現実に接触せねばならぬ。あゝ厭だ！〳〵。何うかして自分は人間《ひと》を避け世間を隠れ、凡ての競争の環外に立つて生活したい。が、さうするには静《ぢつ》と遊んでゐても食ふに困らぬだけの資力《もとで》がなければならぬ。どうかしてその金が欲いな。西洋には、屢く、余りに深い因縁もない処から、降つて湧いたやうに遺産を貰ふことがある。バイロンなどは最もその好い例である。イブセンは生活の戦場で悪戦苦闘した勇士であつたさうだけれど、イブセンの作つたリツトル、アイヨルフの、何とか言つた男主人公は、もと貧困な学者であつたが、その細君が、青々と繁茂した森林などを沢山持つて嫁つて来たので、俄かに気楽な境遇になり、為たいと思ふ著述も思ふやうに出来、耽りたいと思ふ空想にも思ふ存分耽ることが出来、何でも何処かの高い山の頂点《てつぺん》に上つて頻りに空想に耽つたさうである。ああ！　自分にも何処からか持参金をウンと持つて細君に来てくれる者はないかなあ。と言つた処で、既う自分には古ぼけた女房が一人ある。あゝ〳〵何処かに金がないかなあ。』

京太郎は本当に此様なことを思つて日を消してゐた。

『親父が、も少し何うかして金を蓄めて置いてくれたなら、自分は、さぞ気楽に遊んでゐられるだらうに……、斯うと、故郷《くに》の家《うち》には、何か金になるやうな物はないか知ら？』

彼れはこんなことをも時々想ひ起して見た。

さうしてゐると、フト頭の隅の方に仕舞込まれて、長い間忘れられてゐた古い記憶を想ひ起した。京太郎は独り山の中を逍遥《ぶら》つき《つき》ながら覚えず『あツ！　自家には大変な物がある。あれがある！〳〵あんな素晴しい物があるのに、今までそれを忘れてゐたとは、自分は何といふ馬鹿であつたらう。銭が欲しい〳〵と、絶えず貧乏の苦労をしてゐながら、あんな金の蔓《つる》があるのに、何故自分は気が着かなかつたらう。』

彼れは斯う思つて、人気の絶えた樹蔭で覚えず小躍りをして悦んだ。

それは京太郎がまだ小供の時分のことであつた。――二十年も昔の春のことである。亡くなつた父が、座敷に古い六枚折り

の大きな金屏風を一双立て並らべて、之れは伊年といふ大変に偉い画家が描いた物で、これが果して真個《ほんとう》の伊年に違ひないとすれば、非常な宝物《たから》である。と言つて見てゐたのを、京太郎も傍《そば》にゐて見たことがある。

それは小供心にも眼の覚めるやうな華美《はで》な顔料《えのぐ》を用ひて椿の花だの、洒落《しやらく》な軽妙な筆法で描いた菫だの水仙だの種々《いろん》な草花を以つて全幅を埋めてあつた。彼れは今端なくも父がその屏風を開いて立つて見てゐた時のことを歴々《まざ〱》と記憶から呼び起した。さうすると、続いて斯ういふ考が京太郎の頭の中に起つた。

余り豊にない自分の家には資産として自分の譲つて貰ふべきものは何もない。父が亡くなつてから、殆ど長兄《あに》の手一つで、自分が東京に三年在学の間の学資を給してくれたのを恩とせねばならぬ。そればかりではない。兎も角卒業するまで続けて行つてゐた学校に居たのは僅かに三年であつたけれど、東京にゐて学資を仰いだのは、三年や四年の間ではなかつた。胃腸が悪いと言つて二三ケ月も病院に入院をしてゐたり、高価な書籍《ほん》を買ふと言つては金を取寄せたり、試みにそれを総計に積つて、更に普通の学資に換算して見たら月二十円と見て、優に七八年間の学資に達するであらう。思へば父の亡い後もそれだけの金を貰つてゐる。尤もこれ自分も養子に行つてゐる身ではないし、矢張り実家の姓を何処までも名乗つてゐる私だ。兄にして見れば、別に分けて遣る財産《もの》とてはないのだから、これまでは、まあ不精々々《ふしやう〱》ながらも言ふがまゝに金をくれてゐる。が、幾許、強請《がうせい》すれば、まだ幾分かは送つてくれる分とも最う此の上に無心は言へないが、あれなら私にくれとは言へないまでも、何うかしてその利益の幾分かを分けまへすることは出来る。……十分に強請することが出来る。親父の遺した僅かばかりの山林田畑に就いては、何とも言ふことが出来ないけれど、あの屏風だけは自分もその利益の幾分に与ることが出来る。……が、まあそれにしても、自家には飛んでもない豪儀な宝物があつたものだ。親父も長兄も美術の鑑賞眼などはない人間だが、伊年の草花の屏風とは何と思つても素晴らしい品である。

専門家でない人には或は光琳は知つてゐても、伊年は知らない人があるかも知れぬ。伊年は光琳の先駆者であり、また琳派の開祖でもある。琳派の絵画は光琳に至つて渾成し円熟したけれど、凡ての芸術が一つの新らしい傾向を分化せんとする場合に見る純朴で生気に富んだ溌剌たる風趣はむしろ光琳よりも伊年が優れてゐるとさへいはれてゐる。彼れはまた俵屋宗達とも言つて、もと加賀の人であつたが、後に京都に出て大家の名を成した。それだけのことは、近年伊年のことを忘れてゐた京太郎も何かの序に美術史か画人伝かで調べて見たことがあつた。さうして上野の博物館の特別展覧会だとか、美術学校の紀念日だとかに、帝室の御物として観覧を許されたり、松平家だとか津軽家だとかの所蔵として公衆の展覧に供せられたりする際光琳とか伊年とかの屏風には京太郎は特別の注意を払つて見てゐた。尤も強《あなが》ちそれは、亡父《ちゝ》が伊年を所蔵してゐたからばかりではなかつた。京太郎は一体日本在来の絵画では、雪舟の流を汲んだ墨絵よりも彩色の富麗な絵画を好むのである。さうしてその中でも四条派とか狩野とか歌麿の浮世絵とか言つたやうな種《いろ》種《いろ》な絵風もあるが、特に琳派の絵を最も好んでゐる。彼れは伊年や光琳や抱一の華麗人目を眩ずるやうな色彩を好いてゐるのである。

かういふ心持が絵画に対して始終《しよつちう》京太郎の頭に纏綿してゐたから、彼れが何時か博物館や美術学校で見たりまたは「国華」の複製などで見たりした、その美しい幻影《イリユウジヨン》は、直ちに京太郎の故郷の家に蔵してある筈の、小供の時分に見て美しいと思つた派手な伊年の屏風をも同じやうに美しいものと思つた。

さう思つて来ると、金色燦然たる六枚折りの屏風一双に以つて行つて、気儘に顔料を吝《おし》まず描《か》いてある草花が眼に見るやうに思ひ浮んで来た。

『佳矣《よし》！　自分は僅かばかりの山林田畑は欲しくもない。自家に、あの、何々伯爵家だとか、何某氏所蔵だとか、富豪の名を記して「国華」に複製せられて貴重せられ、或は博物館や美術学校で鄭重に取扱はれてゐる、あの宗達の屏風が一双あれば、他《た》には何物をも欲しくはない。……自分の家に伊年の屏風がある！』

と、京太郎は幾度《いくたび》か心の内で驚喜の叫びを発しながら、一人で其処等の山路をはしやぎ廻つて珍らしく威勢よく浴舎《やど》の二階に戻り、その晩は、非常に興奮した気分で長い〳〵手紙を故郷の兄の処に書いた。

自家には、確か伊年の屏風があつた筈だ。あれは、もしそれが真個の物だとすれば非常に貴重な品であつて、従つて頗る高価な物である。私は今から二十年ばかりも前、父上が座敷にそれを拡げて珍重してゐられたのを記憶してゐる。それから確か兄上が御婚礼の時にも座敷に立て聯らねてあつたのも記憶してゐる。私は東京《こちら》で博物館などでも矢張り伊年の描いた物を見たことがあるが、帝室の御物さへあるくらいであるから大変な立派なものである。自家にあるのも、私の記憶する処では確かに真個の物であるに違ひない。さういふ品であるから真個の物を所持してゐる以上は、今別に金に困つてゐるといふのでないから売らなくつても宜しいが、もし売却するとすれば、少くとも五六千円、高ければ一万円にも売れることは受合ひである。私は自家に伊年の屏風があるといふことをフト想ひ起して嬉しくつて堪へられぬ。これから直ぐ帰国してあの屏風を取出して熟々と眺めたいくらいに思つてゐるが、大きな荷になつて、厄介だけれど、鄭重な荷造りをして通運で東京《とうきやう》に送つて見てはどうだらう？　此方にはまた眼の利いた人も多勢ゐるから、其等の人に見て貰つてもよろしい。

といふやうなことを、足許から鳥の翅《た》つやうな口調で言つてやつた。夜が更けてから、石段で出来た伊香保の町を暗い足許を探るやうにして歩いて、自分でわざ〳〵局まで郵書《それ》を出しに行つて、長い間ボシヨ〳〵音を立てゝ騒いでゐた女中までが、もう疾《とつく》に上つて行つて、流しの板が乾いて了つて、濛々と、一坪の浴槽の見えぬまでに湯気の立ち昇つてゐる寂然《ひつそり》とした湯殿へ独り下りて、冴えた頭がトロ〳〵と眠くなるまで五体を湯に浸けて尚ほも金屏風を思つてゐた。その晩京太郎は稀らしく幸福な気分でグツスリ寝入つた。

三

それから三四日居て京太郎は東京に帰つた。妻にも甘《うま》さうにその話を裾分けして聞かせた。

故郷からは早速返事を越したが、それは端書に、簡単に、成程自宅には其様な物があつた。が、今急にと言つては忙しくつて運びをする暇がない。まあ其の内序があつたら兎に角土蔵《くら》から一度出して見やう。種々《いろん》な道具の一番奥の方に仕舞つてあつて面倒だから。といふやうな至つて気の無い文面であつた。

京太郎は、それを見るや躍起になつて、舌打ちをしながら直さま此度は更に語勢を強めて、宛《さな》がら兄に向つて美術史の講義をするやうな調子で伊年といふ画家の説明をしたり、鑑定をして貰ふには、至つて都合の好い、博物館で多年重要な処にゐる信用すべき懇意な知人《しりびと》があるからといふやうなことを、書いたり、果ては、此の広い東京にすら、大名華族か何かでなければ、珍蔵してゐないやうなそんな天下の至宝が私《わたくし》共の家にあるといふのは夢に夢を見るやうな幸福ではあるまいか、それを何ぞや、序があつたら土蔵から取出して見やうなどゝ、長閑《のんき》になつてゐるのは、馬鹿だ。と、言はないばかりに罵つた手紙を書いた。

二度めに来た端書には、さういふことなら、近い内に送るやうにしやうと、矢張り余り乗気のしない調子で書いてあつた。それから京太郎も辛抱して一週間ばかり温順く待つてゐたが、また催促の手紙を出した。さうすると今度は向からも長い手紙で、大切な物品《もの》を遠方に送るのだから、先達て中から大工に新しい丈夫な箱を拵へさせやうと思つて厳しくいつて急がしてゐるけれど、大工も暇がないのでまだ出来ない。昨日もまた他の仕事を休んでも早く拵らへるやうに催促をしに遣つたら、ぢやさう為ませうと受合つてゐたから、箱が出来次第に送る。此の間も土蔵から取出して、奥の座敷に立てゝ大橋氏や下村々長など大勢来て貰つて能く観たが、成程お前が言ふやうに立派な物に相違ない。一同《みんな》感心してゐた。と言つて越した。大橋氏といふのは村一番の金満家で、書画骨董を弄《いぢ》つて遊んでゐる人間である。京太郎はその手紙を読んで喜んだ。が、向の方でも此度は本当に乗気になつて来たらしいのを見て、彼れは丁度潮がさして来るやうに段々楽みに満ちると同時に、何処か、胸の底の方で自分が伊香保の山の中で夢みた夢を強ひて事実《ほんとう》にセリ上げたものゝやうに思はれて、何となく心元ない責任を感じ初《そ》めた。それと共にまた楽しい物を焦れて待つ場合の唆られるやうな淡い杞憂を感ぜずにはゐられなかつた。

いよ〳〵箱が出来て来たから、早速多勢《おほぜい》で手の掛つた荷造りをして、下男《をとこ》に車力で、此の手紙と一所に停車場《ステーション》の運送屋に持つて行かした。といふ通知が来てから、今日で既に五日になるのである。

細君は、相変らず、先刻《さつき》から、京太郎が何と言つても堅く黙り込んで、頸を折り曲げたやうにして仕事をしてゐたが、縫はうと思つてゐたゞけをして了つたのか、漸く顔を上げて、『ホツ』と一つ太息をして、片手で仕事を押遣りながら、向の方に転がつた煙管を二尺ざしで引き寄せ、煙草を摘み〳〵初めて京太郎の顔をまじ〳〵と打ち見守つて、眼だけ呆れたやうに笑ひながら、

『貴下といふ人は本当に妙な人だ。此度山から帰つて来て屏風のことを言ひ出したが最後、もう何にも他の事は手に着かないんだもの。……もう早く来てくれなければ困る。出してから今日で幾日になるんです？』

『だから五日になるつて言つてゐるぢやないか。』

『ぢやもう来ますさ。』

最初《はじめ》京太郎が、山から戻つて来て屏風の話をすると、細君は一向親みのない事なので、唯『さうですか』と、冷淡に聞き流してゐたが、彼れが明けても暮れてもそのことばかりを歌に唄つて、既う袋の中の物を取出すばかりのやうな気分になつてゐるので、此の頃では、細君も故郷の兄と同じやうに、口では京太郎をたしなめながらも心の中では大いに乗気になつてゐるのである。細君は二三服立て続けに煙草を吹かして、京太郎の顔を見ながら、

『真個に好い物であつたら、……貴下何うします？』と言つて微笑《わら》つた。

京太郎は先刻《せんこく》から興もない顔をしてゐた細君の気持が漸く和いで屏風のことに意《こゝろ》が向いて来たのを見て、自分も、また今更に真個らしく思へた。で嬉しさうに、言葉を強めて、『さうだつたら甘いもんさ！　お前が欲しいといふ着物《もの》を拵へてやる。……五千円や六千円には誰れでも買ふ。仮りに今此処で一万円出すツたつて頭《てん》で売り手がないんだもの。今に来るから見て見な。あれが真個であつたら、そりや大変だ。』

京太郎は、段々、自分で言つてゐること想つてゐることで、それが全く真実であることを確証せられたかのやうに、虚実の意識が茫つとなつて了つた。さうして独りでに膝を躍らすやうになつて来た。『俺も一万円に売れたら半分は兄貴から取るよ。唯、お前、何でもなく持つてゐる物が不意にそれだけの大金に

なるんだもの。端書にも書いてゐたやうに土蔵の一番底に仕舞つたまゝ何年にも出して見たことがないくらい打遣《うつちや》つてあるくらいだもの。……半分は取るよ。屹度請求するよ。さうしたら己《おれ》、何よりも先に好きな土地を買ふよ。先づ五千円あれば……、さうだな……段々電車の便の利く郊外《ゐなか》の閑静な処を見付けて買つて置くよ。矢張り大塚か目白の方が可い。……さうだ彼方が可い。何時かそれ、お前と桜花《はな》の盛んに散る時分に大塚から王子の方へ歩いて行つたことがあつた、あの方が好いよ。』

『えゝ。』と、細君も、一昨年《おとゝし》の春の末、京太郎と二人で大塚から菜種の花の咲盛つた田甫道を歩いて飛鳥山、荒川堤と何処までゝも歩ける処まで歩いて行つた時の、好い天気であつたことを想ひ浮べて、かう合槌を打つた。

『俺、甘く行くやうだつたら、早速兄貴を東京《こつち》に呼で、序に兄にも土地を買はせやう。全体一昨年日露戦争の最中に、借金をしてゞも構はぬから東京の郊外《かうぐわい》の土地を買つて置いては何うだ。と言つて、くれ〴〵も勧めて遣つたのだが、その時はうんともすんとも言つて越さなかつた。本当に田舎の奴は馬鹿だ。今度は買はすよ。あの辺《へん》は今買つて置くと好い値になる。まださうはすまいが仮りに坪五円として百坪で五百円……五百坪で二千五百円か。五千円で千坪買はう。五百坪は兄貴の分で、俺が一所に世話をする。さうして小《ちさ》い四間ぐらいの家で可いから六七百円掛けて家を造らう。空いた処は皆庭園《には》にして其処へ草花を植ゑるよ。ナニ金銭《かね》をかけて庭園を造らなくつても好い。己が自分で鍬を持つて土掘りをする。萩は萩。山茶花は山茶花、芙蓉は芙蓉、木犀は木犀といふやうに、自分で植ゑるんだ。おお！　それから何時かのやうに、また茄子や胡瓜を作らうよ。此度は胡瓜を沢山作つて方々へ遣らう……』

『さうしたら、私も好きな豆を作るわ！』

『あゝ豆も作らう……』

『さうしたら貴下の、その頭の痛いのも治つて了ふ。』

『そりや治るさ。』

京太郎は、小《ちさ》い生々した顔の、目をパチクリさして、自分の顔を見い〳〵楽しさうに話を聞いてゐる妻《さい》と、火鉢を挟んでそんな話をしてゐると、倍々《ます〳〵》種々《いろ〳〵》な空想が、それからそれへと際《はて》限《し》もなく、彩糸を繰出すやうに続いた。東京の郊外の、遠く武蔵野の眺望を恣《ほしいまゝ》になした、こんもりと小高くなつた丘の上に、南方《みなみ》に緩い勾配の傾斜を見下して、小広いかなめの生垣などを繞らした、世間から物忘れをしたといふ風に見える小舎《コツテージ》がある。その傾斜の地面には、まだ青々とした大根の葉が威勢よく秋の静かな明るい光線を浴びて輝いてゐる。その畑の中を五六尺ばかり切開いて生垣の入口まで道が附いて、それを、真赤に熟した唐辛子が縁を取つて植つてゐる。その道を降りて大根畑を出ると、更に幅の広い道路があつて其処には大分《だいぶ》車轍《くるま》の跡が出来てゐて、それをまだ先へ行くと、水車に通ふ、米俵を積んだ荷馬車に出会ふ。も少し行くと郊外電車が見える。自分は今その小舎の庭園で秋の日を浴びながら逍遥《ぶら〳〵》したり、両手を土塗《つちまみ》れにして草花の土鉢を弄つたりしてゐる。

『オイ！』と先刻から少し黙つてゐた京太郎は、突然《だしぬけ》に細君に呼び掛けた。『五千円ぢや足りないねえ。本当だつたら二万円にだつて売れるよ。……併しさうなつたら俺は斯様なに今の様に甘味もそつけもない貧乏な暮しをしてゐても構はない。もうそれだけの物品《もの》があれば、土地を持つてゐるのも同じ道理だ。土地の価《あたひ》が高くなるやうな時節になれば屏風だつて矢張り値が出るに違ひない。さうしてお前、庭園に草花を植ゑなくつても、その屏風に一杯、綺麗な草花を描いてあるんだから其の方が好いよ。売らないで持つてゐるよ。兄貴にさう言つて、あの屏風だけは亡父の遺品《かたみ》として俺の物にして置いてくれとさういはふよ。』

京太郎はさう思ふと、またしても、沈んだ、少し黒味を帯びた、微塵も俗悪の気のない、品位のある金地に以て行つて、眼の覚めるやうな鮮かではあるが、爛んだ豊かな朱の玉を瓔《つゞ》つた南天の実や、豪放な調子で描いた大きな弁の椿の花だのを想像に浮べた。

『俺は、あの屏風が来たら、あすこの机の処に立てゝ置くよ。さうしたら、お前に急々言はれなくつても、心に楽みがあるからサツ〳〵と仕事が出来るよ。誰れか俺の処に訪ねて来るだらう。さうすると、斯様な穢い家にゐても二万円の伊年の金屏風で取巻かれてゐれば豪儀ぢやないか。俺の周囲《まはり》は光つてゐるよ。』

『でも故郷の兄さんだつて欲があるから、其様な物と知つたらとても貴下に呉れやしませんよ。矢張し値好く売つて、その内のお金を幾許でも貰つた方が可うござんすよ。』

細君はそれから晩の支度が遅くなつたと言つて、糸屑を丸めて座を起つた。

四

その翌日であつた。京太郎が午後《ひるすぎ》の散歩から帰つて来て、ガラツと門を明けると、

『貴下、来ましたよ。』と、細君が、家内《うち》から晴れやかな声で呼んだ。

『さうかい。』と京太郎は、庭から直ぐ回り縁の方に行つた。

身体《なり》の小《ち》さい細君は、今全身に力を籠めて、自分の帯の処まで高さのある縁の上の大きな白木の箱をズラすやうに押して見たり引いて見たりしながら、

『貴下が帰つて来る一寸前に来たばかり。ほんの今運送屋が一と休みして帰つた処です……此様な大きな箱ですよ。』

『さうかい……愈々《いよ〳〵》来たかな。どれ〳〵……そのまゝ来たのぢやなからう。』

『えゝ、さうですともまだ此の上を荒い板の箱で全然《すつかり》釘着けにして、その間に一面藁を入れてあつたんです。縁の下にあるでせう、御覧なさい。今お婆さんと二人で、其様な大きな物を何処に置いて可いか、置き場がないから、貴下が居ないでもそれは縁の下にでも入れて置いたつて構はないだらうと言つて、何れ急には入らないんだから、まあ暫時其処に仕舞つて置いたんです。』

『うむ。成程大きな荷造だなあ。』京太郎は縁の下を覗いて、釘を放して粗木《あらき》のまゝの不細工な箱を念入りに検査した。彼れは既う斯うして来た以上は、それを明けて見るまでが楽しいやうでもあり、又心元ないやうな気もするので、少しでもその心元ない楽しみをゆつくり楽しまうとするのである。

　尚ほも縁の下を覗きながら、

『成程之れぢや故郷でも、出す時に騒動《さわぎ》だつたらう。』

『運送屋が呆れてゐた。「中にあるのは一体何ですか、大きな物ですねえ」と言つて聞くから、「田舎から屏風を送つて来たんです」と言つたら、「へえ、屏風ですか。大変に重い物ですねえ」と言つて呆れてゐた。運送屋も一人では門の外から此処まで、重くつて持つて来られないと言ふから、私とお婆さんと三人がゝりで、此処まで漸《やつ》と持上げた処です。今に貴下が戻るからと思つて、そのまゝにして置いたんですけれど、遅いから、またお婆さんと二人で、あの箱のまゝでは早速今晩から戸の開閉《あけたて》するにも邪魔になつて仕様がないからと言つて、釘を外して漸とこさ、これまでにした処……また馬鹿に大きな箱なんですもの。田舎の人が荷造りしたんだからつて、運送屋も笑つてゐました。』細君は呼吸を機ませて立て続けに荷物の到着した時の模様を落ちなく京太郎に話しながら、矢張り白木の箱から手を離さずに、何方《どつち》かへずらすやうに力を入れてゐる。

　京太郎は、『さうだらう大きな荷物だ。』と繰返しながら微笑《にこにこ》して『どれ……此れも大きな箱だな』と言つて、そのまゝ縁側から上つた。勿論六枚折を一双入れてあるのだから、長さは一間の余なくてはならぬ。横もその半分。幅も一尺は入る。真新しい樅の白木を使つて、懸子《かけご》にして被せ蓋にしてゐる。京太郎は此度はその箱を繁々と見守りながら、自分の手紙で故郷の者を斯うまで手数《てすう》を掛けさしたのだから、厭でも応でも最早箱の中の物が好くなくつてくれねば困る。と念じた。

『貴下、此様な大きな物を、これから、まあ何処へ仕舞つて置きます？　今、お婆さんと二人でさう言つてゐたんだ、何処へ置いたら好いだらうつて。……貴下の方の六畳ぢや彼処《あすこ》の隅へやると半分余るから押入れの邪魔になるし、奥の間ぢや箪笥を置いてゐるから他に置く処はないし。さうかと言つて此様なものだからあんな明けツ放しの玄関にや心配で置いとけませんよ。縁側だつて置けやしませんよ。もし置いたつて、立てれば内が暗くなるでせう。』

『あゝさうか。さあ何処に置いたら可いだらう。』

京太郎には、さういふ置き場のことまで今から考へてゐられなかつた。さういふことには頓と気が着かなかつた。が、細君はその余りに馬鹿大きいのに面喰つたのと、故郷から其様な大切な物を預けられたのとに一方ならぬ負担を感じて、既う置き場にヤキモキ気を使つてゐた。

『まあ何処かへ置けるだらう。』

『ぢや、遅いから明日のことにしても可いけれど、まあ一寸明けて見ませうよ。』細君は嫣笑《につこり》とした。

『あゝ、明けて見やう……さあ、お前其方を持ちな。』

二人で蓋を取除けて、先づ下に置いた。

『まあ！　古い物ですねえ。』細君は小供のやうに呆れた叫声《けうせい》を発した。

『うむ。』と言つて、京太郎は、熟々と箱の中を見渡しながら、成程角々の傷まぬやうに継切れを当てゝ。鄭寧に遣つてゐるな。……待て〳〵。オイ！　さあ、此の中が己の一生の浮き沈みの瀬戸際だよ。さう思ふと、親爺から伝つた此の屏風が生きてゐる物のやうに思へてならぬ。』かう言つたまゝ彼れは何時までも古い屏風の折り重つた縁の処を見続けてゐる。角には赤銅の銹《かざり》を附けてあるのが、古くなつて黒ずんでゐる。

『さあ貴下、そんなことを言つてゐないで早く〳〵。』

二人は、重い〳〵と言ひながら、四つの掌《て》の先に力を入れて、深い箱から、ぎこちなさゝうにして、漸こさ引張り上げた。それを座敷に舁《か》いて行つて押立てた。京太郎は『可矣々《よし〳〵》』と一人で受取つて、片手で倒れないやうに支へながら、右手の端を執つて、颯《さつ》と一枚披いた。其処にあつた梅の枝が京太郎の眼に映るや否や、彼れは忽ち電気にでも打れたやうに全身に痲痺《しびれ》を感じた。粗雑に書きなぐつた梅には、一点一劃も名人らしい落着いた筆は認められなかつた。京太郎は、最早それだけで楽しい夢の覚め際の失望を意識した。屏風を支へた腕が萎へたやうになつて黙つて了つた。

『貴下、何してゐるんです。も少し披いて御覧なさい。』

『うむ……だけど此奴は駄目だぞ。』唸るやうに言つた。

さういひながら次を披いた。菫が出た。水仙が出た。例の椿が出た。萩もあつた。が、予《か》ねて空想に見てゐた物とは似ても似附かぬものばかりであつた。落款を見ると、落款は成程大きな茶碗の底か何かで押したやうに、と切れ〳〵に丸い朱の輪廓があつて、その中に伊年と行書で誌してある。

『うむ、此の落款だけは好いが……』

と言ひながら、京太郎は、その前にドカリと趺坐をかいて、両手を背後《うしろ》につつかひ、

『おい、此奴は駄目だよ……』と、細君に縋るやうに泣くやうな声で言つた。

『何うして？　何処が駄目なんです？』そのわけの解らない細

君は突立つたまゝ言つた。

『何うしてといふ理由はない、唯此の屏風はいけないよ……』

京太郎は、心の中で、あんな騒ぎをして遠方に送つて越さした故郷に何と言つて遣つて可いか。一目見て不可《いけな》いと思ふと直ぐ何よりもその事を考へずにはゐられなかつた。これでは博物館の紀《きの》さんに見て貰ふまでもない。自分が見てさへ駄目である。小供の幻影といふものはあゝも人間を欺くものであつたか。と京太郎は今更に自分の予想の余りに大きかつたのに興醒めると共に、自分の鑑賞眼が何時とはなしに進んでゐたのを内心驚いたのである。さうして其れは単に小供の時に比べて年齢《とし》を取つたからばかりではない自身が東京に住つてゐるといふことが自然に発達せしめたのである。何も斯も前途《きき》を想つて楽しかつた小供の空想が此の屏風と一所に凡て破れて了つたやうな気になつた。

『まあ貴下、そんなことを言つてゐないで、彼方の方をも披いて御覧なさいな。』

『あゝ。……併し既う披いて見たつて駄目だよ。』京太郎は転《ごろ》りと、今度は横になつたまゝ残つた半双を披いて見やうとする元気もない。

『ねえ、あなた、其様なに駄目だ〳〵と言つてゐないで、も一つの方を早く見て御覧なさい。』細君は、京太郎が、あれほど永い間屏風々々と言ひ暮してゐたのに、漸と今待ち焦れたそれが届いて、披いて見い早々『駄目だ駄目だ』と言つてゐるのが一向道理が分らないので、此度は自分の方から京太郎を引立《ひつた》てるやうに。

『ぢや私が披いて見やう。』と言つて、一つに手をかけた。

京太郎は、それを静と見てゐたが、起上つて手伝はふとはしなかつた。此度披いたのを見ても何れも同じやうに、調子の低い、唯浅はかに琳派の筆法を模してゐるに過ぎない。狭い六畳の室は、夫婦を取巻いて、十二折の屏風で一杯になつた。

『貴下、そんなに駄目だ〳〵つて、何処が悪いんです？　此の椿だの、萩だの、能く描けてゐるぢやありませんか。』

『あゝ。でも駄目だよ。』京太郎は何度も同じ事を繰返すより他言ふことがなかつた。

『さうですか。何処がそんなに悪いのか、私なんかには解らないけど、私は好いと思ふがなあ。ぢやまあ今日は此の儘仕舞つて置いて、貴下その紀さんに一度見てお貰ひなさい。』

『うむ、紀君にも此間此の屏風の話しをして、来たら一遍見て下さい。と言つて置いたんだが、何ぽ何でもこれぢや恥かしくつて見て貰へない。』京太郎は唯口先で気の無い返辞をしながら、腹の中では、これは困つたことになつた。が、原《もと》はと言へば、皆自分が白昼夢を見たからである。故郷へ何と言つて遣つて可いか。それを思ひ返しては当惑するばかりであつた。

五

それから四五日経つて、紀氏には、早稲田大学に日本美術史の講義に行つた帰りに寄つて観て貰つた。『一寸見せて貰ひませうか。』と言つて上つて来た。その結果は、京太郎の思つた通りであつた。此の予想の方は違はなかつた。氏の説に、伊年には草花を描いたものはなか〳〵多くある。併しそれは最初の伊年でないのが多いさうである。けれども其れが巧く描けてゐて伊年の落款さへあれば伊年で通るのだが、それも斯ういふのよりか、もつと巧《うま》い。と、幾許劣《まづ》いからと言つて、無暗に他家《ひと》の物をケナさぬといふやうな批評をした。

　此の四五日毎日のやうに『私、あの屏風には落胆《がつかり》して了つた。』と正直に言つてゐた細君も茶を運んだ序に襖の入口に坐つてその話を聞いてゐた。それで幾許か思ひ諦らめたらしかつたが、その後、何日であつたか、榎町の親類に寄つた時その話をして来たと思はれて、

『あなた、あの屏風を何うするつもりです？　榎町でさう言つてゐた。改代町に、そんなことのよく解る道具屋があるさうですから、其処へ行つて話して見て貰つたらどうです。あゝして大騒ぎをして遠方から取寄せて、自分で一寸見たゞけで、駄目だ〳〵と言つて仕舞ひ込んでゐたつて仕様がないぢやありませんか。国の兄さんの方へも、たゞ屏風が着いたといふ端書を出したばかりでせう……ですもの、故郷だつて、何うなつたかと思つて此方から好い手紙の行くのを待つてゐますさ。』

『うむ、そりや待つてゐるだらうけれど、好くないんだから何うも何と言つて遣つて可いか、言ひやうがない。それに俺ばかり見たのぢやない、紀さんにも見て貰つたんだから。』

『そりやさうですけれど、あゝいふものは、一人だけに見て貰つたんぢや解りませんよ。紀さんなどのやうに、学問の上からばかり観る人よりも矢張り本当の商売人の方がようござんすよ。商売人なら、少々好からうが、悪からうが、其処はまた何とでも言へるから……さう貴下や紀さんなどの様に正直に、絵の善《よし》悪《あし》ばかり言つてゐたつて仕方がない。紀さんも善くないと言つたんだから、私などには解らないけれど、そりや善くないのが本当でせうけど、善くないのだから尚ほのこと、道具屋に見せた方が可いんですよ。……貴下が言ふやうに五千円の一万円のつて、そんな夢見るやうなことを言つてゐたつて仕方がない、唯の三百円でも五百円でも売れさへすればいゝぢやありませんか。』

『いや！　とても三百円も六ケ敷よ。紀君も八拾円ぐらいと言つてゐたぢやないか。』京太郎も自分で毛を吹いて創《きづ》を求めたとはいひながら、実は斯ういふ愛相の尽きた代物《しろもの》を、伊年で候のと言つて、ペタ〳〵落款を押して鑑賞眼の低い田舎者を騙した昔の旅絵師が熟々憎くもなつて来た。また親父は何処から手に入れたのか知らぬが、何の鑑識もなく、斯ういふ物を唯伝習的

に伊年と思つてゐる田舎の者が、気の毒で溜らぬやうな気もして来た。で細君にも諭《さと》すやうに、

『うむ、そりやさうだけれどな、いくら道具屋に見せたつて、却つて道具屋の方が、紀さんなどより、商売根性で、もつと踏み付けたことをいふに定《きま》つてゐるよ。どうも兄貴に対して俺が済まぬけれど、此方に送らしたのが悪かつたのだ。もし真物《ほんもの》でないまでもまさか斯様なとは思はなかつた。』

『そりや貴下の物だから貴下が思ふやうにすりやいゝけれど、私や道具屋に見せた方が可いと思ふ。唯見せたら可いぢやありませんか。』

けれども最早好くないと堅く信じた、京太郎は遂に応じなかつた。

でも時々残念さうに披いて見てゐたが、『でも古い物にや相違ない。斯うして立てゝ見てゐると何となく気が落着いて懐しい好い心地がする。折角国から取寄せたんだ。父親の供養に、これを立てゝ法事の真似事をしやうか。』

『あゝ、さうしても好い。お婆さんにさう言つて私達のお祖父さんの法事もしませう。榎町の小供を呼んで来ておこはを吹かしませう。』

『あゝ、それが好い〳〵。』

一日《あるひ》お婆さんと、孫が三人と、その母親が二人と京太郎と妻とは屏風の蔭で、蓮根《はす》や慈姑の煮付を添へておこはを食つた。

その日殆んど一人で世話を焼いてゐたお婆さんは、フト感に迫つたか、おこはを食べながら『お祖父さんの因縁が悪いんだ。』と涙声で突如《だしぬけ》にそんなことを言つた。

娘達は、『ハ、、、お婆さんが古い事を想ひ出して』と心無しに笑つた。暗い屏風の蔭には蠟燭の火が揺々《ゆら〳〵》と燃えて、線香の香が薫つた。

果して田舎からは『何うだ〳〵』と度々催促をして来た。自分が種を蒔いて置いて今更素気《すげ》なく好くないとも言ひ切れないので、その度毎京太郎は返事に窮した。すると、後には、お寺の坊さんにも、その話しをしたら、あの屏風なら、何時か法事の時に見たことがある。あれは伊年だ。立派なものだ。と言つてゐた。東京で可けなければ田舎者にだつて五百円ぐらいの買手は幾許もある。と、さもお前が好い物を都合で、何うも好くない〳〵と嘘を言つてゐるのだらうと言はぬばかりに迫つて来た。

さう言ひかけられても京太郎の方から強いことは言へなかつた。で、それでは送り返さうと言つて遣つたが、荷造りをするのが臆劫なので、その内に〳〵と延して、遂々三年越し押入れの奥に仕舞込んでゐた。

その三年目の年末《ねんまつ》に迫つて、京太郎は自分の都合し得る限りの金策に窮した苦し間切れに、フト忘れてゐた屏風のことを思ひ浮べた。

せめて三百円に行けば、何とか言つて田舎を納得させやう。さうして自分は今の場合唯の五拾円でも欲しいと思案をして、窮余の窮策に、あの時細君の頻りに勧めた改代町の古道具屋を細君には内密《ないしよ》に訪づれた。

紺地に赤く、古道具刀剣書画骨董売買と散らして染抜いた納簾で全然《すつかり》間口を掩ふた店前《さき》に、大きな真鍮の火鉢を抱へて悠然と坐つてゐた六十を大分越したらしい主人《あるじ》は、京太郎の漂然と入つて来たのを見て、銹びた声だが年に似合はぬ威勢の好い調子で。

『入らつしやい』と抑へるやうに言つた。

その店前は、古くから往来して京太郎には眼馴れた猩猩緋の毛氈のやうなものを折り掛けたり、大きな長持のやうな何とも名の知れぬ古道具類を積み重ねたり、所々に軸物を掛け連ねたりして、内福さうに店を飾つてゐる。他に言ひやうがないから。

『一つ屏風を売つても可いんですが、見て貰へませんか。』

老主人は、言ふことだけ鄭重に、

『有難うごす。拝見いたしませう。……誰れですか？』

『伊年ですが……』と思ひ切つて言つたが、自信がないのだから冷りとした。

『あゝ、伊年ですか、大層結構な物をお持ちです。……あゝ伊年の物を。もうあんな物は、大抵持つてゐる方は定つてゐますな。あれや大名のお屋敷に定つた物です。松平様とか南部様とか。……結構な物をお持ちです。もう拝見さして戴いたも同じでげすから……どうも難有うごす……難有うごす。』

道具屋は自分一人で威勢よく立続けに喋べつて、京太郎には何にも言はせない。さうして言つて了つて平然として外の方を眺めてゐる。

京太郎は無拠《よんどころなく》笑ひを含みながら、

『どうも見て貰はなけりや、まだ解らないんです。』と何とか附かぬことを言つた。

『いや最早拝見さして戴いたも同じです。……どうも有難うごす。また何か御用が……』

遠く江戸時代の昔時《むかし》から此の商売に腕を錬へ此の商売で身上を仕上げて来たといふやうな落着払つた態度で何処までも商人らしい鄭重な口を利いてゐながら、少し気の狂つたやうな客を追ひ出すやうに言つた。

京太郎は、俺も年の暮で少し馬鹿になつてゐるんだ。と思ひながら、ブラ〳〵自家に戻つた。

細君に、道具屋に行つて見たことを話すと、細君は、

『あなた、此の年末《くれ》で皆《みん》な忙がしくしてゐる時分にまだ其様な屏風のことなど思つてゐるんですか。』とたしなめた。

わたり者

『さうか、ぢやお前も何度も別れた味を知つてゐるんだな。別れるといふことは、厭なものだが、でもまた其処には言ふにいはれぬ味ひがあるものだよ。私《わたし》にもその覚えがある。一つお前の別れた時の話をして聞せないか。』

『だつて、私の別れたのは、芸者や女郎のやうに浮いた話ぢやないんですもの。そんな詰らない話をするものがありますか。』

『だつて好《い》いぢやないか。それだから私が聞きたいのだよ。堅気の人が、よく〳〵のことで別れねばならぬやうになるには、それだけに深い理由《わけ》があるのだから、それが別れの価値《ねうち》だ。私は別れの痛《つら》さを知つてゐる女が好きだよ。人によると、たゞ関係する情婦《おんな》には、何度も男を取換へたのでも好いが、女房にするには、生娘《きむすめ》でなければならぬ。といふけれど、私は、それと反対だ。女房にするには、何度も別れの味を知つてゐるやうなのが好い。と言つて、私は、ナニもお前に心があるといふのぢやないよ。私は最早《もう》清潔《きれい》なものだ。たゞさういふ話を聞くのが、身にしみてゐて面白い。』

　かう言つて水を向けると、女は、つひつり込まれて、考へてゐたが、やがて次のやうな話をした。

『よく一度夫を持ち損ふと、もう一生好い夫は持てないといふけれど、私は二度目の時にさうぢやない、二度でも三度でも、好い夫に出会《でつくは》しさへすれば幸福だと、つく〴〵さう思ひました。

　よく先《せん》の旦那が、『しま、お前は、それでも時々先の連合のことを思ふだらうな』なんて聞くから、『ナニ思ふもんですか、散々苦労をさせられて、財産《ざいさん》を無くされたんですもの、言はゞ仇敵《かたき》のやうなものだ、ですから亡くなつた時には本当にサツパリして気が清々しましたつて。』さう言ひました。すると、旦那が『ウムそりやさうだらうなあ、加之《それに》お前が嫁に行つたんでなくつて、養子に貰つた夫に苦労をしたのだから』つと、言つてゐました。

　私が自分で言ふのもお可笑《かし》いけれど、M市で停車場《ステーション》を降りて元町の信楽屋《しがらきや》と言つて聞けば直ぐ分る。その時分は大きな穀屋《こくや》をしてゐました。母は私が四つの時に亡くなつて、それから伯母や祖母《おばあ》さんの手で育てられて母が、それを産んだのが元で死んだ弟が一人あるけれど父親《ちゝ》も身体《からだ》が余《あんま》り壮健《じやうぶ》でなかつたから、私が十七の時にその養子を貰つた。実家はM市から、六七里先の一寸した町で、昔時《むかし》のお大名の通る道筋に当つてゐて、陣屋だから大きなものです。今だつて総領の兄は郵便のことなんか取扱つて土地の銀行などにも関係してるし、その町では人の先に立つてゐます。その次の兄は永い間独逸《どいつ》に行つてゐて、今矢《や》張《ば》り其町《そこ》で病院を開いてゐる。私の連合の直ぐの弟は小供の時から日本橋の坂本町の錦園といふ料理屋が現在の叔父に当るから、其家に貰れて来て、今叔父が死んだから、自分が主人《あるじ》です。』

『あゝ坂本町の錦園。私は行つたことはないが、彼家《あすこ》は、東京で指折りの料理屋だ。……さうか、ぢや好い処に親類があるんだなあ。』

　誰れだつて、ほめられて厭な気のする者はない。私がさういふと、女は更に調子づいて話を続けた。

『養子はその時二十一だつた。父親が静《じつ》と平常《ふだん》為ることに気を付けて見てゐて、『どうも健太郎は温順《をとなし》く穀屋をやつて、俺の後を継いでくれさうにない、あれは商売人にや向ない。』と言ひ言ひしたが、父親の言ふ通りでした。私の十九の時に父親が亡くなつて、若い養子が俄に我儘が出来るやうになつたもんだから、それから始終《しよつちう》東京に出て蠣殼町で米相場をしたり、二度も葭町の芸者を受出して連れて来たり、中米《なかごめ》の女郎を受出して隠して置いたり、仕たい三昧なことをしてゐました。』

『フウム。私も女房にはそれに似たことをして、種々《いろ〳〵》苦労をさせた者だがお前は夫が其様なことをしてゐる時分に、何うしてゐた？』

『私はさういふ時には温順くしてゐて何にも言はない。一度其の葭町の芸者を連れて帰つた時だつた。此方は亭主が留守でも、チヤンと一人で店の者を差図して、取仕切つてゐる。其処へ酒落臭い婦人《をんな》を引張つて戻つて来たから、ヘン田舎の女だつて東京の者を恐れやしない。といふ腹を見せてやらうと思つて、それから二人を二階の座敷に上げて降りて来なくつても可いと言つて毎日〳〵酒宴《さかもり》をして飲して置いた。さうすると、一月ばかりゐて、遂々《とう〳〵》両方で置き痛くもなつたり、居痛くもなつて女を帰して仕舞つた。』

『小供は何うした？無かつたの？』

『二人あつたけれど皆な死んで了つた。……小供の死ぬ時なんかも一人の芸者を連れて北海道に行つてゐて皆目居処が分らない。自家《うち》ぢや親類の者が八ケ間敷言つてもう彼様《あん》なヤクザ者はサツ〳〵と離縁した方が可い。何時までもあんな道《ど》楽《ら》をさして家付の財産を無くさして黙つてゐるといふ法はない。それといふのもお前が健太郎ほどの男は無いと思もつてゐるからだ。といふし。私が小供を抱いて寝てゐると毎晩〳〵小供が『母ちやん冷たいよ〳〵』と言つて泣く……抱いて頬を擦り付けて私が泣いてゐるもんだから、涙が小供の顔にかゝるからそれでさう言つて泣く。私は、夜も落々寝やしない。ハア親類中の者は、誰れも彼れも私が未練なやうに言ふ。さうしてゐる間に子供の病気は段々悪くなつて、時々目を覚しては、『お父ちやん帰つて来ない〳〵』と言つて聞く。遂々東京の大学病院に連れて来たけれど、其処で亡くなつて了ひました。その時も錦園の叔父の世話で種々病院に入れる手続きなどして貰つたもんだから、始終見舞に来てくれて、『おしまさん、貴女の心は私もお察しするよ。健太郎の罰当りめ、野倒れ死にでもしてしまへば好い。』とさう言つてゐました。』

『フム。それから其の蠣殻町で米の仲買をしてゐたといふのは、何時のことだ。』

『そりや北海道から帰つて来てからのことです。此方では子供が死んでも父親は何処にゐるか知らせることも出来ないから打《う》遣《ちや》つて置くと向からまた病気だと言つて電報を越した。すると、それにサツポロとあるので、漸く北海道の札幌にゐるといふことが分つた。足掛け二年といふもの、何処にゐるか、居処が分らなかつた。

　でも北海道から帰つて来ては、『俺が悪かつた。之れから心を入れ換えて今まで無くした財産《もの》を取戻さねばならぬ。』と言つて、帰つて来てから六ケ月ばかりは、実家の方に行つてゐて自家に入れるの入れないのと言つて八ケ間敷かつたが、大きい方の子供もその頃はまだ生きてゐたし、それで蠣殻町に仲買を初めて、三四年商売を続けてしてゐて、ヒヨツクリ死んで了つた。……えゝ卒中でせう、帳場に坐つて筆を持つてゐながら、そのまゝ仰《あふの》けに倒れて了つたんです。私お勝手の方にゐて婆やに煮物の差図をしてゐると、子僧が……まだ朝の内だつたから他には誰れも店にゐなかつた……子僧が突然《だしぬけ》に大きな声で、『お内儀《かみ》さん〱旦那が大変です。』と喚《わ》めくから、変な声だ。これは何うかしたのだと思つて店へ出て見ると、さうなんだから、それから大騒ぎをして実家へ電報で知らせるやら同業の、仲間に寄つて貰つて相談をするやら、私が女の手一つで形を付けて了ひました。

　そんなやうな理由《わけ》で養子に財産は無くされる女道楽はせられる、散々苦労のありたけをしたから連合に別れたつて少しも痛くも悲しくもない。サツパリして好い気持になつた。けれども、後の旦那のことは、「あゝ好い人であつた。」と今でも忘れられない。』

『どうして其の箕浦さんの家《うち》へ行くやうになつたんだい？』

『どうしてつて、唯初めは、二日でも三日でも好いから是非手伝つてくれつといふので、ホンの一寸の積りで行つたのが段々段々永くなつて、あれで全四年もゐました。

　私も先の連合では、もう散々苦労をした上に家付の財産までお蔭で無くされて了つたもんだから、仲買の店を止めた時二千円残つたのを持つて、M市に帰つて抵当に入つてゐた田地を請戻したり、矢張り抵当に入つてゐる家屋敷を買戻したりして、此度は自分で若い者を使つて穀屋を営業してゐました。

　二年ばかりさうしてゐると日本橋の叔母の処から手紙を越して、自分の家の華客先《とくい》に、奥さんが永い間病気で困つてゐる家があるから行つて、手伝つてあげてくれないかといふから弟とも相談して『厭だ。其様な処に奉公人になつて行くのは。』と言つて断つて遣ると今度は東京から叔母が自分で出掛けて来て是非行つてあげてくれと言つて無理に頼むでゐると其処へ、叔母が東京から来たといふことを、箕浦の家でも知つてまた後から電報で、是非頼むと言つて来た。それで勤まらなかつたら直ぐ暇を取つて出て来れば好いぢやないかともいふて、遂々来ることになつた。

丁度私が二十九の春だつた。三時頃にM市から日本橋に来て、それから叔母と一所に車で箕浦に来ると、一同《みんな》で大事に言つてくれて、旦那は、私を一目見ると、

『お前の叔母さんは、田舎者だ〳〵と言つてゐたが何だ。田舎者処ぢやない。全然《すつかり》東京風だ。』と言つて嬉んだ。その時分は、私もまだ若かつたから、大きな銀杏返しに結つて、琥珀と萌黄の博多との意気な腹合せを締めて矢羽根の風通《ふうつう》の着物を着てゐた。

それから旦那が奥さんの寝てゐる室《へや》に私を案内して行くと奥さんは、

『貴女があのM市から今度来て下すつた方？よく来て下つた。私が風邪を引いたのが元で永く寝てゐるものだから困つてゐます。どうぞねえ永くゐてお世話をして下さいな。』と言ふ。

それは好い女。色の真白い頭髪《かみ》をグル〳〵巻きにして、黄八丈の褞袍《どてら》を着て、寄り掛りをして寝てゐるのを見ると、私はあゝ好い女だなと思つた。さうしてゐると、突然《いきなり》ゴボ〳〵〳〵と口から血を吐いた。それを見ると、私はゾツとして、「あツ！これは肺病だなツ！」と思つた。さうすると、私の顔色が変つたと思はれて、旦那が私の方を見てハツと顔色をした。さうして『ナニ時々斯うなんだから少しも驚くことはない。まあ彼方《あつち》へ行かう彼方へ行つてM市の話でもしやう』と言つて他の室に私を連れて行つた。それから夕飯になつて一同一所に御飯を食べたけれど、私先刻《さつき》の血が眼に着いて、御飯も、何にも咽喉へ入りやしない。余り食べないものだから、一同が何うしたのか言つて聞くから『いえ別に何うもしやしませんけれど、久し振りに汽車に乗つたものですから少し眩暈《めまひ》がして気持ちが悪うございますから』と言つてゐた。それから其のお咲さんといふ娘が『おい、しまさん、一寸これを二階の姉さんの処へ持つて行つて下さい』と言つて鶏卵《たまご》の半熟を二つ皿に載せたのを出すからそれを持つて二階に上つて行くと、二階でもゲツコン〳〵と咳をする音がしてゐる。まあ此処の家は何うしたといふんだらう、方々で咳をしてゐる。と思ひながら座敷に入つて行くと、其処には派手な友禅縮緬の掻巻きを着た娘がまた寝てゐる。其れには別に看護婦が付きつ切りでゐる。私が入つて行くと、娘は鄭寧に向き直つて、

『貴女が、此度M市から来て下すつた方？M市は日光に近いのね。私日光に行つて見たいわ。良くなつたら一所に行《ゆ》きませうねえ』などゝ言つて話をする。『私はナニ一寸悪いだけだけれどお母さんが永く悪くつて困つてゐますから、看病して頂戴な

あ。』など言つて。……それは優しい好い娘だつた。

それから私は、これはまあ此の家では二人も肺病の人がゐる。日本橋の叔母は、人を騙して非道い処へ連れて来た。伝染《うつ》りでもしやうものなら大変だ。直ぐこれから引返して日本橋へ帰つて了ふと思つて、

『あの一寸之れからお暇を戴いて日本橋まで行つて来たうございますから。』といふと、

『これから日本橋に行くつて、何しに行くのか知らないが、もう遅いぢやないか。』つて行かせない。

『いえ別に何と言つて用でもございませんけれど、……それに荷物も彼方に置いてゐますし、寝巻も取つて来たうございますから。』ツてさういふと、

『ナニ寝巻きなら、自家に家内のが幾許もある。』と旦那が、何とかして行くのを止めさせやうとする。私はその家内の寝巻きといふのを聞いてまた悚然《ぞつ》とした。さうすると、お咲さんが気が着いたと見えて、

『寝巻きなら、姉さんの新しいのがある。』

と、さう言ふ。それで仕方なくその晩は泊つて、翌日《あくるひ》早く『日本橋まで行つて参りますから』といふと、『荷物を取りに行くんなら、自分で行かなくつても車夫《しやふ》を遣らう』と言ふ。『いえ一寸自分で行つて来なければ少し話すこともございますから』といふと、

『ぢや車夫《くるま》に乗つて行つて早く帰つて来ておくれ。おい車夫を呼んで来い』と言ふ。

『いえ車夫はようございます。電車で行きますから』といふと、

『ナニお前が出さなくつても可《い》い。自家で出すんだから可いぢやないか。』と言つて、車夫を呼んで来た。仕方がないから、それに乗つて行つて、『少し話しが永くなるから』と言つて車夫は帰して了つた。

さうして叔母に『叔母さんは飛んでもない処へ人を世話をした。あの家は、家中肺病やみぢやないか。あんな家なんかにゐるなあ厭なこつた。人の家なんかへ行かなくつたつて、困つてゐるんぢやないし。』と言ふと、叔母は、

『さうかねえ私は唯奥さんが永い間患つてゐるとばかし聞いてゐたもんだから。』といふ。

叔父も、『そんな家なら行かなくつたつて可いわ』といふし。

それから月島の叔母の処に行くと、

『おや！おしま何時来た？仕入れに？』と言つて聞くから、『ナニ一寸用事《ようじ》があつて、一昨日《おとゝひ》来た。』……それから其の話をすると月島のおばも『其様な処にゐて、お前肺病でも伝染したら何うする。行かなくつたつて好い。』と言ふ。

それから、『ぢや日本橋の叔母が心配して探ねて来るかも知れないから、来たら居ないと言つてくれ』と言つて置いて、私は二階に隠れてゐた。すると叔母が『おしまは来てゐないか』と

言つて尋ねて来た。階上《うへ》で聞いてゐると、『居ない。』と言つてゐる。さうすると、日本橋の叔母は大変に心配して『何処に行つたらう？』と言つて方々心当りを探しまはつた。箕浦からはまたM市の弟の家へ電報で、私が帰つてはゐないか、と言つて聞き合して見たけれど、彼方からは帰つてゐないと言つて、また電報で返事を越した。弟も何うしたのかと思つて心配をして、電報を打つて置いて、また後から出て来るといふ騒ぎで、

『ぢや家内を病院に入れるから来てゐてくれ、何事《なんに》もしないで可いから、唯来てゐてさへくれゝば好い。』といふことで、是非と言つて頼むから戻つて行つたけれど病院にや入れやしない。それつ切り段々〱病気は重くなるばかり……その代り私を少しも病人の室には遣らない。毎日々々午飯《おひる》には何を食べやう、晩には何を食べやうと言つてそのお咲さんといふ娘《こ》が後に其様な情夫《をとこ》を拵らへるくらいだから、其の時分はまだホンのお坊児《ぼこ》だつたけれど、面白い児で、それに気を間切らされて、今日は上野の方に行つて見やう。明日は浅草の方に行つて見やう。と言つて屢〻一所に遊びにも出た。さうしてゐる間に段々慣れて病人にも構はなくなつた。

『えゝ、行つたその翌日《あくるひ》に直ぐ変な素振なんかするから、之れは妙な家へ来たなと思つてゐると、三四日経つてから、夜遅く旦那が私の寝てゐる傍《そば》へ遣つて来た。ペタ〱と畳を踏んで、大きな男が入つて来たらしいから、初めは、私は吃驚《びつくり》して、之れは泥坊が入つて来た。と思つて、蒲団の中に密《そつ》と呼吸《いき》を殺してゐると、静《じつ》と手で頭髪《あたま》の廻りを撫て触つて見るやうにする。それから私は

『お咲さん！』

と、直ぐ隣の室にお咲さんが寝てゐたから、声を出してお咲さんを呼ぶと、

『静かにしろ！……俺だ！〱』

と、強い声で静かに叱るやうに言ふ。それを聞いて私は尚ほ恐《こは》くなつて、之れは強盗に違いないと思もつて静としてゐると、〇〇〇〇〇〇〇〇へ〇〇〇〇〇。それを押し除けやうとして、一寸手を出した機《はず》みに旦那の髯に触つたので、それで旦那が来たのだと分つた。

私はさう言つて遣つた。『何しに此処に入らしつたんです。私は連合に別れて、永い間一人で通して来てゐるんです。私もまだ若い身体《からだ》ですからそんなことをして若し〇〇〇〇〇〇〇何うします。旦那も、奥さんが御病気ぢやありませんか、奥さんにでも知れたら何うします。』さういふと旦那は、

『ナニ〇〇〇〇〇りや丁度好い。俺が立派にしてやる。』さう言つて何時までも帰らないから、此方《こつち》は知らぬ顔でグン〱寝てゐてやつた。

翌朝旦那きりの処で『旦那、あんなことをせられては困りますから、私お暇を戴きます』といふと、『おれが悪かつた。勘忍

してくれ。ねえおれが悪かつた。』と言ふ。

それから五六日経つて○○○○○○、○○○○○○○○○○○○○○○○○○○○○○種々に言ふ。『俺は年を取つてゐるから、さう言ふんだらう』といふから『年寄であらうが、若い者であらうが同じ事です。其様なことを仰つては困ります。』さう言ふと、『ぢや年寄が言ふことだと思つて聞いてくれ』と言ふ。『いえ。他の事なら旦那の仰ることなら何様な御用でも致しますが、私はそれで此方の御屋敷へ上つたのぢやありませんから……余り無理を仰ると私奥さんの傍へ行つて休みます。』と言つて、私○○出やうとすると、『ぢや好い〳〵。さうして○○居れ』と言つて、○○○○○○○○○○○やうにして帰つて行かない。私は知らぬ顔をして寝てゐてやつた。

それから翌日に一寸お暇を戴きますと言つて、日本橋に駆けて行つて叔母に旦那が斯うで困るから、暇を貰ふやうに断つてくれと言ふと、叔母は、そんなことを言つては断はれない。と言ふ。叔父は『ナニ好いぢやないか。○○○○○○○お前の出世になることだ。お前だつて一度亭主を持つて、散々財産《もの》を無くされた身体だ。』さう言ふ。

『で、○○○○○○○○○○○らなかつたらう。』と私は笑つて言つた。

女も笑つてゐた。

『旦那一体幾歳だい？』

『かうと、……今、六十二。』

『ぢやお前が三十四だから二十八違ふんだな。』と、私は口で言つたが、何うして此の女には少くとも十歳《とう》は掛値があると思つてゐた。

『それから○○○○○○。』と言つて、女は今其様なことがあるやうに顔を顰《しか》めたが、その癖、その時分の甘い記憶を思ひ出してゐるやうであつた。さういふやうな官覚的な事を楽しむ淫奔な顔を、私はチラと見向いて覚えず、眼を外らした。

女は、またしては此方でも問ひもせぬのにその話しを繰返してゐた。

『奥さんも死に、娘も死に、敏男さんといふ息子も肺病で死んで了つて、私と旦那と二人ばかりになつてからは、私より先に来てゐた聾の婆やばかりだつたから、雪の降つてゐる晩なんか、『婆や明日は起きるのは遅くつても好いよ。』と旦那さう言つて、朝遅くまで寝てゐる。起きやうといふと、『まあ好い〳〵』と言つて何時までも起きない。さうして鳥鍋かなんか取寄せて二階で食べる。……そりや私を可愛《かあい》がつてくれた。お咲さんなんか、『お父さんは、私なんか何うでも好い。おしまさんさへ大事にすれば好いと思つてゐる』と言ひ〳〵した。』さう言つては、女は口に水を溜めてゐた。

『奥様《おくさん》は亡くなつたし。ぢや其処へ一生ゐれば好かつたに。どうして暇を貰つたんだ？』

『ですから、向では俺の一生を見てくれとたつて頼んだけれど、大分《おほいた》のお咲さんが貰はれてゐる、旦那の兄《にい》さんの家《ところ》へ行くことになつて、旦那も連れて行く、お咲さんもおしまさんを連れて一所にお父さんに来てくれて言つて越したけれど、弟に相談したら、其様な遠くの方に行かなくつても好い。と言ふから、それで暇を貰ふことにした。

いよ〳〵旦那が新橋に立つといふ時に、『おしま俺が大分に行つても、お前何処へも行かないで、待つてゐてくれ、帰つて来たらまた来てくれ。』と言つて涙を溢《こぼ》した。

『お前もその時は泣いたらう』

『えゝ。』

『寒いから幾ら壮健《たつしや》でも旦那は困つてゐるだらう。私のやうなまだ若い者でも女房を持つた後の一人の不自由は何とも言へない痛いから。まして年取つて話し対手《あいて》がなくつては、幾ら其の甥を後取りに直したのが大切にしてくれたつて女房が世話をしてくれるのとは違ふ。まだ出て来たといふのも、大分に行つてゐた現在実の娘のお咲さんのすることだつて、もう婿があつて見れば、まだ一人身の時分の生娘のするのとは違ふよ。お前帰つて行つて上げたが好いよ。私の家には代りさへあれば行つても差支へない。』私がさう言ふと、『いかない〳〵。もう箕浦へは、何と言つても帰らない。身体を悪くして了ふもの』と怒るやうに言つた。

其女が家にゐた学生と不都合を働いたので、暮の二十九日に一所に出して了つた。さうして私は『此度は若いのが好いだらう』と言つてやつた。

小猫

私《わたし》は、まだ子供を持つたことがありませんから、子供を亡くした時の心持も経験しませんけれど、もし子供があつて、死なれでもしたら、あゝもあらうかと思ふやうな悲しい心持になつたことが一度ございます。

私は随分我儘勝手ですけれど、それでゐて非常に情深い性質だと言ふことは何うしても争そはれません。それは自分を賞めていふのでも貶なしていふのでもない。ありのまゝがさうなのです。

私は一度可愛《かあい》い小猫がフトゐなくなつたので、それから急に気病みがしたやうになつて七日ばかりといふもの、猫のことを思ひ続けて泣いてばかりゐたことがございました。さうしてその時私は、自分には子供がないけれど、成程子供に死なれた親の心持は斯ういふものであらうかと思つたのでした。

私の友人が猫を飼つてゐまして、それが四匹か五匹子を生んだのでした。友人も猫煩悩の男でしたから、親と一所に其れを可愛がつて育てゝゐました。障子を破らうが、畳を引掻かうがそんなことは一向構はないで、何時も家《うち》の中を五六匹の猫がぞろ〱歩いてゐました。

私は、その中で一番毛並の好《い》い、尾《しつぽ》の余り長くない、まだ眼の見えぬ時分からムク〱と肥つた雄児《をす》を貰ふことに約束して、なるたけ乳は長く呑したがよからうと言つて、大きくなるまで矢張り親の傍《そば》に置いときました。

けれども四匹も五匹もの小猫が段々大きくなるにつけ、余りに悪戯《いたづら》が劇《はげ》しくなるものですから、流石の友人も、

『早く連れて行つてくれ、遣りきれない。』

と言つて、其の家の書生が猫を扱かひつけてゐるものですから、元気で引掻いて仕方のない其の雄児を懐中《ふところ》に入れて、私と一所に其家《そこ》からは可成の道程《みちのり》のある私の家まで連れて来てくれました。

そりや活潑な好い猫でした。あばれること〱黒い処の多い、丁度頸輪を入れたやうに、頸部《くび》の辺《あたり》に円く真白い斑《ぶち》があつて、それから尾と後足が白くつて、丸く肥つてゐるから丁度熊のやうでした。——私は熊が好きです。私は三十幾歳《いくつ》にもなつて、時々独りで怠屈な機《をり》などに屡く動物園を見に行くことがありますが、そんな時には何時も熊の前に一番長く立つて見てゐます。何だか熊とは私遊んで見たいやうな気がします。——私は猫とも遊ぶのです。全く、猫を飼つてゐると、私は猫が何人《だれ》よりも一等好きな友人《ともだち》なのです。

で、その小猫を、妻《さい》が、『小僧々々』と呼んだのが元で、私も

『小僧々』と呼びますし、さういふと、間もなく小僧自身にも分るやうになつて来ました。

よくハシヤグのハシヤガないのつて、それはよく暴れました。私達が立つて歩いてゐると、裾に縺《もつ》れて飛び付いて来る。それを『叱《し》つ！』といふと、サツと飛び退いて、急遽《いきなり》向の方の柱に行つて搔き上《のぼ》る。私がそれを面白がつて追掛《おつか》けると、直ぐまた逃げ出して、今度は床に私の親父《ちゝ》の肖像画を置いてある、それに行つてその額縁に飛び付く。それから其の壁に凭せ掛けた隙間にソツと隠れる。隠れた奴を片方《かたつぽう》から追ひ出す。遁げる、遁げるを追ふと、今度は庭の松の樹に行つて搔き上る。それを下から追ふと、上へ〳〵逃げて行《ゆ》く。その時此方で忘れたやうに知らん顔をしてゐると、また高い処から段々下りて来て、私の立つてゐる鼻の先の枝を伝うて傍へ挑みに遣つて来ます。あまり枝の先の方へ来ると、落《おつこ》ちさうになるので小猫は自身の体を持扱ひかねてゐます。その困つてゐるのを見るのが好でした。

最初《はじめ》の内は、妻が気を付けて糞をする処を拵らへて教へてやりましたが、それでも夜蒲団の上に小便《おしつこ》をするには困りました。さうすると妻は、『よく言つて聞かせねばならぬ。』と言つて、その小便《せうべん》で濡れてゐる処へ連れて来て、

『こら！　お前此様《こん》な行儀の悪いことをしてはいけないぢやないか。此処へ小便をするんぢやないよ。』

と言ひながら小便に鼻を押付けて置いて、拳固で猫の頭をコツ〳〵と叩きました。余り非道く叩くやうですから、

『そんなに非道くするな。』と私は言ひました。

さういふやうな調子で、一寸でも猫の姿が見えなくなると、私は何を置いても大騒ぎして探し廻るのでした。

そんな時には、妻も『直ぐ先刻《さつき》其処にゐたやうであつたが、何うしたらう？』と言つて、起つて私と一所に探します。散々尋ねあぐんだ結果《あげく》、知らずに閉めて置いた押入れの行李の中の襤褸《ぼろ》を入れた上に温々《ぬく〳〵》と丸くなつてさも好い気持に寝入り込んでゐる処を発見することがある。さうすると妻が、

『あつ！　貴下此処にゐましたよ。』と他を探してゐる私に呼んで置いて、『これ！　何うした？お前がゐないので心配したぢやないか。温々《ぬく〳〵》と寝入つて、良く寝られたか。』と言ひながら抱へて連れて来ます。さうして畳の上に置くと、小《ちさ》い身体《からだ》を長く無格好に伸して大きな欠伸《あくび》をします。でも其様《そん》な時はその不様なのが厭でした。

そんなに可愛がつてゐる猫の為に、一遍、私も妻も寿命を縮めるやうな思ひをしたことがございました。猫が井《ゐど》に陥《はま》つたのです。その時くらゐ心配したことはありません。

私達その頃は小石川のある高台に住んでゐましたが、恐ろしいやうな深い井で、お勝手をするにも、それが第一の難渋でした。

処が、その小猫が、――親猫ならば幾許《いくら》動物でも訳が分つて

ゐますから、そんなことはしますまいが、——時々其の井の井筒の上に這ひ上つて歩いてゐるのです。それを見ると、妻はハラ〳〵して、先方《むかう》を吃驚《びつくり》させぬやうに、静《そつ》と、『小僧々々』と呼びます。さうすると、何でもなく降りてまゐります。

さうしてゐると、何日か、私達昼飯《おひる》を食べてゐると、突如《だしぬけ》に何とも言へない汚い声を出して猫の泣くのが耳に入りました。妻は早くもそれを聞付けて御飯を口にしながら、

『あツ！　猫が井《いど》に陥たんだ。』と言ひなり、ガタリと茶碗と箸とを食卓の上に置いて、『私、一度は此様なことがあるに違ひないと思つてゐた………』と言ひ〳〵板の間から飛び出して井の方に駆けました。私も続いて出ました。

底の方を透して見ると、案の定、猫が陥つてゐる。併し不思議に水の中には落ちてゐません。御承知の通り大抵の井は、上の方に桶側を一つ入れて、その下は赤土で固めて、それからまたずつと底の方の水のある辺《へん》に行つて桶側を入れてある。それ故水と殆ど一所になつた桶側の縁の処と、その外側の赤土の処とに狭い段が一と周り出来てゐます、でも丁度其処の処へ甘く落ちてゐるのです。可愛さうに、其処へ這ひつくばつて、呼吸《いき》が切れさうな声で泣いてゐるのです。水際まで二丈はたつぷりあるのですから、何うすることも出来ません。

私達は井筒に取付いて、遠く底を窺き込んだなり思案に暮れました。

猫は火の付いたやうな声を揚げて泣き頻《しき》つてゐる。

『貴下、何うしたら好いでせう？………』

『………』私は何とも返事が出ません。

『井屋を呼んで来なければなりますまいか。』

『井屋を呼んで来たつて仕方があるまい。何うしたらよからう。本当に困つたなあ。』

『貴下、此のまゝにしてゐたら、死んで了ひますよ………。』

『ウム！　早く何うかしなけりやならん。困つたなあ、何うしよう。』

二人は、泣くやうな声を出して気を揉みました。

『あれ御覧なさい、貴下あんなにして泣いてゐる。………確《しつ》乎《かり》してお出で、今直ぐ上げてあげるから………お前が此様な処を歩くから悪いんぢやないか！』妻は悲しい声を出して猫に理解《わか》るやうに叫びました。

『井屋に行つたら好い分別があるだらうけれど、そんなにしなくつても何うかならないかなあ。』

と言ひながら、試に釣瓶を動して猫の方に寄せて見たが、泣いてゐるばかりで、一向その方は気を付けやうともしません。それから、ぢや待て待て斯うして見やう。と言つて、今度は長い物乾し竿を二本継いで、その尖に、容易に猫が取着くことが出来るやうにと思つて、座蒲団を巻付けて、猫の傍に遣つて見ました。けれどもそれにも何うもしないで矢張り知らん顔で泣

き続けて居ます。

『困つたなあ！　何うしよう？』

『何うしたら可いでせう？』

唯、空しく凝乎《じつ》と見てゐると、猫の生命《いのち》は刻一刻に迫つて来るやうで、私達も静《ぢつ》としてゐられません。貴下方は、其様な時に何うしたら無難に猫を救ひ上げることが出来ると思はれます？

『あツ！　好い分別がある！』と、私は覚えず膝を叩きました。

急遽私は座敷に駆け戻つて、押入れを開け、古雑誌を入れてある行李を取出して、そのまゝ倒さまに座敷に引きあけ、其処にある細引を取つて、行李を十文字に吊りました。

『おい！　斯うしたら何うだらう？』と言ひ〳〵私はそれを提げて井辺《ばた》に来ました。

それから、其れをスル〳〵と、細引を手繰つて井の底に下して、静《そつ》と猫の方に寄せました。——井は円い、行李は長方形ですから、私は、行李の幅の短かい方を井側に当てました。さうしないと、猫と行李との間に間隔が多く出来ますから。——

よく猫は犬に比べて馬鹿な物だ。と言ひますけれど、猫——寧ろ動物の本能性と申すものも、さう馬鹿なものぢやありませんねえ。さうして行李を側に近寄せますと、今まで何様なことをして見せても素知らん顔で泣き叫けんでゐました小猫が、行李を井側にピタリと着けるや否やパタと泣き静まつて、直ちに行李の中に這入つて、さも恐れ慴《おび》えたものゝやうに小い四つの足を心持ち踏張つて、真中に恰度平蜘蛛のやうにペツタリ匍伏《はひふ》しました。

それを上から窺いて見てゐる私達は、急に気が軽くなつたやうで、

『あツ！　這入る〳〵！』

『巧く這入つた。いくら畜生でも、之れならば這入つても大丈夫だといふ見分けが付くから感心だ。』

さう言ひながら引き上げました。

『おゝ上つた〳〵。よく上つた。』

行李を井端に置くと、妻は直ぐさま抱き上げて、

『これツ、もう之れに懲りて此様な処を歩くんぢやないよ。恐《こは》かつたらう。お前の為に生命が縮まつたぢやないか。……おう何だか少し喪失《がつかり》してゐるやうだ。』

それから牛乳でも買つて来て飲ましたらよからうと言つて、妻が買つて来て遣りましたら、よく飲みました。暫らくケロリとして温順《おとなし》くなつてゐましたが、晩からまた能くはしやぎました。

そんなに、此方のすることがよく分つて、行李の中に這入つたりしたものですから、その後も一層可愛がつて、私の好い玩弄物《おもちや》にしてゐました。妻は屢々『貴下は何もしないで、一日

猫と遊んでゐる。』と言ひましたが、私の方からばかりぢやない、猫の方からも私を対手《あひて》に戯《から》かいに掛るのです。
『そらツ！』と追ふやうな声を掛けると、球《まり》を投げるやうに飛んで逃げるが、直ぐ静《そつ》と此方の様子を伺ひ〳〵近寄つて来る。それが丁度回り縁の処で、障子の小蔭に身を隠してゐて、直ぐ鼻の尖まで遣つて来た時分に、トツと出て、また、
『それツ！』と声を掛けると、猫は正に二尺ばかり、身体を扭《ね》ぢつて空に躍り上つて驚ろきながら、バタ〴〵と便所の傍の戸袋の方に退軍する。三分間ばかりもしてゐると、また脅やかして貰ひに静《そつ》と遣つて来る。散々其様なことをして戯ざけた後、遂々捕まへて、此度は掌《て》で戯かふと、まだ足の裏の柔かい四つの足でパツ〳〵と蹴るやうにしながら小い口で指に噛み付きます。その手足に弾力があつて蹴られてゐると何とも言へない好い気持です。私は其奴を懐中に入れたり、冷い鼻の尖を自身の鼻に押付けたりして遣るのです。

　其様なにして可愛がるものですから、よく知つてゐて、私が外へ出る時など、もう玄関の処からニヤア〳〵泣いて、門の外まで後を追つて来ます。それを種々《いろ〳〵》にして追ひ返へしたり、また妻が出て来て、抱へて入ることなどもありました。白い処は雪のやうに純白に、黒い処は漆のやうに光つて、段々毛の艶もよくなりました。

　夜は毎晩私が抱いて寝て遣ります。夜着の袖の処に入れて、床に入つた暫くの間は、添乳《そへぢ》に猫を対手に、訳もない下らぬことを言つて、手を握つたり、口に指を入れたり、戯弄《からか》つてゐますが、その内猫も人間も段々眠くなつて来ると、私は、静《そつ》と背を撫でながらつい寝入つて了ひます。それから一と寝入りぐつすり熟睡して此度目を覚ますと、猫は屹度《きつと》袖から出て来て、私の褥《しとね》の上に寝てゐます。それが何だか寝返りをする時に圧潰しさうで気になるものですから、私も半寝入りながらに、静《そ》うと足で裾の方へ押し遣るやうにすると、軟かい毛が暖々《ぬく〳〵》としてゐて、丸く団子のやうになつて前後も知らず寝入つてゐるのか、生きた物ではないやうに、順直に足に押されながら裾の方へ、事もなくずつて行くのです。

　それから私がも一と寝入りして、今度心地好く目を覚ますと、最早《もう》夜が夙《とつく》に明けてゐて、小猫は定つて私の夜着の天鵞《びらうど》の襟の上に来て、直ぐ鼻の真上の処にまた丸くなつている。此方が眼を覚したのに気が着くと、ニヤアと言ひながら、上から軟かな手で私の顔を撫でるのです。猫の嫌ひな人は此様なことをされては、到底《とても》耐忍してゐられませんが、私は嫌ひでないから、好い心地がするのです。私より早く起きてゐる妻の言ふのでは、猫は毎時も私を起さうと思つて襟の上で暫く泣いてゐるが、それでも私が目を覚さないと、自分も其処にその儘また丸くなつて寝入るのださうです。

　私が出て行く時分にも後を追ひましたが、外から帰つて来た

時にも、私の足音を聞き付けて、何様な奥の方や物蔭で遊んでゐても屹度駆出して玄関に来てニヤアと言ひます。それが丁度『貴下が居ないので、私遊ぶのに困つてゐた。』と言ひたさうなのです。妻は言つてゐました。『大抵貴下の足音は知つてゐるやうですが、それでも何うかして、知らぬ人が来たのだと、玄関でフ、ウ！　と言つて背を高くしてゐますよ。』

　そんなにしてゐる猫が、――その歳の十二月の確かに十日でした。ヒユウ〳〵木枯の吹きすさむ雨気《あまけ》を帯びた厭な日でしたが、その時も私は外に用事があつて、午後《ひるすぎ》に家を出ました。猫は例《いつも》の通り後を追うて門の外に駆けて来ました。処が、その時分の私の住居《すまゐ》の直ぐ崖下が、大きな池のあつた後の窪地の原つぱになつてゐて、水草などが蓬々《ぼう〳〵》と繁茂つてゐました。其処を渉つて往来に出るのですが、私が向の道に上つて、後を振り向きますと、小猫は崖の草原の中にゐて、遠く私の方を見ながら、頻りに恋しがつて泣いてゐました。けれども門の外からその辺《へん》までは毎時も駆け出るのですから、独りで家に帰るであらうと思つて私は気にもせず行きましたが、その時妻も家で何かしてゐたのでせう。

　それから夕暮方に私は戻つて来ましたが、つい猫のことは忘れてゐました。すると、全く暮れ果てても、何時もその時分には見える猫の姿が見えません。

『おい、猫は何うしたらう？』

『さうですねえ。何うしたでせう。』

　それから、また押入れにでも這入つて寝込んでゐるのであらうと思つて種々探して見ましたが、見付りません。加之《しかのみならず》時刻が何うしても家に居さへすれば、出て来なければならぬ時刻なのです。

　私は急に何とも言へない可哀さうな、淋しい気持がして来て、それでも今にニヤア！　と言つて何処からか出て来はしないかと思はれて、何度も空耳を立てました。さうして何卒《どうぞ》出て来て呉れるやうに祈りました。で、其の夜寝るまで、

『何うしたらうなあ？　あの時、外に出た切り家に帰らなかつたのかも知れぬ。さうして他を歩き廻つてゐる内に、道に迷うて、遂々迷ひ猫になつたのかも知れぬ。此の辺《へん》には屢く猫捕りが来るといふから、猫捕りに捕られたのかも知れぬ。それとも知らぬ処をウロ〳〵してゐる内に、可愛い猫だと言つて猫の好きな者が連れて行つたのかも分らない。それならばまあ好い。』

　妻と二人で此様なことを言つて、私が昼過ぎ出て行つた時分の事から、その時妻は家にゐて何うしてゐた、あの時はあゝであつた、斯うであつた。と、繰返して猫の見えなくなつた時分のことを空しく想ひ出して見ました。

　さうして、よもやに引かされて帰るのを待ち心地に十二時過ぎるまで起きてゐましたが、遂に戻つて来ませんでした。寝てからも例の通り夜着の袖に入れるものがございませんから私は

寂しくつて遣る瀬がありません。

『可哀さうに、皮剝ぎに捕つて剝れたかも知れぬ。あんなにピン〳〵跳ね廻つてゐたものが、剝れて仕舞へば、最早幾許経つたつて、帰りつこはない。』

かう思ふと、昼間吾々が気を許して、一寸油断をしたのが悪かつたのだ。可哀さうなことをした。

こんなことが止め度もなく思はれて、私は、

『猫がゐない！　猫がゐない！』と、夜着の中に頭を隠して泣きました。

妻は、『居なくなつたものは仕方がない。それが畜生の本性だから。』と言つて、サラ〳〵と諦らめてゐましたが、余りに私が本気になつて、猫を悲みますので、寝ながら『それでも夜が明けたらヒヨツコリ戻つて来るかも知れない。』と気安めを言ひました。私は晩に暮れてからゐなくなつたのならば兎に角、昼間から見えなくなつたものが、夜が明けたからつて、何うして帰つて来るといはれやう？　と思ひましたが、それでも、また慾目で、朝になつたら出てくるかも知れぬ。と空頼みをしました。

けれども翌朝《あくるあさ》になつても遂に帰りませんでした。永久に、あの時私の後を追つて泣いてゐたきり姿は見えませんでした。

私はその後十日ばかり、寂しくつて、可哀さうで、何も面白くなくつて、夜寝ては夜着を被つて泣きました。妻は何とも思つてゐないばかりか、私が泣くのを冷かしましたから、私は掌で以つてなぐつてやりました。

それから後、神楽坂を通ることがあつて、寒い時分のことですから、毘沙門の前に、夜店で、猫の皮を晒した襟巻を沢山売つてゐるのを見まして、私は、『あゝ、家の猫も此様なにされたのだらう。』と立ち止つて、よく見ると、その中に何だか其の猫に酷く似た毛色のがあるやうな気がしました。

生家の老母へ

女房よりも下女の好いのを

去月《きよげつ》十三日附の御手紙難有拝見仕り申候。母上始め其処許《そこもと》何《いず》れもさま御堅固に御暮しなされ、懐かしく存じ候。私《わたくし》も不仕合ゆゑ、永々の御無沙汰、今歳で丁度満七年帰省いたさず候へば何とやら皆様の御顔も眼に薄れ候やうな心地いたし申候。去年の春父上の十七年にあたり、是非帰れ、汽車賃無ければ送らうかとまで御申遣し下され、涙の溢《こぼ》れるほど難有く存じ候ひしも、汽車賃まで貰うて展墓致候とて、父上のあの気性にて、何とて喜び給はんや。それを思うて、ついその儘に致し申候。此の東京の地には、彼れ是れ二十年近く住居致し居り候へども、いまだに身が落着き申さず。年寄られたる母上に御心配相掛け申候こと、この上の不孝は無之候。お前も、いつまでも独りでは居られねば岡山の寺町屋のお幾さんの貰ひ児の姉になる者にて好さゝうなのがあるから、何うか。との仰せ。かねて御承知の通り、私も爰元《こゝもと》にて持ち申候女房とも六七年連添ひ候処、散々の体にて相別れ候やうな始末にて、兎角私の効性無きゆゑ彼女《あれ》にも随分苦労相掛け申候。親の慈目にては、況《ま》して末子《ばつし》の私がまだ若きやうに覚召《おぼしめし》違ひなさるゝも不思議にては無之、辱《かたじけ》なく存じ候へども、私とても此処数年を出でずして四十に手の届く中老に罷り成り申候。私幼少の頃、母上の度々口癖のやうに仰せられ候言葉にも、四十になると、仏壇に片足挙がるものだとか。その時分には、四十と言へば老人《としより》のやうに聞え申候に、何時の間にか、私もその老人に罷り成り申候。されば浮世の何の面白き事も、最早時分過ぎ、女房持つ楽みも大方は、お須磨と共に六七年が苦労の間に果敢く掻き消え申候。此の歳に成り候て、若い者混りに、女房の手を引いて縁日の草花漁《くさばなあさ》りも何となく自分が顧られ候。三年前お須磨と相別れ候当座は、何につけ、斯につけ、不自由にて、物憂く心細く、消え入るやうな悲しい目を見申候も、世間の例《たとへ》にも申候通り、無いが優《ま》しかよ気が楽か、今日《こんにち》になりては、独身《ひとりみ》の方が結局気楽に存じ候。そのやうな都合にて一人に成り候てより二年ばかりは下宿住居《ずまゐ》をして過し候も、永い間自分で家を持ちたるものが、他人の家に同居をしたのでは、伸々と足を踏み伸すことも出来ぬやうな窮屈を覚え候故、家だけは再び去年の秋より借り、女中を使つての男暮し。さりとは身軽の境涯に御座候。流石に広い東京に御座候。私のやうな者にても、筆を生命《いのち》の果敢い商売。儲けも知れぬ身過《みすぎ》と存じ、万事につけ、始末を第一と心得、心を配り候へども、女中は矢張り女の使ふもの、男世帯にて女中を使ふは、自分を使ふよりも気骨を折り申候。お須磨は、度々、私が横の物を縦にもせぬとて、口小言を申居り候ひしが、今になりて女房の難有きこと、熟々《つく〲》と思ひ出され候。東京のことなれば、女中など降るほどあるやうなれど、さてこれぞと思ふのは一人とてないものに御座候。それに男一人の処へは、堅い者は、なか〲来てくれ不申候。去年の秋初めて家を持ちたる時置いたる二十五六の女中。何も他に用事とて無い私方のこと故、女中部屋に窺いて見れば、何時も横さまに寝そべりて、人が顔を出しても起き上らうともせず、夜、外より帰つて来ても燈火《あかり》を以つて玄関に迎へるといふことなく、何時《いつ》も手探りにて上り、余りの腹立しさに部屋を覗《のぞ》けば、相変らず平気にて横になり居り候。それでも構はず棄て置き候ところ、自分から暇を求めて出でゆき申候。後にて隣家《となり》の家主の奥様《おくさん》の話に聞けば、私の居ない間には、女中部屋で手風琴《てふうきん》を出して、薬売りの歌を唄つて居つたとか申され候。此の頃は戸塚の辺《へん》にて支那人の合宿処の御飯炊きを致し候由。出入の桂庵から聞き申候。口入れ屋は一つ世話をすれば被雇方《やとはるゝはう》と雇ふ方とより九十銭づつの手数料を儲け候へば、早速後の代りを探しくれ申候。兎角年の行きたるが、男世帯の為と存じ、その望み頼み申候に、三十五と申候が、何故か十五ばかりは歳を隠してゐるらしく、上の前歯は総入歯にて下顎の処にひどい皺があるやうな顔をしてゐながら、ベタ〲と頸の廻りに白粉《おしろい》を塗りこくつて、襦袢の襟は真白に汚れ居り候。見るからに胸悪く、直ぐにも暇を出したく存じ候へども、甥と金谷《かなや》の北川の倅とが同居致し居りて、私一人なれば不自由はなけれども女中が居なくなれば、直ぐその日から朝早く学校に行《ゆ》くに差《さし》支《つかへ》を生じ候ゆゑ、眼を瞑《ねむ》つて耐忍《がまん》して使ひ居り候に、火鉢に炭を次ぐからとて、嘗て灰を掛けたることなく、糠味噌の出し入れをするのを見てゐれば、蕪や大根の葉を取り出す時に、糠の付いたるまゝ出し候へば糠は忽ちにして減り申候。さうして両手を糠味噌塗《まみ》れにして、台処の上げ板に触り候ゆゑ其処等中が糠味噌だらけに相成り、私教へて申候には、糠味噌を上げる時には、まづ洗ひ桶に一杓水を入れて傍《そば》に持つて行き、出した漬物を其れに入れて手をその水で雪《そゝ》げば清浄《きれい》に成り申候。毎朝起きて顔を洗ふ時にいつも流しさきに米を真白に溢し居り候。此の米の高い時節に、好い歳をしてもつたいないといふことを知らぬ奴にて候。此の女御飯の給仕をする時、食べゐる吾等よりももつと深く膝を飯台の下に入れて、お櫃《はち》を抱へ込むやうにいたして蓋を取り放ちたるまゝ、その上にてペタクサ饒舌《しやべ》り申候。さうして茶椀を持つ方の手をば、時々入歯にあてゝ口をいぢる悪い癖あり、私は、見てゐて御飯が不味《まづ》くなり、「そんなことをするものでない。さうして少し後に退《の》いて給仕をするものだ」と申し聞かせ候も、歳を取りての磨れ枯らしは、イケづう〲しくばかりなりて、一向馬の耳に念仏に御座候。さうする内に、誠に御話しにならぬ事を仕出来《しでか》し候故、早速暇を遣はし申候ところ、出て行つた後にて押入れを明けた時フト掛け蒲団の皮の解いたのを二枚。四布風呂敷《よのぶろしき》を一枚。私の単衣《ひとへ》を二枚持去り候ことに心付き、返す〴〵も不届きなる奴と、腹立たしく存じ候。加之《しかも》その翌月の酒屋の通に合点の行かぬ筆三ケ処ばかり有之候ゆゑ出入りの小僧に聞き合せ申候ところ、その女が私宅を出でたる後、私の名をかたりて品物を持ち去りたることゝ存じ候。定めし相手の男に自分が買つて飲ませたる顔をしたるものと思はれ候。お半長右衛門を逆さまにしたる年頃にて誠にはや小説にも書けぬ色消しに御座候。冬の最中《さなか》一人にて男世帯も出来かね候ゆゑ、最早女中にはこり〳〵いたし候も、拠《よんどころ》なく又桂庵に口を掛け置き候ところ早速一人連れてまゐり申候。東京生れの者にて、足利在に縁付きゐたるに、去年の夏夫に死別れ、浅草にて錺職《かざりしよく》をしてゐる兄の許に出戻りゐたるが、兄嫁と口論《いさかひ》をして家を飛出して桂庵にまゐりたる由語り居り候。此の女、前の女がダラしなく取り散かし置きたる上げ板の下を綺麗に形付け、炭も新らしく買ひ取りたるを後にして、座の下に転りゐるのを拾ひ出しては炭箱の底に高く堆《たま》り候粉炭と混ぜて使ひ申候。足袋の底に糸を当てるとて、前の女の手を笑ひ申候。笑ふほどありて先のよりも上手に御座候。二十七にて身体《からだ》が大きく候ゆゑ朝の掃除も一と息にて埒明け申候。分けても私の気に入り申候は、指図を待たず便所を二日置きに掃除致しくれることに候。私も漸く自分の家にゐる心地になりて、二た月ばかり過し申候に、三月の差入りに、元の縁家さきにて、弟の嫁に直りくれとて、その話いまだに決着せず、自分は余りに年の違ふのがいやにて、兎に角父や兄に一応相談してからのことにしまするとて、嫁入りの荷物など一切そのまゝにして帰りゐたるに、此度荷物を渡すゆゑ本人に来てくれとの手紙がまゐりたる故長くて五六日の暇を戴きたし一寸行つてまゐりまするとて、出で行きたるが、十日経つても十五日経つても、戻つてまゐらぬ故、私方の行李を貸してその中に入れ置きたる寝巻の袷衣《あはせ》など汚れ物の二三枚束《つか》ねて押入れに入れて行きたる荷物を取り出し、よく〳〵行李の底を検《あらた》め見るに足利の小間物屋へ縁付きゐたとは真赤の嘘にて、あの辺《へん》の田舎茶屋へ酌婦に住みゐたるだるまと相分り申候。料理屋の仕切付やら、種々《いろ〳〵》な情夫《いろをとこ》の手紙やら幾通も密《ひそ》み居り申候。何でもその手紙の模様によれば、言ひ交はしたる男が二月の末には東京に来るらしく候。それにも出て行く時、折りから雨降りいだし、まだ中古《ちうぶる》の蛇の目をさして行かれ申候。それから女中を置くにも気疲れいたし、自分にて一切埒明け居り申候。家主がよく世話をしてくれ、毎朝私の起き出でて戸を繰る音を聞くが早いか、火種を運びくれ申候。尤も今分は暑い時分の事故、別に瓦斯《がす》を取り付け居り候へば、炭火の用は無之候、一寸マツチを擦つて、瓦斯に点火すれば、煮物に何の仔細も無之候。此の歳をして一人者が、毎晩裏の縁先にてラムプのホヤを拭くのも何とやら心わびしくその時ばかりは種々の昔のことが思ひ起され候。石油も壱升弐拾銭にては、米の値段と大した変りも無之。いつそ電燈にせんかと、その申込みをいたしたるに早速多勢の工夫が一度にどや〳〵と取り付けにまゐり四燈点じてメートルにいたし候に、取り付けは向ふ持ち、私方は一人といふ無人《ぶにん》ゆゑ一ケ月に三キロ——此の代価五拾四銭前後にて埒明き申候。かく万事が簡便に埒あき申候からは、段々独身にて一生を立て通す者も出て来り可申候。洗濯物も初めの内は外に出し居り候ところ、単衣を一枚洗はすれば拾銭取り申候。夏分は、殊の外読み書きにも怠け居り候ことゆゑ当節は水いぢりも体涼しく候へば、自身にて単衣や襦袢の洗ひすゝぎぐらゐは済まし居り候。此の分にては、私事女房なくとも一人にて結句気楽に世を渡られ申候。女房は欲しくも無之。それよりも東京見物がしたいといふ女にてもあれば、かた〴〵女中にして置いて遣はすべく候間御心掛けおき下され度候。女房は欲しくも無之。欲しきは銭ばかりに候。母上もまだ息のある内に、私分の分け前を兄貴に無心を言ひ置き下され度くれ〴〵も頼みまゐらせ候。

八月廿四日

東　京

私　よ　り

田舎にて

母　上　さ　ま

執　着

(別れたる妻に送る手紙)

またしても私は、お前に手紙を書く。先に長い手紙を書いてから、満三年になる。あの頃は、本当にお前が何処にどうしてゐるか分らなかつたのだ。お前は、私が何と言つて口説いても、少しも私の心をくんでくれようとはしない。あの時分の頼りなさといふものはなかつた。この頃だつて矢張り頼りないに違ひはないけれど、あの時分は、あゝ言つて、お前は、もう何処かへ嫁いてゐるのかも知れぬと思つたから、もうさうだつたら私から手紙を遣つては済まぬ。とさへ、私は堪へられない悲みをじつとこらへて、義理を尽して書いたつもりであつた。

あの時の手紙は、私が最初書かうと思ひ立つたことを半分しか書いてゐない。あの手紙を書いてゐる時分には、私も、よもやお前が、そんな非道いことを、私に仕向けてゐようとは思つてゐなかつた。私は、あの手紙に半分まで話しかけてゐる通り、性懲りもなく蠣殻町の地獄に陥《はま》つた。さうして、お前もよく知つてゐる、私とは、兎に角最も懇意であつた筈の友人に巧く水をさゝれた。私は、お前がよく言つてゐた通り何でも直ぐ真実《ほんとう》にして了つて、ぢきに腹にあることを口に出して言ふ人間だから、その女との事も、その友人に一切話し〳〵した。それが、後では向の女には筒抜けに知れてしまふのだ。さうして遂々《とう〳〵》最後《しまひ》には、その地獄と友人との為にひどい煮え湯を呑まされた。私は、その事を、何も事新らしく此処でお浚へしようと思ふのではない。私は、お前に姿を隠されて後の遣る瀬の無い寂しさから、あゝして見下げた地獄女にまで熱くなつて、女めとも何も斯も忘れようとしたのであつた。それが、其様なことになつてひどい目に逢はされたから、それを手紙にでも委敷く書いて送つたならば、何でも理解《わかり》の早いお前の事だから少しは気の毒だとも思つてくれるだらうと思つてゐたのだ。小栗風葉君の書いた恋ひ何とか言つた小説はお前も確か読んだ筈だ。あの中に、事情があつて、暫らく妻君と子供とを故郷に帰してゐる男が、房州か何処かへ避寒に行つてゐる間に、あの若い娘を見染めて、それを口説いたら、体よくハネられた。それで急に淋しい心になつて、矢張り故郷《いなか》へ遣つてゐる妻が恋しくなつた。で、その晩長い手紙を妻に書いて送つた。といふので、その小説は終りになつてゐる。私がお前にあの手紙を書く気になつたのも、ちよいとさういふ心持ちからであつたのだ。

それが、どうだらう。お前達は、その地獄女と友人とよりもまだ非道いことを私に仕向けてゐたぢやないか。私の遣る瀬のない胸を打明けて静《じつ》と聴いてもらはうと思つた人間は、東京にゐる私の目上の人達でもない、また故郷《くに》の母や兄でもない、唯お前一人にだけ聴いてもらひたかつたのだ。古いことだが知らぬが仏とはよく言つたものだ。私は何にも知らないから、あゝして正直に、思ふことをお前に訴へたのだ。けれどもあの手紙は、お前の兄さんの処へ送つたから、そのまゝ留め置くか、反古にするかして、お前は遂に見なかつたさうである。もしあの時お前がそれを見たら、少しでもお前に良心《かんがへ》があつたなら、あまり好い心持ちでそれを読めなかつただらうと思ふ。

　片一方では、その地獄女と友人とに認《したゝ》か煮え湯を呑ませられ、さうして、よもやと思つてゐるお前が、また他の方で、あの篠田と一処になつて私に隠れてゐると、あの時、もしそれを私が知つたならば、私は、本当に死んでしまつたに違ひない。仮し思ひ切つて自殺を仕得ないまでも、私は確かに気持ちだけでも悶死したに違ひない。地獄女などに煮え湯を呑まされたことは、あの時分、私は、世間の好い、お笑ひ物になつた。私は、さういふような自分の愚かな痴情の為めに泣き面をしてゐるのを、世間の人が面白さうに笑つてゐるのを見ても、其等の人を憤る気にはなれなかつた。私が矢張り愚かゆゑだと諦めて、じつと胸をさすつてゐた。感情に脆《もろ》かつたり、恋に弱かつたりするのは婦人《をんな》のことで男子《をとこ》のことではないといふけれど、私にはそれが性来《うまれつき》なのだから仕方がない、私は今日でも決して胸の波が静つたとはいへないが、今から思つて見ても、よくもまあ種々《いろん》なことを耐《こ》らへて今日まで生き延びてゐると、自分でも不思議に思ふことがある。

　あの、最後の手紙を書いたのが、四十三年の七月であつた。忘れもせぬ、あれを雑誌に発表すると、画を描《か》く方の長田が、それを読んで、私が気の毒になつたものと見えて、あの関口駒井町の、私の間借りをしてゐる二階に訪ねて来て卒直に

『雪岡、君は、妻君を戻す気か。真実に戻す気があるんなら、妻君は戻るよ。……それも、なか〳〵ぢや戻らないが、君の決心次第で僕が話して見るよ。何処へも嫁に行つてやしない。』

　と言つてくれた。画を描く長田は、本当に、人情もあるし、熱血もある、好い男だ。長田も丁度その時分――イヤもつと前、四十二年の春の頃から、熱い恋をしてゐたので、ソレお前が一遍その事で、私の留守に長田に戯弄《からか》つて、

『……長田さん、幾許隠したつて、駄目。私が、ちやんと此の眼で睨んだら、どんなことがあつたつて違はないんだから……さうだと白状なさいよ。……そりや雪岡なぞにはまだ明せないでせうさ。そりや分つてゐますが、私には明したつて可いでせう。さうだと仰やいよ。つて、言つたら、長田さん黙つてゐましたよ。』

　と、その晩、私が帰つて来て夕飯の時、お前が話した。

　その少し前、丁度桜の花が真盛りに咲いて、夕暮れ方の風には、そろ〳〵散りそめようとする時分だつた。私がお夕飯前に、

一寸目白のお寺の庭にブラ〳〵入つて行つて、あの鐘楼《かね》の下に立つと、長田と桐野君の妻君の姉さんとが、誰れもゐない向の方の桜花《さくら》の下に立つてゐるのを見付けて、私は、自分の方から、『あゝ悪かつた。もし向で此方を見付けやしなかつたか』と、気を咎めながら、早々門から走り出て家に引返へしたことを、お前に話した。私が、自分から、いふのも可笑いけれど、人の恋には、斯様なに優しい粋《すゐ》を利かす私ぢやないか。それだのに、私は、何の因果か、他人から、一口に言ふことの出来ぬような悲しい目を見せられてばかりゐるのだ。

お前が、長田と桐野君の妻君の姉さんとの事を言つて長田にからかつたりした時分、お前はもう自家にゐる篠田と私の眼を忍んでゐたぢやないか。私はそれを思ふと、今でもこの胸が燃えるようだ。

長田が、そんなに、深切に言つてくれたけれど、私は、

『いや、何処かへ嫁《かたづ》いてゐるに違ひないよ。』

と、斯ういへば、長田がいふように、お前が真実に嫁がないでゐてくれるおまじないになるような心持ちで、長田の言葉に反対をした。

『さうかなア。僕は嫁いてはゐないと思ふがなア。』

長田が重ねてさういつてくれるのが、当てもない想像であつても私は嬉しかつた。けれども、私が、あの喜久井町のお前のお母さんの家《うち》を引払ふ日の、その朝だつた。私は、お前がゐなくつても、斯うして、此家でお母さんと一つ鍋の物を食べてゐれば、まだ何となく、お前には縁が繋がつてゐるように思はれてゐたのだ。と残り惜さうに朝飯を食べながらお母さんに、

『お婆さん、私も永々皆さんのお世話になりました。お雪にも散々苦労を掛けて済みませんでした。あなたにも、私のことだから、腹の立つた時には、荒い口を利きました。それは今お詫びをします。……併し斯うして今日を限り、他へ引越して了へば、これで七年の縁も切れてしまひます。……ですから、私もうお雪の身に迷惑を掛けようとは思ひませんが。一体何処にお雪は行つてゐるのです。それだけ言つて聞かして下さい。』

と、私は、優しく言つた。そんなに言つても、あのにべも艶もない老婆《ひと》の事だから、

『娘の児の一人ある年取つた人の処に行つて世話してゐる。』

と、お母さんの癖で、言葉の仕舞を口の中で消すように、たゞそれだけ言つた。私は、それを聞いてゐる間に、もう取り返しが付かぬ。お前は、他人の物だと思ひ込んだ。さうすると突如《いきなり》目が昏《くら》くなつて、五体が萎えて了つたように感じた。そして手にしてゐた茶碗と箸とを持つてゐる元気もなくなつて、お膳の上にガタリと、落すように置いた。嚥下《のみくだ》した食べた物がムカ〳〵と逆上《こみあ》げて来て、一時に呼吸《いき》が塞がつたようになつた。

『あゝ、さうですか。』

と、勢も無く言つてゐる間にお母さんは、自分の方へ行つて

了つた。

『娘の児の一人ある年取つた人の処に行つて世話してゐる。』私は、覚えず歯から息を吐き出すようにして、お婆さんの言つた、これだけの言葉から、種々なことが、頭の内に群つて、お前が、その娘の児の一人ある年取つた男の家に行つて、寝起きの世話をしてゐる状態《ありさま》が、明歴《まざ〳〵》と私の眼に映つた。

さうして私は、御飯をそのまゝにして、直ぐ家を飛び出した。何処かへ行つたらお前の居処が分りはしないだらうかと思つて前後《あとさき》の考へもなく飛び出したのだ。御飯の出来る前までは、気の進まぬながら強ゐて力を付けて、行李を縛つたり、書籍を形付けたりしてゐたが、そんなものは打棄つといて、直ぐにもお前の行つてゐる家を探ね出さねば、居ても起つてもゐられなかつた。

何日であつたか、矢来の婆さんが『どうも伝通院の辺らしい。』といふようなことを言つてゐたから、私は、牛込の奥の喜久井町から、小石川の彼処《あすこ》まで駆けて行つた。さうして伝通院の裏のまわりをウロウロと歩き廻つた。さうしてその居まはりの瞥察分署に入つて行つて、雲を捉むようなことを哀願するような口調で訊ねても見た。到底《とても》そんなことで分りようはないと承知してゐながら、さうして狼狽《あはて》て駆け廻つて見ねばな気が済まなかつた。遂々仕方なく諦められないのを無理に思ひ諦めて、がつかりして、また喜久井町へ戻つて来た。泣くにも泣かれない、何処にさう言つて行く処もないぢやないか。

私は、その時から、『娘の児の一人ある年取つた人の処に行つて世話をしてゐる』ものと一途に思ひ込んで了つたから、長田が、さう言つても、どうしても本当とは思へなかつた。

『否、嫁いてゐるに違いないよ。』

『さうかなア。実は此の間僕、君の妻君に逢つたのだよ。』

私は、それを聞くと、もうお前に逢へる手蔓が出来たように嬉しくつて、躍る胸をワザと余処々しくして

『さうかい。何時？　何処で？』

『これは、君に言つてくれるなと、妻君が言つてゐた。もうずつと前だ。四月の八重桜の咲いてゐる時分だつた。江戸川の処で、フト途で逢つた。』

と言つて、長田はその時のことを簡単《てみじか》に話して聞かした。長田は、歩きながら話しませうと言つて、お前と江戸川を一と廻りしたさうだ。さうして、お前に、貴女は、どうしても雪岡の処へ帰る気はないのですかと訊いたら、帰る気はありませんと言つたさうだ。一体何処にゐるんですと訊いても、それだけは明されません。ともいつたと、聞いた。何が娘の児の一人ある年取つた人なものか、私に隠れて篠田と一所に居やがつたんぢやないか。

『雪岡が独りになつて、不自由をしてゐるのは知つてゐますから、時々私が行つて、洗濯物などの面倒を見てあげればいゝと

いふことは知つてゐるんですが、さうすると、またあの人が因縁を付けて、何時まで経つても無関係《きれい》になることが出来ないから……』

と言つてゐたといふことをも、長田は、言ひにくさうに私に話した。

後になつて思ひ合はして見ると、丁度その桜の咲いてゐる時分だつた。私は、堪え切れないで、椅子屋のお前の姉さんの処へ行つて見たよ。すると姉は、私の顔を、気の毒さうに、眉毛に皺を寄せながら、しみじみと見守つて、

『雪岡さん、病気をして？貴下大変に窶れた。』

と優しく言つてくれた。私がお前と一所にゐる時分の姉と少しも違はなかつた。私は、それを言はれると、ホロ〳〵と玉のような涙が出て、男泣きに泣いたよ。

その蠣殻町の女にも際どい処で、寝返へられて、背負ひ投げを食され、その上に、私は正しくその地獄女から、またしても酷い病気を貰つて、頭の髪が全然《すつかり》脱けてしまつてゐたのだ。

一度その女が、長田の処で、私に、

『その顔は、どうしたの。……あんまり道楽をするから、その罰だ。』

と、態《ざま》を見やがれといふように言つて、悪態を吐《つ》いたことがある。長田も小気味のよさゝうに笑つてゐた。

医者は深切な人だつたが、療治に行くと、髪の脱け落ちた処へ、自身で油薬を塗つてくれた。自家《うち》でも塗れと言つて貰つて来い〳〵したが、自分では巧く塗れない。階下《した》のお内儀さんに一度頼んだが、二度めからは面倒臭さうに言つた。

ずつと以前、まだお前と一所になつて間もない頃だつた。お前の一寸した頭の腫物《できもの》が、矢張り私の頭に伝染した時、私がお前を卑すむように言つたら、お前が、さも〳〵屈辱されたような顔をして、優しく

『私が引受けて治さずにや置きません。』

と言つて、自分が医者から貰つて来た塗薬を、お前の膝の上に、私の頭を抱いて置いて塗つてくれたことがあつた。

私は、その地獄から貰つた病気が、最初頭に出はじめた時、之れは、あの時医者がお前に言つたとか言つてゐた、あまり苦労した所為だといふのを想ひ起して、私のもさうだらうと思つてゐたのだが、段々ひどくなるので、医者に見て貰つたら、真《ほん》個《とう》の悪病だつたよ。

毎朝目が覚めて見ると、枕に当てゝゐる手拭に、頭髪《かみ》がゾツとするように黒く脱けて渦のように巻き着いてゐる。そうして、手を頭髪に挿入れて、ズートしごくと、幾許でも心持ちの悪くなるほど抜ける。私はあの天井の低い暗い他人の家の二階に独り凝乎《じつ》として毎日鏡を覗いては、頭髪の薄くなる顔の窶れて行くのを眺め暮らしてゐた。何をする気にもなれないのだ。

そうして、姉に

『お雪は何処にゐるんです。一遍逢はして下さい。色々話したいから』

　と、言つたら、

『この頃は、お婆さんと一処にゐるのは、ゐるんです。……私の方でも、此方の言ふことを何にも聞かないから、もう対手《あいて》にしないんです……』

　とわけありさうに仕舞を笑つていつた。新さんも其処へ出て来たから、私は、新さんにも頼むように逢はしてくれといふと、

『イヤ、貴下とお雪さんとの事は、もう過日かで、話しが着いてゐるんだから……』と、それは取上げないように言つて、『……全《まる》で気狂《きちが》ひでさア。皆なが今ぢや狂気のようになつてゐるんだ。……貴下もさう。お雪もさうだ。……お話しにも何にも成ない……』

　新さんは、斯う言つて、何だか、お前にだらしのないことでもあるかのように、冷笑つてゐた。ホンの一寸した言葉の端にも、お前の静動《ようす》を臭ぎ出さう〳〵としてゐる私のことだつたから、新さん等が意味ありさうに、其様な口振りで言つたので、私はフト度《と》胸《むね》を突いたような気がした。もしかすると、ズツと前に、さうぢやないかと思つた通り、篠田とでも逢引してゐるのぢやないかと胸に浮んだ。さうすると、お前と篠田とが、楽しさうに逢つてゐるのが明歴と私の眼に見えた。――お婆さんが、いつたように、娘の児の一人ある年取つた人の家に行つてゐるなら、別にだらしのないと言つて、姉さん達が、狂のようにコナす理由《わけ》はない。加之《それに》、此の頃では老母さんと一処だとも言つた。これはてつきり篠田と矢張り何うかしてゐるんだ。

　篠田は、学校には行つてゐるものゝ、学問などは嫌ひであつた。黒繻子で拵へた信玄袋のようなものを下げて、学校からは早く戻つて来る。いつか、保証人の判を捺いてくれと言つて来た時には、神田の小川町の方にゐると書いてゐた。矢来の婆さんが、お雪さんは矢張り伝通院の方にゐるらしいと言つたのとを思ひ合はして、お前が其方《そつち》の方にゐて、家で仕立て物かなんぞをしながら、篠田が帰途《かへり》に立寄るのを待つてゐる。そこへ篠田が入つて来ると、

『おや！お帰んなさい。』と、お前が、さも待ち兼ねてゐたように、あの笑顔をして、転げるようにいふ。

　こんなことを言ふと、『下らない。』と言つて、お前は笑ふだらうけれど、お前は、自家に知つた人が来ると、

『おや、入つしやい！』と、笑ひかゝつて愛相よくした。縹緻《きりよう》が別に好いとも思はなかつたが、その『おや、入つしやい！』といふ、お前の言葉は、何ともいへず、私にはよかつた。そもそもは、それに引着けられて、私も遂々お前と一処になつたのであつた。一処になつてからは、自家に来る、長田兄弟などにも、その調子で口を利いた。来客《きやく》に、さう言ふのを聞いてゐても、私は好い心持ちであつた。それは、しかし少しも浮ついた

口調ではなかつた。

篠田の姿を見ると、私に言つた通りに『おや、お帰んなさい！』と言つてゐるのが、私は、耳に聞えてゐるように思はれた。私とお前とは、後には段々口に馴れて了つて甘くも何ともないような心持ちになつてゐたが、篠田には自然《ひとりで》に肉体《にく》が顫へるような心地で待つてゐるだらう。……新さんなどの口振から推して見ると、どうもそれに違ひない。まるで、気違ひのようだ。と言つて笑つたのは、お前が篠田のような歳下の若い男と見ともないことをしてゐるからだ。十四も歳が違ふぢやないか。……さう思ひ詰めると、私は、もう矢も楯もたまらなくなつて、畜生！何処にゐやアがるだらう。二人で仲好さゝうにしてゐる処を突留めて、出し抜けに踏込んでいつて遣りたい！

私は、瞬く間に、斯ういふことが、渦を巻くように念頭《あたま》に上つた。さうして椅子屋を出ると、またしても当てもなく小石川や牛込を歩いて見た。さうして、何をするのも気怠くつて、自宅に静と落着いてゐることが出来ない。自分でも何物かに執り着かれてゐるような気がして始終それに追掛けられて逃げ廻つてゐるようであつた。階下のお内儀さんは、私が毎時も階段《はしごだん》を上り降りするのに、トン〳〵トン〳〵。と狽《あは》てたような音をさせるので、後には心安立てに、そのことを、いひ〳〵した。併しお内儀さんも、私の心の中は、流石に知つてゐてくれて、私の顔をば、少し気のどうかしてゐる者を見るように、軽く笑ひながら時々凝乎《じつ》と見守つてゐることなどもあつた。そして、誰れか私の処に来ると、

『寂しがつておいでゝすから、少し話して行つて上げて下さい。』と、よく言つてくれた。

新さんの処へ行つた時には、直ぐ、篠田と、どうかしてゐるに違ひない。と、それがハツキリ眼に映つて見えた。でもその日一日その事を思ひ込んで歩き廻つて見たが、当てのないのに、あぐねて了ふと、また次の日あたりからは、もうそれを何うして見るといふ根気もなかつた。初の中は当てのないお前の居処を探してゐるよりも、その蠣殻町の地獄の処に行つて、種々《いろん》なことを忘れてゐたのだが、その地獄も、丁度三月の初め頃からその土地にゐなくなつて了つた。——尤も後ちに間もなく、長田が何処かへ隠してゐるといふことだけは分つたが、もうそれを何うしようといふ心はなかつたけれど、唯その女のゐた土地に行つて一晩きりの女を呼んでは、せめて慰めてゐた。けれどそんなことでは少しも面白くはない。

さうかと言つて、別に仕様もないから、たゞ詰らなく日を消してゐた。矢来の婆さんの処へも前のようにちよい〳〵行つてゐたけれど、婆さんだつて、自分のことに種々面白くないことがあるもんだから、私とお前とのことも、もう馴れつこになつてしまつて、両方で、前のようにお前の噂を余りしなくなつた。……八月になつてからだつたか、一度

『先達つてお雪さんが一寸寄りましたつけ。』と事も無げに言つた。

『何日《いつ》？』

『何日つて、もう遠くですよ。……お盆におせいぼを持つて来ました。』

　また私に根堀り葉堀りせられるのを恐れるように、それだけ言つて後を言はなかつた。お前や椅子屋の方からでも、雪岡に、あんまり何か言はないようにしてくれとでも口留めせられたのだらうと思つた。


　画を描く長田が、さう言つて来てくれたのは、だから、お盆よりは少し前だつた。矢来の婆さんの処へお前が、ちよい〳〵顔を出すのは、珍らしくもなかつたけれど、長田に逢つたといふのは、それまでにないことだつたし、秋から引続いて私がさういふようにしてゐるのを、長田はよく知つてゐて、

『僕が何処かで会つたら、無理にでも引張つて連れて来るんだがなア。』

　と、力を入れて言つてゐたのだ。私は、さう言つてくれるのを頼母しいように思つて聞いてゐたから、今其の長田が逢つたといふので、胸は躍るようであつた。

『それで、どう言つてゐたかい？』

『ウム……別にどう言つてゐるといふこともないが、「雪岡は、どうしてゐます？」つて。』

『何様な風をしてゐた？……髪は何に結つてゐた？丸髷に結つてやしなかつたかへ？』

『いゝや。束髪に結つて、あの、君の家にゐた時分によく着た、かう赤いような格子の羽織を着てゐた……君の処にゐた時分と違やしないよ。』

『さうか……でも、よく話してくれた。』

　と言つて、私は寝転んで話してゐたが、真個に何処かにゐるなら飛んで行つて行つて、逢つて、逢つて、逢ひたいように思つたよ。

　長田も、その女子《ひと》との事で、面倒なことがあつて、容易に一所になれさうにないので、種々心配してゐて私にも一口、口を利いてくれといふことだつた。私とお前との事は、随分こじれてもゐるし、色も艶もないたゞ苦しいばかりのように思つてゐたが、長田のことは、反対に、たゞ華やかにのみ見えて、

『あゝ可矣々々《よしよし》、僕も出来るだけ口を利いて見よう。』

　と受合つた。私は斯ういふことを人から頼まれた時ほど好い気持ちのすることはないのだ。

　加之、長い間掛つて書いてゐた、あの先の手紙も一と通り書いてしまつたので、後ノウ〳〵したように気が軽くなつてゐた。本当に、私は、たつたあれだけの手紙を書くのも大抵ぢやなかつた。その悪い病気やら、またその病気よりも一層身体を痛め

たお前の事での気病みやらで、弱り抜いてゐる中を、あゝして書いて送つたのだ。それを、お前は遂に見なかつたといふぢやないか……併し今から思へば、見てくれないでもよかつたのだ……

それで、私のことは、長田が折角さういつてくれたけれど、まだ、どうもお前が果して独りでゐるものやら、老母《おばあ》さんの言つた通りに、もう他かへ行つて了つてゐるものやら分かりかねたから、何と言つてハツキリした腹で、長田に頼みようもなかつた。

お前は、私と一処になりそめの時分、屢々何かにつけて話した。『先の人と別れる時分の約束に、半歳の間は、どんな話しが、もし他からあつても嫁かない。』さういふ話し合ひで出て戻つたといつたぢやないか。仮令後には、あんな愛憎尽《あいそづか》しを言つて出て行つたといへ、まんざら私を悪くも思はなかつたらこそ七年の間も一処にゐたのぢやないか。それに、まだ私が、あゝしてお前の老母《おつか》さんの家にゐる間に、まさか他へ行つたりなどしない筈だ。成程先の時分とは、お前の歳が違ふ。女でもう三十四といふ歳をしてゐて、それで人一倍心細がりの苦労性のお前では、現在の身が急がれて仕様がなかつたに違ひはない。……かう思ひ遣りながらも、私は、長田がさういへば、何処へも行つてゐないような気もして、気休めに、自分でもさう思ひ定めようとした。で、寧《いつ》そ長田に進んで話しをして貰はふかとも思つたが、そも〳〵あゝいふようになつたのも、元は、私の怠け癖からお前に苦労をさしたからでもあつた。今度また戻つてくれといふには、私の方で差当りまごつかぬだけのことはして置かねば、そんなことを言つて行かれない。誰れよりも椅子屋の姉さん夫婦が承知しない。それには幸ひ、私に、それ、万年筆をくれた彼の世話で、国民新聞に小説を書くことになつてゐたから、その夏は、また何処か涼しい処へ行つて一生懸命にそれを書くつもりでゐた。お前のことは一日も早く話しをして貰ひたいのを耐忍《がまん》して、その準備《ようい》の方を肝心だと思つたのであつた。

でもその夏は思つたよりも気楽に消した。七月の月は、その長田のことで、二三度も、あの郊外《いなか》の其の女子の妹さんの処へ話しをしに行つた。見渡す限りの野が眼の覚めるような青葉に埋つてゐて、田圃道の両側に勢ひよく蔓《はびこ》つた唐茄子《かぼちゃ》の緑りの深い葉の色が、思ひ做しか少しも毒々しいとは思へなかつた。黄色い花に細い金粉の附いてゐるのも何となく可憐《しほ》らしく思へた。その夏の初期に調らへた地性《ぢしやう》の好い舶来のセルの単衣に、少し薄寒い日なぞにはお召の単衣羽織をはをるし、さうでないと、絽の無地の羽織を来た。お前が、屢く、『あなたの呉服屋で拵らへさした物は、どれもこれも丈が短かくつて見ともない。』と言つて、私の身にキチンと合ふようにお前が仕立てゝくれてゐたから、私は、その通りに呉服屋に寸を取らしたよ。

　それで、青々とした田圃から、涼しい風が吹いて来て、セルの裾を吹き払ふ、そのヒヤ〳〵とした好い気持ちといふものはなかつた。――さうして長田のことが甘く収まればいゝと思つてゐた。好い衣服を着たりして、人の恋ひの取持ちをしたりするくらい心地の好いことはないと思ふ。

　それでも長田のことは、どうも捗々《はか〴〵》しく話しが進みさうもないので、も少し待つて秋になつてからのことにしたらよからう。それまで、堪へられなからうとも、強ゐて辛抱するさ、私の事も秋になつてからだ。と言つて、長田を慰め私も八月の中旬《なかば》を過ぎてから塩原に行つた。

　塩原は、お前も好きで読んで、よく知つてゐる紅葉山人の「金色夜叉」の間貫一が、お宮に棄てられて、憤恨を医す為に静養に行つた処だ。私は、何もさういふ芝居じみた考へで其処に行つたのではなかつたが、好い処だと聞いてゐたから行つて見たのだ。紅葉が、仰山に筆を飾つて書いてゐるような処でもないが入勝橋といふ橋を渡つた頃から、次第に山が狭まつて、景色がよくなる。それから大網といふ処まで一里半ある。その辺から、段々深い碧緑《みどり》を堪えた谷水《たに》を見下して道は、山の中腹を辿つてうねつてゐる。砥石のような平坦《たひら》な道で、風雅な形をした古い松などが、その道の脇に立つてゐて、それは散歩をするに好い処だ。大網から福渡戸《ふくわど》といふ処まで、また一里ばかりある。そこが、塩原での中心《まんなか》になつてゐて、一等賑やかな処だ。――私が西那須野のステーションから乗合馬車に乗つて、那須野ケ原といふ、昔は鬼婆が棲んでゐた広い原つぱを通つて、その福渡戸に着いたのは、夜の十時を過ぎてゐた。景色の好いのも後に分つたので、初めて知らない山の中へ夜入つて行く心細さといふものはなかつた。その二三日前から、少し風邪心地だつたので、途中汽車の中で熱が出て、夜になると悪寒を覚えた。私は窮屈な馬車の中で、帷子をセルに着替えたりした。乗合の中には塩原の者で、東京の華族の邸とかに書生に行つてゐる若い学生がゐて、それが、

『此処の懸崖から、馬が暴れて、馬車が谷底に落ちて人死があつたのです。』

　といふようなことを、丁度其処を通つてゐる時に、得意さうに話したりした。

　顔も見えぬ暗がりの中で、一同、思慮のないことを言ふ男だといふように、黙つてゐた。男の子を連れた乗客は、

『恐ろしいことをいふ人だなあ！今に着くから順温《おとな》しくしておいで。』

　と子供を賺《すか》すように、顫える声で言つた。

　福渡戸に来ると、夜眼にも、谷が浅くなつて、居まはりが平坦になつた。両側に立並んだ温泉宿の灯火が賑かに往来を照して、義太夫の会でもあるのか、貸浴衣を着た客が多勢、高座の

方を向いて坐つてゐる家などが馬車の中から見通された。私はヤレ〳〵と思つた。

私の宿は、その福渡戸よりまだ半里も奥の古町といふ処に定めた。八月の末から九、十と十一月の初めまで三月近くまでゐた。初め其処で書くつもりであつた新聞の小説も社の方の都合で止めになるし、加之どうも身体の塩梅が良くならないので、何の楽しみもなく、つまらない日を経《た》てゝゐた。東京に帰りたいとは少しも思はなかつた。段々秋も深くなつて来るにつけて、寧そ故郷《くに》に帰つて見ようかと思つたが、故郷に帰つたつて、お前に逢はれるといふのぢやないし、東京にゐるとすれば、その東京の土地を、遠く離れて了ふことはどうあつても出来ないような気がした。さうしてたゞ物足ない顔をして一日に何度も温泉に漬つたり、たつた独り寂しい谷の道を歩いたり、一人では薄気味の悪いような滝を見に行つたりしてゐた。

東京にゐて、それ〴〵為るべき自分の仕事を有つてゐるような人達は、さういふ温泉場などに来ても、長くて一週間か十日もゐたら、サツ〳〵と、帰つて行くのを、さも楽しさうに、景気よく立つて了ふ。女中が小急ぎに廊下を歩いて来て、

『もう馬車のお支度が出来ました。』といふ。すると、

『さうか。』と言つて、客は快活な足音を立てながら、玄関の方に出て行く。その後から二人も三人もの女中が、鞄や膝掛けを事々しく持つて従いて行く。玄関の方で、主人や主婦の声も混つて、多勢の声で、

『御機嫌よう!!!』と賑やかに送り出す声がする。それから喇叭《らつぱ》の音が遠くの方まで響いて行く。一同《みんな》私の後から来て、さうして皆私より先きに帰つて行つて了ふ。私はあゝして東京へ帰つて行かねばならぬ人を真底から羨ましいと思つた。――私には、どうせねばならぬといふことが少しもないのだもの……

でも、何時までもさうしてはゐられなくなつた。秋になつて、また一と仕切り騒々しかつた紅葉の客足も段々薄くなつて、山々の錦繍《にしき》を織つたようだつた木の葉の色が、冬をさそふ冷たい秋雨に一と雨〳〵と瞬く間に色が褪めて了つた。さうしてゴウ〳〵と凄いような音をさして、山風が、つれないように毎日毎日吹き続けて来た。今言つたように東京に何しに帰らねばならぬといふ目的《あて》も楽しみもなかつたけれどまあ、ともかく東京まで出ようと思つて、――それから、その少し前だつた、矢来の婆さんの処に宛てゝ、私も長いこと田舎に来てゐたが、近い内に東京に帰るから、さうしたら、また邪魔に行くよ。といふ手紙を出した。すると、それが、宛名の者居処不明としてワザワザまた塩原まで戻つて来たぢやないか。私は、もう何も斯も当てのないような気がした。――それで十一月の六日の暮方に東京に戻つた。

東京に戻つたつて、その晩、そんなら何処へ落着いて、寛いで夕飯を食べやう処もない。久しぶりで上野に降りると、もう

上野の山や広小路に燈火が点きそめて、俄かに多勢の人の往来《ゆきゝ》するのが珍らしいように眼に映つたけれど、さて誰れにも何物にも親しみがなくなつて、皆な私に背を向けてゐるように思はれる。

一処になつて、まる四年の間は、私は、一晩だつて他へ行つて泊つたことはなかつた。それが、初めて四年も経つてからであつた。それ、伊香保に行つて、二十日ばかりゐて、私が晩に帰つて来た時は、どうであつた?……帰る三四日も前から、手紙を越して、私は髪の結び立ては嫌ひだ、丸髷の少し崩れたのが好きだといふようなことや、その他種々な、久し振りで夜寝る時のことまで細かに書いて溜らないような心持ちを書いた。さうして私は、上野から駅の俥に乗つて自宅に帰り着くと、その時は、まだ明るかつた。俥の音がしたので、お前が、イソ〳〵と玄関に立ち現はれた。あのお前に好くうつると言つてゐた浴衣を着て、髪も私が手紙で言つた通りに、三四日前に結つたらしい丸髷に稀らしく結つてゐた。お前は、その時十九か二十の若い女でもあるかのように、本当に羞かしさうな嬉しい顔をして、

『お帰んなさい!』と言つたが、私が、玄関を上つて、座敷に通らうとすると、私の袖に縋らんばツかりのように、私の前に立塞がつて、

『私、あなたが、余処の人のように思はれて羞かしかつた。』

と言つた。そして、まだ夕飯前なのに、老母さんを、土産を持して、椅子屋や米屋に使ひに出した。

○○○○○○○○○○○○○○○○○○○○○○○○○○○○○○○○○○○○○よく留守をしたなあ』と、恰ど母親が子供にいふように言つた。

『また夜……』と、お前が言つた。

その後何処かへ行つて、私が帰つて来ると、毎時さうだつた。私は、どんなに長い旅寝の後自分の家に戻つて来る晩を楽しみにしたらう。

で、その晩だつて、私は、静《じつ》と自分の身を思つて見ると、一人前の人間でないような気がして、自分が可哀さうになつた。その夜は、根岸の、あの、お前も知つてゐる人の処に行つて泊めて貰つた。ナニ宿銭ぐらいは、持つてゐたけれど、長い間宿屋住居をして来て、その上まだ、自分の故郷のように思はれてゐる、東京に帰り着いて、宿屋に泊るのは、どうしても気が進まなかつたのだ。さうして其の故郷のように思つてゐる東京に、お前が居ないとなれば、東京は故郷でも、なんでもない。皆目見知らぬ土地も同然だ。

根岸のその人の家では、その夜来客があつたりして、私は、疲《くたび》れ抜いてゐた体を堪へて、漸う一時を過ぎてから着馴れぬ夜具にくるまつて寝た。さうして横になりながら、これから何うしやうか。と考へた。

矢来町の婆さん処から、折角の手紙が塩原までも戻つて来たのが、頼うりない気がして溜らない。彼処に行つたつて、そんならどうしようといふのではないけれど、先の手紙の時にも書いた通り、婆さんの傍にゐて、一口でもお雪さんがどうした斯うしたと言つてくれるのを聞くのが、せめてもの心遣りであつた。――私のよく言ふ「梅川忠兵衛」にだつてあるぢやないか、――『越後は女主とて、立ち寄る妓《よね》も気兼ねせず、底意残さぬ恋ひの淵。身のうきしほで梅川も、爰を思ひの定宿と……』婆さんの処を、私は、その思ひの定宿にしてゐたのだ。真個に私は其処で、底意残さず、他の者には、下らなくつて、とても聞いて貰へないようなことを何も斯も打明けて話してゐたのだ。

それで兎も角も、翌日晩になつて、矢来に行つて見た。すると、あの古い家を丁度、婆さんが、よくしてゐたように、艦褸《ぼろ》かなんかを補綴《つゞく》るようにして大工が手入れをしてゐる。私が、其処に突立つて呆然《ぼんやり》してゐると、すぐ前の家のお内儀さんが、始終婆さんの処に出入りしてゐたものだから、私の顔を知つてゐたと思はれて、

『こゝのお婆さんですか。お婆さんはねえ、築土《つくど》の椅子屋さんとかへ同居なさいましたよ。』

と言つて教へてくれた。それで、婆さんのゐる処も分るは分つたが、椅子屋に行つてゐるんぢや、あのわけ知らずの新さんが、すぐはしたない喧嘩腰で口を利くのが厭だ。新さんといふ人間は、恰ど「紙屋治兵衛」の舅の五左衛門を、もつと道理も人情もなく因業にしたような人間だ。で、道を歩き〳〵余程考へたが、せめて婆さんに久し振りで逢つたゞけでも、この遣る瀬のない寂しい心が幾許か納まるだらうと思つて、当てもなく音羽の方に引返したが、彼処の水菓子屋で樽柿を壱円ばかり買つて、それを持つて、また、築土の椅子屋まで車を飛した。すると、姉さんが婆さんは、つい此の先の五軒町の婆さんの、妹の処に一処にゐます。自家には余り来ません。と言ひながら、また熟々私の顔を見守つて、

『雪岡さん、あなた大変肥つて綺麗になつた。此の春こゝに来た時とは、若くなつて見違へるようになつた。……あなたも早く好い奥さんをお貰ひなさい。』

と、微笑《わら》ひながら言つた、お前の姉さんは、前後の考へもない、本当に好い人間だ。私も、姉さんが言つたように、塩原に行つてゐる間に、凄いように脱けてゐた頭髪も段々生えて来て、秋になつたから、私の毎年の夏劣けもいくらか回復してゐたのだ。

さうして姉さんは、お前の事は、何とも口に出して言はなかつたけれど、『あなたも早く奥さんをお持ちなさい。』と、何事かを播消すように言つたのが、直ぐチクリと私の胸を刺した。

『お雪の奴、ぢや愈々何処かへ嫁づいたんだなア。』

と思ひながら、気に掛ることを、強ゐて笑ひに間切らすよう

にしながら、

『お老母さんは、その後どうしました？』

と、お母さんの事を、余処ごとのように訊ねて見た。そしたらたゞ事もなげに

『自家のお老母さんは、すぐ此の裏に兄さんと一処に居りますよ。』

と、お前のことは、おくびに出さないで、さも〳〵静《そ》つと触らずに置くような言ひぶりだ。そんなような口裏で、ぢやお雪の奴いよ〳〵もう嫁いでゐるんだ。なと思つた。

それから椅子屋で委しく聞いて矢来の婆さんの同居してゐる処に行つて見た。赤城の下の、せゝこましい露地の内の棟割長屋はすぐ分つたけれど、戸締りをして早く寝てゐた。私は、揃ひも揃つて老婆さんの二人つきりゐる其様な処を夜叩き起して、せめての縁由《ゆかり》に老婆さんの口から蔭ながらにでもお前の噂さを聞かうと思つたのであつた。

もう火を落して了つた長火鉢の前に坐つて暫らく話した。

『……九月の末であつたか、十月の初めであつたか、お雪さんが一寸私の先の家に来ましたつけ。さうして、「おばさん、此度は、来年の此の頃でなけりや、もう逢ひません。……雪岡にも一遍逢ひたいけれど、逢ふと、また愚痴を聴かされるから、逢ひません。」と、言つてゐました。……どうも此度は遠方に行つたらしい。また来年でなけりや逢はないといふのが。遠くに行く訣別《わかれ》に来たらしい。』婆さんも溜息を吐くようにして言つた。

私は、ハツと消え入るような気持ちのするのを堪えて、

『遠方と。……何処だらう？』独言をいふように訊いた。

『さあ……何処か。それはどうしても分らない。……新吉もおよねさんも、私には、お雪さんのことは少しも言はないけれど、あすこのお道が、「あの、赤城の叔母さんは、汽車に乗つて遠くに行つたのよ。温順くしてお出で、此度行く時には、お土産を、どつさり持つて行つてあげるからつて」そんなことを小供が言つてゐたのを見ると、どうも遠くに行つたらしい……雪岡さん、もう好い加減にしてお諦めなさい。』

『本当にお諦めなさい。そして貴下も好い奥さんをお持ちなさい。そんなお雪さんのことばかり思つてゐたつて、仕様がないぢやありませんか。……お雪さんて、何様な方か、私は会つたことはありませんけれど、この姉さんから時々あなた方のことを聞いて居りました。……』

妹の方も起きて来て、其処に坐つていつた。

『新吉が、さう言つてゐました。「もし雪岡さんが、お雪さんは、どうしたと訊ねたら、もう嫁いたと言つてくれ」と、言つてゐました。さうしたら雪岡さんも諦めるから……あなたは久しく見えないから、もうお国へでもお帰んなすつたかと思つてゐました。』

婆さんも、矢来に、小倉と一処にゐた時分――あの先の手紙

の、秋からその春に掛けて、私が行つてゐた頃と比べて、また滅切り弱つてゐたから、これまでのように私の対手になつてお前の話しをしてくれなかつた。お前や椅子屋では、婆さんが、あの欲張りの事だから、雪岡から、小使でも貰つて、それで椅子屋のお道など小供の口をむしるように疑《うたぐ》つてゐたのだらうが、さうぢやないよ。婆さんは、実際私の気抜けのしたような容態や心持ちを、よく見て知つてゐて、出来るだけ気を着けてくれたのだ。

　東京にゐれば、逢へなくつても、まだ何となく心が落着いてゐられるけれど、何処とも分らぬ遠方に行つて了つたと聞くと、丁度木からでも落ちたような心持ちがして、

『畜生!何処へ行きやがつたらう……諦らめるものか、隠れりや隠れるほど探してやる。……私にや、その他に何にも仕ようと思ふことがないんだもの……』私は泣き声を立てゝ歯切しりをした。気が急いてそのまゝ外の暗に飛んで出てあてもなく探し歩かねば胸が治まらぬ。

　そんなことを言ふので、初めて私に会つた妹の方は、

『本当にねえ、痛《いたは》しいようだ。……そりや別れるといふことは心持ちの悪いものですよ。私だつて、つい此の間十八年も一処にゐた人間と別れて、一人で此処にかうしてゐるのですよ。それがあなた薄情な奴で、私はそれを思ふと、腹が立つて〳〵溜らないけれど、静と堪えてゐますよ。』

さういふ話しをもしてゐた。私は、此の婆さん達もすぐ今日明日見えてゐる歳をして、よく別れる、女だと思つた。矢来の婆さんは、先の本夫の老爺さんとも別れて、それからまた小倉とも一処に所帯が張れなくなつて、婆さんだけ椅子屋へ同居してゐたんだが、不自由であつたり、面白くなかつたりして、また其の妹の処に来てゐたんだ。さうして小倉の奴に損をかけられた〳〵といひながら、小倉のことを屡く言つてゐた。小倉だつて可哀《かあい》さうだ。六十にもなつて、他人の家に男一人で同居などして。……それで、私の荷物はどうなつたらう、と訊くと、

『小倉が何処かへ持つて行つてゐるでせう……もう大方無くしたでせうよ。』

　婆さんは、たゞ吐き出すように言つた。荷物の中には、私が十三の時から、十七の時まで一日も欠かさず書き附けた日記もある。亡父が大切にしてゐた、あの古い五組の広島塗りの会席盆もあるのだが、そんなことはお前がゐなければ、何の価値もないように思はれた。

　火の気はないし、年寄を何時まで起して置くのも気の毒だと思つて、私は好い加減にして其処を出たが戸外《そと》は冷《つめた》い風がザラザラするような砂塵《ほこり》を吹き上げて、もうあんな場末は、何処の家も戸を締めてゐた。私は何も斯もから独り見放されたような心持ちがして、これから何処へ行つて寝よう?と思つた。

　伝通院の近くにゐるらしいと聞いてゐたから、そんなら何う

しようといふ楽しみもない東京にゐるにしても、せめて伝通院の近い処に居らう。それには本郷の高台には牛込あたりよりも好い下宿があるから、『此度東京に帰つたら、彼の辺《へん》にゐて、あゝしよう、かうしよう。』と、果敢《はかな》いことを楽しげにして塩原から戻つて来た。本郷などには、ついぞゐたいと思つたことはなかつたのだが、そんなことを考へると、その本郷にゐるのが懐かしいように思へた。それに、今聞くと、もう東京にはゐないと言ふ。……先刻は威勢よく俥に乗つて、椅子屋まで駆けつけたが、もうそんな元気もなくなつて了つた。さうして銭もなくなつた。寒い夜十一時頃江戸川ぶちをフラリ〳〵屈托しながら歩いてゐると、フツとあの猫のことを私は想ひ起した。

『矢張し彼奴は薄情な奴だつたのだ。』

と、私は、お前が何時であつたか、猫を江戸川の処まで棄てに行つたことを想ひ出した。そりや、あの時は、私が悪かつた。他に女を隠して置いて、それが露顕すると、お前があんなに喧ましくもいふし、私も一と頃その女に有頂天になつてゐたからぢや、あの店は全部《そつくり》お前に遣つて、私はその女の方に行くことにして、当分其方に行つて了つた。気の小いお前のことだから、猫も生き物だ。そんな生きた物を自家に置いとくのは厄介だと思つたからだらうが、幾許さう思つたつて、親猫の、あんな好いのを、ワザ〳〵棄てに行つたさうだ。さうして暫あらく経つてから、秋雨のビシヨ〳〵降る夜、何処からであつたか、お前が戻つて来て、

『今、そこの先きの廻り角の処で、ビシヨ濡れに濡れた猫が静としてゐるのを見た。いつか自分で棄てた猫によく似てゐた。』

と、お前が顔を顰めて言つてゐたことがあつた。それを言つた時にも、あんなことを、よくした。と私は思つたが、私は、その晩丁度、自分が、その棄てられた猫のように思へた。さうして、七年の長い間にあつた事を種々考へれば、あんなに優しくしてくれたこと、深切にしてくれたこともあつた……私が書く物に骨が折れて、毎晩二時三時になるのを、自分の裁縫《しごと》が済んでから、私の傍《そば》に来て附きツきりで、定つて夜食の小鍋立てをしてくれた。夜更に硬い物は体に障りますからと言つては、晩に買つて置いた饂飩を温めて甘い汁を拵へてくれて、それを一所に食べて寝た。

『お前もお食べ。』

『えゝ、まああなたお上んなさい。』

さういひながら、私の甘さうに食べる顔を、凝乎と、箸の動くのまで気を着けて見てゐた。

『おゝおいしい!』と言つて、婉笑《にこ〳〵》しながら、自分も食べた。舌の先が鋭く利いて、小料理ごとの上手な女だつたが……併し、あの猫を棄てたりすることは、私には、男でも何うしても出来ない。あんなことをしたのを見ると、矢張り根は薄情なのだつた。もうあんな奴の事は思ふまい。あんな奴と、強ゐて思ひ切

るよう胸を圧し鎮めながら、自然に音羽九丁目まで来かゝつた。
駒井町の、夏期《なつ》立つまでゐた家にも、まだ荷物が帰つて来るまでといつて預けてあるのだが、其家にもまだ少許閾の高いことがあつて、このまゝでは行かれないのだが、さうかと言つて仕様がないから、今晩は其家に行つて見ようと、行き当りバツタリに決心して、加藤の家に行くと、老爺さんも、婆さんも、

『まあ雪岡さんですか、お久し振り！』

二人声を揃へて歓迎してくれた。先刻の赤城下の婆さん達の処とは違つてゐて、火鉢に火が赫々するほど入れてあつて、私の居なくなつた間に、明い瓦斯燈など取付けて、老夫婦《ふたり》はその下に気楽さうに納まつてゐた。

私の居ない間に、二階はもう人に貸す約束してゐたので、階下の座敷に一週間ばかし置いて貰つた。直ぐ隣家にゐる其処の家の親類の若いおかみさんなど、椅子屋の姉と同じように

『雪岡さん、夏時分より見違へるほど肥つて色が白くなつた。』

と言つてくれた。けれども私の何だか物に追掛けられてゞもゐるように、落着かなかつたり、時々静と滅入り込むようにする癖は少しも直つてゐなかつたので、狭くもあるし、私が早く他へ行つてくれるように言つた。東京にお前がゐないとなれば、東京にゐるのも何の当てがないけれど、さうかと言つて、故郷《くに》に帰へる気にもなれなかつた。

お前は、矢来の婆さんに

『雪岡は故郷に帰つて了へばいゝのに。』

と、屢く言つたさうだが、それは酷い。一処の時分に、偶に故郷に行つても、何だか他家に客に行つてゐるようで、早く東京の自宅にかへつて楽々となりたいといつたぢやないか。私がまだ独身でゐて、学生であつた時分には、夏季《なつ》帰ると、母が、私と一つ蚊帳に寝て、着いた晩など、一年中溜つてゐたことを、一夜の中に話して了はねば気が済まぬように、話しつゞけたものだ。それが、母も段々歳を取つて元気がなくなるし、此方も可愛気《かはゆげ》の少い大人にはなつたものだから、近頃ぢや母は早くから奥の自分の寝間に入つて寝て了ふ。当然《あたりまへ》ならば女房は固より子供の三人はあつて可い歳をして、一人詰らなさゝうに故郷の生家《うち》に行つてゐられると思ふかい。

それで、其の家を断はられてから、……イヤ京橋に住んで見たい、日本橋に住んで見たいと屢く思つてゐたが、さりとて差当り遠くに行くのも臆劫だし、矢張し加藤の家から、何度にも荷物を分けて運ばれるような、音羽の通りの、雨が降ると傘を拡げては騶《さゝ》れない、汚ない露地を入つて行つた連れ込み屋のような淫売宿のような宿屋へ泊つた。けれどもそこにも長くはゐられなくつて、また他へ変つたりして、後には鶴亀松の先きの下宿屋にも暫らくゴロ〳〵してゐた。

その頃だつた、少しもお前の事を忘れはしないけれど、痛い切り口に段々赤い薄皮が出来て来るように幾許かお前がゐない

ので空虚《からつぽ》のような堪えられない心持ちがしてゐたのが、街頭《まち》の柳がいつか気の着かぬ間に芽吹いたり、桃が楽しさうに紅い蕾を覗けたりすると、まだ時節が底寒くつても、しと〳〵とするやうな春の雨が其等の若い樹の芽を煙るように濡した、去年矢張し春雨の降つてゐる時分加藤の二階にゐて、あの先の手紙をお前に書いたのだが、丁度一年が回つて来た。と、そんなことを取留めもなく思ひ続けながら、私は屢くその下宿の二階の廊下に立つて、桃や柳の濡れてゐるのを見入つたりしてゐた。

その頃、矢来の婆さんは、また小倉と一処になつて、音羽の九丁目の裏に、人の家の三畳の間に二人で同居してゐた。私は、妹の婆さんの処で訊いて、久し振りに探ねて行つて見た。矢張り前の通りに状袋を張つてゐたが、それでも小倉と一処に自分で煮たきをした物を食べられると少しは、気分も引立つと思はれて、

『おや雪岡さん、お久し振りですねえ。……また此様な処に来ましたよ。』

と言つてゐたが、

『来ましたよ、お雪さんが。いよ〳〵嫁いてゐたんだ。……雪岡さん、もうお諦めなさい。……』

婆さんは、悪い気で言つたのではないが、私は、それだけ聞くと、たき附けられたように胸が燃えた。

『へーえツ。何時？何処へ？此処へ来たの？』私は、唇が顫えてゐるのが自分にもよく分つた。

『イヤ、此家へは来やしない。新吉の処へ、先月——三月の末に来ました。此の煙草を、その時伯母さんと言つて、お雪さんから土産に貰つたのですよ。』と言つて、煙草の五十目の袋を指しながら『旦つくと一処に来たらしい。』

私はそれを聞くと、グサリと心臓を突刺れたような気がした。……私の此の思ひだけでも、お前に一生楽な目をさしやしない。

『へえツ、どんな旦那だつた？』

『さあ、どんな旦那か、私はその人は見ませんでした。私にや、そんなことは新吉もおよねさんも何にも言はない。私は、年寄りで上り下りが臆劫なものですから、二階にばかりゐましたから、少しも委しいことは知りませんが、お雪さんとは皆な一所に牛で酒を飲んだりしました。鰻丼なども取つて……丸髷に結つて、……此処の処の、あの前の歯が一本抜けてゐたでせう。あすこへ金の入歯をして、それから此手と此手と両方に金の指環を嵌めて。お召の二枚重ねを着て、縮緬の羽織を引掛けてゐた。……豪儀な身装《みなり》をしてゐましたよ。……悉皆《そつくり》此度の旦那が新らしく拵へてくれたんでさあ。……雪岡さんが、イヤ婆あだの、お古だの、余りお雪さんを虐《いぢ》めたから、此度の旦那は、まあ何か斯か大層お雪さんが気に入つてゐるらしい。……あの婦人のことだから。そりや気に入るでせうよ。……私なんかにも、「おばさん、お久し振り」つて、本当にお雪さんは、人の気を

取るのが上手だ、……』

私は凝《じい》つと聴いてゐて、もう堪らなくなつた。

『さうして私の事を何か言つてゐなかつたか。』

『えゝ言つてゐました。……「伯母さん雪岡は、どうしてゐて？もう奥さんを貰つて？」さう言つて貴下のことも訊ねてゐましたよ。私も暫らく逢はないけれど、何でも久世山の下辺りとかにゐると言つてお出でなすつた。といふ話しをしたら、「まあ、まだ奥さんを持たないの。早く奥さんを持てばいゝのに」つて言つてゐました。』

『ナニが、畜生！奥さんを持てば好いのにつて。自分が亭主を持つたもんだから、そんなことを吐しやがるツ。ワザと独りでゐて、何処に嫁いてゐるか、探して行つてやるんだ。俺にや母親と兄弟があるが母親は兄が見てゐるから、心配はない。自分一人の身体だけだから、何様なことをしたつて構はないツ。』私は近頃自分でも、段々無頼漢のような心持ちになつて行くのを覚えた。

『お止しなさいまし。お雪さんが可哀さうぢやありませんか。折角あゝして気楽な処に行つてゐるものを。』

『いや探ねて行つてやるツ………』

私と一処にゐる時分には一日だつて二人で今日は気楽だと思つたことがなかつた。長い間奥歯の空洞が痛い〳〵と飲食する度に気にしては箸の尖でいぢつてゐたが、それもその内に〳〵と言つて、歯医者にやつて遣ることも出来なかつた………あの小さい歯の綺麗に揃つた、締つた口元は、清洒《さつぱり》としてゐた何処よりも私が好きだつたのだが………指輪だつて、故郷から東京見物に来た人間を一週間ばかり泊めたその礼に、新橋に送つて行つた途中銀座の天賞堂で買つて、「奥さんに」と言つてくれて行つたのを、何時か質に入れて、そのまゝになつて了つた。あゝ、それを思へば、悪かつた、済まぬ、可哀さうな姿が眼に見えて仕様がない。

斯様なことが、ムラ〳〵と念頭《あたま》に浮んだ。

『探ね出さずに置くものか！』私は、泣き声を出した。

婆さんは、状袋を張りながら、私の顔を一寸見守つて、『あなたが、私の赤城の妹の処に来て、屢く種々なことを言つてゐたといふ話しをしたら。お雪さんが、さう言つてゐました。「怨みをいふなら此方が言ひたい。」あなた、またお雪さんを、よく虐めたさうですねえ、イヤ何とかの抱寝をしたお古だとか、縹緻が悪いとか……貴下がそんなに虐めたから、此度はその代りに大事にせられてゐるんですよ。』婆さんは正面に言つてゐるのだが、私には、ワザと焦らしてゐるように思はれた。『お雪さん、さう言つてゐました。「そりやおばさん、雪岡が私を虐めたことは一と通りや二た通りぢやないのよ」つて。私は其様なことは、此の間初めて聞きました。屢く先の中は、私の処に来て貴下のことを賞めてゐました。「伯母さん、雪岡は、どうでせう。あの怠け者が、あの女を打棄《うつちや》つて、――それ、以前貴下が自家に一寸置いてゐたでせう――あの女を打棄やつてから、函根に行つて、一と月立たぬ間に書き物をして百円取つて来てよ」つて、そんなことを言つてゐたのは、聞いてゐましたけれど、貴下がお雪さんを、そんなに虐めたことは私初めて聞きました。……それでもお雪さん、此の間さう言つてゐました。「雪岡といふ人は、人は好い人なんだけれど、どうしようにも怠け者だから、一生困つてばかりゐる。」つて。「おばさん、そりや食べる物に手数の掛らない人よ。香々の甘いのと、クサヤの乾物さへ当てがつて置けば、甘い々々と言つて食べてゐる。」つて。貴下のことを賞めてもゐましたつけ。お雪さんも、あゝして好い旦那が出来たんですから、貴下もみつちり働いて、早く好い奥さんをお持ちなさい。お雪さんが言つてゐました。「此度も雪岡に一寸逢つて行つてもいいんだけれど、逢ふと面倒だから、雪岡が奥さんを持たない間は、逢ない方が可い。」つて。』

　私は、婆さんが言つてゐるのを聞いてゐる間も静つと坐つてゐられないような気がしてゐた。

『さうして何処のステーシヨンから帰つたようだつた？何時帰つた？』

『二晩か三晩泊つて帰つたらしい。裏の自分のお母さんの処に寝たんでせう。……帰る時も私は二階にゐて、送つてもこなかつたから知らないけれど、何でも俥を二台さう言つて来たようでした。……新橋までとか言つてゐました。……新吉はお雪さん達の立つた後で、「だから女は、幾歳になつたつて、廃りは無い。お雪さんは、効生者だ」つて。……京、大阪を見物した序に此方に回つたようなことを新吉が言つてゐました。』

『へえ！京、大阪にも見物に行つて……』私は疳走つた声を無理に抑へ付けた。

　長い間歌に唄つてゐた歯を直して黄金を入れて貰つた。私の家にゐる頃、拵らへたと思ふと、余処の蔵に預けては、なくしい〱してゐたのに、その衣服も出来て、それを着て二人で方々見物して歩いたりしてゐる。何様な亭主か知らぬが、それがどんな風の男にも想像されて、明歴と私の眼に見えた。

『へえ！京や大阪にも行つたんですか？』私は、わけもなく繰返して、さう言つてゐた。

『……何でも日光にも行つたらしい。……雪岡さん、もう其様なことを、幾許思つてゐたつて仕様がないぢやありませんか。向でそんな仲好くしてゐるものを、あなた一人思つてゐたつて、詰らないことだ。それより早くお銭を儲けて、あなたも好い女を早く拵らへて方々連れてお歩きなさい。』

　私に、これから働いて銭を儲けてゐるような、そんな廻り遠いことは、とても出来るものぢやない。早くお前の行つてゐる処を探し出して、そのお前が可愛がられてゐる男を見ねば、一分一秒も落着いてはゐられない。

『日光にも行つた？』

私は、次第に執固く、婆さんに問ひ糺した。婆さんは私の剣幕の恐ろしいのを見て、急に、椅子屋からきた婆さんが、雪岡に口を滑らしたと言はれるのを想ひ出して今まで言つたことを悔ひて、事もなく打消すように、

『私もよく知らないんですよ……日光に行つたといふのもずつと前の事ですよ。もう去年のことですよ、去年の夏のことですよ。』

『去年の夏日光に行つた？それが、どうして分つた？』

婆さんは、去年の秋から、椅子屋に同居してゐる時、日光の団扇や盃の新らしいのがあるのを見て、おや此家の内には、誰れかまた日光見物に行つたのと、きいたら、お前の姉が、「えゝお雪。」と、言つたから、ぢやお雪さんが行つたのだなと思つた。といふ話しをして聞かした。

婆さんにその日光の団扇か盃は、何うかして手に入らないかなア。と言つたが、椅子屋と仲互ひをして音羽の方に来たんだから、もう一生新吉の処の閾は跨がないと言つてゐる。………

その日は婆さんの処を出て、仕方なく汚らしい下宿の方に足を向けた。其処等の道傍の垣根などに、軟らかい黄色い小さい花が咲いて、春らしい甘いような香がして来るけれど、もう春も何にもなかつた。つい此の間吉原の焼けた号外の電信柱に貼付けてあるのが破れて、時々吹き上げる生温たかい砂塵と一所にハラと煽《あふ》られてゐる。咽喉《のど》が涸いて口の中が粘つて仕様がない。

私は、下宿に帰つて来て、馬鹿に間のぬけて広く見ゆる八畳の真中にゴロリと倒れた。直ぐ眼の下の畳の敷合せの処が五分もあいてゐる。横さまに見ると、床板が塵埃で真白だ。お前と一所に此の直ぐ先に家を持つてゐた頃、此の下宿の前を通ると、支那人が多勢泊つてゐた。日本人の学生も少しはゐるらしく一人二人出入りしてゐたが、よく此様な処に耐忍してゐる。と思つたことがあつた。

喜久井町の家でも、加藤の二階でも、一人で静と滅入込んでゐるのにはよかつたが、こゝでは廊下を歩く足音が神経に障つて仕方がない。そこへ持つて来てすぐ裏窓の下では、ガラス屋が擦り硝子を拵らへてゐる音が一日してゐて、それが頭をザラザラさする。

さうして夜になつては、よく築土まで出掛けて来て、どうかして椅子屋へ忍びこんで、お前の手紙か、その日光の団扇か盃かを窃んで見ようかと何度考へたか分らない。

それから四月中、二十日ばかりは、其様な風で、吾れと吾が心に種々な妄想を描いて自分の身を苦しめてゐた。

新さんや婆さんは、東京以外世間を知らぬ無学な人間だから、そのいふことは一々当てにはならないが京、大阪を見物をして来た序に寄つたといふのでは東京から、さう離れた処ではない

らしい。新橋から汽車に乗るといへば、何処か東海道筋の沼津か、遠くは静岡あたりの、——もう伜に世を譲つたが、先妻に中年を過ぎて死なれて年を取つても寂しいので茶飲みともだちにお前を貰つたのだ。

『東京者といふので、大層気に入つてゐるらしい。』

と婆さんが言つた処によると、此度は先が大分歳上に違ひない。可なりな物持で、隠居の所得の相応にあつて老後の楽しみにお前に種々な物を買つてやつて、二人で方々見物してゐるのだ。日光に行つたのが去年の夏だとすれば、何時頃其処へ話しが定つたらう？東京に一寸々々用事でもあつて出て来る人間で、何処か、あまり明るくない処から周旋されたのかも知れない。……併しその人間には少しも怨はない。たゞ其の家へ探して行つて、お前が、自家にゐた時のように、——いやそれよりも、もつと楽しさうに、晴々しい気持ちや様子をして、シヤン〳〵立ち働いてゐる処を、過たず、ピストルで一発に打ち殺してやる。打ち殺さずに置くものか。——昼も夜も、頭から蒲団を被つて、凝乎とその事を思ひ詰めてゐると、ドーンといふ音がして、モヤ〳〵と煙の立ち上る中にお前が浅間しい風体で斃れてゐるのが見えて夜具の中で、私は真個に煙硝の臭ひを嗅いだ…………

これはたゞお前に書いて送る手紙の一端だけれど、私は、お前と私との事を近い内長い小説に書いて置くつもりだ。せめて、さうして七年の間の苦楽や経緯《いきさつ》を忘れられない形に残したい。

……此の手紙を最初書かうと思ひ立つた処までも書き終らずに止めるのは残念だけれど、今夜はもう三時だ……楼の仲居達が手々に方々の室で浄瑠璃や端唄の稽古をする三味線の音が雨の降るように聞えてゐたが、それも遠くに止んで大きな家の中が寂然《ひつそり》としてゐる。これから寝るんだが仲居が安火を入れて置いてくれるから、寝床は暖い…………

刑余の人々

去年の八月の初旬《はじめ》であつた。兼ねて社会主義趣味の人々と聞えてゐる人達三人が発企者の連名で、私の処へも一枚の端書を寄越した。私は特更《ことさら》社会主義趣味といつて、臭味《しうみ》とは言ふまい。何となれば、其等の人々を臭味と言つた方が、よくよくその一団の人々のカラアを言ひ表はすに便利なのであるが、私は、平《へい》常《ぜい》それ等の人々を勿論理論的に排斥してはゐない。然るに臭味といふ文字を用ゐると、思ひ做しにも稍々擯斥したように聞える。それゆゑ此処では仮りに社会主義趣味の人々と言つて置くが、併し此人達は趣味といふ、道楽に近い意味よりも、もつと劇烈な臭味を持つてゐる人達なのである。少くとも以前は持つてゐた人達であつた。

私は、其等の発企者とは、三人の中にSと僅かに一面の識があるばかりであつた。併しそれは社会主義趣味の上での知合ではなく、社会主義趣味の人が屢々《しば〳〵》兼ね具えてゐる如く、その人間も文学趣味のある人であつた。さうして文壇に在つて互に名をも相当に知り合つた仲であつて、加之、時代の相違こそあれ同じ早稲田の文学科を出た同窓の人であつた。

端書の趣意は、此度Y君が、大阪のさる新聞社に赴任することになつた。就いては、九日の夕刻茶菓で簡易な送別会を開く、会費は不要、来会を乞ふ。といふのであつた。私は、発企者の一人である未見の人間の世間に於ける評判は、何斯につけて、唯漠然と知つてゐた。その人の著書も殆んど目を通したことがなかつたけれども、右の案内状に書いた簡易といふ文句は、その人に関する私の乏しい知識の中で、最も特色的のものであつた。それは、その人は、平常簡易といふことを頻りに口にしてゐるように、私には思はれてゐた。さうしてその人は、同じ趣味の後進の間には、尊敬せられてゐる人と聞いてゐた。

で、その簡易送別会の主賓たるY君とも、私は必ずしも友人といふのではなかつた。単に知人と言つた方が、私とY君との間を説明するに適切であるように思はれる。何故なれば、Y君は、確か電車焼討事件と赤旗事件とかの罪に座して三四年の間牢獄《ひとや》に繋がれた。さうして純文学の上で自然主義が、どういふようにして起つたとか、最近何年の何時頃誰れが何ういふ小説を発表して、それは、何ういふ性質の作物であるかと言つたようなことならば、立《たちどこ》ろに一部の短い文学史を語り得るほどの自信を持つてゐる私であるけれど、その赤旗事件なるものが何んな刑事問題であるかといふことすらも知らないのである。私は、それほどまでにY君の休戚と動静と主張と趣味と相関しないのであつた。固《もと》よりY君が入獄したからとて、見舞にも行かねば、端書を一枚出したことすらなかつた。

入獄する以前に、所謂社会趣味の劇烈なる思想を発表してゐたある週刊新聞にY君は最も活気に富んだ青年記者として激烈なる文章を掲載してゐたらしい。何となれば、私はその週刊新聞をも読んでゐたのではなかつたから、掲載してゐたらうと、唯想像するのである。それは、私は其の頃ある純文学の雑誌を編輯してゐて、時々築地辺の印刷所に行つた。すると、Y君等の従事してゐる週刊新聞も同じ印刷所の手にかゝつてゐたので、其処の楼上で、室を隣して校正などをすることがあつた。Y君は、其頃まだ何処か少年らしい身長《せい》格向をして、よく饒舌つてゐた。

『貴下は私、遠から知つてゐますよ。』とY君は隔意のない口調で私に話しかけた。

『何処で?』

『君が牛込の信陽館にゐたでせう。あの時分から……。』

Y君はもう二度めに私に呼び掛けるには、貴下と呼ばないで、君と呼ぶのであつた。さうして斯う言つた。『彼宿《あすこ》で君は評判だつた。彼宿の主人が、「近松さんは勉強家です。本を一寸の間も手からお放しになつたことがございません。」と言つてゐた。君が電話を掛けると、すぐ電話室の近くにあつた洗面所に行つて、口を洗ふのも評判だつた。近松さんは勉強家でもあつたが、衛生家でもあつた。僕は、君が電話を掛けた後で口を洗ふので、よく君を知つてゐました。』

Yは私を推賞して知つてゐますといふのやら、戯弄《からか》つて知つてゐるといふのやら分らぬように言つた。

その後私は、雑誌の編輯を止めるし、Yの臭味の一団は、その週刊新聞に拠つて、劇烈なる主張を、倍々《ます〳〵》行く処まで行き詰めねば止まぬらしい形勢であつた。私は、普通の日刊新聞で、その週刊新聞が幾度か言禍を買つたといふ報道を見たのであつた。さうして遂に電車焼討ちとなり、赤旗事件となつた。

送別会の案内状に接する、つい十三四日ばかり前、Yは、珍らしく私の矢来町の独り住居《すまい》の家を訪ねて、ある雑誌の為に訪問記を取つて行つた。Yが三四年の刑に服して出て来たのは確か既《も》う二三年ばかりも前であつた。出獄して間もなくその頃他《ひ》人《と》の二階に同居してゐた私の関口駒井町の家を、突然訪ねて来た。以前印刷所で逢つた時分から、四年も会はなかつたのだ。その時初めて、監獄に行つた見舞と出獄の祝ひとを同時に言つたのであつた。あゝいふ処から久し振りに娑婆に出て来た人間に屢々見る通りにYも甚く蒼膨《あをぶく》れた顔をしてゐた。さうしてそれと共に体も以前と違つて大人《おとなび》て見えた。

『君が監獄に行つたことは新聞で見てゐた。まあ破廉恥罪でないから好いようなものゝ、随分苦しかつたらう。』私は、優しく笑ひながら、Yのその惨めなほど蒼膨れた顔を、まじ〳〵と見守つて言つた。

笑はれるののと、顔を見詰められるのを何と思つたか、圭角のあるやうでゐて、案外気の弱い、人の善《い》いYは、面伏せさうに少し俯向き加減になつて、

『えゝ、苦しかつたです。』以前の饒舌《おしやべり》なさうして逸《はや》つたやうな態度は見る影もなく失せて了つて、簡単に唯それ丈言つた。『もう行く気にはなれないだらう。』私の方から、以前、友人《ともだち》のやうに口を利いたことはなかつたのだが、刑余の人を見ては、却つて、私は、昔しからの朋友《ともだち》でゝもあるかのやうに、馴々しい口の利きようをした。

『もう行く気にはなれません。』曩日《いつか》、私を、君呼はりをした時の遠慮のない態度もなく、悄気《しよげ》てゐた。

『社会主義は、もう止めかね？。』

『えゝ、もう止めです。』何だか語を他《た》へ外らすやうに言つた。

『止めた方がいゝよ。監獄に行くのは馬鹿げてゐるからねえ。』

私の癖として、恋愛などには、随分白熱することがあつても、社会問題などには極めて冷静な、さうして飽くまで理性的な興味以外に持つことが出来なかつた。それゆゑさういふことで入獄したりする人間の行動をば、馬鹿なことだと思つた。恋愛には、自分が、随分馬鹿であると知つてゐながら、其等の人のすることをば馬鹿と見てゐた。

『えゝ、馬鹿気てゐるです……今日は一寸、訊きたいことがあつて来たのですが』Yは遂々《とう〳〵》話頭を他へ持つて行つた。

それは、此度出獄すると同時に、身を寄せてゐる、同人のやつてゐる、ある週刊雑誌の為に、私に早稲田派の内情を聴かしてくれといふのであつた。けれども、それは私も困つた。

その後偶《たま》に電車の中で、ヒヨツクリ乗り合はしたりなどしてゐた。さうして私の知つてゐて、一時その事で評判になつた地獄を、わざ〳〵買ひに行つた話しなどを、元気よく、Yの癖で、口から唾《つばき》を飛しながらすることがあつた。

『昨夜《ゆうべ》も行つた。貴下の話しをしてゐた』と言うようなことなどもあつた。

私は、所謂社会主義者の平常を知らぬから、あんな劇烈な主張家が、電車の中で、併も偶に会つた人間に、大きな声で地獄を買ふ興味などを話すのを見て、社会主義者の激変に驚くと同時に、その野暮臭くなくなつたのを、Yの為に祝する心にもならないではなかつた。

矢来町の家《うち》に訪ねて来たのは、私の家に来た二度目であつた。その時は、近松の情緒か何かに就いて話してくれと言ふのだつたが、興味が乗らなかつたので、私は何を話したか、記憶せぬ。Yはその時恐ろしい粋な単衣《ひとへ》を着てゐるので、何だ？　と訊ねたら『明石縮みさ』と平気で答へた。さうして亦た地獄女の話しばかりをして行つた。越後産れの東京音楽学校の生徒を、ある周旋屋の手で妾にしてゐたことなどを話した。女がシヨーパ

ンだのベートーヴンなどのことなどを口にすることなどを言つて笑つた。私は上野の音楽学校の生徒に、そんなのがゐるのを、根《ね》問《ど》ひまでして聞いて、呆れたのであつた。思想上の徹底した主張の為に入獄までした人間に対しては、馬鹿気てゐるとは言ひながらも、同時に自から多少襟を正す心持ちを禁じ得なかつたのが、女道楽にかけては、或はデカダンだの何だのと、世間から、殆ど仕方のない道楽者のように言はれてゐる自分が、Ｙなどに比べて遥かにその事に暗いのを省みて、自分ながら、自分のおとなしいのに呆《あき》れもしたのであつた。

つい先達つて訪ねて来た時には、その周旋屋に紹介するから、一寸行つて女を見玉へ、多勢《おほぜい》見せてくれる。などゝ、自分から言ひ出して大阪に行くことなど、少しも話さなかつたが、ぢや急に話しが極つたのだらう。さういふ臭味の人達の会合にはついぞ、顔を出したことのない自分であるけれど、会ふ度にＹの話題や臭味が激変してゐるのを知つたので、九日の晩遂にその簡易送別会なるものに行つて見ることにしたのであつた。――私はまた何時の間にか趣味を臭味と書いてゐた。やつぱり臭味と言つて置かう――

探ね〳〵行つた会場は、湯島辺の、ある美術雑誌の発行者の家であつた。それも三人の発企者の一人であつた。

二階に上ると、八畳ばかりの室に、見知らぬ顔ばかりが二三十人ばかりもズラリと縁を取つたように並んでゐて、既う茶も菓子も飲み荒らし食べ荒らして、座談も興が更けて、一同《みんな》が暑いのと一処に頽然《がつかり》としたような顔をしてゐた。

私が階段から顔を表はしたのを見ると一面識のある、其の発企者の一人は、

『おや！近松君か！これは珍らしい！Ｙ君は近松君を知つてゐるのか。』と、呆れたように言つた。

すると、その傍《そば》に同じ早稲田の文学科を出たＡがゐて、

『それは知つてるだらう…』と説明した。

『近松君とは、古い知合さ。電話を掛けた後で口を洗つた時分から…』と、Ｙの声がした。Ｙは、私の坐つた右手の三四人隔れた処に坐つてゐたのであつた。段々落着いて来た眼で静かに四方を見廻しても、知つた人間は、矢張り今、口を利いた三人しかゐないのであつた。簡易といふことを、種々な場合に主張する同夜の会合者中の先輩を、私は初めて面《まのあた》りに見た。一同がその人だけには、多少敬語交りの口調で話してゐた。

暫らく下火になつてゐた雑談は、何かの機会《はづみ》から再び盛り返して来て、次第に爛熟して行つた。

つい十日ばかり前まで、一日に何回となく号外に依つてその病状を報ぜられ、恰《あまね》く上下の人々の憂ひの種となり、果ては哀悼の語り草となつた人のこと、それに関聯して殆んど我が邦未曾有の事件を計画して遂に死刑に処せられた多くの人の話しなどする者もあつたが、其の話しは、口を切つた人間以外には移

つて行かないで、何の反響もなく、止んで了つた。一同慎しさうに暫時《しばらく》黙つた。私は最初唯一同に挨拶をした時から殆ど沈黙を守つてゐた。一体私は、是等の臭味の人々の発表する、――或は嘗て発表してゐた高貴などに対する意見が一種の理想を持つてゐながら、その案外下賤《ワルカー》なのを好まないのである。社会主義は一面にヴルガリチイを伴つてゐる。私はそれを好まない。

年齢《とし》に合はしても不似合に、頭髪《あたま》をもみあげとかに刈つた、耳に立つほど九州弁の男は浅草の何とか館で活動の弁士をしてゐるのが、座談の端々で私に想像されたのである。――社会主義で刑に服して出獄した者には、その筋から、それぞれ職業を見付けてやるのだといふことを、私は、何処かで聞いたことがある。警視庁でも、まさか活動の弁士に就職せしめた訳でもあるまいが、もみあげの人間もYと同時に千葉の監獄に行つてゐたことも座談の間に分つたのであつた。二三十人の来会者は、其の二人の私の早稲田の同窓の他は、大抵一度は牢獄の飯を食べて来た人のように思はれて、私は肩身が狭いようで恐ろしかつた。

『監獄《なか》にゐる時分に、多勢で、あの千葉のステーションの前の、豚を食はす処があるでせう。彼処《あすこ》の前を通る時分に、あれが食ひたくつて〳〵、出たら食はうと思つてゐたが、果して出ると直ぐ彼処に駆けて行つて、豚を四人前食べた。さうして其の脚で直ぐ東京に帰つて来る途中に汽車の中で全然嘔吐《もど》して了つた。』もみあげは、笑ひながら九州弁で無邪気に話して一同を笑はした。

先刻から入獄中の滑稽談に花が咲いて来た。私は、社会主義などの話しよりも其等の人々のさう言つたやうな滑稽談を幾許喜んで聞いたか分らぬ。

その夜は、一同、以前の頑迷な主張から全然忘れて了つた人達の様に社会主義に関する話などおくびにも出さなかつた。

『僕が、あの時、千葉に出迎へて行つて監獄の門の前に立つてゐると、Yが出て来て、真先に「僕も、中では温順《おとなし》くして、模範囚人だつた。」と言つてゐたが、ナニ後で人に聞くと、大将、寒さに閉口して便所の雑巾の乾いた奴を背《せなか》に当てゝゐるのが看守に知られて、減食を喰やあがつた。』

早稲田出のSが磊落に洪笑して言つた。一座は、どつと笑ひ崩れた。

『さう〳〵、それから湯に入つてゐる時にY君が、「君、今日、女囚の中に一人好い女がゐるのを見たよ。」と足の裏をコスリながら、低声《そうつ》と堪らないように言つた。』と、何処かの新聞社にゐるらしいのが思ひ出を言つた。

『Yに、「どうして女囚を見たのだ?」と言つて聞くと、塀の処に盥《たらひ》を凭《もた》せ掛けてその塀に上つて覗いて見たといふんだ。』丙が言つた。

『あの時、Yが、僕を手招きする、「どうしたのだ?」と言つて傍に行くと、「君、一寸々々、此処から向側《あちら》を見て見い。」と言ふから、覗いて見ると、何だ。女囚を見てゐるんだ。Ｙは下から盤を抑へて、「君好《い》いのがゐるだらう。」と言ふんだ。』丁が言ひ足した。

多勢は、益《ます》〳〵笑つた。

『僕は、あれから溜らなくなつて、盛にやつたよ。』

と、平常《ふだん》のＹの通に元気に言つて、変な手真似をして見せた。

話は、Ｙなどの女に関する興味を中心にして、次第に露骨になつて行つた。早稲田出のＡとＹと浅草の十二階の下辺りを漁つて歩いて、一人は壱円の金を持つてゐたが、Ａは、その日に買つた五十回分の電車の切符しか持つてゐなくつて、それを金の代りに取つてくれと言つても、聞かなかつたことなどを話した。

またＳがＹと二人で十二階の下を彷徨《うろつい》て一人の女を二人で共有に買つた時のことを話して、デカダンと世間から名付けられてゐる私の耳を掩はしめた。

『こいつは溜らない。』と言つて、先輩の発企者も、流石に辟易したらしい顔付をした。あんまり話が露骨《むきだし》になつた場合によくある通りに、それを機会《しほ》に、一同思ひ合はしたように、

『退散にせうか。』と言つて、立ち上つた。

私は、その気配を見ると、誰れよりも先きに戸口に急いで街路《とほり》に出た。夏の夜ながら寒いほど涼しい風が流れてゐた。

すると、そこの家から二三軒置いた家の軒下に、五六人の刑事らしい男が薄暗がりの中に夜を更して、今夜の会合の動静を窺がつてゐた。

遊　民

まだ梅雨には少し早いが、幾日《いくか》も雨が晴れなかつた。Kは、鬱陶しい二階に静《じつ》と座つて考へてゐた。
『大阪も最早《もう》好い加減に見飽いた。』
と思つたが、さうかといつて、まだ何となく東京に帰る気にもなれぬのであつた。

この間中から、東京の親しい知人から寄越す手紙には、もう大抵にして東京に帰つては何うかと、帰京を促す文句があるのであつた。が、Kには東京に自分を待つてゐてくれる家族がないのを思ふと、東京も旅の空のやうな気がするのである。

彼れは、去年の夏の末、東京を立つて、木曾鉄道に乗つて京《かみ》阪《がた》に来たのであつた。東京で、生活の単調に倦《う》んだKは、旅に出てその沈鬱な気を晴さうと思つたのであつた。高い山、深い谷に憧れてゐたKは、始めて甲信の境の、白雲に蔽はれた山々、それから木曾川の碧い水、白い石を車窓から眺めながら、名古屋から大津といふやうに都会《まち》から都会を泊つて京都に入つた。京都の駅で汽車を降りると、Kは、烏丸通上立ち売りにゐる京都大学の教授O博士を訪ねる積りで、勝手の知れぬ電車を、中に乗つてゐる客に問《たづ》ね〱利用して、御所の西側まで行つた。そこで、Kは下立ち売りを探して歩いた。まだ八月の廿七日の夜で、電車に乗つてゐれば京都は東京よりも涼しいと思つたが、降りて歩てゐるうちに、汗はダク〱流れた。疲れた脚に旅で着通しの単衣の裾が巻くれて心悪い。Kは幾度びか下立ち売りを探したけれど、遂にO博士の家は見当らなかつた。上と下とを間違へてゐたのが、後日《のち》にO博士と音信の往復をして始めて分つた。

Kは、東京にゐても、呉服屋のショウ・ウインドウを窺いて見るのが癖であつた。唯美的傾向の強い彼れは、東京の下街《したまち》に行つた序《ついで》に屢《よ》く白木屋や三越に入つて見るのであつた。夏の嫌ひな彼れも、純白雪を欺く如き薩摩上布の三四拾円の綛《かすり》を見ると、夏が好きになるやうに思はれるのであつた。一体彼れは帷《かた》子《びら》が好きであつた。死んだ尾崎紅葉といふ人は、縮緬といふものがなかつたならば、日本婦人の姿態美は、大半損失《うしな》はれたであらうと言つてゐたが、Kは、それとは少し違ふけれど、苦しい〱夏に薩摩上布といふ日本固有の織物があつて、麻の長襦袢にその上布を重ねて着た着心地を何とも言へず好むのであつた。一寸した気分の機《はづみ》で直ぐ悲観に陥つたり厭世に沈んだりするKは、夏を厭ふこと一方ならぬにも関らず、その上布あるが為には夏を四季の中で最とも好ましいとさへ思ふのであつた。

それ故Kは、東京にゐて、上布を着てゐる男女を、注意するともなく注意して見るのであつた。併し東京では、飾り窓に、飾られてある割りに、それを着てゐる者が少なかつた。彼れが京阪に来る少し前であつた。暑い日であつたが、日本橋の末広にとりを食べに行つたら、そこの女中が一人可なり上等な上布を着てゐた。暑い時分のことゝて、その十九か二十かとも思はれる女中の肌《きめ》の細い白い頬には、ポツと上気したやうに紅《くれなゐ》が潮《さ》して、それにしつとりと汗に滲んでゐるのが、わけもなく男性《をとこ》の感情《こゝろ》を唆るのであつた。その上布に真白《ましろ》い麻の長襦袢の裾のチラ〳〵と見えるのを見ると、彼れは、実に共に事を語るに足るべき人を発見したかの様に内心の喜悦《よろこび》を禁じ得なかつたのであつた。

けれどもKは、それから間もなく東京を立つた。東京を立つた時は、木曾の福島に泊つた。西鶴の一代男には、木曾の片織りの麻を着せて、地女《ぢをんな》に化粧を施して旅人の興に勤めさすと聞いてゐるが、汽車の通じてゐる当節には昔時《むかし》のローマンスを想ひ起さしめるやうなものは眼に留まらなかつた。

Kが大津の市街《まち》に入つた時であつた。其処で帷子を着た男女を多く見た。それで思つた。東京では、あまり帷子を着た人間は見なかつたが、大津に来て、それが眼に着く処を見ると、矢張り京阪は、東京よりも都なのであらうかと思つたのであつた。さう思ひながらKは楽んで京都に入つた。京都で○博士の宅が見付《みつか》らなかつたので、彼れは、どうしようかと思つた。此のまゝ京都に足を停めて、暫らく京都を見ようか、それとも一寸郷里まで帰らうかと思案をした。彼れは既《も》う二十年に近く東京にゐるのだが、生れた家は、岡山県であつた。郷里には年老いた老母が絶えず彼れの安否を思つてゐるのである。さぞ夏の暑さに弱つてゐることだらうと思ふと、彼れは、急に郷里に帰つて見ねばならぬやうに思はれ出したのである。で、夜の九時二十分京都発の汽車に乗ることに決心した。さうすると、まだ二三時間の余裕がある。それで、彼れは京都の夜の街を見ようと思つて、四条まで出て来た。丁度腹が減つたので、彼れは橋の袂の河原に架した洋食屋の納涼台《すゞみだい》に入つて行つた。そこで軽い二三品の洋食と生のトマトとを命じた。

彼れは、前に言つたやうに、上布が着られるので嫌いな夏が好きになるのであるが、生トマトの食べられるのでも夏が好きになるのである。Kは自分で、自分の趣味を考へて見て、時々可笑《をか》しいと思ふことがある。彼れはひどく矛盾した趣味を持つてゐた。彼れは今から二十年も前、中学校に行つてゐた時の他洋服といふものを着たことがなかつた。一定の勤め先きを持つてゐない彼れには、自然さういふ必要もなかつたのであるが、多少他処《よそ》行きなどの場合着ねばならぬやうな衣服《きもの》も、Kには、それが和服の方が都合の好いやうな処より他には行く処がなかつた。温泉場だとか旅の宿屋だとか、待合とか貸座敷とかには和服の方が都合がよかつた。Kは何も好んでさういふ処より他へは行かぬのではないが、Kは自分で、時々それを考へて、難有《ありがた》い社会が、自分を、そんな表立つた処へ出入せねばならぬやうな地位と職業とを与へてくれぬのだから仕方がないと諦めてゐるのである。

で、そんな和服の他着たことのない彼れは、不思議に生のトマトが好きであつた。数年前何処かで、一度始めてそれを食べた時は吐き出して了つたが、その後段々その味を覚えるにつれて、夏季になると、彼れは、煙草の好きな人間が煙草を吸ふやうに、一日もトマトなくしては夏を消すことが出来なかつた。彼れは、煮え湯を打掛《ぶつか》けて皮を剝く術《すべ》を、つい、この間まで知らなかつた。たゞ生でばかし食べてゐたのである。生トマトと上布とを彼れは同じ味のやうに思つてゐるのである。

で、東京を一昨日《おとつひ》立つてから、生トマトを食べなかつたので、彼れは、それの来るのを待ち兼ねて、舌の先から甘《うま》さうにすゝり込んだ。さうして東京のトマトの料理の塩梅と京都の料理の塩梅とを味つて見た。が、どうしても東京の方が甘いと思つた。すると丁度そこの、Kの腰掛けてゐるテーブルに五十ばかりの一人の京都の男が向ひ合つて腰掛けた。その男は、Kに向つて、『それは何といふものです。』と東京言葉を模して訊ねた。Kはそれが、トマトといふものであることを教へた。大阪でも京都でも、人が東京弁で話してゐるのを聞くと、直ぐ「ねえ」といふ語を不器用に喰付《くつつ》けた。

その時丁度東山の端に円い月が出た。

『今夜は十五夜どすナ』と京都の男が言つた。Kは、

『成程七月十五夜ですナ。』と言つて、生トマトの残りをホークに刺しながら、東山の月を見上げて眺め入つた。

それから其処を出ると、Kはステーションの方に近づきながら四条の旅町《たびちやう》を下へ〳〵と歩いて行つた。其の街には、美しい呉服屋だの、小間物屋だのが軒を並べてゐた。Kはその京都の呉服屋の夜の店を殆ど一軒々々入つて品物の陳列を見廻つた。帷子や上布がないでもなかつたが、東京で見るほど、そんなに上等の品は見附からないやうに思つた。浴衣《ゆかた》などにも東京のほど好いのがないやうに思はれた。

けれども、一昨日東京を立つて、今夜京都にゐながら、さうして恰も京都の人でゞもあるやうに落着いて、多勢《おほぜい》の人込みの中を歩いてゐるのが心地よかつた。

郷里から、大阪に出て来たのは、九月の十五日であつた。Kは大阪は殆ど始めてと言つてもいゝくらいであつた。二十年ばかり前、まだ東京に行かぬさきに、大阪に来てしばらくゐたことがあつた。その時は、国の懇意な者の紹介で、堂島の、ある家の二階にゐたり、後には江戸堀に変つたりしたが、道頓堀な

どへは行つて見たことがなかつた。一昨年《おと、し》大阪のさる新聞社に来てゐる東京の知人の家《うち》を訪ねて、池田の新市街に一晩泊り、文楽座や宝塚の温泉などへも始めて行つて見たのであつた。翌日は一日その友人夫婦と三人づれで築港だの難波新地だの、道頓堀から心斎橋筋を歩いて見た。けれども飛脚のやうに歩いたので、殆ど眼にとまる物がなかつた。

今度は、少し腰を落着けて大阪にゐて、大阪をも見たり、またその近傍の奈良や京都や大和の各名所などを見廻らうとするのが、目的であつた。

で、今度始めて大阪に泊つた晩、道頓堀に面した宿屋に旅装を解いてフラリと夕方の散歩に出た。戎橋の人通りは、先づ彼れの興味を刺激せずにはおかなかつた。彼れは、東京にゐても、矢来町の自分の家から、殆ど毎晩二度も三度も神楽坂の通りに散歩に出るのであつた。宵の口に一遍出て戻ると、此度は九時頃に出た。それから、そろ〳〵縁日商人《あきんど》の荷を仕舞《しま》ふ十一時十二時頃にもまた出て見るのであつた。それから電車に乗つて、銀座までもよく行つた。

四十に近くなつて、まだ家も子もないKは、夜自分の家にゐるのが寂しくつて堪らなかつた。一体、東京には独身者が夜を更すに不便な処である。彼れは西洋に行つたことがなかつたが、それを思ふて、話しに聞いてゐる西洋に行つて見たくつて仕様がないのである。東京にゐて、下街などに行つてゐて、待合にでも入つてゐるならば兎に角、そんな不体裁な処でなく、例へばカフエーやビヤホールにしても少し長くゐると、もう方々で戸締りをするのが、気になつて仕様がない。尤も彼れは生のトマトを好むに関らず、流行のカフエーやビヤー・ホールなどをあまり好まなかつたけれど、独身者が、方々で戸締りを急ぐ音を聞くほど遣る瀬ない心地のするものはない。恰《ちやう》ど冷笑して締め出しを食はせられてゐるやうな気がするのである。何の家も何の家も早く戸を締めて、温く平穏な夜の眠りに就かうとするのに、彼れは横潮吹《よこしぶき》に降る雨の中を銀座の夜更けに、歩いて戻つたことも度々であつた。東京の銀座は案外早く戸締りをする処である。

で、彼れはその戎橋の人込みから向へ渡つて、道頓堀の芝居の方へ行かうとする処で大きな漬物屋の店頭に、思ひ掛けもなく一人の知つた人間の姿を発見した。それは、早稲田文科の学生で、大阪の人間であつた七月頃の話しに、僕も大阪の方に遊びに行くから、さうしたら案内を頼むと言つてゐたその人間であつた。それが七月も八月も過ぎて九月も中旬になつたので、双方《ふたり》ともそんなことは念頭になかつた。で、二人は案外に打たれて、

『ヤア！』

『ヤア！』

と言つた。それから、学生は、今晩東京に帰る積りで土産を買

つてゐたのを、二三日帰京を延ばして、その晩直ぐ其処らを連れて歩いてくれた。難波《なんば》の焼跡のカフエーに連れて行つた。

けれどもそのカフエーは東京のほど甘くなかつた。女中も東京のほど美しい女がゐなかつた。矢張り斯ういふものは、東京にふさはしいと思ひながら其処を出た。

学生は序に、宿へ帰り道を、一寸左に入つて、

『此処が難波新地です。』

と言つて、花柳街を連れて歩いて廻つた。恰どまだ諒闇の中だつたので、何の通りも火が消えたやうに寂然としてゐた。人声もしなければ、軒燈も点つてゐなかつた。併その整然と建ち連なつた瀟洒な街区の形だけは真暗い夜眼《よめ》にもそれと認めることが出来て、Kも流石に一種の神秘な感じに襲はれたようであつた。

『へえ！　此処が難波新地ですか。へえ！　此処が難波新地ですか。』

同じことを何度も繰返しながら学生の先きに立つて行く後からついて行つた。始めて其処を見たKは、迷宮にでも入つて行つたやうな心地がした。Kは東京の花柳街に少しも自分の求めてゐる感じに適つた処を発見しなかつた。吉原のやうな建築は彼れの最も好まぬ処であつた。新橋も少しも感じに落着きがなかつた。Kは、自分から顧みて、花柳街の建築などを気にするよりも、憲政擁護運動や飛行機の発達の状況などに深い注意を払ふことの出来ぬのを、心《しん》から悲いと思ふことがあつた。けれどもそれは一つはK自身の過失ではないと信じて諦めてゐた。何故に自分は、憲政擁護運動よりも花柳街の建築などによりて、多くの興味を有《も》つかといふことを考へて見て、それは前にも言つたやうに彼れに定職のないのがその原因の一つであつた。花柳街の建築などに注意を払ふのは下等かも知れぬが、彼れは兎に角遊民であつた。高等遊民でないまでも遊民であつた。社会が遊民として彼れの生活に何等のデリケートな思慮を費してくれない以上は、彼れの方でも社会の喜憂に対して、さう熱心な注意を払つて心配する必要を覚えなかつたのである。つまり彼れは、利己主義ではない、個人主義の人間にならざるを得なかつたのである。

で、真の暗《やみ》その物を表現《シムボライズ》してゐるかの如き諒闇中の難波新地の街区の与へる感じは、Kに譬へようもない不可思議な好い感じであつた。

まだ京阪に来てから、一つも、これと言つて、東京に勝るものを発見しなかつたKは、その難波新地を一見するや忽ち腹の中で『これある哉《かな》！』を快呼することを禁じ得なかつたのである。

東京にゐても既に長い間生活の信条を失つてゐた彼れは、せめて旅にでも出て、気分を回復しようと思つてゐたのである。事実、信仰のなくなつたものは、聊かの事に出会《でつくは》しても、それ

が忽ち悲観の種ともなつたり楽観の原《もと》となつたりするのである。東京の如何なる街区の見物にも飽いて了つた彼は、それが忽ち自分の生活に飽いてゐる証拠としか思はれなかつた。読書に飽き、女性の感情に失ひ、芸術に疲れた彼れは、東京の街区を見て歩くより他に仕方がなかつた。さうして其れにも彼れは興味がなくなつた。この上は変つた土地の変つた自然や人事を見て生活に元気を着けるより他なかつた。彼れの生活に取つては、一見さまで関係のないやうに思はれる、難波新地の建築は、彼れをして大阪を喜ばしむる一つとなつた。

彼れは十分なる満足を以つて、学生と話しながらその一廓を出離れた。

道頓堀に二晩ほど泊ると、Kは、一寸《ちよいと》した知人の紹介で南海鉄道の沿線の方に行つて下宿した。其処は料理屋兼旅館といつたやうな看板を懸けた、実は曖昧屋であつた。さういふ処を二三軒泊り歩いて彼れは大阪の下等な奴にひどい目に会はされた。さうなると、Kの方でもその積りで出て行つた。大阪の土着の人間で、色稼業《いろかげふ》をして来たやうな奴の下等なのには彼れも弱つたのであつたが、東京の蠣殻町や浜町で遊人《あそびにん》を使嗾して客を嚇かしてゐる奴等《やつ》ほどでもなかつた。Kはさういつたやうな人間とも、京都大学のO博士B博士とも話しをするのが好きであつた。

で、Kは遂々《とうく》南海沿線から終《しまひ》には堺の方まで流れて行つて、其処で半歳ばかり詰らなく暮らして了つた。尤もその間には始終大阪に出て来て方々の街から街を歩いて見た。心斎橋筋のやうな処は東京にもなかつた。其処の大きな呉服屋の前に突立つて大阪の婦女子に交りながら、四季々々によつて流行の新装を凝して飾られた人形などに見入るのであつた。

近松座文楽座にも度々入つた。それに東京にはないものであつた。大浜の潮湯宝塚の温泉も東京にはないものである。けれども彼れは道頓堀に軒を並べた芝居。松竹の女優劇などにはついぞ入つて見る気がしなかつた。大阪の街にはもう見るべきものがなかつた。これから東京に帰らうか、東京も暑い。大阪には尚ほゐられなからう。彼れは滅入《めい》るやうな雨の音を聴きながら自分の身の持扱ひ方に思ひ惑ふた。

見ぬ女の手紙

一

未知の人さまへ紹介も願はず、手紙差出し候思召しのほどもいかゞと、心にかゝり候へども、御願ひ致したきことの候て、失礼をもかへりみず、一筆申上げ候。御覧下され候はゞ、誠に嬉しく存じ候。さて私《わたくし》事、先年より、東京へいつて、奉公致したく存じ候へども、保証人をたのむ人も御座なく候まゝ、たゞ一人新橋へついて、まご〳〵いたし候も不安にて、今日まで過し居り候処、先日文章世界にて先生の小説を読み、まことにあのやうに御暮し遊ばされ候ならば、私を下女にやとつて頂きたいと存じ、あつかましくも、かくは御願ひ申上げ候、気のきかぬ者には候へども一生懸命に相つとめ候まゝ、何とぞ御召つかひ下され度、くれぐれも御願ひ申上げ候、御承諾下され候はゞ、先生の御帰京遊ばされ候日までには、なにやらかやら稽古いたし置かんと存じ居り候。実は四五年前、大阪にまゐりさる大家に小間使に初奉公にあがり申候。その時は、まことに子どもにて、今思ひ出し候ても、ひや汗のでるやうなことのみにて、やうやく一年余り辛抱いたし申候。されど来年はもはや二十二にも相成り候へば、大丈夫と存じ候。辛かりし当時をしのびては幾度か思ひかへさんと存じ候へども、さりとて思ひ立ちては、矢も楯もたまらず候まゝ日夜考へし末勇気をふるふて此の手紙したゝめ申候。年末にて御忙しくゐらせられ候処へこの様なこと申上げ甚だ恐入り申候。何卒失礼の段御許し下され度。幾重にも御詫び申上候。先は御願ひまでかしく。

十二月十六日　　　　　　下村さよ

△△△先生
御前に

二

毎日わるかつたか知らと、心配して居りました。早速御返事下さいまして、ほんとうにうれしうございます。世評を気に遊ばすのは、私が娘だからなのでせうか、もし御迷惑をおかけ申しましては申訳がございません。

私《わたくし》はあまり考へのないお願ひをしたものだと思ひます。御手紙を頂きましてから、昨夜も一昨日もよくよく考へましたけれども、矢張り行きたいと存じます。恥を申上げなければ、わかりませんが、私の家は遊廓のうちにあるのでございます。で、ほんとは二十一にもなりましてもお嫁にゆくところがありません。もし参りましても不幸なことはきまつて居りますからお嫁入りして、帰つてから東京へ御奉公に行かうと、もう前から一人考へてゐました。十七の春大阪へ出まして十八の春に帰つてきました。その帰つた当時こそ、もう再び奉公などしようとはおもひませんでした。妹には決してさしやしないと、それは今でも思つて居りますけれども、私はもうあの頃の辛かつたことも忘れてしまつたのか、いつの間にかこんなことを思ふようになりました。此の頃急に行きたくなりましたのは、どうしたのか自分でもおかしく思ひますけれども、先生がお書きになりましたのが本当ですなら、あんな下女よりか少しは自分の方がいゝと思ひまして、どうしてもお願ひ致したかつたのでございます。後からは、自分から願つて置きながら、余りお役に立たないやうだつたらと、それればかり心配して居りました。私は余程物好きな、そして移り気な女かと、いやあな気になりましたが、どうすることも出来ません。その上丸三年間毎日〳〵裁板《たちいた》の前に座つて、お嫁入口を待つのも、もう殆どあき〳〵しました。母には、ながいことわがまゝに暮してゐて、もう奉公の辛さを忘れてしまつてお嫁にいつた時よつぽど苦しいから、も一度奉公に出して下さい、そして前のやうにたくさんの朋輩の中でお掃除やお裁縫ばかりするなら、うちにゐても出来ますけれども、今度は一人で御台所の事が出来る家へやつて下さいといふつもりでございます。なれませんから、さぞつまらんことをするだらうと存じまして、全くは、奥さまのおさしづを仰いで働きたいのでございます。母はわがまゝに育つた養子娘で、他人の味などは知りませんし、なか〳〵娘のしつけの出来る女ぢやないのでございます。大阪から帰る時にも伯父などおさよを帰しては、いけないと、それは云はれたのですけれど、あまり帰りたかつたものですから。この頃では起きたい時に起き、寝たい時に寝、読みたい時によむといふ自由もいやになりました。

少しは窮屈な思ひをしてみたいとおもひます。先《せん》の手紙がきました時は、もしお返事も頂けないやうだつたらと思ひまして、母には黙つて居たのでございます。前のようなこともありますので、少しいひ出しにくうございます。春になりましたら、よい折を見て、よく相談して許しをうけますから、どこへでも御世話下さいませんか。お言葉にあまへて、お願ひ申します。一生懸命にどんなことでも致します。私が琴を教へてもらつた人は、ある時上手な先生が大阪からお出になつた時、一緒にお寺へきゝに参りまして、私、子供さへなかつたら、あの先生の処へ一年位御奉公したい。たゞ千鳥のうたひ方をきゝ覚えするだけでも、どんなにか嬉しいと、仰しやつて、皆おばさんの物好きな、などゝいつたりしましたが、私も同じやうに思ひます。わかりもしないくせに文学がすきなものですから、文士の先生達を、どんなにか崇拝いたして居ります。同じく御主人にいたゞくからは、楽しんで働かれるだらうと、思ひまして、それであんなにお願ひしたのでございます。さうぢやなかつたら、ぜひ御奉公しなくとも、うちで、どうにか暮してゆきます。

私が、大阪から帰るとき、綿入に綿入羽織を着て帰りましたら、こちらは、もうネルをきてゐる人がありましたので、驚いてしまひました。それでも今朝あたりは、よつぽどお寒うございますが、御地はさぞおはげしからうと存じます。堺には親族の家がありますので、よく行きました。先生のお処は、文章世界の消息で知りました。大浜公園では水族館を見たり、汐干狩をしたり致しましたに、どんな処だつたやら忘れてしまいました。しかし松山の公園よりは余程つまらないと思つた事は覚えて居ります、大阪へは南海電車でゐらつしやいますか天下茶屋へは、よく通ひましたので、あの辺から難波が目にうかびます。よつぽどかはつたときゝましたが、思ひ出したら、又いつてみたくなりました。つい詰らんことまでながく〳〵とかきました。どうぞよろしくお願ひ申ます。

十二月二十四日　　下村さよ

△△△△先生

御前に

三

まことにありがたうございます。もう嬉しくて〳〵思ひ出しては、よろこんで居ります。一日も早くまゐりたくつて仕様がありません。ほんとに、ちよつと遊びにでも行きたうございますけれども、云ひ出したとて、きいては貰はれません。春には松山へお出になつて、ぜひ道後へも御滞在なさいまし。近くへお供いたしたいと今から楽しんで居ります。当地は冬は誠に暖かくつて暮しよいのですけれど、何故かお花見頃が一番宿屋がにぎはひます。

何かまとまつたものを書いてみよと、おつしやつて下さいます。まことにありがたう御座いますけれども、全く私はだめでございますのよ。かいてみたいと思ふことは胸に一ぱいありますのに、ちつとも筆がうごきません。いつでも詰らないことを思ひついて苦しんでそして物になりません。私全くさういふ才がないのだらうと、しみ〳〵口惜《くや》しく思ひます。読むことはすきで、毎晩なにかよんで居ります。しかしこれもかし本屋が持つてきてくれますものを手当りしだいに見るのでございます。この頃やつと「家」をよみました。お正月によまうと思ふて「小鳥の巣」をかりました。学校へいつてゐる時分には、よく文章世界を読んで居りましたが、いつの間にか、あまり読まなくなりました。でも先生のは読みました。ながいこと女学世界など見て居りました。読売新聞をとつて貰つたり、文芸雑誌をのぞいてみたりしますのは、この二三月来のことでございます。いつかの文章世界や早稲田文学に出て居りましたものなども読みました。雑誌は大抵図書館へいつて見ます。先日「自由劇場」をよんでみましたけれども、たゞ一つか二つ演芸画報の批評などを見たばかりで御座いますので、その戯曲を知つてゐたらと情なうございました。この間から、それは芝居の筋を知りたいと思つて、院本をよんで居ります。まだ近松の初期の作を少しと出雲の名高い物をよんだばかりで御座いますけれども、よくわかりません。

先日の新聞の記事には、私驚きました。その時はまだ誰れもみない前でしたから、母がよんでは困るとおもつて切りぬいたりしました。あんな悪口を書かれてさぞ御迷惑なさいましたでせう。

御飯をたいたり、お菜をこしらへたり、私はそれでも嬉しいと思つて居りますのに、先生の口授なさる原稿を筆記さして下さいます。私はほんとにうれしくつて〳〵仕様がありません。

来夏《くるなつ》の木曾の旅を考へたばかりでも胸がおどります駒ケ嶽や御嶽へでも、私、女だつてお伴して登りますわ。

私は決して不幸な女ぢやないと、此の頃しみ〳〵さう思ひます。

一月一日　　　　下村さよ

△△△△先生

御まへに

四

御手紙ありがたう存じました。七日の「よみうり抄」で葺屋村とかへおうつりになつたとよみまして、知らして下さいませんから、もう気になつて〳〵堪えられませんでした。

四五日前から眼がわるくなりまして、お裁縫《しごと》もなにも出来ません、家の手伝ひをしようと思つても、それが気になつて何をするのもいやで炬燵にばかり、かぢりついて居りました。そしては、いろんなことばかり考へ耽つて、あまりに苦しくなりますので、お説教をきゝにいつたりしました。たゞ、なんでも、書いて出さなくとも、紙にさへ訴へてゐたら気が落ちつくと思つて毎日同じやうなことばかり書いて居りました。もう、どうでもいゝとあきらめた其の夕方お手紙うけとりました。そしたら目もよくなりますし、お母さんのお手伝ひを、よくなさいつて読みましたので、大いそぎに床を上げるやら、それからは人のしてゐることまで引とつてよくお手伝して居ります。自分ながら現金なのに呆れてしまひました。それでも私は嬉しく御用のできる気分になるのがうれしうございます。

文楽座へは、私たゞ一度いつたことがございます。それは大阪へいつて間もなくの事で摂津大椽も越路太夫も名さへ知らない時でした。「絵本太功記」でしたが、勿論浄瑠璃のわからうはづもなく、どんなによかつたのかも知りません。たゞ綺麗な人形をぼんやりながめて居りました。後に中座で雁次郎一座の「尼ケ崎」をみました時同じ舞台だと思つたばかりでした。帰る頃は呂昇もきゝたいと思ひましたし、もういつ大阪へ来るか、わからない。一生摂津大椽をきくこともあるまいと思つては、たまらなかつたのですけれど、一人勝手なまねも出来ず、残念な思ひしました。近々《きん〳〵》新らしく出来た定席の舞台開きに呂昇がくるといふ評判ですから母と話しあつては楽しんで居ります。

鷗外さん、秋声さんのものは殆ど知りません。虚子さん一葉さんなどは少しよみました。漱石さんのものは大ていよみましたが、これからは尚ほよく気をつけて読んでみます。私、批評などゝむづかしいことはわかりませんけれど、たゞ自分の思つたことを申せばよろしうございませう。「小鳥の巣」は、も一度よくよまうと思ふうち目がわるくなりました。

昨日は久しぶりにお仕事しようと思ひましたに、針の供養だつて、とめられましたから、読みかけましたけれど読み終へませんでした。

「彼岸すぎまで」は、新聞で毎日一番楽しみに待ちかねてよみました。あまり期待してゐたせいか、本になつてから読んでしまつた後には少し失望しました。あの千代子といふ女がすきでございます。無邪気な娘でありながら、ほんとは、かしこいのでございませう。須永に対して「あなたは卑怯です」かしら言つた時、私はうれしうございました。その頃秋声さんの「血縁」が出て居りましたが、その中のいせ子といふ女がきらひで、姉と同じ名なものですから、毎日いばつてやりました。

「青鞜」は、私、よんだことありませんから、よく知りませんけれど、皆さん、あゝしていろんなことをお書きになるのはおヱライともお羨ましいとも思つて居ります。何も出来ないくせに思想ばかりかぶれてはいけませんから、私はなにも知らないで暮しませう。先生の「堀川」のお俊や「天の網島」のおさんのような古い女が理想だと仰しやるのは、私、反対ばかり言つてお出でになるやうに思はれて仕様がありません。しかし生れ付きは仕方もありませんが出来るだけはさうなりたいと思ひます。

福沢諭吉先生の「新女大学」て私、よんだことがございません。それから、先生も厭だと仰しやつた「女学世界」はよみません、前頃は、ほんとに面白かつたのですけれど、姉にはよくわるく云はれました。わかいなあなどゝも云はれました。私も若かつたのだらうとおもひます。

それから先生は、私に、貴女《あなた》だのなんだのと丁寧におつしやいます。私は下女にお願ひしてゐるのぢやございませんの。心苦しくていけません。そしたら私はどんなに申せばよいのでございませう。松山へお出になる時はお知らせ下さいますれば、高浜までお迎へに参じませう。お顔も存ませんけれど、その時桟橋のそばに背の低い二十四五の女――私は余程ふけて見るのださうでございますから――が居りましたら、それが私でございます。

一月十五日夜　　　　　下　村　佐　代

△△△△先生

御まへに

五

御手紙拝見いたしましたけれど写真ばかりは、どうぞ勘忍して下さいませんか、いづれ遠からず自分が鏡で見てさへ不愉快なこの顔をお目にかけなくてはなりませんけれど、しばらくの間どんなにでも御勝手に想像してゐて下さいませ。なるべく美しく。その方が余程よくはないかと、私はおもひますが、それに私、ちようど、よいことには近頃写しませんから、十九の年や二十の時ばかり。そんな古い私を御覧になつても仕様がありますまい。殊に他の人に上げたり見せたりしたものを今更ましやきしてお送りするのは、いやだと思ひます。移転しても通知をしないとおつしやつてもちつとも怖いことはありません。直ぐになにかで知つてしまひます。おくるかも知れませんから文通しないなどゝそんなむりなことは御免下さい。近いうちに松山へいつて取るかも知れません。おそくも旧のお正月には友達の家へ遊びに行く約束してゐますから。私はいつもまだ写真の方がよいのださうですから、ほんものより幾割かよかつたらお送りするかも知れません。そのうち三月になります。

「貴女」とお書きになつたのは、「あなた」と読むのだそれでわるけれぱ、まさか「お前」とも「おさよ」とも呼び棄てにも出来ないから「おさよさん」と書くと仰しやいました。その「あなた」も「おさよさん」も決してみよいものではありませんけれど、私も後で考へておかしかつたのでした。また負かされてはいやですから、どうなと御勝手にして下さいませ。

こちらは暖かい土地だのに炬燵にかぢりついて非常に寒むがりのやうに思つておいでになるかも知れませんけれど、あれはなにも私が悪るいのぢやございません。それに私は何年も何年も病気で寝たりしたことがありませんから、ちよつと病人らしく寐て見たかつたのでした。そしてお母さんに松山から持つて帰つて貰つたお見舞をよろこんで居たのでしたけれども翌日からはねられません、仕方なく炬燵の番をしてゐました。ほんとは少しあつたかすぎたのですけれど、がまんしてゐました。昨夜は母の従妹がまゐりまして床をならべてねました。

「アラさよさん炬燵おいれんのか、さむかろぞい」つて申しました「えゝ」つて答へはしたものゝ、一人ふとんに顔をうづめて笑ひました。こちらより大阪が寒く、その大阪より東京が寒くつても、私それくらいの辛抱はいたします。

一寸弁解しておきます。私は順境に育つたお嬢さんでもありません。お母さんにも可愛がられてやしません。お道楽に奉公しやしません。私はなにも出来ませんけれど、柄にある下女の役くらいはつとまりさうでございます。それからお嬢さんには姉と、弟が二人と妹が一人あります。父も生きては居ります。もうこれでおしまひに致します。

一月二十一日よる　　　　　　　　下村さよ

△△△△先生
　　御前に

六

一寸申上げます、わたくしは先生の御家へまゐられませんでしたら、もうどうでもようございます。先生が奥様をお迎へになる時とかお気に召さないときなどは早速帰つてくるのだと思つて居りましたけれど、いや〳〵おつかひ下さるのを知らないで居るようなことがありましてはすみませんから当地へお越しになるを幸その上でのことにおきめ下さいませ。私、はじめにはさき〳〵の考へなどなしにお願ひいたしたのでございました。ながく旅でお暮らしになることは存じませんから、いやになつたらいつでも帰つてこようと思ひました。一年くらゐは居られようなど〻おもつても見ました。その後お嫁入りなど出来ない尤もな理由がありまして一生懸命そんなにおもつてゐましたがこの頃ぢやなんだか、それが疑はしくなりました。しかし私は望みもしない生涯の決して早く来るには及びません。それは一生の事を考へれば早く嫁ぐのがよいのかも知れませんけれど、それよりか私にはちよつとでも満足できる生涯の期間の方がとくだとおもひます。今はこんなに思つて〻もだん〳〵年をとつて御奉公もいやになるかもしれませんけれども、私めつたにお嫁にゆきたくなることはないとおもひます。よしなりましても後悔するようなことはありません。今度つかれて帰つたとき、今まで通り閑気《のんき》ではゐられないだらうと、そんなに考へてると、これだけは心にか〻りますけれどそれも自分が勝手なことをした罰だと思へば何でもありません。ですから私この事については御心配おかけすることはないと思ひますけれどいつまでもこんなことにか〻つておいでになるのをわづらはしくお思ひ遊ばすのでしたら、私、もうどうなつてもようございますから、知らぬ顔をしてゐて下さいませ。私はおもひ立つともう矢も楯もたまらなくなつて、ちよつとの間も忘られず苦しくて仕様がないのですけれど、あきらめるとなるとなにも因縁だと思つていつかきれいにおもひきれます。おかげさまでこの頃ぢや人をうらやましくもおもはなくなりました。先日の失礼な手紙が気になりまして、写真は二十九日の午後一時間写真の広告を思ひ出しましたから、どうしようかと思ひつ〻いつてみました。そしてふいと襟にしはのよつた不断着のま〻撮る気になつてしまひました。いつもの写真のやうにいぢのわるさうなにくらしいかほにも写らないように思ひましたから自分でかあいさうになつて送りましたけれど、もう手紙も写真も後からとり返したくおもつてほんとに困りました。時々のはづみから、とんでもないことを仕出しては後悔するのは、私のいつものくせでございますの。ほんとに失礼致しました。御免下さいませ。私この頃毎日お惣菜の稽古をしてるのですけれど、しがひもないやうになりやしないかとおもひますと、いやになつてしまひます。左様なら。

二月九日　　　下　村　佐　代

△△△△先生

みまへに

七

先日からどんなに書かうかと、もう困つて居りました。そして今日は早や二十日の夜でございます。御手紙は、よくわかりました。皆さまが御苦心遊ばすのは藤村さんや三重吉さんのお書きになつたものをよんでもお察してはゐるのでございます。私どんな覚悟でもするつもりですけれど、ほんとに心配です。そんなに心を苦しめてゐらつしやる時御手紙いたゞかなくともようございます。先日のお手紙を冷淡なお心から、あゝ簡単にお書きになつたとは思ひませんでしたけれど拝見致しました時は屹度いやにお思ひになるのだと思ひまして、これが私の誤解ではなかつたら自分は決して馬鹿ぢやないと思つて居りましたのです。その時はほんとになさけなくて、もうどうだつていゝと思つて何日も考へた末あんなに書きましたけれど後では決してどうでもよくはなかつたので、どうしやうかとたまりませんでした。それは大丈夫安心致しましたけれど、今度はあんなに気になることをおつしやつて私はどうすればよいのでございませう。ほんとに恋でしたら、私はどんなに嬉しいかしれませんけれども、私自分の心にはづかしうございます。それに恋を知りつゝ東京へやつてくれと、どんな顔して母に願はれませう。当地へお出になつても、なんと言つて家を出られませう。私余り考へのないお願ひをしたやうですけれど、恋せられるやうな人間ぢやないと安心してゐたのですから。私はもう去年以来ちつとも忘られなくつて、苦しくつて〳〵仕様がありません。御手紙を恋人のやうに待たれますのです。ですからこの頃日に四度郵便やさんのくることも初めて知りました。殊に午後四時にはよく玄関へ出てまつて居ります。一度だつて閑気ぢやお手紙を開かれません。一本の手紙だつて容易ぢや書けません。そして出した後では心配ばかりして居ります。先生のお手紙が、先日のゝように余り短いと、私ほんとにつまらない気になつてしまひます。殆ど自分で求めて苦労(もおかしうございますが)さしてゐるのだ、何といふ馬鹿だらうと何度おもつて見たかわかりません。私、こんな心持のすることは、これまで覚えのないことでございます。此の月のはじめにはあんまりお手紙を下さらないものですから、雑誌へおかきになつたものをよんで、こらへて居りました。せんどの御手紙に文楽座は実によかつたつておつしやいましたから、演芸画報の広告で「一月の文楽座」といふのをみると、何度も本屋へ電話をかけまして、二日にみました。つぎの日には「中学世界」に日本外史のことをお書きになつたのを読みました。それから文章世界をもみました。私に下さるお手紙とは、また違つて、よく先生のお心持ちがわかりました。「堀川」のお俊が好きだと仰しやつたのもわかりましたようです。早稲田文学を送つてやるとおつしやつたのですから、それはまつて居ります。

私は卑怯なんでせうか、ほんとに恋とはおもひませんでした。もし恋になりましても、自分が一人こらへて居ればすむのですから御迷惑かけたりすることもありませんから、かまはないとおもひます。お怒りになりやしないかと思ひ〳〵やう〳〵これだけかきました。これぢやお返事になつてゐないのかも知れませんけれども、これより仕様がないのですから。もう三十も寝たらお越しになるのでございませう。お出でになるまでそんなことを考へなさらないで下さいましな。私、どうしてお目にかゝれませう。羞かしいようで、

二月二十日　　　　　　　　下　村　佐　代

△△△△先生

御まへに

八

雑誌をありがたうございました。「天の網島」をよみまして、近松の物を読む心得がわかつたような気が致しました。それから島村抱月さんの「断片」といふのを面白くよみました。けれども私には、まだあゝいふ経験がございませんから、恋ひする人のほんとうの苦しみは解らないかも知れません。しかし先生が、ずつと前のお手紙に、自分は古い女が好きだと仰しやつたお心は解りました。先生は、矢張り紙屋のおさんや小春のような女がお好きなのでございませう。

それはよくわかりましたけれど、今度のお手紙では私、いよいよ困りました。私から何と申上げていゝか。私、こんどこそ、あゝ自分が何時の間にか恋してゐたのだといふことが、ハツキリと胸に浮びました。それは、私は最初から、たゞ下女にお使ひ下さるようにお願ひして居りましたのですから、先生がさういふお考へにおなりになつたからとて、私、少しもお怨みなどいふ理由はございませんのです。芸者がお好きでその方と御一所におなりになれば、もう私の必要はないのでございます。下女は、どうせ置かねばならぬが普通の婦人を妻にするのと違ひ芸者を妻にすれば、まさか、私を下女に置くことは出来ないと仰しやいます。なにもさういふ方を奥様と仰いで下女に使つて頂くのを恥辱だとも思ひませんけれど、先生は、その方は、私ほど文字も書けねば、文学の趣味も高尚でないと仰しやいました。私は何も出来ませんけれど、先生が教育があつたり文学が好きであつたりする女よりか、何も知らないような女がお好きとあれば致方もございません。私、奥様をお迎へになつても、

一旦かうしてお願ひしたのですから、少しの間でも東京に行つて、お使ひ願ひたいのですけれど、その方と御一所におなりになるのでは、私は、構はないと思ひますけれど、先生が御迷惑遊ばしては済みません、私は諦めます。

初めて下女にとお願ひいたした時分は、お使ひ下さる、下さらないが分らないので、心配しい〳〵手紙を差上げました。そして東京に行つて文学者先生の家へ置いてさへ頂けば、他の先生のお家でも好いと思つて居りました。それが先生の御家へ置いて頂くことになり、私これまでの、あき〳〵した生活が、それから、どんなに活きがひのある心持ちになりましたらう。母にもくはしいことはまだ話しませんでしたけれど、私が先生の処へ手紙を差上げ、先生からお手紙を頂くようになつて、私が平生本など読むのが好きですから、たゞ文学のことでお手紙を貰つてゐると申して居りましたけれど、私が、此の頃あんまりそれに心をとられてゐるので、よく笑はれました。こんどのお手紙を頂きますと、私は読んでゐるうちに息がつまつて、胸が張り裂けるようでございました。郵便屋さんがお手紙を持つてくると、私飛び立つように起つて行つて自分で受取るのです。もし私が、その時其処にゐないで、私のお裁縫をする座に置いてなどありまして、「さよさん、先生のお手紙」と母がやさしく言つてくれますと、どんなに嬉しいか知れません。さうして私は誰れもゐない部屋に持つていつてそつと独りでよみました。こんどのお手紙を読んでゐますと、だん〳〵先きへ行くに従つて私、胸が一杯になりました。そして読んでしまつた後までも、じつとお手紙を手にしたまゝどうすることも出来ませんでした。そして先生のお手紙を目にあてゝ畳の上に泣き伏しました。

あゝ、私が矢張り馬鹿だつたのでございます。自分から考へのないお願ひをしたのが愚かだつたのでございます。そりや、先生は、何も私をお欺きなすつたのではありません。先生が私を下女に使つてやらうと仰しやつて下さいましたお心はよくわかつて居ります。またその方と御一所になるから、私は置けない。芸者でなかつたら、置いてもいゝが、さういふ次第だから悪く思はないでくれと仰しやつたお心は私、決して先生が御無理だとは思ひません。はじめは、先生のお家でなくつても構はないと思つて居りましたけれど、今となつては、私、もうどうでもいゝ。東京へ行くのも何だか厭になりました。三月の末には、瀬戸内海の風に吹かれながら松山の方にも行くと仰しやいましたので、私、その日のくるのを指を折つて待つて居りました。もう松山へもお出でにならないだらうと思ひます。またさういふお方と御一所になるのであれば、私、もうお逢ひしたくもありません。先生の御幸福は、私、蔭ながらお祈りいたしますけれど、もうお逢ひしないで此のまゝ諦めます。あゝ、ほんとうに私三月の間敢果《はか》ない夢を見て居りました。先生のお顔は文章世界に出たことがあると仰しやいましたから、私やうやく手に入れて拝見いたしました。私の写真と手紙は、お返ししようかと仰しやいました。けれど私、諦めたと申しながら、まだ先生のお手紙をこのまゝお返へしするのが、心痛《こゝろ》うございます。私の方のも写真と一所に今暫らくはあづかり下さいませ。ほんとに、さういふ方がおありになるとは知らず、私、お手紙を頂いたのが口惜《くちを》しうございます。かう申したとて先生を少しもおうらみ致すのではございません。私は下女にとお願ひいたしたのですから。何度も同じことを申すようですけれど、せめて斯様なことでも書かないと胸がつまつて〳〵仕様がありません。

今になつて、恋ひになつては困ると、先生が言つて下さいましたお心は分りました。その御深切は私も知つて居ります。先生の御手紙も私のと同じように八通まゐつて居ります。その中に恋といふことは少しも書いてゐらつしやいませんけれど、あんまりお手紙でやさしいのが、今になつて却つてつらうございます。恋になりさうだつたから、自分の家にはゐて貰へないと仰しやつたのをお怨みがましく申したのも私が考へが足りなかつたのでございます。先生の方にさういふことがあらうとは知りませんでしたから、しかし先生がさういふ方と仲よくなさいましても、私から何とも申上ぐべき理由もないのでございます。手紙は、私の方から先生のをお返へしするまで何卒お取りおき下さいませ。たゞお願ひですから、その方にお目にお掛け下さらないように頼みます。

私が、お手紙を読んで、泣けて何時までも涙が出て仕様がないので、眼を拭き〳〵部屋から出て来ますと、母が、いつも先生のお手紙を読んだ後とは様子が違ひますので、不思議さうに、「さよさん、お前どうおした」つて、たづねてくれました。さうしたら、私、なほの事たまらなくなつて、またそこへ泣き伏しました。今まで先生からのお手紙は一度も人に見せないで、大事にしまつて置きましたのですけれど、そのお手紙を、母のまへゝ投げ出して、今までのことを母に話して聞かせました。さうしましたら、母も私に同情してくれました。そして母も勿論先生をおわるく思つてやゐません。……私、このまゝ手紙の往復を絶つことはまだ、どうしても出来ません。

二月二十五日　　　　下　村　さ　よ

△△△△先生

みまへに

疑惑

私《わたし》の亡父《ちゝ》が、亡くなる十年ばかり前に、脳充血で、余程《よつぽど》死にかゝつた病気をしたことがあつた。その時は、私が、まだ九つか十かの小供心にも、よく記憶してゐる、大変な騒ぎで、近郷の人々まで心配をしてくれて、方々の神社、仏寺などへ願立てをしてくれた。

その時隣家《となり》の物知りな老爺《ぢい》さんは、隠岐の国の白山権現とか言つた神様へ立願をして、本年何歳になる丑の歳の男が、おかげで本復しましたならば、柱を一本差上げます。といふ誓ひをした。隠岐の国の、その白山権現には、諸方の国々から、さういふ願を籠めて上げる木材が、川から海に流れ出で、それが永い間に、波のまに〳〵漂着して行つて、それを拾ひ取つて宮柱が立つてゐるといふことを、その老爺さんは話した。

それで、父の病気が幸にして本復したものだから、その御礼に白木の六尺の柱に、長兄《あに》が、真心をこめて、父の歳から年齢、それから、隠岐の国の白山権現に上げます。といふことを墨痕鮮かに誌して村を流れる川に流したことがあつた。それを誌してある材木は、仮令川の浅瀬に流れかゝつたり、浜辺の磯に打ち上げられたりしても、心ある者は拾ひ上げたりなどしないで、それが目に着くと、また水に押し流してくれる。といふことも聞いた。隠岐の国といへば、日本海の海の上遥かに、波に打たれてゐる孤島《はなれじま》である。私の父の上げた一本の柱が果して無事に流れ着いて、宮柱の用に供せられたか、どうかは心元ない疑問である。

これまで言つたことは、譬《たとへ》だ。私が、斯うして時々《じゞ》雑誌を借りて、お前に手紙を書くのも、丁度父が遥かの海の上の神様に一本の柱を献納するようなものだ。私の真心籠めた一念がお前に届くか何うかは心元ない。

私と一処にゐる時分、たゞ斯ういふことをお前は、屢く言つてゐた。――私とお前とは、長い間一処にゐながら、何時《なんどき》別れるかも知れないような心元ない気分で常住居た。時によると何かに就けてその事を言ひ出しても、それを深く思つて見るのが恐ろしいような心持ちで、胸のそのことを秘《ひそ》めてゐる部分に静《そう》つと蓋をして置くようにしてゐた。

さういふ場合に、

『私、もし別れても、あなたの書いた物だけは読む。新聞の広告にも出るし、気を着けてゐれば分るから、あなたの物は読む。』と言つてゐた。

それゆゑ雑誌に載せて貰ふのも単に小説を書かうといふ考へからではないのだ。小説としては体《たい》を得た書き方ではないのだ矢張りお前が見るかも知れぬといふ心元ないことを当てにして書いてゐるのだ。

私は、お前が、此の世に生きてゐる限りは、何処にどうしてゐようとも私のことを思はせずには置かない。私が斯うして外見《みえ》も外聞も構はず手紙を発表するのは、矢張りお前のことを始終《しよつちう》思つてゐるからだ。私の胸が、お前に対する憎しみと哀れみと悲しみとの為に靡爛して悩んでゐる以上は、その傷ましい心の影を、何とかしてまざ〳〵とお前の胸に映さずには置かない。

今年の四月に『執着』といふのを書いた、あの続きを此の手紙で書かうと思ふ。

私がお前を殺してゐる光景《ありさま》が、種々《いろ〳〵》に想像せられた。昼間は、あんまり明る過ぎたり、物の音がしたりして感情を集中することが出来ないから、大抵蒲団を引被《ひつかぶ》つて、頭の中で、お前を殺す処や私の牢に入つた時のことを描いては、書き直し、描いては書き直しゝてゐた。何処に嫁《かたづ》いてゐるだらうと、それを探し出すことを考へながら、丁度呼吸《いき》を詰められたやうな気持ちで、毎日々々同じことを繰返して想像するより他に仕ようと思ふことがなかつた。疲れた体を蒲団の中に入れて、お前を殺す前後《あとさき》のことを、思ひ続けてゐるのが、まだしも一番慰藉《きやすめ》であつた。

さうして色々に狽へた。警察署に家出人捜索願を出して見た。けれどもさういふことは、警察でも他に重大な事故が多いのだから冷淡に取扱つて、『一度調べて見よう。』といふに過ぎなかつた。ある分署では、

『四十二年の秋に居なくなつた者を、四十四年の四月になつて捜索願ひを出すといふのは、どういふ理由《わけ》だ？』

と言つて訊いた。少し気に留めて、聞いてくれる処でも、そんな事より他注意を払はなかつた。私も、お前の事を警察まで持ち出すといふのは、自分の所作に対して恥辱を感じてゐたのだ。それが思ひ切つて、さういふことを為るやうになつたのは、よく〳〵棄て鉢になつたからだ。

併しながら、警察では、とても分りよう筈はないと思つてゐた。それを知つてゐながら、自信のないことを持ち出して頼んだのは、さうでもしなければ、静《じつ》と気を落ち着けてゐられなかつたのだ。思案に能はぬ時に、おみくじを抽いて見るやうなものだ。私は、ついぞおみくじなど真心になつて抽いて見たことはなかつた。が、そんなに馬鹿になつてゐた。

警察ばかりでも安心出来ぬから、ある新聞社の秘密探偵に頼んだ。これとて平常《へいぜい》は、何の、智恵の少い愚民を可い加減に騙して、新聞屋が金を儲ける仕事だ。と冷笑するくらゐに思つてゐたのだが、私は、そんなことすら頼みにする気になつて、鳶《とんび》を質に入れて、五円をこしらへ、それを持つて、その新聞社に行つた。さうして自分の想像や心当りを、探偵の参考になるよ

うにと思つて明細に話した。けれども私はそれを話してゐる間に、秘密探偵なんて、駄目なものだと、愈々《いよいよ》思つた。その男は、五十余りの、人相から言つたら、以前は警察の探偵でもして居つたかと思はれるような顔をしてゐたが、私に対する質問が、型に嵌つてゐて、

『ぢや男を絞らうとするんですナ』

といふようなことを言つた。

『否、さういふ質《たち》の女ぢやないんです。』

と私は答へながら、更に委しく説明をした。それでも此方のいふことが明敏に向《きき》の頭に通じない。さうして私の言葉が少し途切れた隙を見ては、

『ぢや五円だけ頂いときます。』

と二度も静かに催促するように言つた。さうして五円札をポケットに蔵ひながら、

『事情によりて、ひどく手数が掛るようでしたら、また此の上に幾許か御請求するかも知れませんが、差当り之れだけ受取つて置きます。』

といひながら、勿体ぶつた、秘密探偵券とか受取証とか誌した証票のようなものを二種《いろ》渡した。私は腹の中で可笑く思ひながら、小供だましのようなものを受取つて、紙入れに蔵ひ、

『幾日《いつか》くらゐ掛りませう？』

と、効果のないのを承知してゐながら、気安めに訊ねた。

『まあ、二週間ですなあ。……都合によつたら、その沼津あたりへも行つて見なけりやなりませんから。』

五円を受取つて了ふと、一段心の融けたような口を利いた。

『安心して少し気長く待つてゐらつしやい……イヤ早晩屹度探し出してお目にかけます。』

私が、小供か、或は神経を病む病人か何ぞのように、愚にも付かぬことを執固《しつこ》く訊くので、可い加減にしてお帰りなさいと言はぬばかりに言つて、向から腰を上げた。

私は、何といふ馬鹿だらう。今初めて会つた人間に、私の複雑の秘密の、その唯一《たつた》部分のみ摘んで話して、それで、向が、チヤンとその秘密の鍵を握つてゞもゐる神のように、此方から、何処に行つてゐるでせう？とか、何日《いつか》くらゐしたら分るでせうとか言つて訊くような、そんな愚に還つて了つたのだ。

私は二週間の間を、十年は愚か、百年もかゝるような思ひをして待ちあぐんだ。さうして二週間めの、二十六日の日には違《たが》はず新聞社に行つて見た。けれども何で分るものか。例《れい》の男は、『そんなに、さう……』といふようなことを穏かに半分言つて私をなだめるようにした。

それで遂々《たうたう》人頼みは止めた。さうして、それこそ雲を捉むといはうか、それよりも、もつと当てのないことだが、自分で日光に行つて見ようと決心した。

前の手紙にも言つたように、私は、どうかして其の新さんの

処にある日光の団扇か盃か見たいと思つたが、それは手に入らない。それで斯う思つた。去年の夏日光に行つたといふから、その団扇は多分宿屋から貰つた物に違ひない。それとも日帰りに行つたとすれば、泊つた宿はない訳だ。さうすれば買つて来た団扇や盃かも知れぬ。併しさういふ男と一処に日光に行つて泊らずに帰る筈はない。何処かの宿に泊つたに違ひない。去年の夏といへば、七月か八月頃であらう。今から既に一年近くも前のことだが、日光中の宿屋の宿帳一軒々々探して見たら、どうかすると、宿帳に名を誌してゐるかも知れない。泊つたとすれば誌してある筈だ。

書籍《ほん》といふ書籍は、少し価のする洋書は固《もと》より、「義太夫百番」の本まで売つては小使ひにするようにして、本を読むとか、物を書くとかいふようなことは、少しもする気にはなれない。お前を探し出して、お前を見ることより他に何の目的《あて》もないのだから、私には、そんな頼りのないことを、せめても心当てにして日光に行つて見るのが、私の此の世に縋つて生きてゐる心の綱として何様なに大事であつたか知れない。

日光に行く旅費としてまた五円の金を拵へるに、頭が全然《すつかり》疲れて乱れてゐるから、三日も四日も掛つて僅かに十枚ばかりのつまらぬ物を書いて、それで懇意な本屋の主人に拝むように言つて貸して貰つた。

さうしてそれを借りると、直ぐその足で、神楽阪の雑誌屋の店頭《みせさき》で旅行案内を繰つて見て、上野のステーションに行つて、三時何十分かの汽車に乗つた。それは五月の四日だつた。

それまでも、お前の知つてゐる通り私は可なり方々に行つたが、日光に行くのは、それが初めてゞあつた。その汽車は、特に日光ゆきであつたから、汽車の中には、日光見物に行くらしい西洋人の男や女が大分《だいぶ》乗つてゐて、通弁と話してゐた。さういふ場合に、何も二等に乗らなくつてもいゝのだが、じいつとお前達のことや、その他それに関係した種々《いろ〳〵》なことを思ひ耽けるには、なるたけ客の乗つてゐないのがいゝから、それで二等に乗つたのだ。毎時もの旅行とは違つてゐるのだ。日光といへば、まだ行つたことがなかつたが、その内ある夏には長い間行つてゐようと思つてゐたのに、さういや景色の好い、言はゞ楽しみに行く処を、此度のようなことで初めて行つて見ようとは思はなかつた。私にはさういふように何につけ斯につけ怨みの種になつた。斯うして当てもないことを、当てにして日光に行く。人が聞いたら笑ふばかりではない、自分だつて少しく心を落着けて考へて見れば馬鹿なことに精も根も疲らしてゐるのだ。自分は、もう幾歳《いくつ》になる。も少しすれば四十になるではないか。故郷《くに》にゐる年取つた一人の母親や兄などは、私が、よもや斯様なことで何にもせず、東京でブラ〳〵してゐるとは思ふまい。お前と一処になつてからだつて、随分国から金を取つた。去年塩原に行つた時にも、遂々自分では何うすることも出来なくつて、矢張り国から金を送つて貰つて、それで漸く東京に帰ることが出来たのだ。あの時、此度東京に帰つたら一生懸命に勉強しようと思つてゐたのだが、さて東京に帰つて見ると、お前のことが思はれて、物足りなくつて仕様がない。さうして勉強するのが何だ？勉強といふことは西洋人の書いた小説を読んだり、自分でも小説を書いたりすることだらうか。それが其様なに高尚な職業だらうか、私には、それよりもお前の後を探すことが、生きて行かねばならぬことの、唯た一つの理由である。さう思つては、国の者に済まぬといふ心や、人に笑はれて恥かしいといふ心を嘲けるように抑へ付けて置いて、お前のことに、血道を上げてゐた。日光に行く汽車の中でも、またそれを思ひ起しては、掻き消してゐた。

汽車が日光の山深く入つて行くにつれて、長い五月の日も早く暗くなつて来た。何物《なに》かを隠してゐるような男体山の真黒い姿が、私の弱くなつた胸を威嚇《おど》すように思はれて、先達て中思ひ疲れて、病み上りのようになつてゐる体が、深山の嵐気に襲はれて、ゾク〳〵と身に熱を感じた。遣る瀬のない涙が眼《まなこ》に滲《にじ》んだ。それでも私は、『草を分けても探し出さずに置くものか。』と矢来の婆さんの処で、何度も歯を喰ひしばつた決心を、夕暮方の寒さと共に、ます〳〵強く胸に引締めて、宿屋に着いて、夕飯を済ますと、すぐ警察署に行つた。

警察では、どう言はうかと思つて、すこしく心後れがしたが、努めて気を励まして、

『家出をして行えの不明になつた者がございますので、それが、確か去年の夏時分此の日光に来て泊つたらしい形跡があるのでございますが、誠に御面倒を掛けまして恐れ入りますが、警察の方にまゐつてゐます、宿屋の宿帳を調べて頂くことは出来ますまいか。』

私は、思ひ切つて悄然《しほ〳〵》としたような言葉でさう言つた。日光といへば、さういふ家出人とか行えの分らなくなつた者とかの跡を晦《くらま》す本場のようになつてゐるので、また華厳の滝に投身した者を探してゞも来たかと思つたらしく、私の顔をジロ〳〵見守りながら、心を察してくれたように、稍々《やゝ》言葉を和げて、

『男か女か？』

帯剣を解いた制服の巡査が煙管で烟草を吸ひながら訊いた。

『へい、女でございます。』

『女だ。幾歳になるんだ。』

『……去年で三十になりますんです。』

たゞ普通《あたりまへ》に、夫と日光に来て泊つたものならば、何でもないのだが、私が、ワザ〳〵自分から、家出をした女だなどゝいつて、警察を煩はしてゐるので、お前の為に、年効もないと思はれやしないかと、贔屓めに、五つも年を若く言つた。が一つは、警察で、私をその女の亭主と思つた場合に、今年三十六になる女の後を追ひ廻はしてゐる心の中を見透かされて、笑はれやし

ないかと、自分で自分を恥ぢてさう言つたのだ。それでも巡査は、

『三十?……もう歳を取つてゐるんだナ。』

『へい……年寄りでございます。』

『去年の夏?』と、巡査は繰返して言つて、再び私の顔をジロジロ見ながら、『随分古い事だなア……とても分らないだらう……』絶望的にいつた。

『分りませんでせうか?……』私は、心細い声を出して哀願するように言つた。その上尚ほ声を出したら、全く泣き声になるのであつた。『分りませんでしようか。』哀願するまでもない。何の事はない、私は自分で事件《こと》を持ち上げて置いて、少しも委しい事情を知らう理由《わけ》のない新聞社の秘密探偵だの、警察だのに向つて、向のよく知つてゐることを尋ねでもするかのように、そんなに私は心が弱つて、他人《ひと》に対して空頼みが強くなつてゐた。

巡査は暫らく黙つてゐたが、更に言葉を続けて、『それに、此の警察では、宿帳は、その晩宿屋から以つて来たのを、一度眼を通して検査が済むと、検印を押して、宿へ下げて了ふものなんだ。だから警察には、宿帳は一と晩きり留めて置かない。それに何の宿屋にでも宿帳といふものは、甲と乙とあつて、今晩甲のを警察に以つて来て置いといて、明日乙のを以つて来た時に甲のを下げて行くといふようになつてゐる。警察ぢや一度見たら、もう用のないものだから、宿屋によつては、下げて了ふと、直ぐ解いてしまつて、反古にするなり、何にするなり、無くして了ふ家《うち》もある。そりや一と月や二た月は蔵つて置くかも知れないが、去年の夏といへば、もう半歳以上も前だから、保存してゐるかナ?……取つてゐる宿屋もあるかも知れん……』

かう言つて委しく事情を話して聞かして、終《しまひ》に小首を傾けながら、

『……さういふ訳だから、そんな古いのは警察《こゝ》には無い。大変に面倒なこつたから、此方で一々調べてあげることは出来ない……』歯切れよく言つて、巡査は稍々暫らく黙つた。

『へい……』私は、聞いてゐながら、一喜一憂した。

『併しお前が自分で宿屋に行つて調べて見ようと思へば、それは差支へない。警察に行つたら、此処でさう言つたと言つて、自分で行つて調べて見たら好いだらう。警察でさう言つたといへば見せてくれるから、……併しもう大抵潰すか、どうかしてなくしてゐるだらう。』深切に注意を与へてくれた。

『それから此処に今丁度来てゐるのもあるから、……其れに去年の夏の処があるか、ないか分らぬ。多勢《おほぜい》宿泊人のある家と、ない家ともあるし、帳面は何月から何月までを一冊にするといふ警察からの制裁はないのだから、宿屋の勝手に幾月間用ゐてゐるのもある。……さういふ訳だから、二年も三年も同じ帳を用ゐてゐるのもある。……さういふ訳だから、こゝに来てゐるだけは、今

調べて見ようと思へば、調べて見てもいゝ。』と、いひながら、給侍の方に目配せして、『オイあれを、彼方の机に持つて行つてやれ！此の男が見るんだ。』

　それから私の方に向いて、

『彼方に行つて見ると可《い》い。あれだから随分あるよ。』

　さう言つて、巡査は直ぐ火鉢の方に向いて行つて、同僚と何か他の雑談に加はつた。

　給侍は、其処にあるだけの宿帳を一尺くらゐの高さに二た重ね抱へて、向の机の上に置いた。

　私は、その宿帳を細かに一つ〳〵調べた。日光の町だけでも宿屋は二十軒の余あるといふ巡査の話しだつたから、今夜の中に、其処にあるだけは見落さないように眼を通さうと思つて、自分の真面目な研究物でも調査する時のように、手帳を出して、一々何といふ宿は、何月から何月までは眼を通して済んだ。といふように、表のようなものを急いで作つた。自分が職業上の勉強をするよりも自然《ひとりで》に熱心になれた。私に、職業といふのは何だらう？私の飽きに飽き、疲れに疲れた生活力の衰残《のこり》は、どうかしてお前が何処に行つてゐるかを探し出さうとする一念に集つてゐるのだ。

　けれども、そこにあつた宿帳には、心当りの者もなかつた。一人ユキといふ同名《みやう》の女があつたが、それは茨城県の者で、五十何歳と書いてあつた。若し去年の夏日光に泊つたとして、よもや偽名は書きはすまい。とは思つたが、雲を捉むような果敢ないことをしてゐるので、何度自分を顧みて意思が鈍つたか知れない。自分を冷笑する気になつて、もう探すのを止めよう。と思つたけれど、お前を憎み、お前を愛《おし》み、お前が今此度の男と何うしてゐるといふようなことを強く思ひ起して、何処までも探して行くといふ感情《こゝろもち》を旺《さかん》にした。探さずに、そのまゝにしてゐたら、私は一層静《じつ》としてはゐられない。

　翌朝《あくるあさ》は、早く起きて、日光中の宿を探して廻つた。警察署で注意してくれた通りに、

『警察に行つたら、直に宿屋に行つて見せて貰へといふことでしたから、来たのですが、……あの行えの分らなくなつた女がありますので、それを探しに、ワザ〳〵日光まで来たのですが、去年の夏時分此の土地に来て泊つたらしいのです。誠に御面倒を掛けて済みませんが、御家にまだその時分の宿帳がそのまゝに残つてゐますなら、一寸此処で見せて戴けますまいか……』

　私は、何の宿に行つても、大抵同じように、かういふことを言つて、今少しで泣きさうな心持ちになりながら頼んだ。

　さうすると、宿屋でも、さういふことは屢くあることなのだが、好奇心で、

『へえ！女がゐなくなつたんですか。若い女ですか……』

　といふようなことを言つて訊く家が多かつた。

　さういふようにして一軒々々調べて行つた。何の宿でも同情

したような応対振りで心安く出して見せてくれたが、ずつと神橋《けう》の方に寄つた一番大きな旅館《やどや》では、丁度二組か三組の客を送迎《おくりむかへ》してゐる処で急《せわ》しさうにしてゐたが、気後れのするような広々とした立派な帳場先きに突立つて、さう言つて頼むと、其処に居合した下番頭《しも》らしい印半纏を着たのが、

『セキさん、此の人が去年の夏時分の宿帳を見せてくれと言つてゐるんですが、あるでせうか。』

といふようなことを言つて、厳めしく一段高く造つた卓《テーブル》風の帳場に腰掛けてゐる羽織の支配人らしいのに声を掛けた。支配人は、今立たうとして、広い土間に下りて立つてゐる赤皮の靴を穿いた客に、これから行く先きの新潟か何処かの宿屋に紹介状を認《した》めて、詳しく案内をしてゐるらしかつた。一と通りその方が済むと此方に向いて私の方を見た。私は、また同じ事を一層言葉を卑しうして哀願するように言つた。昨夜《ゆふべ》警察署で調べ、自分の泊つた宿のも調べ、今朝《けさ》から右側《みぎつかは》の宿屋といふ宿屋は、落さず見て歩いたが心当りは見付からなかつた。それに今まで探した宿は、何だか泊りさうにない家が多かつた。けれども此の旅館は、客数も多さうだ。この家では、どうかしたら見付《めつ》かるかも知れぬと思つたから、私は、其処では念を入れて調べたいと思つた。

支配人は、私がさういふと、

『駄目だ。そりや到底《とても》分らない。』

と、不愛相に言つて、また何か書き物をしてゐるらしい。この大きな旅館《やど》では警察署で、さう言つたからと言つたくらゐでは、何とも思つてないらしい。私は、取り着く島もないような気がして、またしても直ぐに泣き出しはせぬかと、自分で気遣はれさうになるのを、凝乎と涙を飲込むようにして、暫く其処に立ち尽した。支配人は、忘れたように長い間、矢張り何か書いてゐた。が、稍々あつて、頭《かしら》を上げて、私の方を見向くでもなく、

『私の処は、多勢の客だから、去年の夏泊つて行つた客なんか、とても分りやしない。』

『えゝ、そりや分らないでせうが、誠に御面倒ですけれど、その時分の宿帳がまだ保存してありますれば、一寸貸して戴くと、此処で、御邪魔で済みませんけれど、私が自身調べて見ますから、あるなら一寸でようござんすから、見せて戴けますまいか。』

私は再び哀願した。

『さあ宿帳が取つてあるか知らん？』と言つたまゝ、支配人は復た何かしてゐる。

『私も折角東京からこの日光まで探ねてまゐりまして、他の宿屋さんでは、皆な見せて戴きましたのに、御家のような御繁昌な家の宿帳を見ないで帰つては、誠に心残りですから、ホンの一寸でようござんすから見せて貰へますまいか。』私は、気兼ねをして、また暫らく黙つて向の動静《やうす》を注意してゐたが、媚びる

ようにさう言つて頼んだ。

支配人は、私の言ふことを聞いたのか、聞かぬのか、筆を耳に挿んで、何処かへ行つて了つた。

先刻《さつき》から其処にゐた下番頭は暫らく黙つてゐたが、途方に暮れたようにして突立つてゐる私に、

『まあ此処へお掛けなさい。今探しに行つてゐますから。』と言つてくれた。

私は、それを機会《しほ》に腰を下して、疲れた脚を休めた。

稍々暫くして支配人は、突当りの大きな螺旋形の段梯子の後から幾冊かの宿帳を平掌に載せて持つて来て、

『宿帳は、あるのは有つたが、調べて見ようと思へば調べて見たら、いゝでせう。……とても分りやしない。』

と、棄てるように言つて、帳場に戻つて行つた。私は、先刻《せんこく》から絶えず種々《いろ〳〵》な客の多勢出入する急しい店前に、隅の方に小さくなつて、

『さうですか、どうもお急しい処を御手数を掛けまして済みません。』

と礼を言ひ〳〵宿帳を繰り初めた。去年の夏時分からは随分宿泊人名が記載されてゐたが、それらしいのは、其処でも遂に見当らなかつた。

私は気が萎えたようになつた。さうしてさういふ当てのないことをしてゐる自分の愚かさを省みる元気すらも失せて了つたようになつた。昨夜の暗の中とは違ひ、今朝は、赤薙山の大きな山姿《すがた》が手に取るように仰がれる。五月の初めとはいひながら、まだ茶褐色の枯草の山頂《いたゞき》には化粧をしたように、薄りと雪を置いてゐた。常に高山を懐しみながら屈托した顔を俯向けて、神橋の出来る赤薙山を懐しみながら屈托した顔を俯向けて、神橋の方に歩いて行つた。劇しい神経衰弱と睡眠不足とで疲労した背筋にジワ〳〵と心地の悪い寒けを感じて、春遅い深山の冷い空気が皮膚に触つてヒヤ〳〵とする。また遍頭腺が腫れたのかも知れぬ。私は折角始めて日光に来たのだからと思つて、東照宮の方に上つて行きかけたが、落着いて見物などしてゐられさうにないので、すぐ降りて、中禅寺湖道を少し先きまで歩いて行つた。もし湖水の方の旅館《やど》に泊つてゐたとすれば、其処を探さずに帰るのは心残りだと思つたのであつたが、自分のしてゐることを批評して見て、懐中《くわいちう》の乏しいのに、其処まで行つて見るほど意思は強くなかつた。心に思ふことさへなければ、何様なに愉快な気分で暫らく遊んで行くことが出来るのだらうに。と、そんなことを考へたりなどしながら、私は、神橋の手前の交番に立寄つて、当てもないのに、其処でも同じようなことをいつて、訊いたりした。さうして便処を借りた。帰途《かへり》は、前と反対の側の宿屋を一軒々々調べて行つた。その側には宿も多くないし、自分もまたしては今してゐることを省みて次第に意思が鈍つた。さうして幾度《たび》ももう止して帰らう。と思つたが、そんな

ら若しこのまゝ帰つたつて、何うするであらう？とても落着いて安心してゐられはせぬ。後少し見残して帰つたことがまた何様なに心に掛るか知れない。さう思つて、また続けて調べて行つた。それでもまた馬鹿らしいといふ気分がして来て、そこへ薄《うす》寒《ら》く曇つてゐた空から、ポツリ〳〵大粒の雨が落ちて来た。私はもうこれまでだと諦めて、ステーションの方に急がうとした。軈《やが》て十二時に近いのに、もし昼飯でも食べたら、三等の汽車で東京に帰ることも出来ぬ。さう思つて、屢く広告などで見て覚えのある名前の可なり大きな旅館《やど》の前を行き過ぎやうとしたが、あゝ此家《こゝ》へは寄つて見ようと思つて、入つて行つた。

さういふと、何処の宿よりも深切に、主婦《おかみ》らしい中年増が、『おや左様でございますか、それはさぞ御心配でございませう。一寸お待ち下さい、見てまゐりますから。』

と言つて気軽に立つて行つた。女中が座蒲団や茶を運んで来てくれた。

主婦は間もなく宿帳を持つて来て、

『去年の七月八月の処は、只今主人《あるじ》が居りませんで、一寸分りかねますが、此処には、六月の処までしかございません。これでは分りませんでせう……ステーションまで一寸行くと言つて出ましたからもう直き帰つてまゐります。これで分りませんようでしたら、一寸一服吸つてお出でになれば、すぐ帰つてまゐります。』

『あゝ左様ですか、でも一寸見せて頂きませう。いろ〳〵御面倒を掛けて相済みません。』

こんなことをいひながら、六月までの処を見たが無い。去年の九月から今日までのは、此の家のは、昨夜警察署にあつて、見たのだ。

『矢張しありませんようです。』

『さうでございますか、もう暫らくお待ち下さいまし。三十分ばかしゝたら帰ると申して出ましたのですから……あの其の御婦人は、お若い方でございますか、お年を取つたお方でございますか。』主婦は小首を傾けるようにして訊いた。

『えゝ、三十余りの女でござんすがナ……じやとても覚えてゐられませんでせう。』

『えゝ、もう手前どもでも多勢の御客様でございますし。それに只今のようですと、まだ此の通りちと寂しうございますが、七月八月は、もう何のお部屋も一杯ですつから、時々矢張りさういふ行えの分らなくなつた方を探ねてお見えになる方がございますけれど、此方もつい急しいもんですから、一々お客さまのお顔を何ういふ方であつたか覚えて居りませんようなことで、その度毎本当にお気の毒に思ふのでございますけれど……あら！　帰つて来ましたようです。』

主婦は、奥の人声を聞いたか、『あら！』と言つて、自分で喜んだように言つた。其処へ主人《しゆじん》が、愛相笑ひをしながら、小急

ぎに、

『何か宿帳が御覧になりたいんですつて？』

　と言つて主婦の横に座つた。

『えゝ、今お家にある分だけ見せて貰つてゐるんですが、去年の七月八月だけが無いのださうです。』

『去年の七月八月の処を、あるか知らん？……どういふお探ねで？……』優しく訊く。

『御婦人の方が行ゑが分らなくなつて、去年の其の七月八月頃に日光に来てお泊りになつたらしいんですつて。』主婦は私に代つて主人に説明した。

『あゝさうですか。一寸お待ち下さい。よく見て見ませう。』主《しゅ》人《じん》は気軽に立つて行つた。

『暫らくお待ち下さいまし。』さう言つて主婦も立つて行つたが、茶を入れ換へて来てくれた。雨が本降りになつたらしい。ゾクゾクとする寒気《さむさ》と共に私は絶え入るような心持ちになつたのを凝《ぢつ》乎と堪《こら》えてかゞえたように火鉢に静《そうつ》と両手を翳して待つてゐた。

『ありました〳〵！』主人《しゅじん》は、向の方から斯う景気よく呼びながら出て来た。『無くしたかと思つてゐました。が土蔵《くら》の奥の方に仕舞つてゐました。これでせう……』と言つて、帳簿を私に渡した。

『ありましたか。』と言ひながら、主婦もまた出て来た。


　私は礼をいひながら宿帳を手に取つて披いた。それは七月と八月と二た月だけで一冊になつてゐた。七月の処を眼を通して、八月の二日の処を何の気なく見てゐると、自家《うち》にゐた
『篠田欣次郎』

　といふ字がフツと私の眼に映つた。

『オヤ！あの篠田が日光に遊びに来たと見えるナ。』

と思ひながら、次の行を見ると、

『仝《おなじく》ユキ』と書いた字がピカリと私の眼を射《いつ》た。私はジーンと全身が痲痺れたようになつて、呼吸《いき》が詰つたかと思つた。

『仝ユキ――三十』と書いてゐる。五つも歳を若くしてゐる。

『ハアツ残念！おのれ畜生！ぢやア愈々さうであつたか。さうだと思つたに違ひなかつた……。』私は煮立つようになる胸を凝乎と堪へて、

『あツ！有ました〳〵。これです〳〵。』と口に出して言つた。

　私の眼を打着けたようにして其処を見入つた様子を見守つてゐた主人夫婦は、ホツとなつたように、

『ありましてすか？』と、声を揃へて微笑《ほゝゑ》んだ。

『えゝ、これです〳〵！有りました〳〵。』

と、私は力を入れて嬉しさうに言つた。さういひながら尚ほよく見ると、

『篠田欣次郎――学生――二十三』としてゐる。

　篠田は去年確かに二十一であつた。片方《かたつぽう》は三十五になるのを

三十として、両方から、歳を少しでも余計に違はないように、若くしたり、古くしたりしてゐる。十四も違ふのを七つしか違はぬやうにしてゐる。二人で相談して宿帳に書かしたのだらう。篠田欣次郎に並べて、仝ユキと書いてゐる。仝といふのは、彼女《あれ》が、もう全然《すつかり》心も身も従順《すなほ》に、あの歳下の篠田に任して了つて、満足して、自分から歓んで仝と書かしたのだらう。

私は、その仝といふ字を、焔を吐いてゐるやうな心持ちがしながら、凝乎《ぢつ》と見詰めて、嫉しく考へ込んだ。

『これです。……ハアツ！遂々見着《めつ》かりました。』私は、微笑しながら続けざまに首肯いた。『昨日遅く日光に来て、昨夜直ぐ警察署に行つて、彼方に行つてゐる分だけ調べ、今朝は早くから此の日光中の宿屋を一軒々々調べて廻つたのです。それでも無さゝうでしたから、もう諦めて帰らうかと思つてお家の前は通り過ぎたのを後戻りして見せて頂いたのです。……有難うございました。私は東京です。……先刻《さつき》行ゑ不明の者といひましたが、これ御覧なさい、此のユキといふのは私の妻《さい》です。それが――恥を言はないと分りませんが――此の篠田といふ私の家に置いてゐた学生と、もう一昨年《おとゝし》から一処に姿を隠したのです……』

私は、悔しさと嫉ましさとに身が燃えるような心持ちがしながらも、今この一時に二年越しの鬱結が釈《と》けたやうに思はれて、深切な主人夫婦にくど／＼と礼を言つた。

でもよく偽名にしてゐないでよかつた。正直に、宿帳に金次郎と書いてゐるのを、後から欣といふ字に傍《そば》に書き直さしてゐる。その通り手帳に写し取らうと思つて尚ほよく見ると、宿処といふ処に、

『東京牛込区若松町何百何十何番地』

と書いて、二人一処《ところ》にゐたらしい。見るに付け／＼残念で堪らない。

『かうして写し取つて置きますれば、後日の証拠になります。お蔭で今までのことが、もう何も斯も全然分つて了ひました。どうぞ此の宿帳は暫らく保存して置いて頂きたうござんす。……』

私は繰返へして礼を言つて、其家《そこ》を出た。急いで彼奴等の居る処を突き留めねばならぬ。斯うなれば、もう占めたものだ。見当は大方付いてゐる。

さう思ふと、これまでの疑念《ぎねん》が残る限なく解けて了ふと共に、頓《にはか》に自分の生活に理想《あて》が出来て来たように思へた。そうしてまた悔しさがムラ／＼と逆《こ》み上げて来た。今まで人前で抑へ付けてゐたのが、街路《そと》に出ると、急に、堪えられない涙がハラ／＼と溢《こぼ》れて、歔欷《すすりなき》がせられた。口の端《はた》から頰にかけて自然に劇しい痙攣《けいれん》が起つた。頭から雨に濡れながらステーションの方に歩いて来る途中、歔欷と顔面《かほ》の痙攣《ひきつけ》が止まないので、道を行く人に恥ぢて、それを留めようと思つても、何うしても止まない。

飛び翔けるように種々《いろ〱》な思想《こと》が頭の中に渦を巻き起して、『おのれ畜生！今に見てゐやアがれ！……かうして人にも話されない苦労をして、昨日から、普通の旅行《たび》ならば、威張つて泊ることの出来る旅宿に、二十軒の余もある宿屋を一々泣いて頼むようにして探ねて廻つた効があつて、一番最後《しまひ》の宿屋で、推量に違《たが》はず、甘々と二人で泊つてゐた処を見出したのは、雲を捉むように心細く思つてゐたのに、全く不思議のようだ。』

さう思ふと、私は、気が勇んで天にも翔けるような心地がした。そのまゝ其処に拝伏《はいふさ》つて神といふものがあるなら、神に拝みたいやうな気になつた。先刻《さつき》の主人夫婦の深切な心を思ふにつけて、今朝の、あの大きな旅館の支配人の無情な仕打ちが思はれて、無念と嬉しさとが、一処になつて、胸に逆み上つた。

『それといふのも彼女《あれ》のゐる処を探し出したいばかりに、種々《いろ〱》な屈辱を忍んだのだ。……あゝさうと知つたら、あの時何故もつと深く疑はなかつたらう。……あの時疑つてさへ置けば、二年の間詰アらない月日を送らずに済んだものを……今五月だから丁度満《まる》二年になる。……二年の間甘々と騙されて、つい眼と鼻の、牛込と小石川とにゐながら、それを知らずにゐた。併しもう東京には居ない。一処に岡山に行つてゐるのだ。二百里も遠方に行つて、隠れて、安心して枕を高くしてゐるだらう。……沼津か静岡あたりの、五十前後《あとさき》の年取つた人間の処に再縁してゐるのだらうと思つて、つい今の先までその男の顔、形をマザマザと眼に浮べながら宿帳を見て廻つてゐた。自分で幻の人間を作つて、それを嫉んでゐた。それは自分で勝手に拵へた人間であつたから可《い》いようなものゝ、その人間に対して済まない。

去年塩原に行つてゐる時分に、……確か九月の末だつた。篠田が、東京の学校を止めて、郷里に帰り、実業に就く、在京中は、一方ならぬお世話になつた。その御高恩は生涯忘れぬ。自然岡山の方にお出でになることがあつたら、是非おたづね下さい、歓迎します。といふやうな長い手紙で礼状を寄越したのが、関口駒井町の加藤の家から付箋をして廻送して来た。その時は、篠田といふ男は、若いに似ず、あの自家に置いてゐた時から義理堅い人間だと思つてゐた。

畜生！今、斯うして私が日光に来て、オイ〱声を揚げて泣かないばかりに、情けない目や痛い思ひをしてゐる間にも、二百里離れた岡山では、……………………………。去年の手紙には岡山と書いてゐた。篠田は岡山から少し離れた処の田舎で、大きな醤油《しやうゆう》の醸造家だと聞いてゐる。多勢番頭や男衆を使つて、父親は、大阪の北浜や堂島に半歳は来詰めて、京にも大阪にも女を囲ふて派手な生活《くらし》をしてゐるといふことも聞いた。その息子の篠田が父親《おや》の為ることを見習つて、おユキを囲ひ物のようにして岡山に隠して置いて、始終自家から通つて来て、入り浸つてゐるのだ。金の歯を入れたのも、お召しの着物を買つて遣つたのも悉皆《みんな》篠田の不自由のない小使ひ銭で思ふ通りに仕たことだ。……岡山では如何な家を借りてゐるだらう。何処にゐるだらう。大方小じんまりとした清浄《きれい》な家を借りてゐるだらう。女中を置いて、奥さん〳〵といはして、大きな丸髷を結つて、篠田とさう歳が違はないように若作りにしてゐるに違ひない。自家にまだ一処にゐる時分だつた、『お前は、あんまり身装《なり》を搆はない、少し奇麗にしな！』と、私が笑つて言つたら、『否む、貴下なんかに……』と素気《すげ》なく言つた。あの時は、もう篠田が自家に来て大分《だいぶん》になる時分だつた。……篠田の為に気に入るように気を着けて奇麗に飾つてゐるに違ひない。私の家や、篠田が東京で学生でゐて余処《よそ》の家に同居してゐる時などゝ違つて、一と通り諸道具の調つた落着いたような生活をして、彼女が言ひ暮してゐた通りに、差当り何の不足もなく気楽さうに一日を欠伸をするように消してゐるのだ。『私には、この朝寝をするのが一つの悪弊《やまひ》です。』と言つて、屢く朝眠の心持の快《い》いことをいつてゐたが、今ぢや昼飯《おひる》時分までも寝てゐるかも知れぬ。

さう思つてゐると、……………………………………………………………………………………。落着いた小さい部屋に簞笥があつて、火鉢があつて、かけて寝てゐる蒲団も小ざつぱりとしてゐて、裕福さうに見える。冬ながら最《も》早疾《うとつ》くに太陽《ひ》は高く昇つてゐるので、十七八の健康《たつしや》さうな小女が効々しい襷掛けでお勝手の方で何かコト〳〵言はしてゐる。何処《どつ》かに、雨後《あめあげく》に、清浄に足駄を洗つたのが歯を上に向けて置いてあるのが眼に映る。……私の家にゐる時に、一寸々々《ちよい〳〵》着《ぎ》に仕舞つて置いた、あの紅絹裏《もみうら》の、柄の好い紡績の絣《かすり》の袷などは惜気もなく寝巻に着下してゐるだらう。それを着て何時までも寝てゐる処が見える。

若松町にゐた時分のことが思はれてならぬ。篠田の奴二十《はたち》や二十一の癖に、ひどい、酒の好きな奴だつた。篠田が学校を早く終《しま》つて帰るのを待ちかねて、手器用に酒肴《さけさかな》の用意をして直ぐ間に合ふようにしてゐる。彼女の兄弟も母親も酒の好な系統で、彼女も飲まうと思へば、飲める口であつたが、私の処に来てから、私が飲まぬから、少しも飲まなかつた。……それが篠田が自宅に同居するようになつてから、ツイ飲むようになつた。……あの関口台町の自家にゐた時、板の間に続いた奥まつた三畳の部屋で餉台《ちやぶだい》に向ひ合つて、篠田が趺坐をかいて、もう幾許か好い機嫌になりながら、

『奥さん、どうです。一つ』

と言つて盃をさし付けてゐる処へ、私が、どうかして入つて行つたら、彼女が坐つて燗の世話をしてゐるらしかつたが、

『えゝ、まあ貴下も一つお上んなさい。』

『まあ〳〵お上んなさい。まあ〳〵！』篠田は強ゐるように盃を彼女の手に取らしてゐた。

彼女は、私が其処に立つてゐるのを見て、

『篠田さんに、酒を飲むなら、外では馬鹿らしいから、自家で取つて置いて上げますから、自家でお上んなさい。と、此間からさう言つてゐたのです。』

といひながら、篠田の抑へるようにしてついだ酒盃《さかづき》を一と口、口に持つて行つて餉台に置いた。

『あゝ、飲みたまへ〳〵。僕も飲めると好いんだがなあ！』私は、気軽に笑ひながらさう言つて、一寸慈姑《くわゐ》の甘煮を一つ立ちながら摘んで、『甘い〳〵！』

『あンハ……もう遠慮をせずにやつてゐます。雪岡さんも一つお飲みなさい。……酒を飲まんとイケません。』篠田は執固《しつこ》く私に盃を差さうとした。もう大分《だいぶん》調子が外《はづ》れて、篠田が、さういふ時に極つて笑ふ『あンハ、、、』といふ、まだ二十やそこいらに似ぬ、如何にも気の平な、腹の太い、罪の無さゝうな笑ひ様をした。

『うむ！僕は、今、書きかけてゐることがあるから、飲むのは止さう。』

『この人は、仕事をしてゐるから、今、いけないの、まあ篠田さん一人で足るほどお上んなさい。』と言つて、彼女が徳利を持つた。

『さうですか？本当ですか？……さうですか？本当ですか？』と、同じことを繰返しながら、上機嫌になつて、私の顔を見上げて、『あンハ……ツ』とまたしても哄笑《おほわらひ》をした。

私もお雪も、はあ〳〵言つて笑つた。

篠田の留守の時に、一度彼女が、何かしら、お勝手で立ち働きながら篠田の噂をして、

『篠田といふ人間は、恐しい気の平な男だ。若い者ぢやないようだ。……何うでせう、あの気の好さゝうな笑ひようは？……可愛《かあい》い笑ひ顔をするぢやありませんか。』真実《ほんとう》に可愛《かあい》らしくつて堪らないように言つた。

『うむ、屢く、人の好い老人に彼様な「あンハ……ツ！」と言ふやうな笑ひようをするのがあるよ。』

さう言つて、私は、篠田の笑ふ真似までして、私達二人は同じように篠田を賞めた。

あゝあの時分に既う、彼女の心の中には、唯普通に篠田のことが思はれてゐたのではなかつたらう。何故あの時分に、疑はなかつたらう。それ処か一所に篠田を賞め〳〵した。甘々と二人に目を抜かれたのが、返へす〴〵も口惜い。

『「欣さんは、中学校に居つた時分から気前の好い人間《ひと》であつた。」と、屢く繁さんが言つてゐました。恐ろしい気前の好い人間だ。』かうも彼女が口にすることがあつた。

若松町に一処にゐて餉台を中央《なか》に向ひ合つて、酒を飲んでゐる処が眼に見える。其処では私といふものがゐないから、もう天下晴れて、…………………。

私は、吾を忘れて、日光の町外れの道端に暫らく突立つて、凝乎《ぢいつ》と虚空を見詰めてゐた。口端《くちのはた》が仕切りなしに痙攣《ひきつ》けて、幾許口唇《くち》を喰ひ縛つても何うしても止まらない。胸が圧詰められてゐるようだ。私は火のやうな太息《ためいき》を吐いて、仕舞には、堪《こら》えられなくなつて、シク〳〵泣きながら雨の中を歩いた。街路《みち》を往く人目を恥ぢながら、遂々制し切れずして、本当に泣き出した。

『これから、……畜生！見てゐやアがれ！東京に帰つて、直ぐ岡山に行つてやるツ。あゝ、私が今、此処に斯うして情けない、悔しい、想ひをして大切な時を潰してゐるのは愚かなことだ。愚かなことではあるが、此の心地《こゝろもち》の快《い》い、嫉しい、憎い、意趣を晴らす事が止められるか。止めるものか。

それにつけても憎いのは、あの椅子屋の新吉だ。早く東京に帰つて、何よりもあの椅子屋に急いで行つて思ふ存分に怨みを言つて〳〵、ギユウ〳〵いはしてやらう、これまでの苦労や悲しい目を誰れがさしたのだ。悉皆彼奴等の巧んでしたことだ。……私が始終貧乏ばかりしてゐるものだから、皆《みん》なして金のありさうな篠田に彼女をおつ着けて、私から彼女を捥ぎ取りやがつた。金が無いばつかりに斯様な情け、情け、情けない目をさせられたのだ。あの、あの長田《ながた》の奴にお君を取られたのも、何より金があつて自由が思ふように利いたからだ。ナニが、あのお君が金に清潔なも糞もあるもんか、一口に長田が金に不自由をしなかつたからだ。仮令表面《うはべ》は、さうでないように思はれても、大根はさうだ。何斯につけて私に金のないことは見え透いてゐた。間貫一が唯金ゆゑの怨恨《うらみ》が骨に浸みて、高利貸にまでなつて人間の無念を晴さうとしたのも無理はない。貫一は無理はなかつた。

私は、独言を言ひながら、今更に貫一の為に泣いた。さうして気が狂つたように道を歩いてゐた。

『新吉の奴め、あの時、何と言つた？「義妹《これ》に、もし其様なことがあつたら、雪岡さんに代つて、私が十分に制配する。」と高言を吐いたぢやないか。』……それに、此の間矢来の婆さんの話に、

『もし雪岡さんが、おユキさんは、どうしたと訊ねたら、もう嫁《とつ》いだと言つてくれ、さうしたら、雪岡さんも諦めるから。』と言つてゐたといふことを聞いた。先達て三月の末に来た時にも、二人が車で新橋に立つて行つた後で、『だから女は、幾歳になつたつて、廃《すた》りは無い。お雪さんは、効生者だ。』と、言つてゐたとも聞いた。

これまで長い間に、あつたこと、見たことが、熱を病んでゐる時の悪い魔夢《ゆめ》に見てゐるように、後から〳〵頭の中に湧き起つて、私は思ひ乱れた。

『今岡山では、誰れに遠慮もなく、「おユキ、お前……」とか、

何うしろ、斯うしろとか、吾がものゝ通りに呼んでゐるであらう。それに対して、従順に言ふことを聞いてゐるだらう。……私と初めて一処に家を持つた日に、——あの時々は、小日向台町のあの家であつた——二人で彼方此方《あつちこつち》座敷の中を立廻つて、睦じさうに相談しいく釘を打つたり、戸棚の掃除をしたりした。あの時、遠くから『ねえ、あなた！ねえ、あなた！』と、あなたと呼び掛ける者が出来たのが、さもく嬉しいやうに、耳に立つほど呼んだ。それを私が、後日《のち》になつて言ひ出して戯弄《からか》つて笑つたことがあつた。あの時分は仲が好かつた！

自分が一人で、おユキくと言つてゐたものを、誰れにも手を触らさなかつた者を、あの篠田が、…………………………………………思へば、無念で、癪に障つて、堪らない。……歳は十四も違ふ、息子が東京に修業《しうげふ》に来てゐて、関係《かゝりあ》つて連れて帰つてゐる女《もの》を、両親《おや》が承知して家に入れて女房にさす気使ひはない。さうすれば妾だ。妾にして隠して楽しんでゐるのだ。繁も言つたとか言つて、彼女が、篠田さんのお父さんは、京にも大阪にも、自家のお母《つか》さんに隠して女を置いてゐるんですつて。と言つて話してゐた。

『それで、時々家が揉《も》めて困る……。つて、篠田さんも言つてゐました。』と言つて、彼女が、私のゐない時に篠田と二人でするらしい雑話《はなし》の端々を、また私と二人きりの時にして聞かすことがあつた。

篠田は固より、父親《おや》が其様なことをしてゐるのを、さながら、大尽を極めて、近頃の紳士の仲間入りをする資格か何ぞのように心得て、それで自分の父親が、好い処と交際をしたり、京大阪を始終のように往来《ゆきゝ》をしてゐるのを外見のように彼女等に話してゐるとしか、私には受取れなかつた。彼女もまた篠田の実家の派手な生活をさも頼もしさうにして話してゐた。矢張し常識が高尚でなかつたのだらうか？……妾にしてゐるのだ。……あの私が貧しい生活に取つては、大切なものであつた。自分は決してあの事ばかりに、彼女を其様に卑しい者には対遇《もちあつ》かはなかつた。それ処ではない、あんな教育の乏しい者には珍らしく、私の為る仕事のことを飲込んで、私と同じやうに喜んだり、心配したりしてゐた。私の書いた物を読んで可《いゝ》とか不可《わるい》とか屢く言つてゐた。私の書き方がくどいと言つて、『あなた、それぢやイケない。』と言つて、屢く、読んで聞かすのを聞いてゐて、文章や言葉を直しくした。東京言葉をよく教へてくれた。……私の文章が、以前《まへ》より遥かにスラくして来たのは、他人《ひと》の書いた物のくどいのが、ひどく眼に障る癖の付いたのは、確かに彼女に何度も『それぢやイケない。』と言つて、気を着けられたからだ。私は、それをよく知つてゐる。それに違ひない。キユツと、あるか、ないかと思はれるやうに、小さく口を結んで、糸屑を喰へながら、あの喜久井町の奥の六畳で解き物かなんかしてゐたのが今ハツキリと眼に浮ぶ、蒼白い蠟細工のやうな頸《く》筋《び》の横の処が見える。私が『オイ！此処の処は何うだらうナ？読むから聞いてくれ。』と言つて其室《そつち》へ入つて行く時に、その頸筋の横が見えた。黒い髪の毛が其処に垂れてゐた。所帯の始末が好かつた。空いた炭俵の底に入つてゐる麁朶《そだ》の曲げたやつを乾して置いて、それを燃き付けにするために、盤根《ねつこ》の上で出刃《でば》で叩き切つてゐた。襷掛けでさうしてゐるのが見える。あゝ、矢張《やつぱ》り襷掛けで序に篠田の足駄まで洗つてやつてゐた。

何斯につけて喧嘩《いひあひ》をして、打《ぶ》つたり、殴つたりすることがあつても、内助のものと思つて此方から甘垂《あまつた》れるやうな心持ちでゐた。それをあのことばかりに慰んでゐる。斯うしてゐても自分の何処かゞ酷く汚《よご》されてゐるやうで堪らない。彼女と私と二人の長い間の聖い関係《なか》が、泥足で踏み躙られたやうだ。彼女が汚れてもう一生取り返しが付かなくなつた。あゝ、あの時疑はなかつたのが口惜《くや》しい。あの時疑つても、既うあの時より前から何うかしてゐたのだらう。何時頃からさうしてゐたらう？あの時疑つても、疑ふ効は既うなくなつてゐたのかも知れぬ。始めてさうなつたのは、何時だらう？それが知りたい。その時は何ういふやうにしてさうなつたらう？大方長い間に両方の気持が自然にさうなつて来たのだらう。最初《はじめ》はあの酒を飲んだりして、両方で戯談《じやうだん》のやうなことを言ひ合つてゐたりしたのが、その戯談の中にも何方も真実の心持が何処かに頭を窺けてゐるのを知つてゐて、ワザと戯談らしく笑つて言つてゐる内に、何うかした時に言ひ合はしたやうに実行《ほんま》になつて了つたのだらう。その心持ちを、早く知つて、何うかすることは出来なかつたらうか。それは何時だつたらう。それが知りたいツ。

さう思へば篠田を自家に同居さすのではなかつた。

斯ういふやうな悔恨と追憶と妄想とが、一寸した繋続から迅速に聯想せられては、叢生し、繰返へしては掻き消えて、其等を凝乎《ぢつ》と纏めやうとして思ひ詰めた。

彼女と篠田とがさうなつた経路《すぢみち》が思ひ返された。――篠田は、甥の繁雄と、岡山の中学校にゐる頃からの朋友《ともだち》であつた。二人とも素行が良くないので、五年になる時落第して、四年をも一度繰返へすのが厭で東京に出て来て早稲田に入つてゐた。それは其の前の年の秋であつた。私が一と月ばかりゐた函根から帰つて来て、それを知つた。その時二人は鶴巻町の素人屋の二階にゐた。繁雄は、初め文科に入るつもりで予科に入つたのださうだが、文学をやるのは、国の親や兄が不賛成であつたので、自分もその気になつて、専門部に変つて、経済学の講義録などを読んだりしてゐた。二人とも真面目な学生らしい処は失せてゐた。長い間には、東京の学生にも倍《ま》して田舎の中学生の悪《あく》ずれてゐるのも分つて来た。私は、それが為に時々歯の浮くやうな心地がした。繁雄には、顔を見る度に、自分の中学校を卒業しなかつた為に、一生の目的を踏み違へた後悔を述懐したり、若い者は、今の内それに気が付けば後日《のち》になつて非常に幸福を感ずる日があるといふことなどを話して、中学を中途にして、私立学校の専門部などに学籍を置いて怠けてゐる者の不心得を罵倒することも度々であつた。篠田にも、甥に家元の噂を聞いてゐて、それなら寧《いつ》そ早稲田の実業学校に入つた方が、後に自家営業をする者には却つて便利であらうといふやうなことを言つて、たゞ深切な心から勧告したことなどもあつた。

　学科の方では、可也優れてゐた繁雄は、半歳ばかりブラ〳〵してゐて自分でも心《しん》から覚つたと思はれて、

『……帰つて中学校をやり直して来る。……東京《こちら》にゐては朋友と酒ばかり飲んで銭《かね》が入つて詰らんから。』さう言つて繁雄は潔く故郷《くに》に帰つて行つた。それは来た翌年の三月の一日であつた。その日はよく覚えてゐる。私は、二年近くもゐた赤城元町の家の小店を望む人があつて売つて、丁度その日に其店《そこ》を立退いた。繁雄は朝の間は来て、一寸移転《ひつこし》の手伝などもして行つた。篠田もその時繁雄と一処に来てゐて、

『お手伝をしませうか。』と、言つてゐたやうに記憶してゐるが、私は、まだ篠田の顔さへ碌々に見てゐなかつた。その冬半月ばかり伊豆の方へ行つてゐた留守を、繁雄に来て泊らしてゐたから、私のゐない時分に時々繁雄の処に来て、彼女と口を聞いたこともあつたのだらう。彼女は自家に来る男とでも女とでも、よく捌けた口を聞く女だつた。私のゐない時には、来る者は、一層親しんで、彼女に何でもよく奥底を打明けて話したらしい。彼女は、人に能く内証な話しをさし易い細い人情や推察《さつし》を天性《うまれつき》持つてゐた。私の家は、私も彼女も、来る者に家の中の隅までも明けつ放しのやうにしてゐた。……だから、あの時篠田が一寸《ちよいと》した挨拶を言つたのも私に言ふよりも彼女にいつたのだつたらう。

　でも何うかして、一二度私のゐる時分に、丁度繁雄が来てゐて、それを篠田が訪ねて来たことがあつた。その時分は、よく岡山あたりから来る田舎出の学生が着てゐるやうに、安物の茶つぽい双子《ふたこ》の羽織を着て、それに似たやうな矢張り双子の袴を穿いてゐるのが、身体《なり》が小さいから、まだ肩揚げを除つたのが眼に立つやうに思はれて、温順《おとなし》さうに学生帽子を冠つてゐるのが、頸窪《うなくぼ》の処まで不格好に深く被《かぶ》さつて、色気もなさゝうに生身《うぶ》に見えた。彼女と二人私達の対坐《すわ》つてゐる鼻先の狭苦《せまつくる》しい処を窮窟さうに遠慮して、私どもの方には顔をも見せないやうに、直ぐ二階に上つて行く後姿は、鳶の歩いてゐるやうで、まるで未だ少年であつた。……小供と思へばこそ自家に置いた。思へば無念で堪らない。

　後に篠田が自家に同居してから、何時だつたか、彼女が私に笑つて話してゐたことがあつた。

『篠田さんが、此の間さう言つてゐました。「奥さん。あなたの名はお雪さんといふんでせう。」と言つて、いひにくさうにして

聞くから、「えゝ、さうです。それがどうしました」と言つたら、「いえ、どうもしませんけど、あなたは何処か、斯ういふ普通の家でなく、何処《どつ》か違つた処にゐたことがあるでせう。」といふから、「えゝ、ゐました。篠田さん、それを知つてゐますか。」と言つたら、「えゝ、知つてゐます。あなた怒《おこ》つてはイケませんよ、言つて見ませうか。」つていふから、「ナニ怒るもんですか、そんな事を。」といふと、「ぢや言ひます。あなた芙蓉亭にゐたことがあるでせう。」といひますから、「えゝ、芙蓉亭に居りました。あなた其れを聞いて、私に愛相が尽きたでせうツ」と言つたら、「ナニ愛相が尽きるなんて、そんなことがあるもんですか、此の間、私の朋友が、君のゐる家の妻君の名は、お雪さんといふんだ。帰つて聞いて見ると可い。芙蓉亭のお雪さんといつて評判の女だつたんだからといつてゐましたから、それで聞いて見たのです。」といつてゐました。私が評判の女だつたつて、さういふの。大方貴下と私と、あの時分のことを何処かで聞いたんでせう。それから「あゝ、それでよく分つた。あなたの赤城の元の家に居られた時分、どうもあなたが普通の奥さんのやうに見えない。」私が、普通にして、あなたの処に来た細君のやうに何うしても見えないんですつて。……「斯う苦労人《くらうと》のようにもあるし、さうかと言つて、女郎ぢや無論ないし、芸者をした人だらうかとも他の朋友といつて見たこともあるが、どうもさうでもないやうな処もあるし、さうかと言つて、全くの素人でもないようだし。末広に君の叔父さんの妻君は、何処から来た人だ？田舎《くに》から来た人ぢやないだらう。」と言つて何度訊いても繁さん何時も、それを訊かれると、悪い顔をして、黙つて了ふんですつて。「それで解つた。ナニ愛相が尽きるなんていふことがあるもんですか。」と言つてゐました。……私が、あなたの処へ普通の家の娘で嫁に来た者とは、どうしても見えない。芸者かなんかしてゐた者のやうに見えるんですつて。篠田さん、さう言つてゐました。』と言つて、篠田にさう言はれたのを、あんまり悪い気持ちではないやうな口振で話してゐたことなどあつた。

繁雄の帰る時に、此度の家は、広くつて、二人きりでは寂しくもあるしするから、篠田が来る気があるなら、来ないか。と言つてくれといつて置いたのであつた。

すると、三月の中旬《なかごろ》になつて、篠田は、実業学校の方に転校したから、保証人になつて、判を押してくれと言つて来た。その時末広君もさう言つてゐましたから、翌日《あす》から来ますからと言つて帰つた。

私達は、玄関の奥の四畳半を篠田の部屋に定めた。篠田の静かな性質は、先づ私の気に入つたのであつた。

書かうと思ふことが思ふやうに書けないので屈托し切つて、陰気な面をして、篠田の来る前まで茶の間にしてゐた四畳半に入つて来ると、補綴物《つゞくりもの》をしやうにも、その小切れさへ思ふやうにならないので彼女は、毎時手持不沙汰に詰らなさゝうにしてゐた。

『こんな大きな家に入つて、詰らない。赤城で拾円の家賃さへ困つてゐたのに、貴下月々出来ますか。もう此度私に借金の言ひ訳をさしたら、私はもう貴下の処にはゐませんよ。』

かういふことが、二人切りで差向ひになると、またしては、二人の間を面白くないものにばかりして行つた。

『此度は、四円高いんですから、一層先《せん》より骨が折れますよ。貴下大丈夫ですか。』といふ苦労に充ちたやうな彼女の顔は、私の不安な胸を嚇《おど》かすやうに思はれた。

『分つてゐるよ。』さういはれる度に、私は神経質の荒い言葉で一口に打消さうとした。けれども其れは彼女にいふよりも自分に向つていふやうなものであつた。私の不安は、何に付けても病的に鋭敏になつて行つた。さうして是まで自分の職業と思つてゐた文学芸術に関する自信と誇りとが失はれて、それが仇な空想であつたとしか思へなくなつた。生きることの愉快さが滅切傷けられて来た。前の年の丁度その頃から病み初めた秘密《ないしよう》の病気が一年経つても尚だ根治せずにゐた。私達は、その病気があるからばかりではない、既う長い間の習慣で、部屋を別にして寝てゐた。

篠田を置いたのも、年中二人で差向でゐては、余裕《ゆとり》のなくなる気分を陽気に浮立たせやうと思つたばかりでなく、家賃の足《たそく》にする考もあつたのだ。さうしながらもさういふことが、ひどく自分の誇りを傷ける原因となつた。

篠田は、自家で飲むばかりではない。矢張り外からも好い機嫌で帰つて来ることもあつた。

『あなたは思つたよりも陰気な人だ！』

と言つてゐた彼女には、酒で陽気になる男が珍らしくつて面白かつた。

其処に来るまで、二年の間売れもせぬ小店に一人で閑つてゐて、湯にさへ落々《おちおち》行くことの出来ないまで身体の自由を縛られてゐたのを察してゐたから、私は、机の前に閉ぢ籠つてゐるやうな時には、安心して篠田と、一処に近処の寄席などに出してやつた。小使に不自由のない篠田は、平常《ふだん》世話になるお礼だと言つて、彼女には少しも使はせず、電車に乗つて、日本橋や浅草あたりの、も少し銭のかゝる小芝居のやうな処に行つて遅く帰つて来ることなどもあつた。

『遅くなつたでせう。……篠田さんが、「構はないから、江戸川亭で二十銭も使ふほどなら、も少し出して曾我廼家を見に行きませう」と言ひますから新富座に行つて来ました。……面白いんですよ滑稽芝居。私、久振りにお腹の皮を撚つた。……私達がゐないと、家ン中が静寂《ひつそり》としてゐて、よく書けて可いでせう。……あなたも今書いてゐることが済んだら一遍見に行つてらつしやい！』久振りに生命《いのち》の洗濯をして来たやうに浮々して其処に坐りながら言つた。

『俺は曾我の家は嫌ひだ。……まあよかつた。篠田は？』

『篠田さんは、貴下に土産を買つて来るからと言つて、一足あとになりました。……篠田といふ人、不思議によく気の付く人間だ。それで少しも生意気にないの。』

其処へ篠田が温順く帰つて来て、懐中《ふところ》から新聞の包みを取出して私の前に置きながら、

『遅くなりました。……お上んなさい。』口数少く言つた。

『あなたの好きな桜寿し。……赤貝の紐があるでせう。お上んなさい。あなた家にゐて書いてゐて、これを土産に貰つた方がいゝでせう。……篠田さんもお上んなさい。……私、お茶を入れて来ます。』

一と仕切り芝居の話しなどをして夜を更かした。

彼女が大日《だいにち》の縁日を歩いて来たり、寄席に行つたりするのを、丁度子供のやうに歓ぶので、私は、篠田を附けては、二人を出してやつた。さうすると、毎時篠田が小使を使つては戻つて来た。

後には、篠田に連れて行かれるやうな形になるのを、私は心苦しく思つた。

『貴下、篠田さんに、度々お銭を使はして気の毒だ。さうして出る度に、あゝしてあなたには貴下で土産を買つて来るし、貴下は自分ぢや飲まないんだから、料理屋《そと》ぢや銭ばかり掛つて詰らない。自家で酒肴《さかな》を拵へるから。篠田さんは、酒さへ好いのがあれば可いんだ。一遍篠田さんに足るほどお飲ませなさい。』

『あゝ、さうしやう。』

私達で斯ういふ話しをすることなどもあつた。

『昨日、篠田さんに、また一寸小遣を借りたんですよ。それで丁度五円になるんですよ……あなたも少し精を出してくれないと困る。』神経質な顔をして、さういふこともあつた。私は次第に侮辱と圧迫とを感じた。

『貴下は、何を言つても知らん顔をして、私が勝手に借りたものゝやうに思つてゐる。』

私が返事をしないでゐるので、さう言つて攻め付けた。私は苛々して唯太息《ためいき》を洩すばかりしてゐた。

忘れもせぬ、四月の五日であつた。一寸した、書いてゐるものが済んだので、彼女は、魚屋が何か置いて行くと、一人で種《いろ》種《いろ》なものを拵へてゐた。

目白の寺の桜花《さくら》が真白く咲き盛つて、もう熱いやうな日の色が空に満ちてゐた。私は、奥の自分の書斎から出て来て通路《とほり》に向いた格子を窺いて見たり、台処に顔を出したりしてゐた。何処からともなく蜜蜂の唸る声が微睡《ねむり》を誘ふやうに、物憂く聞えて来る。少し奥の女子大学の生徒などが群れになつてゾロ〴〵電車の方に降りて行くのが見える。

『今日は僕が一升買ふよ。度々篠田君におごらして済まない。』

篠田が学校から帰つて来て、和服に着更てゐる部屋に入つて

行つて、私は面白さうに言つた。

『そんなことはありませんけど、……それは御馳走ですナ。』

中の六畳の間に餉台が運ばれて、二種三種《ふたいろみいろ》の酒肴が並べられた。彼女は酒の燗に気を着けて、嬉々《いそ〳〵》と起つたり坐つたりした。

『お前も今日は飲むと可い。』

『お上んなさいナ。奥さん。』篠田もさう言つて、もう何度めかの盃を、また彼女に差した。『私一人で飲むと、折角御馳走になつてゐても、少しも甘かあゝりませんもの。……あンハツ……少しも甘くないことはないんですよ。甘いことは甘いんですけど、どうも斯うして御馳走になつてゐるのに、私一人ぢや惜いんです。』篠田の笑ふ癖は直ぐ始つた。

彼女も私も機嫌よく笑つた。

『お前もお飲み。……お前は一体どれほど飲めるか、飲んで見ると可い。』

『さうです。飲んで御覧なさい。……貴女行けるんでせう。』篠田はまた彼女に差した。

『えゝ、此女《これ》は飲めるんですよ。』

『嘘ですよ。あなた其様なことを言つて。……篠田さん嘘ですよ。飲めないんですよ。』さういひながら、盃を口にあてゝ、顔を蹙めた。

『あなたも今日は少し飲んで？』ハツと笑顔をして、さう言ひながら、私の顔を、浮いた調子で見た。『あなた、お酒が厭なら、肴をお上んなさい。此のぬたをお上んなさい。甘いでせう。』

『これをお上んなさい。』篠田は、まだ箸を着けてゐない一皿を私の方に少し押した。

『いゝのよ、篠田さん。それはあなたお上んなさい。この人のは、まだ台所《あちら》に沢山あるの。……あなた御飯がよければ御飯をお上んなさい。』好い機嫌になつて、私の顔を見て舐めるやうに言つた。私は『あゝ。』と返事して、母親の傍で小供がするやうに、ムシヤ〳〵御飯を食べて了つた。私には酒が少し長くなるやうに思はれた。それで急がすやうに、

『オイ、お前飲んで見い。篠田君、此女は飲めるんだから、飲して見玉へ。』私は面白がつて言つた。

『飲んで見ませうか。本当に。』

『飲んで御覧なさいナ。』

『あゝ、飲んで見いよ。』

『あゝ、飲んで見いよ。』さも〳〵私が可愛くつて堪らないやうに、私の口真似をして身体をフラ〳〵ツと揺《ゆす》つた。『あなた、私が酔つたら介抱してくれて？』

『あゝ、する。』

『介抱して上げますさ。』

『本当に介抱してくれて？ホ、、、。』可笑な笑ひやうをした。

『するよ介抱。飲んで見い。早く。』私は手づから、餉台《ちやぶだい》の上の盃に波々とついだ。

『あなた、本当に介抱をしてくれて?酔つてもよくつて?オホヽヽヽ』赤い顔をして留め度のないまで笑つた。

『介抱をするから飲めよ。』私は強いて景気を付けるやうに言つたが、これまで長い間に一度も其様なことがなかつたので、篠田の手前をも恥かしく思つたのであつた。

『あなた、本当に介抱をしてくれて?嘘ぢやなくつて?本当に?〳〵。オホヽヽヽ』執固《しつこ》く同じことを繰返へした。次第に居ずまゐが崩れて、身体が激《いた》しく揺れた。

私は、そんな不態《ぶざま》を、もみ消すやうにわざと陽気に笑つてゐた。

『篠田さん、あなた酌をして頂戴。あなたも、私を介抱してくれて?オネヽヽヽ』充血してチロ〳〵したやうな眼をして篠田の顔を見た。

まだ昨今の篠田は、余りのことに呆れて、済まぬ顔をして苦し気な笑ひ様をしてゐたが、さう言はれて酌をするのを遠慮するやうにした。

『君、もう飲まさない方が可いよ。酔つたんだ。』

『えゝ、もうお上んならん方がよろしい。』篠田は自分の酔も何も醒めて了つて、真顔になつて岡山言葉を出した。

『オホヽヽヽオホヽヽヽ私、酔つちまつて。アハヽヽヽ苦しい。』笑ひながら、其処に倒れて了つた。

『あゝ苦しい!』


私は、篠田の手前を恥ぢて、打棄《うつちや》るやうに、

『酔つたんだから大丈夫だよ。君。』

けれども篠田は、心配して台所に行つて早速金盥に水を入れて持つて来た。彼女は縁口の方に頭をして横になつた。

『あゝ苦しい。オホヽヽヽ貴下、私の胸を擦《さす》つて頂戴。』息も絶えぐ〳〵に言ひながら、其処に坐つてゐる私の方を、寝転びながら正体の乱れた手で招き寄せるやうにした。

私は、黙つたまゝ、手を出すのをも恥ぢてゐた。

篠田は、絶えず気の毒さうな顔をして、

『奥さん、私、擦りませう。此処が苦しいでせう。』と言ひながら、遠くに畏まつて、及び腰になつて、慎しやかに、胸の処を撫で下した。『私なんか、もう始終《しじう》覚えがあるんです。自分でも斯ういふやうにして貰ふことがあるし。人にしてやることもあるし。私、本当に吃驚《びつくり》しましたぞナ。……貴下が、奥さんに飲め〳〵と言はれるから、も少しお上んさるのかと思つて、私、安心して盃を差したんです。』

篠田は、恐ろしさうに静《そうつ》と胸を擦つてやりながら、私に向つて、詫びるやうに言つた。

『イヤ!折角君の興《しやう》を覚して気の毒だ、もう放つて置きたまへ。酒に酔つたんだ。性が知れてゐるから、今に醒めるよ。』私は、羞恥を感じて、どうしても手が出せなかつた。

『あゝ、苦しい!』時々唸るやうに言つた。『貴下も擦つて頂戴

な。もつと此方《こつち》へ寄つて。』萎えたやうな手付で私の膝にしなだれるやうにした。『あなたは深切のない人ねえ！篠田さんの方が余程《よつぽど》深切だ。ホヽヽ』酒の加減で泣くやうに言つた。『撫でゝ頂戴な。撫でないの？貴下は不深切だ。貴下より余程篠田さんの方が深切だ。』同じことを何遍も繰返して、私に抱き付かうとして、起きかゝりさうにした。

『馬鹿！静《そうつ》と寝てゐないか。』

『奥さん、動いてはイケません。』篠田が極り悪さうにハラ〳〵してゐるのが、私にはよく解つてゐた。

『貴下は酒をお上んさらんから、この苦しい味をお知りんさらんけど、私なんか覚えがありますから。それは苦しいもんですよ。……奥さん、なるたけ吐いて御覧なさい。』

篠田は、両方の掌《てのひら》だけ机帳面に揃へて恐る〳〵続けて撫でゝゐた。

酔つた者は次第にとろ〳〵となつて行くやうであつた。

『篠田君、もう好い加減にして置いてくれ玉へ。』さう言つて、私は、毎日午後《ひる》から行くことになつてゐる早稲田の方の病院に出て行つた。

それでも気使ひながら小早く帰つて来た時には、彼女は、篠田のゐる四畳半に移されて、篠田の夜具を着せられて、真蒼《まつさお》な顔を男枕に打付けたやうに頭髪《かみ》を乱して寝入つてゐた。

『これは君の蒲団ですか。』

『えゝ、他の処を明けるのは、どうかと思ひましたから、私の蒲団を掛けて上げました。汚れてゐるんですけれど。』

『君には種々《いろん》なことをさせましたなア。』

『そんなことは搆ひませんけれど、私、本当に吃驚しました。直ぐ酔はれるんですもの。』篠田は気疲れがしたやうになつてゐた。汚れ物の金盥なども清浄《きれい》にして形付けられてあつた。

夕方には最早起上つて、ケロ〳〵したやうな顔をして『まだ頭が痛い。』といひながら晩の支度に立働いてゐた。

『馬鹿が！面白かつた。……「あなたは不深切だ。」』私は、口真似をしながらたしなめるやうに嗤つた。

『不深切だなんて、其様なことを私、言ふもんですか。』極まりが悪いのを、甘ツ垂れて打消すやうに言つた。

『言つたとも〳〵。「あなたより篠田さんの方が余程《よつぽど》深切だ。……あなた介抱して頂戴な。」斯ういふ手付をした。』

『そりや言つたでせう。あなたより篠田さんの方が深切だといふことは。そりや言つたかも知れないが、其様な手付をするもんですか。』

『したとも〳〵。……女の癖に酔狂なんかして。……ねえ篠田君。したねえ。』

酒の上とは言ひながら、その言ひ草が憎々しく思へた。

『酔狂するもんですか。』

『酔狂ぢやないか。あれは。……ねえ篠田君。』

『えゝ、酔狂ですなあ。』篠田は四畳半から出て来て、静かに言葉に出したが、矢張り済まぬ顔をしてゐる。

『…………あなたといふ人は深切のない人だ！』本気らしく言つた。

私も本気で不快に思つた。

『馬鹿言へ！女房が酒に酔払つてゐる奴を、真面目に介抱なんか出来るものか！……ねえ篠田君。』

『えゝ』と、唯口重く言つたまゝ、篠田は傍にゐて独り困つてゐた。『まあ、酒なんか、あまりお上んさらん方がよろしいなあ。』

『あなたがたが飲め〱といつたぢやありませんか。』と怒るやうに照れ隠しの戯談《じやうだん》を言つた。

その後篠田は自家ではあんまり飲まなくなつた。『私は、もう内ぢや飲みませんぞな。あんなことがあつて済みませんから。』とも言つてゐた。一度外から酷く酔ひ潰れて戻つて来たことがあつた。篠田の帰りの遅くなる時など、玄関を締めて置いて、庭木戸から座敷の縁側に廻らすことにしてゐた。

『奥さん！〱』といふ篠田の声を聞き付けて、彼女は『おかへんなさい。』と言つて起きて戸袋の処を一枚明けた。篠田はグデン〱になつてゐた。飲むと言つてもこれまで其様なことはなかつた。

何様な人間に対しても取廻しの上手な彼女は、さういふ時には分けても持扱ひが巧みであつた。ヒヤリとした縁側に直ぐ横倒れにならうとした篠田の両手を取つて、持ち上げるやうにしながら『篠田さん、どうするの？其処へ寝てはいけません。』可愛らしさうに笑ひかゝつてゐた。

『あゝン！酔つちまつた！』同じことを執固《しつこ》く繰返しながら、なか〱手におへなかつた。私まで起きて行つて、座敷に引入れた。篠田は、突如《いきなり》また其処あつた彼女の寝床の上に、仰向にペタリと倒れて了つた。『あゝン！今日は貴女に介抱して貰ひます。』

私達は笑つて篠田を引立てやうとしたけれど、篠田は正体もなさゝうであつた。

『篠田さん！彼方《あつち》入らつしやい！此処はあなたの寝床ぢやないの！』さういひながら、彼女は笑ひ〱私の顔色を見た。『さあ彼方《あつち》行つて本当にお休みなさい。酔つてゐるでせう。さあ酔つてゐるから彼方行きませう。私、負《おぶ》つて行つて上げますわ。』遂々賺《すか》し〱負ふやうにして四畳半に連れてゐつて寝かした。

篠田の遅くなる時には臥床《ふしど》なども延べてやつてゐた。私は、さういふことをするのを余り好まなかつたが、彼女は『そんなことを言つたつて、何にも手数のかゝらないことですもの。男が独りで可愛さうだ。』さう言つて、よく世話をした。私は、時々、自分の学校に行つてゐる時分の不自由であつたことなどを言つて、学生にはそれを当然《あたりまへ》のやうに言つてゐた。

それでも私の、二人を一処に遊びに出すことには変りはなかつた。誰れもゐない家の中で、戸外の人通りや遠くでする市街《まち》のどよみを、静かに聞くともなく聞きながら、私は独りで読んだり書いたりしてゐた。

その時分であつた。一度私は篠田を誘ふて鬼子母神の方から雑司ケ谷の田圃を散歩した。眼の覚めるやうな若葉が繁つて、青い麦の葉に涼しい風が長い浪を立てゝ吹いてゐた。それが何とも言へず好かつた。鬼子母神の境内で団子を食べた残りを、私が、それを自家へ持つて行つてやらうか。と言つたら、篠田が『えゝ、私が持つて帰りませう。』と言つて、懐中《ふところ》に入れて戻つた。私は帰ると、雑司ケ谷の方の好かつたことを言つて、その内篠田と一処に是非行つて見るやうに彼女に勧めた。其方《そつち》の方に行くのは、小使や着物に気が張らなくつて、いゝ。二三日経つて二人は歩いて来た。さうして此度は私に苺を買つて来た。

その頃、篠田の頼みで、国の中学校の朋友《ともだち》が、此度中学を卒業して高等商業の入学試験を受ける為に出て来て、暫らく篠田と一つ部室《へや》にゐることになつた。さうして神田の英語の学校に通つてゐた。その細井と篠田とが学校に行つてゐる留守の時に、彼女は、私と差向つて御飯を食べながら、

『篠田さんが、此の間怒つてゐた。……「細井は失敬なことをいふ。」つて、私が篠田さんと一処に散歩に出歩いたりするのを、細井さんが嫉かむんですつて。』さう言つて、彼女はポツと顔を紅く染めて笑つた。私は御飯を食べながら、睦じい気分でその話しを聞いてゐたが、その、顔の一寸《ちよいと》紅くなつたのが、何となく私に変な気持ちを起さした。けれどもそれが何ういふ変な気持であつたか、明瞭《はつきり》と口に出していふことが出来ぬ。唯、私は、どうして顔を紅くしたらう。と思つたゞけで、最早萎びてゐるやうに思つてゐる自分の妻が、若い学生等に、さういふ心持ちを起さしめる原因になるかと思ふと、妻が新らしい刺激を私に与へて、また更に愛らしくなつた。

『へえ！細井が其様なことをいふの？』

『さういふんですつて。……篠田さん、私が、他人のやうに思へない。何だか斯う自分の姉《ねえ》さんか何かのやうに思はれるんですつて。篠田さんのお母さんが矢張り私のやうに小い人なんですつて。それで私がお母《つか》さんのやうにも思はれるつて。其様なことを言つてゐました。』

かういふ話しなどすることもあつた。さうすると、私は、彼女と一処に二人で夕方など歩いて見たくもあつて、近くの大日の縁日などに誘ふことがある。

『今晩夕飯が済んだら大日の縁日に行つて見やうぢやないか。篠田なんかに留守をしてもらつて。』私が、どうかした気分の機《はづみ》でいふと、

『貴下一人で行つてゐらつしやい。』

『何故？』

『何故つて。……此の間も、あなたが何処《どつ》かへ私と行《ゆ》かないかと言つた時に、篠田さんに、今晩一寸貴下方に留守をして貰へませうか。と言つたら、篠田さんは、「よろしい。行つておいでなさい。」と言つてゐたが、四畳半《あちら》に行つて、細井にその話しをしたと思はれて、暫らく経つてから、細井が「僕等、留守なんかさせられては困る。」と言つてゐるのが聞えたから、あの時は、何処へ行かうと言つた時だつたか覚えぬが、そんなことを細井が言つてゐたから、私と一処に出るのはお止しなさい。行くならあなた一人で行つてゐらつしやい。』

『ぢや俺も止す。』私は詰らない心持ちがした。

私の詰らないのはそればかりではなかつた。篠田一人の時はそんなでもなかつたが、細井が来てから、彼女は二人の世話で体が急しくなつた。さうしてぶつきらぼうの細井は、素人下宿にでもゐるものゝやうに心得てゞもゐるか、そんな心持ちの見える口吻《くちぶり》が、何斯に着けて、彼女から私の耳に入ることもあつた。篠田も細井が来てからは、私に調子を合せて散歩に行くやうなことも殆んどなくなつた。私は、一人奥の書斎に孤立してゐなければならなかつた。夕飯の時など、支度が出来ると、一つしかない餉台に載せられて、真先に二人の部屋に運ばれた。

私が

『オイ！夕飯にしてくれ。』

と言つて奥から出て来ると、

『まあお待ちなさい。お鉢が彼方《あつち》に行つてゐるから。』

『腹が減つたもの。』

『ぢや、あなたお上んなさい、茶碗を持つて行つて、よそつて来るから。』

『イヤ、お前と一処に食べやう。』

『私は、急がしいから、あなた、まア一人で先へお上んなさい。』

私は自分の家にゐてゐながら、落着いて妻君に給仕をして貰ひながら楽しく御飯を食べることが出来なくなつた。彼女と私との間も何となく気が散《ちら》けたやうになつて来た。さうして私だけ先に御飯を済まして、奥に入つて行つて、また暫らく経つて怠屈して出て来ると、その三畳の部屋で、後になつて一人御飯を食べてゐる彼女の処に篠田が来てゐて、煙草を吸ひながら話し込んでゐることは稀しくなかつた。

『……お摘みなさいナ篠田さん！』

何を話してゐたのか、私の顔が顕《あらは》れたので、一寸途切れてゐた言葉の継ぎ穂を其処へ持つて行つて、彼女は、筍の甘煮を盛つた自分のお菜の皿を些《ちよい》と餉台の上で篠田の方に押すやうにした。

『えゝ。』

と言つて、篠田はそれを一つ摘んだ。

後は三人とも暫く黙つてゐた。私は入つて来ても誰れも口を利いてくれるものが無いやうな気がして、何となく居痛く思はれた。

『あなたは彼方《あっち》の自分の部屋に入つしやい。……ねえ篠田さん。此処は私の部屋だ。』

彼女《あれ》は性質《もちまへ》の徳で笑ひながら戯談を言つた。固より私には殊に遠慮がなかつた。永い間の同棲でさういふ気心は、十分飲込んでゐながら、私は、何となく其処にゐるのが、二人の家に行つてゐるやうな心持ちがした。そんなら、何うしてさう思はれるのか、その原因を深く考へて見る心は勿論生じなかつた。自分に対して親しみのある不遠慮をツケ〳〵口に出す彼女《あれ》が気に入らずにはゐられなかつた。さうして私は照れ隠しに、自分でも筍を一つ摘んで
『あゝ、彼方《あっち》に行かう！』

と素直に言つて八畳に戻つた。私は、自分の職業に対して、その頃盛に自己に鞭を加へてゐた。自分の為すべき事に心が追はれてもゐたのだ。後日に小い本に纏めた私の評論集の中《うち》で、多少重要な物は、凡てその四月と五月とに書いたものばかりであつた。私は顧みて、その時分ぐらゐ緊張した心持ちで評論の筆を執つてゐたことはなかつた。

それでも篠田などの学校に行つてゐる留守の間《ま》には、毎時二人差向つて昼飯《はん》を食べた。その時は、彼女が妻らしく自分の物に思へて、しみ〴〵した心持ちになつた。私は食べた物が身に着くやうに思はれた。二人は種々《いろ〳〵》な話しをした。

『……篠田さんが、また怒つてゐた。……』

『どうして？』

『細井さんが、篠田さんに、「欣さん、君は、昨夜…………………行つてゐたんだらう。」ツて、さう言ふんですつて。……』彼女は微笑《ゑみ》ながら話した。

『へえ！』私は、自分に何の関係もない、縁の遠い事でも聞くやうに唯好奇心の眼を向けて、彼女《あれ》に笑つた。『どうして其様なことをいふのだらう？』

『……今朝起きて謙さんが、欣さんに、其様なことを言つたと言つて、欣さん、「謙公失敬なことを言ふ」つて、怒つてゐた。……昨夜寝てから、夜半《よなか》に、謙さんが目を覚して、何か欣さんに話しをしやうと思つて、欣さん〳〵て、篠田さんを呼んで見ても返事をせぬから、また手を遣つて篠田さんの頭の処を探つて見たんですつて。それでも頭が手に触らなかつたから、それで欣さんに、……………………………と言つたんですと。……』

『へえ！』と、私は、また同じ事を言つて、四畳半の若い連中が唯他愛もない笑談《じやうだん》を言つてゐるのを可笑がつた。

『それで篠田さん、「失敬なことをいふ。」と言つて、怒つて私に話してゐました。……大方知らずに暴れて、頭の方と足の方とあべこべに寝てゐたんでせう。……屢くそんなことがあるから

……』彼女は人事のやうに笑つて話した。

『あゝ、そうだらう。』私は、事実に於て、……………………そんなことがある理由がないと信じてゐるから。


その間に私の生活は、またしても困難になつて行つた。定つた収入のない上に、僅かに新聞の文芸欄などに評論めいたものを書いて取る銭は、一月に拾円の上を出なかつた。それではどうしたつて二人の口が糊して行けやうがなかつた。彼女の内職にさしてゐた小商ひで、二年ほどの間は、店に並べた物を売り食ひにして、何うか斯うか押し廻してゐたのが、この二た月ばかり、それを止めてから、見る〳〵日々《にち〳〵》の小遣銭に差支を生じた。私が奥の八畳で何を読書《よみかき》してゐやうとも、それでは、何うしても台所を楽にすることは出来なかつた。

『あなたくらゐ意苦地のない人はない。松下さんなんか御覧なさい。よく書くぢやありませんか。毎月一つか二つ何かの雑誌に小説の出てゐないことはないぢやありませんか。……篠田さんだつて、お父さんの処から表向きに来るのが毎月三十円づゝ、それからお母さんの処から内処《ないしよ》で時々貰ふのを合はすと、一と月にや四十円になるんですもの。あなたよりか幾許楽だか知れやしない。』

かういつて、私に、並べ立てることも度々であつた。私は、次第に脳神経の疲労が劇烈になつて来るのを覚えた。夜半に突《だし》然《ぬけ》に眼が覚めて見ると、今まで少しも寝てゐなかつたやうに頭に疲れを感じた。さうして眼が覚めると、生活《せいくわつ》の取り着き場のないやうな心細い気がして、再び寝付かれぬ体に心地の悪い汗がジワ〳〵と滲み出るのであつた。

『あなた、今月は何うしても篠田さんの借金《かり》を払はなけりやなりませんよ。』

彼女が、身を斬られてゐるやうに顔を蹙めて言つた。

『どうして？』

『どうしてつて。あなた借りた物を返すのは当然ぢやありませんか。……だから同居人に金を借りるのはイヤだ。……あゝイヤだ。』

彼女は、何《なん》事か篠田に言ひ掛けられでもしたやうに、さも堪らなさゝうに身を苦しめるやうにして言つたことがあつた。

『そりや返すさ！』と言つたが、その理由《わけ》は、彼女も詳しく言はなかつたが、私も、つい書斎の事に心を奪《と》られてゐて深く訊ねもしなかつた。

それは、細井が、篠田の枕頭に手をやつて見たといふ話しのあつたより大分《だいぶ》前の事であつた。

でもさういふ話しを聞いてから、私は、一同《みんな》別々の室に入つて、これから寝やうといふ時、

『こゝを少し明けとかうかナ。』

私は戯談を言つて、自分の寝部屋の八畳と彼女《あれ》の寝る六畳と

の間の襖を少し明けて置かうとすると、

『そんな処明けとかなくつてもやうござんすよ。』と怒るやうに言つて、ピシヤリと閉めた。そんなことを私達がいふのを聞いて、四畳半では二人が何か言つて笑つてゐた。

　私達は、昼も夜も段々心と心が離れて行くやうであつた。さうして篠田や細井と私との離れて行くことも次第に距離が倍して来るやうに思つた。篠田とは、細井の来ないまでは、屢く私の方から誘つて湯などにも行つたが、

『篠田と湯に行かうか。』

と、私が彼女に言ふと、

『お止しなさい。』

『なぜ？』

『なぜでも……篠田さん、あなたと一処に行くのを嫌ふから……』

　それを聴いて、私は、一寸不思議に感じた。何故か、彼女は、私と篠田との間に入つて、段々垣をするやうに思へた。が、その理由《わけ》は解らなかつた。また強ゐて知らうとも思はなかつた。後日には一つ家にゐながら、私は篠田など〻顔を会はすことさへ少くなつた。――今から思へば、篠田自身、私に対して新しく或る嫉妬を感じて私の顔を見るのが気持が悪かつたのかも知れぬ。さうして敏感な彼女《あれ》が早くも篠田のその心持ちを飲込んでゐたのかも知れぬ。

　兎に角一同、私独りと遠ざかつて行くやうな気分が、あり〳〵と家の中の間毎々に支配した。その為に私は勉強も出来た。

　さういふ昼と夜とのつゞいた後のある日のことであつた。私は、奥の書斎で、毎時《いつも》の通り、読んだり書いたりしてゐたが、その時も、い〻加減飽いた時分になつて、散歩かた〴〵医者に行くつもりで起つて、水薬《すゐやく》の瓶をす〻ぎに台所の方に何の気なく歩いて行つた。

　先刻《さつき》座敷にゐて、篠田が学校から帰つて来て、例《いつも》のやうに裸《から》体《だ》を拭く為めに、水道の水をギヤア〳〵流してゐる音は、それとなく聞いてゐたが、篠田が戻つたナ、ぐらゐの他別に気にも留めずにゐた。

　すると、私が板の間に障子を明けて出ると、――其処から、三畳の間は、直ぐ見える。その三畳の間に、彼女が蒲団の代りに袷衣を額の処まで引被《ひきかつ》いで仮睡《ひるね》をしてゐた。篠田は先刻《さつき》汗を拭き取つた裸体《はだか》のま〻、其の傍に…………、矢張り仰向きに寝転んでゐた。――かういふことは、後日になつて、私が頭の中で、纏めて見たので、――私の足音が板の間にするのを聞くと、吃驚したやうに、………………跳ね起きた。今まで読書をしてゐて、極めて平静な気分でゐた私の方が却つてその挙動の為に驚かされた。染め返した不断着の仕立て下しの赤い袖裏を翻して押し遣りながら、私の顔を、知らぬやうな顔をしてチラ

リと見た彼女《あれ》の眼が、さながら体中の血が乱れてゐるかと思はれるやうに赤く充血してゐた。一寸私の顔を見ると、直ぐ両方の指先でその寝腫《ねは》れた眼を小擦《こす》つて、欠伸を一つした。………………………、二人とも黙つてゐた。

私は、一家の妻女《つま》ともある者が、例令何事もないにせよ、さういふ風に狭い部屋に…………横臥《ねそべ》つてゐるのを不体裁《ぶざま》だとは思つたけれど、自分の妻は捌けてゐて、洒落《しやらく》だから、そんな事は平気でするのだ。自分も、妻がさういふことをしてゐても、何とも思はぬくらゐ妻を信じてゐたから、私は、唯、あんまり好くない風体《ふうてい》で昼寝をしてゐると思つたばかりで、そのまゝ黙つて、水道の水を薬瓶に入れて、二三度振りすゝいで、戸外に出た。今まで読んでゐたサント・ブーブのデイローの評論のことを思ひ続けながら、例《いつも》の通り、胸突坂を下りて、早稲田々圃まで歩いて来た。すると、何ういふ心の機《はずみ》であつたか、ハツと不意に息詰つたやうに胸が苦しくなつた。…………?………、……………………?……と思はれた。さう思ふと、彼女が愛しくなつて、却つて、どうかしてゐれば好いといふやうな……惨酷な興味に刺激された。

『……さうかも知れぬ……』

と、私は、前後の無い言葉を独語に言つて、一寸突立つて小首を傾けた。さう思ふと、私は、復た俄かに胸がせき上げるやうに悲しくなつて、『可哀さうなことをした。彼女が其様な事をしたらうか。若しさうであつたら、自分は何うしやう?かけ換へのない者に、取返しの着かぬ汚点《きず》が着く。』かうも思へた。さうして言ひ様のないほど、自分の従来の妻に対する自信が傷けられたやうな気がした。自分は彼女を信じてゐる。口では仮令何とか斯とかいふことがあつても、心の中では、彼女《あれ》ほど、私の腹心を打ち明け、彼女《あれ》ほど安心して、自分の体や心を任せてゐる者は此の世界に他には一人もない。……それほど安心して信じ切つてゐる者にさういふことがあらう筈がない。……仮りにさうだつたらどうだらう?と取留めもなくまた考へ直された。それを思ふと、醜く自分までが汚《けが》されたやうで耐えられない。さういふ酷いことがあらう筈がない。斯う考へると、また彼女《あれ》が確乎《しつかり》した女のやうに思はれて、私は、変なことを思つてゐた。恥づべきはしたないことを思つてゐた。と、自分を誡《いまし》めながら、ついまた他の事に頭を使ふともなく使つて、医者に行つた。

暫らくして戻つた。自家に近くと、復た先刻《さつき》の疑惑が頭に浮んだ。今になつて、彼の時引返《ひつかへ》して様子を伺つて見ればよかつたと思つた。けれども何処までも追窮して見なければならぬほどの疑惑は生じなかつたのである。生じなかつたばかりではない。そんな疑惑は、唯それを思つたゞけでも自分の自信を傷け、彼女《あれ》との関係《なか》に何とも言へない汚い物を打つ掛けたやうな、厭な心持ちがした。

で、二人は何うしてゐるだらうかと思ひながら、凝乎《ぢいつ》と門に入ると、彼女は、毎日、よくその時刻にするやうに、襷掛けをして玄関に水を灑《そゝ》いでゐた。その様子が、私の疑念《うたがひ》の所以か、ワザと何気ないことを装ふてゐるらしくも見えた。けれどもその以上に、私は疑つて見るほど深い疑念を持たなかつた。

私の病気は、いつまでも治らなかつた。

『篠田さんが言つてゐた。「あなた……………………………………………………」篠田さんのお父さんの病気が…………に伝染つて、もう十年も治らないのですつて。五年も病院に通つたんですつて。』

二人は、さういふ事まで話すこともあると思はれた。女といふものも、自分の夫以外の男と随分立ち入つた話をするものであるといふことを承知してゐるので、私は別段さういふ話しを彼等がしてゐることに怪みは抱かなかつた。そんなことを若い男と話す彼女の無恥と無見識とを思つて見ないでもなかつた。が、他に話す対手の無い彼女《あれ》が、気のおけない身の上話しでもするには、その頃篠田にでもするより仕方がなかつた。男と女との間の下らない、それでゐて大きい意味を有つてゐるやうな事は、兄姉《きやうだい》などには話せるものではない。

『この間、私のことを話したら、篠田さん、さう言つてゐた。「あなた、まだ籍が入つてゐないんですか。さうですか、まだ籍が入つてゐないんですか」つて、呆れてゐた。六年も一所にゐて、それで何故籍を入れてゐないんですつて、聴くから、私と雪岡とは、後には別れるんです。と言つても篠田さん真個にしないの。』

『そんなことを篠田なんかと話さなくつてもいゝぢやないか。』

『話さなくつてもいゝぢやないかつて、あなた、私が何を言つたつて、「まあ可いさ、まあ可いさ。」と言つてゐるばかりぢやありませんか。……嘘ぢやない真個に別れるんです。と言つたら、篠田さん、ぢやあなた、今までどういふ考へで雪岡さんの処にゐたんです。つまらないぢやありませんか、奥さんにして籍を入れるかといふに、籍には入れないし、六年も七年も一処にゐて、それで後には別れるんだつて、そんな詰らないことはないぢやありませんか。あなた、自分の年のことを考へて見ない訳でもないでせうし、一体如何な積りで今まで唯居たんです。……さういつてゐた。篠田さんばかしぢやない。誰れだつて、私の事を話したら、呆れて了ひます。どう考へて見たつて、私がかうしてあなたの処に先々の目的《あて》もなく歳を取つてゐる、斯様な馬鹿らしいことはないんですもの。それも若い二十か二十一の者なら、そりやまた浮気でさうしてゐるといふ場合もありませうさ。私とあなたなんか既う浮気でかうしてゐる歳でありませんもの。……』

苦労性の先走つた考へを、またしては私に話してゐた。篠田に種々《いろ〳〵》な忠告めいたことを言はれるので、彼女《あれ》は、自分の今の境涯を倍々《ます〳〵》詰らないものゝやうに思つて来たのだらう。それには生活の困難が、私達には、何うい ふやうに身を置き変へても、何時まで経つても薄らぎさうには思はれなかつた。店を譲つた弐百円の銭は、その当座に、払はねばならぬ処に払つた残りがもう百円余りしかなかつた。その百円はもしも別れる時の用意に彼女の物にして置いた。彼女は、それを姉の処に預けた。先月の末には、その内から弐拾円、ある口術の下に取つて来られて、矢張り月々の仕払ひの方に融通せられた。

『先達つても弐拾円取つて来る時に、新さんが、お雪さん何にするのです？と不審を打つたのを、甘く欺して取つて来たのですもの。もう此度は言つて行きやうがありやしない。』

私が、他に工面が尽きて、仕方なくその銭の事を言ひ出すと、彼女は本気《むき》になつて拒んだ。

『困つた時には、少しは小銭の融通でも出来るやうな処から女房を貰ひたい。』

私は戯談らしく言つて熱い太息を洩した。

さういふことは、彼女の耳には少しも珍らしいことではなかつたが、この頃ではそれが刺のやうな刺激を彼女に与へた。鋭い屈辱の感じは彼女の薄手な顔の皮膚をピリ〳〵さするやうに見えた。私は、それに言ひやうのない傷ましい惨酷を感じながら、さう言つて突掛《つゝかゝ》つて行くより他に当り場がなかつた。

それから余り遠くない日のことであつた。私も彼女《あれ》も焦燥《いら〳〵》した面白くない心持ちで日を暮らしてゐるのが、些《ちよい》とした口の利きやうが気に障つたのが機会《きつかけ》で、蹴つたり噛み付いたりするやうな喧嘩になつた。

『貴様のやうな奴は、もう帰りやがれ。』

私は、突然両手で彼女の肩先を突いて、突き倒した。ストンと仰のけに畳の上に倒れた彼女《あれ》は、起き直ると、其処に突伏して襷を掛けてゐた両方の袂でシク〳〵眼を拭いた。小さい体が、一層小さく見えた。

『「草なんか取るもんか！」……何も其様な口の利きやうをしなくたつて可いぢやないか。私は、門の外が清浄になつてゐたから、それでこれは、お前が草を取つたのだナと思つたから、唯「草を取つたのかえ？」と訊いて見たゞけぢやないか。「草なんか取るもんか。」その言ひ様は何だ。』

泣いてゐるのを見ると、可憐《いぢら》しいやうでもあつたが、この日頃の、面白くもない膨れた面《つら》が胸を嚙むやうで、

『帰りやがれ！』

坐つてゐる奴を、また一つ蹴倒した。彼女は横さまに転びながら、傍に寄つて行く私を、両足を上げて無暗に蹴返した。後には私の方で浮戯《ふざ》けたやうに手足で搆つてゐたが、彼女《あれ》は起き上つて勝手の方に行つた。

丁度其処へ母親が水口から入つて来た。洗ひ物の仕残りをしてゐた彼女は、その顔を見ると、

『あツお婆さん、好い処へ来た。私、今日帰るからねえ、一寸新さんを呼んで来ておくれ。』

気分の疳走つた機会《はづみ》に、飛び付くやうに、さう言つて呼びかけた。婆さんは、有無を言はずに直ぐ出て行つた。

私は、新吉を呼びに遣つたりして本気《むき》になつてゐるのを揉み消すつもりで、プイと外に出て了つた。久し振りで訪ねた先はゐなかつたり、ゐた知人の家では面白くなかつたりして、もう気分が和らいでゐる時分だ。と思つて、私は日の暮れ方に戻つて来た。

『あなたが出ると間もなく新さんが来ました。……さうして怒つてゐた。「何だ、婆さんが息を急《せ》いて遣つて来て、話しがあるから直ぐ来てくれといふもんだから、急ぎの仕事を打遣つて来て見れや、肝心の雪岡さんがゐないなんて。一体どうしたんです。」つて聴いたから、私もう此処の家を出て帰へる積りですつて、種々《いろいろ》話しました。……何処に行つたのか、晩には雪岡さんも帰つて来るでせうから、また晩に仕事を済ましてから出直すと言つて帰りましたから、また晩には来るでせう。あなたも何処へも出ないで、よく話して下さい。』

学生達は早く夕飯を済して出て行つたらしい。毎時のやうに、私に夕飯を食べさしながら、彼女《あれ》がさう言つた。

『新さんが怒つたつて、何も私の方から呼びに遣つたんぢやない。お前が、婆さんを、勝手に遣つたんぢやないか。新さんが晩に来たつて別に私には話すことはない。』

『あなたは、また其様なことを言つて、話しを他へ外らさうとする。今日、あなたは私に帰れと言つたぢやありませんか。……まあ可い、貴下と私とぢや何時まで話してゐたつて、これまで話しに定りの着いた例《ためし》がないんだから……晩に新さんが来ますから。』

新吉の前で、彼女《あれ》は味方を得たやうに、能弁に任せて私の活計《くらし》向きの不如意を並べ立てた。

『まあ其様なにお雪さんばかり口を利いてゐたつて仕様がない。雪岡さんの言ふことも少しは聴かなけりや。』

最初《はじめ》は成るたけ穏便に事を治めやうとするやうな口を利いてゐた新吉も段々お雪の話すことに耳を貸して来た。

『これまで六年も七年もゐる間、此処の家の生活《くらし》が何様なに困つてゐるといふやうなことを、姉にだつて貴兄にだつて委しく話したことはありやしません。……困ると言つたつて、貴兄の家の困るといふのとは違ふ……それはたつた拾銭《じつせん》のお銭《あし》さへ無いことが幾日《いくか》も続くやうなことは始終《しよつちう》なんですもの。』彼女《あれ》は、一も二もなく私の無能を立てつゞけに訴へた。

『それぢや仕様がない。』新吉も呆れて太息を洩した。『そりや、これまでも雪岡さんのことに就いて種々《いろいろ》お雪さんから聴くこともあつたけれど、そんな拾銭の銭にも困るやうなことは今始めて聞く。……今日の話は今日の話で何とか形を着けねばならぬが、……雪岡さんも、も少し元気を出さねば不可ません。吾々のやうに教育のない人間だつて、あゝして仕事を引受ければ、それだけの責任を果すだけのことはしてゐるんだから、其処になると、雪岡さんなんか銭の掛つてゐる身体だ。あなたのお国に対したつて済まない。』

新吉が、私達の身の上に事が持ち上つて何か話しに来た時にこれまでも度々言つたやうな尤もらしいことをまたしては繰返へした。

『さうですよ。私もそれを言ふんですけれど、私なんかの言ふことは聴かないんですから。……』

『聴かないんぢやない。身体が悪いから思ふやうに出来ないんぢやないか。』私は口でさう言つたが、腹の中では、処世の困難分けても文壇に生活する者の排擠嫉妬の険しさに戦慄を感ぜずにはゐられなかつた。彼女《あれ》の言ふことを無理ばかりとも思はなかつた。

『そんなことを言ひ合つてゐたつて果しがない。それで今日の話しはどうするんです？』新吉は話しを急いだ。

『どうするつて、私はもう帰るんです。』

『イヤ帰さない。』

私は、生活《くらしむき》の不如意の為に別れねばならぬ自分達の惨酷《みじめ》な境遇を自分で哀まずにはゐられなかつた。私の胸は、種々《いろん》な憤懣の情に充ち〳〵た。種々な関係から自分を害せる者のことがさういふ話しをしてゐる間にも私の目に浮んだ。

『あなたが帰さないと言つたつて私は帰る。籍に入つてゐないんだもの。私の身体さへ持つて行けばいゝんだ。帰らうと思へば、今に今だつて帰れるんだ。』彼女はいよ〳〵手強《てごは》に言ひ張つた。

私は先刻《さつき》から何とも名状し難い屈辱に胸を締めつけられてゐた。さうして従来も珍らしくないさういふ紛々《ごた〳〵》の持ち上つた時のことを思つて、初めから見くびつてゐたとは案外に、彼女《あれ》の決心の底に気味の悪いほど冷い物が密んでゐて、それはもう私の力では何うともすることの出来ぬやうに感じられた。

これまでは、何様な口争ひをしたつて、何方かゞ半日も外に行つて来れば、夕飯は復た毎時のやうに食べられたのであつた。

小供の頃夏季河に泳ぎに行つて、脚の達かぬ青い深淵《ふち》の底にもぐつて行くと、其処には上層を流れてゐる水と違つた冷い水があつて、それが肌に触るとゾツとするやうな戦慄を覚えしめた。私は、彼女の此度の決心の底に丁度さういふものを聯想した。さうしてその冷くなつてゐる心を感ずると、急に何とも言へない孤独の寂寞《さびしさ》に襲はれた。屈辱と寂寞とは、私をしてその晩始めから私の口数を少くせしめた。

『別れるんなら、別れるんでいゝから、私が斯様なに困つてゐる時に別れなくたつて、今にも少し何うかなつて、それから別れたら可いぢやないか。』

私は二人に哀願するやうに言つた。私は真から別れる気はなかつた。

『今にも少しどうかなる〳〵つて。あなたは年中言ひ暮らしてゐて、今まで一度だつて、どうにもなつた例《ためし》がないんだもの。私はもうあなたに何うにもして貰はうとは思はない。それよりあなたも一人になつて、もつと名を売るやうに勉強なさい。さうして貰ふ方がいゝ。私はまた私で、どうにかしたら、女一人食べて行けないことはないだらう。』

話は一仕切り二人の間に激するかと思へば、また和《なだら》かになつて行つたりした。私のどうしても別れないといふのに対して、

『ぢや籍をお入れなさい。』彼女は言ひ張つた。『あなたは、籍にも入れない。人を唯引着けて置きたい。そんな自分に都合のいゝことばかり考へてゐるんだもの。少しは私の身のことも考へて御覧なさいツ。』

『さうぢやない。籍を入れないたつて、ナニもさういふわけで入れないんぢやない。そんなことは何時だつて半紙に字を書いて判を捺しさへすれば済む。そんなことで心を繋いだり切つたりする足にやなりやしない。国の家で何と思つてゐるか分らないたつて、何とも思つてゐないくらいなら、六百円も七百円もお前に店をさす銭を出してくれる理由がないぢやないか。』

その晩に新吉の仲裁で、兎に角月の末まで後十五日間私の考へる余裕を残すことに話しを定めた。

『さうお雪さんのやうに、一人定めに前後の考へのないことを言つたつて仕様がない。何と言つたつてこれ、雪岡さんの考へが肝心だ。男の顔も立てねばならぬから。』

新吉は、さう言つて両方を宥めた。

『前後の考へがないことはありません。この人が仮令何と思つて居らうとも私はもう帰るんですから。』彼女は、本気になつて、何処までも緩みのない決心を言ひ張るのであつた。

それから十五日ばかりは、平常《いつも》の通りの日が経つた。私には改めて考へ直すこともなかつた。たゞさうしてゐる間に、彼女の心が自然に和ぐのを待つより他はなかつた。けれどもそれは無駄であつた。

『篠田さん、話しが何うなりましたつて、時々心配して聞いてくれる。』彼女は、そんなことを言つてゐた。

私には、篠田が蔭で相談対手になつてゐるらしい心持ちがしないではなかつたが、それを明瞭《はつきり》と心に思つて見るのも何となく不快《いや》であつた。

月末になつて、新吉は、内々彼女から行つて話しても置いたものと思はれて、約束の通りに話しに来た。

『私の方では、もうこの間二人の言ひたいだけのことは十分聴いてゐるし、此方《こつち》の意見も述べてあるんですから、今日はもう雪岡さんの決心が何う着いたか、それを聴きさへすれば可いんですから。』

新吉と彼女とは、私が、別れないのならば、直ぐ国元へ入籍の手続きのことを言つて遣るやうに迫つた。

私の話しは、この前の時と同じやうになつて行かうとした。

『あなたが、幾許別れないと言つたつて私は別れる。もう籍になんか入れて貰はなくつても可い。却つて身体を縛られて不可い。』彼女は、いきり立つて言ひ張つた。

『ぢや私が出て行く。あなたが、帰さないと言つたつて、私が勝手に出て行つて隠れたらどうします。まさか私の身体をあなたが綱で縛り着けて置くことも出来ないでせう。……何時だつて私は隠れやうと思へば隠れられるんだ。あなたが始終《しよつちう》私の傍に付きつきりでゐることも出来ないでせう。』

三人で囲んでゐる大きな瀬戸の火鉢の縁に両手で獅噛《しが》み付くやうにして一念を徹《とう》さうとした。

『そんな自暴なことがあるもんか……これまで私に何様な落度があつたにしても、お前これまでの事を考へて見ろ。いくら不足があつても兎に角六年といふもの一所に食つて来たぢやないか……』

『食ふくらゐの事は、女一人何処にゐたつて食へる。何ぞ言へば食してやつた、食してやつた。女一人好き自由にして、食はすぐらゐ当然《あたりまへ》だ。私の方では、その代り無駄に年を取つた。』

『それが自暴だ。』

『自暴ぢやない。もう長がう短かう言つたつて同じ事だ。……兎に角あなたが、何と言つたつて、大臣を呼んで来たつて、誰れを呼んで来たつて、どうしても私は帰る。』

掌《てのひら》で火鉢の縁を叩いて息《いき》切つた。

『あなた、自分の家内が…………………………、気が着かないんですか？』

焦れ〳〵して私に食ひ付くやうに言つた。

先刻《さつき》から黙つてゐた私は、ハツと胸を打れた。

『知つてゐる。』私は中音《ちうおん》で煮え切らぬ言ひ方をした。

『知つてゐるつて、何を知つてゐるんです。……何を知つてゐるんです。……サア言つて御覧なさいツ何を知つてゐるんです。』引絡《ひつから》んで毒づいた。

『お前が今、自分で言つたことを。』私は口籠りつゝ疑ひを持つた調子で言つた。その場になつてもまだ私は彼女を汚《けが》して考へることがどうしても出来なかつた。

『お前が今、自分で言つたことつて。何の事です。それを言はなきや分らないぢやありませんか。……ハ、、、あなたの言つてゐることは些《ちつ》とも分りやしない。』私を冷笑した。

長い間沈黙してゐた新吉も理由《わけ》分らずに、それに連れて嗤つた。

『ぢや、兎に角帰れ。』私も、そんなに心の遠く離れてゐるものを強ゐて引留めても仕方がないと思ひ諦めた。

その晩も篠田は何処かへ行つてゐた。細井は夜学に行つてゐた。

翌朝、私が目を覚まして流元へ顔を洗ひに出ると、彼女は、釜の前に踞がんで、飯の煮える番をしながら煙草を吸つてゐた。篠田もその傍に同じやうに並んで、…………………………………………。私が其処に顕はれると、……………………、篠田は四畳半に入つて行つた。母親の処へ帰つて、其方で二人の学生の世話をすることを前から言つてゐた。

『昨夜の話しはどうなりましたつて。篠田さんよく心配して訊ねてくれる。あなたなどよりか余程《よつぽど》私に同情してゐてくれるか分らない。』

そんなことを言つてゐた。

『昨夜の話しはどうなりましたつて。お前が言ふやうになつたんぢやないか。』私は、さう思つたが、横擦りを啣《くは》えながら、まだ十分目覚めた気持ちになり切らないので、それを口にするのも控へた。

二人を学校に送り出して置いて、彼女は一人で、ゴテ〳〵今日持つて帰る自分の物を取り纏めてゐた。荷物は日の暮れ方に椅子屋の小僧が荷車を持つて来ることになつてゐた。

私は、彼女が朝から一人で大きな蒲団の包みを縛つたり、自分が持つて来た瀬戸物を撰《え》り分けたりしてゐるのを惨酷な心持ちで打遣《うつちや》つて唯見てゐた。

『かうして形付けて見れば、大抵私の物だ。後にはもう書籍《ほん》と雑誌の入つた行李ばかりだ。』

彼女は疲びれた脚を投出して煙草を吸つてゐた。

私は、箪笥をにじり出した跡だの、がら明きになつた幾つもある戸棚などをつまらなさゝうに見て廻つた。

『それでも、お前長い間、よくしてくれたなア！』私は戸棚に顔を突込んだまゝ、さう言つた。

『今になつて其様なことを言つたつて仕様がない。』彼女は跳ね除けるやうに言つた。

『あなた方のランプは私が、後から持つて行つて上げます。』

篠田と細井は銘々荷物を一つ車に積んで一足先に出て行つた。

それから三日ばかり経つて、私は、行つて見たくなつて喜久井町の家に行つて見た。その家は丁度二年ばかり前まで私達の住んでゐた家であつたのを、私達が他へ移る時、もう度々の引越しが臆劫だからといつて、老婆さんだけがそのまゝ其処に居残つてゐたのであつた。

私が、門を入つて、毎時老婆さんの部屋にしてゐた玄関の左手の四畳半の縁側から、何の気なく、

『お婆さん、今日は。』

と言ひながら上つて行つた。すると、老婆さんが、少し急《せ》いたやうな、大きな声を揚げて、

『おい、お出なすつたよ！』

とか、何とか言つた。

　私は、

『何処にゐるの?』

と言ひながら、その四畳半にもゐないので、其室《そこ》を通り抜けて、台所の板の間に続いてゐる襖を明けて奥の六畳に、入つて行かうとすると、私が、まだその襖に手をかけぬ間に、突然内から彼女が其処を明けて出て来て、部屋の内を押隠すやうに、後手に、直ぐピシヤリと音を立てゝ襖を締切つた。さうして自分は、襖に脊《せな》を付けたやうにして、寝起きの充血した眼を両手でこすつてゐた。其処はその奥の六畳からも台所に出入りする三尺の口になつてゐて、襖は一枚きりであつた。私は、…………

………………………………………………………………………………

……黙つて一寸の間彼女の様子を見てゐた。彼女は、寝ぼけたやうな声をして『おいでなさい』と一口言つた。眼をこすつてゐるから、まだ私の顔を見ないのだが、ワザと長く眼を、さうしてゐて、密《そつ》とあはてた心を取直してゐたのかも知れぬ。

　それから私は、直ぐ後に引返して、四畳半から玄関の二畳に廻つて、表の六畳の方から行つて見た。其室では、細井が、声を揚げて英語の音読をしてゐた。

　すると、篠田が、奥の六畳から、…………出て来て、

『おいでなさい!』

と、変な顔をして愛相笑ひをしながら言つた。

　その時その六畳と六畳との境の襖が元から明いてゐたか、明いてゐなかつたか。私もそれは気が着かなかつた。もし締つてゐても、私が其方《そつち》へ廻つて行く間には、篠田が明ける時間は十分にある筈だ。

　すると彼女は其処へ戻つて来て立つてゐたやうであつたが、私には直ぐには何にも言はなかつた。私も何にも言ふことがなかつた。で、私が突立つたまゝ気味悪さうに其処を何時までも見入つてゐるので、それを見て取つた彼女は、矢張《やつぱ》り黙つたまゝ、落着いて其の枕を取上げて押入れに仕舞つた。

　私は、どういふわけか、先刻《さつき》から気になつてゐたことに就いては、其様なに心を奪れてゐながら何事にも口に出さなかつた。出すことが出来ないくらゐ独り胸の中で思ひ詰めてゐたのだ。はしたない事を口に出すのが、学生等に対して、私自身の估券を下げるのも心苦しい。

　それから私は、静かに縁側に立ち出て庭の方を見廻した。六月初旬の、鬱陶しいほど繁《しげ》茂つた青葉が、この頃から滅切り強くなつた太陽の光りを遮つて、一面に青苔の着いた古い土に黄《あさ》緑《ぎ》の光線が縞のやうに幾筋となく射しかゝつてゐる。箒いてばかりのやうな庭には木の葉一枚も散つてゐない。

『清浄だなあ!……実に清浄だ!』

　私は、しみ〴〵庭に見入つた。借家とはいひながら、私達が其家《そこ》に住み初《そ》めてから五年越になる。彼女が私の処から出て戻

つて自由な独身を老母《はゝおや》の家に落着けると、自分のものを大切にするやうな心持ちで其処等を小綺麗にしてゐる。私の処から此の間、自分の箪笥や蒲団の包みと一緒に荷車に載せて以つて戻つたコスモスなども庭の垣根に植ゑてゐる。

私は、一人で不自由な思ひをしてゐる自分の家のことを思つて、彼等が其様なに気楽さうにしてゐるのを不当なやうに思つた。さうして唯何となく心が楽しまなくつて、私は詰らない気分になりながら、

『どれ、もう帰らう。』

と言つて出て戻つた。彼女は、

『さう。ぢや、またお出でなさい。』

と言つてゐた。

自家に戻つて見ると、大きな家の中が、薄暗いやうに思はれた。ラムプを点すのも怠儀だ。今日は婆さんも来てくれなかつた。朝お茶の湯を沸す為に火をおこした燃き付けが、そのまゝ手もつけられぬやうに流し元や土間のまはりに散らばつてゐる。私は外に出て夕飯を食べて来た。

その夜、私は夜半にフツと目が覚めた。気が着いて凝乎《ぢいつ》と考へて見ると、家の中には自分独り寝てゐるだけだ。さう思つてゐると、昼間の喜久井町の家で見て来たことが、冴へて疲れた頭の中に微細《こまか》い処まで明歴《まざ》〳〵と浮び上つて見えた。さうしてゐると、…………暗《やみ》の中に見えて、彼等は、

『……………………。』と思へた。さう思ふと、今まで彼女が言つたこと、私の眼に触れたことが何も斯も其れを証明してゐるやうに思ひ做されて、私はムラ〳〵となつて、嫉妬に胸が燃えて来た。私は、静《じいつ》と落着いて寝てゐられなくなつた。さうして蒲団の上に起きて坐つた。意思が鈍つて自然に開いた口の中から火を吐くやうな熱い太息が出た。

『あゝ、さうだつたのだ。さうだ〳〵。それに違ひはない。それに違ひないものを、どうして疑はなかつたらう？』

何とか斯とか不足がましいことを年中彼女に面と向つて言ひ暮してゐながら、元々彼女の懐中に入つて行つて甘つたれるやうに、何も斯も投げ出して信頼してゐる自分が、仮めにも妻にさういふことが有ることを、たゞ思つて見るのさへ何とも言へず厭な気持ちがした。あんな…………………………………………、永い間に深く〳〵結ぼれて来た二人だけの秘密な、思つても楽しい、安心な関係を、全然《すつかり》嘘にして了つたやうな気がした。

四月以来幾度か疑へば疑はねばならぬ場合があつたのを、彼女を信じ彼女を庇ふ心持ちが始終自分の心に纏綿としてゐたものだから、強ゐて疑ふことを為得なかつたのだ。疑ふのが彼女を汚すやうな心持ちがしたから、疑ふのが厭であつたのだ。さう思ふと、頭がグラ〳〵として、今にも心の調子が狂ひさうで心配でならぬ。独りでゐて、もし卒倒するとか、気が狂れると

かいふやうなことがあつたら、どうしやうと思ふと、何とも言ひやうのない寂寞が真暗の中からゾツと身を襲ふて来る。此処で斯んな遣る瀬のない思ひをしてゐるのに、喜久井町では、…………暗の中に刮《くわつ》と見開いた眼に、活動写真でも見てゐるやうに纏りもなく種々《いろ〳〵》に映つて来る。

『さうだ。それに違ひない。』

私は、唇を食ひ締めながら、腹の中で言つた。さうして何処までも彼女を清浄な者に思ひたいのを、強ゐて疑ふやうに、残忍な心持ちになつて、意思を強めやうと努めた。

さう思ふと、もう寝てはゐられなくなつた。私は、首肯きながら、起き上つて枕頭のラムプを燈し、着物を着、机の上のナイフと、火鉢の処に行つて火箸を取つて袂に入れた。それから鳶を被つて、水口から静《そつ》と戸外に出た。頭の心が火を入れたやうに火照つてゐるのが、梅雨模様の湿つぽい夜の空気に触れてヒヤ〳〵とする。一向時刻が分らぬが、二時を少し過ぎてゐるやうに思はれた。夜の二時と三時との間が一番寂しい丑満時だといふことを思ひ起して、ゾツと五体《からだ》に寒気がしたが、昼間喜久井町の……………………………………思ひ込むと、早く其処に行つて見るのが、痛い傷に触つて見るやうな、また何とも名状し難い本能的の興味を刺激するやうで気が急けた。

黒い雲が圧被《おつかぶ》さるやうに低く垂れ下つて田中邸の厳しい石塀の外は死んだやうに閴寂《ひつそり》と静り返へつて、明い電燈の光で狐疑するやうに上から凝乎《じいつ》と樹《こ》の下暗を窺いて見たけれど、胸突坂には誰れも上つて来る者はないらしい。私は元気を出して降りて行つた。自分の耳が種々《いろ〳〵》な響を立てゝ鳴つてゐるのが分る。江戸川縁に出ると、早稲田々圃に一面に揮り蒔《ふ》いたやうに蛙《かはづ》の鳴声がしてゐる。

早稲田町の通りまで来ると、向からコツ〳〵と靴音を立てゝ巡査がやつて来た。私は始めて吾れに返つたやうになつて、『これは悪い処で出会《でつくは》した。どうしやう？　後に引返《ひつかへ》さうか。』と思つたが、それでは却つて好くなからうと思つて、颯々《さつ〳〵》と傍を通り過ぎた。さうして一二間行くと

『こら！……おい！』

と巡査は振返つて呼び止めた。

私は

『はあ！』と立停つて其方《そつち》を向いた。

巡査はツカ〳〵と傍に寄つて来た。さうして此度は言葉を鄭寧にして、

『今時分何処に行きます？』

『えゝ、家内の老母《はゝ》が急病だと言つて来たものですから、其処に行きます。……夜中《やちう》に急病人が出来て誠に困つて了ひます。』と澱みもなく言つて除けた。

私は、巡査が、何処に行くかと訊ねてゐる間にこれだけのこ

とを思ひ着いた。さうは言つたが、若し袂を検べられたら、何うしやうかと心配した。ナイフは差支へないが、火箸を持つてゐる。それで戸をコヂ明けやうと思つたのだ。

『あゝさうですか。……病人が居るのは何処です？』

『すぐ其処の喜久井町二十番地です。』

『貴下は何処から来ました？』

『私の家は小石川の関口台町です。』

『何方を通つて来ました？』

『田中さんの脇の胸突坂を下りて、早稲田々圃を通つて来ました。』

『あゝさうですか。それぢや宜敷い。』

と言つて、巡査はまた向をむいて歩き出した。私は、ホツと思つた。

　喜久井町の家の門は毎時締めつ放しであつた。けれども気が咎めて、その時は、それを明けるのさへ音を盗むやうにして静《そつ》と明けた。さうして庭の方を廻つて、戸袋の処の鉢前の傍に行つた。かねて古耄《ふるぼ》けた戸といふことを熟《よ》く知つてゐるから、戸と戸との間に、その火箸を差し込んで私《そう》ツとコヂ明けやうとして見たが、方々種々《いろ〳〵》にして見たけれどどうしても明ない。

　私は、五体中冷い汗が滲んだ。暫らく其処に突立つて、何か家中《うちんなか》で言つてゐないか。彼女と篠田とが私々《ひそ〳〵》言つてはゐないかと、呼吸を殺して静《じいつ》と耳を澄したが、何にも聞えない。遠くの方で蚯蚓の鳴く声が微《かす》かに連続して聞えるのが一層夜を静にする。さうしてゐると、これも矢張り、何処とも知れぬ遠くの方でドーンといふやうな鈍い太い音が一つした。それから倍々夜は静寂《ひつそり》としたやうに思はれた。

　戸袋の方に奥の六畳がある。其処には彼女が寝てゐるに違ひない。篠田と細井は隣りの六畳にゐるのだ、二人とも今其処に寝てゐるだらうか、寧そドン〳〵戸を叩き起して、このまゝ序でに彼女の処に泊つて行かう。自家ぢや私独りで寂しくつて、到底睡ることが出来ない。どうしても寝られないから、ワザ〳〵起きて此処まで来た。どうぞ傍に寝かしてくれ。さう言つて彼女を起して頼んで見ようか。

　と、私は、泣きたいやうな頼りない心持ちになつたが、何だか……………………其処に来て寝てゐるやうに思はれる。

　さう思ふと、矢張り叩かずに私《そう》つと音を盗んで家の中の様子が探りたくなつて、再び火箸で戸の間をコヂた。廻り縁になつてゐて、戸は十枚もあつた。庭を彼方《あつち》行つたり此方《こつち》行つたりして、方々の戸の隙をコヂて見た。自分が其処に住つてゐた時分には、毎時不用心な戸締りだと言つてゐたが、戸外から明けやうとするとなか〳〵明かない。戸袋が縁側の端と端とに二つあつた。其処の処には心張り棒でかつてあつた。さう思つて、戸袋の処の隙間に火箸を入れて、その棒を撥ね落さうとして種々《いろ〳〵》にして見たが、それも落ちない。段々あぐねて仕舞には大きな

音を立てた。すると

『あれ！貴下方起きて下さい。何か来た！』

彼女が自分の六畳から叫んだ。私は、ハツと吃驚してハタと手を休《や》めた。

『えツ？何うしたんです？』

表の六畳から呼び返した。私はそれを聞くと、覚えず逃げ足になつて少しく後に寄つた。その声は篠田の声らしかつた。篠田は自分の寝床に寝てゐる。さう思ふと、今まで息苦しいまで苦しかつた胸が俄に軽くなつた。さうしてもし戸を明けられては、と思つて、そのまゝスタ〳〵駆出た。後から追掛《おつか》けて来はせぬかと気使はれて、三つ四つ角を曲るまで後をも見ず一息に走つた。短い夜がそろ〳〵白みかゝつて来た。帰途は迂廻《まはりみち》して音羽の橋の処まで来ると牛乳屋に出会つた。

自家に戻つたが、留守は何事もなかつた。まだ早い。それから、篠田が別の部屋から声を立てたので、少し疑念《うたがひ》が晴れたやうな心持ちになつたので、それを思ひながら強ゐて安心して快く寝やうと思つて、急いで蒲団の中に入つたが、神経が極度に興奮してゐて少しも眠られない。唯非常に身体の疲労を感ずるばかりである。

時計がないので分らないが、七時近くになつて、遂々眠らずに起き上つた。昨日の晩椅子屋に手紙を遣つてあるので、向が何とか言つて来るかも知れぬが、気が苛立つて今朝其処へ行つて見ねば、此のまゝ斯うしてゐたのでは、何をすることも出来ぬ。過労して眠ることさへも出来ぬ。唯起きてゐるのが苦しい。

椅子屋に行つて見た。正直な姉は何事か持上るのを気遣つてゐるやうな顔をして、積み重ねた西洋家具の間から出て来て、

『今朝あなたの手紙が着きました。小僧に今お雪の処に持つて行かしてお雪にも見せてゐるのです。……自家でも怒つてゐます。』

私を和《なだ》めるやうに、顔を和《やはら》げて言つた。

私は、その時直ぐに新吉に面と向つてさういふ話しをするのが、面伏《おもぶ》せなやうな気がして、

『さうですか。まあ私も、一寸喜久井町へ行つて帰途に寄りますからさう言つて置いて下さい。』

さう言つて置いて喜久井町に行つて見た。二人がゐる処へ行つて見ねば落着いてゐられない。

私が門を入る処を、婆さんは早く認めて、

『そら来たよ！』

悪漢が押掛けて来たのを警告するやうな語調で叫んだ。

その恐怖を帯びた言葉を聞くと、私の方でも自然に悪漢になつたやうな気持ちがした。さうして凝乎《ぢいつ》と狙ふやうに家内の動静を窺つて、四畳半の縁側の前に突立つた。覚えず、畳んだ雨傘《からかさ》の轆轤の処を強く握つて、斜《はす》に構へた。

すると老婆さんの声を聞いて彼女が姿を顕した。さうして私の穏かならぬ様子を見ると、四畳半の奥の方から、用心したやうに立つたまゝ、

『あゝ、来てゐる！……』と、気味悪さうにジロ〳〵此方を見てゐたが、突然白い歯を見せて、眼を刳《む》き『イー……イー……鬼！鬼！〳〵〳〵〳〵』と、口が怠くなるまでヒステリカルにそれを繰返した。

さうして、奥の方に引返《ひつかへ》して行きながら、『あなたが新さんの処に言つて越した手紙はもうチヤンと見てゐる。読んで聴かさうか此処にある。』と憎々しげに言つて六畳の方の簞笥の方にツカ〳〵と入つた。私はそれに続いて行つた。

彼女は用簞笥の抽斗から、その手紙の畳んだ奴を取出しながら、

『さあ！読んで聴かさうか、……貴下方もお聴きなさい。』笑談《じやうだん》にしやうとするやうに、照隠しらしう読みかけた。

篠田は其処の奥の六畳の縁先に趺坐を搔いて煙管を持つてゐた。恐怖に顫へた真青な顔を此方に向けて、白い歯を露し何とも言へない苦笑をしてゐるのが、鋭く私の眼を射て嫉妬の疑念《ぎねん》を刺戟した。あんな顔をしてゐるのは大方今まで其処に二人で差向つて坐つてゐたのだらう。細井は表の六畳で机に寄つてゐるらしい。

私は、自分達の端《はした》ないのを二人の前で見せるのを恥ぢて、『おい、こら！読むのは止めなさい！』あはてゝ詫びるやうに制した。自分で其様なことを持ち上げてゐながら、いよ〳〵といふ処になつて、私は意思が弱い。

彼女は、私が、さういふやうに下手に出るのを、ワザと嵩に掛つて、手紙の肝腎な処を少しく読んで、『……………………………』と、他人《ひと》の空事のやうに、大きな声で強ゐて笑ひながら言つた。

篠田は先刻《さつき》から、趺坐のまゝ丁度其処に打着《うつ》けられたものゝやうに静《ぢつ》として動かずにゐる。極度の驚愕《おどろき》に度胆を抜かれて声も出せないのである。そんな場合にも篠田の様子に注意の眼を怠らなかつた私は、十分に疑惑の真相を観破つたと思つた。さう思ふと、……………………………意識が苦しく私の胸を締め付けた。と同時に篠田の、その声をも出せないまでに驚いて、アングリと歯を露はしたまゝ恐怖に神経の顫動してゐる顔を此方に向けてゐるのを見ると、それが私の弱い心を衝いて、何となく哀感を生ぜしめた。

『篠田君には済ない。君には関係はない。私は此女に言つてゐるんだから……』私は、弱くなつて道理の通らないことを言つた。

『篠田さんに、何故関係がないんです？……篠田さんに、何故関係がないんです？』彼女は、さう言つて言ひ掛つた。

『ウム……』私は、何にも言へなかつた。

すると隣室から細井が顔を出して、『何を言つてゐるんだ？』田舎臭い東京訛りで、私に喰つて掛るやうに言つた。細井のことは、関口台町の自家にゐる時から、二人きりの時、彼女は、屢く私に向つて『細井はブツキラ棒の間抜けだ。』とか、『まだ、あれこそホンの世間知らずの書生ツポだ。』とか『細井の家は篠田の家ほど良かアないんですよ。』とか言つて噂をしてゐた。私も細井は好まなかつた。

　その細井などに、つい二三日前まで自家に置いて貰つたことをも思はないで、無礼な口の利きやうをすると、癪に障つたが、かねて自分の甥を初め中学生の生意気な奴の態度や口吻には嘔吐を催すほど嫌つてゐるのだから、こんな奴と、血相変へて口を利くと思へば、ひどく自分の誇りが傷けられたやうな気がして、私は其れには黙つてゐた。暫らくして半《なかば》その場を静めるやうに、

『まあ可い〳〵！これから椅子屋に行くんだ。見てをれ！』と言つて出やうとした。

　彼女は、私の強ゐて言はない態度《やうす》を見て強くなつたやうに、ワザと冷笑しながら私の後を追ふて来て『何だ、人の家にツカツカ上つて来て、……何にもいふことがないだらう。』

『……前には貴下がゐた家でも、その後は、私が二年も家賃を払つてゐたから私の家ですから……』老婆さんも一処にくどくど言つた。

　椅子屋から二度も三度も小僧を遣つて、お雪を迎へて来た。我儘を言ひ張つて、来ないと言つたのを、強いて連れて来たのだ。それから二階で姉夫婦と私達と四人で話しをした。

　私は三人の前で昨日喜久井町で見たことから、まだ関口台町にゐた時分の疑念《ぎねん》のかど〳〵を言ひ並べた。奥の三畳で昼間袷衣を被つて寝てゐた時のことを話しかけると、黙つて聴いてゐた彼女は、

『嘘々々々々々々……』と、ヒステリカルに口を尖《とんが》らして、私の言ふのを暴横《やけ》に言ひ消さうとした。

『お前は黙つて聴いて居れ！姉さん達二人に聴いて貰ふんだ。……細井が夜半に眼を覚して、篠田を呼んで、手で探つて見ても、ゐなかつたので、翌朝その事を篠田に話したら、篠田が怒つてお前に話したと言つて、お前がまた私に話したぢやないか。今でこそ斯様な見《みつ》ともないことを言つて来たが私はよく覚えてゐる。あの時お前と二人きり差向ひで御飯を食べながらお前が其の話しをした時に、私は唯笑つて『さうか〳〵』と聴いてゐて、これツぱかしも疑はなかつた。今から思へば、お前は、唯笑談のやうに言つて私が何か思つてやしないかと思つて、私の気を引いて見たのだ。』

『そりやア其様なことを言つたかも知れん。けれどもその時は、大方寝入つて頭と脚と反対《あべこべ》になつてゐたんだらう。と言

つたら貴下もさうだらうと言つたぢやありませんか。』

『そりや、私は知らぬから、そんなことだらうと言つたさ。だから少しも私は疑はなかつたと言つてゐるぢやないか……』

『そんなら疑へばよかつたに……』彼女は、さう言つた。

『何だ。……そんなら疑へばよかつたに……其様な暴横なことを言ふな。私は疑つて可い場合は幾許もあつた。けれども私はお前といふものを疑ふ気には、どうしてもなれなかつたのだ。……』

『ナニ其様な遠慮は入らない。そんな疑ふ場合が多かつたら、疑つたらよかつたと言つてゐるぢやありませんか。』戯弄ふやうに鼻の尖で嘲つた。

彼女は、私との間に何か事件《こと》が持上つて姉夫婦の前に出ると、駄々ツ児のやうに気が強くなつて暴横を言つた。

『暴横糞をいふな！』

『ホヽ、誰れも暴横糞を言つてやしない！』

『関口台町にゐた時分のことも、昨日喜久井町であなたが見たといふことも、唯あなたがさう思つたゞけでせう。』姉は和《やはら》かに慰めるやうに言つた。

私は、自分の想像の放縦《ほしいまゝ》なことを思つて見て、さういはれると、ちよつと自分の眼で見たことを疑つて見る心になつたが、どうしても疑ひを容れない事実である。

私は、真実《ほんとう》に相違ないものを、見すく架空なことのやうに言ひ消さうとせられるのが無念で堪えられない。暫らくは何事《なん》にも言へなかつた。

『あなたも少し考へて物をお言ひなさいツ。……幾歳になると思つてゐるんです。既う三十を疾《とう》に通り越した男子《をとこ》ぢやありませんか。……篠田さんだつてお国は立派な家の息子さんといふぢやありませんか。あなたとは十も十五も違ふ、まだ学生を対手に迂闊《うつかり》した口を利いてゐると、あなたの方で、立派な家の息子さんに傷を着けることになりますよ。……私のやうな斯様な不幸な者は、何と言はれて傷を着けられたつて、どうせ最早出世の出来ないやうに生れて来てゐるんだから、どうでもいゝが、篠田さんも、国に帰つてお父さんの家督《あと》を継げば明日の日にもお嫁さんを貰はねばならぬ人だ。親達に、倅に傷を着けられたと言はれたら、貴下は何うします？……貴下の家だつてさうぢやありませんか。国のお母さんや兄さんが、あなたが東京にゐて其様な詰らないことに掛つてゐて何事もせずに遊んでゐると知つたら、貴下申し訳がないでせう。あの小間物店を、私にさすと言つた時だつて、私は何にも言はないのに、貴下が勝手に自分で国へ行つて来て、六百円も七百円も貰つて来て、さあ店を出した、品物は売れない、自分ぢや何事にもしない。段々店の物を売り食ひにして、揚句の果てには、あんな売女《をんな》を引張つて来たりして、……国ぢやお母さんだつて、兄さんだつて、遠くて事情が分らないから、貴下が悪いやうにや思つてやしない。

皆《みん》な私が悪いやうに思つて、私の所為にしてゐる。……』

　彼女が持前の明晰な東京弁で、日頃溜つてゐることを一時《とき》に言つて仕舞ふとするやうに饒舌りつゞけた。それを新吉が、

『まあ〳〵お雪さん、此処で其様なことを言ひ出したら話しが広がつて仕様がない……』

『……人を淫売婦《いんばい》と一処に置いたりして、……それで店がイケなくなつたのを私の所為にして……』

『誰れも、お前の所為にしてやゐないぢやないか。』

『してる〳〵〳〵……』またヒステリカルに大きな声を出して叫んだ。

『まあ〳〵、其様な大きな声を出さぬやうに。』先刻《さつき》から黙つてゐた新吉が始めて口を出して制した。『あなた方のお影で毎時私の自家が、隣家近処へ風の悪い思ひをする。話しは静かにしたつて解る。……此方《こつち》がいくら貧乏してゐるたつて、吾々だつて人に頼らないで独立してゐる人間だ。お雪さんの身だつて親や兄弟が付いてゐて見れば、これから先だつて何うでもいゝとは行かぬ。お前さんの身体だつて傷を着けられては、さうかと言つて其のまゝにしては置けない。また雪岡さんだつてまんざら無いことを有ると言つては来ないでせうから、……お雪さんお前さん、何うしたのです？其様な亭主のあるものが若い男と、仮ひ何様な事が無いにせよ………………………………。雪岡さんが言ふやうにさういふことがあつたんですか。』新吉はお雪の顔を見て言つた。

　神経質の悧巧らしい顔をして、新吉のいふことの一言一句に顫動を感じてゐたお雪は、最初は自分の方《かた》を持ちさうであつたのが、少しく相違したのを不満さうに、

『そんなことがあるもんですか、皆んな此の人が好い加減なことを言つてゐるんです。自分独りになつて不自由なもんだから、何か言ひ掛りを拵らへてまた私の処へ来やうと思つてゐるんだ。』

　彼女は、さう言ひ消した。新吉夫婦もそれに加担した。私は何の事はない言い掛りを言つて行つてたやうに言はれた。その時、私は無念の胸を擦つて堪えた。でも私が篠田や細井と彼女とを一処に置くことに異議を言ひ張つて、再び私は、彼女の家に入つて行つて、二月ばかりゐた。さうして八月の末には家出をして遂々私の目から姿を隠して了つたのであつた。

『あれから満二年になる。今始めて長い疑ひが解けた。併しその疑ひは…………。』汽車の進行をもどかしく思ひながら私は人目を忍んで窓に面を向けて劇烈にソツブした。

後の見ぬ女の手紙

一

二十日朝起きて見ると、机の上にちやんと下村佐代様と書いた雑誌がのつてゐます。見覚えのある字で、これどうしたの、と二度ばかりくり返しましたが、母はなんともいつてくれません。帯封をめくつて表紙を見て、中をひるがへしてそして私は直にしまひこんでしまひました。みるのが怖《おそろし》いのでございます。旧悪をあばかれたやうな、自分のみにくい姿を見せつけられたやうな気がしましたから。

昨日《きのふ》一日お相手をして、昨夜泊つた大阪のお客様の朝の支度をしなくつてはなりません。飯台《ちやぶだい》の前に座つて私の茶碗のないのを見て、あなたのは。まだ食べたくないからと云へば、それぢや私《わたし》待つてゐるといふものですから仕方なしにお茶漬をかきこみました。

そのうち裏口から友達がはいつてきました。此の頃よく琴のおさらへをする人なのでございます。

お客様があつても、かまはないのと心配さうに尋ねる友達を見て、ちつと悪いがと思ひつゝ急いで琴を出して間ちがひばかり弾きました。あまり気になりますから中途で、私がよまなくとも、あゝして活字になつた以上は、仕方がないとおもつて、とびく\に読んでみました。そして前よりは一そう大きなやけ声を出して無茶くちやな弾き方をしてポンく\柱《じ》を飛ばしてやりました。友達も帰つた今、私も一度くり返してよむ勇気はございません。あれを私に突きつけてどうしろとおつしやるのでございます。これだから、あきらめよとおつしやるのですか、矢張《やつぱ》り私はだまつて引きさがつてたら、よろしいのでせうか、こんなに書いだまつてゐる方が、かしこいやうでございます。こんなに書いて、又これが何かになつてはたまりません、といつて、書かずにゐるのも残念なやうな、もうどんなになつたつて、かまうもんですか、私は自分の思つてゐる事を申ます。

最後の手紙は、よく私の心持をいつて下さいました。よくもこんなにおわかりになるものだと、おそろしいやうでございます。先生のお手紙は返してほしいとお思ひになれば、お返ししてもようございます。私の手紙や写真は返して頂ては、たまりません。反古籠《ほごかご》へなりと火中なりとへよろしくお願ひします。

八月の「新潮」を読んで、もう東京へ行くのもおやめだと思つた二日目に箕面からのお手紙がとゞきました。あなたの上京も秋までおまちなさい、おそくなるやうだつたらお嫁にいらつしやいと書いてありましたから、私も、ちようどいゝと思つて、そのまゝにしておきましたけれども読んだその時は癪にさはつて胸がどきついて、書かずにはゐられませんでしたから半日かゝつてお返事を書いてみました。けれども書いてゐるうちに、なんともなくなつて、その翌朝出すかはりに焼いてしまひました。大ていそんな事だらうとは想像して居りました。勿論「新潮」の記事によつて、迷惑さうなお返事ぶりによつて。それにいつかの日記のやうに「浮世観察だ。返事を出してみてやれ」斯《こん》なことで頂いたお手紙を命から二番目に大切にして、女は世の中に自分の外には一人もないやうにいゝ気になつて一生懸命まじめだつた可愛《かあい》らしい私が滑稽に見えて、小さな自分を笑つてやりたいやうでございます。いつか私の手紙を誰れにも見せないとおつしやつたことがありましたのに、それどころですか、あんなに、みんなに見せられて、もし私を知つてる人が見たら、松山だの遊廓だの、きつと気がつきませう。なんぎなことになりました。こんなことなら、母にも姉にもいふのではなかつたに、どんなに思つても今更しようがありませんから、今はつまらないことを楽しみにしてをります。困ればこまるなりに、どこかに楽しみを見出して、かしこいのか、どうかしら格別気の狂ふやうなこともなさゝうでございます。おさよといふ女はちよつとかあいらしいやうですけれど、なか〱どうしてほんとのお美代は、か愛気《あいげ》などちつともなくて、いつもお母さんに叱られて、みんなつまらない人間ばかり。

　またこんなこと書かれるのでせうか、そればかり気になります。

　そしてこんなことを書けば幻影をぶちこはすのですか、わるかつたのでせうか。

　八月二十日　　　　下村　さよ

△△様

　　御前に

二

今朝になつて、あんなになすつたわけがわかつたやうでございます。ほんとによくわかりました。昨日手紙を出さなければようございましたものを、私はよくあきらめてゐますから何もかまひません。同じくこうなるなら、あんなことを書いて頂かなければよかつたと思ひますけれど、いやみばかり目について私は、あんな女がきらひでございます。去年以来自分はえらいような気になつて、安心が得られてゐましたに、何もかもいやになりました。生きてるのが少しいやになりました。まだながい一生をどんなに暮しませう。東京へいつて御奉公するなどゝいふことはもう一生あきらめました。お嫁にでもいつたら、きらはれてもどんなに迷惑がられても動きやしません。貞女になります。もうおとなしくして、みんなが、びつくりするほど変つて小さくなつて暮します。昨日も母に、暑うても明日から袷をぬひませうなどゝいつてをります。

秋にはほんとに御帰京になりますか、その頃には私も姉につれられて行くかも知れません。そしたら私はお目にかゝりたうございます。逢つて下さいませうか。けれども矢張りお目にかからない方がようございますね。
かげながら知りたうございます。御機嫌よろしくお暮し遊ばせ。

八月二十一日朝　　　　佐　代

△△様
　御前に

三

あなたの上京も秋までお待ちなさい、それでおそくなるやうだつたらお嫁に行らつしやい（又持ち出して私も馬鹿に執念ぶかいようですけれど、ひがむのでせうよ）何といふ侮辱のお言葉でせう。今日まで私そんなに憎まれてるとは知りませんでした。あんまり私がいろんなことをいふものですから、いやにおなんなすつたのだとは思つてをります。どんなに自惚《うぬぼ》れを差引いても下女として私そんなにわるいつもりはございません。結婚するからと、たゞ一言おつしやつて下されば、だまつて引きさがりませうものを、余りおひどうございます。今夜床に就いて、かねての思ひの自殺する日は今日だ。朝になつて血が流れて冷くなつてゐたら面白い。さうして私のローマンスを飾りたいと思ひますのに、たゞさうおもつたばかり、書置きかくまでの気にもならなかつたのが残念です。私が死んだ後なら、どんなにおあざけりなさらうとお笑ひにならうとちつともかまひません。死後までいゝ顔をしたいとは思ひませんけれど、生きてゐるうちは、こんなに考へるのが辛らうございます。道を行つても、もし私を笑つてゐる人がありはしないかと気にかゝります。

今夜また先生のお書きになつたおしまひの手紙だけ読んでみました。悪く思はれまいとする心が見えすいて自分がかあいさうになりました。そして馬鹿々しくなりましたけれども、それがほんとうなのでございますのよ。此の間、焼き棄てた手紙を、先生が、どうして御覧になつたかと思ふくらゐですもの。もてあそばれてゐるのぢやないかといふことは、今はじめて気がついたことぢやありませんけれど、それは仕方がありません。私は自分から求めたのですから。そして恋になつて又だやるせなくならうと、又さめてしまはうと、それが事実ならどう仕様もございません。本間久雄さんの「高台より」の「頽廃的傾向と現文壇の自然主義」を読んで、さう思つたのでございます。
ツルゲーネフの不思議な物語の荒筋のつぎに
このミシヤも亦バザロフの如く何かしら人生観上に頼るところを求めやうとした結果遂に上のやうな奇怪な魔術師にこれを求めたのである。かう云へば、彼女の行為はたゞの迷信に類するやうにも見えるが、彼女の心内の底にはやはりバザロフと同じく在来一切の既成道徳、既成宗教などに何等の権威をも認めてゐない気分の存することは、これを読むもの〻必ず見落し得ぬところである。たゞバザロフは科学に行き彼女の魔術師に赴いたゞけの相違である。

そして私は先生に頼らうとしたのではないかと自分に尋ねて見ました。かう私のやうに気が変つては何がなんだかわかつたものぢやありません。ちよつとおもしろい芝居をしたとお思ひにはなりませんか。ほんとに面白うございました。私、失礼なことを書きましたかしら。もうかくまいと思つたのですけれど、寝られもしませんし、書かずにはゐられませんから。もう書きません。何とかおつしやつて下さいませ。蚊にせめられてだんだんいやになりました。

二十二日朝三時過ぎ　　　　下村　さよ

△△様

御前に

私がいつか、何でも、あきらめるから、私の事を小説に書いて下さいなどゝいつたことを覚えてをります。もしそんなことであれば、これからはどうぞお許し下さい。その後私はみんな取消したつもりでをりました。あの時ふとしたはづみで、ちよつと人のまねをしたのでしたけれど。

四

今朝ほどの御手紙拝見致しました。大風《おほかぜ》のないだ後のやうに心のしづまつてたのも僅かばかり。此のはがきを御覧下さい。私を知つてる限りの人なら、どうして気がつかずに居りませう。このようなことをちよつとでも洩らすような仲でもありませんのに、これでは大阪の親類の人達は知つてしまつたかもわかりません。今に母や姉にまでも見られませう。私どうすればようございませう。それが辛いといふばかりで決して怒《おこ》つてゐるのぢやございませんけれども。

二十四日夕　　　　下村　佐代

△△様

御前に

五

御手紙拝見して私はおかしくなりました。おすきな芸者がおありにならうと、それを私はどうとも思つては居りません。まじめに嘘だなんて言訳なさいませんでも、ほんとうでも、ちつともかまはないではございませんか、どんなに嘘だの風説だのおつしやつても、私全然ないことだとは思つてをりませんよ。「新潮」の私の事だつてさうではございませんか、嘘でも何でもありません。私がいやに思ひますのは、あんなに噂されて、殊にあんなにおかきになつて。それは私のことを小説にお書きにならうとも仕様がありませんけれど、私の上げました手紙をそのまゝお用ひになつて、尚ほその上に、私の心の中を想像して、あの最後の手紙のやうにおかきになつては、私恥かしくつて、人に顔を合せられないぢやございませんか。誠に辛いではございませんか。母が知つたら、どんなにしませう。恋などゝいふ文字《もんじ》がなければ、ちつともかまひませんけれども。また怨めしさうに書きましたけれども、もうそんなに苦しくもございませんから、かまひません。大阪にゐて、他人の家へ御奉公してたのは、わづかの間で、その余は京町堀の大叔父の家で暮しました。此の間はがきをよこした人は、あの小説を読んで、私の事ぢやないかと気のついた時、どんなに面白かつたかと、にくらしい位です。よんだ人の中で、一番おもしろかつたにちがひございません。昨日はあのはがきを見てハツとして情ないと思つて、ついお目にかけてしまひましたけれど、あれから二度も三度も手紙を出して、あまりしつこいとお怒りになつてやしないかと心配して居ります。いつでも私愛想《あいそ》つかされるやうなことばかり閑気《のんき》で言つてゐますけれども、人から買ひかぶられるのが一番辛くて、ちよつと馬鹿にされるのは面白いものですから、直《ぢき》に自分をさらけ出してしまひますので、ほんとのほんとは自分はそんなにつまらない女でもないのだらうと少し自惚れて居ります。

おとなしい女だの、かしこい女だの、人からほめられさうにないことはよく心得て居ります。先生のおすきな女でないことも、もとよりよく知つてをります。

毎日あまりつまらないものですから、私がよくどつかへ行きたいなといふと、十二になる妹は大阪へ？東京へ？先生の許へおいきんけて、いつも云ひます。来ないかとおつしやつて頂いて、ありがたうございますけれど、旅費まで頂いて宿屋の御飯たべて遊んでゐては、気兼で折角行つても、ちつともおもしろくはございません。それに女ですから、矢張りきるものゝことなど考へては、どうしても行けません。ありがたうはございますけれど、これはあきらめて居ります。どうして松山へはおいでになりません。何度お尋ねしてもおつしやつて下さいません。毎日よく手紙ばかり勉強してをりませう。もうほんとにやめます。

八月二十五日　　　　下村　佐代

△△様
御前に

六

御手紙ありがたうございました。それではもう当地へはお出になりませんのですか。さぞ私を変な女とお思ひなのでございませう。私も時々自分で愛想《あいさう》をつかしてゐるくらゐですから、失礼なことも申します。けれども随分変なことをおたづねになるものだと思ひました。私は勿論まだ嫁入前で、そして処女でございます。けれどもちつとも娘らしくも処女らしくもないやうでございます。すてばちになつてしまひました。おかしなことを申しますけれど私、人から難産で死ぬつて、いはれた事がありますので、どんなにあせつてもそれが私の運命なら知りませぬ、まだ好きでもない人の許へお嫁にいつて肩身のせまい思ひして小さくなつて、そして難産で死んでしまつては、あんまり自分がかあいそうなと思ひます。難産で死ぬ人は罪が深いとか申しますが、私は自分のわるいところに気のつきます度難産で死ぬほどの人間だもの、このくらゐのことはありさうなことだとおもつて、此頃はせめて自分を慰めて居ります。ほんとに私は難産みたいな見苦しい死にかたをするのはどうしても、いやなことです。自分のわるいことも気がついてゐるつもりですけれど、それをわざ〳〵世間へ発表するやうなことは矢張りいやなんでございます。そんなことやまだその外にいろんなことがあつて、今の私はちつともお嫁に行く考へなどなくなつて、それにまた私の物ずきな心やらが手伝つて東京へも行つて見たかつたりするのですけれど、私でも一生に一度、三々九度のお盃もしてお嫁にゆくやうな気もします。誰でもするやうな、その新妻《にひづま》らしい気持も味はつてみたうございます。さう思つてふと、どうしてもそれまでは処女で居なくてはなりませんと思ふのですけれど、私は浮気なといふのですかしら誰でも直にすきになつてしまつて苦しいくらゐ朝も晩も思ひつめて、そして後では、よくあんな馬鹿なことを考へたものだと思つたりします。そんな自分がいやで〳〵しやうがありません。恋をするなら生命も貞操も失ふくらゐでなくてはつまらない。でなければ又何だか生甲斐のないやうな気もします。こんな変な人間ですから、これからさきの事はわかりません。こんなことを思ひますと、もう一人で知らない処へ行くのが恐いやうなんでございます。これよりつまらない人間になつては、ほんとにしやうがありません。

　母だつて容易なことでは許してくれさうもありませんから、たくさん叱られることも覚悟して居なくてはなりません。そしては、もうどうでもよい、なるやうにしかならないといふ気になりますの、ほんとは三度目に頂きました、御手紙は開封されてうけとりましたのでございます。まことにすみませんけれども、それには、何も書いてありませんでしたから、母は私がどんなことを考へてるか、ちつとも知らないので安心してるのでございます。ですから私もうどうだつてかまやしません。先生も妻君がそんなにおいりやうなら、お貰ひなすつたらよろしうございませう。又私はまゐつてよければ、こんな女でもおかまひなければ直にまゐりますけれども、矢張りいゝ女中でなかつたら、どうしやうかと、自分でも心配でございます。お台処のことは下手ですし、折角友達のところから、お料理の本をかりてきて毎日稽古してゐましたのに、早やいつの間にか、しないやうになつてしまひました。

八月二十八日　　　　さよ

△△様

御前に

流れ

『旦那はん、大阪から田川さんといふ方から電話がかゝつてゐます。』

本店の子守りが、枕頭《まくらもと》に来て、息をはずませながら言つたので真島は目を覚ました。

大阪から電話。田川といふ名前の電話。といふ報知を聴いて、毎朝《いつも》不快な気持ちで眼を覚ます習癖《くせ》になつてゐる真島は、今朝《けさ》は譬へやうのない嬉しい心持ちで目を覚したのである。

『あゝ、さう!』

といひながら、急いで跳起《はねお》きて、帯を締めるのももどかしさうに本店に駆け出した。

真島の泊つてゐるのは、別荘になつてゐて、本店は、二丁ばかりも離れた家込みの方にあつた。其処《そこ》の宿《うち》では電話は本店の方に一つ設置してあるばかりであるから、遠距離から電話が掛つて来る時には、本店から別荘まで知らして来て、それからまた駆け出して行くのだから、マゴ〳〵する間に一通話の時間は空しく経過して了ふのであつた。

　彼れは急々《いそ〳〵》として電話室に籠《こも》つた。

『あゝ、もし〳〵私《わたし》、真島。』

『もし〳〵あなた真島さんですか。私、大阪ですが、只今千代奴さんが出られますから。』いつもの虎どんの声である。

『もし〳〵、もし〳〵、あなた真島さん、私、田川。』お夏の少し嗄《しやが》れた緩い口調である。千代奴の本名はお夏と言つてゐた。真島は殊更に其の本名を呼んでゐた。真島は、この地に来てから、その声をせめて電話で聴くのを、楽しみにしてゐるのであつた。

『……先日はお手紙をありがたう。お金も確かに受取りました。私、今日行きませうか。あなたの御都合は何う？』

『来たら好いさ。私の方では何時だつて差支へないのだが、お前の方で、あんまり遅くなつては寒くなつてつまらないから、同じ来るなら早い方が好いと思つたから、あゝ言つてやつたのだ。』

『でも今日行つたら、二十八日の朝は早く帰らなきやならなくつてよ。お約束があるから。』

『そんなら二十七日の晩に帰つたつていゝぢやないか。今晩と明日と二夕晩泊つて。』

『それでもあなた好くつて？』

『仕様がないぢやないか。』

『ぢや、今日行きます。……のりまきを買つて行きませうか。』

『何を？』真島には、よく聴き取れなかつた。

『のりまきを買つて行きませうか。と言ふんですよ。』少し大きな声を出した。

『あゝ、買つておいで。』

『あなた、随分つんぼねえ。……ぢや行きますから、待つてゝ頂戴！』

　それで電話は切れた。

　真島は、この秋季《あき》から東京のさる新聞に小説を書かねばならぬことになつてゐた。長い間文学などに携はつてゐても、之れまで捗々《はか〴〵》しい創作をしてゐないので、此度その話しが定ると、彼れはその好機を逸しないで、熱心に筆を執つて見たかつた。

　でその事を気にしながらも、九月の初旬《はじめ》にこの有馬に来ると、直ぐお夏に手紙を出して、少しも早く遊びに来るやうに勧めてやつた。

『夏季《なつ》は身体《からだ》が弱るから何処かへ連れて行つて頂戴！私半分持つから……』

と、七月頃から、さう言つてゐたのであるが、全抱えの、自由の利かぬ身体である上に、真島の方でも何時も余裕のない生活をしてゐた。真島はあくせく思ひながら、暑い二夕月の間は、遂々《とう〳〵》何処へも行かずに大阪の郊外でつまらなく夏を過して了つた。九月になると、東京の方の仕事の期日が段々切迫して来たので逃げるやうにして有馬に来た。夏の客の退散した後の有馬は閑静《しづか》で、始終《しよつちゆう》あわたゞしい気分でゐる真島も流石に其処では気が落着けさうでもあるし、九月になつたら多少《いくらか》東京の方から入る当ての金もあるので、お夏にさう言つてやつたのであつた。

真島が東京の生活に飽いて、京阪《かみがた》に放浪の旅に出掛けてから、もう一年になる。相当な年配《とし》になつてゐても、妻子があるのでもなく、また日々出勤せねばならぬ定職《つとめ》を持つてゐるのでもない彼れは、何処にゐても差支へないのであるが、京阪にも大分見飽いてゐた。その見飽いた京阪にまだ滞在してゐるのは、去年の秋の末頃からつい馴染みになつたお夏を忘れかねてゐるからであつた。

そのお夏とも八月の末に逢つたつきり丁度一ト月逢はないのである。

で電話が掛つてから、真島は、静《ぢつ》としてゐられないほど嬉しくつてそは〳〵してゐた。

何時の汽車で来るだらう？これまで、手紙でも、来る時には、遅くつて十二時四十分の大阪発でなければ、その次の三時五分になると、此方のステーシヨンに来て四時五十四分だから、其処から三里の緩い勾配の道路《みち》を俥にゆられて上つて来るのでは、有馬に着く時分には、もう暗くなつてしまふ。自働車で来れば、俥で三時間近くもかゝる処を唯《たつた》、三十分で来られる。けれども自働車は、初めて乗る女には、もし眩暈でもするやうなことがあつてはいけない。でも乗つても大丈夫のやうであつたら自働車の方が早くつていゝ。

かういふことを、細かに、噛んでくゝめるやうに書いてやつてあるのであつた。先刻《さつき》も電話でまたその事を繰返して置いた。あの時が九時であつたら、多分十二時四十分の間に合ふだらう。今が一時だから、もう汽車に乗つてゐる時分だ。二時五十三分に三田《さんだ》のステーシヨンに着いて、それから自働車でカツキリ三十分かゝるとして、三時半には此方に着く。さうすると、もう二時間と三十分と経てば、顔が見られる。さう思ふと、真島は耐え性もなく手繰り寄せたいやうに待ち遠しくなつた。それまでの時間を、斯うして、その事ばかりに思ひ覚めてゐるのでは、苦しくつて耐らない。どうかして知らぬ間に時間の経つ方法はないかと思つた。さう思うて机の周囲《まはり》を見廻したが、皆な既う読み古した物ばかりで、待ち焦れてゐる、耐えられない心を他へ散らすやうな新らしい読み物はなかつた。すると、真島は、フト此の間、隣の部屋に一二晩泊つて行つた客が置いて行つた、この月の『太陽』を老婢《おばちやん》が後形付けをする時、読書の好きな孫に貰つて行つて見せるのだと言つて持つて行つたことを思ひ出した。真島は、年中怠屈な日を、月の初旬ばかりは、新刊の雑誌を読んで、まぎらす習慣《ならはし》になつてゐるのだが、都会を離れた田舎に来てゐて、まだその月の新らしい雑誌など少しも眼に触れないでゐた。それで、ワザ〳〵その『太陽』を借りて来させた。新らしい読み物は、真島の心を吸ひ着るやうに奪ひ寄せた。

暫らくさうして他の事を忘れてゐる間に時間は経つた。時計を見ると、既に三時を過ぎてゐる。自働車に乗つてゐれば、もう間もなく着く頃である。

　真島は、三時間の長い間を、知らぬ間に過すことの出来たのに、快い満足を感じて、楽しみに胸をそゝられながら自働車の停留する場処の方に出て行つた。

　山地《やま》の秋は、もう更《た》けて、眼に入る物の色にも、肌に触《さは》る空気の感じにも、真島が此処に来た当座の、漸う夏季を過ぎたばかりの初秋に見るやうな清新な気分にはなり得られなかつた。彼れは、も少し早くその美しい初秋の山にお夏と日時を過すことの出来なかつたのを残念に思つた。で何となく物足りない寂しい心持ちを感じながら、長く延びた街道に添ふて、自働車の来る方に歩いて行つた。

　平坦な一筋道を、自働車は砂塵を巻きあげて遠くから疾走して来た。近寄つて来る車上の乗客《きやく》を、真島は、眼を皿のやうにして見張つたが、待つ人の姿はなかつた。かねて、二台で往復してゐると聞いてゐたので、彼れは、失望を感じながら、停留場の方に後を追ふて戻つて、運転手に

『後から、もう一台来るの？』と聞いて見た。

『も一つの方は、壊れた処があるので休んでゐます。』

　真島は耐らなくなつた。ぢや俥で来るのかも知れぬ。併し俥で来るとすれば、まだ二時間を空しく待たねばならぬ。彼れはその間の時間を経過するのをもどかしがつた。さうして理由《わけ》もなく其処らを彷徨《うろ〳〵》して無駄に時を立てやうと焦つた。

　さうしてまた斯う思つた。十二時四十分の汽車に乗つて、ステーシヨンから俥で来るとすれば、三時五分のに乗つて、自働車で来るのと、此方に着く時間は、さう違はない。今の、この焦れつたさを一度辛抱すれば、二時五十三分に俥の二時間半を加へた五時二十三分と、四時五十四分に三十分を加へた五時二十四分と殆ど同じになる。すればその時刻が来れば、十二時四十分に大阪を乗つて、此方を俥で来るのと、三時五分に大阪を乗つて此方を自働車で来るのと二重の期待がある。斯んなことまで想像したりして時間の立つのを忘れやうとした。でもさうかうする内にやがてその時間に近くなつた。真島は、三田駅に通ふ街道を一里ばかり下の村まで歩いて行つた。さうしてお夏の姿を車の上に想像に描きながら、小山の鼻の曲り角になつてゐる処で認めやうとした。

　けれども寂れた街道には俥一台も来なかつた。彼れはたゞうら悲しい心持ちになつて空しく引返《ひつか》へして来た。もう日が暮れはてゝ山の上の家々に燈《ともし》が光り始めた。

　今日晩には一処に夕飯が食べられると思つてゐたのに、遅い汽車で来て、あと俥で来るとして見ても、もう今まで来ないのでは、今日はいよ〳〵来ないのだ。さう定つてしまふと、真島は耐えられない失望の感じにガツカリして、旅館《うち》に戻ると、廊

下にゐた女中に
『夕飯の支度が出来てゐるなら、持つて来ておくれ！』と命じた。

さうして何か溜つてゐる胸に飯を自暴《やけ》に詰め込んだ。気がムラ〱して来た。何か当りつける処があるなら、当りつけるのだが、その当りつける処のないのが、彼れには言ひやうのない空虚の感じを与へた。

さうして箸を置いた処へ次の間にこそ〱と人の気配がして、やがて静かに襖を明けて、今日は、本店の方の番になつてゐる女中のお竹が忝《うや》〱しさうに小包みを高く持つて先きに立ちながら、『此方でございます。』と、誰れかを案内するやうな口をきいた。さうして真島の方に向つて『お出でになりました。』と愛相笑ひをしながら言つた。

お竹の背後《うしろ》に姿を忍ばすものゝやうに人影が動いて、

『ホヽ』と笑つた。

お竹も慎しげに笑つた。真島はそれと気が付くとワザと澄した顔をしてゐた。焦れ〱する心持ちを、澄ました顔に押包むのが彼れにはその時勢一杯であつた。それでも嬉しくつて耐らないので、

『来たの？今御飯を食べてしまつた処だ。あんまり遅いから、もう来ないかと思つてゐた。』

その間に、女は入つて火鉢の向側《むかふ》に坐つた。

『どうして其様なに遅くなつたの。だから彼様なによく言つて置いたぢやないか。自働車に何故乗つて来なかつたの。俥で来たからそんなに遅くなつたんだ………』真島は畳み掛けて叱り始めた。

お夏は女衆《をなごしう》の手前を恥しさうに、

『まあ、そんなに来い早々怒《おこ》るもんぢやないわ。』笑ふ口元を小さくつぼめながら、真島を制した。

お竹は笑ひながら、手荷物を其処に置き、火鉢の火を直して、退《さが》りながら、襖の処に行つて、畏まつて、

『お夕飯は、どういたしませう？』

『………さあ、私は済んだんだが、何が好いかナ………鶏《とり》がよからう、鶏にして下さい。』真島は、それを命じて置いて、また女の来やうの遅いのを責めた。

『まあ、来い早々其様なことをいふのはお止しなさい。………おゝ寒かつた。あゝ好《い》い物がある。それを下さい。お腹がすいた。』

男の背後にはバナゝが散かつてゐた。男は黙つてそれを取上げて皮を剝いで女の口元に差出してやつた。

『寒いわけさ。お腹もすくさ。だから早く来るやうに電話でもさう言つたぢやないか。』

女は男の手に持つたバナゝを一と口食つて、

『あれから電話を掛けてから、お湯に行つて頭髪《かみ》を洗つて、結《い》

つたりしてゐる内に十二時四十分の間に合なくなつたの。』

『ぢや此方のステーションから自働車で来ればよかつた。私は、如何なに心配したかしれやしない。倖ぢや此様なに遅くなるから、お前が心細いだらうと思つて……寒かつたらう。』

『えゝ、寒かつたわ。おゝ寒い。』

『寒いさ！……これからお湯に行かう。いゝお湯だよ。』

　真島は、有馬《こゝ》に来た始めから、少しも早く女を呼んで、好い温泉に入れて、喜ぶ女を見たかつたのである。彼れは肉欲の為め、恋愛の為に女を愛するといふよりも、唯女が可憐で堪らないのである。彼れは、此の可憐なる者を強ひて求め得て、その力によつて、自分の生活に飽いた心を引立てやうとさへ思つてゐるのである。

　さう言つて温泉に行くことを急いだ。

『まあお待ちなさい。もう幾許遅くなつたつて構はない。煙草を一つ吸つてから。』

　真島は待遠しさうに、女の顔形を見守りながら、

『お前どうして彼方の袷の方の羽織を着て来なかつたの。その単衣羽織はもう汚れてゐるぢやないか。もう有馬《こちら》ぢや袷を着てゐるよ。』

『さうあなたのやうに言つたつて、大阪ぢやまだ来月にならにや袷を着やしない。それに自家《うち》ぢや離れた処の土蔵《くら》に仕舞つてあるから、一寸出して貰ふといふ訳に行きやしない。』

　真島は、女が着て来た衣類《きもの》のことまで気にしてゐた。それは彼れが女を愛するの余りで恰ど母親が娘の着物のことに世話を焼くのと同じ心であつた。

『兎に角湯に行つて温まらう。』またしても湯を急いで立つた。

　有馬では、他の多くの温泉場と違つて、どんな大きな旅館《やど》でも内湯といふものがなかつた。共有の入れ込みの温泉があるばかりであるが、その代りに別に高等温泉といふものが設けてあつて、それは一人に就いて弐拾銭払へば、浴室を一つ独占することが出来る。二人ならば三拾銭。三人ならば四拾銭といふやうな規定《きめ》になつてゐる。

　真島は、この買切りの温泉に入りたいばかりに女を呼んだと言つてもいゝくらゐに二人で温泉に入ることを楽しみにしてゐるのである。

　二人は、石段ばかりで出来てゐる細い路地のやうな道を足で探りながら降りて行つた。真島は先きに立つて、

『気を付けないと危ないよ。……手をお出し。』

　手を取つて降りて行つた。

『遂々奥さんを連れて来たよ。』

　真島は湯番をしてゐる顔馴染のおかみさんに笑談《ぜうだん》を言つた。真島が屢〻一人で高等温泉に来るので平常《ふだん》、

『あなた、奥さんと二人でないとつまりませんわ。』と、おかみさんは言つてゐた。真島も彼方の入れ込みの温泉と違つて、毎

時も浴槽の縁《ふち》を波々と流れ落ちてゐる湯の中に一人きりの体を気楽に浸《した》しながら、一人で入つてゐるのを勿体ないやうにもまた物足なくも思ふのであつた。

　おかみさんは、それを見て、上り湯に新しく炭をついでくれたり、其処らを雑巾で掃いたりして、

『ごゆつくり。』といつて扉を閉めて出て行つた。

　真島は、急いで着物を脱いで、湯殿に下りるが早いか浴槽の中にヅブ〳〵と身を沈めた。

『おゝ好い湯だ!!!早くお入り!』

　女も湯殿に下りて来た。

『真個《ほんとう》だ。あゝ、好いわねえ!!!』お夏は顔中に笑ひを表はした。

『好いだらう。だから、あんなに遠からお出で〳〵と言つてゐたんぢやないか。お前と斯うして一処に入りたかつたんだよ。………途中で寒かつたらう。もつと〳〵ずうつと頸まで沈めてよく暖まらないといけない。』

　真島は、両手で女の肩先を押へて湯の中に深く沈めた。

『誰れも来やしなくつて?』

『誰れも来やしないよ。買ひ切りになつてゐるんだもの。錠を下さうと思へば下されるやうになつてゐるんだ。………』

『よく暖《あつた》まつて行きませうねえ。』

『あゝ、長く入つて行かう。もう落着いたもんだ。真個に今日は待ち労れたよ。』

　真島は、長い間の待ち遠しさやら寂しさやらを、この一時《いつとき》に取返したやうに体中が生活の歓びに充満《みち〳〵》たやうに感じた。

『今夜こそお互に按摩のもみつこをしませうねえ。』

『あゝ。それよりお前を流してやらう。』

『あゝ、流して頂戴。わたしも、あなたを流して上げるわ。………今晩此処で長く遊んで行きませう。』

『温泉だから何度も上つては入ると好いんだよ。』

　湯に暖められた女の白い肌が薄く紅を潮《さ》して来た。多い頭髪《かみのけ》が黒く濡れて襟脚から肩の上に恰ど烏蛇を見たやうに幾筋となく這ひ乱れた。

『さあ、それに腰をおかけ。流すから。』

　真島は女の背後に廻つて、石鹸《しやぼん》を手に塗り取つて、それをぬる〳〵と女の肌に一面に塗つた。さうして手拭を絞つて擦つた。頭髪《かみ》を掻き上げて頸筋から乳の辺まで念を入れて磨いた。手拭を畳んで肩に載せて、三助がするやうに、叩いて、その後へ温《あたゝか》い湯を、どつさり流し掛けた。

『おゝ、好い心持ちだ。どうも難有う。さあ、こんだアあなたのを流して上げませう。』

『あゝ、まあ一遍入つて温まつてから。』

　男は湯に漬りながら、仰向きに脚を伸して、浴槽の縁に頭を載せた。さうして心地よさゝうに女のすることを見てゐる。

　女は、小さく畳んだ手拭に白い泡が垂れるほど石鹸を塗つて、

一心不乱に顔から襟頸のあたりを磨いてゐる。

『お前は湯が長いんだつたねえ。』

『えゝ、毎時も二時間かゝるの。お湯屋で屡く、「千代奴はんお弁当持つて来ませうか。」といふわ。』

『今晩こそいくら長く入つてゐても構はない。』

女は自分で暫らく気の済むやうに磨き終ると
『さあ、一つ入つて……』と言ひながら湯に漬つた。

磨き立てた顔が湯気《もや》の中に、電燈の光を浴びて艶々と薄紅に輝いてゐる。真島にはこの女の露邪気《よこしま》な心のないのが何よりも気に入つてゐるのである。女は悪毒気《あどけ》のなさゝうな口を緩く開いて、深く湯の中に沈みながら、手拭で湯をしやくつては、顔に流しかけてゐる。さも〳〵活き効のある、名状し難い刹那の快感に五体を委ねてゐるものゝやうである。

『寒かつたのが暖まつたらう。』

『暖まつてよ。ほんとに好いわねえ！』

男も流して貰つて、二人はゆつくり温泉から出て戻つた。九月の末の温泉町の夜は寂し過るほど静かである。其処らに立ち並んだ湯宿の大きな別荘にもうあまり浴客《きやく》はないと思はれて、静寂《ひつそり》とした二階三階の部室々々には電燈の光が空しく冴えて見えるばかりである。男女《ふたり》は、その寂しい夜を却つて自分達独りの世界のやうに思ひ做しながら険しい石段の道を、また手を引いて探り〳〵歩いた。


帰つて来ると、もう鳥を煮る支度が全然《すつかり》出来てゐて、炭火が青い火焔《ほのほ》をあげてボリ〳〵と興つてゐる。松茸の新鮮な香気《かをり》が、そことなく部屋の中に漾ふてゐる。

真島は、女から濡れ手拭を受取つて、自分のと一処に例《いつも》の処に始末して置いて、火鉢の傍に寛座《くつろ》ぎながら
『どうだ？酒をいはうか。』二人とも酒はあまり飲けないのである。

『えゝ、いつても可《い》いわねえ。だけど一寸手を拍くのを待つて頂戴。私、一寸顔を造るから。』

女は、先刻湯に立つて行く時に、男から鏡台も此処にあるよ。と教へられた、その鏡台を違ひ棚から取り下して、何よりも先きに顔の粉飾《おつくり》に掛つた。羽二重の小さい化粧袋を取り出して、鏡の表を睨むやうな眼付をしながら手早く眉黛《まゆずみ》を刷いて、薄《うつす》く白粉を彩つた。

『さあ、もうこれで好いの。』

道具を形付けて火鉢の向側に寄つて
『わたい煮るわ。』といつて鳥を煮かゝつたが、『あゝ、忘れてゐた海苔巻きを持つて来たのを。』と言つて小包みの中からそれを取出した。

『あなた、お上んなさい。今日虎どんに買つて来て貰つたの。』

二人とも海苔巻きが好きであつた。

『あなた、木の葉が好きだから、木の葉を持つて来やうと思つ

たけれど、木の葉は持つて来られなかつた。』

温順《おとな》しい女だけれど、時々罪のない笑談をよく言つた。

『木の葉は持つて来られやしない。』

落着いた長い夕飯が漸く済むと、

『あなた、手紙を書いて頂戴。津の国屋のおかめちやんと虎どんとに手紙を遣つて置ないといけない。』

二人は、お茶屋の主婦《おかみ》によく、千代奴を一人で越してくれたの、無事に着いて、今夜は他から貰ひの掛つて来るうるさいこともなく、今二人一所に湯に入つて来た処だの、今夜こそは二人きり夫婦らしく寝るだの。といふやうな笑談まじりに、三晩泊つて行く、二十八日は、朝早く帰る。花の事は千代奴が帰つてから委細話しをするといふやうな用事を相談しい〳〵書いた。

其処へ、

『もうお床をのべませうか。』若い女衆《をなごしゆ》が襖を明けてしとやかに伺つた。

『あゝ、のべて貰ひませう。』

翌朝《あくるあさ》は、二人とも七時頃に一度目を覚ましたけれど、小用《こよう》に行つて来てまた寝た。

『斯様な時に安心してよく寝な！私はお前を休ます為に呼んだんだよ。』

『嬉しいわ！あなたの深切は忘れない。』

本当に起きたのは、十時を少し過ぎてゐた。朝飯を済ましてからも、そのまゝ其処に根が生えたやうに向ひ合つて飽きもせず話し耽けつてゐた。先達つて中続けて瑠璃色に晴れ渡つてゐた空が今日は湿つぽく曇つた。

『散歩に出たいのだが、曇つてゝ厭だなあ。』

真島は怠屈して立つて障子を明けた。泉水を取巻いた十坪《と》ばかりの庭樹の彼方には枝振りの面白い松の老樹《おいき》の密生した形の好い山が、毎時見ても眼を覚ますやうに聳《そば》だつてゐる。

『散歩に出なくつても好いわ。此処にかうしてゐてもいゝ。』

それでも、

『出て見ませうか。』と女が調子づいたので起ち上つた。

『私、このまゝで行くわ。』女は派手な貸浴衣の上に被《はを》つてゐた宿の褞袍《どてら》を脱いで、その上に紹縮緬の黒羽織を着やうとした。

『そんな風をして歩くのはよしてくれ。矢張り着物を着て行け。』

『帯をするのが大変なんだもの。あなた締めるのを手伝つてくれて。』

『手伝つてやるさ。』

『さう。ぢやさうする。』

折角出掛けたと思ふと、すぐ雨が降つて来た。

『こりやいけない。もう引返へさう。さうして自家で栗を煮て食べやうよ。』

『あゝ、さうしませう。それがいゝわ。』

　八百屋から栗を取つて来さして、自分達ちで煮た。女は話しながら、それを剝《む》いては男の口に持つて行つてやつた。男は女の望み通りに「博多小女郎浪枕」を読んで、六ケ敷い処を説いて聴かした。

『三月に延次郎の毛剃《けぞり》を見たわ。よかつたわ。………宗七が死んで小女郎はどうするの？もう一生何処へも嫁に行かないの？』

『さあ、どうするか。小女郎はさうするんだらう。お前、この後私と一処になつて、もし私が早く死んだらどうする？』

『私、もう一生定《きま》つた夫は一人で沢山だわ。』

『私が生きてゐる間だけさうなのだらう。』


『それより、あなた、あの単衣をどうして？』

『あのまゝさ。』

『今此処に持つて来てゐるの？』

　真島が、この夏東京に帰つた時、自分のと女のを二反買つて来た縮《ちゞみ》の浴衣を、大阪に着いた晩にあなたのも私持つて行つて置いて暇の時分に縫つて置いて上げませうと言つたのを、いゝからと言つて自分のだけは、反のまゝ彼れの体と一処に方々持つて廻つてゐたのである。

『出してお見せなさい。』

　真島は押し入れの荷物の中から、それを取出した。

『いゝ柄だわねえ。私此処にゐる間に縫つて置きませうか。こゝの綴《と》ぢ糸だけ切つてもよくつて。』

　女は、反を長く解いて自分の腕に掛けて首を傾けて見廻したりしてゐた。

『此処ぢや縫ふ間はないよ。どうせ裁縫《しごと》の達者な人だから。………お前と東京に帰るまでそのまゝにして置かう。いくら遅くなつても来年の夏の間には六百円を拵へるよ。』

『本当にさうして頂戴。私も精を出して働ぐわ。その時分には私の方のが四百円ぐらゐにはなるから。』

　千代奴の身の代金は千円であつた。

　十畳だの十二畳だの、その他小間を入れて七間も八間ある応揚な建築の別館には、二階の六畳に一人滞在の客がゐるきりで、他に客はなかつた。真島の部屋は、階下《した》のずつと奥まつた八畳であつた。雨はザン〳〵音を立てゝ降り続いてゐる。坐つたまゝ障子を一枚押すと、高く軒端まで達いた向の山の緑を背景にして雨が降つてゐるのが美しく眼に入る。銀灰色の空から何処ともなく落ちて来る雨がその山の頂点《いたゞき》まで達くと、始めて白い細糸を長く引いてゐるのが見分けられる。

『あれ、あの雨を御覧。綺麗だなあ。山の青い処へ降つてゐるから白く見える。』真島は一心に雨の色に見惚《みと》れた。

『いゝわねえ。かうしてゐて雨の音を聴いてゐると、安心な心持ちになつて来てよ。』

晩食《ばん》は牛肉《ぎう》を誂へて置いて、相合傘を翳《かざ》して温泉に行つた。真島は昨夜の寝不足やら運動不足の上に過度の飲食《のみくひ》で終日《いちにち》気怠い食もたれの心持ちがしてゐたのが、温泉に漬つて来ると、倦み疲れてゐた頭脳《あたま》が、全然《まるで》入れ換へたやうに軽くなつて、元気づいた。

味の良い神戸の牛肉《ぎうにく》の夕飯も済んだ。

『お腹がくちくなつた。何か声を出して唄つて見やう。』

真島は、さう言つて坐り直つて、聞き覚えの唄の節やら浄瑠璃の真似をした。旅館《やど》に三味線があるのだけれど、わざと三味線などを弾かなかつた。

『私、一つ踊つて見やうか。』

女はさう言つて立ち上つて『夕ぐれ』と『やりさび』とを秘密《ないしょ》のやうにして踊つた。

『私、「時雨西行」が好きだ。お前の昨夕の身の上話しを聴いて一層それが懐しくなつた。ねえ「アラうらやまし、わが身のうへ。ちゝはゝさへもしらなみの。よするきしべのかはふねを。とめてあふせの浪枕。世にもはかなき流れの身……」』

真島は、文句は覚えてゐるばかり、習つた節ではないので、それが長唄の真似にならうとも浄瑠璃の調子が混じらうとも構はなかつた。唯、自分で、その文章の前後に就いて感ずる心持ちを気に入るやうな声音に出して物悲しさうな調子で唄つた。

『ねえ、お前にもお母さんやお父《とつ》さんがあつても、無いも同然なんだらう。私はそのお前の「父母さへも白波の、世にもはかなき流れの身」が可哀相《かあいさう》だ。東京から遠く大阪へ流れて来て矢張り遊女《あそびめ》になつてゐるのだ。』さう言つては、同じ処を幾度も繰返へした。

『私はまた西行法師が好きだ。「ゆくゑさだめぬ雲水の〳〵。月もろともに西へゆく。さいぎやう法師は家を出て、一所不住の法の身に、吉野の花や、さらしなの月もこゝろのまに〳〵三十《みそ》一字《ひともじ》の歌修行……」』

真島は、とう〳〵立つて行つて、荷物の中から旅にも忘れず携へて来てゐる長唄の稽古本を取り出した。さうして処々を意の赴くまゝに声を上げて唄つた。

女は、その物悲しげな声色《せいしょく》に眼を潤まして聴いてゐた。

黒髪

『逢ふ人々から、よく（君は、まだ大阪に帰らないんですか）と、言つて訊かれます。君達ばかりぢやない、何度もさう言つて訊かれるが、僕は、もう大阪に帰る必要がなくなりました。』

Sは、さう言つて痩せた頰を撫でながら、寂しく笑つた。

『僕が去年の秋から大阪に行つたまゝ、永く東京に帰らなかつた原因は、あちらで女に引掛つてゐたからです。僕は、その女がゐるばかりに大阪に長く滞留してゐたのです。併しその女は、もう大阪にはゐなくなりました。その女が大阪にゐないとすれば、僕は、もう大阪には用はありません。その女がゐるばかりで大阪が何とも言へない懐かしい処でしたが、その女がゐなくなつて見れば、大阪はつまらぬ土地です。

斯ういふ話しをすると、君達は、（またSが女難《によなん》に罹《かゝ》つた。）と、いつて笑ふでせうが、構ひません。少許その女との事を語りませう。

それは、去年も、もう年の瀬に押詰つた十二月の七日でした。盆も正月もない。年中いはゞ遊び暮してゐるやうな、僕ですけれど、段々時候が冬になつて、世間が年の暮らしい景気になつて来るのを見ると、自分も何だか、それに誘はれるやうな心地がして、静《じつ》としてはゐられませんでした。

その年秋の初めから、僕が大阪に行くと、丁度京阪《かみがた》に来てゐる東京の新進作家がありまして、一二ケ月は、さういふ連中と、方々を遊び廻つてゐましたが、後には皆な遊び疲れたやうになつて、散々《ちり〲》に銘々勝手な処に落着いて了ひました。矢張り何れも銭《かね》がなくなつたのと、年の瀬に押詰つて、厭でも応でも何うかせねばならなくなつたのです。

僕は、フトした事情から、独りで泉州の堺に理づめで落着かなければならなくなつた。それで暫くの間は、遠く東京を離れた、地方の街で日を経《た》てることに興味もあつて、寂しいながらも変つた女や違つた言葉を見たり聴いたりして、心を間切《まぎ》らしてゐました。

それでも東京は矢張り懐しい。僕は、あまりの東京懐かしさに、（もう東京へ帰らうか。）とも思つて、その七日の午後《ひるすぎ》から堺の宿を立ち出《いで》て、大阪の梅田のステーションまで来て見ました。さうなくつても曇り勝ちな湿ぽい、冬の暮れ方の停車場の待合室は、薄ら寒く湿つてゐて、乗客《きやく》も沢山はゐませんでした。僕は東京の方に行く——上り列車の一、二等待合室の内を彼方此方しながら、東京朝日だの国民だの読売だの東京の新聞を買つて暖炉《ストーブ》の前でそれを読みました。

『とう〱押詰つたなア！』

と、言つて、傍にゐる洋服の若い二人の男が話してゐるのが耳に入りました。僕は、それを聞くと、何だか追ひまくられるやうに心が急いで遣る瀬のない淋しさを感じました。

(もう今年も訳もなく、暮れて行くのか!) 斯う思ふと、胸が締められるやうに、味気《あぢき》なくなりました。東京に帰つたとて詰らない。さうかと言つて大阪にゐて見たところで詰らない。いつそ鉄道に飛込んで汽車に轢《し》かれて死んで了つてやらうか。とも思ひました。

(何うしやうか!)

と考へながら、また梅田駅の構内を立ち出て大阪の街の中にまぎれ込みました。

かういふ時には花柳街《いろまち》に行くのが一番いゝのです。僕の如く生きるべき信条を亡つた者が花柳の街《ちまた》に出入《しゆつにふ》するのが、何で悪いことでせう。女です。女ほど好い物はありません。考へても御覧なさい。花柳の街に出入する者を非難する者がありますが、それは理由《いはれ》のない事です。妻のある者は、毎夜々々温い家庭の内で耽溺してゐるぢやありませんか。僕の如く家もなく妻もなくして、生きねばならぬ当もなく彷徨《さまよ》へる者が、この世も滅びるかと思はれるばかりに寂しさに責められた場合には、もう女より外に僕の空しき心に生活の元気を鼓吹してくれるものはないのです。

(今夜こそ難波新地《なんばしんち》に行つて見やう!)

と、かう決心しました。さうすると、俄かに萎えたやうになつてゐた自分の体に活力を回復したやうに思はれて、それから電車に乗りました。

湊町の停留場で降りて、それから橋を一つ向に渡ると、難波新地の遊廓は広がつてゐます。

君達は、御存じでないでせうが、凡そ僕の知つた、さういふ処で大阪の難波新地ぐらゐ感じの好い処はありません。僕は、かう見えても、余り道楽をしない方ですから、東京にゐても吉原だの洲崎なんといふ処へは殆ど行つたことはありません。何よりもあの、女の悪毒《あくど》い扮装《いでたち》が好《すか》ない。それから廻はしを取るとか言つたことが興醒める。それから種々な伝習的営業法が厭な反感を呼び起す。遣手《やりて》の人の悪さうな面、欲くもない物を無理に取らせやうとする不良な商買根性、さういつたやうなことが僕をして東京の遊廓を厭はしめるのです。さうしてその建築物に至つては更にいけない。まだ焼けない前は、よかつたといふ人もありますが、僕は、焼けない前だつて、少しも好いとは思ひません。とても大阪の難波新地などの比較にはならない。吉原は古い処であるにも係らず道路が甚だしく凸凹《でこぼこ》してゐます。焼けない前だつてその通りでした。焼けてからは、一層それが酷《ひど》い。それに反して難波新地の街区の整然として、道の平坦で、歩いてゐて、足触りの好いことは何ともいへません。一様に洗ひ磨いた千本格子の軒々にはお誂らへの用水溜が置いてあつて、入口の僅かばかりの地面に、どうかすると、八ツ手の植《うゑ》つてゐる家などもあります。家の紋を染め抜いた紺か柿色かの納簾を掛けて、外を歩きながら見ると、その納簾の下から、表座敷に桐の三味線箱が幾つも並べてあつたり、派手なメリンス友禅の包みに包んで女の寝巻が置いてあつたりして、箱廻はしや男衆が急がしさうにしてゐるのが見えます。

僕は、さういふ街筋を、いろ〳〵に通り抜けて歩きながら、(何処へ上らうか。)と思ひ迷つてゐました。

『あなた、ちよつと〳〵。』

『ちよつと〳〵。あなた、お寄りやすいナ。』

『若旦那！ちょつと〳〵。』

『ちよつと、ボンチ！お寄りやすいナ！』

本茶屋の前は寂静《ひつそり》としてゐますが、一見茶屋の前を通ると、斯う言つて彼方からも此方からも呼び掛けます。併し東京《こちら》の塔の下のやうに俗悪でもなければ、吉原《なか》のやうに騒々しくもありません。

『ボンチ、お寄りやすいナ！』

嘘にも僕をボンチと、言つて呼び掛けました。僕は、そのボンチと呼び掛けた声に何とも言へない大阪らしい情味を覚えました。さうしてその家《うち》へフラリと入りました。それは間数の少い小い家でしたけれども、二階に上る箱段などが黒光りのするほど拭き清められた古い家《いへ》でした。僕は小春がまだ南地《みなみ》にゐた時分から続いてゐる家ではないかと思つたくらゐでした。

『何方にいたしませう？』

まる〳〵と肥つた田舎出らしい仲居が茶や火を運んだ後から、言つて訊きました。

懐中《ふところ》の都合もあつて、

『小供を。』と、さういひました。この事は、大阪に着いた、その晩に按摩から聞いて知つてゐました。

『ぢきまゐりますから。』

暫らく経つてから、先刻の仲居が、急いだと思はれて、息をはづませながら、さういつて報告しました。

僕は、さういふ時に、屢々経験する楽しい好奇心に駆られながら、(何様《どん》な女が来るだらう？)と思つて待ちました。

すると稍々暫らくして、襖の外で、

『こちら？』といふ声がして、その襖が明きました。

入つて来た女は、一見眼に立つほど小造りな、寧ろ貧弱な、物足りない感じのする女でした。けれども色の白い、品の好い、丁度雛のやうな女でした。少し長目な黒縮緬の羽織を着てゐるのが、その裾からお召の着物の裾まで、もう何ばかりもないのでお可笑いほど背が低い。

僕は(大阪の女は此様な女か！)と思ひました。

『今晩は！』と言つて、火鉢の向側に座りました。

『寒くなつたねえ。』

『寒うございますなア。』大阪の女らしくない語調で答へながら、小い白い指を十本並べて火鉢の縁に載せました。

仲居が、襖の外に膝を立てゝ座りながら、

『ぢや、ようおまつか？』

と、言つて、僕の意向を訊ねました。

『えゝ、……何か水菓子でも。』

さういひましたが、仲居に水菓子といふことが通じなかつたので、黙つてゐた。

『大阪ぢや水菓子ツて、分らなくつてよ。』

愛相笑ひしながら、大きな声で、無邪気に言ひました。僕は驚りしました。さういふ種類の女には珍らしくもない理由《わけ》ですが、普通に人ずれてゐるのとは違つて、丁度人見知をしない、娘とでも言ひたいやうな、あゝいふ女に有り勝ちな悪く用心をしてゐるやうな処のない性質を見せました。それで僕も興を催して、

『お前は大阪ぢやないナ、何処の産れだ？』

『東！』

『東は分つてゐるが、何処？　……名古屋ぢやない。……横浜？』

『も少し！』

『ぢや何処だ。』

『下谷！』

『ぢや東京ぢやないか、僕も東京だよ』

『さう、頼もしいわねえ！』

それから仲居が柿を持つて来ました。それが来ると、女は直ぐ手を出して剝いた。

『お上んなさい！』と言ひました。

横になつて細かに見ると、何処《どこ》も何処《かしこ》も小いが、小いながらに格向好く出来てゐてキリゝと才発な顔で、薄のやうに切れの長い黒い眼をしてゐます。

それから頭髪《かみ》の好いことゝ言つたら、僕は、これまでに、あんな頭髪の好い女を見たことがありません。僕は、髱《たぼ》の沢山出た髪が好きですが、世の常の所帯女には、さういふのは、あまり望まれません。又いくら遊女とても、わざ〳〵頭髪の結ひやうで、さういふやうにしてゐるのがありますが、それもあまり好《この》ましくない。然るにその女のは、生来《うまれつき》髪の毛が多いので、自然に髱がはみ出てるのです。その後も続けて逢ふやうになつてから、よく見ると、抜き衣紋にした羽織の紋の処まで黒い毛が房々と押被《おつかぶ》さつてゐました。両方の鬢が深く耳の下まで隠して、その鬢の張つてゐるのが、小い白い顔よりも幅が広いくらゐでした。清方の浮世絵の女の頭髪をもつと、沢山にして、それをもつと、乱したやうな頭髪です。

僕は、その房々とした髪の中へ鼻を突込んで、強い、女の匂

ひを嗅ぎました。仕舞には堪えられなくなつて、その髱の処を、口に食へたりしました。

　その晩から、僕は、不思議に活きるといふことは矢張り愉快なことだ、といふ気になりました。華かな縮緬の…………………………………………………………………………どうかして、刮《かつ》と見開いた時のその眼の活々とした派手の表情といふものは、何とも言へなかつた。

　僕は、それからその女に逢ふ為に銭《かね》を拵へることに苦心したですから、若し働《かせ》ぐといふことが道徳的行為ならば、その元動力たる女は僕に取つては実に生命の尽きざる源泉です。モンナ、ヷンナの劇を見ましたが、堂々たる益荒猛男《ますらたけを》が二人とも男児の凡ての名誉と地位とを、繊弱なる一婦人の為に放擲して悔ひないではありませんが、ギドーは何と言ひました。

『自分は、もう何にもしない。』

と、言つた、ヷンナを失つたギドーは、真実何を為る希望も元気もなくなつたのです。往昔《むかし》騎士《ナイト》が愛慕せる婦人の足に接吻《キス》したのは、誠に理由《いはれ》あることゝ思ふ。君達はまたシヨルツの「負けたる人」を見ましたか、またサロメを見ましたか、如何に男でも女でもその頭髪の色が恋する者の心を魅するかといふことは、負けたる人の、騎士の白《せりふ》を聴いても分ります。『黒い髪』は何時までも、恋に悩んでゐる者の心に纏綿として離れない。サロメは何と言ひました。『ヨカナンの頭髪に接吻したい』と言つたのではありませんか。

　さうしてその女と僕は遂に末の約束をしました。

『本当に一処にありませうねえ。』

　さういふ言葉が幾度その女の口から繰返されたか分りません。僕は身受けの金を拵へることに心を苦めてばかりゐました。あんまりその事に心を使つたものですから、終《しまひ》には神経衰弱に罹つて、却つて金の工面も遅くなり、夏までには、秋までにはと、言つてゐたのが、毎時も空頼みになつて了ひました。

　さういふやうな訳で、僕は、その女が大阪にゐる間は、どうしても東京に帰つて了ふことは出来なかつた。もう大阪には見飽いてゐながら、その難波新地といふ広い大阪の市街の一廓ばかりには足繁く通ひました。僕には難波新地くらゐ懐かしい地域は、東京にだつてありません。

　秋には長く有馬の温泉に行つてゐました。其処から時々大阪に出て来ても、梅田の駅から電車に乗つて湊町で降りて、行き付けの貸座敷へ行つてその女を呼んで泊ると、帰る時には直ぐまた電車で梅田に来ました。もうその女と難波新地とより他には、僕の生きる必要も目的もなかつたのです。

　十月の末に有馬を引払つて大阪に帰り、二晩一処に泊つて二十四日の夜大阪を立つて東京に来ました。それも矢張り金策をするには東京が都合が好いからです。大阪には落着きの好い下宿もありません。それで僕は、その女を自由な体にするまでは東京にゐて、東京から大阪に通はふかとも思つてゐました。

此方にゐるのが案外に長くなり、何だか暫く逢はぬと頼りないものだから、最後に別れてから丁度一ト月振りの十一月の二十二日の日でした。その大阪のお茶屋の主婦《おかみ》が、矢張り以前芸者をした女で、不断（もう私は、食べる道楽ばかり）と言つてゐて、鮭《しやけ》を好いてゐました。それゆえ今度僕が大阪に帰へる時には、その東京の鮭を買つて行く約束をしてゐましたから、日本橋まで行つてそれを買つて鉄道院の便で大阪に送つてやりました。一つはその女の処に届けるやうに頼みました。さうして暫く逢はずにゐても、その女を人手に取られぬやうに、細々と書いてやりました。

すると、二三日経つて主婦から返事があつた。もう大阪から来る手紙は僕には生活の歓びを唄ふ唱歌のやうなものです。楽しんで披ひて見ると斯うです。

「あまりの事ゆゑてがみにて申上候。さてとやこん日は、おてがみありがたく存じ候。なれども、あなた様には、あまり、このてがみの、もようでは、なに事も、ごぞんじなきよふですが、さく日とつぜんに、東雲《しのゝめ》さんの、ひき祝ひと申て、あかまゝを、もつてきましたゆゑ、わたくしは、トの様が、かねぐ〵はなしのとほり、東京からかねをおくりて、おやびきにしたのか、一どぐらい内にこたへてくれてもよからうと、わたくしを、だしぬきおや元にかねわたした事と、あまりの、とつぜんゆゑ人にきいたら、さく日ひいて、やぜん東京にかへりたとの事ゆゑ、あなたにちがひはないと、内で今日はなしゝておるところにこんなてがみ、なにがなにやら、わけがわからぬ。もしやあなたごぞんじないのなら、かつてにやめたのか、そちらの姉さまたちはごぞんじでしよう。なにしろさく日ひきいはひしたので、じつにおどろきました。さく日の、今日ゆゑくはしき事はしらねど内ではあなたが、かげでした事と今うはさしておるところにおてがみ下され、さすればあなたでない、ほかに人があるのか、なんじや、きつねにつままれたような、ま事にあなたごぞんじなくば東雲さんになんぞわけありてやめたのか、まるでわけがわからぬ。一ど辰どんにあつてきゝます。さく日は東雲さんがやめる。今日あなた様から、こんなてがみ、わたしは、ゆめのやうにあります。一寸この事申上げます。あまりの事ゆへおれいもわすれました。まへどおてがみありがとふ。又だいすきなしやけ御おくり下されたとのこと、ありがたくおんれい申上候。いそぎのまゝようじのみ

京《きやう》梅《うめ》より

御トのさままゐる

懐かしい京梅の主婦からの手紙、鮭は受取つた。一本は東雲の処にとゞけた。といふやうなことを書いてゐるものと、僕は、主婦の、見馴れた長火鉢の向側に座つた顔や、東雲の笑つてゐ

る時の顔などを想ひ起しながら披いて見ると、この通りの手紙です、「さく日、とつぜん、東雲さんのひき祝ひ……」といふ処に至つて、ハテ不思議と、僕はと胸を突きました。自分でも顔の血色が失せるのが分りました。

　僕は、その手紙を持つた手さきがブル〴〵慄えた。さては皆な嘘であつたか、一年の馴染を重ねる間には、あゝも言つたかうも言つた。いろ〳〵な約束の言葉は疑へばあてにならぬとしても、不用意の際に発した言葉の中にはどんなに男の身の上まで気遣つてくれたらう。

『今に素人になつたら……』

といふ言葉が、どんなに半歳の後一年の後を期待して、二人の寝物語りの間に楽しく語られたらう。

　僕は、その京梅の長火鉢の前に座つて、

『主婦さん、僕は、もう大阪には他に何の用もない。たゞ此家に来るだけの用で大阪にゐる。』

と言つて繰返した。京梅では他の客には東雲を呼ばなかつた。有馬で三日三夜の二人きりの自炊の楽しみ、自分の他にさういふ客があるとは知らず、彼奴のいふことを誠と思ひ込んだのが残念だ。

　僕は、その手紙を見ると、直に浅草のステーションに急いで足利まで行つた。逢ひ初めの頃東京と言つてゐたのは、その実足利在の産れであることが分つた。その足利には姉が嫁いてゐるのです。その女は悲惨な運命に弄ばれ、河竹の流れ〳〵て大阪に行つてゐたのです。父も母もありはあつても、殆ど音信不通でした。女は自分でも足利の姉ばかりは少しは妹の事を思つてくれると言つてゐました。彼女は、父母の愛情すら嘗て身にしめたことのない生れるとすぐ他手に渡つた薄命な女でした。僕も姉とは、その女のことで二三度文通をしてゐました。僕は好んでさういふ薄命の女を愛するのです。

　それについ二三日前、その事で姉の夫が僕の処に訪ねて来た時の話から考へても、主婦の手紙にあるやうに、姉たちが女の近状を知つてゐる筈はない。何処か他の男に靡いて行つたに違ひない。さうすれば、もう生涯あの女を見るといふことはないのだ。かう思つて来ると僕は溜りません。足利までの汽車の中は、どんなにわびしく、心が急がれたでせう。足利に行つたつて女の様子の分る道理はないのだ。が、せめて其処に行つたら、手紙くらゐは越《よこ》してゐるだらうと思つたのです。それと一つはその女の姉が何様《どん》な女か見たかつたのです。

　初めて行く処ではあり、東京を出る時が遅いので、向へ着くと夜になつた。寒い夜風を外套《とんび》に厭ひながら車を走らせて、其処ぞと思ふ家を探ねあてゝ入つて行くと、それはかねて大阪にゐる時から女に聞いてゐた通りの荒物屋で、折から店頭には四五人の人間がゐました、主婦と覚しく、火鉢の後に座つてゐる二十五六の女が、見知らぬ僕の顔を訝しげに見上げました。その顔を見ると、所帯にやつれてこそゐれ、大阪の女に小高い鼻から、口元の小じんまりとした様子が酷肖《そつくり》でした。

僕はそれを見て、行く先の知れなくなつた東雲を見るやうに懐しく感じたのです。その女も多い髪を銀杏返へしに結つたのを、ガクリと乱して、でも、堅気《かたぎ》に店を守つてゐました。

姉は、その夜、さも〳〵妹の亭主のやうに僕を待遇してくれました。君達は僕が足利の姉に逢ひに行つたのをお笑ひなさんな、女の墨のやうな房々とした髱が強く眼に残つて、どうしても忘られません。

仇情

決して数多く読んでゐるといふではありませんが、いろ〳〵西洋の小説を読んだ中に、斯う凝乎《ぢつ》と、深く心に残つてゐるケ処を想ひ起して見るのに、矢張りツルゲネーフのには、哀愁に富んだセンチメントが多いやうです。トルストイには、人間の壮《さかん》な感情が出てゐます。それに比べてツルゲネーフは優れてはゐない。甘くはあるが、吾々の堪ゆる能はざるある情緒を想ひ乱さしめると言つたやうなのは、ツルゲネーフのやうです。

中にも、何彼《なんか》に就けて、忘るゝことの出来ないまで、私をして、想ひ起さしめるのは、あの屢《よ》く引かれるルーヂンの最後《をはり》にあるレジネフの哀愁に充ちた言葉です。

『今夜のやうに、かう風が強い冬の夜に、私は、独りで静《ぢつ》と、話し対手もない下宿屋の六畳の部屋に、だゝ火鉢を擁して坐つてゐると、全く身も世もないまでに、寂しく心が滅入るのです。……ですから、も少し話して行つて下さい。更けたら、また更科のかけでも、さう言ひますよ。……全くそばの味を食べるには、冬はかけ、夏はざるです。』

勝山は、人懐かしさうに、さう言つて話し対手を引留めた。

無理に立つて帰らうとすれば、泣きもしかねまじき有様であるから、客も用のない男の事故、また暫らく話し耽けりました。皆な知つてゐて珍らしくない言葉ですけれど、僕は、あの二葉亭の『浮草』を、また取り出して読んで見ませう。

『……レジネフは久《しば》らく室《へや》の中を往きつ戻りつしてゐたが、頓《やが》て窓際に来て、少し考へて、口の中で「薄命な男だなア！」といつた。而して机に向つて妻へ贈る手紙を書き出した。戸外《そと》は風が出て凄い音がする。どつと烈しく吹き付けるので、玻璃戸《ガラスど》が、がた〳〵いふ。永い秋の夜になつた。此様な晩に屋根の下に温にして蹲踞《うづくま》つてゐる者は幸福だ。……神よ、家も無くして彷徨《さまよ》ふ人々を救はせ給へ！』

チエーホフの『海鷗《かもめ》』といふ脚本の中に、あるセンチメンタルな青年が、矢張りこのルーヂンの中のレジネフの言葉を引いて、自分を棄てゝ行かうとする恋人を切に引留めやうとする処があります。こゝの処は、それゆゑ余程《よつぽど》人々の心に触れるものと思はれるのです。

私は、今、斯うしてゐても、唯理由《わけ》もなくさういふ遣る瀬ない感情に襲はれて、独りでゐると、座にも堪へられないやうになつて来るのです。

『尤もそれには、近頃また少し理由があるのです。……矢張り女のことです。』

さう言つて勝山は、次のやうなことを話しました。

思ふことは、十分の一も出てはゐませんが、貴君《あなた》も読んでくれたさうです。あの『疑惑』といふ小説にある通りのこともあり、私は、東京には飽きが来るし、何をせねばならぬといふ希望もなくなつて、私の主観の眼には恰《ちやう》ど東京が沙漠か何ぞのやうに見えて来たものですから、暫らく変つた土地に旅行でもして見やうかといふ気になつて、それで一昨年《おとゝし》の秋の初めから京《かみ》阪《がた》へ遊びに出掛けました。言はゞまあ気に入りさうな女を探しに行つたやうなものです。……妻があるとか、恋人があるとか、兎に角女を所有してゐる人達には、女を所有したいといふ希望以外にまだ他の希望が種々あるものですが、さて、前に女があつて、それを無くしたとか、まだそれを所有しないとかいふ人々に取つては、どうかして女を所有しやうといふのが、男子《をとこ》の唯一の希望ぢやないかと思ふのです。斯ういふと、所謂豪傑肌の人達は、哄然として一笑に付するかも知れませんが、それは併し皮の硬い観察に過ぎないのです。

この頃飛行機といふものが非常に発達して来て、所謂飛行機好晴《びより》に、金色眩《きんしよくまば》ゆき、プロペルの音を高く轟かして、一碧拭ふたるが如き天空《おほぞら》を、飛行機に乗つて翔けるのは、今日男子の最も痛快なる仕事のやうに思はれてゐます。

けれども私は、一生飛行機になど乗りたくもありませず、また他の人々も飛行機になど乗るのは止せば好いと思つてゐます。

私の理想は、極端なる平和主義で、極端なる個人主義です。飛行機に乗るのも、その人々の遊興で乗るのならば不可はありますまい。けれども、西洋の各国を初め日本などでも、それを、軍事上の必要から研究してゐるとすれば、吾々平和主義を夢想してゐる者に取つては実につまらぬことに思ふのです。人と人とは、さうまでして利害の衝突に解決を付けねばならぬものかと思ふと、全く恐ろしくもあり、浅間しくもあります。

　去年の十二月の末に、朝早く此処《こゝ》の上をも飛行機が、大きな音をさして飛びました。下宿してゐる若い人達や、女中など、『あれよ〳〵！』と言つて、駆け出して空を眺めてゐたやうですけど、八時頃から、けたたましい音がした為に、僕は、穏かな朝眠を破られて、その日は一日朝から不快でした。

　尤もそれにも少し理由があるのです。去年の五月麗かな好晴《ひより》に大阪の南陽《みなみ》の街を歩いてゐて、天空を高く飛んでゐる飛行機の壮観を、感歎して仰ぎ見たのです。すると、僅か二三時間経つと、頻りに号外の鈴の音がして、その勇敢なる若い飛行家は京都の深草練兵場に墜落して惨死したといふのでした。私はその時酷く無常の感に打たれました。可惜《あたら》生ある者よ、汝が弱き力を用ゐて、自然を征服せんとした勇敢なる試みは脆くも失敗して、汝が享けた地上の幸福は忽ちにして一空に帰し終つたではないか。あゝ若き飛行機乗りよ、汝は何故に今少し人間らしい地上の幸福を享楽せざりしか。斯の如き無謀の挙は廃して、それよりも吾々は寧ろ柔軟なる地上の歓楽を耽り味はふではありませんか。

　遊女《いうぢよ》の誠と鬼瓦の笑つたのとはないものと、昔から相場が定つてゐるけれど、私は、大阪で馴染《なじ》んだ女に、よもやそんな欺《いつは》りはないものと思ひ込んでゐました。

　去年の十月の廿二日の日でした。私は、九月の初めから滞留してゐた有馬の温泉を引揚げて大阪に出てまゐりました。温泉の町から、三里ばかりは、六甲山背面の山道を俥に乗つて、阪鶴鉄道の生瀬《なませ》といふ駅に降りて来ます。それから汽車で一時間足らずで、直に大阪駅に着くのです。私は、その俥の上、汽車の中で、もう二十日余りも逢はぬその遊女《をんな》の顔を如何に思ひ焦れたでせう。

　九月の末に四日ばかり、その遊女は、有馬に遊びに来てゐました。三晩泊つて、翌朝は早く一番の汽車で大阪へ帰るといふ夜、

『あなたと、斯様《こん》なことは、もう一生ないわねえ。』と申しました。私は変なことをいふと思ひながら。

『今に一処になつたら、始終斯ういふことはあるぢやないか。』

　と、私が訝しさうに言ひましたら、遊女は唯、黙つて微笑してゐました。或はその時分から、他に心が動いてゐたのかも知れません。

有馬から、鉄道に出るには、途中の景色はないが、生瀬よりは、三田駅の方が順路になつてゐます。一番に乗るには、五時には起きて出ねばならぬので、遊女は、もう宵の中に着物や千代田袋のやうなものを自分の枕頭《まくらもと》に取揃へて、

『翌朝《あす》の朝、まごつかないやうに、斯うして置くんだ。』

と、言つて、畳んだ帯の上に、緋縮緬のしごきを乗せました。私は、女と相談して、店と貸座敷の女将《おかみ》とに、松茸だの栗などを買つて来て女の枕頭に置いてやりました。

疲れてグツスリ一ト寝入りすると、私は、目敏くも、昨夜宵の中から頼んで置いた車夫が、別荘の生垣の外から、端の間に寝てゐる女中を声を掛けて起してゐるを夢のやうに聞きました。

アツと思ひながら
『おい！〳〵。』と、前後も知らずに熟睡してゐる遊女を揺り起しました。何といふ短い一ト寝入りでしたらう。……さうすると、遊女は、目を覚し〳〵俯伏に起き直つて、

『私は、親に会へなくつても、これがなければ、』と、言つてゐる枕頭の女煙管を、手を差伸して取り寄せ、二三吹瞬く間に吸ひつゞけてゐました。

女中は、睡い顔をして、襖を静かに明けて、吾々を起しに来ました。

まだ九月の末でも、もう山の上の暁の風は、冷く肌に浸みます。


遊女は、起上ると、寝巻のまゝ、昨夜からそのまゝ行かなかつた便処に行きました。

『おゝ、寒い〳〵。』慄えながら戻つて来た。

『寒いだらう。だから言はないこつちやない。老婆《ばあ》ちやんが言ふやうに、あの褞袍《どてら》を被《はを》つてステーションまで行くんだよ。此処《こ》で斯様なだもの、三里の山道を、車の上で、朝風に吹き曝されて溜るものか、肌に着ける襦袢も、も一つ重ねてお出で、私のがあるから。』

私は、押入れの荷物の中から、此間西洋洗濯から届けたばかりの、真白い肌襦袢を取出しました。

『これ硬《こは》い。着ない。』

女は、一寸手に取つたその襦袢を傍に投げた。

『馬鹿だねえ。少しくらい硬いたつて、着てゐれば、直ぐ柔らかになる。』

『大丈夫よ。あの褞袍を借りて行くから。……あなた、汚れた物があれば、何でもお出しなさい。私持つて帰つて洗濯にやつて置くから。』

そんなことを言ひ交しながら遊女は、支度を急いだ。手も怠《だる》く、一心に太い帯を締めてゐる。私は夜具をはねた敷蒲団の上に坐つて、千代田袋を取つて拡げながら、

『何にも忘れた物はないね？……これはあるの？』

其処にあつた自分の鼻紙を取つた。

『あゝ、鼻紙を少許《すこし》入れて置いて頂戴。』

『でも、お前、よく来てくれたねえ。』

『……知らんわ！』遊女は、甘えるやうに言ひながら、漸と帯を締め了つた腰の周囲を、身体を捻ぢ曲げるやうにして見てゐた。

『さあ！もうこれで可い。』と、窮屈さうに跪《しや》がんで、大島紬の女持ちの煙草入れを帯の間に挾んで、その上を一つポンと叩きながら、

『あなた、その栗を忘れないやうに。』

老婆《ばあや》と若い女中の見送るのを、玄関で断わつて、遊女は、自身貸し褞袍を抱え、老実さうな車屋の提灯《かんばん》に暁の暗に覚束ない足許を照させつゝ、危つかしい石段を踏んで、私達は、俥の通ふ、温泉町の入口まで降りて行つた。

『俥屋頼むよ。』

車夫は、それに返答しながら、轅棒《かぢぼう》を擡《もた》げた。車輪《くるま》は、もう二つ三つ回転《まは》つた。私は尚も後に蹤《つ》いて歩いた。

女は、苦労人《くらうと》に見えぬやうにと、注意して、束髪に結ひ変へて来たその多い頭髪《かみ》を、黎明《しのゝめ》の冷たい風に吹かれながら、車の上から、

『あなたも、もう帰つてお休みなさい、寒いから。』

まだほの暗い闇の中に真白い頬を斜に向けて言つた。

『あゝ、私も来月は早く大阪に帰るから、さうしたら、都合で、一処に東京に行かう。』それを、また口早に繰返した。

俥は、もう橋の上に轟いた。

『左様なら！』女が、最後に俥の上で体を捻ぢ曲げるやうにして、呼び掛けたのが、暗に認められた。俥は、緩い勾配を一直線に下つて行つた。影は瞬く間に暗に消えて了つた。

私は、忽ち病に襲はれたやうに寂寞を感じた。悲みに充ちて別荘の自分の部屋に戻つて来た。

八畳の室の中には、藻抜けの殻の寝床が二つ並んでゐるばかりだ。私は、泣きたいやうな気になりながら、詰まらなく、冷へ切つた寝床に、またもぐり込んだ。さうして頭から、スツポリ蒲団を被りながら、海老のやうに身体を縮めて、『あゝ、此処に、せめて七八百円の金がないかなあ。それだけあれば、後どうかして千円にする。あの遊女が傍にゐなければ、もう生きる歓びは無い！』

そんなことを取留めもなく空想してゐると、

『とう〳〵帰んなはつたなア。』

と、言ひながら、老婆は入つて来て、一つの寝床を、情け容赦もなく、パタ〳〵形付け初めた。

『旦那はん、これから、どつと寂しおまつせ。……まあ三日やなア、三日くらゐは何となく寂しいもんや。』

『そんなことを弁へてゐるくらゐならば、其様《そん》なに、立ち早々夜具をパタ〳〵形付けなくとも、此方が起きるまで、せめてそ

の儘にして置いてくれても可さゝうなものだ。気の利ない田舎婆奴！』と、私は、今にも逆上《こみあ》げて来て泣きたいばかりに頼りないのと、焦れ〲するのを凝乎と堪へながら、黙つて老婆のするのを一瞥した。俄かに八畳の間が、すうつと間の抜けたやうに広くなつた。

『可愛や江口は……もう一里も行てゐるだらう』と、思ひながら、また自暴《やけ》に蒲団を被つた。私は、その時謡曲の『班女』の中の、「……明けなんとして別れを催し、せめて閨もる月だにも、しばし枕に残らずして又独寝になりぬるぞや」と、いふ処を思ひ出して、夜具の中で身を千切《ちぎ》られるやうであつた。……それが痴呆《たわけ》ですか、それを痴呆と言ふ人は、天性愚鈍な人です。

それからまた一と寝入りして、九時頃になつて、起きたけれど、唯つまアらない気が先きに立つて、魂が何処かへ抜けて行つたやうで、体に精がありません。昨日一昨日に引比べて、その日の寂しさといふ者は無い。私は、不味い御飯をお茶の力で咽喉《のど》に流し込むと、また寝床を拵へて、その中へもぐり込みました。さうして夜は、飲めもせぬのに、酒を命じて、ガブ〲自暴酒を呷ふりました。さうすると、いやが上に感情が興奮して熱い涙がホロ〲と両方の頬に流れた。遂に神経が疲労して、私はその為に遣る瀬のない夜を昏睡して明したのです。

一日二日、さういふ状態でゐましたが、三日めには、そんな事をしてゐては、倍《ます》〲身体が悪くなるばかりだと思ひましたから、一つ勇気を起して運動の為めに六甲山の頂上に登つて見ました。

また『班女』を引くけれど、私は、真面目に、さう感じてゐるのです。『班女』の中に、斯ういふことがあります。「……夕暮の雲の旗手に物を思ひ、うはの空にあくがれ出でゝ身をいたづらになす事を、神や仏も憐れみて……」

うはの空にあくがれいでゝ身をいたづらになす。と、いふのは、私の場合が、それです。私は、この花子のやうに、恋ひ憧れて、それが為に、狂気になるのも決して厭ひはしません。恋愛の至情の為に、狂気になる『班女』の中の花子や、それが、為に鱗の生えた蛇になる道成寺の清姫や、それが、為に生命《いのち》にも功名にも換へ難い愛妻デスデモナを圧殺するオセロや、それが為に公金の封を切つて縄目の恥を曝す忠兵衛などは、人類の中の天才です。芸術の化身です。

私は、さういふ芸術の化身でなく、凡人でした。さうして東京から、非常に責任を負つた長篇の小説を書かねばならぬ仕事を持つて来てゐましたから、さう遊女の事ばかり思ひ続けてゐて、身を徒づらに持ち倣しては、その責任が果せないと思ひましたから、それで一つ六甲山に登つて、朗《うらゝ》かな秋晴の遠望を恣にし、衣を千尋の丘に吹払はして、心機を一転せしめやうと思つたのです。

西北には、遠く播但の山々が、脈々として起伏してゐるのが好く澄んだ十月初旬の空気の中に、薄紫色をして一望の間に見渡される。その山と山との間に開けた平地には、今しも匂ふばかりな稲が鮮明に黄熟してゐるのが遠く眺められた。

頂上の茶店で一と休みして、また少許《すこしばかり》登ると、穏やかなちぬの海は直ぐ眼の下に展《ひろ》がつてゐる。暖かな秋の日の水蒸気に海の面が煙つて、恰も大きな古銅の鏡のやうに銀灰色に鈍く光つてゐる。私は頂上の突鼻の処に佇んで、懐しい大阪の方を眺めました。御影、住吉、葦屋の浦から西の宮と、海浜の町々が静に断続してゐるのが見えるけれど、大阪と思ふあたりは、唯、濁つた煤煙に隠れて、微かに高い煙突が数へられるばかりです。

『難波新地は、彼方の方だらう。今時分江口はどうしてゐるだらう。』

と、遊女の事を思ひつゞけました。其処から、住吉道といつて、まだ鉄道の出来ない時分神戸大阪の浴客が山籠《かご》で往還した山道があつて、私の立つてゐる直ぐ脚の下には、山腹を蜿ねつて、一本の山道《みち》が、白ろ〳〵隠見してゐるのです。私は、此処まで来たついでに、そこを降りて行つて、阪神電車に飛び乗つて、大阪に往つて来やう、江口に逢つて来やうか。と、思ひましたけれど、責任のある仕事を控へてゐては、そんな無謀なことは出来ません。否や、その仕事さへ捗取《はかど》れば、後で何様なに、心伸び〳〵と江口と遊ぶことが出来るか知れぬ。その大きな仕事をさへ片付ければ、江口を身受けすることも出来るのだ。お前は、その為に今、仕事を楽しんでゐるのぢやないか。と、私は、自分で自分の身を抓り、自分から心を励ましました。清い風が山の上の尾花を吹き靡びいて、私は、高く天に登つてゐるやうな心地になりました。さうして私は、矢張り女を思つてゐました。

少し他の事になりますが、女と芸術といふことに就いて斯ういふことがあります。――それは、私の、まだ幼い時のことでした。田舎には、屢《よく》さういふ人間がありますが、故郷《くに》の私の家へ、まだ父の生きてゐる頃、面白い世間師が度々来てゐました。それは四国辺の者で、碁も初段くらゐは出来る、茶の湯生花もやる、浄瑠璃は特に上手で、父もそれが好きでしたから、来ると幾日でも逗留して甘い物を食べて、酒を飲んで、一日田舎の旦那衆の遊び対手をしてゐました。小供の時分のことだから、確かに記憶せぬが、一年に一度か二度は必ず来て永く方々の家を泊り歩いて行つたやうです。すると、或る年のこと、その男が若い女を女房に連れて来ました。私は、その時小供心に大変に奇麗な姐さんだと思つて、その女が自家《うち》の座敷に坐つてゐるのを見ると、何だか吾が家までが、今から説明すれば粋になつたやうに感じたのです。それは女浄瑠璃であつたか、それとも高松か丸亀あたりの芸者であつたか知りません。兎に角その男の浄瑠璃の三味線を弾きました。

処が、私は、小供の耳に、その時、かういふことを聞きました。

『此の間、何処其処へ行て、碁を遣つたが、彼男《あいつ》ひどく弱はうなつてゐる。何度やつても負けた。あの女が気に掛つて、仕方がないのだ。あれが傍にピタリと着いてゐないと、負ける。……痴呆者《ばかもの》が!!』

斯う、父と同じくらいの年配《とし》の人が申した。

好きな女が、傍に着いてゐれば、碁が強くなる。ゐなければ、負けてばかしゐる。

その後、その男は、美しい女を連れて来た時を最後に、ピタリと来なくなつて了ひました。父も死に、父の友達も死にましたから、丁度同じ年格好であつた、その人間も最早この世にはゐますまい。けれども、その後私が段々成人して、軈《やが》てその男の、その時分の年配《としばえ》に近くなつた今日、種々《いろん》な人間《ひと》の世の甘い辛いの味を嘗めた結果、――好きな女が傍に着いてゐれば、碁が強くなる。――この事ばかりは三十年の後の今日になつて、倍々《ます〱》私に深い興趣を催さしめるのです。

また私は、故《もと》の名人円朝の話を、たつた一度聴いたことがあります。それは、若い、江戸の踊りの師匠と若い浮世絵師とが、互に両方の芸に惚れ合つて、思ひを焦してゐたのが、遂にその思ひが叶つて、夫婦になり、一層芸が進んだといふものでした。

恋愛は、美しい感激です。――私は、斯ういふことを思ひ耽りながら、遠く、力及ばない大阪の空にあくがれてゐました。

さうしてせん方なく、また山を降りました。

それから二十日余り過ぎて、漸く大阪に帰ることが出来たのです。緩《のろ》い阪鶴鉄道の汽車を、停車場《ステーション》ごとで、私は、舌打ちをする思ひで、池田、伊丹、と、やがて大阪駅に着くと、江口への土産にと、山の町から買つて来た栗の籠を下げて、改札口を出ると、電車に乗るのも待ち遠く、直ぐ有り合ふ俥に飛び乗つて、恋ひしい懐かしい難波新地の一廓へと走らせました。

十月末の大阪の夜の街は、もう、袷衣《あはせぎ》着の肌には、うそ寒い秋風が浸みて、茶屋の灯懐しい情緒を唆《そゝ》るのでした。東京で、私の知つた待合の女中が、『遊ぶのは、十月が一等好いわねえ。』と言ひました。――もどかしい人車《くるま》は、やがて燈《ともしび》の色明麗な南陽の街に入つて、中筋の、例ものお茶屋の入口に、ガタリと威勢よく轅棒を下しました。

「暮れ」までになつてゐる座敷を、小早く貰つて、江口は、早速来ました。

『随分長かつたわねえ。どうしてゐて?』

顔中笑ひに崩しながら、私の二つの袂を執りました。

そんな時に、階下の長火鉢の向から主婦《おかみ》に、何か言つて戯弄《からか》はれながら、心も空に、急いで段階《だんばしご》を駆け上つて来る江口の笑ふ顔が、今も眼に見えるやうです。夢に、屢く、気ばかり急いて、足の思ふやうに早く運ばないと、言つた時のやうな形です。多い両頬の鬢がフワ〱と躍つて、抜衣紋に着た羽織が後に滑り落ちさうでした。

『今晩、これから夜中遊びませう！』

『あゝ。』

それから私達は、長い秋の夜を、更けるのも忘れて、無窮の楽欲に酔ひ疲れました。

翌日は、正午《ひる》まで遊んでゐました。二人とも鮨が大好で、特に江口は、

『私、種々な魚のよりか、たゞの海苔巻が好き。』と、言つて、屢く難波の寿し虎から取り寄せました。新沢庵の出る頃香々の入つた海苔巻の味は、東京でも味はゝれない風味です。私達は、それを夜更けてから、新しく茶を煎れさして、二人前も食べましたつけ。謡曲の江口の遊君《きみ》も斯くやと思ふばかりに、私の江口も賤しくない、物の食べ方を致しました。私は、其点《それ》も好きでした。

『あなた方は、お二人とも東京の方だすよつて。』

と、言つて、後には、気を利かして、仲居がおしたぢを手塩皿に入れて添へて来ました。

お午には、天どんを食べて見ました。江口は『私、おいしい天どんを食べて見たいわ。』と言つてゐました。お茶屋の主人が東京の人間の嗜好を心得てゐて、何処かのが、好いと言つて、電話で註文してくれました。

『あんまり、汁《つゆ》をグチャ〳〵多くしないで。』

と、言つてゐるのが聞えました。程なくそれが来て、二人で食べました。

『やつぱり、余《あん》まりおいしくないわねえ。……貴男《あなた》、これを上げませう。』江口は、あなごを一片《ひときれ》箸に挟んで私のゝ上に載せました。それは甘くなかつたからぢやない。毎時でも江口は、早く腹に充満《みち》て、私にくれました。私は、それが甘かつたのです。

店から正午迎へが来たので、正午後まで、もう三本付けて、何時までも置いときたい江口を返しました。私は、少し睡て行くからとて、

『左様なら！』と言つて、江口は、襖の外から、もう一度此方を見て、思ひを残す言葉を言ひ置いて去りました。

それが最後でした、江口に逢つたのは。

東京には、一寸行つて来る。と、その時話して別れたのです。過日《いつか》も申した通り、江口を身受けする金策をするには、どうしても東京でなくては都合が悪い。加之大阪では、居馴れる者には宿屋住ひが誠に勝手が悪いので、私は、或は、そのまゝもう第二の故郷の東京に尻を据ゑて、東京から時々難波新地へ通はふかとも思ひました。東京から難波新地へ、百四十里の道程《みち》を急行列車で通ふ、それも遊女に惚れた者の天晴《あつぱれ》心意気ぢやありませんか。

でも此度大阪に戻つたら、何処《どつ》か島の内か、難波界隈に清浄《さつぱり》とした家の間を借りて、仕出屋から、弁当を取らう。

『さうなさい。私、遊びに行くわ。……虎どんに貸す家を探さして置く。』

そんなやうな事も言つてゐたので、東京《こちら》から手紙を出した序《ついで》に、一度その事をも訊ねてやると、それに対《こた》へて越した返辞に、

ぜんぶんごめんくだされ度候。おい〳〵さむさにむかひ候。あなた様には、なんのおかはりもこれなく候や、一寸おたづね申上候。わたくしも、べうきにてやすんでおりましたなれども、このせつは、おい〳〵よくあいなり、つとめおり候ゆゑ、御安心下され度候。さてとや家の事おんたづねにあいなり、虎どんにたのみて、二かいの、よろしいところをさがさしておきまするゆゑ、左様ごしようち下され度候。あなた様には、いつ頃大阪へお帰りにあいなり候や。一日もはやくおかへり下さるやうお待ち申居り候。

十一月十六日　　　　え　口　よ　り

旦那さま

かういふ手紙です。で、帰阪《かへり》が、都合あつて少し遅くなる。といふ手紙を添へて、私は、二十二日の日に東京から、江口を呼びつけてゐたお茶屋の主婦にあてゝ、二人に、食べる物を鉄道院の便で送つてやりました。すると、折返へしに、廿五日の朝主婦から返辞があつて、江口は、私の送つた品物と手紙とが向へ着いた二十三日の日に、赤飯《あかはん》を配つて、引き祝ひをして、私で、始終入つてゐたそのお茶屋へは顔をも見せず、前の晩に、もう梅田の停車場から何処かへ行つてしまつた。と、知らせて来ました。それは過日も話した通りです。

私の失望と憤怒と怨恨とは、今更ら申すも愚かです。加之それに類した私の多恨の経験は、これまでも既に度々話したことがありますから、今復たそれを繰返へしますまい。唯、有馬の温泉に逗留してゐる時遊女の立つた後の私の寂しかつた心持を味つて下されば、永久に私を棄てゝ何処ともなく姿を隠したと初めて知つたその時の私の心持ちをもまた味つて下さるでせう。

大阪のお茶屋の主婦から、その絶望的な悲報の届いた廿五日の朝、私は、懇意な楽天家の友人と快闊な気分で何か雑談を交へてゐました。その手紙を見ると、私は急にそは〳〵して心落着かず、その友人の去るのを待つて、私は俄に支度を準《とゝの》へて足利へと立ちました。足利には江口の実姉《あね》がゐて、私は、もうそれと、江口のことで数回書信の往復《とりやり》をしてゐたのです。その夜足利の姉夫婦は、私を歓待してくれました。そして始めて会つた姉に委しく妹の内情《やうす》を聞くと、私に、何日《いつ》大阪へ帰るかと、訊ねてよこした手紙と同じ十六日の日附で、姉の処へは、此度都合あつて、廿二三日頃大阪を立ち退いて、遠方に行く。行く前一度東京に行つて姉さまに逢ひたいが、思ふに任せぬ。勝山さまには、もし足利に訪ねて見えたら、只永い間厚いお世話になりました。何時までも忘れませぬ。と、礼を申して下さい。

遠方に行くといふことは、黙つておいて下さい。と、書いてゐました。

『どこへ行つたんだらう。……この春新橋まで迎へに来てくれといふ電報を打つて置いて来た時に迎へに行つて会つた時に、何しに東京へ来たと訊いたら、お客が外国に連れて行くといふから、その相談やら、訣別《わかれ》に逢ひに来た。と言つたから、私、飛んでもない、そんな外国へなど行つてはいけない。もし外国なんか行くやうなことがあると、それこそもう姉妹《きやうだい》の離別《わかれ》だ。と、言つて、私、やかましく言つて止めたのです。……自分でも始終気が、ウロ〳〵してゐて、心が一つも定《きま》らないんです。外国へ行くなんか言つてゐるかと思ふと、此度は、私、何処か山の中のお寺に行つて尼さんにならうかしら、私のやうな者は嫁には行けないし――さう言つてゐるかと思ふと、東京に戻つて所帯を持うか。と言つて見たり、自分でも何うして可いか分らないんです。』

姉のさう言つて、真心から、妹の身の上を気使つてゐる色が、私にも、明歴《ありあり》と見えました。

『今ぢや、三人の姉妹で、足利の姉さんが、一番気楽なの。小供がないけれど。』

江口は、さう言つてゐた。正月を近く控へてゐて、粉類から味噌だの、醤油だの、塩鮭だの、種々な荒物類が、小家ながら、店から奥庭までギツシリ入つてゐて、土地柄とて絹糸なども取引してゐる。小金に不自由のなさゝうな明るい電燈の下で、姉は長火鉢の向側に坐つて、亭主の吸つて立つた長煙管を取上げながら、四辺《あたり》に気を置き〳〵話した。

『私も裸体《はだか》で此処の家へ嫁たのですし。私や彼女《あれ》の親父《てゝおや》と言つたら、親類といふ親類中を泣かして、もう今ぢや誰れ一人対手にする者は無いといふやうな人間なものですから、あの子も、やつぱり父親《おやぢ》の為に一生廃者《すたりもの》にせられて了ひました。……母親《はゝ》はまだあの子が腹にゐる時分に、矢張り父親がいけない為めに離縁になつて、生み落すと引取つて、同じ村中《うち》へでしたが、里子に遣つてゐました。時々連れて来て見せてはゐましたが、……五つ六つの時分に、矢張り近い処へ養女《むすめ》に貰はれて、其処ぢや仕合せだつたのですが、実家《うち》へ帰つて来てからも、どれ、何処にゐる。と言つても、隠れて会はなかつたりして……矢張り一旦里子にやつたりすると、何うも其処に妙な隔てが出来て、いけないものです。』

『えゝ、そんなことも種々彼女から聞きました。……私、さう言ふんです。お前は、話すことに嘘がないなら、まさか車夫や屑屋の娘でもなさゝうだし、親類が皆な相応に遣つてゐるんなら、お前のやうな泥水に身を沈めてゐる者が一人でもあれば、親類中の顔汚しだから、一同《みんな》して銭を出し合はしても、お前を清浄《きれい》な身体にしさうなものだ……』

『えゝ、それです。……けれども、もう何処の親類でも散々父親の為に泣かされた結果《あげく》彼様《あん》なことまでするやうになつたものですから。』

　姉と私との間に、江口の身の上話しは、取り留めもなく夜更けるまで続きました。そこへ義兄《あにき》が外から帰つて来て、話しは途切れた。

『もう十二時過ぎた。……また明朝《あす》の話しにして、もう寝るとしませう。』亭主は、店の小僧どもに戸締りを注意した。

　亭主と、少し離れて、並べて敷れた寝床の中に、私は、朝から遣る瀬なく思ひ疲れた身体を休めた。綿の柔かい夜具は、恰も江口の姉の歓待《もてなし》振りのやうに親しく温かであつた。私の脱ぎ棄てた羽織と着物とを畳んで、それから蒲団の肩先や、裾のまはりをトン〳〵抑へ付けて、自分も、亭主の彼方《かなた》に設けた寝床に行つた。

　頼りない江口の行く先きを、姉と私とは、翌日《あくるひ》も、彼処《あすこ》此処と種々に想像し合ひました。田舎者の、所帯にかまけて、汚くこそして居れ、妹とは、漸く三つ違ひの廿六の姉は、小い口元から、小高い鼻の形、その多い黒い頭髪の生え際まで、余りに酷《よ》く江口の面影に似通うてゐるので、大阪の土地で一《ひ》と年《とせ》余り馴染んだ遊女の仇し情けを縁に訪ねて来たこの姉、江口と遠く離れてしまへば、自分とは、また何時の世にか逢ふことのあるべき。と、思へば、私は、其家《そこ》を容易く立ち去りかねて、思ひ病らひつゝ、折角来た序次《ついで》に、直ぐ近くにあつた古い足利学校と文庫とをそこ〳〵に一覧して、黄色く散つて行く庭の銀杏を払ふ風に袂を吹かれながら寂しく葉の落ち尽した其処らの樹々や、江口の生れ故郷までは、此処からまだ三里も山奥だといふ、その方角に越えて行く痩せた雑木山などを何時までも眺め入つた。果しもないことに時を移しつゝ進まぬ気分をせめて俥に揺られて昨夜たゞ暗中《くらがり》に降りた停車場に来ると、間もなく十二時の東京ゆきが着いた。

　折返へして、復《ま》た、その後江口の行くゑに就いて聞いた委しい事あらば知らせ。と言つてやつた手紙に対して大阪の主婦から、かう書いてよこしました。

たび〳〵御手紙ありがたう。あなた様の御心の内、わたくしは、よく〳〵御さつし申上候。さて江口さんのゆくゑ、いろいろたづね申したところ、やはり、あなた様の、おほせのとほり本年の四月ごろから、自前で、かねためるために、はたらいてましたのです。また人のうわさでは、このたびの人は、そふ人ではないさうな。虎どんにきけば、なに事も、たよりがないゆゑ、なにぶんわかりかねるとの事。いろ〳〵ともだちにきけば、なんでも下の関の方へいたさうです。またあなたからの手紙は、一つもないさうです。本だけは店にありましたゆゑ内にとりかへしました。本人の事は、さらにわからぬ。かんじんの虎どんが、しらぬと申します。わたくしも、よほど、とひあはせましたが、これしきやわかりませぬ。い

づれおやの内へは手紙がゆくでしよう。とりあへず、この事おしらせまで

十一月廿八日　　　　　　　　　　　　たまより

おんトのさままゐる

下の関の方に行つたらしい。といふので、足利の姉の外国に行くと話したことや、大阪にゐる頃、時々耳にした客の、影のやうな心当りから想像して、私は、朝鮮か台湾に渡つたのではあるまいかと思ひました。

足利の姉からは、それから、幾度となく、妹の処から手紙は来ぬが、居処が分つたら直ぐ知らせてくれ、もし自分の方へ先きに分つたら、すぐ其方《そちら》へも知らするから。あなた様のお心の内は、私、よく察してゐる。私も日々《にち〳〵》心の内で、大日様や、お天とさまを拝んでゐまする。もし朝鮮や台湾へでも行つてゐると知れたら、私、どんなにしても妹の処に行きます。と、いふやうな面と向つて会つたよりも一層打明けた切ない手紙を越してゐました。真実、姉も両親《ふたおや》はありはあつても、無いも同然なり、自分には子はないし、父ゆゑに不仕合せな妹のことを、『あの子〳〵』と、言つて、いとしがつてゐました。

私も、大阪にさへ行けば、何日《いつ》でも逢へると思つてゐた、その大阪にも、もう居なくなつてしまつたと思へば、一層逢つて見たくもあり、起請の如く取交してゐた此方の手紙も取戻したし、姉の許へ行先きの少しも早く知れるのを待つてゐましたけれど、姉から聞いたことなど後から、種々思ひ合はして見ると、虚偽《いつはり》を言つてゐたことも段々思ひ当る。流石売り物安物だ。姉へも、江口への恨みを書き、自分は、もう彼様な女は諦めた。肉身《しんみ》の姉妹だから諦められなからうけれど、妹は無い者と諦めなさい。と口説いて遣りました。すると、この正月の三日に、姉からまた手紙が来ました。

取りいそぎ申上候。さて一月一日まゐり候、あなた様の御手紙ありがたく拝見仕り候。あなた様には妹ゆゑにいろ〳〵御心配に相成り候御儀、私、よく〳〵御察し申上候。ついては、妹種のところより今晩の八時頃書面まゐり、いどころ相知れ申候。べつにくはしき事申し居らず、たゞ兄上や私に手紙のとりやりして下さいと申候。私からは、すぐさま、あなたさまのこと、それからお種の身の上のことなど、こまかに書いてやり申候。それのみならず、勝山さまは、足利へ来て一晩とまりその後も私の処と手紙のやりとりをしてゐられることなど申しつかはし候。妹が勝山さまへ手紙を上げねば、私が勝山さまへ大変に申わけがありませぬゆゑ、ぜひ〳〵あなたさまへお手紙を差上げるやう申しつかはし候。あなた様よりも、すぐ妹へ、私が、ひどく立腹してゐると御申遣はし下され度、ぜひ〳〵御願ひ申上候。あなたさまも私のやうな者と手紙のやりとりするとは、私も妹の処と、とりやりする心いたし候。ぜひ〳〵この後とも御深切になし下され度存じ候。

私の書いた手紙など、あなたさまには、さぞよみにくきことゝぞんじ申候へども、おさつしねがひ上げ候。
　一月二日夜　　　　　まさより
勝山さまえ
（妹種の処は、台湾、台北、樺台街栄泉堂内）
いよ〳〵推量に違はず、台湾であつたと知つたから、私も早速手紙を書きました。

お前は「勝山との」といふ名を、よもやまだ忘れはすまいねえ。京梅で稲荷さまを祭る時、おまへと揃ひの提燈を上げた時にも記した名で、大阪にゆけば、チヤンと残つてゐるだらう。併しさういふ思ひ出はお前には何でもなからう。商買をしてゐた女が、旦那が出来て、足を洗つて素人になつたところへ、出てゐた時分の馴染の客が、手紙をやるのは、随分未練がましく、いづれ長火鉢の傍で、お前達のお笑草になるのだらうと知つてはゐるが、お前の姉さんからの懇々との頼みゆゑ此の手紙を書く。そしてついでに、私の怨みをも言はう。去年の十一月の二十二日だつた。大阪へも一ト月から帰らぬので、おまへの事が心にかゝり、京梅とおまへとにあて魚河岸で二本鮭を買つて鉄道便で送つた。さうしたら、すぐに京梅のおかみから手紙が来て、ちやうど、その二十二日の日に、とつぜんお前の引き祝ひといつて、京梅へも赤飯《あかまゝ》をもつて来たさうだ。京梅では、私が東京から金を送つて身受けをさしたにちがひないと思つて、いろ〳〵噂さをしてゐる処へ、私から、鮭と一処に送つた手紙を見て、これでは、とのさまではないといふことが、はじめて、分つたさうだ。
おれは、お前が、もう大阪をば何処《いづこ》ともなく立ち退いたとは、露しらず、心づくしに鮭などを送つて、おまへから返事のあるのをまつてゐると、京梅から、さういふしらせだ。十一月の二十五日にその手紙を受けとると、わたしは、直ぐに浅草のステーシヨンから足利へ行つて、お前の姉さんに会つて、一ト晩泊つていろ〳〵話しをした。姉さんにきけば、去年の四月ごろから、もうおまへは、自まへでかせいでゐたのだつたさうな。わたしなどゝちがつて、しつかりした旦那がついてゐて、身受けをしてもらつたのは、何よりも結構なことであつた。しかし、わたしがそれを知らなかつたのは、どこまでも、こちらがのろまさ。のろまではあつたが、おれは、お前に何度となく、いゝ旦那があつて、わたしよりも先きへ金づくで身受をするといふ者があれば、情けないが、力に及ばぬから、此方は、きれに手を引く。私が、かうしてぐづ〳〵してゐる間に身受けをするといふ客があるだらう。お前ほどよく売れる女で、一人や二人そんな客のない筈はない。と言つてきいても、お前は、何時も、ない〳〵としらばかり切つた。そりや自前で、儲けに稼いでゐるのだから、仮ひ情夫《いろ》でないまでも、客は大切だ。さういふことを打明けてしまへば、客がおちる。わたしのやうな懐中の覚束ない客をも、おかくと思つて、こちらの言ふことを、一々柳に風で扱かつてゐたと分つて見れば、興が冷める。それとは知らず、こちらの真実《まこと》は、何も斯もお前の嘘八百で玩弄《おもちや》にされた。上州の高崎を振り出しに、品川吉原から、大阪の難波新地とその半玉より小《ち》い豆のやうな股にかけ、浮きつ沈みつ、渡り歩いて、散々ッぱら男をだました凄い腕には、今更感心するばかりだよ。

しかし、いくら男をだますが商売の女郎にでも、約束をした男を棄てるにや、唯のハガキ一枚でも、これ〳〵の事情《わけ》があつて、かねての約束は、遂げられない。と、きれいに断はつて行つたつて、まんざら罰も当るまい。お前も泥水稼業で五年の間苦労をした人間にしちや、ちつと汚穢《あか》が抜けなさ過ぎるよ。『一処にならう。なりませう。』とは、私ばかりが口に出した約束ぢやない。夜毎日毎に変つた男と枕を交はす女郎の身にしては、お客といふは客毎に夫婦約束をしてゐては、体が千あつたつて、万あつたつて足りなからう。今更おれは、振つた女に野暮は言はない。しかし、大阪を立ち退けや立ち退くと、逢ひ初から一年の間、お前にやつた手紙の数は、積つて束にするほどあるはづだ。私の処へ来る時に一処に持つて行きますと言つて、預かつて置いた書物を一処《いつしよ》に、送つて返すくらいの深切はあつたつて、大した損ぢやあるまい。

足利の姉の処によこした手紙には、十一月十六日に、五六日のうちに他へ行くと書いてゐる。それに何んだ、私のところへよこした手紙には、やつぱり十一月の十六日に書いた手紙に、『あなたは、いつ大阪へお帰り下さるか。』と言つてゐる。お前は、棄てる男を、棄てる日までもだまさねば腹が治まらないのか。京梅のおかみが手紙をよこさねば、お前は、やつぱり大阪にゐるものと思つて、おれは、べん〳〵と東京から、またぞろ大阪にお前を憧《こが》れて帰つて行つたにちがひない。

そんな薄情な売女《ばいた》に未練はないが、『長くつきあひませう。長くつきあつて御覧んなさい。私は義理堅いから。』と、自分で言つた事は、よもや忘れはすまい。京梅のおかみの手紙を見て、江口にみれんはないが、あの手紙と書物だけは、取り返したいから。と、言つてやつて、虎どんに尋ねてもらつたら、本だけは、店に置いてゐたさうだ。たとひ商買にもせよ。一年の間、引き付けておいて、棄てゝ行く間際に手紙一つ書くのも億儀だつたのかい。

忘れもせぬ九月の十六日に、有馬から出て来て、京梅から返事をすると、遠出をしたとか、他処《たしよ》ゆきをしたとかいつて、中遅《なかおそ》くから入つて、神戸にお客につれられて行つてゐたと言つた、その台湾の方へ行つてゐた客が、こんどの男だらうとは、東京にゐても、大抵見当はついた。

お前くらゐ了見の定つてゐる女なら台湾の土人の中にゐたつ

て、アゴは涸《かは》かない。おいらは、東京にゐさへすれば、帝国劇場も見られる。カブキ座も見られる。人を騙す狐の住む台湾なんぞへ行く気にやなれない。大阪にだつて、もう行きやしない。憎まれ口は、もうよすが、しかしお前も苦労をした女ならば、男が返せと頼む、私の手紙は一切返してもらひたい。棄てるほど嫌ひな男から遣つた文を、お前が持つてゐたつて何の役にも立つまい。あんな厭な男でも、手紙一枚で断はりもせず、棄てゝしまつたとおもへば、あんまり寝覚めのいゝこともあるまい。手紙だけは、どうあつても返してもらひたい。

姉さんは、なんと書いて手紙をだしたか知らぬが、棄てられた上は、私は、お前にみれんはない。併し姉さん達は堅気だから、おまへの事は、本当に心配して、私の処へも、どうぞ妹の行くさきを探してくれと、何度手紙をよこしたか、知れない。私は、もう、お前で、泥水稼業の女には、コリ〳〵だ。いづれそちらへは、好きな人につれられて行つてゐるのだから、騙された上棄てられた男の私から手紙をやるのはいくぢのないことだけれど、姉さんの頼みだからも少し書く。お前は、かね〴〵姉さん達の、深切のないことをこぼしてゐたが、それは、おまへが、小さい時から他人の処で、まゝ子根性に育てられて、その上に、さういふ泥水稼業をながくして来たから、心が、ひねくれてゐるので、姉さんが、今度、お前が、去年の十一月の末に手紙を、よこしたきり音信《たより》なく、行くさきのわからなくなつてからといふものは、それは〳〵心配で、私の処へも、何度手紙をよこして、妹の行くさきを大阪のお茶屋へ聞き合はしてくれ、もし朝鮮へでも行つてゐるなら、自分は、どんなことをしても、妹をつれに行くとまで、言つてよこしてゐるのだ。お前の姉さんが、お前のことを『あの子、あの子』と、言つて、どんなに可哀さうに思つてゐるか

それは一ト通りや二タ通りぢやない。

お前は、吉原が焼けた時にも、姉さんに、羽織のお古を一枚貰つたりきりだといつてゐたが、それは、その通りであつたかも知れぬが、一体姉さんの御亭主は、分らない、量見のまづい人間といふことは、わたしにも、直ぐに分つてゐる。お前の事につき、姉さんが、私と手紙のとりやりをしてさへ、御亭主は悋気《りんき》をするのださうなから、よつぽどわけの分らぬケチな人間らしい。お前が、みす〳〵泥水に身を沈めてゐても、鐚一文出してやらうといふ気はなかつたらしい。それだから、姉さんが、一人で心の中でヤキモキ思つてゐても、駄目なのだ。だから仮ひ銭は姉さんの手から出すことが出来ないと言つても、それは無いのだから、仕方がない。一ト口に銭を出さぬから姉さんも深切がないとは言へぬ。

こんど台湾につれて行つた人は、先から私には隠してゐた骨董屋で、身受けをしてくれた人で、私が有馬から出て来て、

夜遅くまで待つた時、多勢で、つれられて神戸に行つてゐたといふ人だらうが、その人間などは、とてもお前の姉さんが、お前のことを、明け暮れ心配するほど、思つてはゐないだらうと思ふ。

棄てられた俺が、かういふと、おれが、みれんがましくいふやうだけれど、おれは、お銭をこしらへて、渡さぬ間に、騙されてゐたことが、分つて、まあよかつた。たゞ姉さんは、あのとほり、自分には小供もないし、それは〳〵お前のことを心配してゐるのだ。銭を出さぬからといつて、不深切だとも、思つてゐてくれないともいへない。金のある人の五百円千円道楽に使ひ棄てるよりも、姉さんが内証にくれる五円のお金の方が、ありがたいと思はねばならぬよ。

私は、もう、棄てられ、深切を仇で返へされた人間だから、これつきり、今後手紙などは出さぬ。たゞくれぐ〳〵も姉さんの心の内を察してこの通り長々と書いた。たんと好きな人に可愛がつておもらひ。台湾三界までつれられた行つた男だから。

一月七日　　　　　　　　　勝　山　よ　り

お種どの
すると、半月ばかり経つて女からひじきの行列のやうな手紙が来ました。
前文略御免下され度候。さて此度、私の当地にまゐり候には、いろ〳〵とわけのあること故何卒御ゆるし下され度候。あなたさまの厚き御世話に相成り候こと、幾年の後までも、かならずく〳〵忘れはいたさず候。私もあなたとお別れ申候ひしより、いまだに御許《もと》さまのことは忘れかね、何かの時には思ひだし居り候。あなたさまからの御文まことに嬉しく拝見いたし候。必ず色恋にてまゐりしとはちがひまする。長くゐるつもりではありません。半年か一年ぐらひで帰るつもりであります。私は、あなたと、どこまでも一処になるつもりでありまする。私もあなたの処をさがしたいために、大阪の店へ虎どんに手紙をやりました。私からあなたさまにあてた手紙が虎どんの手に渡してあります。写真も本も渡してあります。東京はさぞお寒いことゝ思ひます。まだ台北は暑いくらひです。あなたも遊びかたぐ〳〵お出で下されば、私は、そんな嬉しいことはありませぬ。主人の目をぬすみ、二人で、どこへなりとも遊びにまゐります。今では心淋しく暮して居ります。台北には長く居ません。本月の二十三日に福州へまゐります。家がきまりましたら、すぐ手紙を出します。お手紙下さる時には、足利の姉の名にて御出し下されたく、またお出で下さるせつには、足利の兄だと言つて下さい。船は、神戸からでも門司からでものれます。三日か四日で着きます。申上げたきことは山々あれども主人が寝た間に書いたのですから、よみにくきところは、お察し下され度候。私も東京へかへりたく相成り申候。あなたのかほや、姉上のかほが見たく相成り申候。あなたは、福州へは来られませんか。一月でも二月でもよろしい。私が毎日遊びにまゐります。寒さはげしきゆゑ、ずゐぶんからだ御大切に遊ばされたく候。まづは取りいそぎおしき筆とめ候。

　一月十六日　　　　たねより

こひしき勝山さま

こんな手紙をよこしたものですから、忘れかけてゐた大阪での事を、またいろ〳〵想ひ起して、それでも福州へ行つてから、手紙をよこすかと思つてゐましたが、それツきり音信《たより》がありません。一年の間、彼女《あいつ》の為に、大阪にゐて、熱病に罹つてゐたやうなものです。

津の国屋

一

昨夜《ゆふべ》から静かに降つてゐた初雪が、薄く地に敷いてゐた。

千草は、昨日《きのふ》の晩遅く東京から到着した為替を毎時《いつも》の郵便局で幾枚かの五円紙幣に換へて懐にすると、少し行つてから、下駄屋に入つて、崩し初めに足駄を買つた。千草は、乏しくなつてゐた懐中へ新らしく幾許かの纏つた銭《かね》が入つて来ると、真先に新らしい履物と足袋とを買ふ癖があつた。

　その新らしい樫歯で軽く、白い雪に鮮かに二の字を刻みながら戎橋の通りを難波新地の方に歩いた。低く空を鎖してゐた灰色の雲が何時の間にか散らけて瑠璃色に光つた青空から暖かい日が照つて来た。大阪は雪が少い。

　木理《もくめ》の眼立つまでに洗ひ磨かれた千本格子の軒並に華奢な注《し》連《め》飾《かざ》りが張られて、いつもしつとりと落着いた心地のする粋な難波《なんば》中筋の古い街筋は、茶屋の男、女の忙しい往復《ゆきかひ》に踏まれて、泡雪《あはゆき》が大方泥濘《ぬかる》んでゐる。その軒下の雪の上に竈や臼を据ゑて、餅屋が急がしさうに餅を搗いて廻つてゐる。形の好い鳶《とんび》を着た千草は、細く畳んだ蝙蝠傘を杖のやうに下げながら、『夕霧阿波鳴渡』の「年の内に春は来にけり一臼に、餅花開く餅搗きの、賑々《にぎ〳〵》はしや九軒町、嘉例の日取り吉田屋の、庭の竈は難波津の、歌の心よ井籠の、湯気の大杵。……」といふ情景を聯想しながら、東京と違つた大阪の歳の暮れを珍らしさうに見て歩いた。

二

　昼間でもいくらか薄暗い心地のする津の国屋の三和土の上に静《そう》つと立つて、千草は、

『今日は。』と、小《ちひさ》い声を掛けた。

　家の中が閑寂《ひつそり》としてゐるので、

『今日は。』と、此度は少し大きい声を出した。

　すると、長火鉢に寄りながら開閉《あけた》て出来るやうになつてゐる、上り框の二畳のも一つ奥の間から、庭に向いた小《ちさ》い切り窓の小障子を、内側から細目に明けて、

『どなた?』と、いつて顔を見せた。

『あゝ、若旦那、お出でやす。暫らくだしたな。さアお上りやす。』

　津の国屋の主婦《おかみ》は、客脚の絶えた午後《ひるさがり》に、シャン〳〵湯気の立つ鉄瓶のかゝつた火鉢の向に丹前を被《はほ》つて、横になつて微《うと》睡《うと》してゐた眼を覚ましながら、

『ようこそ。……今日も、あなたのお噂をしてゐましたんや。昨日か一昨日小夜衣《さよぎぬ》はん自家の前を通つたついでに、ちよつと寄つて、若旦那から手紙を貰ひました。今度あなたがお出になつたら、もしお花に行てゐても、都合をして来ますから、ぜひ待つてゐて耳入れして貰ふようにいふてゐました。今時分ですから、大抵家《うち》にゐませう。』主婦は、時計を見上げて、『すぐに返事を出して見ます。……どうぞお二階にお上りやす。』

　千草は、黒光りのするほど拭込んだ箱段を踏んで奥の八畳の間に通つた。濃い群青を塗つた土佐絵風の二枚折りの金屏風が、壁の隅に立てゝあつて、違ひ棚には赤い締め紐《を》の眼に立つ太鼓や舞ひの扇子などが置いてある。

　主婦は後から直ぐ茶と火とを運んで来て、

『外はお寒うおましやらう、……今ちよつと皆な出てゐまして、……すぐ返事をして見ますから、少し待つてゐておくれやす。』

　さういひながら床の上の脇側を取つて千草の脇に置いて降りた。

　二十日ばかり前の晩、宵のぞめきに、この家の前を漂々《ふら〳〵》と通りすがつて、つい呼び込められて、一見で逢ひ初めてから、これで三度めで千草は小夜衣に逢ふのである。東京から大阪に来てゐて、芸者を遊ばないで、こどもを呼ぶといふのが、千草の独りの心に何となく自尊心を傷けるやうな心持ちもするし、大《と》阪《ち》の女を遊びたいと思つてゐながら、東京者といふのが、物足りなくもあるのだが、逢ひそめから、種々の点《ところ》に男性《をとこ》の情《こゝろ》を惹着ける処があつて、千草には、あてもなく探してゐた物を、偶《ふ》

然《と》探しあてたやうな、力強い興楽に身をそゝられてゐるのである。さうして、今、永い間凋萎《しなび》てゐた心を十分にその興楽に醮《した》したいやうな気分に促されてゐた。

　十日ばかり前、二度めの時にも、懐中の用意が乏しかつたり、遊ぶ勝手がよく分つてゐなかつたりして、後髪を惹れるやうな悲しい思ひに胸をとぢられながら、十二時《なか》まで〻帰つた。

　遊女《をんな》は、寒い夜更けに、華麗な夕禅模様の長襦袢の上に黒い縮緬の羽織を被つて、二度までも、はばかりに行くやうにして長火鉢の処に降りて行つて、仲居や主婦と何か話して来たらしい。濃い房々とした銀杏返しの頭髪《かみ》に埋れたやうに、蒼いほど白い小い顔を仰向きに枕の上に載せて、ちよつと思案してゐる様子を傍から見ると、曲線の纖細《かぼそ》い顳顬《こめかみ》の処に心持ち青い静脈《すぢ》が浮いてゐるのが、幽暗《うすくら》い電燈《ともしび》の光の中にも見えて、長く薄のやうに切れた活々とした黒い瞳で何処かを凝乎《じいつ》と見てゐる。

『おい、何をそんなに考へてゐるの？』

　千草は、自分の今思つてゐる通りのことを、遊女も思つてゐるのだと考へながら、脅かすやうに言つた。

『何も考へてゐやしない。』遊女は、一時《ひとしきり》澄んだやうに静かであつた姿態《やうす》を初めて崩しながら言つた。

『ぢや、あなた、今日は十二時までゞお帰んなさい。』自分も諦めて、男を賺すやうに優しく言つた。『私が、どうかしても可いんだけど、最初からそんなことをすると、階下でお母ちやんなど変に思ふから、……十二時までゞ帰した方が可いといふの。』

『あゝ、帰るよ、けれど雨が降つて来たのに、これから帰つて行くのは痛《つら》いなア。……電車が無くなりやしないか知ら。……これだけで何うかなりやしないかなア。』

『あなた、まだ持つてゐるの。……あるんなら、朝迄《ずつと》にして下さいナ……私も、これからまた他へ行くのは、それは辛いわ。』

『もう持つてやしない。此処にこの通りあるだけさ。』

『ぢや、とにかくお帰んなさい。そして近い内に是非来て下さい。でももし電車がなかつたら帰つておいでなさい。直ぐだつたら、私まだ此家《こゝ》にゐますから。……その代り此次《こんど》は、来て見て、私がゐないからと言つて、寄席なんぞへ行くんぢやありませんよ。今晩も此室《こゝ》に静《じつ》と寝て待つてゐればよかつたのに……あんまりお銭を使はないやうになさい。』

　優しくいたはるやうにいひつゝ起き上つて、跳ね返した夜具に背をよせかけるやうに、小高く重ねるやうにした長襦袢の膝頭の上に懐中鏡を取り出して、鬢のほつれを直してゐた。

　さうして、まだ、これから他へお花に行くつらさを、くど〱と繰返しながらも、手早く長襦袢を脱いで着物に着換へながら、それをメリンス夕禅の小風呂敷に包んでゐた。

　千草は、その夜十二時を過ぎてから、ビシヨ〱と降る雨の中をわびしく帰つて行つたのだ。

　主婦が降りて行つてから、千草は、紙巻煙草を啣へたまゝ、手枕をして横に脚を伸しながら、もつとのことで涙の流れて出さうであつたその夜の情けなかつたことを種々に追懐《おもひかへ》して、そこへ小夜衣の顔の見えるのを、今かと待つてゐた。

壁一重隔てた隣の家で、娘が浄瑠璃のお浚ひをする調子の高い撥音《ばちおと》に連れて、六ケしい曲節《ふしまはし》を厳重に語らうとする、まだ何処やら稚気《をさなげ》の脱けきれぬ、生《うぶ》な嗄れた肉声《こゑ》が耳元近く響いて来る。それを好い心地に聴いてゐると、千草は、大阪でなければ味はふことの出来ないやうな古い浄瑠璃の情調と自然《ひとりで》に心が融合つたやうになつて、今語つてゐる『柳』と彼れとは何の関係もないのであるが、『……縋り歎けば父親は、涙に声も枯柳、枝に流るゝ血汐の涙。』といふ音調が、小夜衣は、賤しい遊女でも、自分は構はぬ、苦界の女だから尚ほのこと可哀さうだといふ考に胸をそゝられた。

三

少許《すこし》しておかみは上つて来た。

『若旦那。あの、小夜衣さんを訊きにやりましたけど、今日はどうしても外すことの出来んお座敷で、行けません。といふのだすが、今日は、私が美《い》いのを見立てますから、どうぞ他ので辛抱しておくれやすナ。』

故郷《くに》の九州の方で長い間芸者をしてゐて、それから七八年前に大阪《こちら》に来て南地《みなみ》からも出てゐたといふおかみは、千草の仰向いて臥てゐる上に覗きかゝつて、人を外らさぬやうに笑顔を作りながら、大阪とも九州とも東京とも、つかぬ弁で言つた。

千草は、それを聞いて失望を感じたが、まだ遊ぶ勝手もよく分らず、殊に深い馴染でもない貸座敷《おちやゝ》なので、いくらか気を兼ねながらも、

『どうかして貰つて来られないの。僕は彼女《あれ》が気に入つたんだから。』千草は失望の色を和げるやうにつとめながら、野暮を微笑《わらひ》に隠して、小供のやうに淡泊に主婦に縋る口調でいつた。

『えゝ、それやあもう、貰へさへすれば、仰しやるまでもない貰ふて来ますが、それが貰へんから、今日はどうぞ他のにしておくれやす。あの女《ひと》が若旦那の気に入つてるのは、それは分つてゐます。私が、チヤンとあなたには、あの遊女《ひと》と思つて見立てたのですもの。さうですから、もうあなたにはあの女と定めて置いて今日だけは私に免じて他なのにしておくれやす。その代りこの次からは必ず彼女を呼びますから、』主婦は、其処に手を突いて拝む真似をしたり、軽く掌で襦袢の襟の処を打つやうにしたりして客に哀願した。

千草は、折角の思ひで、今日こそはと楽んで来たのに、他の女には鐚一枚も惜しいと思つたけれど、それは胸の底に蔵ひながら、かういふ時に強ゐて我意を外に表《おもて》はさぬものと、諦めて、

『ぢや、兎に角もう一遍貰ふやうに話して見て、それでもいけなかつたら、仕方がないから他のにするとして。』千草は、矢張

り仰向いたまゝ表面《あらは》には、さまで小夜衣に心がないかのやうに軽く言つた。あんまり初手から独りの遊女《をんな》に愛着してゐる心の底を、斯ういふ眼先きの判《き》くらしい主婦に見破られるのが、恥かしいやうな気がした。

『それぢや、もう一遍貰ふて見て、それで行けなんだ時は、他のにするとして、それで、他のは、何様なのにしませう。若いのにしますか、少し年を取つたのにしませうか。どんなのでも、若旦那のお好きなのを私が見立てます。』撫で廻すやうに御意を伺つた。

『あんまり若いのはよくない……』

『やつぱり少し年を取つたのが面白いでせう。……彼女くらいなのを。よろしい私が受合ました。……あゝ、今、お茶《ぶう》持つて参じます。』

おかみには、あゝいつたけれど、千草は、どうしても小夜衣でなければならなかつた。女に、段々数多く接して来るにつれて、彼れの頽廃的興味は、ます〳〵病的に鋭敏になつてゐた。女の皮膚の色や手脚の形によつて、男性の享受する快楽の種類を考へて見たり、『心中よし意気方よし、床よしの小春どの』といふ近松の音楽に今待つ遊女を比べて見たりしてゐた。発汗したやうな、感情の疲労したやうな、一刹那血液の循環が止つたかと思はれるまでに蒼白く変色した弱々しい小い顔が房々とした黒い頭髪に埋れてゐる有様が強く彼れの眼の底に膠着《こびりつ》いてゐた。薄くて小い上唇が丁度早蕨を上に向けて巻いたやうに、心持ち伸びてゐる真中の処が、ちよいと小高くなつてゐて、そこの処の何ともいへない柔かさが種々なことを聯想せしめた。彼れは横になつたまゝそんなことを想ひ浮べて、巻煙草の吸口をキユツト強く吸つた。

主婦はまた上つて来た。

『お嬉びなさい。小夜衣さんが今来ます。』晴やかにいひながら、千草の横に座つた。

千草は嬉しさに、覚えず顔を崩して、

『あんなに来られないと言つてゐて。来るの。』

矢張り寝たまゝわざと不機嫌さうにいつた。

『他の者では分らんから私が今自分で行つて、座敷に出て居るのを、ちよつと蔭に呼んで貰ふて、これ〳〵で若旦那が、ぜひ小夜衣さんに来てもらひたいといふ話しをしましたら、小夜衣さんも、あの人なら、行くから。といふて、今すぐ来ます。』

『もう来るの？』

『もう直き来ます。その代り今日はちよとだすぜ。挨拶といふて隠れて来て貰ひましたのやから。あなたも直ぐ階下に来ておくれやす。階下にお寝間を取らせますよつて。』おかみは急《せ》いた。

千草は、何のことやら少しわけが解らぬながら、促さるゝまゝに箱段を降りて行つた。

降りながら、箱段の上り口の処を見ると、小夜衣が白い駱駝の襟巻を手に持つて、此方を見上げて、黙つたまゝ顔中で笑つてゐる。

おかみは、茶室《ちやのま》の、も一つ奥の八畳に急がしく綿のよささうな大きな蒲団を自分で運びながら、

『さあ、あなた方は此方へ。……今やから言ひますが、自家《うち》のお客さんが、昨日から、小夜衣さんを呼んでゐて、今朝からまた他の貸座敷へこの女を連れて遊びに行ておるのを、今私が行て小夜衣さんに逢ふて、来てもらひましたんや。……自家の古いお客だすけど、お茶屋箒《ちやゝぼうき》が癖で、長うなると、もう二軒でも三軒でも歩いて廻る人やから。……あんまり遅うなると、今に此方へ帰つて来ますから。……さあ〳〵此方へ。お越し。』

暮れ近くなると、茶の間の長火鉢の前には、定客らしいのが二人三人集《たか》つてゐた。

『どうしてゐて。さあ、彼方《あつち》い行かう。』

小夜衣は、甘つたれるやうに、まだ笑ひつゞけながら、千草の袖を引いて、主婦の延べてゐる寝床の上を渡つて、ガラス越しに、隣家の大きな土蔵に仕切れた猫の額ほどの小庭の見える障子の際に行つてぺつたりと座つた。

『まあこゝへお座んなさい。あれからどうしてゐて。』

小夜衣は、座りながら、千草の両方の袂を下から引張つた。

千草は左甚五郎の為るまゝになる京人形見たいに、小夜衣に魂を奪《と》られてゐでもするやうに、引張られるまゝに、きちんと腰を折つて、小夜衣の膝の上に、自分の膝を突いた。

『あなたが、来たといつて、此家のお母《かあ》ちやんが、自分で呼びに来たから、お客にお菓子を買つて来るといつて、欺まして脱けて来てやつた。……その代り長くゐられないの。……これ、今日は此様な風をして、お可笑いでせう。』と、言つて、遊女は、肱を上げるやうにして、寝巻のまゝの襦袢の袖口をこちらへ向けて見せた。

また雪空にでも変つたのか、急に暗くなつて、シン〳〵と底冷えがして来た。

『おゝ寒い！　彼方い行かう。』千草は、羽織の両袖をダラリと、懐手をしたまゝ、今主婦の延べて行つた蒲団の方に眼配せした。

『あゝ、あつちい行かう！』

その袖の端を捉《と》つたまゝでゐた小夜衣はまた甘えるやうにいつた。

二人は、厚い柔かい敷蒲団の上に行つて座つた。

『好きな人とお楽しみの処を、私が来て邪魔をして済まないナ。』

『そんなことありますか。そんなことありますか。』小夜衣は、白い小さい歯を嚙み合すやうにして、懐手のまゝでゐる千草の

襟先を両手に捉んでグイ〳〵押した。

『あゝ、もう可い！　〳〵』と、笑ひながら、手足の自由を奪はれた千草は、後にはねた掛蒲団の上に倒れかゝつた。

四

新春《はる》になつて初めて行つた時には都合よく出来て、小夜衣は早く来た。

茶の間の主婦の座る頭の上には、壁の其処ら中に、南地《なんち》五花街事務所の規定《きめ》を木版にした、芸娼妓の花代の細表が貼つてあつたり、新に披露目をした芸娼妓の名前を大きく誌した札が幾枚となく後から後からと重ねて貼つてあつた。

主婦は、新しい茶を入れて、長火鉢の向に座つた千草に出しながら、彼れが、倍々《ますます》小夜衣に想ひ着くやうな噂をいろ〳〵してゐた。

『今日は、まあ、丁度よく小夜衣はんが店にゐてよかつた。よく売れる妓だすよつてに、なか〳〵斯様《こん》なことおまへんのやで。あの通り別看板だすからナ。』と、おかみの眼指《めざ》した柱の上には、『別座祝ひ』と特別に太く書いた大きな紙が貼つてあつた。

『私《こども》も、此の商買をしてゐますから、自家でも随分多勢の芸者や娼妓を手にかけますが、小夜衣さんのやうな女は、もうこの難波新地切つて、おまへんのや。『別座』といへば、花の売り上げ高によつて、一等二等から、下までいろ〳〵ある、その一等よりも、またずつと上で、別座に追ひ越す者はないのだす。あの女のことを、皆な小どもの神様々々といふてゐます。上品で、賢うて、それで気に張りがあつて、人情があつて、私は、まだこの、今の商買をせん時分から、度々小夜衣さんとは一座をして、あの女の心は、よう知つてゐます。あなたが、初めて此家《こゝ》へお越しになつた時、私《わたえ》、もう一ト目チラと容子を見て、このお客さんには、小夜衣さんと、私、もう自身で定《き》めたんや。』主婦は、千草の顔を見ると、屡《よ》くそれを繰返へした。

なるほど、さう言はれて見ると、千草にも、小夜衣の上品で、賢さうな処は解る。さう思ふと、彼れの心には小夜衣が次第に好くなつて来た。


『今日は、朝迄《ずつと》にしても可いんでせう。』

『あゝ。』

『あゝ、嬉しい。』

『おれも嬉しい。初めて泊ることが出来て。この前は一寸だし、その前の時は、雨の中を帰るし。あんな痛かつたことはない。』

『あたいも嬉しいわ。』

夜の更けるにつれて、隣座敷にも二タ組ばかりの客があがつて、三味線に太鼓を入れた騒々しい散財が初まつた。遠くの方からも、同じ物の音が、建込んだ家々に返響《こだま》を返すやうに、ハツキリと聞えて来た。枕の直ぐ下の街では、新内や浄瑠璃の流しが、幾群となく通つて行つた。恋ひのつじ占、身の上判断が、古い想ひ出のある声を揚げて呼び歩いた。一時が鳴つても二時が鳴つても、夜更しをする茶屋の男衆女衆《をとこしゆをなごしゆ》などが食べるやうな物を売る呼び声が絶えなかつた。

まだ宵の中から小座敷に忍んだやうにして寝疲れてゐた二人は、遅くから連れ立つて湯に入りに行つた。

『大丈夫よ、遊廓《こゝ》の湯は、夜の三時までは、あるから。』

遊女は言つた。『貴郎《あなた》、先に入つてゐらつしやい。私、ちよつと自家に行つて、お湯の道具を取つて来るから。』

置き屋が店には、今時分まだ昼のやうな火影《ほかげ》が輝いてゐて、急がしさうに立ち動いてゐる入れ方が色彩の強い友染メリンスの寝巻の小包を持ち廻つてゐるのが艶めかしかつた。湯屋の近くは、湿つた暗の中に白い靄がほの〴〵と立騰《たちのぼ》つてゐるのが其処らの火光《あかり》に映つて、家根《やね》の空を赤く取彩《いろど》つてゐる。殊に女湯は立て込んでゐるらしく、しどけなく伊達巻きをした上に、縮緬の羽織を被つて、小走りの下駄の音を立てゝ駆込んで来るのがある。櫛巻に解いた頭髪《あたま》に毛筋立《けすぢ》を挿込んで、襟頸を真白に塗つた顔をテラ〳〵さして、暖簾を潜つて出て行く者もあつた。

千草には、強いて見やうとしないのに、いろんな色つぽい粧ひをした女が着物を脱いだり着たりするのがよく見えた。温かい、甘酸ぱいやうな更けた湯の匂ひが、柔らかに彼れの鼻を襲ふた。東京の洗湯と違つて、大阪のは、番台の処に開きがなかつた。あつても平常開放《いつもあけつぱな》してあつた。

浴槽の奥の処の仕切りの板に、何の用に供するのか、女湯と男湯とに出這り出来るほどの口が切つてあつて、恍惚となつて、湯に漬《つか》つてゐる、千草に其処の朦朧と湯気の立つた中から、

『あなた、石鹸《しやぼん》をお使ひなさい。』と言つて、遊女が手を差出した。

やつと三時を聞いてから、帳場でも一同《みんな》寝床《とこ》に入つたらしい。

『私、あなた、好き……あなたの、その頼りないやうな処が好き。』

小夜衣は、小供らしい口調で好く言ふことを、またいつて、染々《しみ〴〵》と千草の目元を見詰めた。千草も、また小夜衣の黒い、能く働く瞳を食べて了ひたいやうな心地で凝乎《じつ》と見入つた。女が顔を近けると白粉臭い浴後《ゆあがり》の匂ひがプンと鼻を刺激した。

『あなたの眼は好い目ねえ。』

『お前の眼の方が、俺は好きだ。長く切れてゐて。鼻だつて細工が細かい。……それより此処の黒子が私には一番好い。』さう言ひながら、千草は、遊女の、白粉の色鮮やかな頬の上を指の尖でちよいと突いた。

二人は暁方《あかつきがた》になつて漸《やつ》と睡つた。

五

まだ深い夢に入りながら、グツスリと寝込んでゐる貸座

敷々々の大戸を、情け容赦もなくドン〳〵叩いて、花街《まち》の遠くの方から、朝迎へに来る茶屋男や茶屋女の呼ひ声が、霜に凍つた空気に冴えて、温く寝てゐた千草の甘い暁夢《ゆめ》を破つた。

『河半さん！々々。河半さん！々々。…………小式部さん、朝迎へ。』

『伊丹仲さん！々々。伊丹仲さん！々々。…………東雲さん、朝迎へ。どうしませう？　…………あゝ左様かア。』

それが女衆の呼び声だと、『あゝ、左様かア。』と喚く言葉尻がある調子を帯びてゐて、宛《き》ながら、翌朝《きぬ〴〵》の別れを悲む歌でゞもあるかのやうに、静かに眠つてゐる朝の街に流れて行つた。

初めてそれを聞く千草の耳には、その声が何とも名状し難い懐かしい情思をそゝるのであつた。芝居の好きな人には、幕明きの木の音、笛の音が、どんなに懐かしく聞えるであらう。相撲の好きな者には気負やたやうな呼び出し奴の声が、どんなに嬉しく響くであらう。

けれども、千草がかういふ旅の空で、疲れた骸軀《むくろ》を、浅間しい一見茶屋の寝床の上に横えて、果敢ない一夜《いちよ》妻の情に、その爛れた悲しい心を委ねるのは、もつと頼りないことを、頼みとするからであつた。ある年若い盲人は、その不具な盲目の為に、人間として享有すべき種々な楽しみを享楽することが出来なかつた。さうして段々成長して物情《ものごゝろ》がついて来るに従つて、倍々《ます〳〵》己れの身の不具を悲んで、精神が沈鬱になり、果ては気が変になつて、火事の時に打つ半鐘の音に聞入ることを好んで、後には、秘《ひそか》に、自分で放火をして置いて、警鐘の鳴るのを物蔭で、聞き惚《と》れてゐたといふことを聞いた。

恰度《ちやうど》、その朝迎への呼び声が、若い日の多くの仇なる希望に失楽して、些《すこし》の生効《いきがひ》もなく彷徨《さまよ》へる、今の千草には、その盲人に半鐘の音が与へる如く官能に不健全な快感を与へた。

『津の国屋さん！々々。津の国屋さん！々々。…………小夜衣さん朝迎へ。』

といふ呼び声は、其の家に寝てゐる者の中では、誰れよりも、一番早く千草の神経に伝つた。

漸《やつ》と寝呆けた声を出して戸外に返辞をした仲居は、ミシリミシリ箱段を踏んで、襖の外から、

『小夜衣さん、朝迎へ。どういたしませう。』

と、言つて訊くのだが、後日《のち》には、毎時も朝迎へは、もう後《あと》三本にして、大抵朝後《あさあと》にした。さうして朝後はつい昼までになり、昼までは、また昼後《ひるあと》になり、暮れまでになり、夜半《よなか》までになつて、流連《ゐつゞけ》になることもあつた。

六

津の国屋の、伊予者の仲居の、一寸した物の言ひ振りに感興を殺《そ》いだことがあつて、千草は、その後二三度貸座敷を変えて遊んだ。

遊蕩の味を深く身に染みて覚えた者には、待ち兼ねて江戸為替の三百両が着くと、それを懐中にして門を飛び出す忠兵衛の心持はよく解るのである。色欲は身を滅ぼし易い。千草は、それ故に、遊蕩を他人に向つて敢て勧めはせぬが、その代り自身だけには如何なる智識が有難い教訓《をしへ》を以つて済度しやうとしてもそれをどうすることも出来ない底深い本能に根ざした興味のあることを是認してゐた。時としては、彼れは、自分はそれ故にこそ生きもすれ、またそれ故には死んでも遺憾はないとさへ考へることがあつた。彼れは嘗て、高名な通俗道徳学者の書いた結婚論を読んで独りで笑つたことがあつた。それは斯ういふことを言つてゐたからである。………必ず生殖を目的とする結婚でなければ不道徳である。結婚は恋愛から入つて行くべきものではない。……成程それは真理に違ひない。トルストイもさういふ事を言つてゐる。が、生殖を目的としなければならぬといふのは、国家とか社会とかいふ、人類の共同生活を強めることを標準に仮定した目的から打算した論である。今、千草は、それに就いて斯う思つてゐる。若し人間の共同生活を強めなければならぬとすれば、自分の如き天性虚弱な者の子孫を生殖するのは、強めるといふ目的に矛盾してゐる。それ故に自分だけでも、せめて必然の結果として子孫を生殖せしめるやうな結婚は、可成《なるべく》これを避けて、恰《ちやう》ど実を結ばぬ仇花のやうな恋愛を楽しみたいといふのが彼れの希望であつた。自分のやうな健全なる意味の人間生活から踏み外した者は、トルストイのいふやうに子孫を得て恋愛を確証しなくつても止むを得ぬ。せめてシュニツレールの語るやうな、むしろ、生理的に必然の結果たる生殖をば憎むやうな恋愛をしたいと思つた。さうしてまた彼れは斯う思つた。もし、これから彼のコーカサスの高山を慕ふて深く分け登らうとする二十四歳のオレニンをして、わが梅川忠兵衛の如き情熱に充ちた、美しい恋愛を見せしめたならば、或は彼れも亦たコーカサスに入ることを止めて、恋愛に赴いたかも知れぬ。偶然にも忠兵衛もオレニンと同じく二十四歳であつた。従来《これまで》芝居に仕来《しきた》つた忠兵衛は、型の通りの生白い色男であるが、千草が近松の作によつて解釈した忠兵衛は、恋愛《ラブ》の宗教に殉して、身の破滅をも厭はぬ、この上もなく美しい殉死者であつた。千草は、ヨーロッパの、特に最近の作者の、美しい恋愛を主眼にして書かれた作を思つて、近松をもロミオ・エンド・ジュリエットやパオロ・エンド・フランチェスカの作者達と、同じ詩聖の列に置いて考へずにはゐられなかつた。

千草自身は、若いオレニンや忠兵衛の年配《とし》を、もう十余年も前に、効《かひ》もなく過去つてゐるのであるが、自分独りでさへ持て剰《あま》してゐる、役にもたゝぬ身をば、朝夕《あしたゆふべ》さういふ情欲の巷にのみ運ぶのは、一つは、何処《いづこ》の都会に行つて見てもさうであるが、特に大阪の地では、花柳街の街区が粋に整つてゐて、居まはりが清浄で、建物が古めかしく落着いてゐるのが、彼れをして、飽ずこの一廓の行燈《あんどう》の火影を忍び歩きせしめたのであるが、まだ何となく食べ残してゐるやうな心地のある、彼れが敗残の生活の残肴《のこりもの》を汚く漁つて歩くに他ならなかつた。

　そればかりでなく、千草は、恰も、ラスコルニコフが、ソニアを哀れむ如く、遊女といふものに一と通りならぬ哀れみを持つてゐた。さういふ泥水に身を沈めてゐる者には、固より憎むべき悪性の女もあつたが、また、さうでない、真から気の毒な女も、数多くあつた。彼れは、種々な女を知れば知るほどさういふ者を発見した。さうして、それを哀んだ。近松の作の中に、憂き勤めといふ言葉が幾度び繰返されてあるか。も一つ古い時代の謡曲文学の中に、いかに遊女の遣る瀬ない、切なる恋ひが詩化されてあるか、千草は、果敢《はか》ない遊女の恋ひを味ひ哀れむには、近松の心中物よりも、謡曲の『班女』や『松風』や『江口』などの方がいゝとさへ、この頃考へ初めたのである。『冥途の飛脚』の道行きの文章には、『班女』の文章から出てゐる処が、間々《まゝ》あつた。

　千草は、自身、謡曲はやらないが、たゞ取り留めもなくそんなことを、いろ〳〵に想ひ浮べながら、静かに黄昏れてゆく大阪の街を独りで歩いてゐた。淡路の方の空に、冬の夕陽《いりひ》の名残りをとゞめた薄明《あかり》が、街の屋根と屋根との間に遠く眺められた。旗のやうに棚引いてゐる夕暮れの雲が、冷い風に顫動してゐるやうに見えた。

七

　千草は、さういふ心持ちから、此の日頃段々思ひ募つて来る小夜衣の身をいろ〳〵に考へ初めた。女は、下野の産れで、渡良瀬川の上流の、足利郡の草深い田舎であつた。家はその辺で、代々大尽と歌はれた素封家《ものもち》であつた。独り息子で我儘に育つた父が極道の有りたけを尽して、先祖から伝つた財産を蕩尽した結果、三人目の娘にあたる小夜衣は、まだ母親の胎内にゐながら、離縁になつた。母親の実家《さと》の古河の旧い医者の家に来て産れた。それから、せめて此の子独りは自分の手で大きくしたいといふのを父親の方で、没義道に、まだ菰の上から引取つて、渡良瀬川の上流の山の中に連れて帰つた。乳の無い処から直ぐ里児に遣られた。其処で五つ六つまで育てられて、六つの歳に、同じ村の中の金持ちへ養女に遣られた。其家《そこ》を自分の実家《うち》とばかり思つて成長《おほき》くなつた小夜衣は、十五六になるまで、幸福な娘であつた。けれども自分を可愛がつてくれた祖母《おばあ》さんや、養母《おつか》さんが続いて亡くなつてからは、これまでも死んだ人達よりも誰れよりも一番可愛がつてくれた養父《おとつ》さんの愛情には、少しも変りはなかつたけれど、後から入つて来たお父《とつ》さんの若い外妾《めかけ》が、養父さんの見てゐない処で、小い小夜衣を、意地悪くつゝいた。今まで稚い娘の幸福しか感じなかつた小夜衣の胸には、初めて氷のやうな人間が映て来た。さうして自分の本当の家《うち》がまだ他にあるといふやうなことが、誰れいふとなく娘の耳に伝つた。小夜衣は、急に、今の家《いへ》よりもまだ大きいといふその実の吾が家が何処にあるのか見たくなつた。生《うみ》の父母《ちゝはゝ》は、どんな人であらう。亡くなつた先の養母さんや、今の養父さんよりも、まだもつと優しい人であらう。そんなことを種々に考へて、遂々堪え切れずなつて、黙つて自家を抜け出して、うろ覚えに聞いてゐる実父《ちゝ》の家を探ねて行つた。

けれども、若い娘の希望は仇であつた。そこには山の裾を囲の中に取り入れた広い屋敷に壁の崩れかかつた大きな家や土蔵が幾棟も立つてゐるばかりで、伽藍とした座敷の内には、年老いた祖父《おぢいさん》と祖母《おばあさん》とが、二十歳あまりの、上の姉さんだけを傍に置いて、寂しい日を送つてゐた。そこに来れば生れて初めて会へるものと楽んだ母は、もう自分達の母親《おや》ではなかつた。祖父に勘当せられた父には、とつくに継母《まゝはゝ》が出来て、其等も其処にゐなかつた。

村の者の同情で、年老いて村長を勤めながら、姉娘《あね》一人を抱えて不如意な、その日を送つてゐる祖父母の傍に小夜衣は何時までも置いて貰ふことは出来なかつた。兎に角籍を取戻してから彼女は、足利や桐生と、伯母さん達の家に寄食者《かゝりびと》となつて廻つた。

その間にも父の堕落と乱行と意気地なしとは底を知らなかつた。最初は僅かばかりの前借で高崎の芸者屋に下地ツ児に売られた。それを振り出しに、東京の地でも二度三度住み換えをしてゐたが、遂々《とう〳〵》仕舞《しまひ》には本人には無断で大阪の難波新地に娼妓に売つて、身の代金を受取つて置いて、後から色々因果を含ませられた。父は、さういふ話しをしたり、銭の無心を言つたりする時には、極つて、何を言つてもお前の身体を授けてやつた親の為だから、承知をしてくれ。と、言つた。

千草は、先刻も思つたやうに、親が苟《かりそ》めの欲念から、病弱な子を後に残す罪業深い行為《おこなひ》といふ思想《かんがへ》から、ツイまた小夜衣の父の所業に考へ及ぼして、一体人の親は、何処まで無慈悲な親権を縦《ほしいまゝ》にして差支へないのだらう。といふやうなことをも思ひ惑ふた。

八

その日千草は、当分銭の入るあてもなく、暫らくは小夜衣の顔も見ることが叶はぬ。と、味気ない宿に閉ぢ籠つて凝乎と諦めてゐたのに、お午すぎになつて、フト思ひもそめぬ東京のある処から僅かばかりの為替が舞ひ込んで来た。千草は、その書留の朱肉の印の捺された状袋が、机の上に載つてゐるのを見ると、ほと〳〵嬉れし涙が滲んで、これだけあれば悠然《ゆつくり》今晩一ト晩小夜衣に逢える。と、東京の方に向いて、彼れは手を合して拝んだ。彼れは忽ちにして生き効を感じて来た。さうしてまたもや大阪の街にさまよひ出たのである。

丁度暮れちよつと前まで、時刻を移す為に、いろんなことを思ひ耽りながら、貸し間をする家でもありはせぬかと、鰻谷町の方から畳屋町、笠屋町を経て、久し振りに心斎橋筋の美しい狭い通りの飾り窓などを窺いて歩いた。

桐壺や鶏飼の入口に、此家等《こゝら》ばかりは、まだ昔しの面影をとゞめた古風の行燈に、覚束ない火影のさしそめた芝居うらを、忍び〱歩いてゐる千草は、わけもなく四辺《あたり》の情調に誘はれて、小夜衣が首尾よく店にゐてくれゝばいゝがなアと、うはの空に思ひ詰めて、夕ぐれの寒さに、ぞツと恋ひ風が身に染む心地した。早く他から口のかゝらぬ間にと、急ぎ足になりながら、有り合はした小店で、鼻紙と手拭を買つて、小さく畳んで懐に入れた。それから二つばかり角を曲つたり露地を通りぬけたりして、少し行くと、丁度小夜衣の店の筋向の、本茶屋めいた店付《みせつき》の家へ、小声で呼ばれるまゝに上つた。

『あゝ、小夜衣はん、お馴染だつか。』

と、言つて、聞きに行つた仲居が直ぐ帰つて来て、

『小夜衣はん、暮れまでになつてゐますよつて、もう三十分ほどしたら明きますさうだす。そしたらおこしますと申しました。どうぞ暫らく待つとくれやす。』

待つ間もなく小夜衣は、仲居に連れられて階段《はしご》を上つて来て、入り口の処で、仲居が襖を明けて、身を横によける傍から、静《そう》ツと床の間の方を見た。

『御存じ？』と、仲居のいふのを余処に聞いて、

『えゝ。……貴郎だつたのか。』いくらか浮かぬ面持になりながら、千草の火鉢の向に来て座つた。仲居が行つてから、

『どうして、あなた、此様《こん》な処に来たの。津の国屋に何故行かないの。』

夕化粧の際立つ白い顔を、ポツと赤く激したやうに詰問した。

『どうしてツて、俺は、津の国屋に行くのは、何だか厭だから。』

『何だか厭だつて、何が厭なの。あなた厭でも、私が、それぢや困る。』

『お前、何うして困る。おれはお客だ。何家《どこ》からお前を呼ばうと勝手だ。』

『そりや、あなたは、何家から呼ばうと勝手でも、東京ぢや、さうだけれど、大阪《こちら》ぢや、さう行かないんだもの。あなたが、私を、初めて津の国屋から呼んだら、それからは、どうしても津の国屋から呼ばなければいけないの。さうしないと、私が、警察に呼び付けられて、拘留せられるんだもの。』小夜衣は、関東女《あづまをんな》の、幾許か荒つぽい言葉で言つた。

『さうかい。そんなことをすると、お前が警察に引張られるの。そんな酷《ひど》いことをするの。ぢや、どうしやう？』千草は、わざと呆れたやうに仰山に言つた。

『どうもしなくつても可いの。唯、男衆に、津の国屋に答へさしてさへ置けば。』

その代り、他の家から呼ぶと、津の国屋へは、その度毎に届けなければならなかつた。もしそれを無断でゐて、津の国屋に知れて、五花街事務所に届け出されると、遊女は、警察に出なければならぬ規定《きめ》であつた。千草は、大阪の、斯かる商売にも組合仲間の規定の恐ろしく厳重なのに独りで感心した。

『さうか、それなら、それと早く理由《わけ》を話して聞かすれば可いのに、最初《はじめ》ツから、折角白粉を塗つて来た顔を赤くして、お前怒るから、俺は吃驚した。』と、千草は何処までも浮戯《ふざ》けたやうに真面目に言つた。

『どうも済みません。』小夜衣は、急に平常《いつも》の人懐しい調子に直つて、火鉢の向から千草の両掌を握つて、

『まだ早いから、これから活動を見に行きませうか。』甘えるやうに言つた。

千草は、東京でも大阪でも女が、活動写真を観ることを好いてゐるのを、恰も女がお薩を好いてゐるのに何処《いづこ》も変りのないと同じやうに感じてゐるので、これまで、顔さへ見れば、活動へ行きませうか、銭が掛らなくて、面白いからと、強請《せが》むのを、法善寺裏の寄席に落語を聞きに連れて行つたり、東呉《とうご》や柴藤《しばどう》へ鰻を食べに連れて行つたりして誤魔化して逃れてゐたのだが、その晩は、娘小供に父親がお供をするやうな、寛慈《おほまか》な心持ちになつて、道頓堀の活動写真に行つた。

ユーゴオの何とかを、更にローマンチックにセンチメンタルに脚色した泰西劇だの、大阪式の新派劇だのを、千草は耐忍《がまん》しい〳〵他の事を黙想しながら見てゐた。眼に涙を滲ませて、熱心に見てゐる小夜衣は、新派劇の幕毎に映る『親の愛』とか『恋の悩み』とか言つたやうな文字を小声で読んだ。

『お前は学者だねえ。』千草は、小夜衣の耳に口を当てゝ暗中《くらがり》に囁やいた。

彼れは、多勢の処に斯うしてゐるよりも早く二人ばかりの処へ行きたかつた。

下足場で、散々《さん〴〵》群衆《ひとごみ》にもまれて、千草は漸との思ひで、自分のと一緒に遊女の下駄を取つてやつた。

九

ズラリと立ち並んだ芝居と活動写真とが一時《いつとき》に閉場《はね》た道頓堀の通りは、群衆《ひと》が押返すやうに蠢動《うごめ》いてゐた。一月末の冷たい夜風が襟先や腋の下のあたりから肌を刺すやうに浸みた。

『おゝ寒い〳〵！』

小夜衣は、ガタ〳〵身慄ひをしながら、芝居の反対の側の店先の人影の疎らな処を選《え》つて急いだ。

『お前は、また馬鹿に薄着をしてゐるんだもの。』

千草は、渋い壁色のお召の外套《コート》を着て、白い駱駝の襟巻をしてゐる小夜衣の貧弱な姿を、哀れみに充ちた眼で横からジロジロ見た。懐手をしてゐる肩付が小供のやうに小さくつて、コー

トの袖が下垂《ひたた》れを着たやうに垂れてゐた。実際、小夜衣は、明けて二十三になるのに、まだほんの十五六の小娘位の身体をしてゐた。

『渡良瀬川の上流から、この遠国の大阪まで流れて来て、何といふ浅間しい身の上であらう。』と、思はれて、千草は、名状し難い哀傷に迫られた。

『勤めは痛《つら》い！』

　寝てゐる時など、どうかすると其様《そん》なことを言つて、ホツと太息《ためいき》を洩《もら》すことなどあつても、身体が二つあつても三つあつても引き足らぬほどよく売れて、親方からは、衣装《したく》から何から、他の多勢の抱妓《こども》とは、一人だけ別に大切に取扱はれてゐた。温《おと》順《なし》い女の割に平時《いつも》気がさら〳〵してゐて、格別商売を苦にもしてゐなかつた。

　絣の好く揃つた大島紬の着物に、寝巻の長襦袢を着更ながら、幅の詰つた水色繻子の丸帯をキユツと背後《うしろ》で男結びに締めて、その上をポンと一つ叩きながら、

『好いでせう。奴の小万見たやうで。……自家で私くらい何でも構はない人間はないの。その代り信用があるわ。誰れでも小夜衣さんは、男のやうだつて。洒然《さつぱり》してゐて。』

　それは小夜衣が、自身でいふ通りであつた。芸者上りらしい厚皮《あつかま》しい処もなければ、女郎臭い卑しい根性など微塵もなかつた。千草には、何処よりも一番、そこを虫が好いたらしい。

　下野の山の中に生れたにしては、驚くばかり骨細で、華奢であつた。容貌に貴族的な遺伝があつた。

『斯様《こん》な好い女性《をんな》を、運命は、何うして、斯様な浅間しい境遇に陥らしたのであらう。』

　千草は、またもや、いふて帰らぬことを思ひながら、群衆を分けて歩いた。二三間先にも一人眼に着く銀杏返しの好い女が、斜に、反対に向つて行くのが見えた。それは併し背が大きかつた。小夜衣が独り小さかつた。千草は、小夜衣のことが、いろいろに気になつた。

『おい、何を食べに行かう？』

『何でも、あなたが好きな物を。』

『ぢや、鳥？　それとも蠣船？……俺は、東京にゐる時から長い間、大阪の蠣船を楽しみにしてゐた。蠣船と文楽座との為に大阪に来たと言つても可いんだけれど、蠣飯は、案外不味ねえ。』

『さうねえ。あれで、御飯が、も少し味が付いてゐると可いんだけど。……おゝ寒い〳〵。早く何処《どつ》かへ入りませう。』

　二人は、戎橋を渡つて行く者と、九郎右衛門町の方へ真直に行く者と、難波の方へ折れて帰る群衆《ぐんしう》とを、立ちながら、見るともなく眺めてゐた。

『あゝ、彼処に好さゝうな鳥料理があつたのを知つてゐる。』千草は、さう言つて、九郎右衛門町の通りをズン〳〵先に立つて歩いた。さうして道頓堀の河岸の側の鳥辰と行燈に誌した洒《しや》落

れた入口の、撒水《まきみづ》した花崗石《みかげいし》を踏んで行つた。

十

老舗《しにせ》らしい古い木造りの、清楚《さつぱり》とした二階に通ると、好い塩梅に客が隙《かくす》いてゐた。

『大変静かだわねえ。もう大分遅いのよ。これから早く食べて帰つて直ぐ寝ましやうよ。』

『あゝ、さうしやう。』

女中が、ボリ〳〵青い火焔の燃え上つてゐる火を、どつさり入れて持つて来た。

『おゝ、温かい。……寒かつたわ!』小夜衣は身を慄はして見せた。

『戸外《そと》は、お寒おまつしやろ。』

『寒ござんすねえ、姐《ねえ》ちやん。……今晩お酒を少し飲みませうか。』

『あゝ、飲まう。ぢや姐さんお酒を。』

小夜衣は、真白い胸当てを膝の上に広げて、鍋の中に、種々な物を取入れながら、

『あなた、その焼鳥を上つて御覧なさい。おいしいから。』

『あゝ、……成程此奴は甘《うま》い。何時か、其処の明陽軒に行つた時、女中に任して置いたら、折角の牛肉の味を不味《まづ》くしてしまつた。この家は、落着いた好い家だナ。』

千草は、其処らを見廻しながら、心の中で、東京の鳥料理の家などを思ひ比べてゐた。

一本の酒が、まだ半分も減らぬ間に二人の顔は、もう火照つて来た。

『お前も、すぐ顔が赤くなるねえ。』

『それに、今日は寒かつた処へ急に飲んだから……目がチロチロするわ。』

『お前の、その手をやると、手の切れさうな眼尻りの長く切れてゐるのが、何とも言へず好い。』

千草は、またそれをいつて、灰汁《あく》抜けのした小夜衣の顔をジロ〳〵と見てゐた。折角かうして逢ひながら、多勢の中に交つてゐるのを、千草は物足りなく思つてゐたのがやつと二人ばかりになつて、差向ひで飲食《のみくひ》してゐるのが何とも言へず歓ばしかつた。

男でも女でも物を食べる時に下品な、そゝつかしい食べ方をする者が克《よ》くあるが、賤しい小夜衣は、小さい口で毎時静かな食べ方をした。

『お前の箸で取つておくれ。』

男は、女が箸に挟んで差出すのを、食べながら、

『おい、もつと、此方へお寄り。』

『誰れか来ますよ。』

丁度其処へ、男女《をとこをんな》の客が、大阪臭い言葉を、あたり構はず高

声に話しながら、上つて来た。

『あゝ、あんな奴が遣つて来た。早く帰らう。大阪の奴は、よく隣の襖を明けて見るよ。』

厚皮しい年増芸者などのキヤツ〱云ふ声がしたかと思ふと、サツと、向の襖を一尺ばかり明けて見た。

『失礼だわ！』小夜衣は屹度《きつと》なつた声で言つた。

十一

夜は、いたく更けた。二人は九郎右衛門の通りを芝居裏の方に曲つて行つた。

『二人で斯うして歩いてゐる処を、津の国屋のお母《かあ》ちやんにでも見られたら大変だ。あなた、その鳶の襟をよく立てゝ！……もつと〱。その鳥打ちの縁も下げて。』

小夜衣は、津の国屋の主婦に目付るのを、大変なことのやうに恐れた。すると、暗い横丁を忍び〱歩いて行く処を、誰れかゞ擦れ違つて行きながら、

『小夜衣はん！』

と、声を掛けた。

『あゝ、お母ちやん！』小夜衣は、直ぐ声の主が分つたと見えて、後戻りしかけた。

『まあ、えゝわ〱。また此次《こんど》。』

さう言ひ棄てゝ、津の国屋の主婦は、定客《かく》らしい二三人連れと向へ行つて了つた。

『そら御覧なさい！　私の言つた通りだ。』

『津の国屋の主婦か。誰れかと思つた。』

『狭いんだもの。直ぐ見付つてしまふ。』

『目付つたつて構はないぢやないか。お前は大変に気にするねえ。』

『そりや、あなたには何でもなからうけれど、私が今日明日此の土地にゐなくなる者なら、どうだつて構はないけれど、まだ此の土地に長くゐなければならない身体だもの。』

『向へ届けて置いたと言つたから構はないぢやないか。』

『いくら届けて置いたつて、あゝして二人歩いてゐる処を、甘く見付かつたら、悪いぢやありませんか。』

『さうかい、そんなに喧しいのかい。大阪ぢや女郎買ひも、なか〱六ケシいね。』

『あなた、もう私の処に来てくれなくつてもいゝから、津の国屋の外から、私を呼ぶのは、止して下さい。』

『さうか、来てくれなくつても可ければ、俺も是非来なければならぬことはない。……ぢや、これから直ぐ帰らう。』

『えゝ、お帰んなさい。』

千草は、一人で先にサツ〱と歩いて行つた。

一処に帰つて行くと、仲居は待ち受けてゐて、

『お帰りやす。えらい遅うおましたな。……どうぞ此方へ。』

仲居は、先に立つて、三階の奥つた小間《こま》に案内した。そこには、もう柔かい友染の蒲団に炬燵を入れてあつた。

仲居は、行き掛けながら、蔭から、

『小夜衣はん、ちよつと。』と、呼んだ。

『店から男衆が、もう先刻《さつき》から何度も来て、仕舞には、自家で待つてゐましたんや。』

小夜衣は、直ぐ入つて来て、

『おゝ寒い！〳〵。まあ、此処で少しあたりませう。あなたも其処へお入んなさい。』

さう言つて、夜具をはねて、炬燵に入つた。

千草は、何事でもなさゝうな津の国屋のことが、まだ十分に得心出来ぬので、先刻の小夜衣の膠《にべ》もない物の言ひ振りが、胸に納りかねてゐた。さうして懐手をして、そこに突立つたまゝ、

『店から何の用？……挨拶だらう。』

『いえツ、違ふ。まあ。おあたんなさい。』小夜衣は何事もなさゝうに頭振《かぶり》を振つた。

『貰ひか、挨拶だらう。それに違ひない。』千草は、今時分から挨拶になど遊女を出してやることを好まなかつた。

『津の国屋も、津の国屋ねえ。お客が自分の処へ来なければ、お客の気嫌を悪くしたのは分つてゐるんだもの。仲居でも謝罪《あやまり》によこすが当然だ。』

『小夜衣はん、ちよつと。』また仲居が、室の外から声をかけた。

千草は、一人で面白くなかつた。

『あなたねえ、これから、今一寸此処で寝て、今晩私は自家へ帰つて寝るから、あなたゞけ一人此処へ泊つて、翌朝の朝津の国屋から私を呼んで下さい。今男衆にさう言つて遣つたから、後で津の国屋から姐ちやんが屹度此処へ謝罪に来るから、さうしたら、さうして下さい。……翌朝の朝私いくら早くても行くから。さうしないと、津の国屋に面《かほ》が済まぬ。』

千草は、小夜衣のいふことを聞いてゐて、腹の中で、(甘いことを言やがるな)と思つた。他のお客が貰ひを掛けてゐるに違ひない。それを、津の国屋の事にかこつけて誤魔化さうとするのが憎らしい。

『ナニ、俺は朝寝坊だから、朝早いのは、真平だ。』

『さうねえ、あんまり早いのもいけないわねえ。』

『挨拶に行つて、間男をしてお出で！』

千草は、少しづゝ神経的の皮肉を用ゐ初めた。

『挨拶に行つて来てもよくつて？』小夜衣は、炬燵に寄りかゝりながら、チラリと横に向いて、千草の顔を盗み見た。

その、女の眼尻に、千草は、一寸凄い眼の働きを認めた。

『好きな男が、宵から来て待つてゐるんだ。……お気の毒だ。大阪には、ピカ〳〵する指環を三つも四つも箝めた色男が多いよ。……行つて逢つて来ると可い。』

『本当に行つてもよくつて？』冷かに立つた。

『…………』

『行かないと、また男衆に、事件を五拾銭遣らなけりやならないよ。詰らないぢやなくつて。』

『五拾銭惜いと、何時言つた？　それを惜む位ならば、まだ明い間から、面白くもない活動写真のお供をして、苦しい目をしてお前の下足番なんかしやしない。』

『どうも済みません。』口の先で言つた。

『寒いからと、言つて鳥料理に入つて、これから早く帰つて寝やうと言つたぢやないか。……今日は、お前に御奉公をしたのだ。……挨拶に行かうと思へば行つてお出で。』

『ですから、もう行きやしなくつてよ。……それよりお湯に行つて来やうか。』

『あゝ、湯に行かう。』

二人は湯に出て行つた。

『もう十一時だ。』千草は、通りの時計を窺いて見て言つた。

『十一時どころですか。もう二時だ。』小夜衣は、小走りに走りながら、『私、一寸、自家に行つて道具を取つて来るから、あなた先へ行つていらつしやい。寒いから、よく暖まつて入らつしやい。』さう言ひ棄てゝ店の方に去つた。

千草は、悠然湯に漬つて、帰つて来ても小夜衣は、容易に戻つて来なかつた。彼れは、段々心が面白くなくなつて来た。静《じつ》と独りで床の中に横つてはゐられなくなつた。急性《せつかち》に手を拍つて仲居を呼んだ。

『女は如何した。』

『どうも相済みません。えらいお湯が長うおますな。』

『湯ぢやないんだよ。畜生め。人を馬鹿にしてゐやがる。』

『お湯と違ひまつか。』

『違ふよ。挨拶に行きやがつたんだよ。』

『まあ、さうだすか。私、また旦那はんと一処にお湯に行たことゝ思ふてましたのや。さうだすか、それはどうも相済みません。一遍店に見にやります。』

仲居は降りて行つた。

暫らくすると、仲居は、また上つて来た。

『御免やす。……やつぱりお湯に行てはります。今直参りますから、どうぞ、少しの間辛抱しとくれやす。……茶熱《ぶゞ》いのをお上りやす。』

今まで待つたよりも、また倍も待つたけれど、小夜衣は、まだ帰つて来なかつた。

仲居は幾度となく三階まで上つたり下りたりした。

『……小夜衣はん、本当に、どねえしなはつたんやろ。もう三時過ぎてまんがナ。自家でも表締めて寝んなりまへんがナ。ほんとに旦那はんに申訳おまへん。もう一度行て、急《せ》いて参りますよつて、どうぞもう暫らく待つとくれやす。』

仲居は、しとやかに、宥めて置いて降りて行つた。その後から、千草は、堪えず、またパチ〳〵手を拍つた。

『俺は、もう帰るからナ。畜生人を馬鹿にしてゐやあがる。』千草は、奮然として寝床から起き上つた。

仲居は、驚いて、狼狽《あは》てゝ、其処に膝を突きつゝ、着物を着やうとしてゐる千草の両の袂を執るやうにしながら、

『もう、ちよつと待つとくれやす。今また他の者を迎へにやりましたから、旦那はんに、そんなことしられますと、私等、後で帳場で叱られます。どうぞお願ひだす。ちよつと待つとくれやす。……挨拶と知つたら、女を出して遣るんやおまへなんだに。』仲居は、悲しげに千草を引留めた。

『いや、お前方には、済まないがナ。あの女が悪いんだよ。……ヘン人を馬鹿にするないツ。贅六の啄きツ枯した女郎なんか、此方で厭だ。』

千草は、独り語を言ひながら仲居の留めるのも聞かず、颯々《さつ〳〵》と着物を着て鳶を被つて帰る用意をした。

今時分、好きな男の処へ行つて、あゝもしてゐる、斯うもしてゐると想像すると、忌々しさに胸が引掻れるやうだ。寝ながら今か、今かと待つてゐると、ゐても立つてもゐられない心地がするけれど、斯うして潔よく起き上つて、帰る決心をして見ると、いくらか胸が透いたやうだ。あんな、一ト晩の中にさへ幾人と数知れぬ男に肌を触れる遊女が、何処が好いんだ。どうして、あんな女に思ひ染《そ》んだのだらう。丁度今宵《こんや》を好い機会《しほ》にキツパリと思ひ断る。さうすれば心が楽だ。俺は帰るんだ。帰つた後へ、小夜衣が戻つて来て、俺が居なかつたら、何と思ふか、その時、自分が、かうして帰つて行く、せめてもの効がある。小夜衣に何とか思はしさへすれば、いくらか腹が治まる。

彼れは三階の奥から降りた。

『いますぐ参ります。もう店まで帰つてゐますから。』

さう言つて、仲居が二人がゝりで引留めたけれど、千草は、颯々と通りに歩いて出ねば腹の虫が抑へきれなかつた。さうして一人の仲居は、小女の行つてゐる後からまた店へ走つて行つた。一人は千草の袖を捉へながら、中筋の通りを何処までも追ふて来た。夜更しをする煮売屋さへ店を仕舞つた通りはもう何処のお茶屋も潜戸《くゞり》を締めて寝てゐた。

『おれは、もう帰るんだから、其処を放してくれツ。』

少しく邪見に言ひ切つて、スタ〳〵道を急いだ。十七八日頃の冬の月が、人足絶えた街を明々《あか〳〵》と照してゐた。千草は振り返つて見ると、仲居が、月光《つきかげ》を浴びながら、空しく突立つて此方を見てゐるのが見えた。それを見ると、またスタ〳〵歩いた。少し行つて、此度振り返ると、仲居は、もう見えなかつた。さうすると、千草は、俄にまた遊女が腹立しくなつて来た。難波の通りに出ると、夜働ぎの車が二三人街角に寒く固つてゐた。それを認めると、千草は始めて電車も疾《とつく》になくなつたことに気が着いた。

小夜衣奴《め》を、どうしてくれやうと、焦れながら、復《ま》たトボ〳〵先刻《さつき》のお茶屋の方へ引返した。

『おゝ旦那はん、お帰りやす。小夜衣はん今直き参ります。』戸口に立つてゐた仲居が傍に寄つて来た。

『ナニ、遊女なんか、もう来なくたつて可い。……併し自分独り泊まつて行かう。』

『どうぞ、さうしておくれやす。……小夜衣はん、今家にゐました。私逢ふて来ました。』

暫らく店先で仲居どもと話してから、千草は、元の小座敷に戻つて、暖々《ぬく〳〵》と寝転んだ。

さうしてゐる処へ、バタ〳〵と足音を立てゝ小夜衣が帰つて来た。

『千いさん、何うしてゐて?』息をはづませてゐる。

『待つたでせう。……もう何処へも行かないわ!』

『今から行かないのは当然だ。馬鹿にするないツ!』千草はクルリと背を向けた。

小夜衣は、急いで、着物を長襦袢に着更へながら、

『千いさん、怒つちや厭。怒つちや厭。千いさん。』

と、言ひながら、両手で、男の頭を抱えて、無理に自分の方へ捩ぢ向けた。

『寝る邪魔するな、総嫁《そうか》め!』千草は、またクルリと向へ転がつた。

青草

一

大阪の春は瞬く間に押寄せて、瞬く間に行つてしまつた。

東京の桜花《はな》のやうに、横繁吹《しぶき》に降る春雨《あめ》に、無残な散り際も見せず、広い住吉公園の老松の樹蔭を彩取つた桜花《さくら》も、暫らくは精あるものゝ如く静かに咲き誇つてゐたが、それも七日と寿命を保《も》たないで、夕暮の風にホロ〳〵と散つて、洗つたやうな砂地の、松の落葉の上に白く雪を敷いてゐた。

浅海は、宿楼《やど》の欄干に凭れながら、風も無きに庭園《には》の桜花の散つて行くのを凝乎《じつ》と眺めてゐた。せめて今暫しの春を惜む者には、まだ八重のあるといふことが、如何なに、遣る瀬のない心に頼母しい感じを懐かしめるのであらう。散り際の潔くないその八重も大方盛りを過ぎた。けれど、蜜蜂《みつばち》は、残る限りの花の精を吸はんと欲してか、壮な唸り声を立てつゝ花心に姿を隠しては、また他の花にと移つて行つた。蜜蜂《はち》の体が花を揺るたびに浅海の鼻に強い花の匂が漂うて来るかと思はれた。青く澱んだ池の縁には山吹が黄色く水に翳してゐた。蛙が時々音を立てゝ池の中に動いた。名も知れぬ其処等の草木が、見てゐる間

にも、鮮やかな色に芽を吹くかと思はれた。

紅《べに》のやうな芽を付けた庭園《には》の扇骨木《かなめ》垣の外を、鶸色《ひわいろ》の日傘を翳した阿娜《あだ》めいた大年増が直ぐ向うの塩湯に入つて行つた。

浅海の宿楼の大広間の欄間に、明治十七年に画いた塩湯の効能を売薬の効能書のやうに解いた大きな額が掲げてあつた。その時向うの塩湯も此処の家も同時に新築せられて、初めは一人の営業であつたのが、汽車が出来たり、電車が通じたりして、大浜や浜寺が賑やかになるに連れて、此処は何代かの持主に譲り代られて、今では湯屋と料理屋とが別々になつたらしい。

浅海は、今、紺の納簾を潜つて入つて行つたその大年増を何処かで見た女のやうに思つて考へてゐた。すると、それは直ぐ此の先の郵便切手を売つてゐる家の主婦《おかみ》であつたことを思ひ起した。誰れかゞ、あれは大阪の、方々に支店を持つてゐる牛屋の妾だと教へたことをも思ひ出した。

湯屋の大きな二階の欄《てすり》には屢《よ》くケバ〳〵しい色彩《いろ》や、大柄の衣類が掛け拡げてあつた。障子の中で一日大きな話声がしたり、廊下へ大きな丸髷の鬘を着けた女形や陸軍将校の軍服を着けた男が出て立つたりしてゐるかと思ふと、やがて家扶らしい扮装《よそほひ》をした羽織袴の男や印半纏を引掛けた職人などゝ一処に其家《そこ》を出てゾロ〳〵高燈籠の石段の処に行つて芝居染みた真似をした。それを向うの方から写真に撮つてゐた。

浅海も、それに誘れたやうに二階を下りて散歩に出て行つた。

自分の宿楼の外は何れも出来てまだ幾年にもならぬやうな、別荘風の家などが多かつた。其処を本宅に、主人は毎日便利な電車に乗つて大阪に通ふらしい家族《うち》もあつた。大きな鼠壁の土蔵が角に厳しく建つた屋敷もあつた。

五六十年前までは、此処等あたりまで海であつたらしい浅い小溝を一つ越すと、其処からは公園の地内になつてゐて、其の中に建つてゐる家はいづれも洒落た貸席や料理茶屋風な家ばかりであつた。浅海は、その溝に添うて歩いた。溝の縁には足の踏み場もないまでに盛に青草が萌えてゐた。その小径《こみち》について行くと、自然《ひとりで》に公園の外を流れてゐる小川の岸に出た。芝居の花道を流して行く「野崎」のお染の乗つたくらゐの大きさの、土を積んだ田舟が後から〳〵緩《のろ》い水の上を滑つて、遠く闊けた野の方へ下つて行く。果しもなく広い麦畑も、向うの方の大きな堤も水彩画の絵具で唯一色に塗つたやうな青い物が鮮かに眼に満ちた。それでも、処々に、まだ黄色いのや白いのや菜の花が後れて咲き残つてゐた。その中に、小く見えても大きさうな赤い煉瓦の工場の煙突が静かに煙を吐いてゐる。

浅海は、さういふ物に眼を楽ませながら、敷島を口に啣へたまゝ小川の岸に沿うて稍しばらく歩いてゐたが、危つかしい朽《くち》木《き》の橋のあつたのを幸に公園の地内に入つた。其処にはまだ浅海の一度も足を踏み入れたことのない庭園の広がりがあつた。東京の堀切の菖蒲畑よりもまだ広い古い池の水の中に青い杜若が盛に茎を伸ばしてゐる。処々にもう白いのや赤いのや蕾を覗けた躑躅の繁つたその池の縁に沿うて行くと、池は曲つても曲つてもまだ広がつてゐた。その大きな躑躅の繁みに隠れて、其処にも此処にも世を忍んだやうに、瀟洒《さつぱり》とした茶席がゝつた家が静に建つてゐた。太い藤の葛《かづら》が柱のやうに二本突立つて、軒先に広い棚を造つた、その一軒のお茶屋の廻縁《まはりえん》に行つて浅海は腰を下した。雅邦の絵に見るやうな白と薄紫との藤の花が長いのは地から二三尺の処まで垂れてゐた。

浅海は、背を柱に凭れながら、小女の酌んで出した茶をすゝつて、暫く足を休めてゐると、わけもなく疲労《くたび》れたやうな心持がして来た。春は、今、強い自然の力を以つて移つて行くのが眼に見える。彼れは黙然として自分を思つた。

二

『あゝ、遊女《をんな》に精神《こゝろ》を奪《とら》れてゐる間に遂々《とう〳〵》折角の畿内の春をも、しみ〴〵見ずに過してしまつた。』

嵐山や吉野の花信は、早くから、紅い色をしたビラになつて、電車線路の駅々や大阪の街の辻々などに掲げられて、浅海の情《こゝろ》を急き立たしたのであつたが、彼れには今の場合淡い無情の花よりも、どうしても矢張り人間の方が好かつた。さうして嵐山や吉野に花を探ぬるよりも、吾も人も老いては共に再び戯れることの難い有情の春を趁《お》ふに心急がれた。

彼れは手にするほどの金は、何時も気に染《そ》んだ遊女の処に持つて行つて、僅かに最後の電車代を残すまでに使ひ果してしまはねば帰つて来なかつた。勿論彼れはそれを決して悔いなかつた。悔るどころではない、愛する遊女に、存分の銭を蕩尽し得ぬことのみを唯《ひと》り悲しんでゐた。

時としては、斯う自分のやうに愛人《をんな》を思ひ詰めては、苦しくつて遣り場がないと、思ひ返して見ることもないではなかつたが、さればと言つて、自分の今の生活から想つてゐる遊女を取去つて了へば、その後には只空洞《うつろ》な形骸《なきがら》が残るに過ぎないのが眼に見えてゐた。

人は、紅葉山人の小説が、肉体に基礎を置かない泡沫《うたかた》の人情を、徒に映してゐるに過ぎない。生理学的心理学と歩調を揃へてゐる近代の、深い生命の泉から奔り出た芸術に比べて、大きな自然を背景にした永遠の運命といふやうなものをも微《ほの》かしてゐない。と、いつて非難をするが、可し、それは首肯するとして、それなら現在の日本の小説家に、一人《にん》の能く『金色夜叉』の間貫一や『多情多恨』の鷲見柳之助などの如く切ない悲恋に身を慨《なげ》き、人を怨んでゐる人間を書き示した作家があるかと、思つて、浅海は前後を回想して見たが、せめて一人も紅葉山人くらゐな真率な熱情を籠めた著作を公にしてゐるものは無かつた。浅海は独り断乎としてさう思つた。単にそればかりではない、近頃芸術の自然を説く者の作に、理由《わけ》もなく唯嫌つてゐた柳之助が、友人の妻お種を只管《ひたすら》懐しがるに到る、如何にも自然な前後の情景を宛《さ》ながらに描いてゐるものも無かつた。

彼れも常に筆を執つて机に寄つてゐる人間ではあつたが、無論、自分にもさういふ物はまだ書けなかつた。けれども彼れの心持だけでは、紅葉の書いた人物の悲しい境涯だけは能く解するのであつた。さうして誰れよりも自分は最も能く解してゐるとさへ信じてゐた。

小説の中に議論を挟むことは、この作者も極力排斥する方であるが、一つは、この作者に、まだ渾円とした創作を以て凡ての読者を首肯せしむるに足るほどの作が無いのと、一つは、多少それを表現してゐても、さういふ情緒と理解とを天性有ち得ない読者が、それを理解することが、出来ないのを残念に思つて語るのであるが、『金色夜叉』『多情多恨』を通して見ても亡き作者が、人生の姿をも本質をも、大半恋と愛との繋縛《いましめ》と観じてゐたのが、略《ほゞ》察せられる。宮に背かれた貫一の悲憤の恨みも、また愛妻お類に死なれた柳之助の愚痴の恨みも、形こそ違へ、皆なその奥底の、恋と愛とその変形とを以て人間の生命《いのち》とし、人生の姿としてゐる点《ところ》は同じであつた。さうして此の人情と道理とは、真に能くモンナ・ヴンナを読み得る者、『僧房の夢』を読み得る者、アンナ・カレニナを読み得る者、マダム・ボヴリイを読み得る者、はた近松、西鶴を読み得る者には、この作者の今更らしい冗説を待たないで夙に解つてゐる筈なのである。

唯泡沫の人情とや。その泡沫が、やがてこの世の姿ではないか。少くとも貫一と柳之助との感情の真率なる点に於て、紅葉は決して通俗作家ではなかつた。読者の多いといふことは通俗作家といふ反証にはならない。

暗黒な未来の暗《やみ》を辿りながら、相擁して情死《しんぢう》を遂げる者の心《こゝ》理《ろ》には、白熱した相愛の信仰があるからである。彼等の抱擁した瞬間には何物をも恐れず、何物をも放棄して意に介しない強い安心があるのだらう。心なき人よ、それを迷妄《めいばう》と断ずる勿れ、凡ての物《もの》象及び物象と物象との関係も亦た迷妄ではないか。

三

浅海は、この間中江口と共に遊び明した夜々の面白さに引換へて、持つ物を持たいでは逢ふこと叶はぬ昨日今日の悲しさ寂しさに、遣る瀬なく過ぎ去つたことを思ひ侘びてゐた。

一体自分は、何時から遊女は江口でなければならなかつたのであらう。……それは二月の十九日に一処に文楽座を観《み》に行つた時からであつた。

尤もその時からばかりではない。――彼れが、斯うして大阪の土地に予期したよりも永く滞留することになつたには種々な原因があつた。彼れは今独身である。五年前に七年の間同棲した妻に死別れたのだ。その妻は、浅海に取つては実に第二の生命《いのち》ともいふべき恋女房であつた。その妻に亡くなられた彼れの歎き悲しみは、傍の見る眼にも無残でもあり、また可笑しいくらゐでもあつた。さうして五年の永い間、彼は亡くなつた愛妻《つま》のことを思ひ悩んで侘しい月日を経《た》てゝ来た。小説に書けば、『多情多恨』の中の柳之助には、葉山誠哉のやうな深切と興味とに富んだ友達もあるのだが、――また文学者以外の、もつと広い世間には穏かな常識に富んだ人間もあるのだが、生憎《あやにく》浅海には其様な友達は一人もなかつた。偶《たま〳〵》古くから知つてゐる人間には、さういふ性情とは最も相違した人間が多かつた。彼れは人と人との交友《フレンドシップ》などゝいふ事に就いては表面《おもてむき》は兎に角、内心信用も依頼をも置いてゐなかつた。

　五年前、その妻の遺骨《なきがら》を故郷の土に葬つて以来《このかた》絶えて墓参もしなかつたので、彼には最早現世《このよ》で唯一つ懸換《かけがへ》のない親しい、大切な者になつてゐる老母《としより》をも久し振りに見舞ひたし、一つは険しい文学者仲間の、うるさい蔭言《うはさ》の世界から遠退きたかつた為に帰省を兼ねて、京阪《かみがた》に漫遊を志したのであつた。京阪は、浅海の郷里とは余り距つてないのみならず、東京と往復の途中《みち》になつてゐたが、二十年来屢《しば〳〵》その間を往復してゐながら、毎時京阪《そこ》を素通りばかりしてゐたのであつた。

　彼は、その五年の間独りで鬱屈してゐた心の寂しみを自から傷はらんとて行旅《たび》に出たのであるが、それには畿内《かみがた》の土地々々を見歩いて、かねて自分の私淑してゐる日本の二大文豪の作々に大きな背景となつて表はれてゐる都会や田舎の風土人情の変遷を観察もしたり、もし心の余裕が許すならば、奈良あたりの寺院に隠れて、頽廃した、古い時代の建築絵画等を研究して、いくらか古典的《クラシカル》な学者的《アカデミカル》な気分を養うて、永い間に段々酷《ひど》く破壊されてゐる感情を整へよう、さうして其古い整つた建築美術などが与へる安らかな感覚の世界に、中世紀の僧侶などが努めて試みたやうな隠退した生活がして見たかつたのだ。

　けれどもさういふ禁欲的な生活は、凡俗に取つては、どうしても年齢《とし》といふ自然の力を待たなければ行ひ難いのであつた。浅海の肉体《みのうち》には、まだ〳〵若い血が流れてゐた。一夕フト知り合つた遊女は、最初から五年の間寸刻の間も絶えず、彼の心の奥の何処かに姿を留めてゐる、死《な》くなつた妻の亡き影を排して、その後に強い鮮かな形を印してしまつた。彼はそれを、殆ど、自分にも不思議に思つて考へて見たが、永い間萎びてゐた自分の心が、刻々に希望のある歓びに潤うて来るのが、丁度穏かな晩方に波打際に立つて、夕潮の次第に高まつて来る時のやうに感じられた。

『あゝ、自分には、まだ恋の出来る力が残存《のこ》つてゐた。』

　と、浅海は、一人で後めたくさへ思つたのであつた。幸に旅の空でのことでもあるし、人には包んで、彼はそれを独りの心の奥深く楽しく秘めてゐた。

四

その間には、喧嘩をしてお茶屋の主婦が仲に入って取りなしたこともあつた。

　その仲直りの晩であつた。シン〳〵と更ける寒い冬の夜、平常《いつも》は、客を通さぬ奥の間の主婦の部屋に二台の燭台を灯して、男は浅海一人。仲居まで火鉢の傍に寄り集うて、湿かに酒を酌み交したこともあつた。

『もう喧嘩するんぢやありませんよ。』

　主婦は、わざと二人を叱るやうな東京口調で言つた。江口も東京育ちである。

『旦那はん。あなた方あんまり仲が好すぎるからやおまへんかいナ。』仲居は、酒をつぎながらいつた。

『ナニ、仲が好すぎる処か、そんなことをいふと、この遊女《ひと》が、厭がるよ。私なんぞとは違つた好《え》え人がチヤンとついてゐるんやもん。』浅海は、言葉尻を、大阪言葉でいつた。

『あなたが、自家の大事な〳〵娘を啣へて、余処へ行た罰が当つたのや。自家《うち》やつたら、もうこれから、あなたに黙つて挨拶に遣りやしめへん。さういふやうな時には、またさういうてやることにします。』主婦は締めくゝるやうに言つた。

『お母《かあ》ちやん、その晩遂々この人何と言つてもねないの。』江口は、子供のやうな鼻の詰つた声で言つた。

『へえ！』主婦は、呆れた眼で、浅海の顔を見た。

　大阪や京都の女は、皮肉の味も解しないほど生《うぶ》な点《ところ》があつた。

『お母ちやん、そりや皮肉よ。私呆れましたの。』

『ナニ、皮肉なわけでもないんですがね、一月に文楽座で南部大夫の『夕霧』を聴いて、炬燵の場の人形が面白かつたから、私も一つ伊左衛門の真似をして、この夕霧にすねて見たのよ。』

『ハ、、ア。まあよかつた‼』

　主婦と二人の仲居は、声を揃へて手を打つた。

『夕霧様、さあ一つお酌。』笑ひ止めると隙《すか》さず仲居は徳利を取り上げた。

『伊左衛門様、さあ一つお酌。』

　も一人の仲居も後れず徳利を取り上げた。

『喧嘩した後は、一層好くなるといふのは、真実《ほんたう》ねえ。』

　二人だけになつた時、江口は浅海の肩に手を巻きながら言つた。

五

　駕籠《かご》の鳥なる江口とは、喧嘩をするにも資本《もとで》がかゝつた。

『此度何日来て？』

　二階の関所で膝詰めの談判をせられて、

『若旦那、もうおかへり。……この次ぎ。何日《いつ》。』

　またもや階下の火鉢の関所で、もう確定した事でも訊くやうな、主婦の力籠つた言葉を、

『必ず近日々々。』

と、軽く受け流して帰つてから、心は矢竹に早りながらも、漸く二十日も過ぎてから浅海は行くことが出来た。

『もし若旦那、若旦那の近日は、二十日だすかいナ。えらい遠い近日がおまんナ。』

主婦も仲居もトン〳〵二階の浅海の傍に寄つて来て、声を揃へての総攻撃に、浅海は防ぎかねてゐる処へ、江口も小走りに上つて来て、

『随分長いわねえ。ねえ、お母ちやん！』

ヒタと浅海に寄り添うて、ペタリと坐つた。

『もう解つたよ。……だから今日はそのお詫びに文楽に行くよ。』

仲居の附いて行きたがるのを、主婦が、急《いそが》しいからとて、遣らないのを、二人は、結句仕合せ。と、囁き合ひつゝ、俥の来るのを待ちかねて文楽座へと急がせた。

その時の狂言は、前が「義経千本桜」で、中に中将姫を挟んだ。

浅海は、湯屋に行つて毎時、明いてさへゐれば、同じ棚に衣類《きもの》を入れるやうな心持ちで、毎時《いつも》買ひつけた南側《みなみ》の桟敷に通つた。彼れは其の高い処から、下に並んでゐる大阪の婦女《をんな》をば、毎時旅人の珍らしい心持ちで見るのであつた。その日は江口と膝を並べて坐つて、其処で食べるのを楽しみにして来た弁当を早速顔馴染の出方に命じた。小蔭で欲くない物を取換へながら、小い弁当箱に入つた美しい色をした鯛のおつくりなどを食べつゝ、越路太夫の鮓屋《すしや》を聴いた。

惟盛卿の弥助の人形は綺麗で、青い萌黄がゝつた着物に、紅い襦袢の襟を窺かしたお里は可愛かつた。

『あれ御覧なさい。可愛いお里！』江口は、可愛い顔をして笑つた。

「……私は、お里と申して、此家の娘徒者《いたづらもの》、憎い奴と思召れん申分。過つる春の頃、色珍らしい草中へ、絵に在る様な殿御が御出、惟盛様とは露知らず、女の浅い心から、可愛らしい、いとほしらしいと、思ひ初めたが恋の元。……縦令焦思れて死ぬればとて、雲井に近い御方へ、鮓屋の娘が惚れられうか。……」

『あれ、お里が焼き餅を焼いてゐるのよ、可愛いお里が。ハヽヽヽ』

江口は興がつた。

浅海は、唯、遊女をつれて文楽座の桟敷に来て、快い太夫の声音や、美しい情緒を奏でる太い三味線の音をわけもなく耳にしてゐればよかつた。さうして思ふまゝに、弛んだ心を、音楽《がく》の音に連れて散乱せしめた。強いて舞台を見ようとも思はぬ。強ひて浄瑠璃の筋を辿らうと努めもせぬ。見るから昔しを忍ばしめるやうな、古く黴びた、天井の低い小い芝居小屋の中に響いてゐる音楽《おと》は、夢のやうな懐かしい心を唆つた。

幸、其処等に客がゐなかつたので、浅海は、横さまに、少し行儀を崩しながら、江口はと見ると、遊女は、自分とは相違して、殊勝にも熱心に舞台の方を見入つてゐる。その横顔を盗み見てゐると、江口の小高い鼻筋の中程の処が、線では描けないくらゐ心持ち高くなつてゐる。それは、何代かの美しい男女の遺伝を証する顔に屢《しば〳〵》見ることの出来る鼻であつた。その下には、さも柔かさうな唇が、蕾のやうに結ばれてゐた。

『この女は、夜の燈の下で見て美しいばかりぢやない。昼間見ても好い。』

浅海はさう思ひながら、尚ほ見廻してゐると、多い髱の頭髪《たぼかみ》が割れたやうになつて分れてゐる下から頭の後の方に白い剃げが見えるやうに思へた。『おやツ』と思ひながら、よく眼を留めて見ると、剃げ処か、それは白い頸筋であつた。頸筋が頭と思ひ誤られるくらゐ髱が多く抜き衣紋に着た襟の上に被ひかぶさつてゐたのであつた。

浅海は、さういふ物を見て、ます〳〵心に美しい満足を覚えた。

舞台の上で狂言は進んで行つた。浅海は「中将姫」を好まなかつた。江口は、それをも飽ず見入つてゐた。

『あれは、浮船が悪いんだわ……だけど、本当に悪いんぢやないのよ。』

さうして、降り積る雪の上に、割れ竹を以つて岩根御前の為に断え入るまでに打ち据ゑられてゐる中将姫を、興奮したやうな顔をして凝乎と見詰めた江口の眼に露が宿つた。浅海は、残酷な狂言を見てゐるよりも、それを見て女らしい同情をしてゐる自分の遊女を見てゐる方がよかつた。

『おい、蜜柑をくれ。』

江口は、黙つたまゝ薄皮まで綺麗に取つては、一つづゝ浅海の手に渡した。さうして時々自分も口の中に入れた。そんなことをしながらも矢張り舞台に気を取られてゐた。

やがてその残刻な一ト場が終る。最後は、南部太夫や源太夫が五人、それに三味線が六挺のつれ弾きで、吉野山の静別れの幕が明いた。舞台は一面、爛漫たる桜花の吉野山、その花の彼方にも遠見に青い山の峯をあらはし、東京や大阪の役者には、とても見ることの出来ぬ可愛い美しい人形の静が額一面に眩いばかりの花簪を挿し、両方の頬に長い黒い頭髪を切り下げて、活々した黒い瞳で舞台の中程にゐる。其処にこれも眼の覚めるやうな緋威しに金色燦然たる黄金の胴の鎧を着た忠信が従いてゐて、静は金扇を翳しながら、忠信とからんで、いろ〳〵な心持を表した身振りがある。調子の高い三味線と、五人の太夫の合奏とで小い文楽座の小屋が暫く鳴り動揺《どよ》めいた。美しい引脱きが下にも〳〵あつた。

二人は、夢のやうな美しさと、微妙な音楽の音とに一ト仕切り耳と目とを奪はれてゐた。

『もう帰らうか。』

『帰りませうか。』

『帰らう。』

出方が持つて来て置いた新聞包みの中から、銘々に穿き物を取つて二人は外に出た。ホツとなつた。

『静は好かつたわねえ。……早く帰りませう。』これから後を楽しんでゐるやうに、遊女は、浅海に身を寄り添へながら言つた。

六

その夜、春に一処に東京に行く話が、二人の間に初めて持上つた。

『私、半分持つわ。』

その言葉が何様なに浅海の心を動かしたらう。

さうして春々と言つてゐる間に、その春は思つたよりも急に来た。三月になつてから浅海は、もう江口を自分の独占《もの》にしたといふまでに思ひ募つて来た。この辺で奈良の水取りまでと言ひ習はしてゐるその三月の中旬を過ぎると、遠く南の空を劃《かぎ》つた志貴山も金剛山も、今までの険しい黒い色とは見違へるやうに、温味をもつた淡い春靄《もや》を被《かつ》いだ。大阪の郊外を南に走る電車の窓からは、広い麦の野が吃驚するほど青い色に変つてゐた。

油のやうな春雨が、しと〳〵と、その野や野の単色《いろ》を乱した森を濡してゐた。

さうして四月に入ると、どうかすると、最早《もう》物憂いやうな強い日が照つた。難波から心斎橋筋に到る賑やかな通りの、軒頭に花傘を翳した紅提燈がズラリと掲げられた。不断でさへ明るい難波新地の入口と出口との道の上に高く大きな紅い花行燈が点されて、大勢の人間は、その下をゾロ〳〵往復《ゆきゝ》した。葦辺踊や浪花踊が始まつた。

浅海は、江口を連れてさういふ処を歩き廻つた。つい此の間まで炬燵を入れて寝てゐたのに、二人は蒸々して堪へられぬやうな夜を明した。

『また汗を掻きませう。』

江口は、浅海の心持を段々深く知つて来た。浅海は、江口でなければ、夜の目も明けないやうになつた。

青草を蒸すやうな強い日が照つた。自分の感情の疲れた浅海は、焦々《いら〳〵》する心地で思ひに任せぬ日を消してゐた。

七

浅海は、黙つて暫く休んでゐた腰を漸く縁側から持上げて、宿楼の方に歩みを運んだ。

帰るとすぐ昼飯になつた。筍と莢豌豆と鯛の甘煮、鯛の汁に沢山な蓴菜、これだけは毎日のやうに変らなかつた。それが単調な強い物憂い春の日のやうに浅海の食欲を鈍らすのであつた。

すると午後《ひるすぎ》になつて、電話が掛つて来た。その主は思ひ掛けもなく江口であつた。

『私、今晩あなたの処に遊びに行くわ。今日癪に障つたことがあるから……七時と八時との間。』

意外の電話に生き返つた浅海は、夕飯を済して、やがて遊女の来る時刻を待ちかねてゐたが、心が、そは〳〵して家の中に静《ぢつ》としてはゐられなかつた。さうして早くから、公園の中の電車の停留場に出掛けて行つた。七時と八時との間といふのに、まだ停留場の時計は七時にもなつてゐなかつた。彼れは、どうかして行き違ひになりはせぬかと、それを気にしつゝも、一刻も早くその時間の来るのを、もどかしがつて、堪え難い僅かの数十分を思ひまぎらす為に、暗《やみ》の中の公園を独りブラ〳〵歩いた。

大阪から、行く春に遊び後れた多勢の男や女が尚ほ幾組も隊を組んで押掛けて、松の樹の間の料理茶屋で、飲みつ歌ひつ、赤い手拭を頸に巻いて馬鹿騒ぎをしてゐた昼間の賑かな人の声、物の音は黄昏と共に寂しく静まつて、宛《さな》がら山の中の一軒家のやうに離れて立つた家々は、何れも疾くに戸締を急いで、処々に突立つた電燈の明りの他には、暗の中に、散り後れた桜花が幽かに白く見えてゐた。

極めて陰晴の定まらないこの頃の時候の常としてつい先刻まで星の見えてゐた空が何時の間にか一面に夕立模様の不穏な黒雲を以つて被はれた。

浅海は、どうかして少しも早く遊女を、わが物とする身受けの金を造るに、効なき心を焦してばかりゐる、この日頃の屈託をば、せめても今宵の、逢瀬に慰めようとして、毎時の貸座敷《おちやや》で逢ふのとは異つた歓楽《たのしみ》に松原の暗黒《やみ》の中で浅海は、彼れ自身でも驚かるゝばかり今更に心稚《をさ》なびた胸を躍らしてゐた。

停留場に戻つて来た。難波を出発した南海電車は勢ひよく駛つて来て四五人の乗客を降すと、少しの猶予もなく忽ち、車掌の鳴す笛の音と一処に、堺の方に向つて駛せ去つた。さうして彼れは不安な期待に悩みながら二三の電車を空しく遣り過した。

四つ目の電車が待つ間もなく走つて来て留つた。此度こそは。と、胸の躍つた予想は果して違はなかつた。停留場の構外に立つて、遠く夜目に頸を伸して眺めてゐる浅海の眼に、ボギイ車の中央の乗降口の処から、狭い踏み段を恐れるやうに用心しいしい、足許の方を俯向いたやうな姿勢《やうす》をして降りて来る、その繊細《かぼそ》い一線に、前髪の高い銀杏返しの横顔を暗光《くらがり》に描いて見せた華奢な婦人は確かに遊女《それ》に違ひない。

『此度は来た!』と、浅海は心の中で言つた。

続いて降りた男と並んで歩きながら小いプラットホームを此方に向いて来る女は、先方でも、早くも此方を認めたものか、

軽い驚きと喜びとに身を揺るやうにして笑ひながら、

『あゝ彼処に来てゐる。来てゐる!!』

と、女が覚えず高い声を出したのが、浅海の耳まで達いたので

あつた。

　連れの男は、顔を上げて此方を探した。

『あれ、彼処に！』女は、此方を指で教へた。

　改札口を出て来ると、遊女は急いで浅海の側に身を寄添へて、

『この人、自家の男衆《をとこしゆ》をしてゐた人。今途中で会つたから、丁度、私一人で寂しかつた処だつたから、此処まで送つて来て貰つたの。……どうも御苦労さま。もう帰つて下さい。ぢや、切符だけ私貰つて置く。』

　女は、さう言つて掌《て》を出して切符を男衆から受取つた。

『どうも御苦労さま。ぢや、大丈夫だからね。大金の掛つたこの遊女《ひと》、確かに私が預つたよ。』

　男衆を帰して、二人は、電車の線路を向うに渡り、睦じさうに樹下暗に肩を並べながら、砂の勝つた踏み心地の好い公園の坦道を真直に花崗石《みかげいし》の大鳥居の方に歩いて行つた。

『あの男、どうしたの！』

『この間まで自家の男衆をしてゐたのだけれど、余り道楽が過ぎるもんだから暇を出されたのよ。……それで困るからツて、私に、親方に謝罪つてくれと頼んでゐるのよ。』

『お前と何うかしてゐるんぢやないかへ。』

『憚りながら、そんな江口さんと違ひますから、御安心なさい。……私、も少し前に自家を出掛けたんだけれど、何だか暗くなつて寂しかつたから、来るのを止さうかと思つて一旦引返したの。さうすると、丁度あの男が私に頼んでゐた事は、どうなりましたらうつて訊きに来たから、今から住吉に行く処だから、送つてくれつて、此処まで送らして遣つた。意気地のない奴なのよ。私なんかにも、へいこら〳〵してゐるわ。』

　遊女は、誇かに悪毒気《あどけ》なく言つた。

『……また、ひどく暗くなつたわねえ。』さうして黒い空を仰いで見ながら、『私、恐いわ！　あなた、私帰る時にも其処まで送つて頂戴。』

『あゝ、送つて遣るよ。だが、大阪の箱廻しや遊女《こども》の男衆は、東京なんかと違つて馬鹿に丁寧で素直だなア。』

『さうよ。皆な温順《おとなし》いよ。男の癖に女に頭を下げてばかしゐるんだもの。あの奴等。……あゝ曇つた。雨が降つて来たわ！』

　遊女は、浅海の掌を、自分の掌で握つたまゝ停立《たちど》まつて、また黒い空を見上げた。

『降りやしないよ。』浅海も、さういひながら空を見上げたが、『降つて来るかも知れないが、まだ降りやしないよ。さあ早く私の宿楼《とこ》に行かうよ。』

『さう。降つてやしない？　でも今、冷いものが顔にかゝつたよ。』

『ナニ、雨ぢやないよ。それは。』

『ぢや何だらう？』

『松か桜花かの露が落ちたんだらう。』

『さう、雨ぢやないの。雨が降ると困る。』わざと泣くやうな声を出して甘垂《あまつた》れた。

『雨が降つたつて構はないぢやないか、傘もあるよ。でもお前の身体は紙で拵らへてあるの？』

『でも、今日は好い着物を着て出て来たんだもの。濡れると、困るわ。』女は、また甘えるやうな声でいつて、頸を曲げて乳のまはりを見た。

遊女は、絣のよく揃つた、ハツキリした大島紬の綿入れの上に深い色の紫紺の、変り織の縮緬の羽織を、能くあれで滑つて落ちない、と思はれるやうに軽く被《はふ》つてゐた。

『本当に降らない？　降つてゐるわ！』

『降つてやしないよ。降つたら俥でも何でもあるぢやないか。』

『帰る時に、あなた復たステーションまで送つて頂戴よ。』

『あゝ〳〵送つてやるよ。何処までゝも。先刻、お前よく私が居るのが眼に着いたねえ。』

『えゝ、直ぐ分かつたわ！……あゝ、彼処に来てゐるナ。と、思つた。』

『俺にも、お前が電車を降りやうとする時、その細い顔の形で直ぐ、あゝ来たナ。と、分つたよ。』

『嬉しかつたわ。遠くから、あなたが立つてゐるのを見た時、丁度活動写真見たやうだつた。……これから二人で大阪へ行つて活動写真を見やうか。』

『そんなことをしてゐられないぢやないか。早く行かう。……もつとピタリと寄り添へよ。』

浅海は、さう言つて握つてゐた掌で女を緊《しか》と引き寄せた。女は、ハ、と、笑ひながら、男の為すまゝに従順《すなほ》に体を附着《くつつ》けて歩いた。

『あなたの処に何か甘い物があつて？』

『あゝ、あるよ。お前、もう夕飯は食べたんだらう。』

『えゝ。』

『甘い寿しが出来るの。それを拵へさすわ。』

二人は緩く歩いた。

『あら犬が吠えてゐるわ。寂しいのねえ。誰れも通つてゐないわ。あれは何？白く見えるのは。』

『桜花《さくら》さ。』

向うから暗《くらがり》の中を、酒機嫌の人声が近寄つて来た。

『此方へお廻りよ。』さう言つて、浅海は、江口を自身の左側に変らして、四五人の群れを遣り過ごした。

『あら、これが石の鳥居ねえ。私一遍来たことがあるわ。』

『お客と？』

『違ふわ！自家のお母ちやんなどゝ一同《みんな》で来て一日遊んで行つたわ。』

大鳥居の処に、小溝の水が五六間の間道の上に濫《あふ》れてゐた。

『あゝ、一寸待ち。其処の処は水が流れてゐて歩き難いんだ。

その下駄ぢや駄目だ。……私負《おぶ》つて遣らうか。』

『あゝ、負つて頂戴。』

『誰れも見てゐる者はないだらうナ。』浅海は前後《あとさき》を見廻はした。誰れも通つてゐる者はなかつた。

『さあ、手を掛けた。』浅海は、蹲みながら言つた。

遊女は黙つて、しなふやうな両腕で、静《そう》ツと背後から男の頤の下の方まで深く巻き着けた。浅海は柔かい、温かい女の体温を背に感じた。頸筋の処に女の鬢の毛が、非常な魅力を以つて微かに触れた。

『あゝ、重い。小いと思つても負つて見ると随分重い。……確乎捉へておゐで。大きなお尻だから手が掛けられやしない。』

『嘘！大きいもんですか。』

『イヤ、大きいよ。これ、斯うして私の手が巧く掛らないくらゐだもの。』

『大きかアなくつてよ。』

『イヤ、大きい〳〵。……そら！』

『はゝア！擽つたい。』

女は、浅海の背の上で身悶えした。

『そら！』

『もう厭よ！』

『そら、もう降りるんだ。』

浅海は背を低く屈めて、女の足を地に着けた。

八

其処まで来ると、片側に立ち並んだ屋根の低い茶店から覚束ない火影《ほかげ》が泥濘《ぬかる》んだ道を照らしてゐた。三四軒の其様な風な店だけでは、客もないのに、まだ表の一畳台の上に色の褪めた赤い毛布が掛けてあつて、パン菓子などを入れたガラス蓋の箱の傍に蜜柑や林檎が電燈を浴びて艶かに光つてゐた。塩の塗《まぶ》れ着いた、うで卵の鉢も並んでゐた。西洋御料理と白く抜いた長い紅提燈の軒先に吊された店には別に、うどんの看板や、大きな、親子どんぶりの立て看板なども立て掛けてあつた。

『あなたの宿楼《うち》まだ先き？』

『も少し行つて、彼処の処を左に曲がると、直ぐだ。』

茶店の前を通り越すと、また道が少し暗くなつた。左側には別荘にでもするらしい屋敷取りに贅沢な花崗石で地形だけが仕放しにしてあつた。右手の広い草原の彼方に遠く紡績工場かなんかの大きな煉瓦の建物が見えて、けたたましい機械の響を立てゝ夜の寂寞を破つてゐた。幾つも並んだ窓から潤味《うるみ》もない明りが射してゐた。

『あの高いのは何？』

『あれが住吉の高燈籠さ。』

『あゝ、さう〳〵。私、何時か上つてよ。』

燈籠の火袋の中には大きな電燈が光つてゐた。

二人は、その高燈籠の少し手前の、大きなガラスの箱の中に、乾涸《ひから》びたやうな鯛の切身を張り付けた角い大阪寿しを二つ三つ並べてゐる家の角を左に折れて、広く花崗石で畳んだ家の前を踏んで行つた。

小い桜花のサキ〳〵に植ゑられた庭園のやうな処に来ると、向うに見える薄暗い玄関を指して、

『あすこさ。』

此家《こゝ》も大阪附近の遊山場によくある御料理兼旅館の一つであつたが、何家《どこ》へ行つても同じやうに、押入れも床もない、落着かぬ不便な室が幾つもあつた。浅海は十日ばかり前に、去年の秋から半歳近くも滞留してゐた堺の大浜の宿から此家へ移つて来たのであつたが、初め見に来て、寂れた薄暗い建物の中を彼方此方案内せられた時、階下の庭の古池に向いた奥まつた四畳半にしようかと思つたけれど、何処からでも庭園を通つて人が入つて来られさうで、何となく用心が悪さうであつたから、此度は二階の、低い天井が頭を圧へさうな、気詰りな三畳の間に定めて方々の偶の処に机や行李を置いたり、畳んだ蒲団をも重ねて置いたりした。

浅海は、旅の空のその佗しく、狭苦しい、宿屋住居に堪へられない悲しさ寂しさを感ずるのであるけれど、江口ゆゑには、その旅の空の不自由や不便をも辛抱してゐるのである。

『あなた、此の室にゐて、独りで毎日何をしてゐるの？』

『心細い事を言つて訊くぢやないか。俺は此処で物を書く仕事をしてゐるのぢやないか。さうして毎日々々お前の事ばかしくよ〳〵思つてゐるんだよ。……一処になると言つてながら、お前にはまだ私の商売が本当に飲込めないんだね？』

『そりや解つてゐるわ。小説を書くんでせう。』

『さうさ！』

『毎日々々お前の事ばかし、くよ〳〵思つてゐるツて。アハ、、、。』

遊女は男の言つて通りの事を繰返して、嬉しいのか、どうしたのか、ニタ〳〵笑ひながら、笑み溢《こぼ》れるやうな黒味の勝つた眼でマジ〳〵と浅海の顔を見守つた。小さく整然《きちん》と坐つて、首を据ゑたやうな恰好をして此方を向いてゐる顔が分らぬやうに振れてゐる。浅海が死別れたその妻にも何うかすると首を据ゑて顔を振る癖があつたことをフト今思ひ出した。

思ふやうなおいしいお菜が出来上つて、それが幾種《いくいろ》も餉台《ちやぶだい》の上に並べられて、煮《た》き立ての白い御飯を茶碗に盛つて、いざ箸を取らうとする時に亡くなつた妻は、ちよいとその茶碗を額の処まで持ち上げて頂く真似をしてそれから箸を着けた。その時餉台の向側に坐つてゐる浅海の視線と行き合ふと、彼れの妻は、唯眼に物を言はせながら、心持ち顔を振つた。

『これは、私の癇の所為《せゐ》ですよ。』妻は言つてゐた。

そこへ誂へて置いた、三つ葉の入つた寿しが出来て来た。

『おいしいのね。アハヽヽ。』
『沢山お食べ。』
『えゝ。……』
『何を笑つてゐる？』
『……本当に一処になりませうねえ。アハヽヽヽヽ。』
大きな家に不断の客は、浅海一人であつた。家は寂《しん》としてゐた。
小い部屋の中で、電燈の光を浴びてゐる遊女の匂やかな白粉の顔が微かに振れてゐた。

九

『もう帰るわ。』
『ぢや電車まで送らう。』
先刻の広い草原まで出ると、
『ちよつと待つて頂戴。私、此処に小用《しい》をするわ。』
『ぢや、今自家でして来ればよかつたに。』
『でも、可笑いわ、階下《した》で屹度さう思ふもの。』
さう言ひつゝ、早くも暗の中に白い脛を巻くるのが見えてゐた。
翌朝《あくるあさ》、浅海は、また其処を散歩すると、青草は伸々としてゐた。

松山より東京へ

一

一昨朝お手紙を、今朝はまた御写真を、たしかに受取りました。そのことについてお返事を申上げます。私《わたくし》今は人の妻になるよりも、まだもつとうちにゐて遊びたいような気がします。ですから、そういふお考へならば、どうも致し方がございません。私決して勿体ない、不足に思つたりするのぢやございませんけれども、また望ましい事でもございません。望みでもないものを、私は熟考する必要もございません。そのお話は、どうぞおとり消し下さいまし。それに私の此の間の写真は前のとちがうように、ほんとの私ともちがうのでございます。私の家のこと、また私のことについてもおしらべなすつた上、どんなにお心がお変りになりませうやら、わかりもしない今、こんなことを申上げて失礼ですけれど、後々まちがひのないやう、かくは、私の正直な心のうちを申上げました。

一月九日朝　　　　下村さよ

櫨村雪波先生　御前に

二

子供のけんかゝ何かのやうに、それでは手紙も写真も返せなんて、ほんとに面白いことを仰しやいます。私は、お怒りになつた心配よりも、たゞもう笑ひたくなつてきました。是非返してほしいと思召《おぼしめ》すなら、そちらから先きにお返し下さい。

それは、勿論私にお嫁に来て下さいと、おつしやつたのでないことは、私もせんのお手紙をよく読みましたから、承知して居ります。私の返事の書きかたは悪うございました。私も心配しい〳〵書いたのですけれど、実際あれ以上には出来なかつたものですから、ついいやなお思ひさせまして、すみませんでした。

それから、せんのお手紙に「私は、男一人で、若い女を、どうしても自分の傍へ置くのは世間の手前を憚つてゐるのです」といふお言葉は少し意外でございました。何故と申せば何日かのお作の中には、若い女中をお置きになつていらしたやうな御様子でした。私はその女達よりは少しましな人間だとは思ひますけれど、私が女中に上つたとて、さう御大層にお考へ下さるともおもひませんでした。御自身が御勝手に私をお買ひかぶりなすつたのです。

「女中奉公には行く、嫁入りはせぬ。まだ自家《うち》にゐて遊びたいといふのでは、貴女《あなた》が、東京の私の宅へ奉公に来るといふのも、本気ではないやうに、思はれますから、これまでの、あなたのお手紙で言つてゐられた事は嘘でしたね」と、仰しやることは私には、解りかねます。何故でございませう。

私の手紙は嘘ではありません。いつの場合にも本気で、真面目なんでございます。私の身から無理にとりえをさがし出せば、それは正直な事だと思ひます。それはまた短処かも知れませんけれども、そのくらい私は自分の正直なことを知つてをります。その為め私は今までどのくらひ損ばかりしてゐるかわかりません。けれども私は、よく気が変つて昨日ほんとだつたことでも今日は嘘になることもあります。嘘だのほんとうだのといふことはないので、たゞ余り考へてゐると、どれが自分のほんとの心かわからないやうになるのだらうかとも思はれます。でも、何処までが真面目で、何処からが、不まじめやら解りません。それが私の性質ならどんなにもやう致しません。

母に心配かけてまで、この我まゝを通したい私を悲みます。どうしようといふ希望があるのでもないのに、私は不孝者です、そんなにまでして果して私は満足が得られますでせうか。いやになつた時は、疲れた時は、再びこの家へ戻つて来るのでございます。いかに望み通りのお嫁に行く人でも、さて嫁となれば、また身心の自由に遊びたいといふのも女の身として、そんなに無理ぢやなからうと、私は思ひます。「自家にゐて、も少し遊びたいほどのお嬢さんが、東京の拙宅へ奉公などゝは、以っての外の浮いた量見と存じ候。」と、いふお言葉は、非常にきにかゝります。さうです。浮いた量見なんでございませう。それなればこそ私も心配ばかりして思ひきつたこともようしずにゐるのでございます。

今までは、その浮いた量見をゆるすやうにおつしやつておきながら、今更あんなに非難なさるのは少しおひどいと思ひます。私は思ふことが、みんな言へませんけれども、これだけでもいへば言はないよりは安心しますから、長い弁解を致しました。

何を申したつて、今更仕様もございません。私の手紙をお返し下さいますなら、私の方からも直ちに頂いてゐるものをお送り申しますから、御安心遊ばせ。

二十二回目の誕生日に　　　　　下村佐代

櫨村雪波先生　御前に

三

十四日に小包出しましたが、もはやお受とり下さいましたでせうか。はがきは御覧下すつたことゝ思ひますが、小包もとゞいたのでしたら、誠に勝手なことばかり申してすみませんけれども、また私に戻して下さいませんか。非常に後悔して居ります。何故あんなこと仰やつたかと、お恨み申して居ります。十三日に先のお手紙を拝見し、その夜私も手紙を書いて出したのですけれど、翌朝またお手紙を見て私の悪いことは考へず。たゞむやみに癪にさはつて、急にお荷物こしらへて、自分に郵便局へ持つて行き、はがきと一しよにとうとう出してしまひました。

そして気が休つた意《つも》りか何かで、いゝきになつて居りましたのに、十五日の晩になつて、あんなことしたのが、悔まれてたまりません。朝起きると、直《ぢき》にまた郵便局へ行つて、取戻しの請求を致しました。郵便局の人も、配達した後で、間にあはぬかも知れぬからつて、とめましたけれど、だめでもかまひませんからつて、電報うつて貰ひました。一分の時間が、私の運命を、にぎつてるかと思ふと面白い。これで帰つて来なかつたら、なりゆきだから、仕様ない。などゝ思つておりましたに、どうしても小包が戻らなければ、安心出来ないことになつて、返信とらなかつたことが、また悔まれて困りました。そのうちには、何とか通知があるだらうと、時間ばかり勘定して、昨日から、まつて居りますけれど、今に何の便りもございません、明日になつたらわかるかも知れませんけれども、もうだめのやうな気がします。郵便局へは通知があつたけれど、私があまりさはいでるものだから、知らしてくれないのぢやないかとも思ひます。そんな筈はないと思ふけれど、またこんなに遅くなる筈もないと思ひます。もし小包が行つて居りますなら、どうぞ安心させて下さいまし。

野島さんと、おつしやる方には、私、手紙出しました。今日もまたお手紙頂きました。そして十七日の朝お会ひになつたと書いてございますけれど、小包の届いたことは、わかりません。

あの小包送つた時は、お怒りになつたつて仕様がない。もうどうなとなれと思つて、あんなにしたのですけれどお怒りになつては、矢張し困ります。ほんとに私わるうございました。お許し下さいまし。もうどうぞお怒りにならないやうに願ひます。十六日附のお手紙に、私が懸引がうまいことの、嘲りながら手紙書いてるだの書いてございますけれども、決して〳〵そんな心ぢやないのでございますから、これもお許しを願ひます。そのお手紙に、僕の「何とか」として来て下さいつて、その「何とか」が私には、何のことか、わかりませんけれども、行つてもかまはないのなら、ほんとに嬉しうございます。今度は、ほんとに道後へきて下さいますか。今日《こんにち》は、私も尾の道から船の出る時間をみてきました。朝の五時半と午後の一時半。五時半のだと、十一時すぎに高浜へ著いて、時間の都合がよいけれど、朝寝坊な方だから、一時半のでなくては、おのりになれまい。それだと夜になりますから、妹でもつれて、おむかひにまゐります。

それから、私が母に不孝なと、いふたのを解しないとおつしやいますが、それは、かうなんでございます。母は、私がこんなことをいひ出さないのを喜びます。私も、何も悪い考があるのぢやなし、反対される理由はないと思ふのですけれど、（母も此の頃は、不断着を二三枚こしらへなければなど〻得心してくれましたけれど）何故私が東京へ行つて悪いのかといへば、見苦しいのださうでございます。大阪へ行つてから帰らないのなら、とにかく。帰つてから三年も四年も立つて、今更また奉公なんて、いかにもお嫁入り口がないやうで見苦しいと、こんなに申します。見苦しいたつて、それが、ほんとうなら仕様がないぢやないかつて、私は笑ふのですけれど、母の方が余程虚栄心が強くつて、おかしいのです。それぢや私東京へ行くなんて誰れにも手紙も出さないから、姉さんの許へでも行つたことにして下さいと、私は申します。こんなに心配の多いのを知つて〻私までが心配をかけるといつて怒ります。それで私気の毒なものですから不孝なと申しました。

野島さんのお手紙に、センセーショナルと書いてございますの、私何のことか知りません、教て下さいまし。

一月十九日夜　　　　　　下村さよ

櫨村先生　御前に

四

今朝お手紙拝見いたしました。私が困つてゐることも御存じで、あんなにおつしやつて下さるくらいならば、何故も少し早うはお知らせ下さいませんでせう。今では甲斐のないことになつてしまひました。

昨日の朝は早く転勤する人を送つて停車場までまゐりました帰りの道で、今朝は早いから午前中に松山へ行つて旧の節季から休んでゐるお稽古にまはつて来やうと考へておりました。帰つて来ると野島さんからのお手紙なので、物を習ふやうな気にならず。一日がゝりで御返事かくことに費しました。「何も長き詮議を要する事にも候はざれば、可成早く御返事に接し度候」と、なくても、私は早う始末をつけなければ、気になつて、外の事が出来ません。私といふ人間は、人次第でどうにでもなる。人間でございます。昨日思つたまゝの事を野島さんに申上げてしまひました。あゝした事を書いて、悪くはないかとも考へましたけど、またさうしずにはゐられませんものですから。

昨夜書き終つたのは、大分おそい時間だつたのでございませう。出しにやりましたけど、切手が買へなくつて、今朝自分に出して帰つたところへ先生からのお手紙でございました。

今朝、御手紙拝見してると、誰もゐないのに、顔をかくしたりなんかして、私が、あんなことを申しましたものですから、昨日は、それを野島さんに、振りまはされ、今日もまた何度も先生にくり返されて、私誠に困ります。私の身に取つて光栄だと存じますわ。

一体私はどうすればよろしいのでございませう東京へ行かれるのかと思へば、だめのやうであつたり、何が何だか、ちつともわかりません。けれども私今はもう諦めて居りますの。野島さんのお手紙を母は見てしまつたんですし、ほんとに私どうなるのでございませう。

それから、野島さんに「良縁があれば、いつでも帰つて嫁《かたづ》く」と、申しましたのは、あれは、何も返事に窮したからではございません。ほんとの心です。あゝした事を言つて、母をいつはる気もありません。一年前の私とは少々考へが、ちがつてまゐつたやうでございます。良縁と申しましても、それは母の所謂良縁でございまして、私には果してそれが良縁であるかどうかわかりません。それほどの犠牲をはらつてまでも私は東京行きを楽しみにしてをります。

「それでは、僕も安心して貴女《あなた》を呼べない」とか「貴女に良縁があるのを、私が妨害する権利はない」なんて仰しやるけれど、私がお側へまゐつては、世間が面白い評判を立てるから御迷惑なんぢやございませんか、また怒られては困りますがこれは、たゞ「返答如何に」と仰しやるから、申上げたばかりでございます。決して攻撃するのでもなければ、議論を吹きかけるのでもございません。たゞ私のは、言ひわけなので、下女が御主人に対し、口返事をするところを手紙で、仕様がないから、御主人の御言葉を引用したまでなのでございます。何だか、こんなに申上げますと、私のいふことは筋が立つてて立派なやうに思はれます。如何でございませう。夫婦なれば、これを痴話喧嘩と申しますのですが、私、何だかさうぢやないと思ひます。

お写真をありがたうございました。

みなのお返事が一時になりました。二月はどうだか存じませんが、とにかく冬の海は穏かぢやないのだそうにございますし船などおきらひだらうと思つて、尾の道がいゝだらうと私申上げましたの。
　田舎の小さな郵便局々々つて、おつしやいますけれど、集配とも、道後局をへずに、松山局でございますから、大丈夫でございます。私の手紙は松山の消印でございませう。私も書くことがございましたら毎日でも手紙かきます。
　一月二十八日午後　　　下　村　さ　よ
　　櫨村先生　御前に

五

　今日正午、二十九日附のお手紙落手いたしました。今日まで、私もいろ〳〵に迷ひましたけれど、もういよ〳〵東京へ行くことを断念いたしました。頂きましたお手紙やお写真は直にお送りする筈ですけれど、今少し考へさして下さいまし。けれども私が持つてゐますからとて、決して御迷惑おかけするやうなことはいたしませんから、その点は、どうぞ御安心下さいまし。
　永久に見ぬ女でありたうございます。
　一月末の日　　　下　村　さ　よ
　　櫨村先生　御前に

六

　松山の新聞にも書かれました。今日から謹慎して家にとぢこもつて居ります。あんなに噂される東京へ行くのも辛うございますけれど、このせまい土地に嘲笑の目をもつて迎へられるよりは、知らぬ人の中に暮らしたいと、おもひます。
　母には、まことに相談がしにくゝつて困りますけれど、今度は、どんなに反対されても私はまゐります。私どんなに苦労しても自分の身一つは自分で始末したいとおもひますが。出来ませうか。ほんとに心配します。私は何一つ自信してできるものがないのですから。
　行くならば二月中にゆきたいと思ふのでございますが、何事も当地へお出になつてからお願ひいたしたいと存じます。
　母は新聞を見て、私があまり毎日手紙を書くからだつて叱ります。道後でお目にかゝる事をよろこびはしますまいけれど、今更仕様がございません。私も道後へお出でになると、またいろ〳〵のうはさの種をまくことゝ思はんでもございませんけれど、外にいゝ考へもございませんから、たゞ十四五日の日を、どうにか辛抱して待ちます。早や四五日お約束の日が延びましたが、私は今日のやうな日を送る事は全くたまりません。なるべくお早くいらして下さいませ。
　二月一日夜　　　下　村　さ　よ
　　櫨村先生　御前に
　今日のお手紙は、特別に糊を注意なすつたのでせうか、何だか変でしたから、一寸おたづね申します。

七

手紙が行きちがひにばかりなつて、怒つたり、おこられたり面白うございます。道後に行つて追窮するだの、屹度東京につれて来るなんて。そんな怒られ方は、大変に結構でございます。おまち申しておりますから、どうぞさうなすつて下さい。

『国民』も、横浜の新聞も、松山のも皆同じことですけれども、三十一日の夜、友達から電話で注意をされた時、私の方が先に知つてただけでも、横浜の新聞を送つてくれた同情生とい ふ人にはお礼を申したいと思ひます。先生は、「気にするほどの事にあらず」で、せうけれど、私は芸者でも女優でも小説作家でもありません。少々飛びはなれてゐてもたゞの娘でございます。その日から、止むを得ず高浜へ一度行つたのと、お湯へ一度と外出したばかりでございます。親しい人達は、どうして私がかう気が小さいかと訝つております。松山の新聞に書かれた夜の家のさはぎと私の親兄弟の悩みは、よもや御存じぢやなからうと思ひます。

私もう決してお饒舌《しやべり》をしないことを心にちかひました。弁解も何もせず、私の心など人にわからないやうにしたくなりました。私はほんとにお饒舌で（口も筆も）手紙書いた後の後悔と、おしやべりした後のさびしさとに、いつも苦しめられて居ります。野島さんへ出した手紙もほんとに後悔してをります。

ついでに松山の新聞の切抜をお目にかけませう。

二月五日夕　　　　下村さよ

櫨村先生　御前に

八

今日は早や八日の夜でございます。まだお越しにはなれませんか。でも今夜あたりは旅行の仕度などしていらつしやるのぢやないかとも思はれますの。

此間は度々新聞の記事について不足らしいことを申しましたけれど、御免下さいまし。もう何でもございません。でも早うお出で下さい、お願ひでございます。

二月八日　　　　下村さよ

櫨村先生　御前に

九

只今お手紙拝見致しました。八日は早や十五日でございます。あまりその後おたよりがないからあてにすまいと考へて居りました。早う来て下さいませんと、毎日のやうに私の心は、ぐらついて、自分ながら困つて居ります。

もう、いよ〳〵曙光が見えかゝつたのですから四五日を辛抱して待つて居りませう。

二月十五日夕　　　　　　　　　さ　よ

櫨村先生　御前に

十

二十三日附、それから七日附のお手紙も拝見は致しました。私は、もはやお側へまゐる望みは絶ちました。もうお目にかかりたくも思ひません。もう〳〵伊予へも道後へもお出で下さらぬやうにお願ひ申します。頂きました御写真とお手紙御送り申しませうか、私の差上げました手紙も東京でお持ちになつてゐる分のみでもさきにお送り返して下さいませんか。

二月二十六日　　　　　　下　村　さ　よ

櫨村先生　御前に

十一

一筆申上候、種々なる事情相生じ候まゝ、これまで御文通のもの及び御送与下され候書籍など、外に御写真も全部御返し申候間、当方よりさし上げ候手紙写真などもまことに御手数恐れ入り候へども、御返し下され度此段御願ひ申上げ候。

道後へお出で下され候事は、また〳〵新聞などの材料となるを恐るゝと同時に他にいろ〳〵事情も有之候まゝ、もはや御いでなきやう希望いたし申候、とに角親類のもの母などにもいろいろ心配相かけ候間、以後は御文通なきやう願上候。そのはじめ、私の方より願ひ上候ものを、また私より絶ちて、これを最後と致し申候。失礼の段幾重にも御詫び申上候。

三月四日　　　　　　下　村　さ　よ

櫨村雪波先生　御前に

春の宵

Y新聞のSが、去年の冬チブスに罹つて二ケ月余りも入院してゐたのが、一ト月ばかり前に全快退院して、それから何処か相州の海岸に転地保養をして、三月の中旬《なかば》頃から漸く社に顔を出すやうになつた。

　で、三十一日の晩同じ社の文芸に携つてゐる連中の企てゞ、Sの全快祝ひの小宴が銀座のカフェー、ヨーロッパで開かれた。来会者は十五六人で、多くは作家であつたが、それ等の作家の作を常に掲載してゐる雑誌の編輯者なども二三人ゐた。

　十年ばかりもフランスに行つてゐて、此度《こんど》帰朝すると直ぐY新聞の主筆になつた静淑な中年の紳士も、来会する通知があつた。顔が大抵揃つた頃、カフェーから直ぐ近処のY社に電話を掛けてから列席した。

　三日と晴天の続いた例《ためし》のない、この頃の雨降り勝ちな天気も、昨日一日降つたのが夜上りに霽《は》れて、今日は朝から春らしい人の往復《ゆきゝ》が広い東京の到る処の街々に見られた。

　銀座の大通りは分けてもさうで、カフェーの、市街《とほり》を見下した二階からは、夜の明るい電燈や微《ほの》かに蒼白い瓦斯《がす》燈の光を浴びながら、青く新緑を芽吹いた煉瓦地の柳の樹蔭を往き交ふ男女の履き物の音が活々と譟音を奏してゐた。電車は、間断なしに気立たましく軌道を走つてゐた。

『君、春らしい、好い晩だねえ。』

　階下を見遣りながら、一寸した露台めいた欄干に凭れてゐた誰れかゞ斯う呟やいた。

　街《とほり》では、号外の鈴音がして、号外売りの機んだ声が頻りに聞えてゐた。

　やがて席が定つて、可愛い気な若い女給侍《ウエートレス》によつて真白な清い食卓の上は、パンが並べられ、小い酒盃《コツプ》に淡い山吹色の芳醇な日本酒がついで廻られた。会食は普通の夕飯時刻を大分過ぎてから始まつたので待ちかねてゐた一同の腸《はらはた》に、それが一時に浸み徹るかと思はれるやうに口に快かつた。

『おゝ甘い！』と、軽快な口調で一人が言つた。

　何処に出しても話しの賑かな肥つた、雑誌記者は、食卓を、三角形の一辺の両端の位地に対ひ合つて椅子に着いてゐる主筆と号外の種になつてゐる目下の内閣の変動に就いて話しを交えてゐた。雑談は暫らく其処が中心になつてゐた。

『文学者もも少し政治に興味を持つやうにしたいものだ。』

　さういふことも語られた。

　幾皿かの御馳走が取換へられて、酒の他にビールも出たりする頃、Y新聞の週刊の文芸附録に掲載する為に一同の写真が撮られた。酒宴が果てゝから、主筆が早く切り上げて帰ると、此度は、一人の先輩の作家を中心として文学上の雑談が一ト仕切り賑つた。

やゝしばらく静かな穏かな気分で創作の話やモデル問題の話に花が咲いた。

その内誰れかゞ、

『もう帰らうか。』と、言つたのを機会《しほ》に、一同切上げよく立ち上つて、続いて階段を降りて銀座の街に出た。

其処で南へ行く二三の人に別れて、後の十三四人は、煉瓦の人道をゾロ〳〵と歩いた。

『何処かで淡白《あつさり》と飲み直さうぢやないか。』

『コーヒーでも飲んで行くか。』

『イヤ僕はお茶漬が一杯食べたいナ。どうも西洋料理を食つた後は、香々でお茶漬を食べないと、腹が落着かないよ。』

そんなことを口々に言ひ交しながら、三々五々として明るい飾窓《ショウ、ウィンドウ》の前を続けて歩いてゐた。

『T君、五拾円ばかし拵らへないかね。』

その中で一番先輩の作家は後れて歩いてゐたが、寂然《しんみり》とした声で、並んで歩いてゐた肥つた雑誌記者に戯れた。Tは、数ある都下の雑誌中で最も高い原稿料を払つて、常に流行の作者の名前を掲げてゐる、屈託の無い無邪気な敏腕家であつた。千ばかししか出なかつた雑誌を、社主を援けて十年の間に幾万という発売部数にセリ上げた気肌が自と身体に表れて、その晩も体重《めかた》の話しが出た時十九貫五百目あるといつてゐた。熟した林檎のやうに、今にもハチ切れさうな顔をしてゐた。重くて勢々十三貫か十四貫。その他はいづれも十一二貫の小男ばかりの文学者と並んで歩いてゐると、お召づくめの衣服を着たTのみは、相撲のやうに見えた。

すると、その傍に歩いてゐた細りとした、一人が早くも意味を解して、

『さうだ。……一同《みんな》で自働車で行かう。』

『面白いわ！』閨秀作家の一人が言つた。

そんな取留めのないことを話しながら、何時《いつ》の間にか夙《とつく》に京橋を渡つて、丸善の前まで来てゐた。

『兎に角何処かで大に飲み直さうぢやありませんか。』

Tは、その動議には答へないで、さう言つて、歩きながら其処等を見廻はした。

すると、丁度其処の細い露路の入口のやうな処に、筍釜めし、ぬた、さゞえのつぼ焼など誌したガラス行燈の掲げてあるのを、先刻《さつき》の細りした男が見出して、

『此家《こゝ》は、どうだらう。恰どお誂ひ向きぢやないか。』

一同足を止めてそれを眺めた。

『さうだ。此家はよささうだナ。此家に入らう。』

立処《たちどころ》に議が一決して、ゾロ〳〵細い露路を入つて行つた。

大きな餉台《ちゃぶだい》の周囲《まはり》に、十三四人は気楽に趺座《あぐら》をかいたり、座つたりした。

『お誂へは何に致しませう？』

『僕は何よりもお茶漬だ。』

『何が出来るの？』

『何でも出来ます。筍めしでも、ぬたでも、壷焼でも。』

『ぢや壷焼はどうだ。』

『僕は余り、それは食べたくないナ。……ぬたにしよう。』

『姉さん、注文が種々《いろ〳〵》で面倒だナ。……ぢや好きな者は、一々手を挙げることにしやうぢやないか。』先刻の先輩は音頭を取つた。

『いえ、どういたしまして。』

『ぢや手を挙げやう。さあ、ぬたの好《い》い者は、』

『ぬたが五人。』

『壷焼は？。』

『六人。』

『たゞの飯は？。』

『五人。』

『筍飯は。』

『これは二人か。』

『それよりも酒を兎に角、早く姉さん。』肥《ふと》つた記者は言つた。


二次会は、第一次会よりも皆な興が乗つて、饒舌であつた。貴族院の村田保翁の言論の態度や進退を非難するもの、それを弁護するもの。互に声を大きくして罪もない議論をした。いくら激した口調で議論をしても、文学と縁の遠い話題は、一同に感情の支障《さしさはり》を起さなかつた。

『それよりも先刻の動議をどうかして実行しやうぢやないか。』

柳派でも着てゐさうな地性の知れぬ藍ツぽい着物を着てゐる細りした人間は、先刻から頻《しき》りに一座の遊意を促してゐた。

『T君、どうだね？、此処にゐる一同《みんな》が八円づゝ割前で借りるとしたら、五拾円は容易に出来るわけだ。』誰れかゞ言つた。

『まア兎に角外に出やうぢやないか。』

『さうしやう!!!』

また其処からゾロ〳〵街に出た。

酒の加減で、中には、もう騎虎の勢ひ、制し難くなつて来た者もあつた。

『T君、二人で行かうぢやありませんか。』

今まで余り口を利かなかつた、皮肉な文壇的雑録で面白く読ましてゐるある雑誌の記者は、始めて昂然として、かう言つた。

多勢の中で一番余計小使銭を懐中《ふところ》にしてゐさうなTは、常に誘引の対手《あひて》にされた。

『一体一同幾許《いくら》持つてゐるんだ。……私、今晩拾円一枚しか持つてゐない。それぢや足りないでせう。』

『ウム、それぢや少し足りないねえ。』例の先輩は諦めたやうな調子で言つた。

もうさういふ景気附けに興味の無ささうな連中は、日本橋の通りの人道を颯々《さつ〳〵》と先へ歩いて行つた。

さういふ会へ、夫婦連れで、よく顔を出すEは、途中から、『やア失敬！』と、言ひながら、睦じさうに大きな丸髷に結つた妻君を連れて電車の停留場の方に歩いて行つた。

後の方に取り残されたのは何時か四五人になつてゐた。其の発表する作によつて判断しても興に充実した生活を送つてゐるらしい流行の閨秀作家もその中に加つてゐた。

時々立ち停つて一同の持ち合せを合算して見ても弐拾円にしかならなかつた。

『それぢや少し心細いナ。』

先輩は、毎時も話しの駄目を押すやうな諦めた口を利きながら、矢張り後に残つて歩いてゐた。

『今日は、もう止しませう。』Tは最初から今晩の動議には不賛成を微意《ほのめか》しながら、颯々と前に行く一群に追付うとしては、またしても後に呼び留められた。

『止さう。』先輩も思《おも》ひ切りよく言つた。

けれどもまだ何だか一同の足取《あゆみ》が煮え切らなかつた。

『行かうよ。明日の朝になつたら、どうかなるぢやないか。』藍色の着物は、なか〳〵断念しさうになかつた。さうして四五人で出来てゐる群衆心理の行かうとしてゐる処を認めてゐた。

『ぢや、Mさん、あなた一人で今晩何処かへ行つたら可いでせう。』

Tは、細りした藍色の着物に言つた。

『イヤ。僕は何も女が欲しいといふのぢやない。斯うして一同で一処に行くのが面白いんだ。Bさん、貴下《あなた》も行くでせう。』

『えゝ。』閨秀作家も同意した。

『Tさん、それをお出しなさい。私考へがあるから。』

閨秀作家は、Tの懐中から拾円札を一枚取り出した。さうしてそれを持つて少し道を後戻りしながら、

『貴下がた壱円づゝお出しなさい。』

さう言つて、四人から一円づゝ受取つて、自分も一枚取出して五円にして、それをTに返した。

『斯うしてTさんに五円借りれば、そんなに早く返さなくつてもいゝでせう。』

『さうだ。さうすれや後出し合はして皆なで拾五円出来る。安い処に行けば五人でも行ける。』

斯んな相談をしながら歩いてゐる間に、いつしか須田町まで来てゐた。

『さよなら！』銭の肝煎をして置いて閨秀作家は電車に乗らうとした。

『オヤ、あなた帰へるんですか。』藍色の着物は、驚いて留め

た。

『えゝ、もう私は遅いわ。』

『ぢや可いぢやないか。』矢張り後に残つてゐた先輩は、さう言つて成るまゝに任した。

遂々四人になつて了つた。

『もう帰らうぢやないか。』心細い声で、その中の一人が言つた。

『帰へらうか。』先輩は、また其方にも賛成した。

『行かう〳〵。』藍色の着物と強い酒気を帯びた雑誌記者とは最後まで硬派で押し徹した。

『山谷まで、往復二枚とも切つてくれ。』藍色は電車切符を受持つた。

その後《あと》

一

私は、先の自分の妻の事に就いては、あの時から以来何にも語らなくなりました。小説には、それを書いたことがありましたが、自分の口から直にそれを語ることは稀れになりました。

すると、また丁度四年振に、その先の妻に出会したのです。

私の書いた物を読んで、その事に興味を有つてゐた知人がありましたから、知人に会つた時に
『この間会つたよ。……先の妻に』と、私は微笑した。その微笑はわざとでもなく、誠に淡いものでした。

すると、知人の方が寧ろ興有りげに、

『へえ？何処で？何時？……』と、言つて、驚いた面持をして問ひ返しました。

『ウム、何処でツて、途中でさ、あれは三月の初め頃だつたかナ。牛込の演芸館に組幸が掛つてゐた時分、毎晩のやうに僕の処に遊びに来る友人と二人で、それを聴きに行く途中、肴町の電車の踏切りの角で、友人が夕刊を買つてゐる間、立つて待つてゐると、岩戸町の方から此方に向いて角を曲つて来た女が夜

目にも、先の妻であることが直ぐ分つた。

　僕等は両方で同時に顔を見合はして、何といふわけもなく両方で微笑した。さうして僕は、その微笑に依つて、口を利いても差支へないといふやうな心が動いて、

『お前この頃何処にゐる？』と、訊ねて見た。

『矢張り其処の築土にゐます。姉の処に』と、笑ひながら少し歩を緩めながら答へた。

『貴郎《あなた》は何処にゐます？』と、此度は向で訊いた。

『私は其処の長生館にゐるよ。』

　長生館といへば、妻もよく知つてゐる下宿屋で、其処にゐると言ふことは、取りも直さず、僕が依然として独身でゐることを語ると同じです。

『でもお前も壮健《たつしや》で、好いなあ。』僕はわけもなく唯テンダアな気分になつて、つゞけて言葉をかけた。その間に友人は『報知』の夕刊を買つたので、僕等は向に歩を運んだ。

　夜目ではあつたが、以前《まへ》とは幾許か頰に肉が付いて、小い顔が円くなつてゐたやうに思はれた。そして僕の処にゐた時分に不如意な中から買つた新縮緬の、藍地に白つぽい薩摩縦縞の羽織を着てゐたやうであつた。僕は、それを見て、あゝあれをまだ大切に持つてゐる。彼女《あれ》も今歳《ことし》は既《も》う三十八だ。まだ春浅く寒い夜そんな白地の勝つた羽織を着てゐるのを見ると、其女《それ》にはもう一生思ふやうな着物の着られる時節は向いて来ぬものゝやうに思ひ做された。年増の結ふ小い束髪にして、何かしら黒つぽい襟巻きをしてゐたやうであつた。

　でも、その、頰に肉が付いてゐたのが、多少《いくらか》僕の心を明くした。一寸《ちよいと》した事に直ぐ顔が痩せて、ひどく衰へて見えたり、さうかと思ふと、僕が一週間か十日でも旅行《たび》などして留守にして帰つて見ると、眼に立つほど小い顔が円くなつてゐることがある。男と一処にゐると、何事かを気にして苦労をせずにはゐられない女だつた。

　何処か外出先《そと》から帰つて来てガツカリしてゐる僕の顔をジロジロ見守りながら、

『あなたの顔は、よく変る顔。外を歩いて帰つた時は、ゲッソリ頰が削けて見える。』と、言つて僕の顔を気苦労にしてゐた。

『お前の顔もよく変るねえ。』

『えゝ、さう。私やあなたのやうな顔は屹度さうですよ。これが少し楽であつて御覧なさい、そんなことはないから。……一つは矢張り所帯の苦労ですよ。ほんとに厭だ。……あなたも私もほんとにも少し早く気楽にならなけりやいけませんよ。』

　春の終の塵埃《ほこり》つぽい永い日の午後《ひる》など、最早《もう》傍にゐると暑苦しいやうな火鉢に倚《い》つて茶を煎れながら、そんな事をも言つてゐました。長い煙管が常に畳の上に投られてありました。

　それでも僕が何処か温泉場抔に行つて長く逗留してゐると、

『この頃は、いかゞお暮しなされ候や。私も無事にて毎日々々

怠屈いたし居り候。そして段々肥るばかりに候。せめて一夜あ、、、なたと旅の宿にて暮したくそろ。』

などゝ、淋しがつて書いてよこすことなどもありました。

けれどもその晩は、私は不思議に、彼女《あれ》に出会《でくわ》しても、以前に感じたやうな心臓のグイと縮み上るやうな厭な気持ちを感じなかつた。安かな心持ちで立ち別れることが出来た。私はそれを非常に幸福に思つてゐるのです。たゞ彼女の身に幸福あれかしと心の中で祈つてやるばかりです。

築土《つくど》の姉の処にゐると言つたが、どうも東京には大分前から帰つてゐたらしい。今年の一月の中間《なか》頃であつた。電車に乗つて其の家の前を通ると、――満員で車掌台の処に立つてゐたから、よく向側の店頭《みせ》さきが見えた。――店の間と奥の間との境にあるガラスの嵌つた障子の少し明いてゐた処から、彼女が誰れかと話しをしながら、頻りに首を振つてゐる処がチラと眼に入つた。その時私は『オヤ？彼女がゐる。東京に帰つてゐるらしい。』と思つて、ハッと途胸《とむね》を吐《つ》いた。自分といふものがあり乍ら、不義をして遠国に若い男と姿を隠してゐた者が何時の間にか東京に舞ひ戻つてゐるらしいと思ふと、不愉快《いやあ》な肉の汚れた感じがゾウッと私の肉体《みのうち》を襲ふた。

その時、或は自分の眼の迷ひで、彼女の姉を、彼女と見誤つたのではないかとも思ひ返したが、姉は殆ど束髪など結つたことのない女であるのみならず、話しに興が乗つて来ると覚えず顔を振るのが彼女の癖であつた。

けれども其の不愉快な心持ちは、私の胸の中にさう長くは続かなかつた。さうして程なく彼女のことは忘れてゐたのだ。がその時出会したので、『ぢや一月に見たのも彼女であつた。』と確めたに過ぎなかつたのでした。

二

さあ岡山から東京へ何時戻つたでせうか、それは分りません。まだ仮に明治の年号として数へれば今年が四十七年で、四年前の四十四年の九月の末でした。私が四十五年の夏の末から去年――四十六年の秋まで一年ばかりの間京大阪《かみがた》に放浪に出掛けるまで矢張りこの近処の矢来の方に借家《うち》を持つてゐて、同居してゐる二人の若い学生と夕飯後洗湯《ふろ》に行つて、その湯帰《かへ》りに手拭を下げながら寺町の通りを、まだ先きの方にブラ〳〵歩いて行くと、丁度青木堂の前の処で、彼女が姉と二人で話しながら此方に遣つて来る処にバッタリ出会《でつくは》した。私も驚いて啞かなんぞのやうに、

『こらッ！』と、言つたまゝ、ツイと停立《たちとま》つた。向も

『あッ！』と、屹驚した声を出したまゝ、一寸停立つた。その私方《こちら》を向いて見た眼が、癩疳病みの眼のやうに白く見開いて、痩せた顔が蒼白いといふよりも恰も湿つぽい曇り勝ちな秋の空のやうに黄色く萎びてゐた。頭髪《かみ》の至つて好くない女でしたが

蓬々とした艶気の失せた髪を貧相な束髪に束ねて、自家にゐる時よりもまだ以前から持つてゐた荒い紺絣の、幾度となく水を通つたのを着てゐる腰のまはりが枯れ柳のやうに細つてゐました。

その白い眼で、釘着にしたやうに私の顔を凝乎《じいつ》と見据ゑて今にも捉み掛られはしないかと、神経性《ヒステリイ》な口元を半分開きかけたまゝ、恟々《おど〳〵》した姿態で、横鬢に挿した櫛に手をやつて、暮れそめた巷に立つ秋風に乱れた毛を搔いてゐた。

知らぬ人通りはとにかく、連れの若い者達の手前を思つて、どうとも手も口も出し兼ねてゐると、姉は、私の方を見て見知らぬ風を装ひながら、わざと平気に通つて了つたので、彼女《をんな》もそれに蹤《つ》いて颯々《さつ〳〵》と、今までよりも高声に話しながら行つてしまひました。

その時もし若い者がゐなかつたならば、私は何か言ふか手出しをするかしたかも知れない。先方《さき》でもそれを予感したに違ひない。何故なれば、それが九月の末で、其の夏の初めまで、私は彼奴《あいつ》のゐる姉の家へ強談に出掛けて行つて、果ては姉婿《あにき》や彼奴などを対手に、売り言葉に買ひ言葉で、人集《ひとだか》りがするほど汚く罵り合つてゐたのです。

それは、彼女《あれ》が二百里も西の岡山で、私に潜伏してゐる在家を突留められて、東京に戻つて来た当座居た時分のことです。

三

最初、彼女等《あれら》が日光に行つて泊つたことがあるのを発見して対手の男が分ると、僕は、予てその以前から妻が、近来は遠国《とほく》に行つてゐるといふことだけは知つてゐたので、ぢや、いよ〳〵松島の国に連れられて行つてゐるに相違ないと断定した。さうして日光の宿屋の宿帳に誌した通りを写し取つて、上野のステーションで汽車を降りると直ぐさまそれを以て、私達が別れる別れないといふことに平常から口を利いてゐた姉婿の処に駆けつけて、

『どうです。この通りだ。一昨年の夏、彼女が無理に私の処を出て行くと意地を徹さうとした時、私が疑ひを容れると、彼女を始め貴下方から、現状を抑へないで、言ひがゝりを言ふといつて、反対《あべこべ》に言ひ捲られた。その時私は胸を擦つて耐忍《がまん》した。併し今この通り彼女等が去年の夏二人で日光に行つて泊つたことを見出した以上は、此方の疑つた通りであつた。あの時貴下は何と言つた？「もし此女《これ》に其様なことがあつたとすれば、貴下に代つて私が、此女を成敗する。」と、貴下は公言したことを覚えてゐるでせう。男子《をとこ》が自分の口から言つたことに、よもや二枚舌は使はれまい。さあどうして下さる。』

私は、斯う詰問した。さうすると、姉婿《あに》は何処までも白を切つて、そんな松島などゝいふ書生は知らぬといふ。

『馬鹿なことを言ひなさんな。かうして宿帳に書いてある処を

見ると、東京の住処は同じ番地になつてゐる。東京で同じ家に住んでゐて此方の家で知らない道理がない。尤も松島は去年の秋、学校を止めて岡山に帰つたと言つて、後から手紙を越したから、彼女も一処に蹤いて行つてゐるに違ひない。岡山は私にも郷里《くに》だから、これから郷里に帰つて腰を落着けて松島の親の処に話しに行くつもりだが、女の方は此方が親元同然だから、それで一応話して置くんだ。』

私は、もとより直ぐにも出立して岡山に急行するつもりでゐました。

さうすると、姉婿《あに》は、平常から温順《おとなし》い一方で、人前に出ては碌々口も利けない、女の実兄などを早速呼びにやつて、其等と一座して此処一両日の間暫く待つてくれ、何とか埒を明けるから、と、いふのです。さうして彼女は何処にも行つてやしない、矢張り東京にゐるのだと言つた。

一両日待つてくれ。私はその一両日を、どんなに堪え難い心持ちで待つたでせう。五月初旬の強い日の光と蒸暑い熱とは、さうなくてさへ疲弊してゐる私の心を苛立たしめた。一日置いて二日めに行つて見ると、姉は自家《うち》で話しに行つてゐますがまだ帰つて来ません、といふ。三日の朝また行くと、

『たつた今の先戻つて来たばかりです。岡山に行つて松島さんと態々《わざ〱》同道して来たから、直接《ぢか》に談判して下さい。』と、いふ。

『彼女《あれ》をも連れて来ねば談《はなし》が出来ない。』

『彼女は、神田の方に行つて嫁いてゐるから、此度の旦那によく話して見ねば、暇を貰へるか貰へないか分りません。』

どうしても女を出すまいとする。

私はまた、四十二年の秋に、私の眼から姿を隠してしまつた妻が、その明る年の夏は、自分の家に置いた書生と一処に日光に行つて二タ晩も泊つてゐたり、四十四年の今また、彼等がいふ通りに東京にゐて、他の男の処に形付いてゐるものとしても、自分が七年の間一つ寝床に起臥《ねおき》して、いまだに飽いてゐないものを、他人の体に触れてゐると思へば、一層の事、その女の顔が見たくつて、

『どうしても彼女をも此処に連れて来て貰はねば談が出来ない。』と、言ふ。

『出来なければ、あなたがしないまでだ。』

『そんな馬鹿なことがあるものか、松島君は、かうしてあなたが、わざ〱岡山まで行つて連れて来た。そして女は連れて来ぬといふ、そんな解らぬ話しはない。』

姉婿《あにき》といふ奴は、とても筋道の立つた話しなど出来る男ではなかつた。さうして知つた人間を仲に入つて貰つて二三日も続けて話して貰つたが、少しも埒は明ない。

埒を付けるといふのは、二人は、自分の家にゐる頃から明に関係してゐたに相違ない。それ故に私の家を体よく暇を取つて出て行つたのだ。それを明さまに白状せよ。といふのです。

さうして種々に言つて見たが、そんなことはないと言つてしまふ。で、私は、一切知人に任して其処へは顔を出さぬことにしてゐたが、あんまり話しが付かぬので、兎に角今日は二人の者を、私の知人が預かる、私には少しも手出しをさせぬといふことにして、別な家で会ふことにした。もう其の時分は、女も姉の家に来てゐた。

『此度行つてゐる家は忙しいのを、甘く言つて二三日暇を貰つて来てゐるんですから、話しが早く定《きま》らねば、私の方でも困ります。自家で行つて頼んで越《よこ》して貰つてゐるんですから。』

姉は、斯う言つてゐた。

談判《はなし》が早く纏まるも纏らないもない。私の方では、二人が綺麗サッパリと、《あなたのお家にゐる頃から、内々眼を忍んで不義をしてゐた。斯う分つて見れば逐一白状致します。それに相違ござりませぬ。》と言つて謝罪して了へば、それで済むのだ。さうさへなれば、いくら彼女《をんな》の肉体に未練執着があつても、私はそれを凝乎《じつ》と堪《こら》えて、彼等が自家にゐた時分の怪しかつた素振をあれこれと思ひ出して見ては、厭な息詰るやうな心持ちになつて見ては満足して見る許《ばかり》だつたのです。

で、今日は知人が其等二人の者を預つて来て、別な家で私と顔を会すといふ日に、私は、その家に行つて待つてゐたがなかなか遣つて来ぬので、姉の家の前まで行つて見た。すると、店の奥の間の処から、どうかしてチラリと外を覗いたのが、彼女であつた。前にも申した通り私はその時一昨年の秋から顔を見なかつたのだ。痩せた青い顔をしてゐながらも、何処やら活気づいてゐて、向でも私を認めたものか、一寸口元を開くやうにして微笑《え》みかけて見せた。たゞそれだけで境の障子に隠れて見えなくなつた。お召らしい柔かさうな着物を着てゐて、――今から思へば一昨年の春自家にゐて、松島と二人で、私が一人居残つてゐて、方々一処に出歩いてゐる頃、私の見立てゝ拵らへて遣つた好い水色繻子と白地の羽二重に、これも水色の笹の葉を大きく匹田絞りに染め抜いたのとを腹合はせにした帯を締めて前掛けをしてゐた。

『あの帯を締めてゐる。』と思つたが、様子がひどく意気に見えたので、神田あたりに住んで仕立て物をして自分の小使を取つてゐる。といふのが真個《ほんとう》らしく思はれた。

私は早く会つて見たかつた。

四

私は一足先に其の家に戻つて待つてゐると、間もなく来た。帰途《かへり》に、余り渇《かつ》を覚えるので、私は自分でサイダを買つて帰つた。さうして彼女が私の一人趺座《あぐら》をしてゐる部屋に、知人に連れられて入つて来た時丁度其のサイダを、生憎《あやにく》抜く物がなかつたから、火箸を以てコヂあけやうとして、ツイ自分の体から畳の上を其処ら中濡してしまつた。さうすると、彼女は

『あらッ！』

と、言つて駆け寄つて、白布《はんけち》を出して、私の肩から膝のまはりを拭いた。

『血が流れたやうだ。』私はフト気がさした。

『お前は好い着物を着てゐるなア。』

さう言ひ〳〵足掛け三年ぶりに見る女の顔を熟々《つく〴〵》眺めた。頬の肉が落ちて、顋《あご》が細くなつてゐる。長く欠けてゐた前歯を入れ換えたと見えて、上の向の処が二枚だけ馬鹿に大きくて見ともなくなつてゐる、米粒のやうな小い歯をしてゐて、其の二枚の処が蝕んで欠けてゐるのが、ちよつと小意地が悪さうに見えたけれど、その為め却つて愛嬌もあつた。

『歯も入れ換えたのかえ？此の頃は皆なに種《いろ》んなことをして貰つてゐるなア』

私は、飽までも捌けたやうな口を利いて、さういつたけれども自分の後いろんな男に接してゐるやうに思はれて、何だか自分の妻であつた女が淫売をしてゐるやうな気がして執着すればするほど嫌悪《いや》であつた。

『えゝ。』と、言つて、先でも私の顔をジロ〳〵見守つてゐたが、『あなたも変つた。第一色が黒くなつた……』かう言つた。

『お前はそれで、今本当は何処にゐるんだ？』

『何処つて神田の方にゐますさ。』

『岡山ぢやないのか……松島に蹤いて岡山に行つてゐるんだらう。』

『岡山なんかに行つてゐるもんですか、松島さんは、去年の九月か十月かに学校を止めて東京を帰つたぎり此度久し振りに逢つたばかりです。真個《ほんと》に松島さんには気の毒だ。貴下が何時までも私の事に騒いでゐるから、お蔭で一同《みんな》が迷惑ばかりしてゐます。』

『馬鹿を言へ。私が悪い処は少しもない。お前達が、俺の家にゐながら、松島君と二人で悪い事をしたからぢやないか。』

松島は仲に入つた連中と隣の部屋に待つてゐるのであつた。

『悪い事つて、どういふ悪い事です。松島さんと悪い事をした、悪い事をした。と、貴下は始終それを繰返してゐますが、松島さんは疾《とつ》くに故国《くに》に帰つてゐるぢやありませんか。』

彼女は斯う強く言つた。

憎い奴と思ひながらも、久し振りに会つて顔を見れば、口を利くにも大きな声では言はずにゐたのだが、さうなると優しくばかりしてゐられなくなつて、

『今更白々しい嘘を言ふのは止せ！　日光に行つて二タ晩も泊り歩いて、さうして松島君が去年の秋東京を帰るまでは、牛込の若松町に同居してゐたぢやないか。』

『そりや同居してゐましたさ。けれどもお婆さんもゐれば、大きい長兄《あに》さんもゐるし、家賃の助に此方から頼んでゐてもらつたんです。』

さういふやうにして種々《いろん》なことを訊ねても其様なことはなかつたと同じ事を言ひ張るばかりです、それを押して訊くのも此方の愚《おろか》には違ひないが、どうしても根掘り葉掘り訊き糺さずには堪《こら》えてゐられなかつた。

『ぢやお前は今本当に岡山に行つてはゐないのか？真個に東京にゐるのか？』

『本当ですとも、神田にゐるんです。』

『神田の何様《どん》な処に嫁いてゐるんだ。』

『どんな処つて、今人の世話になつてゐます。』言ひ難さうにして言つた。

『ぢや妾に行つてゐるのか？』

さう言つた私の胸の中には、嫌な反感と強い執着の心とが張り裂るかと思ふほどに漲つた。

『えゝ。』私の顔を見ながら言つた。

『どんな人間の処へ妾に行つてゐるんだ？』

『…………藤田の世話になつてゐるんです。』

『へえ！藤田の世話になつてゐる。』

自分は、藤田と聴いて、それが、予て知つてゐる名だけに一層堪《たま》らない心地になつて来た。藤田といふのは、姉婿《あねむこ》が年期を入れて西洋家具の商売を覚えた主人筋の手広く商売《あきない》をしてゐる家であつた。其の藤田の若い主人が自分の名さへ碌々に書けない人間でゐながら肝が太くつて商売が上手で、一年増しに身上が肥つて行くのを、姉が話しに来た時に彼女を対手に、羨しさうに世間話しにしながら、気働きのない自分の亭主の愚痴を溢してゐるのを傍にゐて、ツイ耳にしてゐた。藤田の家には子がないので、一と仕切り非道い妾狂ひをして戸塚の方に囲ふてゐたのを、嫉妬深い内儀《おかみ》さんに嗅ぎ出されて、悶着が持ち上つた時に姉の亭主が内儀さんに頼れて話しを着けたといふことをも聞いてゐた。

『藤田の世話になつてゐるのか。』口でさう言ひながら、胸の中では、七年の間自分の妻であつたものが、唯単に飽くなき色欲の為に甘じて藤田の腕に抱かれてゐるさまを想像して口惜《くやし》んでゐた。

さう思ひながら正面《まとも》に蒼白く痩せた女の顔を今更のやうにシゲ〳〵と見守つた。

『藤田なら、銭《かね》はあるだらう！』

私はペッと吐き出すやうな心持ちで言つた。

『えゝ、もう年々大きくなるばかり。』きさくに言つた。

『一体どうして藤田の妾になつたんだ？』

『…………どうしてと言つて、矢張り遠いやうでも近いのは男と女とですから……』暫く考へてゐたが、薄笑ひしながら言つた。

『ぢや喰着いたのか？』

『えゝさう！』臆面もなく言つた。

『そんな年をして。正当に嫁きもせず、まだお前は喰付いたりなんかしてゐるのか？』

『え〻、私はもう尻軽者ですから、あなたとだつて最初はさうぢやありませんか。』微笑《うすわらひ》をしながら、照れ隠すやうにいつた。

『最初はどういふやうにして藤田と出来たんだ？』

　私は何処までも聴きほじつて見たかつた。

『去年の秋松島さんは学校を止めてお国へ帰るし、私達ばかりでは家が大き過ぎて勿体ないからと言つて、姉の家の裏の狭い明いた家があつたから、其処へ越して来てゐる内に、藤田が姉の家に来て、お酒を出したり、肴を取つたりして一ト晩飲んだことがあつたの、その時家の者は店の方が忙しかつたりして、藤田のお対手ばかりしてはゐられない。其処へ丁度私が遊んでゐるものだから、来て少し手伝つてくれと姉が言ふもんですから、あなたも知つてゐる通り私も酒は飲めば飲める方だし、藤田は、もう幾許《いくら》長くなつても、飲み出すと切りがないといふんですから、後には私と藤田と二人きり差向で飲んでゐましたさ。さうすると酒の上ではあるし、妙なもので、先方でもツイ変な眼付で物を言ひ掛けるやうになる。さういはれ〻ば、此方も満更厭な気もしない。………元はさういふ訳なんです。』

スラ〳〵と澱みもなく話して聞かせた。

『フム、それでその時直ぐもう何うかしたのか？』

『その時は、そのま〻別れたの。それから二三日すると、藤田からだと言つて使ひが来て、此の間は酒の上で大変におスマさんに御厄介を掛けた。今日はそのお礼に一つ差上げるからと言つて、私に一寸来てくれと言つて来たんです。姉達も藤田で其様なに言つてくれるんなら、お前行つたら可いだらうといふし、私も他に用のない身体だから、それで出掛けて行つたの。さうしたら料理屋に行つてゐて、その晩始めてさういふ風になりました。』

『さうか。それから愈々藤田の世話になるやうになつたのは、どうしてさうなつたんだ？』

『その内、いくら隠してゐたつて、其様なこと〻いふもの、仕舞にや知れずにやゐない。後に姉達にも分つてしまひました。けれども既《も》う何方も若い者ぢやないし、藤田だつて満更前後《あとさき》の思慮《かんがへ》なしに私に手を出したわけでもあるまいし、藤田から直接《ぢか》に姉達に打明けて私を世話をしたいが、異存はあるまいかと相談を持ち掛けたの。するとあなたも知つてゐる通り姉の処から言へば、藤田はお主筋といつたやうなものでせう、ですから此方でも、今更強い事を言つたつて仕様もないし、私がどうせ斯様なになつた身体ですから、ぢや私共の方では内々知つてゐて知らぬ振りでゐるから、若し藤田の内儀さんに知れでもした時には、二人で話し合ひでさうなつたことにして貰へば此方でも異存はないから、何卒《どうぞ》彼女と老母《おふくろ》を見て遣つて下さいと後には此方から頼んでもさうして貰ひました。』

『さうか、それで藤田の内儀はそれを知らないのか。』

私は二人の者が、内儀の眼を隠れて忍び〳〵楽んでゐると思へば胸が焦げるやうな気がした。

『えゝ、お内儀さんは知らないの。………もしそれが知れたら大変ですさ！あなた以前に藤田が一度妾を隠して置いて、それが知れて、お内儀さんが出るの引くのと言つて大騒ぎをした時にも姉の家で行つて話を着けて妾に奇麗に手を切らしたのでせう。そればかりぢやない、その他何かいふと藤田の家では、何と思つてか、ホヽ碌に話なんか解らぬ人間でゐるのに姉の処へ相談に来るんですもの。特に其の事があつてからは藤田よりもお内儀さんの方が余計に此方をたよりにしてゐる位ですから、若し私の事でも耳に入らうものなら、そりや大変です。一同でぐるになつて、私が藤田の家を乗取るやうにお内儀さん屹度思ひますさ。』

『あゝさうか！』私は好い事を聴いたと思つて首肯《うなづ》いてゐた。

『あなた又藤田の処へ行つて、お内儀さんにそんな事を話して了つては困りますよ。もうあなたのお蔭で私の親類中が、何年といふ迷惑をしてゐる上に、この上世話になつてゐる藤田の家庭《うちわ》を悶《も》むやうなことをするのだけは止して下さいよ。』女は正《まさ》しく哀願するやうに言つた。

　さうなると、私は彼奴等の新しい弱点を握つたやうな気持ちがして、それでいくらか詰つてゐた胸が透いて来た。

『行つて見るかも知れない。』私はわざと意故地に出た。

『行くのは止して下さいよ。それだけは止して下さい。私が頼みです。』顔を顰めて言つた。

五

『それはそれにして置いて、………俺は藤田には、仮令今ではさうなつてゐるとしても、少しも恨む筋はないんだ。併し松島とは……松島君とは、お前達が何と言つて白を切つても、それに相違ないと思つてゐるんだから、どうあつてもこの儘では俺は堪えられない、腹が癒えない。』

『ぢや、どうすればいゝんです？腹が癒えない、腹が癒えないと言つて、あなたは私をどうしやうと思ふんです？』また恐怖が萌して来たやうになつて言つた。

『いや俺はお前の身体に傷など付けやうとは思はない。さうすれば私の身体もその覚悟をせねばならぬ。』私は言澱んだ。

『ぢやアどうしたいんです？あなたから、どうしたい、かうしたいと思ふ通りの事を言つて下さい。』女の顔はまたいくらか明くなつた。

『……お前は私の処へ戻れ、……もう一遍戻つてくれ。さうすればもう何にも言はぬ。』二年見ぬ間にどつと老けて、前の入歯さへ相好を甚しく味なくしてゐるにも係らず、私は、自分の後種々な男に肌を触れてゐる女の肉体に、それが為に却つて一層執着が募つた。

『否！帰ることは出来ません。帰るなどゝ言はないで、もつと他に何かあなたがどうすれば、腹の癒えることはないのですか。』

『他にはない。唯帰りさへすればいゝ。』

『否、今更帰ることは、どうあつても出来ません。あなたもよく自分で考へて御覧なさい。以前私があなたの家にゐる時分にすら、私が二度めだ、他の男の処へ嫁に行つてゐたと言つて、何様なに私を汚がつたか、……加之《それに》藤田にしたつて、私のやうなもう年を取つたものでも気に入つてゐればこそ面倒を見てゐるのでせう。今更私を手放す気使ひがないぢやありませんか。』

さも〱、長い同棲の間に詳しく観察した私の性分を知り抜いてゐて、私を汚がらすやうに言つた。さうして今更男が自分を手放す気使ひないと言つたのが、何の気なく有体を言つたのであらうが、それを聞くと尚ほの事今一度自分の持物《もの》にして見ねば済まないやうな気になつた。

『藤田はお前を大切にしてくれるだらう。』

皮肉でなく訊ねた。

『えゝ、そりやよく面倒を見てくれます。』

『お前の処に毎日来るかえ？』

『えゝ、大概店の間々《あいま〱》で、毎日来ます。でも昼間一寸二時間か二時間半も居たら直ぐ帰つて了ひます。』

『ぢや泊つちや行かないの。』私にはいろ〱な妄想が頭の中で煮え返つてゐた。

『えゝ、偶には用達しに出た振りをして夜来ることがないでもありませんが、泊つて行くことなどは一晩もありません。』

『帰らないかなア。帰つてくれ？。ねえ。此度お前が帰つたら、必ず大切にして遣る。』私は哀願した。

『姉の処でも昨夜あなたの方の人達が帰つた後でその話しが出るには出ました。――あなたが何年経つても私の事を忘れずに、何にもしないで、その事ばかりに気を奪られてゐるのは、私が憎いばかりでさうでもないのだから、寧そおスマさん元の通りあの人の処へ帰つたら、どうだ？と言つたんですけれど、私は、それは今更どうあつても出来ないと言ひ切つたんです。』

『ぢや、どうしても帰らないんだな。』

『えゝ、帰ることはどうして出来ません。』

私は、どうしてやらうかと思つたが、今では自分とは関係《かゝりあい》のない藤田に身を任してゐる。と、いふ。

『藤田は月々定《きま》つた金でも出しとるのか。』

何処まで愚しいことを訊かずにゐられない。

『えゝ、くれてゐます。』

『月々幾許《いくら》ぐらい出してゐる？』

女は一寸考へる風をしてゐたが、

『私の処に四十円づゝくれてゐます。それから老母《おばあ》さんの小使だと言つて五円づゝ気を付けてくれます。……私のやうな不仕合な者は、どうしても一生亭主を持たない方が可いんですから、さうしてまあ一二年藤田の世話になつてゐて、女の児でも一人貰つて大きくしながら、後には藤田の処から店の物を分けて貰つて、私が自分で一軒同じ店を持つといふ約束までにはなつてゐるんです。』さも真実《まことしやか》に言つた。

『さうか……』と、言つたぎり、金に不自由のない藤田のすることを、常に不如意な自分に引き比べて考へずにはゐられなかつた。さうして誰れを怨まんよしもなく唯わけもなく非道《ひど》い屈辱を感ぜずにはゐられなかつた。

六

彼女《かれ》は遂に此方のいふことを聴かなかつた。松島も同じやうに知らぬ〳〵で言ひ徹した。談判《はなし》は結着を見ずに埒もなく済んでしまつた。先方では一人として良心も持つてゐなければ、捌けた気性も持つてゐる者がなかつた。仕舞には又しても乱暴に悪体を吐いた。仲に入つた知人もあぐねて手を引いた。

さうしてゐると、二三日中を置いて女の親類先から依頼された者だと言つて、柄の悪い髯を生した男が私を訪ねて来た。その男は、どうかして私に幾許かの金を受取して示談にしやうとした。

『それや、あなたは金を欲しいと思つてお出でゝないといふのは、解つて居ります。ですから、金と申しても、其の為めといふよりも、此度の事に就いては、あなたも永い間不自由をして詰らぬことに気を使つて、大分身体も悪くして居られるやうですから、女の方でそれを心配して、まあお薬代から、滋養物でも召上る為の小使としてお見舞を差上げるやうなわけなんですから、押して御納めになつた方がよろしうがすよ。』

けれども私は金は鐚一文も受取らうといはなかつた。

彼女はこの間纏まつた話しも付かずに、いそ〳〵として帰つて行つたつぎり、遂に顔を見る機会はなくなつてしまつた。

『それで女はどうしてゐるんです。私は金には用はない。女に用があるんです。』

『女に用があるつて、あなたは一体女をどうしやうといふんです？　女は今ぢや他人《ひと》の者ですぜ。』私を脅すやうに言つた。

私は、何処まで行つても抜け〳〵とする女の側の人摺れのした所置が憎くて堪えられなかつた。

『今ぢや縁も由緒もない他人の物になつてゐても、松島と先年私の家にゐる頃から善くないことをして、それがある為に、私に喧嘩を吹掛けて置いて無理に別れ話しを持ち出して帰つた彼《あい》奴《つ》等の所置を、其の儘にして置くことは、私には出来ないんです。……私は、どうかして其の埒を明けずには置きません。……君なんか飛入りの人にはさういふ経緯《いきさつ》は、とても分らないでせう。また私がそれが為に何年間どれほど苦しい思ひをしたか、他人はたゞ愚なことだと言つて笑ふでせうが、私自身ではさう考へてゐない。私にはその他に思ひたいことはないのですから、どうかしてこの思ひを晴さずにはゐられないのです。』

『いや、それは御尤なことです。教育もあり、年も相当に召してゐる方が、何も斯も弁へた上さう考へてお出でになることですから、私どもで、それを御無理とは決して申しません。むしろ唯お気の毒に思つてゐるのです。あんな女にあなたが関係したのがあなたの不運なのですから、不運だと思つて諦めて、彼女を人間と思へば腹が立つが、畜生だと思つて、その畜生がお見舞として幾許かお金を差上げるといふのですからお納めになつて、もうそんなことは一切忘れておしまひになつた方がいゝですよ。』

『難有うござンす。併し私は、彼奴等が重々私を馬鹿同然に取扱つて幾度も欺《だま》してゐることを思へば、どうあつても堪えることが出来ないのです。あなたの用向は私に金を握らして示談にしやうといふのでせうが、もう其の話しはこの上繰返す必要はありません。彼奴等が何処までも強情に白を切つて白状もせず、謝罪もしないなら、それでよろしい、私は一生、彼奴等が安楽が出来ないやうに、斯うして余処の家に間借りをして味気ない日を暮しながら怨んでゐてやります。』さう言ふと、私は自分の言葉に胸が迫つて興奮した熱涙《なみだ》がホロ〳〵と流れた。

暫らく談話《はなし》が途切れてゐた。

『ぢや、どうすればいゝのでせうか。唯悪いことをした奴等を怨む。……怨むのは、それはあなたが独り腹の中で怨むのですから、可いとして、それではいくら構はないと言つても先方でも心持がよくありますまいし、あなたも詰らないぢやありませんか。』

『とにかく私は彼女にもう一度会ひたい。たゞ其の事を伝へて下さい。』

七

また一日二日置いてこの間の男が来て、

『いろ〳〵先方に話しをして、あなたのお心持も伝へ、とにかく私がおスマさんを話しの付くまで預かつて置くことにしましたから、どうぞ明日私の処まで御足労を願ひます。さうしてまあどんな返事をするか、逢ふなら逢つて御覧なさい。……併しとても駄目です。』

私は麻布のその男の家にゐて逢つた。けれども話しは同じやうに、結着が付かなかつた。さうしてそれ切り女は再び顔を見せなかつた。

『あなたは駄目だ。頭の天辺《てつぺん》から足の爪先まで、おスマに惚れてゐるからイケない。足元を見てあなたを馬鹿にしてゐるんだ。』

その男は段々砕けて、さう言つた。

『矢張り此処で七拾円でも八拾円でも取つて置いた方が取得だよ。』

　大分貰つてゐると思はれて、卑《さも》しい考を見せた。

『イヤ、僕は金は一文も欲しいとは思はぬ。併し何だな、松島の家は金持ちださうだから、俺に千円も出せば、それで一ト仕切り思ふ存分に芸者でも遊んで気をまぎらすがなア。』

　さう言つた私の戯談《じやうだん》を、その男は黙つて聞いてゐた。

　そんな男に仲に入つて口など利かれるのを、自分の大切の内心の情の問題に、土足で踏み入られるやうな厭な気持がして、四五日家に垂籠《たれこ》もつて、先達て中日光に宿帳を調べに行つた前後から一ト月ばかりの疲労を休めてゐると、その男がまた訪ねて来た。さうして、

『おスマは本当は東京にゐるんぢやない。矢張り岡山に行つてゐるんだ。松島と、もうこれ〳〵だもの』と、言つて母指と人指ゆびとを附着けて見せながら、『どうして二人が離れられるものか。』

　さう言つて私に燃《た》き付けた。

『岡山に行つてはゐない、東京にゐて藤田の妾になつてゐるんだ。』私は、この間彼女《かれ》に聞いた通りを言つた。

『ヘッ！　それだから君が彼等《あれら》に何処までも馬鹿にせられるんだ。何が東京なものか、此の間姉婿がわざ〳〵岡山に行つて二人を一処につれて戻つたんだ。……私が預つてゐたといふのもウソだ。二人は一昨日の夜もう岡山に帰つて了つた。』

　さう言つて、私と共謀して松島を強請《ゆす》る相談を持ちかけて来た。先方に頼まれてゐながら、この間私が戯談に千円と言つたのから考へ直して、此方に寝返りを打つて金儲けをしやうと掛つたのであつた。

　それで彼女《かれ》がさもまことしやかに言つた藤田のことは全然《すつかり》口から出任せの虚偽であると分つた。私は再び躍り上るほど憤怒《ふんど》に駆られた。さうして早速岡山に急行して彼女の隠れ家を首尾よく突き曝いた。

春のゆくゑ

一

S君！

僕は、一昨々日の朝、牛込駅から中央線の汽車に乗つて今日の暮れ方に大阪に着いた。去年の十月の二十四日の夜、巷に立つ秋風と共に梅田のステーションを立つて東京に帰つてから、丁度半歳ぶりに復た関西の客になつた。さうして今、幾度もお話した、僕には懐かしい、悲しい、怨めしい想ひ出に富んだ難波新地の馴染のお茶屋の二階にゐる。

そのことに就いてもいひたいが、牛込から大阪《こちら》の湊町停車場に着くまでの汽車の旅は実に愉快であつた。別に先きを急ぐ旅でもないのだから、東海道の見飽いた線路を厭うて特更《ことさら》中央線から、名古屋で乗換へて関西線を通つて湊町に降りることにしたのだ。

東京の桜花《さくら》ほど悲惨《みじめ》なものはないのだが、殊に近年は花が咲けば屹度雪が降ることに定《きま》つてゐる。僕はまだ、七八分通りか開かない桜花が無残にも時ならぬ風雪に寒く慄えてゐる梢頭《こずえ》を見上げて、どんなに花を痛んだらう。でも僕の寓居の赤城神社の境内の八重桜は、好い季候に出会して、盛な日光に浴しながら穏かな春を誇つてゐた。僕は其等の春の名残を後にして汽車に乗つたのだ。

さういふやうに汽車に乗ると、東京と大阪との間を、殆ど大きな山の中ばかり通つて旅行することが出来るのが、僕には最も愉快なものだ。甲州から信濃路の春は、まだ少し早いくらゐで、春に飽かぬ自分には、その春の未だ来ぬ地方を見て行くのも何とは知れず希望が深かつた。小淵沢から富士見あたり、車窓に凭つて、白雲に包まれた、水墨を濡らしたやうな前巒後嶺を仰ぎ見る時の感情は、暫く都会の中に閉籠つてゐて、帝国劇場や歌舞伎座や博覧会などで人間のいきれ、脂粉の匂ひに疲れてゐた神経を一時に快復したかと思はれた。

木曽川の偉大なる渓谷、それも僕には懐かしい眺めであつた。白く洗はれた両岸の石河原の中を、紺碧の水は汪洋として流れてゐた。鬱蒼とした行手の山は、幾度か汽車の道を遮ぎらうとしては、開けて行つた。それにも興味があつた。

名古屋のステーションで暫く時の移るのを待ち合はしてゐる間に、この十分に、僕の智識を持つてゐない都会の男女《なんによ》がステーションの三和土の上を足駄音高く急ぎ足に雑沓してゐるのが、どんなに僕の好奇心を惹いたらう。

黒縮緬の羽織を抜き衣紋に被《はほ》つて、前髪の高く出た芸者が一人車夫に小荷物を持たして彼方の待合室の方に這入つて行つた。

急ぎ足の裾が開いて、水色の勝つた夕染縮緬の長襦袢がチラチラと見えた。僕はこの芸者の姿が今でもまだ何故か眼に残つてゐる。何故かその理由は解らぬが眼に残つてゐる。

　木曽川の下流の鉄橋を渡つて尾張伊勢の国境のあたりを汽車の駛せてゐる時くらゐ旧い東海道の面顔《をもゝち》を忍ばしめる景色はない。遠く闢《ひら》けた水田《みずた》の果ては青く芽を吹いた蘆荻の洲に連つて、その上に白帆が覗いてゐた。

　広重の描いた桑名と、まだあまり隔たつてゐない。その桑名、四日市の平野から遠く西の空を鎖してゐる鈴鹿山脈は、地理に誌してある高標よりは遥かに高く望まれた。四月の強い太陽の熱によつて空中の気温は俄に烈しい変化を起して、もう夏季《なつ》を思はすやうな恐ろしい夕立雲が、その山脈の一角を被《おほ》ふてゐた。僕の汽車は轟々と響きを揚げてその山脈を分けて入つて行つた。其処は箱根よりは規模は稍々小いが、山は奇趣と変化に富んで、車窓の眺めは、却つてこの方に深山の趣きがあつた。車中のボーイは、関のステーションで、『こゝが旧関西線の北極です。冬季《ふゆ》一番寒い処です。』と、語つた。

　幾多の隧道《とんねる》を通過した後、島ケ原、大河原に来て車窓の展望は更に一段の変化を加へる。僕はこの木津川の渓谷ほど好きな処はない。両岸の山険しく、渓水流れに従つて、或は急瀬をなし、或は深潭を湛え、南宋画に見る如き太古の風ある人家は、藪畳を点綴して、危く水崖に拠り屋を架してゐる。大河原駅から笠置駅に至る間の両岸に迫り出た岩は特に奇景に富んでゐた。さうして汽車はその木津川の南岸笠置山の麓を繞つて、高く清流を俯瞰しながら進むのである。木曽川の渓谷《たに》は壮麗であるが、狎れ難い。それに反して木津川の渓流は瀟洒として親み易い感じがする。

　それから加茂の駅を一つ過ぎると、木津駅である。木津は水郷である。木津川は南山城の平野を灌漑しつゝ迂曲して北流し、淀に至つて淀河に合流する。去年の五月雨の時分この辺を汽車に乗つて、山も林も眼に満つるほどの濃緑が溶けて潤《にじ》むかと思はれるばかしに濡れてゐたのを覚えてゐる。僕は一年ぶりに見た其等の山水に対しても言ひがたい懐かしさを感ずるのだ。さういへば伊賀の上野から島ケ原に来る間の名も知れぬ窓外の山路に咲いた淡紅色《ときいろ》の躑躅の花！粘々《ねば〳〵》した萌黄色のその萼《うてな》！其等も不思議に、名古屋の停車場で見た芸者と同じやうに僕の記憶に残つてゐて忘られない。

　汽車が南に折れて奈良に向つて急ぐ時、夕日を浴びながら西の空に黒く浮き立つて見えるのは生駒山である。大阪は、あの山の彼方にあるのだ。奈良に降りて一ト晩泊らうかと思つたけれど、今は少しも早く大阪の地を踏みたいので、そのまゝ通過した。さうして遠く法隆寺の堂塔を松林の中に眺めながら、矢張り去年の麦の黄色く熟した時分其処に遊んだ時のことを想ひ出さずにはゐられなかつた。俥の上で、野を渡る初夏の軟風に吹き取られやうとするパナマの廂を抑へながら西南の雲際に高く高野山の雄姿を臨んだことも忘られない、僕はその方の窓にも眼を放つた。大和川の渓流、柏原、八尾の農村、其等も車室に安座して眺めてゐれば、悉く懐かしい記憶を想ひ起さずにはゐなかつた。

湊町に汽車を降りると、僕は全く大阪の旅客であつた。僕は手荷物をステーシヨンに一時預けにして、身軽く、手に一本の細巻きを杖にしたまゝ、直ちに停車場前の広場を東に抜けて、夕暮れかゝる難波新地の一廓に入つて行つた。

S君！僕は去年の十月の二十三日の午後この難波の地を去つたぎり、今六ケ月めに其の心地いゝ狭斜の土を踏むのである。僕の胸は覚えず躍つて来た。A女は御承知の通り、去年僕と別れて一ト月後にこの土地を去つてしまつた。A女はゐないが、僕は、A女のゐる時に、この土地を踏んだと同じやうに、そゞろに足の運びの急《せ》かれるのを覚えた。仮ひ女はゐなくなつても当時の馴染のお茶屋は懐かしい。まして其家には二人の間に取交した種々な物が預つてある筈だ。

僕は、何となく人を不意打ちに驚かすやうな、楽しいやうな気分に胸を轟かしながら其の茶屋の入口に入つて行つた。

『まあ！若旦那!!!珍らしい。……姉はん、江口はんの若旦那がお出でだつせ！。』

何の気なく其処に顔を出した主婦《おかみ》の妹で仲居をしてゐるお八重といふ女が奥に声をかけた。

奥から走り出た主婦は、

『まあ〳〵、お珍らしいこと。さアどうぞお上りやす。』主婦は太息《ためいき》を吐《つ》くやうにして言つた。僕は眼に涙のにじむほど懐しさを覚えた。

『江口はんは台湾にゐてゐるんやさうだして。……若旦那の処には、ちつとは音信《たより》がおますか。』さういひつゝ主婦は火鉢の向に座つた。

『えゝ、台湾ぢやない、この頃は、台湾の向岸の支那にゐるさうです。時々手紙を越します。何の因果でこんな処に来たらうツつて、泣き言をよく言つて来てゐますよ。』

『去年江口はんが落籍《ひ》いて何処にゐたとも知れんやうになつてから、若旦那に申しわけがないいふて自家《うち》で一同《みんな》でその事ばかり言ふてゐました。』

『本まだつせ若旦那、江口はんでなけりや遊女《おんな》は入らんいふてゐやはつた若旦那が、どないに思ふておいでだつしやらういふて、もうその事ばかりいふてゐましたんや。』お八重も傍から口出した。

『ありがたう！私もね、主婦さんから、あの時、突然赤飯を配つて落籍いたといふ手紙を貰つた時はこの胸が圧し潰されたかと思つて、気が狂ひさうで静《じつ》としてゐられなかつたから、直ぐさま彼女《あれ》の姉の処に汽車に乗つて行つて見た。さうすると、其処でも何処に誰れに連れられて行つたか一向分らなかつたが、もう去年の春時分から自前になつてゐることだけは分つたから、多分――それ私が、有馬から不意に出て来た時、神戸に行つてゐたと言つて遅く夜中を過ぎてから入つたことがあるだらう。あの時の客を、何様な客だと訊いたら、台湾に行つてゐた人間だと言つてゐたから、今度もその男だらうと思つてゐたら、その通りだつた。併し彼方に行つて不自由をしてゐる、早く東京に帰りたいと言つて来てゐるから、僕は、好い気味だ。そちらで野倒《のた》れ死をして死んでしまへ。と、言つてやつたんです。』

『その人は、どんな人だツすやろ……あの時噂では一生添ふ人ではないといふことだしたから、江口はんも、矢張り末は若旦那の処に帰つて来るつもりだすんやろ。』

『えゝ、どうもさういふ考へらしい。彼奴を本当に身受けすることになると千円でないまでも七百円や八百円は入るんだから、仮ひ金が工面出来るにしても、考へて見れば馬鹿らしいと思つてゐたが、今に〳〵と言ひ交してゐるつもりで、その実疾《とつく》に他の男に自前にして貰つてゐたといふことが知れた時、狐に欺されてゐたのが、眼が覚めたやうで、どうしてやらうかと思つたが、何処にゐるやら分らない。分つて見れば遠くの台湾に行つてゐる。それを知つた時の悔しさといふものはない。……去年私がよく主婦さんに言つてゐたでせう。私はもう他に大阪に用はない、唯江口がゐるばかりで大阪にゐるんだつて。……其の為に去年一年大阪《こちら》にゐて、どんなに不自由な眼を堪へてゐたか、とても彼奴などにや分らないんだ。考へて見れば馬鹿げたわけさ。此方で自分一人痩せるまで一人の女に苦労をしてゐるのに、先方《さき》ぢや他に好い旦那がついてゐるんだもの。その為に私は、あの手紙を貰つた時から暫く心臓を弱くしたくらいだ。けれども今ぢやその出来ない大金を無理にこしらへようといふ心配もないし、支那で種々な不自由をしてゐると思や胸が透いて気が楽々する。』

『まあ、支那へなぞ、よう行けたもんだすナ。』

『欺されたんだよ。そりや身受けをしてくれた義理もあるだらうが、行けば屹度面白い好い処のやうに言つてそゝのかしたに違ひない。……日本人は少しゐるだけで、家も支那の家だ。何の菓子もない。日本の刻み煙草もない、醤油もない、日本のお因果で斯ういふ処へ来たのだらう。どうぞお願ひです、東京の餅菓子を二つでも三つでもいゝから送つて下さいと言つて来たから、お前が、そんな不自由な処に行つたのは、俺を欺《だま》した報ゐだ、と言つて返辞をやつて、餅菓子ぢや悪くなるから栗饅頭と桃山を少許と、煙草を白梅の拾銭の小い袋を唯た二つ、わざと少し遣つて想ひ起さすやうにしてやつた。さうしたら涙を流して喜んでゐるやうな礼手紙をよこして、また後から金を弐拾円送つて来た。

去年大阪にゐる時分にも芝居に連れて行つてくれ、芝居につれて行つてくれツて、芝居の好きな、そして寿しの好きな女だつたが、私は、手紙に、東京にゐて普通の御飯を食べない日があつても、寿しを食べない日はない、芝居などは始終《しよつちう》のやうに見に行つてゐるツていつてやつた。さうしたら、まだ台湾にゐる時分に、詰らない芝居が来て、主人が見に行けと言つて勧めたけれど、心が楽まぬから遂に見に行かなかつた。と言つて来てゐました。

『へえ、まあそんなお金を送つたりして、やつぱり若旦那と一処になる気だんな。』

『せめて一年ぐらいはゐなければ、義理があるから、それまで待つて下さい、主人に、それとなく嫁さんを貰ふやうに勧めてゐるから、嫁さんさへ出来たら直ぐ帰る。と、言つて来たから、お前は屹度其方に行つて見て、聞いたとは全く違つた土地だつたので、厭になつたのだらうが、行く時には俺に黙つて、あれほど世話になつた京梅《けふうめ》に顔をも見せず抜けるやうにして行つたのは、何処までも今の男に立て徹す考へだつたに違ひない。其方でお前がゐなくつて不自由ならば、此方ぢやそれ処ぢやない、相変らず東京にゐても男一人下宿住ゐをしてゐて、寝床の上げ下しから、三度々々の食事まで手盛りで食べてゐるのだ。帰つて来る気があるなら、五月中に帰つて来れば、姉達とも相談してどうかしてやらうと言つてやつてゐるんです。それに就いてはまだ返事がないが、その銭《かね》はそのまゝ郵便局に預けて置いた。』

『あゝ、さよか。……まあ〳〵そんなだしたら、あんたも江口さんの心を買ふて、まちつとの間待つてあげなはれ。』

『しかし僕も、かうして何時までも独身《ひとり》でゐて、遠くの方ぢやさうして夫婦のやうに暮してゐると思やつまらないからね、主婦さんも知つてゐるだらう。それ四国の女ねえ、今度あれに逢ひに行くつもりで、一つはそれで東京から出て来たのよ。』

『さう〳〵、さういふ女の方もおましたナ。』

『若旦那、何方に向いても女に不自由をしやはりやへんナ。』立ち働いてゐたお八重が其処に座つた。

『さうさ、これまで散々女に非道な目に逢つて来たから、もう何の女にも可い加減な処であしらつて置くのさ。』

『誰れか好いのをさう言ひまよか。』主婦は早速手近な話しに話頭を転じた。

『イヤ、此処に来て遊ばないといふのは済まないが、もうそれは止めにして、その代り主婦さん、何処かその辺に何か食べに行かう。』

僕は少し更けてから、主婦と道頓堀裏の料理屋に行つた。さうしてよく寝てゐた以前の三畳の室に自分一人で一夜を明した。

四月二十二日午前　　大阪難波新地の妓楼にて

二

S君！

先便に言つたとほり、大阪で禁欲的な一夜を明した為に、僕は難波新地といふ歓楽の巷を極めて冷静な心持ちで清く立ち去ることが出来たのは、自分ながら自己の力逞《ちからづよ》いことを意識した。

大阪は、僕に取つては、何度もいつたやうに、その難波新地に興味がなくなれば、凡てに興味がなくなるのだ、大阪は全国の商業の中心と言はれてゐるが、しかし大阪の市中で取扱つてゐる物貨は、東京に比べて一般に低級品である。さうして大阪自身には殆ど特色を誇るべき物産がないのだ。S君、僕のいふことに疑ひを持つなら、試に大正博覧会に行つて見たまへ。池の端を繞つて開かれてゐる日本全国の売店で、大阪の売店ほど特色のない、つまらぬものはないから。

とにかく僕は大阪を昨日の午後に立つて、電車で神戸に来た。大阪が都会地として極めて散文的なのに反して神戸の市街《まち》ほど僕の気に入つた処はない。阪神電車線路の西の宮から三の宮までに至る六甲山南面の裾野ぐらい気持ちの好い野も稀れである。あゝ六甲山！その幾つにも分れた峰の最も高く突出してる処は、去年の秋僕の親しく足跡を印した処である。僕は春陰に黒ずんで見える峰々の皺襞《ひだ》を電車の窓から仰いで堪えられない懐かしさを感じた。去年の春、今から丁度十日前には、欧羅巴に渡航するT氏を神戸に見送らんが為に矢張り此の電車に乗つて此処を通つた。その時露を浴びて緑《みどり》麦の野を彩つてゐた黄菜《なたね》の花は最う凋れてゐた。山麓の新緑《あをば》の蔭を点綴してゐる赤や白の洋館の形、草葺きの小舎《こいへ》、六甲山から急流の力で押し流して来る花崗岩質の砂川、その両岸の堤に繁茂した松林、穏かな海浜、其処に断続した灘酒の大きな酒倉、さういふものは僕の曾遊の懐しみを以つて自分を近づけてくれるやうに思はれた。

そして去年T氏を送つた時に、T氏の宿つてゐた花隈町のK旅館に投宿した。其処は丁度諏訪山に上つて行く急坂の中腹にあつた。東京や大阪と違ひ、春の巷に立つ塵埃《ほこり》もなく空気が透明で、表二階の欄干に凭れて、眉を圧する諏訪山の山容樹形を審《つまびらか》に指呼することが出来る。更に右方に眸を放つと汪洋たる海波に幾艘の巨船が静かに横つてゐるのが認められる。凡そ日本の市街地で神戸のやうに相当な高い山岳を背負ひ、同時に深い水を湛えた処はないだらう。僕は夙にさう思つてゐた。高い山を以つて囲まれた京都の空気は透明である。しかしながら海がない。横浜には海はあつても高い山がない。六甲山摩耶山の裾野の傾斜《スロープ》が直ちに巨船を繋泊する海水に迫つて、その山と水との間に神戸の市街は層を成して形造られてゐるのである。旅館の前の坂に立つて、山を仰ぎ水を臨んでゐると、恰《ちよう》ど山間の温泉場などへ来てゐる心地がして来る。山の背後《かなた》には有馬の温泉があるのだ。あゝ僕はその有馬にも去年の秋は二た月もゐたのであつた。

S君！

併し僕が今度この神戸の街に来たわけはまだ他にあつた。こゝにはM女が、もう一月頃から僕の来ることを待つてゐた。一月が二月になり、二月が三月になり、四月になつたので、M女は手紙で皮肉をいひ、遂に僕の来ることを断念してゐたのだ。で、今度僕が此処に来たことはわざと知らせずに置いた。昨夜此宿《こゝ》から端書を出したら、今朝返辞があつた、午後訪ねて来ることになつてゐる。M女と僕とは初めて会ふのだ。何様な女だらうと好奇心に胸を躍らしつゝ、焦しい時を移すために、君に此の手紙を書く。許し玉へ。

二十三日午前　　　神戸K旅館の表二階にて

三

S君！

約束の通り、M女はその日の午後二時頃になつて訪ねて来た。神戸の地理に通じないので知らなかつたが、M女の家は、K旅館からあまり遠くない、も少し山を上つた処にあつたのだつた。想像してゐた通り好くも悪くもない女であつた。束髪の形、襦袢の襟、衣服の好み東京も神戸も違はない。特に神戸は大阪に比べて一般の趣味気風が寧ろ東京に近い。

Mは今年二十三になるのだ。二十の時○市の高等女学校を卒業すると直ぐその春近い処に嫁《とつ》いだけれど、文学の好きなMは四ツ年長の夫が少しもさういふ趣味を解しないので、何だか小供のやうに思はれて、遂々一年あまりゐて厭になつて、両方相談の結果穏かに離縁して戻つて来たのだ。それはMが、その自分の経歴を告白した短篇を、ある婦人雑誌で見て知つてゐる。一度嫁《かたづ》いた女と話をするのはし安いものである。

『今年は勧進帳を方々で演《し》てゐますが、一月の聚楽館の幸四郎の弁慶がそんなに気に入りましたか。』僕は、彼の女が松本幸四郎を初めて見て、弁慶と大森彦七とに感心したといふ絵端書を越したことがあつたので、それから話しの端緒《いとぐち》を切つた。

『えゝ、あんな好い役者はこれまで見たことがございません。去年の秋矢張り聚楽館で羽左衛門の助六をも見ましたが、私は幸四郎の方が気に入りました。』Mはハツキリした言葉で語つた。

『あゝさうですか、今度芸術座が大阪で『復活』を演つてゐますが、あれを行つて御覧になりましたか。』

『遂にようまゐりませんでした。私《わたくし》、是非見たいと思ひましたのですけれど、去年の丁度今時分神戸《こちら》に来ましたばかりで、まだ東の方へは三の宮のステーシヨンより先きへ行つたことがございません。』

『こちらでは何か勉強でもしてゐらつしやるんですか。』

『えゝ、もう学校へ行く年でもございませんけれど、アメリカの婦人の処へ午前だけ英語の稽古にまゐつて居ります。』

『あゝさうですか、それは結構です。何かもつと書いて御覧になつたら宜しいでせう。僕は一体女がそんなことを書いて、思ひ上つたやうになるのは嫌ひですけれど、貴女《あなた》のやうに叔父さんの監督……とでもいつていゝですか、とにかく確乎《しつかり》とした家庭の埒外に勝手に跳ね出さない方が文学に趣味を持つてゐらつしやるのは至極好いことですから。』

『私、東京へも行つて見たいのでございますけれど、親類などもありませず、知つた人のない遠方へは故郷《くに》の親達が心配して遣つてくれませんし、神戸に来てゐてさへ、歳を取るからもう帰つて来いと言つてまゐりますけれど、私、もう松山へ帰る気にはなれません。……それは父や母など思想が古いのですから。』

かう言つて、Mは、ホヽと笑つた。その時糸切り歯が不揃ひになつてゐるのが、却つて怜悧《りこう》さうに見えた。

『男でも女でも、若い人間が、一旦新らしい趣味を解したり、都会の繁華で複雑な生活の状を見染めたら、容易に田舎に引込んで老い朽ちる気にはなれないものです。……Eさんとは手紙の往復をしておいでゞすか。』

『えゝ、二タ月も前に一度手紙を上げて、お返辞を貰つたきり、そのまゝでございます。……Eさん、先生の処へもうおいでにならないんでございますか。』

S君！　Eといふ女が、一昨年の冬から僕の処へ手紙を越してゐることを、いつか話したことがあつたと思ふ。さうしてEとMとが同じ年で高等女学校の同窓であつたことも知つてゐるでせう。

『さあ、もう来ないんでせう。今年の一月時分からあなたどころぢやない、私が伊予に行くと言つて段々遅くなるものですから、遂々信用しなくなつて、東京にも、もう行くのは断念した。また伊予へも道後へも来てくれるな。さうして自分との書信の往復を絶つてくれと言つて、それきりになつてゐるんです。それが三月の初めでした。私、打遣つて置いたんですけれど、十日ばかり前にいよ／＼行くからお会ひするかも知れぬ、或はお会ひしないかも知れぬ。併しあなたが最初から、あんなに言つて来たことを思ふと、仮令あなたの方で断つても、今度は此方から強ひて会ふことを要求する理由はあらうと言つてやつて見ましたが、何とも言つて来ませんでした。Eさんは、何時か貴女の手紙にあつた通りいくらかヒステリイになつてゐるんですねえ。』

『ああ、そんなことを言つてお上げになつたんでございますか。ホヽヽ』

『時とすると、非常に熱情的な、堪えられないやうな手紙を書いて来るかと思ふと、二日ほど経つともう前と全然違つた気分になつてゐるんです。何だか恐ろしいやうです。矢張り結婚ですな、可い加減な時分に結婚をしないからです。僕だつて結婚期のもう過ぎてゐる処女を、自分一人の家に置くのは双方の考へ物だから、とにかく伊予に一度行つた上で、若し両方に異存がなかつたら、結婚して来て貰ふなら、来て貰つても可いと言つてやつたんですが、さういふわけで、その後書信《たより》の往復は断絶してゐます。』

『その実僕は、独身といふ自由を永久に束縛したくないのだ。僕は孤独の寂しさに打勝つた人間なのだから。』

『何処か外をお歩きになりませんか。』Mは、僕に散歩を勧めた。

『さう、何処かへ出て見ませうかね。』先生が、女生徒に言ふやうに首肯《うなづ》いた。

初めはEの手紙を小説にして、少し非道《ひど》いと思つたが、雑誌に発表した。それを神戸にゐるMが読んで、Eの為に弁解した意味の小品を僕の処に寄せて、私のEさんを、そんなにいぢめないで下さい。さうして東京の何処かの雑誌にこれを掲載して貰ふやうに頼んで越したのであつた。

僕は、まだ見ぬ道後のE女と、この神戸のM女との手紙の書き方、文字の形などを心の中で比較して見た。Eは小野鵞堂の手本に就いて習つたことを思はしめる、女性の手蹟にありふれた軟かい文字で巧みな仮名の多い文章を五六字は紙から筆を離さずにつゞけさまに書いてゐる。そして手紙の首《はじ》めと尾《おはり》とに定《きま》つて贅沢な余白を残して、いくら長い手紙の時でも字頭が一直線に整つてゐた。さうしてどんなに激した手紙の時でも『、、先生さま御前に』と行儀正しく宛名を記した。激したあたりの文字は筆力奔放といつてもいゝくらいであつた。僕は屢々手紙で女を焦してその奔放な筆勢を見ることを楽しんでゐた。女を焦すといふことは、男には興の深いものである。

今僕と並んで歩いてゐるMの筆蹟は達者ではあるが、郵便局の女事務員などの書きさうな、大胆な男の筆蹟と撰ばない文字である。時とするとペンで原稿用紙に書いたり、鉛筆で書いたりしてゐた。つひこの間寄せた長い手紙には『お行儀のわるい、横座りをしてたもので、字までゆがんでしまひました。』などゝ断つてゐた。

そんなことを思つてゐると、自然僕の聯想は福州にゐるA女のことを思はしめた。Aの手紙はとてもEやMのとは比較にならぬ拙《まづ》い文字だが、僕はどうしてもAの手紙を最も深く懐かしみ、最も大切に愛蔵してゐる。下宿《やど》の六畳に独身で起臥してゐる僕は其等の女性の手紙を、酒の力を借りても尚ほ寂しく寝付かれない夜遅く、またしては取出して読返へすことがあるのだ。その時A女の手紙ほど僕の哀愁と同情とを呼び起さしめるものはない。僕に対して『妾も阿満多《あまた》の人につきあいましたが、貴女《あなた》程新切奈方《しんせつなかた》はありません。』と書いてゐる。何時の手紙にもあなたを貴女と書いてゐる。さうかと思ふと『つまらない物で有満《ありま》すが、掛物を贈りますから、貴女の居ります居間の床の間に掛けてくだされ。』と書いて掛物といふ字も知つてゐるし、贈るといふ字と送るといふ字の区別をも心得てゐるらしい。

僕等は諏訪山に上つた。匂やかな新緑《みどり》の風が軽い袷衣《あはせ》の裾を払つた。暖い大阪湾は眼の前に一杯に開けた。キラ〳〵と太陽《ひ》を受けて光を反映してゐる上を白帆が静かに動いてゐる。白い海鳥《とり》が海の上の風に吹かれたやうに高く低く飛んでゐた。紀淡海峡の方に黒い船が緩い煙を吐きながら滑つて行くのさへ心地よい軽い情緒をそゝつた。播磨灘の方に向つても黒い船は進んでゐた。台湾や支那に行く船であらう。

『妾の帰るまでに、貴女がお嫁さんをもらひましたら、妾は寡婦《やもめ》で暮しまする。因（縁のつもり）なくして一処になれなければ、妾をすてるでせう。つき合つてはくれないでせうね。』と、言つて来てゐるAは何時戻つて来るつもりであらう。

『あなたは、神戸に飽きませんか。』

『別に飽ないといふわけもございませんが、他に仕様がございませんから。』

『あなたの、あの、お別れになつた人の処へ書いて送つた『いざゝらば名をも影をも忘れたまへ、憂き一とせは夢なりければ。』といふ歌は面白いですねえ——面白いと言つては済まないですけれど。』

『……もう、そんなことを仰しやつてはいけません。私、敗残の女ですから。』Mは暫く黙つてゐたが、さう言つた。

『そんなに自分を悲むには及びますまい。まだあなたなんかにはこれから前途《さき》どんな幸福が待つてゐるか知れません。』

『幸福つて、どんな幸福でございます？』

『さう、種々《いろん》な幸福があるでせう。だが、あなたは前の結婚は本当の結婚ではなかつた。さういふ意味で自分はまだ真の結婚はしないと仰しやつた。それであなたの求めておいでになるやうな愛のある結婚が、まづ何よりの幸福ぢやありませんか。』

『私には、もうさう事はある気使ひはございませんもの。』

『ないもんですか、きつとあります。……併しあなたのやうに、自身文学趣味を持つてゐて、同時に妻にもその趣味を恣にすることを許すやうな夫は容易に見付からないかも知れません。つまりあなたの頭は進み過ぎてゐるのですから、それが或は一生あなたの生活に不満足な感じを絶たないかも知れません。』

『えゝ、ですから、私もう一生不満足な不幸な女だと覚悟をして居りますの。』

『Eさんも、どうするでせう。お母さんのいふやうな良縁は自分には良縁ぢやない。さういふ処へ行かなければならなかつたら、一旦は親のいふことに服従しても、間もなく帰つて来て、今度は東京に行くのだ。と言つて来てゐましたが、あなた方は皆な一度づゝは結婚を強いられるのですね。』

『どうして女性は斯う古い父母の命令に従はなければならない

のでございませう。私、もう男性《おとこ》になつたつもりで生活して行かうかしらと思ひますわ。』Mは、さう言つてホツと太息を吐いた。

よく晴れてゐた晩春の碧空《あほぞら》が、暮れ近くなつて少し嵐が立つとゝもに背後《うしろ》の摩耶山の頂に灰色の雲が被さつて来た。暖だつた陽気が急に冷くなつた。淡路の方《かた》の空にもいつしか雨模様の雲が湧いた。

『雨になるかも知れません。もう降りませうか。』

『えゝ、まゐりませう。』

もと来た方に降りて行つた。

『明日お差支えがなかつたら、何処か葦屋か御影の方に行つて見ませうか。』

『えゝ、まゐりませう。』

さうして今日の午後からまた僕のE旅館を訪ねることに約束して別れた。最近によこした手紙にも十九の春光《はる》を雲雀の声をきいて夢の中に遊び暮しました。と言つてゐた。Mは少し話してゐると、小供でいへば人見知りをせぬ女性《をんな》であつた。しかし僕にはその淋しい処の無い、元気な様子があんまり心を惹かない。……今にまた来るだらう。

二十四日午前　　　　E旅館にて

或る女の手紙

時分がらとは申し乍ら、此二三日の降り続き、如何に梅雨とはいへ、心までじめ〳〵と、何となく陰気に覚え候《そろ》。さりながらあなた様のお仕事は雨降りの方が宜しきと承り居り候へば、定めし筆も進み候事と存じ参らせ候。一昨日あたりの大降りには如何に遊ばしておはすやらと、いろ〳〵と思ひめぐらし居り候。二度めのお手紙嬉しく拝見致し候。すぐさま御返事差上げたく心ばかりはあせり候へども、何につけ不自由の身のことゝて思ひの外なる延引いたし申わけ無之候。

嬉しき仰せごと。先達てもお話し致し候とほりゆゑあなたさまの御言葉はかたくまもり申候。いかに多勢《おほぜい》のお客様に接する私とて心は堅く〳〵しめ居り候。私《わたくし》が、あなたさまに、いろ〳〵馬鹿なことのみ申候ゆゑ、どなたさまにもその通りかとの御疑ひは御もつともなれども決してその様な女にては無之候。

近日の内には空気宜しく涼しき方へ御出立とのことまた今より一層遠方に離れる心地いたし心細くぞんじまゐらせ候。さりながら御身大切に御勉励のことゆゑ私も及ばずながら少しも早く御完成の上、再び当地へ御越しのほど祈り居り候。塩原からの消印のことにつき色々と御心配の御様子なれども、それは御無用にぞんじ候。たゞこれまでの通り東京のあの方の女名前なれば、お友達からとのみ、その上消印までは気を付けて見るものは無かるべく候。もし尋ねられたる時はまた何とでも言ひやう有之候。それのみならず、平生私の気質は皆のものがよくぞんじ居り候間、決して疑はるべき気遣い無之候へども、かへつて自分で気を咎めて、自分一人の心を気取《けど》られはせぬかと、それのみ気を廻はし居り候。さりながら、今までたゞの一度もうしろめたきことなどのありたるためし無之、何卒御心安く思召し下され度候。私はつまらぬ女、愚なる者なれども、あなたさまの御名に障るやうなことは仕出来し申すまじく謹み居り候。たゞ〳〵お手紙のおたよりのみにて満足に思ひ居り候。貴下《あなた》さまこその内お差しつかへの方様お出来遊ばしたるその節は何卒早速お知らせ下され度、さすればそれまでの御縁とあきらめ申可覚悟に御座候。その後お話しの方様からはおたより有之候や。

気がゝりに相成り候は、こんなつまらぬ事ばかりあなたさまにお聞かせ申し候ことが、もしあの方さま御帰り相成り候節、あの方さまに知られ候はゞ、いかに面目《めんぼく》なく候やらんと、そればかり恥しうぞんじ候。何卒々々御口外遊ばさぬやうおねがひ申上候。

貴下さまは、何時ごろ塩原に御出立相成り候やら、わからず候故、この書面にて、次の御便り戴くまでは手紙差上げず、待ち居り候。今は、宇治や石山の蛍ざかりとて、昨日沢山に貰ひ申候が、みな此の通りに空しくなつて仕舞ひ申候。この二つ三つを包みて御側にお送り申上げ候。生命《いのち》なくなりし虫にても郵便にて東京のおひざもとまでまゐり候が羨ましくぞんじ候。水に焦《こが》れて空しく相成りたる蛍よりもまだ果敢なきは私にて候。それもぜひなき浮世とぞんじ候。

梅雨つゞき、くれ〴〵も御身大切に御注意遊ばすやう祈りまゐらせ候。今宵もじめ〴〵と降る雨の音を聴きながら皆の者の寝静まりたる夜半《よは》に取り急ぎ拙き筆とり、つまらぬことのみきこえまゐらせ候

ほたるのやうな
私より

六月二十一日

加茂さま

二

只今の御宿におたより致し候は、あれかぎりかとぞんじ候に、まだ一度は御機嫌お伺ひいたすことの叶ひ候は、何より嬉しくぞんじ候。あなたさま御好みの雨天とはいひながら、根気よく降りつゞき候に、御身体にお障りなどありはせずやと毎日案じられ候。お芝居よりお好みの呂昇有楽座とやらへお聴きにゐらせられ候とか、うらやましく存じ候。京阪の田舎より御帰京遊

ばし候へば、さぞ美しき御方ばかりにて、見る目もお楽しみのことゝお察し申上げ候。田舎生れの私も一生の内に一度は、ぜひ〳〵東京見物にまゐりたきことゝ念じ居り候。あなたさま、私の一等好きな△△のお単衣お求めなされ候由、直ぐさま私の手にてお仕立ていたしたき心地いたし候へども、それは、誰かさまの事にて、妾《わたし》の望みは叶はぬことゝ、恨み申候。十月御来京の節を待ち遠しく思ひ居り候が、その節には折宜《よ》く一目なりともお目もじ叶ふべきやなど、それのみ今から気にかゝり申候。

いつもながら早速御返事いたしたく心のみあせり候も当番の夜を待ちて、人目を忍び〳〵認《したゝ》め候ことゆゑ三日目がはづるゝ時は、また三日待たねばならず、思ふに任せぬ境界とてお許し下され度候。それはあなたさまに申上ぐること。私の心は変る気遣ひ無之候。今夜は当番の午前二時過ぎ、皆なの者はよく休み居り候が、唯大雨の音物凄きばかり。今宵はこれにてお別れ申候。今頃はそちらにてよくお休み遊ばしてと、独言いひながら、おしき筆とめ申候。

あのかたさまよりお便り有之候や、たまには、洩し下され度候。何卒々々御身お厭ひなされ候やうお祈り申候。みねも気をつけ丈夫にて暮し居り候。

六月二十七日　　　　　　　　　　　　　私　よ　り

なつかしき方さまへ

――ほかの女より――

一筆しめしまゐらせ候。時分がら、追々暑さに相成候ところ、いよ〳〵貴下さまには御機嫌よくお暮し遊ばされ候こと、何より目出度存じ上げ候。私《わたくし》事も無事に暮し居り候間御安心下され度候。東京もさぞかし暑いことゝ思ひます。福州といふ処は、それは〳〵暑い処で誠にこまりました。外国は妾つく〴〵いやになりました。日本に一日も早く帰りたくなりました。どうかして別れたいと思ひ、いろ〳〵と話しをして見ましたが、帰してはくれません。今年は迚も帰してくれません。先日三日ほど色々とかんがへましたが、妾ほど運の悪い者は有りません。どうせ今まで居りたるこの世なれば、此の世の中で、悪いことを出来るだけして面白くをかしく長き日を短く暮さなければつまらないと思ひました。妾とても貴下と一処になれなければ、一年二年さきに成りましても今の主人と別れて、妾一人此の世を淋しく暮します。これも皆あなたの義理と二つには今までの罪ほろぼしに寡婦で暮します。貴下は妾をさぞかし憎い奴と思ふでせう、必ず誑らかさうとしたのではありません。たとひどのやうな事がありましても貴下の手前きつと別れて見せまする。妾とて好んで来たわけではありません。何かして日本に帰りたいと思ひ、先《せん》の処をいろ〳〵としあんして居りまする。これほどまでに思つて下さる貴下をふり棄てたといふわけではありませんが、そのばちで今では日本人の顔を見ることも出来ません。これも我が身を恨むほかはありません。妾のやうな者でも深切に思ひ下さるお心、どれほど嬉しいかしれません。此の御恩は必ず〳〵忘れはいたしません。貴下もよき縁がありましたら、奥さまを貰うて下され。それで妾と兄妹《きやうだい》になつて下され。愚かな者でも妹と思つて可愛がつて下され。妾は生れてから今日まで面白いと思つた事は、たゞの一日もありません。つく〴〵浮世が厭になりました。近頃は時候がわるいから貴下も御身を大切に遊ばして下され。およばずながら、お祈り申て居ります。また珍らしい物がありましたら、贈ります。福州には何にも珍らしい物はありません。有りましたら早速送ります。まづは御返事迄あら〳〵かしこ

六月二十二日　　たねより

加茂さまへ

逝く者

今度の戦争で想ひ起した。――尤もこれは戦《いくさ》に関係したことではないが。――私の父が逝《な》くなつてから今年で二十年になる。私は二十年前、九月に初めて東京に来た。

その時は、日清戦争の真最中であつた。

上京した当座は暫らく、同じ郷里から出て来てゐる、神田の画家の家に厄介になつてゐた。さうして方々の学校の規則書などを貰つて来て、それを繰返へして読みながら考へた。欅の樹などの生ひ茂つた茗荷畑の中のじめ〳〵とした小径《みち》を通つて早稲田の専門学校などにも行つて見た。一旦中学を途中で止した私はまた、それを継続する思慮と意思とを欠いてゐた。遂々三田の慶応義塾に入つた。その時分の心持では其塾《そこ》にゐることには興味があつた。

塾の上口のダラ〳〵坂を降りて三田の通りへ出て一寸右に曲つた処に雑誌や絵草紙などを売つてゐる家があつて、奇麗な娘が姉妹ゐた。姉はどうかすると銀杏返しを少し崩した頭髪《かみ》に襟のかゝつた着物などを着て年増であつたが、妹は真白の厚化粧をして支那兵の劣《ま》けて逃げる処を描いた石版画などの飾られた

店頭に坐つてゐた。金の入歯などしてゐるのが目についた。

田町のある原つぱの奥に建つた下宿に泊つてゐて、私はその絵草紙の前を毎日通つて塾に行つた。阪道を上つて行くと、福沢先生が時事新報社などに出て行かれる馬車の中から、塾生の敬礼に対して優しく会釈せられる光景に屢《よ》く出会した。

校庭の高台《かうだい》から秋の品川の海が懐しいやうにも寂しいやうにも見渡れた。校舎の中庭に団栗の樹があつて、私達は、熟して落ちたその実を拾つてよく打つけツこをした。諧謔《いたずら》好きの青年は、鈴《ベル》が鳴つて教室に入つて行く外人の教師の背後《うしろ》にそれを打つけた。外人は振り返つて見て莞爾《につこり》と笑つた。

その年の七月から開かれた戦争は、倍々蔗境に入つて、京城、牙山、牡丹台から鳳凰城、金州といふやうに日本軍は破竹の勢ひを以つて支那兵を破り、遼東半島を占領して、十一月にはもう旅順口が包囲軍の手に落ちさうになつた。その時の戦争《いくさ》にも旅順口の要塞は殆ど戦争の決勝点であつた。日本人は皆頸を長くしてそれの陥落した捷報の到るのを待つた。

ある晩塾では其処の演説館で福沢先生の演説があつた。予て塾では、旅順口が陥落したら、勝利を祝してカンテラ行列をするといふ議が成立つてゐた。福沢先生の熱烈なる持論では、朝鮮や支那は実に文明の敵であつた。先生は殆ど感情的に、新しい文明の敵である頑迷な支那を憎悪してゐたのである。先生は、唯単に一国と一国との争ひといふよりも、新しい文明の洗礼に浴することを知らない支那を懲らすといふ意味に於て、日本人中の殆ど何人にも劣らない非常な熱心を以つて今度の戦争を歓迎せられたのである。

立派な体格をした、着流し姿の先生は、白い畳んだハンケチを口に当てつゝ、さういふ意味の演説をして、旅順口の要害を略取すると否とは、文明と野蛮との勝敗を決することになる。それ故吾が塾では旅順の陥落を待つて、文明の勝利の為にカンテラ行列をして祝意を表さねばならぬ。かういふのであつた。

それで旅順が陥落したといふ号外が出た日の翌日の夕刻を以つて塾生は一同集合する手筈になつた。東京市中を行列しながら謡ふ唱歌の印刷されたのが配布された。私達は前からそれを暗誦して陥落の日を待つてゐた。

明治二十七年の十一月の廿四日は土曜日であつた。慶応義塾では、古くからの慣例で、土曜日には塾中凡ての級が課せられた題に就いて文章を作つて出すことになつてゐた。土曜日の午前の三時間はそれに充てられた。

私は作文を作つて出しといて三田の通りに出た。通りは号外の鈴の音で大景気である。私は電信柱に貼付された号外を読みながら下宿に帰つた。恰《ちやう》ど日曜日の夜がカンテラ行列に当つた。

私は戦争の話をするつもりではなかつた。それは、その土曜日の晩、夕飯を済すと、私は手拭をさげて、唱歌をフイ〳〵口ずさみつゝ田町の洗湯に行つた。其処の湯には海水湯などもあつて、品川のお台場の方の見渡される座敷では貸席をしてゐる。塾生の級会や同県人の会合などはよく其処で開かれた。

私は、快い気持ちになつて、湯からブラ〳〵帰つて来た。すると、主婦《かみさん》と下女とが待つてゐたやうに、

『Mさん電報が来てゐます。』と、言つてそれを手渡した。

私には、その頃まだ親しい友達も出来ず、固より生活も極めて単純であつたから、電報の来さうな処も心当りがなかつた。

『何処から来たのだらう？』と、不審さうに言ひながら、封を切りつゝ階段《はしご》を上つて行つた。

最初は、急いで記してある片仮名の文句が、狼狽てゝ真中の方ばかり見詰めてゐたので、前後《あとさき》になつて、意味が不明であつたが、二分間ほどの間に『ベウキ……』といふことが判断せられた。私は、胸の躍つて来るのを覚えた。さうしてそのまゝ階《はしご》段《だん》の途中に停立《たちとま》つてよく読むと、

『チ、ベウキスグカヘレヘンジマツ』

とあつた。親類のやうにしてゐる隣家《となり》の主人が発信人であつた。

私は階段を駆け降りて、主婦にそれを話した。

『まあ〳〵お気の毒さまねえ。』痛ましさうな顔をして言つた。五十余りの主婦《おかみ》さんは、土木の官吏か何かしてゐた者の未亡人で、十二と十四になる男の子を二人抱へて下宿屋をしてゐた。寂しい顔をした婆さんであつた。まだ逝くなつてから遠くない父親の使つてゐた地図などを書く水彩画の絵の具があつて、私は、それでよく桂舟や永洗などの描いた小説の口絵を描いて小供に与《や》つた。

『アラ！Mさん、絵がお上手ねえ。私にも描いて下さい。』小説の好きな女中が言つてゐた。

『英語を教へて下さい。』

温順《おとな》しい男の子がナシヨナル、リーダーを以つて私の部屋に入つて来た。私は毎晩少しづゝ教へてやつてゐた。下宿人は、塾の学生が四五人ゐるばかりで静かであつた。

『本当にお気の毒ですわねえ。』小説の好きな女中は、も一人の女中と、私の顔を見ながら、口を揃へておかみさんに調子を合した。

『私、これから、帰へるといふ電報を打つて来ますから。』

私は一旦自分の部屋に戻つてから、直ぐ赤羽橋の支局に駆けて行つて帰国をする返電を打つた。

が、さうして置いて三田通りを帰りながら、フト胸に思ひ浮んだことは、これから出立するにしても旅費がない。故郷《くに》でも其処へ気が付かなかつたらしい。その頃私の郷里から電報を打つには一里ばかりステーシヨンに出て、それから一時間の汽車に乗つて岡山の町まで行かねばならなかつた。つまり電信の利ぬ土地であつて、隣家の者が岡山へ用事に出た序に打電を頼んだものかも知れぬ。返事を受取る為に、私も知つてゐる、岡山

の郵便局の近くのある商家から打つてゐた。返信を受取つた上は立去つたに違ひない。私は道を歩きながら途法に暮れた。

いろ〳〵に思案してゐると、矢張り故郷の隣村から塾に来てゐる上の級《クラス》のYが、その晩恰ど級会があつて田町の海水浴に行つてゐることを思ひ出した。私は、その足で直ぐ貸席に行つて見ると、果してその朋友《ともだち》は多勢の中にゐた。私は隅に呼んで懐《ふところ》中に入れたまゝでゐた電報を取り出して見せた。

『うむ！これは大変だ。直ぐ帰らなきやならない。』Yは、さう言つて、その電報紙を持つて級の連中の方へ行き、

『今、この通り、僕の故郷《くに》から塾に来てゐる友達のお父さんが病気だと言つて来たんだ。まだ若い人間だから、僕が行つてやらなきやならん。失敬するから、後を頼むよ。』

さも、大事件が起つた、それは自分が引受けた。といふやうに口籠《くちごも》らせつゝ言つた。

私の方に戻つて来て、

『僕も一処に行かう。』

『折角会合の処を、君に帰つて貰ふのは済まないねえ。』

『ナニ、背に腹は換へられない。大事件だもの。』頼母しさうに言つた。

私は連れ立つて通りの方に出ながら、

『僕は実は旅費が無いんだ。』

『さうか。それぢや仕様がないナ。……自家《うち》からは送つてよこさなかつたのか。』

さう言つたが、Yも電信の利かないことを知つてゐるので、

『ぢや仕方がない、質を置くさ。斯ういふ場合には非常な手段を取らなけりやならん。』と私を激励した。Yは一処に私の下宿に来て、

『出して見玉へ、何様な物があるんだ。』

私は蒲団だの行李の中の着る物など取出したが、目ぼしい金めの物は何にもなかつた。

『唯《たつた》これだけか。……ぢや僕の物も置かう。』Yは其処に趺座《あぐら》をかきながら金目を積《つも》るやうな顔をして言うた。

私は、今、故郷で死に瀕してゐる父の事や、乏しい夜具や衣類を質屋といふものに預けて、それで旅費を調へて帰つて行かねばならぬ自分を思つて、おろ〳〵しながら心を励まして蒲団と少許の衣類とを一纏めに包んだ。

そうしてYの意見に従つて、下宿には郷里に帰つた上で下宿料を送金するといふ承諾を得て、出立の支度を調へて、私達は、それを俥に持たして四国町のYの下宿まで運んで行つた。

田舎で可也の財産家であつたYは、月々驚くばかり巨額の学資を取寄せて、それを宛《さ》ながら湯水の如く遊蕩に使ひ果してゐた。懐中に金のあつたことはなかつた。

神田の画家の家から、芝の方に移つて行つて間もなくYは、気の進まぬ私を誘うて初めて吉原を見せに行つた。

何《ど》の辺であつたか、確か浅草の観音の裏あたりの大弓を引く処を殆ど軒並私を引張つて歩いた。

『アラ！　暫くねえ、Yさん……此の頃何方の方？』

　何の家でも同じやうなことを言つて、気味の悪いほど白粉を塗つた自堕落な姿態《やうす》をした女がYの傍に寄つて来た。さうして私には少しも興味のない無意味なことをベチヤ〳〵饒舌《しやべ》り合つて、仰山さうに笑つた。

『もうお帰り？　Yさん、あなた若い人を余り悪い処へ連れて行つてはいけませんよ。』

　Yは何か知ら謎のやうな棄て科白を言ひ残しながら矢場を出た。

　俥や人で通り切れないやうな狭い通りを私は飽るほど歩いて行つた。其処を通つてゐる人間は、他の街を歩いてゐる人間とは少し違つてゐて、気が少し何うかなつてゐるのではないかと思はれた。足が浮いてゐるやうにも思はれた。何か絶えず鼻の尖《さき》で小唄のやうなことを言ひながら前垂れ掛けに靴を穿いた足で勇んだやうにドツシ〳〵と歩いた。毛糸で編んだ太い羽織の紐で歩く拍子に肩を打つた。小高い土手のやうになつた処にケバ〳〵しい灯《ともしび》の輝いた牛肉屋などの並んでゐる前を通つて、また少し降りて行くと、通り切れないほど往来《ゆきゝ》の人で一杯になつてゐる石畳の上を、勇んだ掛声で人込みを追ひ別けて俥がガラガラと走り抜けた。

『これが有名な、福地桜痴の書いた大門の額さ。』と、言つてYはさもこの土地を憧憬するやうに私に注意した。

　私は、人群《ひとごみ》に揉まれながら見上げると、『新吉原』と大きく草書で表はした殺風景な鉄の門がいかめしく立つてゐた。

　Yとは多少縁続きになる神田の画家は、Yの父親《おやぢ》から伜の事を頼まれてゐた。画家は、Yに対《むか》つては最う別に注告めいたことを言はなかつたらしいが、私が三田の学校に入ることにした時、Yとの交際を注意するやうに言つた。

　Yは廓内《なか》に入つて行つて其処でも、方々の格子の前に立つた。ケバ〳〵しい彩色《いろどり》を装つた花魁が眩しい火光《ひかり》を浴びて雛人形のやうに並んでゐた。

『アラYさん。この頃ちつとも顔を見せないのねえ。品川の方、……洲崎？　少し吉原《こちら》にもお出掛けなさいよ。』そんなことを言ひながら、長い煙管に火を付けて吹口を此方に向けた。Yは格子に凭れてそれを吹ひながら種々《いろん》な訳の分らぬことを言つてゐた。頻りに登楼を勧められてゐた。

　一人の女は、私の立つて居る方にも寄つて来て、格子の内から煙管を覗けた。

『そつちの方に一人で立つてゐないで、お吹ひなさいよ。』

　あんまり吹はないで、遠くの方に独りで呆然《ぼんやり》突立つてゐると、却つて格子の内から種々な馴々しいやうな戯弄《からか》ふやうなことを言はれるので、極りが悪くなつて、私も格子に凭《よ》か〻つて、それを吹つた。見も知らぬ女の口に啣えたものを自分の口に当てるのが汚くつて、私は舌の先で唇を甜めて甚《した》、か唾を吐いた。

Yは面白さうに先から先に歩き廻りながら、

『この廓内を一ト筋も残さず見て歩いて、それで同じ処を二度通らぬやうになれば、偉いもんだ……君幾何《いくら》か持つてゐるかね？　斯うして見て廻つてゐる間に、つい知つた処の前に行つて、余り勧められて一寸も上らないのは極りが悪いからねえ。幾何か君あるだらう。』

さあ大変だ。Yに誘はれて下宿《うち》を出たのがそも〳〵此方の心弱さであつた。最初からそれを恐れてゐながら、無頓着で押しの強いYの意には逆ふことが出来なかつたのだ。

私は授業料に収めねばならぬ金を三四円懐中《ふところ》に持つてゐた。懐中手で蝦蟇口を熱くなるほど確乎《しつかり》と水落の処に押付けながら、

『少しゝか持つてゐない。』

『少しつて、幾許位《いくら》あるんだ？』Yは歩き〳〵訊いた。

『本当に少しだ。』

『少しでも可い。どの位ある？』

『これから帰る車代くらゐしかない。』

東京に来てまだ二月位にしかならぬ私は、心細くなつて、少しも早く下宿の自分の部屋に戻りたかつた。

『車代くらゐ。ぢや四十銭か五十銭だな……僕が少しも持つてゐないもんだから。』

『うむ。』

『それだけぢや仕様がないなア……』Yは沈吟しながら『せめて弐円あると二人で一寸遊んで行かれるんだがなア。』物足りなさゝうに言つた。『まあ仕方がない彼方へ行つて僕の馴染の女を見せやう。』Yはまた先へ〳〵歩いた。私はもう怠《だる》くなつた脚を耐《こら》へながら後から蹤《つ》いて行つた。

知つた女の格子先でYはその女に執固《しつこ》く勧められてゐた。彼れは当惑して、

『本当に今日はいけないんだ。』と、遂に真面目な低い調子で言つた。すると女も、

『さう……』と、言つて、素直に諦めたやうに、一生懸命捉へてゐたYの袖を緩めた。

『あゝ詰らない〳〵。金を持たないで、吉原に来《こ》ゝちや詰らない。』Yは抑揚を付けて言ひながらもとの出口の方に向つた。『君が少しは持つてゐると思つてゐたもんだから。』

けれどもYは何処か放胆で男らしい処があつた。帰途《かへり》は復《ま》た、雷門まで歩いて、其処から勧めらるるまゝに二人乗りに乗つて芝まで帰つて、その俥代は私が出した。

漸《やや》つと授業料に傷の付かぬだけ残つた金を、私は翌日直ぐに会計に納めて了つた。

Yは自分の蒲団や衣類を少許足して、それを持つて出て行つ

た。間もなく帰つて来て、

『一切で拾円出来た。汽車賃や弁当代はこれだけあればよからう。』

と、言つて八円私に渡してくれた。私はYの頼母しさを感じた。

『蒲団を皆な入れて了つた。後には毛布《けつと》が一二枚残つてゐるきりだ。』

『済まないなア。』

『ナニ、斯ういふ場合だ。仕方がないさ。僕は今夜から友達の蒲団の中にでも入つて寝やう。併し君帰つたら、下宿の払ひはあるし、直ぐ金を送つてくれ玉へ。蒲団を出しとくから。』

途中の汽車の時間のことなど話しながら稍々暫《しばらく》時を移した。さうして十時の夜行に乗ることにしてYと俥を連ねて新橋に向つた。

Yは、待合室に私は待たして置いて、何処かへ出て行つたと思つたら、間もなく折詰をブラ下げて戻つて来て。

『寿司を買つて来た。汽車の中で食べるやうに。』

それは、既に言つたやうに二十年前の汽車であつた。急行列車のない時分で、私は停車場毎に停車する緩《のろ》い汽車の三等室の硬い腰掛に腰を掛けてゐた。お湯の帰りがけに電報で驚かされてから我れを忘失してゐた私は、汽車の中に落着いてから、始めて、父のことを思ひ出した。

三月前に初めて東京に来て、今俄に帰つて行く自分には、父の病気を気使ふよりも父の病気の為にさうして故郷に旅して行かれるのが楽しいやうでもあつた。十年ばかり前に父は脳充血で殆ど死んでゐた。それから後始終病勝ではあつたが、生命に別条あるやうな疾患《わづらひ》はなかつた。

まだ八つか九つの時であつた。ある日の午後私は、漢学の素読を教へて貰つてゐる村の先生の家に行つて二三人の友達と遊んでゐた。すると、遠くの方で何ともいへない厭な恐ろしい声を揚げて喚くのを聞いた。

初めてその声を耳に留めた時私達は『火事だ。』と言つて、その声の聞えて来る方を振返つて見た。——実に禍の闖入はメーテルリンクの言つてゐる通りである。——さうするとその声は、其処から余り遠くない私の家の屋根に上つて人間から発してゐるのであつた。

それを認めると『火事だ〳〵!』と、言ひながら私達は一散に自家《うち》の方に走つて戻つた。九歳になる私は、過去の経験から、火事がさういふ状態で表はされることを知つてゐた。併し私達は家の近くまで戻つて見ても一向火事らしくなくつて、唯バタバタツと隣家の者が道を駆て行つてゐる。家の屋根の上に這ひ上つてゐる二人の人間は、頻りに父の名を呼んでゐる。私の傍を走つて行つた誰れかゞ

『Kさんのお父さんが今目を見つけたの。』と言つた（「目を見つける」と、いふことは、気絶したことを、私の郷里では、さういふのである。今日でも気絶といふよりも、目を見つけると言つた方が、私には聯想が物凄い。）

私には、生れて初めて見る、人間が危急に望んだ場合の光景であつた。それにしても屋根の上に上つて名を呼ぶのを不思議に思ひつゝ自家の入口まで来ると、家の中には多勢其処らの者が飛んで来て上も下も凄じく犇いてゐる。

私は呆気に取られて、家内《うち》の庭から裏口に通り抜けると、裏庭の井筒に捉つて井《ゐど》の中を覗きながら其処でも父の名を呼んでゐる者がある。私は不思議に堪へないで、井筒の傍へ行つて、

『どうして其様なことをするの？』と訊ねた。

『斯うして井に覗いて名を呼ぶと目を見つけた者が蘇生る。』

と、教へた。

屋根の上で名を呼ぶのも同じ迷信からであつた。

私は、家の中に多勢の人間が立ち騒いでゐるのに一人も自家の者が其処らにゐないので、ウロ〳〵しながら座敷の方に上つて行つた。すると座敷の隅の方に、気絶した父が、裸体にされたまゝ趺座《あぐら》をかいたやうにして、皆に周囲《ぐるり》から支へられてゐた。平常《ふだん》から痩せた肉体《からだ》が真青に血色を失つて、暗紫色に変つた唇から黒味を帯びた血が一ト筋腮《あご》を伝うてゐた。それは痙攣で舌を嚙んだといふことが、何年の後になつて、私が母に訊ねた時に分つた。

私は、それを一ト目見ると、何とも云へない恐しき気味悪さを感じて、何か知ら大勢口々に言つてゐるその部屋から急いで外に逃げ出した。

それから殆ど三日間人事不省の状態を継続したまゝ蘇生しなかつた。それが為に田舎の医者が与へる注意と田舎者の迷信とに従つて、あらゆる手段が尽された。

三里ばかり離れた処に嫁《かたづ》いてゐる姉が、明日にも知れぬといふ臨月の身を駕《かご》に乗せて呼び迎へられた。今では孫のある姉もまだ廿四五であつた。

夜に入て漸く駆けつけた姉は、その時もう急拵への寝台の上に身体を横へてゐた父の枕頭に寄つて行つて、

『私、のゑです、のゑが来ました。分りますか、のゑが。』

さういつて自分の方を手真似で指した。

『のゑさんが来ました。これがのゑさんです。』と、多勢傍に取り巻いてゐる中の誰れかが、病人の耳の処に口を寄せて言つた。先刻《さつき》から夢中で目ばかりキヨロ〳〵さして口を利いてゐる者の方を見てゐた病人は、唯『うむのゑ』といふやうに言つた。

『分る〳〵。分るらしい。』一同《みんな》で言ひ合つた。

併し口は利けなかつた。

さういふ急激な疾患は恰も山津波が降つて湧いて来たやうに父の生命《いのち》を襲つた。尤も二日ばかり前の晩、外に寄合ふことが

あつて、其処から夜遅く帰つて来る途中、自分で何だか急に心持ちが悪くなつたのを覚えた。すると何か胸から肩の方を這ひ上るものがあるやうな気がした。さうして自家の入口まで辿り着くのを漸々に、

『………此処を鼬《いたち》が這ふ、鼬が這うて、何うもならん…………』半夢中で呼びつゝ入つて来た。

私も、その時、まだ寝ないで、上口の座敷に皆とゐてそれを聞いた。母を初め一同父の言ふことを聞いて訝りながら、

『どうじたのです?どうしたのです?………何処にも鼬など居りやしませんがな』

と咎めるやうに言つて、立ち上つた。すると、

『あゝ!あゝ!』と、両手で胸や肩を擦るやうにして『此処!此処!此処がどうもならん!』と、言ひつゝ、そのまゝ上り框の処に横はつてしまつた。

『どうしたのです?どうしたのです?』母は、ハラ〳〵して顔を覗きかゝつて執固《しつこ》く訊いた。それでも黙つたまゝでゐた。稍々暫くして漸く正気に返つたらしく段々確かな口を利き出した。

『一体どうしたのです?　入口を入つて来ると突然《いきなり》、何も言はずに唯「鼬が這ふ〳〵」と、わけの分らんことを言うて。』

『ハ、最う搆はん。もう何ともない。』父は横になつたまゝ笑つた。

『肩が痛んで呼吸《いき》が出来んやうであつた。自分でもどうして左様いふことを言うたか分らんが、丁度鼬でも肩を這うて居るやうに思はれたのかも知れぬ。イヤ最う何ともない。』途切々々に言つた。

『野智《やち》もない（無茶といふこと）鼬が這ふいふたりして。私、気でも狂うたのかと思うた。』

母はホツと安心したので、腹立しいやうに言つた。

『戻つて来る途中から、自分でもどう歩いたかハツキリ覚えてをらん。』

翌日は天気が晴れたやうに、ケロリと治つてゐた。それから三日目に病は強い力を以つて俄然再襲したのであつた。

『この病が直つたら、煎豆が生えるやうなものだ。』

と、口々に言つてゐたさしもの脳充血も、人事不省状態を長く持ち続けてゐたまゝで、次第〳〵に病勢が落着いて来た。漸く一同は眉を開くことが出来た。けれどもその後十年の間、父の記憶は陰気な病弱な容貌と風姿とで彩色《いろど》られてゐる。

新橋を出た時から、元気よくのべつに饒舌り続けてゐた肥つた婆さんも何時か疲れて外見《みえ》も搆はず窓枠に頭を打附けて鼾声《いびき》を立て始めた。車外《そと》は雨が降つて来た。私は静《じつ》と頭を窓に凭したまゝ自然にそれからそれへと父の記憶を想ひ起した。

私が九月に東京に来たのは、父に無断で脱けて来たのであつた。去年の暮中学校を中途で止めて、大阪の商業学校には入る

ことを相談した時父は敢て反対しなかつた。実業の好きな父は寧ろ賛成した。さうして今年の初め大阪に出て来た時は学資も比較的余分にくれることになつた。私は大阪に三月ばかりゐたが、兎角病気勝ちであつたので、心弱く悲観して大阪をも止めて帰国した。その前の年から父は岡山に出て或る商業を営んでゐた。私が帰つて来たのを見て『それもよかろう。自家にゐてこの商買を手伝だつて商人《あきんど》になる方がいゝ。』と云つた。

　そういふやうにして、直ぐ上の兄夫婦の所帯をしてゐる家で、私は春から夏まで父の傍に起臥してゐた。十年前の大患以来特《こと》に憔悴してゐた父は、歳よりも十ばかりは老けて見えた。一つ蚊帳の中に寝ながら、向の方に横になつて何時までも止め度のないまで咳き入つてゐる父を見てゐると、いとゞ痩せた身体《からだ》が力なく揺れて、しごきを締めた辺の腹が板のやうに薄く、げつそり肉が落ちてゐた。

　私は屢々寝て読んでゐた『経国美談』から眼を、そちらに向けて、その痛ましい父の形体《かたち》に見入つてゐた。

『斯うしてゐて、父は何時かは死ぬ時が来るであらう。来るに違ひない。この傷ましい父が死んだとしたならば其の時自分はどんな心持ちになるだらう。死んでしまへば未来永劫再び会へぬのだ。』

　そんなことまで神経を痛めながらもう止まるか、もう止まるかと思つて見てゐても、咳は何時まで待つてもなか〳〵止まらない。それが宛《さ》ながら私の身に響くやうに胸が痛んで来るのである。

　さうしてゐても、私自身は矢張りそのまゝ田舎にゐるのが残念であつた。学問がしたかつた。それで長い間掛つて毎夜々々自分の意見を述べた置き手紙を父にあてゝ認めて、それを本箱の中に挿し込んで置いて、九月の二日に黙つて家を出て、汽車の途中から、万事手紙を見て貰ふやうにと端書を出したのであつた。

　それ故、今父の病気といふ報知に接して帰りを急ぎながら、汽車の中で、私の念頭には、先づ、その絶え入るばかりに咳いてゐる父の痛ましい状態《やうす》が眼に見えるやうに浮んだ。

　最初発病した際の病状は脳充血であつたが、それは胃弱に関係した神経衰弱が主なる原因であつた。その時の病気が直つてからも、凡ての機関の衰弱は全く回復する時がなかつた。毎時も眩暈《めまひ》がして少し高い処へ上つたり、稍々長い細い橋など渡ると忽ち頭がクラ〳〵ツとした。常に自分の体と一処に家の中を持つて廻つてゐた煙草盆の手の上に両掌を載せて、その上に額を置いて、三十分でも一時間でも静《じつ》と考へ込んだやうにしてゐるのが癖になつた。母はそれを何より気にして、父が度々さうして何か考へ込んでゐるのが身を斬られるやうだと言ひ〳〵した。

『何にも考へ込んでは居りやせんがの。』

母に声を掛けられると、父はさう言つて吃驚《びつくり》したやうに額を擡《もた》げた。頭が重くつて、さうしてゐるのが一番楽であつたのだ。父の顔は、身体の不快を表してゐるより他に私の眼に浮んで来ない。

浜名湖あたりで夜が明けた。わびしい秋の雨は矢張り窓ガラスに降り灑《そゝ》いでゐた。それでも私は地理や歴史を読んで知つてゐた沿道の山や河を眺めながら、種々《いろ〳〵》な聯想を生じて興味を感じてゐた。

新橋から二十時間かゝつて、翌日の午後の六時頃に漸く神戸に着いた。急激な神経の昂奮と睡眠不足とで私は身体が綿のやうに疲れてゐた。さうして斯う思つた。父が若し最早《もう》死んでゐるとすれば、今晩寝ないでこれから直ぐ汽車に乗り続けて帰つて行つても仕方がない。またもし未だ寿命があつて病勢《やまひ》が落着いてゐるやうだとすれば今から一ト寝入りし早暁《よあけ》に立たう。父は毎時都会《まち》が好い、今後病気するやうなことがあつても田舎にはかへらぬ、岡山《こゝ》で療治をする。と言つてゐたから、屹度岡山にゐて寝てゐるに違ひない。と、斯う思つた。昨晩、郷里から岡山に出て行つて打電した推測とは齟齬してゐるのが、頭の疲れで気が付かずにゐた。さうして神戸の宿に着くと、電報で、岡山の家の方にあてゝ病気の模様を訊ねた。

私は返信の来るのを待ちながら、眠られぬまゝマツチの棒を小さく折つて辻占をして見たりなどした。その内疲れて知らぬ間に眠てしまつた。

翌日の午前二時頃に起きてまた汽車に乗つた。田舎の方の郷里は岡山から十里ばかり手前にあつた。神戸からそこまでは四時間ばかりかゝつた。私は初めから岡山まで帰るつもりでゐたから実家のある村を汽車で通り過ぎやうとして、それでも停車場《ステーシヨン》に若し誰れか知つた顔でも見えはしないか、見えたならば父の容態を訊いて見やう。さう思ひながら、汽車が停車場に近づくと、私は寝転んでゐたのを起き上つて車窓を開けて外を見た。九月に無断で上京する時には、まだ強い残暑の日を浴びた稲が盛に成育してゐたが、それは暫らく見なかつた間に刈り取られて、寂しい晩秋の野には、処々麦の葉生《はばえ》が深い朝霧の中に青く見られた。冷い朝の空気が、充血した眼に触つて冷々《ひや〳〵》する。

やがて汽車が田舎のステーシヨンに入つて行つて、野天のまゝのプラツトフォームの前に停車すると、向の改札口に果して隣家の人間が三人立つてゐた。車窓《まど》から私の顔を覗いてゐるのを認めて、

『あゝ、戻られた〳〵。』と声を掛けた。

『どうですか病気は？』覗いたまゝ訊ねた。

『大きに良うございます、まあ此方へお降《お》んなさい。』

私の頭は、何時か、また父は田舎の郷里《むら》の方に戻つてゐるものと定《き》めてゐた。

『昨夜から三人で此処に来てお帰りになるのを待つてゐました。C駅の方にも三人行て待つてゐます。まあ〳〵早う帰へられてようございした。』

皆、毛布などを携へてゐた。

『さうですか、それは御苦労でした。病気は好うございすか。』

『えゝ、今落着いてゐられます。一時は大変悪うて御心配でしたが。』三人で変る〴〵話した。

『あゝ、さうですか、矢張り何でせう、以前の通りの脳充血でせう。』

『イヤ、此度はさうでもないやうです。何分平生がお弱いものですから。』

話しながら一里ばかりの、露に濡れた野道を伝うて私達は家の方に戻つて来た。

丁度村外れの小い川の土手の上に村の墓地があつた。私達はその川の橋を向に渡つて土手に上つた。

『私はもう此処の墓場に穴を掘りに来てゐる時分かと思ひましたのに。』私は快活に話した。

さうして自分の家の代々の墓地の方に目を遣つた。すると、意外にもその墓地には白木の机が二つ並んでゐるのが目に付いた。

『あツ！死んだのですか。』私は覚えず三人を振返つた。

『えゝ、遂々良うございませんで、お気の毒なことでした。……』言ひにくさうにいつた。

『私も、さうであらうと思ひました。仕方がありません。』

『貴下《あなた》をお迎へに出る時、お家から、死んだといふことは直ぐ言はずに置いてくれといふことでしたから、それで実は停車場《ステーション》でもあゝ申しました。』気の毒に堪えないやうに詫びた。

『イヤ、それは構ひません。』私は、嘗て今日の場合を想像に描いて悲んでゐたのとは、自分にも案外に何故か涙が出なかつた。

其処から二町ほどの道を、早く死んだ家へ帰つて見たかつた。

吾が家の見える所まで来ると、塀越しに白張り提灯などが覗いてゐて、葬式の用意が出来てゐるらしい。

多勢人の立ち騒いでゐる門の方を避けて横手の入口まで来ると、其処にも勝手の廻りを働いてゐる縁者の人達が忙しさうにしてゐるのに出会した。さうして皆私が遠方から恙なく早く帰つて来たのを見て悔みの挨拶をした。すると其処へ直ぐ上の兄が出て来た。

『あゝ、帰つたか。』と声を掛けた。

幾度も涙を拭き取つた後が黒く汚れて、眼の中が赤く充血してゐる。

私が奥つた裏座敷の方に通つて行くと、家の中に立ち動いてゐる人々が誰れも『あゝ、お帰んなさつたか。』と、さも〳〵待ち兼ねてゐたやうに口々に声を掛けて急しい間に会釈をした。

三里離れた処に嫁《かたづ》いてゐる姉の家からも、入口で今会つた岡山にゐる兄の養家の家からも、四里隔つた処の嫂の里からも、その他新しい、旧い多くの親類縁者からは皆来揃うて、今は唯私一人の帰つて来るのを待つてゐるのであつた。

『一同彼方《あつち》に居られます。』と、誰れかゞ奥の隠れたやうな間を教へた。

その間は旧い方の土蔵の階下《した》だけを、一昨年の暮に父が自分の居室《ゐま》に造り変へたのであつた。父は新しい畳の香のする、明るいその六畳の間の炬燵にあたつてゐた。傍に置いた火鉢に掛けた鉄瓶から湯気が上騰《たちのぼ》つてゐた。一方円窓などを切つた障子に暖い日が射してゐた。父は其処で茶を飲んで吊柿を食べてゐた。

私は元気よくドン〳〵その部屋に入つて行つた。すると、其処には親類の者が一杯詰つてゐた。

『おゝ、お帰んなさつた。』其処でも口々に言ひながら、坐り直して悔みの挨拶を述べた。

けれども亡くなつた父にも帰つて来た私にも、もつと血縁の濃い者は、先刻の兄の顔の他にはまだ見られなかつた。

『二日汽車に乗り通して、まだ顔も碌に洗はないから一つ顔を洗つて来やう。』と、私は快活に言つて、裏の井端《ゐどばた》に出た。眼の廻りの筋肉が疲れて硬ばつたやうな心地のするのを、其処で台処の事を働いてゐた者が汲み上げてくれた朝の水蒸気の上騰つてゐる温い水で洗ひ流した。

顔を洗つて家に入ると、一番上の兄が、表の座敷の方から出て来た。

『おゝ帰つた〳〵。』

さう言つた顔を見ると、これも眼の縁が黒染《くろず》んでゐる。

『死んだ人は何処にゐるの？』考へる間もなく、私はかう言つた。

『彼方に行て見い。』表座敷を指した。

小い間ばかりであるが、数の割に多い間と間と間の襖の少しづゝ開けてあるのを通り越して私は入つて行つた。静寂《ひつそり》とした奥の室から抹香の匂が漂うて来た。

其室《そこ》へ入ると、座敷の一方を屏風で掩ひ隠してある。床の間には釈迦牟尼仏を真中に観世音と十三仏との仏像の軸が掛けられてあつた。それは画として価値あるものではないが、古くから斯ういふ場合や仏事を営む時などに用ゐられてゐるのである。高く三段になつて、蓋袱《うちしき》に被はれた仏壇には種々な供物が並べられてある。輪燈の燈明が静に白木の位牌を照してゐる。真鍮の鶴の燭台に蠟燭の火が揺々《ゆら〳〵》と燃えてゐた。

私は其の屏風に隠れた蔭に近寄つた。

『おゝ、戻つたナ、お前。』

北枕に寝してある亡き父の枕頭《まくらもと》に坐つてゐた母は私の姿を

認めると、低い調子でさう言つた。

『お父さん、遂々死なれたかナ。……お前だけ死に目に会へなんだ。よう見て上げ……これ斯様なに成れた。』

　母は同じやうな落着いた低声《こごゑ》で言つて、死顔《しにがほ》に着せてあつた白布の被《おほひ》を静《そ》つと取つた。蠟細工のやうな蒼い色をした顔が冷く両眼を瞑《ねむ》つてゐる。高かつた鼻が、頰の肉がいとゞ落ちてゐるので、一層高くなつて見える。夏一つ蚊帳の中に寝てゐて絶え入るばかりに咳いてゐる時想像に描いて一人で悲んだ痛しい容貌《かたち》は感じられないで、その削《こ》け落ちた両頰の窪みから、緩く塞いだ口のまはりに、生前のある時々を想ひ浮べしめる静かな悲しみの跡形が残つてゐた。

『私は、矢張り脳充血かと思つたら、さうぢやなかつたさうな。』

『さうぢやなかつた。此度は、医者もさういふし、誰れの眼にも胃病ぢやつた。徐々《ぢり〳〵》に悪うなつて、あれで此家に帰つてから丁度二十日ばかり患らうて死なれた。………死なれてから、後で始めて気が付いて、一同でさう言ふたことぢや。死ぬる位だから余程病がエラかつたと思はれて、腹が斯様なになつて居る。』

　さういひつゝ母は、亡父の生前の綿入れを上に被《はほ》つてある臨終のまゝの蒲団を静ツと取り退けて、亡骸《なきがら》の着物の前を開いた。さうして胸から鳩尾《みづおち》や腹部《はら》を掌で撫でながら、

『これ、こんな色になつて居る。』

下腹の皮膚が恐ろしく蒼紫色に変つてゐた。

『成程色がひどく変つてゐる。』

　斯う言つたが、私は恐ろしいやうで、自分では手をやつて触つて見ることが出来なかつた。

『十年前の脳病の時、何処からか来た一番若い医者が胃病だと言つて他の医者に笑はれたといふのを私は覚えてゐるが、あの時も原因《おほもと》は胃病だつたのだナ。』

『それを自家でも一同で言うて居ることぢや。あの時分から次第に身体に営養《やしなひ》がないやうになつて、此度は何うしやうにも生きる力が切れてしまふたのぢやとお医者さんも言はれた。さうでもあらうか、傍に附いて見て居つても丁度枯れ木の枯れるやうなものぢやあつた。……お前、水でお父さんの口を濡らしてあげ。』

　母は、さういつて枕頭の小机の上に載せてあつた盃を取つて渡した。

　其処へ二つになる、兄の児が仏壇の撞木を持ちながらヨチヨチ遣つて来て、それを以つて被を取つた死顔をこつ〳〵叩いた。

『これ〳〵其様なことをするものではない。オウが来る、オウが来る。』母は孫を抱き取つて、また元の通り白布《それ》をかけて顔を隠した。

『お前が東京から戻つて来るのを待つてゐたのぢや。死なれた

まゝをお前に見せやうと思うて、湯灌をするを延してゐた。これで湯灌をして上げますことも出来る。さうして棺に納めたら此処が形付く』

父は、廿五日の夜のひき明けに五十四年の最後の呼吸を引取つたのであつた。さうして見ると私が汽車で遠江あたりを走つてゐた頃である。

『貞吉もお母さん、此度は、どうも六ケ敷いぞ。と言ふし、私も最うさう思うて居つた。近い処からは皆交《かは》る〴〵見舞にも来るしゝたが、お前には遠方の事でもあるし、また心配するからと思つて何にも言うて遣らなんだが、廿四日であつたか、松本さんが診察に来られた時、どうも良くなかつたから貞吉、東京は、どうしたものだらうと言うたら、松本さんが黙つて手を振られた。それから彼方の座敷に出て行てから、直ぐ東京に電報をお打ちなさいと言はれたので、わざ〳〵岡山迄打ちに誰れか行て貰ふと言うて居る処へ、丁度彼処のおぢさんが行かれるといふので、序に打て貰ふたんぢや。……電報が行くと直ぐ立つて帰つたのかえ。それでも早いものぢやな……。疲《くたび》れたらう。』

さういひながら、母は初めて私の顔を見守つた。

父が生きてゐる頃の母を思ふと、毎時も病床に横つてゐる父の枕頭に附いてゐる姿が最も明に私の眼に浮んで来る。何故か、父が逝くなつてから後の母よりも、父が生きてゐる時分の母の方が私には深い記憶が残されてゐる。一つは自分がその頃はまだ始終《しじう》自家に居た所為《せゐ》もあらう。幼い頭に強く印象した所為もあらう。その時分の母が看護に心労してゐる姿は小供であつた私の頭にも暗い影のやうに残つてゐて忘られない。

『また物が言へぬやうになつたかと思うた。』これが年中母の心を脅かしてゐた憂《うれひ》であつた。

『どうかして生きやうと思つて。』

兄は、斯ういつて、静《じつ》と露の宿る目を瞑りながら父が生前の彼此を思ひ浮べるやうに言つた。年中不快な顔をして、病弱の身体を種々に持扱かつてゐた父の姿が眼に浮ぶ。

『始終心《しよつちう》の中で苦労をしてゐるやうな人であつた。』私は言つた。

『加之《それに》大勢小供があつたから。』母は言つた。

死後何年か経つて余処に行つてゐる姉が、どうかして遺品《かたみ》わけに持つて行つた亡父《ちち》の着物を取出すことがあつて、ふと襟の処に挿してあつた爪楊枝を発見した。姉はそれを手に取つた。自然《ひとりで》に泣けて泣けて仕様がなかつた。

さういふ話を後で聞いたのを最後《しまい》にして、父に対する追憶は次第に薄らいで行つた。嘗て父が現世《このよ》に居たといふ事実が、今は唯永劫といふことゝ一致してゐるやうに思はれる。

男清姫

一

七月の初めある暑い日であつた。加茂は、日光ゆきの車室の窓枠に肱を凭せて、涼しい風に面を吹かせながら、青々とした林や田圃の過ぎて行くのを眺めてゐた。

避暑は、まだこれから初まらうとするので二等室にはたんと客が乗つてゐなかつた。赤帽が席を取つてくれたまゝに、新型の旅行鞄と大きな信玄袋とが塀をしたやうに、広げて敷いた膝掛けの両端に置いてあつた。

今年は梅雨に雨が少くつて、例年《いつも》よりも早く夏が襲うて来た。ひどい夏劣けをする彼は、六月の末時分から急に酷しくなつた暑さに驚いて、斯うして狼狽てゝ都会を逃げだしたのである。

北へ行く汽車には、彼は何年か振りで乗つたのであつた。加茂はそんなことを考へながら、かうして自由に旅をすることの出来るのを淡い心持で愉快に感じないでもなかつた。

彼は、汽車の中に腰を掛けてゐながら、遠くの方の山を見たり、大きな鉄橋を渡るのを小供のやうな心持ちで悦んだ。

宇都宮までは、烈しい太陽が正面《まとも》に窓に射し込んでゐたが、其処を出て日光線に分岐すると汽車は段々深林に分けて行つた。嵐気が肌に触れて来た。霧のやうな細い雨さへ窓から吹込んで、冷々《ひやひや》と顔を濡した。

やがて日光の停車場に着くと、単衣では寒さを覚えるくらゐであつた。到頭雨が本当に降つて来た。

加茂はまた赤帽を呼んで、窓から二個の手荷物を受取らして、それを直に馬返《うまがへ》し行の電車に運ばした。

電車は、神橋の処で、握り皮にブラ下るほど乗つてゐた満員の客を大方降して了ふと、倍々降つて来た雨の中を緩い勾配の道を辿りつゝ山を深く上つて行つた。大谷川に沿ふた両岸の山々には濃い霧が濛々と立ち罩めてゐた。

加茂は、長い間寂莫には馴らされてゐるが、斯うして刺激の多い繁華な都会を遁れて深く山の中に入つて行く自分を顧みて淋しさを感ぜずにはゐられなかつた。七月の初といふに、山の上の僅かばかりの平地《たひら》に切り開かれた畠にはまだ麦が枯れたやうになつて立つてゐたり、豌豆が実《な》つてゐたりした。

馬返しで電車が無くなると、其処の休み茶屋に入つて遅い昼支度をした。泥鰌の菜で硬い飯を甘《うま》く食つた。其処から手荷物を一台の俥に積んで、自分は二人輓に揺られて葛折《つゞらお》りの二里の急阪を登つて行つた。

車夫は時々梶棒を停めて向の渓《たに》に懸つてゐる滝の名を説いたり、華厳の滝の投身者の噂をしたりした。馬返しで一時止んでゐた雨が、またひどい勢で、深く生ひ繁つた林に音を立て降つて来た。薄暗い山の中が倍々暗くなつて、寒さが肌に泌みた。暮れ方になつて中禅寺湖の畔《ほとり》に着いた。

二

加茂が、この夏中を此の山の中で暮すつもりでやつて来たのには、単に避暑を目的ばかりでなく、他に考があつた。彼は、出来るものならば、どうかして女といふ者を全く断つて了ひたいと思つた。あらゆる愛欲の絶滅、若しそれが成就出来たならば、どんなに自分の心が軽くなるであらうかと思つた。彼は、これまで随分女に悩まされて来た。長い間の過ぎ去つたことを思へば始終女といふ者にばかり囚へられて生きて来たやうにも思はれる。彼は、甘《あまん》じてその誘惑に自分を委ねて安心してゐた時もあつたが、よく考へて見れば見るほど男は何時も女の為にのみ心を労してゐるやうに思はれた。女が彼の胸にその姿を宿す時、初は美しい形が後には皆妖魔に変化した。丁度戸隠山の鬼女が、次第に本性を顕はして来るやうなものであつた。それで、どうかして女といふ悪魔を頭の中から追払つて了つたならば、さぞ気が楽になるだらうと思つた。

が、都会にゐては知ると、知らぬとに係らず、凡ての女は、そのあらゆる方法を用ゐて常に自分を誘惑してゐるやうに見える。道を歩いてゐても、女は屢々彼の神経を攪乱した。それ故斯うして山の奥に逃げて来たのであつた。

けれども、それは矢張り彼自身を欺いてゐるに過ぎなかつたのだ。成程彼は既に長い間女の肉体からは遠かつてゐるが、頭の中には常に女の姿が宿つてゐた。彼は何様な女でも女を思はないではゐられなかつた。もし思ふべき女を持つてゐないと寂しくつてゐられないばかりではない、思ふべき女を持たない時には世の中の観る物聴く物には何等の感興がなかつた。

三

彼は実に女といふものに渇してゐるのである。けれども、それほど女に渇してゐながら、彼は新に現実の女を求めて、それに接近することを好まなかつた。女といふものに疲労してゐる彼は、現実の女よりも空想の女を好んだ。彼が嘗て関係した女の事を想ひ浮べて過去の緊張した興味を追想することに於て女に対する渇を医する方が、現実の女に関係するよりも遥かに自由で安易であつた。

今年の春、街頭の柳が青く芽吹いて、時々表を花電車の通る時分、十五六人の知人と銀座辺のあるカフエーで一寸した晩飯の会食をした崩れに、彼はその中の二三人と最後まで附合つて、途中から雷門ゆきの電車に乗り換へた。

その夜多勢で戯談を言ひながら、何れでも可いと思つて見立てた遊女《おんな》が、後に別室に入つてから横になりながら見ると、案外に派手な顔をしてゐた。彼等によくある血の枯れた寧ろ気味の悪い容貌と違つて頬の豊かな頭髪の房々した、色の白い皮膚の滑かな女であつた。

赤い太い房の付いた紐で吊した大きな衣掛けに拡げて打掛た華美な夕染縮緬の長襦袢の模様が電燈の朧朦とした火影に浮いて見えた。

赤い裏の夜着が女の白粉の匂や香油の匂と融け合つて、異様な、男を誘惑するやうな匂ひを漂はせてゐた。それは伽羅を燃いて薫じた匂ひであつた。

『さうして静《そう》と寝てゐらつしやい。一寸行つて来るから。』

と、いつて遊女が出て行つた後、彼は、認かその異香を嗅ぎながら、柔い蒲団をすつぽり頭から被つて長い廊下の足音や、遠くの座敷でする騒ぎの三味線や太鼓の音を、靡爛した頭に聞くともなく聞いてゐた。さうしてもう遊女は帰つて来なくつても可いと思つてゐた。このまゝ翌朝まで何物にも妨げられずに熟睡したいと思つた。さうしてゐても矢張寝付つかれぬ頭に、表《おもて》を流して行く夜更の新内や浄瑠璃の三味線の音色が、人を情けながらすやうに、もどかしがらすやうに響いた。何事をも運に任せて、このまゝ斯うしてゐても好いといふやうな気にならした。

彼は堪えられなくなつて、むくと蒲団の中から起き上つて、三階の廊下に出て、下の方を眺めた。十二時《ひけ》過ぎの表の通りは、流石に森《しん》として、ぞめきの人脚も絶えた中を、何者の粋の果てか、夜更の寒さに三味を鳴して行く。加茂は五拾銭の銀貨を取出して、それを高い処から投げやうとしてゐると、背後から、

『貴方《あなた》何為るの?』

遊女が部屋に戻つて来たのであつた。

『お止しなさい。ね、最う遅いから。』

翌朝目を覚して、面を洗つてから、煙草を吹かしながら、またよく見ると、遊女は、色の白い処に濃い柔い蚕のやうな眉毛をして、大きな島田に太い〳〵樺色の手柄をかけてゐた。

彼は、昨夜此の女を買つたのかと思つたら、新に自分の生活の内容が一つ増したやうに思はれた。

やがて其処を出て麗かな春の朝日を浴しながら浅草公園の方に出て戻る途中、とある牛屋に入つて清浄《きれい》な朝湯に身体を洗つて朋友《ともだち》と話しながら、牛で酒を飲んだら食欲が稀しく進んだ。

それから五六日立つて、冷い春雨の降る宵であつた。桜花《はな》が咲き盛つてゐるのに春雨がしと〳〵降つてゐた。加茂は、その日一日何処にも出ないで、朝起きてから、また床を延べて安臥してゐた。晩になつて家にゐるのにも倦屈したので、八時頃から先達て行つた遊女の処に一人で出掛けた。おばさんを対手に酒を飲んで冷くなつた身体を暖めやうとしたが、どうしても暖くならなかつた。先達ての夜と違ひ家具が冷くつて、翌朝まで

身体が暖まらなかつた。

　彼は、それきり其処へは足を向けなかつたが、斯うして一人で山の中に来てゐると、矢張りさういふ処の華やかな夜の巷が思ひ出される。

　それに就ても思ひ出されるのは、矢張りそれと同じ種類の女であつた。一体加茂は以前は、さういふ種類の女は余り好まなかつた。それ故さういふ処へは自分から進んで行かなかつたが、どうかする気分の機会《はづみ》で四谷の先の方には出掛けたことがあつた。

　それは今からもう十二三年も昔になる。小さい家で三四度知つた遊女があつた。その後一度行くと、それが病気だと言つて他の遊女が代つて出た。すると先の女よりも此度の女の方が好かつた。先の女は顔の青膨れた、気の重い、それでゐて狡猾《ずる》い女であつたが、後のは血色の冴えた、身体の肉の引締つた、気持ちの洒然《さつぱり》とした女であつた。けれどもそれは其の時一度きりで、自分は間もなく何処かへ旅行してその夏中東京にゐなかつたので、そのまゝになつてしまつた。大分古い事だ。今頃は何うしてゐるだらう。

　四谷の先にはその他にはまだ知つた女が二人ばかりあつた。それも皆古いことだ。さういふ女がどうなつて行つたか、何だか彼等に対して罪悪を犯してゐるやうな気がする。……遠く過ぎ去つたことがまた想ひ起された。

　今年の五月瀬戸内海の方のある温泉場に行つた時、其処で遊んだ芸者は、白い柔い肉体をしてゐた。そこでは芸者でも二枚鑑札を持つてゐた。口元が変であつたけれど、目元のぱつちりした眉の柔かく濃い女であつた。その時東京に帰つたら何か送つてやると言つたが、そのまゝになつてしまつた。

四

　それから彼はまた、矢張り今年の春関西に旅行した時、奈良に一晩泊つた時のことを想ひ出してゐた。

　加茂は、関西線に乗つて汽車の窓から伊勢路から鈴鹿山の渓谷、伊賀国の平野、木津川の渓流などを眺めるのが好きであつた。その時は、もう春の末であつたが、尾張伊勢の平野には菜の花が見渡す限り咲いてゐた。処々《ところ〳〵》に暖い日が照つてゐるのに、薄曇りのした空から、しと〳〵と微温湯《ぬるゆ》のやうな春雨が降つてゐた。奇麗に揃つて濃く生ひ茂つた杉林の間々に切り開かれた山畠に微かな日影が射してゐるのに向の方に群り聳えた鈴鹿山脈の峰々には白い霧が鎖してゐた。『阪は照る〳〵鈴鹿は曇る。土山あひの、あひの土山雨が降る』

　といふ唄は此処の古い街道の実景を謡つたものである。此処ら辺の自然くらゐ古めかしい懐しい情緒に富んだ処は稀れであつた。加茂は斯ういふ処を眺めながら奈良や大阪に行くのでなければ興味が十分に加はらなかつたのだ。

加之《それに》昨夜の東海道の乗客と違つて、此の線路の乗客には、多忙な用事の為に、東の大都会から、関西《にし》の大きな都会々々《まちまち》に旅行するといつたやうな人間は少なかつた。人の好さゝうな田舎の物持ちの夫婦づれだとか、大阪あたりの女達が伊勢参宮をした帰途だといつたやうな長閑な連中であつた。

彼は、昨夜東京を立つ時、ある若い友達が窓の外から贈つてくれた栄太楼の甘納豆を、漸つと落着いた気分になつて取出した。亀山駅で買つた伊勢路の番茶を啜りながら、それを少しづゝ口に入れながら大阪の新聞を買つて読んだ。四面を遠い山に取巻かれた伊賀の上野の平野には、暖い春雨が降つて、大きく伸びた黄白の菜の花がもう春雨に凋れかゝつてゐた。

加茂は昨夜の睡眠不足の上に暖かな陽気に心地よい眠を催されて、広々とした車席に横になつて空気枕の上にぐつすり寝入つて了つた。

轟《ごう》といふ響に漸つと眼を覚されて気が付くと、汽車はもう伊賀と山城の国境の隧道を通過してゐる処であつた。それを抜けて出ると、汽車は忽ち人家の背後《うしろ》の岨道を直走《ひたはし》りに走つてゐた。向の突兀たる山と山とを分けて木津川の清瀬が高い水音を立てゝ流れてゐた。大河原の駅を過ぎると鉄道《みち》は木津の渓の南岸に沿ふた嶮岨な桟道に架つてゐた。奇怪な形をした岩石に塞《せ》かれた急湍深潭が、直ぐ眼の下を西に流れてゐた。加茂は北側の車窓に凭れて、其等の渓山を飽かず眺めた。その大きな岩の転つた上を這つて帆綱を引張つて溯つて行く川舟があつた。その川舟《ふね》には蛇の目の傘を翳《さ》した男が、乗つて立つてゐた。春雨が西の方から細い糸を下げたやうに横さまに降り濺いでゐた。その春雨《あめ》に西の空から明い日が照つて、白く光つてゐた。

笠置駅を通過すると、渓流は次第に開けて、山と山との平地に麦の緑が煙つてゐた。やがて加茂と木津との二つの駅を過ぎると汽車はもう奈良に向つて行くのである。

加茂は名古屋で乗換へて、寛いで取り散かしてゐた荷物をこの時漸く形付けたり、帯を締め直したりした。

西の空を高く劃《かぎ》つて懐かしい生駒山が春の末の強い西陽《にしび》に眩しいほど黒く煙つてゐた。『あゝあの彼方《かなた》には大阪があるのだ。』東の窓からはもう春日神社の濃い森や大仏殿の高い屋根などが見えて来た。彼はわけもなく胸の動悸が仕出した。

奈良の停車場の車夫は旅客を扱ひ馴れてゐた。彼は長途の汽車に乗り疲れた身体を車上に揺られて、奈良の街を真直に奈良公園の方に走つて行つた。

猿沢の池の畔には、もう四月の末といふのに、淡白な山桜が夕暮れの風に落ちもせず、静に薄暗の中に咲いてゐた。彼はそれをば恰も古い都の精のやうに思做しつゝ車の上から眺めた。彼はその折から南円堂の方で御詠歌の鉦の音が滅入るやうに聞えてゐた。

車が、ある大きな門の内に入つて行くと、玄関の脇に寂しい、顔の色の稍蒼白い二十一二の仲居が膝を突いて待つてゐた。

『お越しやす。』

彼は久し振りに柔かな京阪《かみがた》の女の言葉を耳にしたのである。

仲居は、自分で持てさうな軽い蝙蝠傘と膝掛けを手に取つて、『どうぞこちらへ。』と、いひつゝ長い廊下を先に立つて奥の方の広間に客を案内した。

畳が古びて、ひどく荒れた座敷であつたが、広い廻り椽などが付いてゐた。何百年の風霜を凌いで来たやうな大きな松の樹を取り入れた低い土塀を取巻いた庭があつて、班入りの椿などが柴草の上に咲いてゐた。表の方の二階座敷で盛に三味線が鳴つてゐた。

『姐《ねえ》さん、好いねえ。あの音は。違ふねえ京阪の三味の音は。』

『さうおすか。』

『さうおすかツて、好いよ。東京のとは違ふ。』

『そりやさうだんな。此方のは調子が緩うおますよつて。』

『さうさ。どうしてもあの音を聴いてゐると京阪に違ひないね。』

彼は、染々《しみぐ》京阪に来たと思つた。もう欲も得もない、斯うして旅をして遊んでゐたい。さうして旅に死にたいと思ふ気にさへなつた。

まだ少し早かつたから彼は直ぐ外に出て静かな公園道を大仏殿から二月堂の方に歩いて行つた。嫩かい色をした若葉の蔭にはまだ処々山桜が淡《うす》白く咲き残つて、薄暗の中にほろ〳〵と淋しく散つてゐた。二月堂の廊下に立つて西の方に遠く闊けた昔の皇居のあつた跡などを眺めた。さうしてゐるとまた春雨がザアと若葉を叩いて落ちて来た。見る間に遠くに黒く聳つてゐた生駒山の輪廓が白くぼやけた。近くの眼を圧するばかりに茂つた若葉から白い潮吹が立つた。

加茂は春雨に濡れつゝ清浄な砂混りの道を歩いて戻つて来た。風呂に入つてから、夕飯の膳に向つた。鯛の刺身、蟹の具足煮。白い蟹の身の上に大きな山椒の芽が匂ふてゐた。

『姐さん酒を一つ持つて来て貰らはうかねえ。』

加茂は酒を飲む気になつた。

『姐さんは美しいねえ。芸者してゐたの？』

『まあ！……私のやうな者にそんな気の利いたこと。出来《でか》しまへん。』

物をいふ拍子につツと後に反つたやうにして笑つた。

『さうぢやない。全く芸者のやうだ。』

『よう云はゝる。』

『姐さん、もう一旦お嫁に行つたの？』

『まだ行きしまへん。』

『でも、もう行く時分だらう。』

『私達貧乏やさかい。こんな商売してゐますと、目が高うばかりなつて、嫁に行けしまへん。』

彼は、いろ〳〵な話を続けて一本の酒を長く飲んだ。

さうして認か酔心地になつて絵端書などを書いた。春雨は強い音を立てゝ降つてゐた。その中を彼は傘を翳して、運動かたがた郵便局まで入れに行つた。その帰途《かへり》にネーブルを袂に入れて戻つた。

『姐さんナイフを貸しておくれ。』

仲居は盆にナイフを載せて持つて来て、それを輪に切つて、皮を剝いて一つゞつ差出した。

『姐さん一つお食べ。』

酒の後の渇いた口に滴るネーブルをくゝみながら、彼は言つた。

『えゝ。』と、言つたが食べはしなかつた。矢張り輪に切つては皮を剝いて差出した。

『姐さん、名は何といふの？』

『お菊』

その夜、加茂が床に入つてからも、お菊は脱いだ物など畳みながら、長く其処で話してゐた。

翌日出立の支度をしながら、

『姐さん、どうだ。東京に行かうぢやない？』

と、いふと、

『私《あたし》、東京に行きたうて行きたうて仕様がおまへんのや。』飛び立つやうに微笑《にこ〳〵》して言つた。

『東京は好いよ。』

『さうだつしやろ。東京の人は皆好い。いひまん。京阪の者は皆そりや不人情やけど。……私《わたし》三十になるまでにはどないにしても一遍東京に行かんなりまへん。』力を込めて、無邪気に言つた。

『三十になるまでには心細いぢやないか。今行かうよ。……僕これから大阪の方に行つて帰途また寄るから其の時一所に行かう。』

『えゝ、どうぞ。』

出立の用意は出来た。

『姐さん、此処の家から生駒山がよく見えるか。』

『えゝ、よう見えまん……あつちの三階から尚ほよう見えまん。あつちお越しやして。』

さう言つてお菊は、西南に向つた高い三階の廊下に案内した。

其処から郡山の方の田圃が遠く春霞に煙つて見えてゐた。

『彼方《あつち》の遠い処に赤い煉瓦の大きな工場見たいな処が見えますやろ。彼処が郡山だす。』

お菊は指しゝて教へながら、自分も遠くの方を恍惚《うつとり》として眺めてゐた。白い耳の処に銀杏返の鬢のほつれ毛が、明けた硝子戸の間から微々《そよ〳〵》と吹いて来る春の風に揺れてゐた。加茂が、それを横から静と窃見《ぬすみみ》するのも知らずにお菊は何時までも眺めてゐた。女は、何といふ人を魅する生物《いきもの》だらう。

五

それから間もなく加茂は、湊町ゆきの汽車の窓に凭れて旧跡に富んだ西の京の田圃を眺めてゐた。春の草に埋れた野川の岸には名の知れぬ黄色の花や紫の花が咲き溢れてゐた。昔の大極殿のあつた跡のあたりの田舎の村々にはもう強過ぎる程の春の日が高く伸びた青麦の野に照り渡つてゐた。目高を掬ふ里の小供が、小さいお尻を捲つて田の畔《くろ》を駆けてゐた。それが汽車の来たのを見て『わあア!』と言つて笊を持つた手を挙げた。

加茂は微眠《うすねむ》くなつて、車席に横になつた。彼は目を瞑りながらこれから湊町に降りることを考へて空虚な感に襲はれてゐた。湊町の停車場から難波新地は直ぐ一と跨ぎの処にあつた。彼は今斯うして丁度半年ぶりで大阪の地を踏むのである。去年の十月の末難波新地の女とは、半月ばかりのつもりで東京に帰る時別れたのがそのまゝ永い別れとなつてしまつたのであつた。

堅く末を約束してゐたその女は、加茂が東京に帰つてゐる間に、身を落籍《ひい》て何処《いづこ》ともなく姿を隠して了つたのである。それを、彼が毎時行き付けの大阪のお茶屋の主婦からの報知で知つた時には、どんなに失望と悲憤と寂莫とに身を苦めたであらう。女は東京から遠くない処の山国の産れであつたが、いろいろな土地を流れ／＼て到頭大阪まで行つて身を売つてゐたのである。卑しい勤めの女であつたが、加茂には、ひどくその女の性質が気に入つてゐた。縹緻もさう悪くなかつた。目鼻立ちのはつきりした色の蒼白い寂しい女であつた。

暫くと思つて遊びに行つてゐたのが、その女に引掛つてから、一年の間大阪の土地に足を止めてゐた。けれどもその女が大阪にゐなくなつてからは、彼は東京に帰つたきり、また急いで大阪に戻つて来る気はそれきりなくなつたのだ。

一と月余り経つてから、女は男と一処に台湾に行つてゐることが、その女の姉の処に来た手紙で分つた。姉は、その不幸な妹の為に、わざ／＼田舎から東京に出て来て加茂の処を訪ねて、女の行末を頼んだのであつた。その事があつてから間もなく女が大阪にゐなくなつたといふことが加茂の処に知れたのである。加茂はその報知に接すると自分で田舎の姉を訪ねた。姉は妹の為に、加茂を愛してゐた女の為に額を突合せて、行つた先きを想像して見たのであつた。

それが台湾までも行つてゐると分つた。姉の処に手紙を寄越してから後、加茂の処にも時々手紙をよこした。それには加茂との約束に背いたことを詫びたり、今の男とは、ほんの金の義理に迫られて来てゐるのだから、長く台湾なぞにゐるつもりはないと言つたり、其処は不自由な土地だから楽しみがない、少しも早く東京に帰りたい。と、言つたり、種々《いろ／＼》自分の身の上の不仕合なことを溢《こぼ》した来てゐた。

加茂は、さういふ手紙の来る毎に、新らしい妬みや憎しみの湧き上るのを覚えた。さうしてその裏面には新らしい憐憫や未練や愛着の情が簇《むらが》り起つた。

『……主人の寝てゐる間に認めました。』

といふやうなことが手紙の中に書いてあつた。すると、寝るといふ文字が電気の如き鋭さと迅さとで、加茂の胸に忌々《いま〳〵》しい聯想を呼び起した。

さうして男が寝入つてゐる間、女が夜遅く起きて手紙を書いてゐる有様が眼に浮んだ。男は歓《たの》しい期待を以つて、最後に女を独占したといふ意識の中に安らかに寝床に横つてゐるであらう。手紙を書き了つた女は、やがて静に寝仕度をして、枕頭の燈《ともしび》を細めながら、その傍に秘《そつ》と身体を横へるであらう。

加茂は、それを明歴《まざ〳〵》と想像に描き、幻影《まぼろし》を見詰めて、強ゐて求めて厭な感覚に苛嘖《さいな》まされてゐた。

忌々しい刺戟によつて胸を衝き詰めては、不健全な快感に耽つてゐた。

女から、『貴郎《あなた》の深きお情けは永く忘れはいたさず候。』といふやうなことを手紙に書いて来ると、

『いくら俺のことを忘れないと言つたつて、現在お前の身体が、そちらに行つて他の男の自由になつてゐる以上は、おれは少しも嬉しくはない。』といふやうなことを書いて送つた。

それでも女からは、毎時も素直な手紙を寄越してゐた。

加茂は、『お前のやうな女は、俺がもし無教育な人間であつたら屹度殺される女だ。』とも書いてやつた。彼は、実際女を殺すことを考へて見た。女を殺してゐると、その間だけは胸が清々《せい〳〵》した。

独り寝の夜半に眼が覚めてどうしても寝付かれない時など、彼は、寝ながら消したり点したりすることの出来るやうにしてゐる直ぐ頭の上の電燈を捻《ひね》つて、手近の秘密函の中に収めある女の手紙を取出して何度も読み返すことがあつた。さうしながら、遠くの方に自分を騙して黙つて行つてしまつた女が、今時分男と二人でどうしてゐるだらうと、いろ〳〵な場合を暗黒《やみ》の中に描き出しては瞋恚の炎に胸を焦してゐた。

さうして彼は女のことを想はうとすると、何よりもその多い黒い房々とした頭髪が真先に眼に浮んだ。暫時《しばし》の間《ま》なりとも自分の花にして眺めて遊んでゐた時、自分はどんなにかこの黒い髪を愛してゐるのだらうと、胸の中で思つて見てゐた。やがて全く自分の独占《もの》にしてしまつたら、その時は尚ほのこと此の髪が好くなるだらうと思つてゐたのであつた。自分の所持してゐる何物よりも此の髪を大事にかけて愛撫しなければならぬと思つてゐた。あの頭髪は、自分を現世に繋ぐ生命の綱であつたものを。それが今他の男の寝床の上に縦に乱れてゐる。さう思ふと、彼は真夜中に居ても起つてゐられないやうに神経が亢奮して来て、翌日《あす》になつたら、どんなにでもして工夫して台湾まで出掛けて行く計劃をしよう。さうして向に行つて、あの頭髪《かみ》を根元から断ち切つて持つて戻つてやらう。せめてあの頭髪を切

取つて来て、それを毎日見てゐたら好い心持になるだらう。どんな犠牲を払つても屹度さうしよう。

そんなことを次から次へ夢想しながら寝床の中に眼を覚してゐることが稀しくなかつた。けれども、一旦夜が明けると、真夜中の妄想は明るい昼の光の中に消え失せてしまふのである。

けれども女のことを少しも思はずにはゐられなかつた。深く胸の底に絡り付いた女を、去る者は日に疎し。といふ世間並の人情に委せて忘れ果てゝしまひたくなかつた。忘れてしまふことの出来るほどならば、何も一年の間あの女の為にあんな苦しい思ひを辛抱するのではなかつた。忘れてしまふには惜しいほど愛着してゐた女であつた。

それに女は、薄情なことを仕向けたつて、追駆けて来ることの出来ぬ遠方に行つてしまへば、いくら男の方でやき〳〵焦れたつて、どうすることも出来はしない。その内月日の立つ間には忘れてしまふ。斯う思つて多寡を括つてゐるのだらう。

さう考へると、意地になつても何時までも新しい心持で女を憎んでゐてやらう。斯様なことも思ひ返されてゐた。

加茂はその女の為に方々に不義理を重ねたり、自分にも、馬鹿らしいほど不自由な目をして一年の間大阪を去ることが出来なかつた。そんなことまで女には解つてゐなかつたが、それだけの埋め合せをしなければ、どうしても腹の虫が収まらない。

手紙によると、女は一年か半年ゐたら帰る、自分とて台湾のやうな処に永くゐる気は少しもない。と、言つてゐる。どうかして呼び戻すか、それとも自分が出掛けて行つて、怨みのたけをいふか、兎に角その女の事に拘つてゐるのが、差当つて、自分の生きてゐる理由である。仮ひ怨むにもせよ、慕ふにもせよ、自分は今好きな女の事を思ひ詰めてゐる。思ひつめてゐればこそ、其処に自分が生きてゐる証拠である。それを除いて世界の何物を以つて来ても一切自分とは無関係である。

大阪に行つたつて、もうその女はゐないのだ。けれどもその女の居た土地は懐しい。燈火の明かな、美しい化装《よそほひ》をした女の往来《ゆきか》う花街《まち》に行つて、せめて女と遊んでゐた時分の緊張した心持に浸つて見たい。余処《よそ》の座敷に行つてゐるのを貰ひをかけて此方に横取つたり、夜更けて待つても待つても来ないので不安に駆られながら待ち疲れてゐると、漸つとのことで十二時過ぎになつてから来た時の嬉しさ。馬鹿らしい苦労をする代りにはその苦労を忍んで余るほどの歓楽《たのしみ》があつた。

いつぞや夏の夜更けのことであつた。宵から返事を出して待つてゐても、今行つてゐる座敷が十二時《なか》までになつてゐると言つて、遅くまで来なかつた。彼は待ちあぐねて、何度も外に出て花街を歩いて見た。奇麗に整つた軒並の貸座敷に明るい燈《ひ》が点つて、狭い通に向き合つた二階座敷の簾《すだれ》に涼しい風が流れてゐた。大阪の難波新地の夏の夜ほど華かな処はない。派手な長襦袢を裾を端折つた芸者や遊女《こども》は皆表に出て扇子でパタ〳〵胸のまはりを煽ぎながら、お座敷のかゝつて来るのを待つてゐた。

加茂は、二階の椽側から簾をあげて、いつまでも人通りの絶えない街を眺めてゐた。余処のお茶屋に送られて行く女は幾人《いくたり》も其処を通つて行つた。段々人足が薄くなつて、やう〳〵花街が静になる時分になつてから、彼が下の通りを見てゐると、女は、いつもの男衆と肩を並べて此方に歩いて来てゐた。女は歩きながら懐紙を取出して口元を拭いてゐた。彼はそれを見て『あゝ来た』と思つて、すぐ引込んだ。その時の女の姿も眼に残つてゐる。さういふ高潮した心持には再びなれないのだ。その他いろ〳〵な場合があつた。

身を引く時には、彼が常に呼びつけてゐたお茶屋へも顔出しもしないで行つてしまつたといふことだ。そこの主婦は彼等の為に屢々どんなにか心を尽したであらう。彼は、せめてその主婦に会つて、去つて行つた女のことを話しもし、聴きもしたかつた。さう思ふと少しも早く湊町駅に行きたかつた。彼は汽車の中に横りながら、強く記憶に残つてゐる甘い思出を繰返へしてゐた。

六

半歳ぶりで河半《かはへん》の入口に立つた時には、加茂は流石に胸の躍るのを覚えた。

『まあ〳〵若旦那が来やはりましたで。お久しおます。』お芳がゐて、奥に声をかけた。

主婦は昼寝をしてゐた奥の間から起きて来た。

『まあおめづらしいこと。あれからずツと東京だつか。』

『去年の秋帰つたきり、一昨日の夜、東京を立つて来たのさ。』

『さようか。まあ若旦那には申訳けのないお気の毒なことで。勝山はんが落籍いた時、私《あたい》どう手紙を書いてえゝか、書けんいふたら、主人《うち》で、どうもありのまゝを書いてやるより他にどうも仕方がない。といふて、あゝ書いてやりましたが、自家《うち》でも若旦那があの手紙をお見やしたら、どないにびつくりしやはるやろいふて、いろ〳〵噂してゐましたんや。』

『いや仕方がない。彼奴に騙されたのが私の修業がまだ足らぬのさ。』

『騙したといふわけもおますまいがな。私の処でも他に人があつて、自前になつてゐるといふこととちつとも知りまへんもんやから。』

『兎に角彼奴《あいつ》悧巧な奴だ、よくも騙しやがつた。そんな奴だから尚ほ自分の物にして置いて見たかつたんだが仕方ない。』

『なんでもその人といふのは、始終船に乗つて貿易とかをする人やさうだす。それで今一処に台湾に行《い》てゐるさうだす。』

『うむ、それは僕の処にも手紙を越すから知つてゐる。』

『それも、なか〳〵何処へ行てゐるか分らなんだのを、いろ〳〵虎どんをせめたら、分りましたのや。あの虎どんの奴が憎らしい。あれほど若旦那に気を付けて貰ろて居りながら、少しもさういふことを話さんから。』

『もう幾許言つたて駄目だ。が、彼奴に本を預けて置いた筈だが、なかつたかねえ。』

『それは自家に取つておきました。』と、いつて主婦は奥に行つて一冊の洋書を取つて来た。

『さうくえゝ物が入つてゐますで。』と、言つて主婦が渡した本の間に女は写真を一枚入れてゐた。

加茂は、その写真を見ると、ぼやけかけてゐた記憶が再び明に浮んで来た。さうして旅をするにも毎時その写真を鞄の底に秘めてゐた。旅寝の寂莫に耐えかねてはその写真を取出して飽かず眺めてゐた。

中禅寺の湖水の畔に、遠く都会の喧騒を避けてゐても、深く彼の胸に喰入つたその女に対する執着と怨恨とは、どうしても払ひ去ることが出来なかつた。記憶は記憶を追ふて、強く甘い愛着の情に心を悩ました種《いろ》んな場合が、今となつては懐かしく想ひ回された。

もう一度あゝいふことがあつて見れば好いと思ふことさへ多かつた。まだ去年の九月、その女に心惹かれて東京に帰ることが出来ないで、摂津の有馬に逗留してゐる時分のことであつた。

九月中ばのある朝起きて見ると、この間中二三日湿り勝ちであつた天気が、拭ふたやうにカラリと晴れて、青く透き通るやうに澄んだ大空には、千切つたやうな真白い雲が静に浮いてゐた。その空にも、空を劃つて直ぐ眼の前に聳えてゐる、枝振りの面白い松の生ひ茂つた山にも、麗かな太陽が美しい光を浴せてゐた。

彼は楊枝を使ひながら、椽側に立つて稍々暫くその秋らしい空の色に見惚れてゐた。つい二三日前までは空気の肌触りにも、まだ何となく夏らしい心持が残つてゐたのだが、僅に二三日の雨を通り越すと、もう何も斯もが秋の色に充ちたやうに思はれて来た。貸し浴衣の寝衣一枚では寒くつて耐忍《がまん》が出来ないくらゐであつた。

そんな快い天気になつて見ると、彼は、静《じつ》としてはゐられなかつた。それに最早《もう》半月ばかりも温泉宿に籠居してゐるので、近くの散歩する処は見て了つたし、今に来るかくと待つてゐる女は来ないし、山の上の方の高い美しい秋の空を見るにつけ、彼はわけもなく唆られてフラくツと、その山の彼方の大阪に行きたくなつた。大阪の女の処に此方から出掛けて行きたくなつた。一旦さう思ひ染めると、もうその気になつて了つた。

さうして朝飯を済すと、直ぐに支度をして大阪まで出掛けた。彼は女とお茶屋の主婦とへの土産に、女中に急いで取つて来さした炭酸煎餅を提げてゐた。別荘の庭にはもう木犀の花が、湿つた土の香に交つて蕭《しめ》やかに匂ふてゐた。彼は、その一枝を取つて嗅ぎながら、帽子の鉢巻に挿した。

有馬から大阪に出る六甲山の山道は眺望《ながめ》が好かつた。雨上りの松林に松茸臭い強い土の熱蒸《いきれ》がしてゐた。爽やかな空気の肌触りを覚えながら彼は樹蔭の道を俥を走らせた。

裏道から見た六甲山の背面は、赭土色をした山の地膚《きぢ》が、痛ましい傷痕のやうに生々しく露はれてゐた。雨水に洗ひ削られた赤土の岩が巨人の鋒《ほこ》のやうに幾つとなく聳立《そゝりた》つてゐた。その下には深い谷が抉つたやうに堀れてゐた。阪道はその大きな渓谷に添ふて下つてゐた。

彼は好い心地で身体を俥が運んで行くのに任せながら、凝乎《じつ》と眼を瞑つて、これから女に逢ひに行く楽しみに伴ふ種々の心元ない空想に囚へられてゐた。

『かうして有馬の山の上から、わざ〳〵大阪まで出て行つて、好い塩梅に女は家にゐるだらうか。』かういふ心配があつた。

女はよく売れる妓《こ》であつた。二三日前に電話を掛けて、来るのか来ないのか訊ねた時に、そんなに来なければ此方から出て行かうかといつたら、『待つてゐらつしやい。私行くから。』と言つた。今日来るとは思つてゐないだらう。来るといふから、抱への妓《をんな》が三四日他処行きの出来るだけの銭《かね》を送つて遣つたのに、病気をしてゐたとか、癒つたけれど、家で遠出を許さないから楽花《らくばな》で馴染の客の処へ遊びかたがた行つてゐるとか言つてゐた。そんなに楽花の座敷が勤まるくらゐなら、銭まで送つてやつてあるのだから、保養かた〴〵出られぬわけはない筈だ。そんなにして稼業を休んでゐるのに出るほどの馴染の客といふのは、どんな客であらう。そんな客に出るほどなのに、自分の処へ来ぬといふのは、どう考へても解らない。

さう思つて来ると、彼は一刻も早く大阪に行つて、今日直ぐ、自分の言ふことを承知さして、晩の汽車で、いくら遅くなつても有馬に連れて帰らう。――空想と不安とが躍る胸の中に果てしもなく往来した。

さうして漸つと大阪行きの停車場まで山を下りて来ると、急いで電報を難波新地のお茶屋にあてゝ打つた。

有馬ではもう秋が来たと思つてゐたのに、大阪に来ると、まだ夏らしい乾燥《はしや》いだ光が疲れたやうな街区《まち》を照してゐた。

午後《ひるすぎ》のお茶屋は静寂《ひつそり》としてゐた。彼は『御免なさい。』と声を掛けながら上つて行つた。長火鉢の傍には誰れもゐない。奥の主婦の居間に主婦の妹のお芳さんが一人昼寝をしてゐた。彼は突立つて柱時計を見た。急いで来たほどあつて、まだ二時を少し過ぎたばかりであつた。

『早かつた。これなら屹度何処にもゆかないで居るに違ひない。』と、思つて安心しながら、『お芳さん々々！』お芳の枕許に寄つて行つてお芳を呼び起した。

お芳は漸く寝呆けたやうな顔を擡げて大きな欠伸を一つした。

『お越しやす。』

『お芳さん、電報を打つたが、来たか。』彼はお芳の落着いてゐるのに、そろ〳〵焦れながら何より先に訊いた。

『え〻、まゐりました。』

『何時頃着いたかね？……さうして最早あちらへさう言つてあるの？』彼は畳掛けて訊ねた。

『え〻、もう一時間ほど前だしたな。すぐ店の方へさう言つて置きました。五時《くれ》までになつてゐますよつて、明き次第送りますいふてゐました。……今日有馬からだすか、若旦那。』

お芳は、漸つと長火鉢の処に起きて来て、長煙管を吸ひ付けた。

『今日、おかみさんは、どうして？』彼は薄暗い家の中を見廻しながら訊ねた。今時分ならば、屹度直ぐ出来ると思つた女が、昼間《ひる》から他へ花に行つてゐるので、喪失《がつかり》したやうになつて、毎時のやうに主婦がちやんと長火鉢の向に座つてゐて、さういふ時に何とか斯とかお世辞よく気安めを言つてくれないのが一層物足りなかつた。さうしてこの間中病気をして休んでゐるとか、楽花に行つてゐるばかりだとか言つてゐたのだが、今時分花に行つてゐるとすれば、屹度その馴染の客の処に行つてゐるに違ひない。

さう思ふと、一刻も早く、自分が遠くの有馬からわざ〳〵出て来たことを行先の女に耳入れして、向の座敷を外《はず》させたかつた。

『姉さんは、今日本宅《やかた》の方に行てゐます。もうやがて三時だす。もう二時間と一寸だす。お二階に上つて少しお休みやすな。』

お芳は、時計を見上げながら言つた。

彼は、いはれるま〻に二階に上つて行つて、後からお芳が入れて来た茶を飲んだ。

『暮までになつてゐますさうやけど、もう一遍電話をかけて見ませう。』

お芳は降りて電話を鳴してゐた。彼は酒卓に肱を突いて階下《した》の話に耳を立て〻ゐたが、よく聴き取れないので、階段の降り口の処まで行つて上から覗いた。

『……暮までになつてゐるのやな。暮まで〆屹度此方へ貰ふておくれやす。屹度だつせ。……ようおます言ふて、本人に耳入れしてくれたんだすか。耳入れ、まだしえへんのやろ。これから直ぐ本人に耳入れしておくれやす。……有馬から若旦那がお越しや言ふて頼んますぜ。』

お芳は、くどく念を押して置いて、電話を切つた。彼は降りて行つてお芳の背後《うしろ》から電話の話を聞いてゐた。

『まだ今まで耳入れしてゐなかつたんだな。私が出て来てゐるといふことを、本人に知らすやうに、よくさう言つてくれたでせう。店で直ぐその通り知らしてくれるだらうねえ。……一体今日は早くから何処へ行つてゐるんだらう。』彼は後を独言にいつた。

さうしてまたしても種々な不安と疑惑とに襲はれた。

銭まで送つてやつて、受取つたことをも電話で話してゐながら、有馬へ来ぬのからして不都合だ。夏から、あんなに連れて行つてくれ、連れて行つてくれと言つて置きながら、今に悦んで来るだらう。来たら二人で顔を見合はしてどんなに嬉しがるだらう。と、そんなことばかり考へて待つてゐたのに、先達て中のやうに、そんなら進んで行うとも言はなかつたのが不思議だ。病気で座敷を断つてゐて、馴染の処へだけ遊びながら楽花で行つてゐるほどだから、丁度有馬に来れば好いわけだ。それにも係らず来ないのが気に懸る。今に来たら、その理由《わけ》を糺してうんと脂を搾つてやらねば気が澄まぬ。……

　こんなことを考へながら、彼はまた二階に上つて来て、両手を枕にして仰けに横になつた。仕方がないので五時《くれ》までは待つてゐなければならなかつた。

　その内に主婦《おかみ》も帰つて来たと思はれて、階下で声がし出した。夕方近くなつて花街《いろまち》に人の出入が繁くなつたらしい。

　彼は暫くしてまた長火鉢の傍に降りて行つた。やがて暮近くなつたので、此度は主婦が直ぐ頭の上の電話口に立て暮までの駄目を押した。

　彼は二時から待ちあぐんで、漸つと五時近くなつた時計と主婦の電話口の交渉《かけあひ》の有様とを交る〴〵見詰めてゐた。

『そねえなことを言ふたかて、今日既《も》う一時からさう言ふたあるのやないか。暮までになつたるいふことやつたから、そんなら暮には屹度貰ふとくれやすとくれ〴〵も頼んで置いたんやないか。……六時《くれあと》には屹度貰ふとくれやす。』

　主婦は強く言つて、電話を切つた。

『六時まで……もちつとの間や。辛抱おしやす。』

　その一時間が、彼には待遠しかつた。

　外は七五夜《おつきみ》でぞろ〴〵とぞめき足音が続いた。花街には最う軒々に明るい灯が入つて、美しい夕化粧を凝した芸者や遊女が男衆と肩を並べて送られて行つた。涼しい風が単衣を着た肌にもう冷かつた。

　河半の店にもそろ〴〵客があつた。電話の鈴《ベル》が忙しさうに鳴つた。柔かい調子の芸者が『今晩は』と明るい長火鉢の前で主婦に一寸挨拶をして直ぐに二階に上つて行つた。お芳や仲居は黒光りのする箱段を急しく上つたり下りたりした。間もなく三味線や太鼓が鳴り始めた。

　主婦は、彼がさも〴〵待遠さうにしてゐるのを見かねて、暮《くれ》後《あと》の催促をした。電話の返辞は、また延びた。

『余程大事なお座敷だすのやらう。』お芳は考へたやうに言つた。

　それが、今心細くなつてゐる加茂の胸に響いて一層心元ながらした。

『大事なお座敷つて、一体どんな客なんだらう。』彼は独言のやうにいつて首を傾けた。

　長火鉢の傍は急がしかつた。主婦は向側に座つて徳利を銅壺に漬けてゐた。仲居は燗の出来たのに鯛煎餅の炙つたのなどを持ち添えて上つて行つた。後から来た客の注文はどん〴〵出来た。送られて来た芸者はパツト媚びるやうに匂ひをさせながら加茂の鼻の先を通つて二階に上つた。

『今日は一時から、そう言ふてあるのに、今になつても貰へんいふのは、これは何かわけがあるに違ひない。』主婦は徳利を漬けながら加茂の顔を見ていつた。

『向のお茶屋に行つて、本人に耳入れをしてゐないんだらうと思ふ。勝山に私が来てゐることが知れゝば、何とかして貰つて来ないわけがない筈だ。』

勝山に銭を送つたことは、河半の主婦には内証であつた。河半からでなく、勝山の自分花にして有馬に来る約束が加茂との間にしてあつた。それは二人とも河半には言はぬことにしてあつた。

それを全然《すつかり》話してしまつた。

『さういふこともあるのだから、私が有馬から出て来たことが勝山に知れゝば、何とかして貰つて来なければならぬのだ。』

『左様か。まあ貴郎《あなた》方二人の仲にどんなことがあるか、私《あてえ》知らんけど。』

七

その内八時が来た。主婦はまた電話口に出て催促をした。虎どんが起きて来たから、今虎どんが向のお茶屋に勝山を迎へに行つてゐる。帰つて来たら直ぐ送らす。といふ返辞である。

『もう来ませう。』主婦が言つた。

加茂は楽しい不安に襲はれてゐた。

八時を過ぎて三十分も待つたが、それでもまだ来ない。

『どうしたんだらう？』加茂は時計を見ながら呟いた。

『本間《ほんま》にどうしたんやろなア』主婦も呟いてまた電話の鈴を鳴した。

今帰つて来た処だから、これから其方へ行くといふ返辞である。

暫く待つてゐる処へ虎どんが、遣つて来たが、勝山は見えない。

『まあ虎どん、勝山はん、どうしてくれるんや。』主婦もお芳も口を揃へて、いきなり極めつけた。

『私《わたい》ももう困つてしまひした。』

虎どんは、苦しさうに太息《ためいき》を吐きながら言つた。

『勝山はん、何処にもゐやはりやへんのだす。』呼吸《いき》が急いで虎どんは言葉も切々である。

今まで好い加減落胆《がつかり》してゐた加茂は、それだけ聞いて、ワクワク動悸が打ち出した。

『何処にも居らんいふたかて、そんな事あるもんか。今日昼から、もう何度電話を掛けてある。あんた居らんから知るまいが、耳入れをしたかといへば、したいふし。今にも貰ふて来るやうなことをいふ置《と》いて、どうしてくれるのや。若旦那今日、有馬からわざ〳〵出て来てゐるのやないか。』暫時《しばらく》呆れて黙つてゐた主婦は、斯う言つた。

『あゝ、お越しやす。』『いやもう、それは何といはれましても仕様がおまへん。私、今日寝番《ねばん》だしたよつて自家に行てゝちつとも昼の事知りませんもんやから。漸つと少し前店に来て河半から勝山さんの事で、これ〳〵やと他の者に聞きましたから、心当りを探しても、何処にもゐやはりやへんのだす。』虎どんは、汗ばんだ顔をして只管《ひたすら》謝つた。

『あんた、そりや昼の事は知らんのは無理はないやろけど、店の人が不都合やないか、今にも出来るやうなことをいふて、昼から客に待たして置いて、九時にもなつて、今更本人の行て居る処が分らんいふて、私の処で客に済まんやないか。』

『御尤もだす。そやから今晩の処は私に免じて勘弁して頂きます、へえ。』虎どんは、頻に主婦の前に頭を下げた。

男衆の言ふことには問ひ詰めてゐると、どうしても辻褄の合はぬ処があるけれども、兎に角勝山は、午前《ひるまへ》からプラリと一人で店を出たきり、まだ帰つて来ぬといふのであつた。

それで二時から今まで店が電話で返辞をしてゐたことは、まるきり嘘であつたことだけは分つてしまつた。加茂も主婦も疑惑に鎖さゝれた顔を凝乎と見交はしたが、さうかといつてどうすることも出来なかつた。本人が居なくつて、加茂の来てゐることを、てんで知らないのであつて見れば、勝山を責めることも出来ない。けれどもそれも疑へば疑へないこともなかつた。加茂は惚れ抜いてゐる女の来ぬのに、いはうやうもない失望を感じたけれど、何も斯も虚偽《うそ》でばかり表面を繕つて居る此の社会の、その嘘が何処まで達《とゞ》いてゐるかを探つて見たいやうな興味が起つて来たのであつた。

『午前から一人で出たつて、それにしても今時分まで何処にウロ〳〵してゐるんだらう。第一店でも大切な抱妓《こども》を放つて置くわけがないな。』

『それとも活動写真でも見て居られますか。』虎どんが言つた。

『阿呆らしい。何ぼ活動写真が好きやかて、午前から夜の九時も十時までも見てゐられますかいな。虎どん本当の事を聞かしとくれやす。何処に行てるのや。』主婦は嗛かすやうに言葉を静にして訊ねた。

『本当に知れまへんのや。それが知れてるくらゐなら、斯様なに困りやしまへん。』言葉に力を入れて断言した。

すると、店から虎どんが行てはゐませんが、他に用が出来たから直ぐ帰るやうに言つてくれと電話が掛つて来た。

『まあも少し探して見ます。……私も他にも用がおますさかいな。……勝山はん、ほんとに何処に行たんやろ。私一人難儀や。』独小言《ひとりこゞと》を言ひながら、急がしそうに帰つて行つた。

九時が過ぎ十時も過ぎたけれど、そのまゝ虎どんは顔を出さなかつた。加茂は頻りに焦れつたがつた。

暫くしてお芳は電話で何度めかの催促をしてゐたが、気の無い顔をして、

『まあ姉はん、店ではなあ、勝山はんは、先刻《さつき》虎どんが、あなたの処に断りに行た筈やがいふてるんだつせ。今晩は勝山はんはお断りしますいふて。何が何やら、ちつとも分りやへん。』

『断りに？……それでは先刻虎どんが来たのが断りに来たのやつた。それを、あの男、人が好いもんやさかい断るいふことを、よう言はんのや。』

主婦はさう言つて加茂の顔を疑はしさうに見た。

『こりや矢張り勝山はん何処へも行てへん。何処か其処らのお茶屋にゐるんや。今晩は断るといふのは本人のいふことや。何か此には訳があるに違ひない。』

加茂は気が急《せ》けて来た。

『さうだらうか。……しかし本人がゐるとすれば、さういふわけは無い筈だがなあ。そりや此方が騙されてゐるのかも知れないけれど、今も言つたやうに金も大分渡してあるし、まさか本人がゐて、さういふんぢやなからう。』

加茂の胸は千々に掻き乱れた。

『さようか。そりや貴下方二人の間にどんな事があるか、私の方ではよう知らんけど。……あなた、またどうして遊女に金を渡したりしたんや。』

『まあ可い。その代り、本人から断るといふのだつたら、もう彼奴《あいつ》とはこれつきりの縁だ。』

『まあもつと待つて見て、まだ十時やさかい、あの女に限つたことはない、あれがどうしても来なんだら今日は他のを呼べやえゝ。えゝのが、なんぼでもあるさかい。』

『いや、もし来なかつたら、今晩は、一人で泊めても貰ふ。その代り後で仇《かたき》を取つて遣るんだから』

加茂は、勝山と自分とを主婦が、訳もなく言つてゐるやうに、唯普通《ひとほり》の仲と思ひたくなかつた。

『そやけど本人が留守で知らんのやつたら、本人に罪はないもの。』

『虎どん、どうしたんやなあ。勝山はんは。』表で外を通る客を呼んでゐたお芳が呼び掛けた。

男衆の虎どんがまたやつて来た。

『私困つて了ひました。何処を探ねてもどだいゐやはりやしまへんのや。』太息を吐いて言つた。今が一番忙しい時刻と思はれて、汗で顔が光つてゐる。

『矢張りお客に連れられて行つてゐるんだらう。』

加茂は、昼前から今時分までゆつくり外で遊んでゐるお客は、どんなお客だらうと、種々に想像して胸を焦がしてゐた。一人ぢやない、客と一処に違ひない、とも思つた。そのお客と何様

なにして遊んでゐるだらう。さう思つて自分と女との場合から今何処でどうしてゐるか明歴《まざ〳〵》と幻影《まぼろし》に描いて、それを心の中で凝乎と見詰めてゐた。有馬に来られないと言つた口の下で、さうして他の客と出歩いたりしてゐる。

『勝山はんが、よう行かれるお茶屋に行て見ましたけど、ゐやはりやしまへんのだす。向でも余り私がきつう言ふもんやさかい、そんなら上つて見てくれ言ひますから、上つて一々座敷を見ましたけど、ゐやはりやしまへんのだす。』

『さうやろ。矢張りお客に連れられて行たんやろ。それで行く先は何処や。』主婦は、問ひつめた。

『えゝ、漸つとお茶屋だけ分りましてえ。さあ何処へそれから、行かはつたやら、分りまへんのだす。』

『ぢや他所《たしよ》ゆきだらう。』加茂は、傍から口を出した。

『いえ、他所ゆきなら、他所ゆきと届けてゆきますから、他所ゆきやおまへん。』

　そんなことを言つて何時まで男衆を責めてゐても際限がないので、兎に角帰つたら屹度貰つて来るやうに根押しをして主婦は虎どんを帰した。さうして

『どうもお可笑い。前《さき》と今と言ふことが違ふ。なあさうだつしやろ、前来た時には、昼前一人で店を出たいふかと思ふと、此度は、矢張りお客と一所やいふし。』と言つて、不思議がつた。

　けれども他処行きならば、掟として取締へ届けて行かぬばならぬものが、届けを出してゐないから、他所行きでないことだけは分つた。さうすれば幾許《いくら》遅くなつても帰つて来るには違ひない。さう思ふと、加茂はまた安心しやうな心持になつた。さうして少し気晴しに外に出て見た。

　夜が更けるにつれて中秋の満月は大空高く潤んだやうに澄んでゐた。何処の屋根の上の涼み台にも夜露が降りてゐるのかキラ〳〵光つてゐる。明るい芸者屋の門先《かどさき》には長い床几を出して、それに出の着物を着飾つた芸者が赤いのや夕染模様のや長襦袢の裾を高く捲つて腰を掛けて、口の掛つて来るのを待つ間を笑ひさゞめいてゐた。涼しい夜風が意気な街筋を流れて、櫛の跡の美しい鬢の毛を吹いた。何時までもぞろ〳〵人足が絶えなかつた。

　加茂はさういふ通を歩いたり、瀟洒な露地を抜けたりして一と廻りして戻つた。

　その内段々昼間からの疲れが出て、もう遊女も何も入らぬ、早く横になつて寝たくなつた。さうしてお芳に毎時の三畳に床をのべさした。

　宵から騒いでゐた客も騒ぎ疲れたと思はれて、静になつた。表も大分寂しくなつた。

　加茂は、着物を脱いで蒲団の上に横ると、何時の間にか睡微《うと〳〵》としてゐた。すると、

『まあ、勝山はんどうして。待つてゐましたで。』

門口にゐたお芳が大きな声で呼ぶのが二階まで聞えた。それと同時に
『どうも済みません。遅くなりまして。姐ちやん。』

頭に膠着《こびりつ》いて忘れやうとて忘れられない、少し嗄れた勝山の声がした。

あゝ来た。と思ふと加茂は急いで夜着を頭から、すつぽり被つた。畜生！　どうしてくれやう。心は嬉々《いそ〳〵》しながら、何処までも寝入つた風をして居らうと決心した。

『若旦那、勝山はん来やはりましたで。』

お芳が声を掛けながら入つて来たので、寝た風を装ふて居らうと思つたのが、さう出来なかつた。

何故、女は早く上つて来ないのだらう、もし一寸挨拶だけにでも来たのぢやないかと、またそれを気使ひながら、

『女はどうしたの？』もう女なんかどうでも可いといふやうに訊ねた。

『今、階下で一寸話してゐやはります。』

さういひながらお芳は、加茂の横になつてゐる枕許に座つて、

『勝山はん、到頭来やはりましたさかい、どうぞもう何にも言はんと置いておくれやす。』

詫びるやうに頭を下げて見せた。

『何も言やしない。どうでもいゝ。』

其処へ勝山が入つて来た。

『待つたでせう。』

と、言ひながら加茂の頭の処に来て蒲団の上にペタリと座つた。

『随分緩《ゆつく》りお楽しみだつたな。お気の毒さまだ。』加茂は、生欠伸を嚙み殺しつゝ言つた。

『そらまた出た。』

女は、冷かすやうに笑つた。

『どうぞ、もう何も言はんといておくれやす。』

『姐ちやん、どうもお気の毒さま、遅くなつて済みません。今日多勢でお客に連れられて神戸に行つてゐましたの。帰つて来て直ぐ来たわ。』

『あゝ、さよか、……若旦那が、急きやはりますさかいな。よう帰つて来ておくれやした。どうぞ御緩り。』お芳は降りた。二人ばかりになると、

『うンどうして。待つたでせう。え。』

嗾すやうに言ひながら、女はぴつたりと膝を男の体に押付けて、仰けに寝てゐる顔の上に覗きかゝるやうにして、両手を静《そつ》と男の胸の上に置いた。

多い鬢のほつれ毛が撫でるやうに男の顔に軽く触つてゐる。女の襟頸や、きちんと掻き合せた小さい胸のあたりから鬱陶しいやうな化粧の薫りがする。男は両手を差伸ばして女の背を大きくかゝえた。縮緬の単衣羽織を被つた女の体が撓ふやうに柔

かい。

誰れにも他の男には手を着けさせたくない。自分独りで此の女を何時までも斯うして我が物にしたい。と思ふ情が、新しい勢で男の胸に湧き上つて来た。

男は女の唇を軽く銜いた。それは幼児が慈母の胸を披いて『乳』を探る時のやうな心持であつた。女の口の色は鮮かな淡紅色をしてゐた。小さくて柔かであつた。男は優しい涙が潤むのを覚えた。

『今晩これから夜中遊びませう。』

女は機《はづ》むやうに言つた。

『神戸に行つてゐた。どうした客だい？　よく来る客かい？』

『うむ、台湾の方に行つてた人間……』

女は事もなげに言つた。

『よく来る客かえ？』

『まあよく来る方だねえ。』

『神戸には多勢て、どんな連中と。料理屋へ行つて遊んでゐたの？』

『えゝさう。他は皆芸者。私には初めての人ばかり。』

『そのお客一人で？』

『えゝ一人。』

『ぢや金持の、遊び好きだな。』

『さうだねえ、金は持つてゐるらしいねえ。……あの奴。』

『何時頃から来てゐるの？』

『七月時分から。』

『月に何度くらゐ来る？』

『さうねえ、大抵五日めくらゐには来るわ。』

『その客好い男かい？』

『否《うむ》！　好かない。色の黒い奴。』

『酒でも好きな客かい？』

『大好き。幾許でも飲んで、腰が立ちやしないの。』

『でもこんな遅く神戸に泊らないで、よく戻つて来たねえ。』

『私一人で窃《そつ》と脱けて戻つたのよ。』

『だつて、お前や芸者と違つて、寝る時分になつて用があるんぢやないか。』

『そんなことが出来るもんですか、酔つてゝ身体が動けないのだもの。』

『後になつてお前がゐないことが分つたら、怒るだらう。』

『さうかも知れない。ですから帰してくれと言つては帰してくれないでせう。それで窃と脱けて来てやつた。また丁度好い具合に私、虎どんに電話を掛けたの。虎どん私もう帰りたいわツて。さうすると、虎どんが、『勝山さんあなたは今何処にゐるんです」と聞くから神戸から電話を掛けてゐるの、と言つたら、虎どん呆れて「身体が悪いのにまあそんな遠方にどうして行つたんです。此方ぢや何処に行つたかと思つて斯々《これ〳〵》で大騒ぎです。

直ぐ帰つて来て下さい、私が一人で困つてゐます。」と、いつたからそれで尚ほ急いで戻つたの。初め虎どんに迎へに来てくれと言つたけれど、忙しくつて、そんな遠方まで迎へに行けないからツて、梅田まで迎へに来てくれた。』

勝山はおぼこ娘のやうなあどけない声で話した。昔も今も変りない、全盛の妓《こ》は抱主には大切にされ、男衆には下僕《しもべ》のやうに侍《かしづ》かれてゐた。

加茂は、勝山のいふことに辻褄の合はぬ処があるのに気の付かぬこともなかつたが、強ゐて疑はうともしなかつた。それよりも甘い歓《たのし》みに耽るのに心が急けた。

『あゝ可愛い……。』

女は緊めつけるにやうに肉体から出る言葉を発して黒いよく働く瞳で男の顔を見詰めた。

男もさういつた女の顔を凝乎と見詰めた。不確なやうな甘い愛情の疑問が男の胸を通つて行つた。男は、女からさういふ愛情の表はれた言葉を遠から求めてゐたのだ。

男の瞳に軽い疑問の表はれたのを、速に見て取つた女は

『……顔をしてゐるわねえ、矢張り。怒つた時には恐い顔をするけれど。』

前の言葉を言ひ訳するやうに言ひ足して、男の頬を痛くないほど抓つた。

血の循環が止つたかと思はれるやうに発作的に疲れて蒼くなつた顔が、男の感能を一層刺戟した。

翌日《あくるひ》は昼過ぎまでも寝てゐた。

八

台湾まで一処に行つた男は、その時神戸に連れて行つた客であつた。

『今晩は断る。……どうも可怪《おかし》い。本人が言ふことぢやな。何かこれは勝山さんにわけがあるに違ひない。』

と、言つて、あの晩河半の主婦が不審の小首を傾けたのは流石にその道で食べてゐる主婦の推察《きつし》の通りであつた。

加茂は『さうだらうか。まさか。』と思つて、幾度となく胸に忌《いや》な疑ひの雲を漲らして、女を飽くまでも不信な者にして見ようとしたけれど、自分と可愛い女との間に、どうしても興索《けふさめ》る他の男の姿を認めることが出来なかつた。

『……今に素人になつたら、斯様なに何時までも寝てばかりゐられないわねえ。』

前夜から翌日までも寝通してゐる時など、女はそんなことを言つてゐた。

『私の古いのでお召の褞袍《どてら》をこしらへてあげるわ。……不断は木綿物でも好いわ。』

『それでも、さうばかりも行かない。お前に好い物を着せて見るのが、己の楽しみなのだから。』

主婦は小猫をよく可愛がつてゐた。

『あなた猫嫌ひ？』

『嫌ぢやない。』

『階下に好い猫の児がゐるのよ。連れて来やう。』

遊女はよく夕染縮緬の長襦袢の袖に小猫を包んで来て寝ながら戯れてゐた。

『お前も好きだなあ。飼うと可愛くなるものだ。』

『東京に帰つて家を持つたら、猫を飼ふか。』

『えゝ飼ひませう。』

加茂はお召の半纏を被つて終日《いちにち》小猫を玩弄《おもちゃ》にしてゐる婀娜たる遊女を長火鉢の向に置いて描いてゐた。

『お前、真個《ほんと》に俺の処に来る気かい。』

『真個ですとも、あんな約束までして。』

『でも千円近い大金は、私にはとても出来ない。斯うしてゐる間に他の客で千円出して身請けをしようといふ者があつたら、その時お前はどうする？　俺の方は金は急には出来ない。一方は早く出来る。それでもお前は私の方に来られるまで待つてゐるか。』

『それは、いくら遅くなつても貴下《あなた》の処に行くまで待つてゐますさ。』

『いくら遅くなつても？』

『いくら遅くなつても、あなたの方で出して来れさへすれば待つてゐるわ。』

かういふ話がよく二人の間に言ひ交されたのは、まだその年の春の頃であつた。春雨の湿々《しと〳〵》降る時分加茂は毎日のやうにその土地に入り浸つてゐた。

その実女は丁度その頃、長く通うて来てゐる客に身請けをされて自前で稼いでゐたのであつた。

九

加茂は、またしても女の写真を取出して見詰めながら、今言つたやうな事を現在のやうに楽しく思ひ耽つた。ハウプトマンの『僧房夢』の騎士は、最愛の妻に裏切られた胸の苦みに耐えかねて、わが此の苦みは、高い梯子に登つてゐる者のやうだ。一旦登つた者は必ず降りねばならぬ。降りねばならぬほどならば、寧そ登らなかつた昔の方が安かであつた。と言つてゐる。一旦執着した女は、深く心に絡み着いてなか〳〵に忘られるものではない。

先達て、この地に来てから間もなく、女の姉は手紙を越して妹が近い内に内地に帰ると言つて来たから、帰つたらば早速お知らせすると言つて来た。加茂は、それからは日々女の帰つて来たといふ音信のあるのを待つて日を消してゐた。

ある晩彼は毎時のやうに独りボートに乗つて湖の沖に漕いで出た。夕暮れかゝつた男体山は、湖水の椽を離れて、遠く水の上に出れば出るほど、その雄々しい姿が沈鬱な色を増して強く人間を威圧してゐるやうに見えた。幾日も雨が降らぬので、湖の水は、物凄いほど紺碧に澄んでゐた。それが夜の色の近づくとゝもに、倍々暗黒に変つて来た。黒く暮れた周囲の山の峡には白い雲が棚曳いてゐた。冷い風が遠くの水の上に浮んでゐる彼の白衣の姿を吹いてゐた。鵞鳥のやうに湖水の上を幾つとなく彼方此方滑走してゐたセーリング・ボートの白い帆も、大分前に見えなくなつてしまつた。湖岸の大きな木立の間に立つてゐる外国の大使館の別荘に火影が見えて来た。其処から暗い水を渡つてピアノの響きが静かな湖上に伝つて来た。

　彼は、一艘の舟も見えなくなつた、広い水の上に暫くオールの手を止めて、静かな波の揺するまゝに舟を流し放しにしながら、認か夜の風に吹かれてゐた。

　さうしてゐると、暗い〳〵闇の中から、また遠くに行つてゐる女の姿が明歴《あり〳〵》と浮んで来た。白い顔、刮と見開いた時の派手な黒い瞳、毒々しいほど房々と多い頭髪《かみ》、媚るやうな襦袢の襟の色、さういふものが病的に明に彼の頭に蘇生つて来た。自制力の無くなつた頭には、さういふ妄念ばかりが安々と浮び上るのであつた。昼間さへ妄想に耽り勝ちの彼の頭は、さういふ真暗い湖水の上に独りで浮んでゐると、恰も夜の夢と同じやうな魔夢が現はれた。彼は段々遠くへ舟の流れて行くのも忘れて、現《うつゝ》の夢に見入つてゐた。女の姿がつい其処に立つてゐるやうにも見えて来た。彼は覚えず手を挙げ、女を打たうとして空を払つた。

『畜生！　彼女が戻つて来るといふ、戻つたら殺してやる。』

　彼は、これまでも何度となく恨みのある女を殺すことを考へた。女を殺してゐる処を現の夢に描いて見て僅に積る胸の悩みを晴してゐた。殺すにしては、今の女くらゐ都合のいゝ女はない。常に親兄弟と遠く離れて殆ど行先不明になつてゐる女である。さうして美しい。十年苦海に身を沈めてゐるのを見殺しにしてゐるやうな親や姉が何時とは知れず此の世から姿を消したとて彼女の跡を探す気使ひはない。あの華奢な優しい身体をした女、今まで何千人と数知れぬ男の肌を触れた女のあの肉体を、不意に絞殺して、あの肉を啖つてやらう。「雨月物語」の中に、愛欲の迷ひから、無明の業火の為に遂に鬼と化した僧が稚児の死肉を喫ふたことを書いてある。あれこそ愛欲の真《まこと》だ。自分はあの女の肉を喫はねば満足出来ぬほどあの女を愛してゐるのだ。自分には、最早普通の手段では女に対する情欲を満足せしめることは出来ない。

　彼がそんな空想に耽つてゐる間に、ボートは自然に沖へ〳〵と流れて行つた。フト頭を上げて、星の明りを頼りに暗い水の上を見渡すと、舟は一里の水の上を流れて殆ど対岸の寺ケ崎といふ処まで来てゐた。

　中宮祠から湖水の岸に立つて、遠く対岸を見渡すと、鬱叢と樹木の茂つた島のやうな処が見える。それは島ではなくして寺ケ崎と呼ぶ延長八丁余の出島である。中宮祠の部落に近寄つた処から歌ケ浜の観音の辺までは湖畔の森林の間々に貸別荘などが建つてゐて、外国人が家族を連れて夏中を其処に過してゐるので、其等の洋館に食料品などを売込む御用きゝの小僧どもが始終往来してゐるから、そんなに寂しくはない。

寺ケ崎は、其処からは遠く離れてゐた。歌ケ浜から先は、僅に湖水の岸に沿うて、足尾峠につゞく小径が、白樺や山毛欅《ぶな》などの高山植物の大木が繁茂した間に通じてゐるばかりであつた。そんな人足の稀れな処であるが、中禅寺の湖畔で其処ぐらゐ眺望の好い、地形の優れた処はない。半丁ばかしの広さで細長く突出た半島の根は、丁度大きな鎖のやうに奇怪な形をした岩が乱雑に続いてゐて、濃い紺碧の水がヒタ〳〵と、樹木の掩ひ被《かぶさ》つた其等の岩を蘸してゐる。栂《つが》や黒檜や落葉松の間には躑躅や八汐の老木が繁茂してゐた。その寺ケ崎の突鼻に一宇の薬師堂が立つてゐた。

加茂は、夜目にその薬師堂を見ると、思ひ付いたやうに
『あゝ、此処に連れて来て女を殺してやらう。さうぢや〳〵。』
と独りうなづいた。

すると、何時の間にか、湖水の上が、明くなつたのに気が付いて東の方を見上げると、十七日ばかりの月が赤く彼方の峰の上に覗いてゐた。月光の為に近くの水の上に却つて凄いばかりの隅《くま》が出来て来た。彼は覚えず四辺《あたり》に一人でゐるのが恐しくなつた。さうして自分の考へてゐることも恐しくなつた。自分の心が鬼に化けて居るやうに思はれた。

別れた妻

太虚堂書房版

拝啓

お前——別れて了つたから、もう私がお前と呼び掛ける権利は無い。それのみならず、風のたよりに聞けばお前はもうとつくに嫁いでゐるらしくもある。もしさうだとすれば、お前はもう取返しの付かぬ人の妻だ。その人にこんな手紙を上げるのは、道理から言つても私が間違つてゐる。けれど、私は、まだお前と呼ばずにはゐられない。どうぞ此の手紙だけではお前と呼ばしてくれ。また斯様な手紙を送つたと知れたら大変だ。私はもうどうでも可いが、お前が、さぞ迷惑するであらうから申すまでもないが、読んで了つたら、直ぐ焼くなり、何なりしてくれ。——お前が、私とは、つい眼と鼻との同じ小石川区内にゐるとは知つてゐるけれど、丁度今頃は何処にどうしてゐるやら少しも分らない。けれども私は斯うして其の後のことをお前に知らせたい。いや聞いて貰ひたい。お前の顔を見なくなつてから、やがて七月になる。その間には、私は色々なことがあつた。

　一緒にゐる時分はほんのちよいとしたおかしいことでも、悔しいことでも即座にぶちまけて何とかかんとか言つて貰はねば気が済まなかつたものだ。またその頃はお前の知つてゐる通り別段に変つたことさへなければ、国の母や兄とは、近年ほんの一月に一度か、二月に三度ぐらゐしか手紙の往復をしなかつたものだが、去年の秋私一人になつた当座は殆ど二日置きくらゐに母と兄とに交る〲手紙を遣つた。

　けれども今、此処に打明けようと思ふやうなことは、母や兄には話されない。誰にも話すことが出来ない。唯せめてお前にだけは聞いて貰ひたい。——私は最後の半歳ほどは正直お前を恨んでゐる。けれどもそれまでの私の仕打に就いては随分自分が好くなかつた、といふことを十分に自身でも承知してゐる。だから今話すことを聞いてくれたならお前の胸もいくらか晴れよう。また私は、お前にそれを心のありつたけ話し尽したならば、私の此の胸も透くだらうと思ふ、さうでもしなければ私は本当に気でもふれるかも知れない。出来るならば、手紙でなくお前に直に会つて話したい。けれどもそれは出来ないことだ。それゆゑ斯うして手紙を書いて送る。

　お前は大方忘れたらうが、私はよく覚えてゐる。あれは去年の八月の末——二百十日の朝であつた。お前は、

「もう話の着いてゐるのに、あなたが、さう何時までも、のんべんぐらりと、ずる〲にしてゐては、皆に、私が矢張しあなたに未練があつて、一緒にずる〲になつてゐるやうに思はれるのが辛い。少しは、あなただつて人の迷惑といふことも考へて下さい。いよいよ別れて了へば私は明日の日から自分で食ふことを考へねばならぬ。……それを思へば、あなたは独身になれば、どうしようと、足纏ひがなくなつて結句気楽ぢやありませんか。さうしてゐる内にあなたは好きな奥さんなり、女なりありますよ。兎に角今日中に何処か下宿へ行つて下さい。さうでなければ私が柳町の人たちに何とも言ひやうがないから。」

　と言つて催促するから、私は探しに行つた。

　二百十日の蒸暑い風が口の中までジャリジャリするやうに砂塵埃を吹き捲つて夏まけのした身体は、唯歩くのさへ怠儀であつた。矢来に一処あつたが、私は、主婦を案内に空間を見たけれど、たとへどんな暮しをしようとも、これまで六年も七年も下宿屋の飯は食べないで来てゐるのに、これからまた以前の下宿生活に戻るのかと思つたら、私は、其の座敷の、夏季の間に裏返したらしい畳のモジヤモジヤを見て今更に自分の身が浅間しくなつた。それで、

「多分明日から来るかも知れぬから。」

　と言つて帰りは帰つたが、どう思うても急に他へは行きたくなかつた。といふのは強ち

お前のお母さんの住んでゐる家——お前の傍を去りたくなかつたといふのではない。それよりも斯うしてゐて自然に心が変つて行く日が来るまで身体を動かすのが怠儀であつたのだ。それに銭だつて差当り入るだけ無いぢやないか。帰つて来て、

「どうもいい宿はない。」といふと、

「急にさう思ふやうな宿はどうせ見付からない。松林館に行つたら屹度あるかも知れぬ。あすこならば知つた宿だからいい。今晩一緒に行つて見ませう。」

　と言つて、二人で聞きに行つた。けれども其処にはどんな室もなかつた。其の途中で歩きながら私は最後に本気になつて色々と言つて見たけれど、お前は
「そりや、あの時分はあの時分のことだ。……私は先の時分にも四年も貧乏の苦労して、またあなたで七年も貧乏の苦労をした。私も最早貧乏には本当に飽き〳〵した。……たとへ月給の仕事があつたつて私は文学者は嫌ひ。文学者なんて偉い人は私風情にはもつたいない、私もよもやに引かされて、今にあなたが良くなるだらう、今に良くなるだらうと思つてゐても、何時までたつてもよくならないのだもの。それにあなたぐらひ猫の眼のやうに心の変る人は無い。一生当てにならない……。」

　かう言つた。そりや私も自分でも、さう偉い人間だとは思つてゐないけれど、お前にかう言はれて見れば、丁度色の黒い女が、お前は色が黒い、と言つて一口にへこまされたやうな気がした。よく以前、

「あなたは何彼に就けて私をへこます。」と言ひ〳〵した。私は「あゝ済まぬ。」と思ひながらも随分言ひにくいことを屢々言つてお前をこき下した。それを能く覚えてゐる私には、あの時お前にさう言はれても、何と言ひ返す言葉もなかつた。それのみならず全く私はお前に満六年間、

「今日は。」

　といふ想ひを唯の一日だつてさせなかつた。それゆゑさうなつてさへ何につけ自信の無い私は、その時から一層自分ほど詰らない人間は無いと思はれた。何を考へても、何を見ても、何をしても白湯を飲むやうな気持もしなかつた。……けれども、斯様なことを言ふと、お前に何だか愚痴を言ふやうに当る。私は此の手紙でお前に愚痴をいふつもりではなかつた。愚痴はもう止さう。

　兎に角、あの一緒に私の下宿を探しに行つた晩、

「あなたがどうでも家にゐれば、今日から私の方で、あなたのゐる間、親類へでも何処へでも行つてゐる。……奉公にでも行く。……好い縁があれば、明日でもゆかねばならぬ。……同じ歳だつて、女の三十四では今の内に早くどうかせねば拾つてくれ手が無くなる。」

と言ふから
「ぢや今夜だけ家にゐて明日からいよ〳〵さうしたら好いぢやないか。さうしてくれ。」と私が頼むやうに言ふと、

「さうすると、またあなたが因縁を付けるから……厭だ。」

「だつて今夜だけ好いぢやないか。」

「ぢやあなた、一足さきに帰つていらつしやい。私柳町に一寸寄つて後から行くから。」

　私は言ふがまゝに、独りで家に戻つて、遅くまで待つてゐたけれど、お前は遂に帰つて来なかつた。あれツきりお前は私の眼から姿を隠して了つたのだ。

　それから九月、十月、十一月と、三月の間、繰返さなくつても、後で聞いて知つてゐるだらうが、私はお前のお母さんに御飯を炊いて貰つた。お前も私の癖は好く知つてゐる。お前の洗つてくれた茶碗でなければ、私は立つて、わざ〳〵洗ひ直しに行つたものだ。分けてもお前のお母さんと来たら不精で汚らしい。そのお母さんの炊いた御飯を、私は三月——

三月といへば百日だ、私は百日の間辛抱して食つてゐた。

お前達の方では、これまでの私の性分を好く知り抜いてゐるから、あゝして置けば遂に堪らなくなつて出て行くであらう、といふ量見もあつたのだらう。が私はまた、前にも言つたやうに、自然に心が移つて行くまで待たなければ、どうする気にもなれなかつたのだ。

それは老母の身体で、朝起きて見れば、遠い井戸から、雨が降らうがどうせうが、水も手桶に一杯は汲んで、ちやんと縁側に置いてあつた。顔を洗つて座敷に戻れば、机の前に膳も据ゑてくれ、火鉢に火も入れて貰つた。

段々寒くなつてからは、お前がした通りに、朝の焚き落しを安火に入れて、寝てゐる裾からそつと入れてくれた。――私にはお前の居先きは判らぬ。またお母さんに聞いたつて金輪際それを明す訳はないと思つてゐるから、此方からも聞かうともしなかつたけれども、お母さんがお前の処にちよい〳〵会ひに行つてゐるくらゐは分つてゐた。それゆゑ安火を入れるのだけは「あの人は寒がり性だから、朝寝起きに安火を入れてあげておくれ。」とでもお前から言つたのだらうと思つた。

それでもどうも夜も落々眠られないし、朝だつて習慣になつてゐることだが、がらりと様子が変つて来たから寝覚めが好くない。以前よくお前に話し〳〵したことだが、朝よく寝入つてゐて知らぬ間にそつと音の立たぬやうに新聞を胸の上に載せて貰つて、その何とも言へない朝らしい新らしい匂ひで、何時とはなく眼の覚めた日ほど心持の好いことはない。まだ幼い時分に、母が目覚しを枕頭に置いてゐて「これツ〳〵。」と呼び覚してゐたと同じやうな気がしてゐた。それが最早、まさか新聞まで寝入つてゐる間に持つて来て下さい、とは言はれないし、たとへさうして貰つたからとて、お前にして貰つたやうにうまくしつくりと行かないと思つたから頼みもしなかつた。が、時々其様なことを思つて一つさうして貰つてみようかなどと寝床の中で考へては、ハツと私は何といふ馬鹿だらうと思つて独りでにおかしくなつて笑つたこともあつたよ。

で、新聞だけは自分で起きて取つて来て、また寝ながら見たが、さうしたのでは唯字が眼に入るだけで、もう面白くも何ともありやしない。……本当に新聞さへ沢山取つてゐるばかりで碌々読む気はしなかつた。

それに、あの不愛想な人のことだから、何一つ私と世間話をしようぢやなし。――尤も新聞も面白くないくらゐだから、そんなら誰れと世間話をしようといふ興も湧かなかつたが――米だつて悪い米だ。私はその朝無闇に早く炊いて、私の起きる頃には、もういい加減さめてボロ〳〵になつた御飯に茶をかけて流し込むやうにして朝飯を済ました。――間食をしない私が、どんなに三度の食事を楽しみにしてゐたか、お前がよく知つてゐる。さうして独りでつくねんとして御飯を食べてゐるのだと思つて来るとむら〳〵とこみ上げて来て、果ては膳も茶碗も霞んで了ふ。

寝床だつて暫時は起きたまゝで放つて置く。床を畳む元気もないぢやないか。枕当の汚れたのだつて、私が一々口をきいて何とかさせねばならぬ。

秋になつてから始終雨が降り続いた。あの古い家のことだから二所も三所も雨が漏つて、そこら中にバケツや盥を並べる。家賃はそれでも、十日ぐらひ遅れることがあつても払つたが、いくら直してくれと言つて催促してもなか〳〵職人を寄越さない。寒いから障子を入れやうと思へばどれも破れてゐる。それでも入れようと思つて色々にして見たが、建て付けが悪くなつてどれ一つ満足なのが無い。

私はもう「えゝどうともなれ！」と、パタリパタリ雨滴の落ちる音を聞きながら、障子もしめないで座敷にぢつとして、何をしようでもなく、何を考へようでもなく、四時間も五時間も唯呆然となつて坐つたなり日を暮すことがあつた。

何日であつたか寝床を出て鉢前の処の雨戸を繰ると、あの真正面に北を受けた縁側に落葉交りの雨が顔をも出されないほど吹付けてゐる。それでも私は寝巻の濡れるのをも忘れて、其処に立つたまゝじつと向ふの方を眺めると、雨の中に遠くに久世山の高台が見える。そこらは私には何時までも忘れることの出来ぬ処だ。それから左の方に銀杏の樹が高く見える。それがつい四五日気の付かなかつた間に黄色い葉が見違へるばかりにまばらに痩せてゐる。私達はその下にも住んでゐたことがあつたのだ。

そんなことを思つては、私は方々、目的もなく歩き廻つた。天気が好ければよくつて戸外に出るし、雨が降れば降つて家内にぢつとしてゐられないで出て歩いた。破れた傘を翳して出歩いた。

さうしてお前と一緒に借りた家は、古いのから古いのから見て廻つた。けれどもどの家の前に立つて見たつて、皆な知らぬ人が住んでゐた。中には取払はれて、以前の跡形もない家もあつた。

でも九月中ぐらゐは、若しかお前のゐる気配はせぬかと雨が降つてゐれば、傘で姿が隠せるから、雨の降る日を待つて、柳町の家の前を行つたり来たりして見た。

家内にゐる時は、もう本なんか読む気にはなれない。大抵猫と遊んでゐた。あの猫が面白い猫で、あれと追駆ツこをして見たり、樹に逐ひ登らして、それを竿でつゝいたり、弱つた秋蟬を捕つてやつたり、ほうせん花のみのつて弾けるのを自分で面白くつてむしつて見たり、それをぶつけて吃驚させて見たり、そんなことばかりしてゐた。処がその猫も、一度二日も続いて土砂降りのした前の晩、些《ちよつ》との間に何処へ行つたか、ゐなくなつて了つた。お母さんと二人で色々探して見たが遂に分らなかつた。

そんな寂しい思ひをしてゐるからつて、これが他の事と違つて他人に話の出来る事ぢやなしまた誰れにも話したくなかつた。唯独りの心に閉ぢ籠つて思ひ耽つてゐた。けれどもあの矢来の婆さんの家へは始終行つてゐた。後には「また思ひ遣りですか。……あなたが、あんまりお雪さんを虐めたから。……またあなたもみつちりおかせぎなさい。…さうしたらお雪さんが此度は向ふから頭を下げて謝つて来るから……」などと言つて笑ひながら話すこともあつたがあの婆さんは、丁度お母さんと違つて口の上手な人ではあるし、また若い時から随分種々な目に会つてゐる女だから、

「本当にお雪さんの気の強いのには呆れる。……だつて、あゝして四十年連れ添うただいさまと別れは別れたが、ああ今頃はどうしてゐるだらうかと思つて時々呼び寄せては、私が状袋を張つたお銭で好きな酒の一口も飲まして、小遣ひを遣つて帰すんです。……私には到底お雪さんの真似は出来ない。……思ひ切りの好いひとだ。それを思ふと雪岡さん、私はあなたがお気の毒になりますよ……」

と言つて、襦袢の袖口で眼を拭いてくれるから、私のことと婆さんのこととは理由が全然違つてゐるとは知つてゐながら、

「ナニお雪の奴、そんな人間であるもんですか。……それに最早、どうも嫁いでゐるらしい。屹度それに違ひない。」と言ふと、婆さんは此度は思はせ振りに笑ひながら、

「へ……奴なんて、まあ大層お雪さんが憎いと思はれますね。まさかそんなことはないでせう。……私には分らないが……お雪さんだつて、あれであなたの事は色々と思つてゐるんですよ。……あの家の押入れに預かつてある茶碗なんか御覧なさいな。壊れないやうに丹念に一つ一つ紙で包んで仕舞つてある。矢張しまたあなたと世帯を持つ下心があるから

だ。……あんなに細かいことまでしやんしやんとよく気の利く人はありませんよ。」と、かう言ひ〳〵した。

私は、私とお前との間は、私とお前が誰れよりもよく知つてゐると知つてゐたから婆さんがそんなことを言つたつて決して本当にはしやしない。随分度々、お前には引越の手数を掛けたものだが、その度毎に、茶碗だつて何だつて丁寧に始末をしたのは、私も知つてゐる――尤も後になつては、段々お前も、「もう茶碗なんか、丁寧に包まない。」と言ひ出した。それは私はよく知つてゐる。また其れが、いよ〳〵別れねばならぬことになつて、一層丁寧に、私の所帯道具の始末をしてくれたのも知つてゐる。

それでゐて、私は柳町の人達よりも一層深い事情を知らぬ婆さんが、さう言つてくれるのを自分でも気安めだ、と承知しながら、聞いてゐるのが何よりも楽みであつた。私は寄席にでも行くやうなつもりで、何か買つて懐中に入れては婆さんの六十何年の人情の節を付けた調子で「お雪さんだつて、あれであなたのことを思つてゐるんですよ。」を聞きに行つた。

さうしながら心は色々に迷うた。どうせ他へ行かねばならぬのだから家を持たうかと思つて探しにも行つた。出歩きながら眼に着く貸家には入つても見た。が、婆さんを置くにしても、小女を置くにしても私の性分として矢張し自身の心を使はねばならぬ。それに敷金なんかは出来やうがない。少し纏まつた銭の取れる書き物なんかする気にはどうしてもなれない。そんならどうしようといふのではないが、唯何にでもこころがとられ易くなつてゐるから道を歩きながら、フト眼に留つた見知らぬ女があると、うか〳〵と何処までも其の処を追うても見た。

長く男一人でゐれば、女性も欲しくなるから、矢張し遊びにも行つた。さうかと言つて銭が無いのだから、好くつて面白い処には行けない。それゆへ銭のいらない珍らしい処を珍らしい処をと漁つて歩いた。ならうならば、何もしたくないのだから、家賃とか米代とか、お母さんに酷しく言はれるものは、拠《よんどころ》なく書き物をして五円、八円取つて来たが、そんな処へ遊びに行く銭は、「あゝ行きたい。」と思へば段々段々と大切にしてゐる書籍をぢつと披いて見たり、捻つて見たりして、「あゝこれを売らうか、遊びに行かうか。」と思案をし尽して、最後にはどうしても売つて遊びに行つた。矢来の婆さんの処にも度々古本屋を連れ込んだ。さうすれば、でも二三日は少しは心が落着いた。

その時分の事だらう。居先きは明さないが、一度お前が後始末の用ながら婆さんの処へ寄つて、私の本箱を明けて見たり、抽斗を引出して見たりして、

「まあ本当に本も大方売つて了つてゐる。あの人は何日まで、あゝなんだらう。」と言つて、それから私の夜具を戸棚から取出して、黴を払つて、縁側の日の当る処に乾して、婆さんに晩に取入れてくれるやうに頼んで行つたことをも聞いた。

まあさういふやうにして、ちよび〳〵書籍を売つては、銭を拵へて遊びにも行つた。けれども、それでも矢張し物足りなくつて、私の足は一処にとまらなかつた。唯女を買つただけでは気の済む訳がないのだ。私には一人楽みが出来なければ寂しいのも間切れない。

処がさうしてゐる内に、遂々《とう〳〵》一人の女に出会した。

それがどういふ種類の女であるか、商売人ではあるが、芸者ではない、といへばお前には判断出来よう。一口に芸者でないと言つたつて――笑つてはいけない。――さう馬鹿には出来ないよ。遊びやうによつては随分銭も掛かる。加之《それに》女だつて銘々性格があるから、芸者だから面白いのばかしとは限らない。

　その時は、多少纏つた銭が骨折れずに入つた時であつたから、何時もちよび〳〵本を売つてはおかしな処ばかしを彷徨いてゐたが今日は少し気楽な贅沢がして見たくなつて、一度長田の友達といふので行つた待合に行つて、その時知つた女を呼んだ。さうするとそれがゐなくつて他の女が来た。それが初め入つて来て挨拶をした時にちらりと見たのでは、それほどとも思はなかつたが、別の間に入つてからよく見るとちと男好きのする女だ。――お前が知つてゐる通り私はよくこんなことに気が付いて困るんだが、――脱いだ着物を、一寸触つて見ると、着物も、羽織も、ゴリ〳〵するやうな好いお召の新らしいのを着てゐる。此の社会のことには私も大抵目が利いてゐるから、それを見て直ぐ「これは、なか〳〵売れる女だな。」と思つた。

　よく似合つた極くハイカラな束髪に結つて小肥な、色の白い、肌理《きめ》の細かい、それでゐて血気のある女で――これは段々後になつて分つたことだが、――気分もよく変つたが、顔が始終変る女だつた。――心もち平面の、鼻が少し低いが私の好きな口の小さい――尤も笑ふと少し崩れるが、――眼も平常はさう好くなかつた。でもさう馬鹿に濃くなくて、柔か味のある眉毛の恰好から額にかけて、何処か気高いやうな処があつて、泣くかどうかして憂ひに沈んだ時に一寸々々品の好い顔をして見せた。そんな時には顔が小く見えて、眼もしをらしい眼になつた。後にはいろんなことからやけ酒を飲んだらしかつたが、酒を飲むと溜らない大きな顔になつて、三つ四つも古《ふ》けて見えた。私も「どうしてこんな女が、さう好いのだらう？」と少し自分でも不思議になつて、終には浅間しく思ふことさへもあつた。肉体も、厚味のある、幅の狭い、さう大きくなくて、私とはつりあひが取れてゐた。

　で、その女をよく見ると「あゝかういふ女がゐたか。」と思つた。それが、その女が私の気に染み付いたそも〳〵だつた。さうすると、私の心は最早今までと違つて何となく、自然に優しくなつた。

　ぢつと女の指――その指がまた可愛い指であつた、指輪も好いのをはめてゐた――を握つたり、もんだりしながら、

「君は大変綺麗な手をしてゐるねえ。さうしてかう見た処、こんな社会に身を落すやうな人柄でもなささうだ。それにはいづれ色々な理由もあるのだらうが出来ることなら少しも早くこんな商売は止して堅気になつた方が好いよ。君は何となしまだ此の社会の灰汁が骨まで浸込んでゐないやうだ。惜しいものだ。」

　人間といふものは勝手なものだ。斯様な境涯に身を置く人に同情があるならば、私はどの女に向つても、同じことを言ふわけだが、私は其の女にだけそれを言つた。さう言ふと、女は指を私に任せながら、黙つて聞いてゐた。

「名は何といふの？」

「宮。」

「それが本当の名？」

「えゝ本当は下田しまといふんですけれど、此処では宮と言つてゐるんです。」

「宮とは可愛い名だねえ。……お宮さん。」

「えツ。」

「私はお前が気に入つたよ。」

「さうオ……あなたは何をなさる方？」

「さあ何をする人間のやうに思はれるかね。言ひ当てゝ御覧。」

　さういふと、女は、しを〳〵した眼で、まじ〳〵と私の顔を見ながら、

「さう……学生ぢやなし、商人ぢやなし、会社員ぢやなし、……判りませんわ。」

「さう……判らないだらう。まあ何かする人だらう。」

「でも、気になるは。」

「さう気にしなくても心配ない。これでも悪いことをする人間ぢやないから。」

「さうぢやないけれど……本当言つて御覧な

さい。」

「これでも学者を見たやうなものだ。」

「学者！……何学者？……私、学者は好き。」

　本当に学者が好きらしう聞くから、

「さうか。お宮さん学者が好きか。此の土地にや、お客の好みに叶ふやうに、頭だけ束髪の外見ハイカラが多いんだが、お宮さんは、ぢや何処か学校にでも行つてゐたことでもあるの？」

　学生とか、ハイカラ女を好む客などに対しては、その客の気風を察した上で、女学生上りを看板にするものが多い。――それも商売をしてゐれば無理の無いことだ。――その女も果して女学校に行つて居たか、何うかは遂には分らなかつたが所謂学者が好きといふことは、後になるに従つて本当になつて来た。

　斯う言つてさきの意に投ずるやうに聞くと、

「本郷の××女学校に二年まで行つてゐましたけれど、都合があつてよしたんです。」と言ふから、ぢやどうして斯様な処に来てゐる……と訊いたら、かうしてお母さんを養つてゐると言ふ。お母さんは何処にゐるんだ？　と聞くと、下谷にゐて、他家の間を借りて、裁縫をしてゐるんです、と言ふ。

　私は、全然《まる〳〵》直ぐそれを本当とは思はなかつたけれど、女の気に乗つて、紙屋治兵衛の小春の「私一人を頼みの母親。南辺の賃仕事して裏家住み……」といふ文句を思ひ起して、お宮の母親のことを本当と思ひたかつた。――否、或は本当と思込んだのかも知れぬ。

　お前が斯様なことをしてお母さんを養はなくつてもほかに養ふ人はないのか？　と訊くと、姉が一人あるんですけれど、それは深川のある会社に勤める人に嫁いでゐて先方に人数が多いから、お母さんは私が養はなければならぬ、としをらしく言ふ。

「さうか。……ぢや宮といふ名は、小説で名高い名だが、宮ちやん、君は小説のお宮を知つてゐるかね？」

「えゝ、あの貫一のお宮でせう？　知つてゐます。」

「さうか。まああんなものを読む学者だ。私は。」

「ぢやあなたは文学者？　小説家？」

「まあ其処等あたりと思つてゐれば可い。」

「私もさうかと思つてゐましたわ。……私、文学者とか法学者だとか、そんな人が好き。あなたの名は何といふんです？」

「雪岡といふんだ。」

「雪岡さん。」と、独り飲込むやうに言つてゐた。

「宮ちやん、年は幾歳？」

「十九。」

　十九にしては、まだ二つ三つも若く見えうるやうな、派手な薄紅葉色の、シツポウ形の友禅縮緬と水色繻子の狭い腹合せ帯を其処に解き棄ててゐたのが、未だに、私は眼に残つてゐる。

　暫らくそんな話をしてゐた。

　それから抱きしめた手を、長いこと緩めなかつた。痙攣が驚くばかりに何時までも続いてゐた。私はその時は、本当に嬉しくつて、腹の中で笑ひ〳〵、ぢつとして、先方に自分の全身を任してゐた。やつと私を許してから三四分間経つて、此度は俯伏しになつてぢつと他の枕の上に顔をもつて来て載せて、半ば夢中のやうになつて苦しい呼吸をしてゐた。私はさうしてゐる束髪の何とも言へない、後部の、少し潰れたやうな黒々とした形を引入られるやうに見入つてゐた。

　さうして長襦袢と肌襦袢との襟が小さい頸の形に円く二つ重なつてゐる処が堪らなくなつて、そつと指尖で突く真似をして、

「おいどうかしたの？……何処か悪いの？」と言つて、掌で背をサアツ〳〵と撫でてやつた。

　すると、女は、

「いえ」と軽く頭振《かぶり》を振つて、口を圧されたやうな疲れた声を出して「極りが悪いから……」と潰したやうに言ひ足した。さうして二分間ほどして魂の脱けたものゝやうに小震ひをさせながら、揺々《ゆら〱》と、半分眼を瞑つた顔を上げて、それを此方に向けて、頬を擦り付けるやうにして、他《ひと》の口の近くまで自分の口を自然に寄せて来た。さうしてまた枕に顔を斜に伏せた。

私は、最初からこんな嬉しい目に逢つたのは、生れて初めてであつた。

水の中を泳いでゐる魚ではあるが、私は急に、そのまゝにして置くのが惜しいやうな気がして来て、

「宮ちやん。君には、もう好い情人《ひと》が幾人もあるんだらう。」と言つて見た。

すると、お宮は、目を瞑つた顔を口元だけ微笑みながら、

「そんなに他人の性格なんか直ぐ分るもんですか。」甘えるやうに言つた。私は性格といふ言葉を使つたのに、また少し興を催して、

「性格！……性格なんて、君は面白い言葉を知つてゐるねえ。」と世辞を言つた。――とに角漢語をよく用ひる女だつた。

さうして私は、唯柔かい可愛らしい精神《こゝろ》になつて、蒲団を畳む手伝ひまでしてやつた。

他の室に戻つてから、

「また来るよ。君の家は何といふ家？」

「家は沢村といへば分ります。……あゝ、それから電話もあります。浪花のね三四の十二でせう。それに五つ多くなつて、三四十七、三千四百十七番と覚えてゐれば好いんです。」と立ちながら言つて、疲れてこめかみの辺を蒼くして帰つて行つた。

私は、何だか俄かに枯木に芽が吹いて来たやうな心持がし出して、――忘れもせぬ十一月の七日の雨がバラ〱と降つてゐた晩であつたが、私も一足後から其家を出て番傘を下げながら――不思議なものだ。その時ふと傘の破れてゐるのが、気になつたよ。種々な屋台店の幾個も並んでゐる人形町の通りに出た。しつとりとした小春らしい夜であつたが私は自然にふい〱口浄瑠璃を唸りたいやうな気になつて、すしを摘まうか、やきとりにしようか、と考へながら頭でのれんを分けて露店の前に立つた。

その銭が入つたら――例の箱根から酷しくも言つて来るし、自分でも是非そのまゝにしてゐる荷物を取つて来たり、勘定の仕残りだのして二三日遊んで来ようと思つてゐたのだが、私はもう箱根に行くのは厭になつた。で、種々考へて見て箱根へは為替で銭を送ることにして、明日の晩早くからまた行つた。さうして此度は泊つた。――かういふ処へ来て泊るなんといふことは、お前がよく知つてゐる、私には殆ど無いと言つて可い。

続けて行つたものだから、お宮は、入つて来て私と見ると「さては……」とでも思つたか「いらツしやい。」と離れた処で尋常に挨拶をして、此度上げた顔を見ると嬉しさを、キユツと紅をさした唇で小さく食ひ締めて、誰れが来てゐるのか、といふやうな風に空とぼけて、眼を遠くの壁に遣りながら、少し、顎を斜にして、黙つてゐた。好い色に白い、意地の強さうな顔であつた。その顔は今に忘れることが出来ない。二十歳頃の女の意地の強さうな顔だから、私には唯美しいと見えた。

私は可笑しくなつて此方も暫く黙つてゐた。けれども、私はそんなにして黙つてゐるのが嫌ひだから、

「そんな風をしないでもつと此方においで。」と言つた。

待つてゐる間、机の上に置いてあつた硯箱を明けて、巻紙に徒ら書きをしてゐた処であつたから机の向に来ると、

「宮ちやん、之れに字を書いて御覧。」

「えゝ書きます。何を？」

「何とでもいいから。」

「何かあなたさう言つて下さい。」

「私が言はないたつて君が考へて何か書いたらいいだらう。」

「でもあなた言つて下さい。」

「ぢや宮とでも何とでも。」

「……私書けない。」

「書けないことはなからう、書いてごらん。」

「あなた神経質ねえ。私そんな神経質の人嫌ひ！」

「…………」

「分つてゐるから、……あなたのお考へは。あなた私に字を書かして見てどうするつもりかちやんと分つてゐるわ。ですから、後で手紙を上げますよ。あゝ私あなたに済まないことをしたの。名刺を貰つたのを、つい無くして了つた。けれど住所はちやんと憶えてゐます。××区××町××番地雪岡京太郎といふんでせう。」


こんなことを言つた。私に字を書かして見てどうするつもりかあなたの心は分つてゐます、なんてうぬぼれも強い女だつた。


その晩。待合の湯に入つた。「お前、さき入つておいで。」と言つて置いて可い加減な時分に後から行つた。緋縮緬の長い蹴出しであつた。尚ほ他の室に行つてから、

「宮ちやん、お前かういふ処へ来る前に何処か嫁いでゐたことがあるの？」


と、具合よく聞いて見た。

「えゝ、一度行つたことがあるの。」と問ひに応ずるやうに返事をした。


日毎、夜毎に色々な男に会ふ女と知りながら、またいづれ前世のあることとは察してゐながら私は自分で勝手に尋ねて置いて、それに就いてした返事を聞いて少し嫉ましくなつて来た。

「どういふ人の処へ行つてゐたの？」

「大学生の処へ行つてゐたの。……卒業前の法科大学生の処へ行つてゐたんです。」


私は腹の中で「へッ！　甘いことを言つてゐる。成程本郷の女学校に行つてゐた、といふから、もしさうだとすれば、何うせ野合者《くつつきもの》だ。さうでなければ生計《くら》しかねて、母子相談での内職か。」と思つたが、何処かさう思はせない品の高い処もある。

「へえ。大学生！　大学生とは好い人の処へ行つてゐたものだね。どういふやうな理由からそれがまたこんな処へ来るやうになつたの？」

「行つて見たら他に細君があつたの。」

「他に細君があつた！　それはまたひどい処へ行つたものだねえ。欺されたの？」大学生には、なか〳〵女たらしがゐる、また女の方で随分たらされもするから、私は、或は本当かとも思つた。

「えゝ。」と問ふやうに返事をした。

「だつて、公然《おもてむき》、仲に立つて世話でもする人はなかつたの？　お母さんが付いて居ながら、大事な娘の身で、そんな、もう細君のある男の処へ行くなんて。」

「そりや、その時は口をきく人はあつたの。ですけれど此方がお母さんと二人きりだつたからうまく皆なに欺されたの。」


私は、女が口から出任せに嘘八百を言つてゐると思ひながら、聞いてゐれば、聞いてゐるほど、段々先方の言ふことが真実のやうにも思はれて来た。さうして憐れな女、母子の為に、話の大学生が憎いやうな、また羨ましいやうな気がした。

「ひどい大学生だねえ。お母さんが――さぞ腹を立てたらう。」

「そりや怒りましたさ。」

「無理もない、ねえ。……が一体どんな人間だつた？　本当の名を言つて御覧。」


女は枕に顔を伏せながら、それには答へず、「はあ……」と、さも術なさうな深いため息をして「だから、私、男はもう厭！」傍《あたり》を構はず思ひ入つたやうに言つた。「私もその人は好きであつたし、その人も私が好きであつた

んですけれど、細君があるから、どうすることも出来ないの……おとなしい、それは深切な人なんですけれど、男といふものは、あゝ見えても皆な道楽をするものですかねえ。……下宿屋の娘か何かと夫婦になつて、それにもう児があるんですもの。」

「フム、……ぢや別れる時には二人とも泣いたらう。」

「えゝ、そりや泣いたわ。」女は悲しい甘い涙を憶ひ起したやうな少し浮いた声を出した。

「自分では私はお前の方が好いんだけれど、一時の無分別から、もう児まで出来てるるから、どうすることも出来ない、と言つて男泣きに泣いて、私の手を取つて散々あやまるんですもの。――その女の方で何処までも付いてゐて離れないんでせう――私の方だつて、ですから怒らうたつて怒られやしない。気の毒で可哀さうになつたわ――でも細君があると知れてから、随分もんで苛めてやつた。」

人を傍に置いてゐて、さう言つて独りで忘れられない、楽い追憶に耽つてゐるやうであつた。私はぢつと聞いてゐて、馬鹿にされてゐるやうな気がしたが、自分もその大学生のやうに想はれて、さうして苛められるだけ、苛められて見たくなつた。

その男は高等官になつて、名古屋に行つてゐると言つた。江馬と言つて段々遠慮がなくなるにつれて、何につけ「江馬さん〳〵。」と言つてゐた。

それのみならず、大学生に馴染があるとか、あつたとかいふのが此の女の誇で、後になつてよく「角帽姿はまた好いんだもの。」と口にすると、お宮は暫らくして、フツと顔は此方に向けて、

水の溜まるやうな調子で言ひ〳〵した。

「あなた、本当に奥様は無いの？」

「あゝ。」

「本当に無いの？」

「本当に無いんだよ。」

「男といふものはほんとにおかしいよ。細君があれば、あると言つて了つたら好ささうなものを此方で『あなた、奥様があつて？』と聞くと、大抵の人があつても無いといふよ。」

「ぢや私も有つても無いと言つてるやうに思はれるかい？」

「どうだか分らない。」人の顔を探るやうに見て言つた。

「僕、本当はねえ、あつたんだけれど、今は無いの。」

「さうら……本当に？」女はにや〳〵笑ひながら、油断なく私の顔を見まもつた。

「本当だとも。有つたんだけれど、別れたのさ。……薄情に別れられたのさ。……一人で気楽だよ。……同情してくれ給へ！　衣類だつて、あれ、あの通り綻びだらけぢやないか。」

「それで今、その女はどうしてゐるの？」お宮の瞳が冴えて、両頬に少し熱を潮して来た。

「さあ、別れたツきり、家にゐるか何うしてゐるか、行先なんか知らないよ。」

「本当に？……何時別れたんです？……ちやんと分るやうに仰しやい！　法学者の処にゐたから、曖昧な事を言ふと、すぐ弱点を抑へるから。……どうして別れたんです？」気味悪さうに聞いた。

「種々一緒にゐられない理由があつて別れたんだが、最早半歳も前の事さ。」

「へツ、今だつてあなたその女に会つてゐるんでせう。」揉るやうに疑つて言つた。

「馬鹿な、別れた細君に何処に会ふ奴があるものかね。」

「さう……でも其の女のことは矢張し思つてゐるでせう。」

「そりや、何年か連添うた女房だもの、少しは思ひもするさ。かうしてゐても忘れられないこともある。けれども最早いくら思つたつて仕様がないぢやないか。宮ちやんの、その人のことだつて同じことだ。」

「……私、あなたの家に遊びに行くわ。」

本当に遊びに来て貰ひたかつた。けれども今来られては都合が悪い。

「あゝ、遊びにお出で。……けれども今は一寸家の都合が悪いから、その内私家を変らうと思つてゐるから、さうしたら是非来ておくれ。」

私は、その時初めて、お前のお母さんの家を出ようといふ気が起つた。自然に心の移る日を待つてゐたらお宮を遊びに来さす為には早く他へ行きたくもなつた。

さう言ふと、お宮はまた少し胡散さうに、「都合が悪い……へツ、矢張しあるんだ。」と微笑んだ。

「ある処かね。あれば仕合せなんだが。」

「ぢや遊びに行く。」

「…………。」

「奥様がなくつて、ぢやあなたどんな処にゐるの？」

「年取つた婆さんに御飯を炊いて貰つて二人でゐるんだから面白くもないぢやないか。宮ちやんに遊びに来て貰ひたいのは山々だけれど、その婆さんは私が細君と別れた時分のことから知つてゐるんだから、少しは私も年寄りの手前を慎まなければならぬのに、いくら半歳経つと言つたつて、宮ちやんのやうな綺麗な若い女に訪ねて来られると、一寸具合が悪いからねえ。屹度変るから変つたらお出で。」

すると、「宮ちやん〳〵。」と、女中の低声がして、階段の方で急しさうに呼んでゐる。

二人は少しはつとなつた。

「どうしたんだらう？」

「どうしたんだらう？……」二三秒して、「えツ？」と女中に聞えるやうに言つた。「一寸行つて見て来る。」

お宮は、そのまゝ出て行つた。

四五分間して戻つて来た。「此の頃、警察がやかましいんですつて。戸外に変な者が、ウロウロしてゐるやうだから何時遣つて来るかも知れないから、若し来たら階下から「宮ちやん〳〵」ツて声をかけるから、さうしたらきものを抱へて直ぐ降りてお出でツて。……ちやんと隠れる処が出来てゐるの。……今燈を点して見せて貰つたら、ずうつと奥の方の物置室の座敷の下に畳を敷いて座敷があるの……」

さう言つて大して驚いてる気色も見えぬ。また私も驚きもしなかつた。

やがて廊下を隔てた隣の間でも、ドシ〳〵と男の足音がしたり、静かな話声がしたり、衣擦れの音がしたりして段々客があるらしい。

家に帰れば猫の子もゐない座敷を、手さぐりにマツチを擦つて、汚れ放題汚れた煎餅蒲団に一人柏葉餅のやうになつて寝ねばならぬのに、斯うして電燈の点いた室に、湯上りに差向ひで何か食つて、しかも女を相手にして寝るのだから、私はもう一生待合で斯うして暮したくなつた。

「…………。」私は何か言つた。

廊下の足音が偶に枕に響いた。

「……誰れか来やしないか。……一寸お待ちなさい。……そら誰れか其処にゐるよ……」手真似で制した。警察のやかましいぐらゐ平気でゐるかと思つたら、また存外神経質で処女のやうに臆病な性質もあつた。

夜が更ければ、更けるほど、朝になればなつても不思議に寝顔の美しい女であつた。

きぬ〴〵の別れ、といふ言葉は、想ひ出されないほど前から聞いて知つてはゐたが元来堅仁の私は、恥づべきことか、それとも恥とすべからざることか、それが果してどういふ心持のするものか、此歳になるまで、自分ではつひぞ覚えがなかつたが、その朝は生れて初めて成程これが「きぬ〴〵の別れ」といふものかと懐かしいやうな残り惜しいやうな想ひがした。

女が「ぢや切りがないから、もう帰りますよ。」と言つて帰つて行つた後で、女中の持つて来た桜湯に涸いた咽喉を湿して、十時を過ぎて、其家を出た。

午前の市街は騒々しい電車や忙がしさうな人力車や、大勢の人間や、眼の廻るやうに動いてゐた。

十一月初旬の日は、好く晴れてゐても、弱く、静かに暖かであつたが、私には、それでもまだ光線が稍強過ぎるやうで、脊筋に何とも言ひやうのない好い心地の怠さを覚えて、少しは肉体の処々に冷たい感じをしながら、何といふ目的もなく、唯、も少し永く此の心持を続けてゐたいやうな気がして浮々と来合せた電車に乗つて遊びに行きつけた新聞社に行つて見た。

長田は旅行に出てゐなかつたが、上田や村田と一しきり話をして、家に戻つた。お宮が昨夜あなたの処へ遊びに行くと言つた。それには家を変らねばならぬ。変るには銭が入る。どうして銭を拵へようかと、そんなことを考へながら戻つた。

それから二三日して長田の家へ遊びに行くと、長田が――よく子供が歯を出してイーといふことをする、丁度そのイーをしたやうな心持のする険しい顔を一寸して、

「此間桜木に行つたら、『此の頃よくいらつしやいます。泊つたりしていらつしやいます。』……お宮といふのを呼んだと言つてゐた。……僕は泊つたりすることはないが、……お宮といふのはどんな女か、僕は知らないが、……」

その言葉が、私の胸には自分が泊らないのに、何うして泊つた？　自分がまだ知らない女を何うして呼んだ？　と言つてゐるやうに響いた。私は苦笑しながら黙つてゐた。長田は言葉を続けて、

「此間社に来て、昨夜耽溺をして来た、と言つてゐたと聞いたから、はあ此奴は屹度桜木に行つたなと思つたから、直ぐ行つて聞いて見てやつた。」笑ひながら嘲弄するやうに言つた。

私は、返事の仕様がないやうな気がして、

「うむ……お宮といふんだが、君は知らないのか……。」と下手に出た。

他の女ならば何でもないが、此のお宮とのことだけは誰れにも知られたくなかつた。尤も平常から聞いて知つてゐる長田の遊び振りでは或は夙にお宮といふ女のことは知つてゐるんだが長田のこととてつい何でもなく通り過ぎて了つたのかとも思つてゐた。……初めてお宮に会つた時にもう其様なことが胸に浮んでゐた。それが今、長田の言ふのを聞けば、長田は知つてゐなかつた。知つてゐなかつたとすれば尚ほのこと、知られたくなかつたのだが、既う斯う突き止められた上に、悪戯で岡妬きの強い人間と来てゐるから此の形勢ではいづれ何とかせずにはゐまい。もしさうされたつて「売り物、買ひ物」それを差止める権利は毛頭無い。また多寡があゝいふ商売の女を長田と張合つたとあつては、自分でも野暮臭くつて厭だ。もし他人に聞かれでもすると一層外聞が悪い。此処は一つ観念の眼を瞑つて、長田の心で、ならうやうにならして置くより他はないと思つた。

が、さうは思つたものの、自分の今の場合、折角探しあてた宝をむざ〳〵他人に遊ばれるのは身を斬られるやうに痛い。と言つて、「後生だ。どうもしないで置いてくれ。」と口に出して頼まれもしないし、頼めば長田のことだから、一層悪く出て悪戯をしながら、黙つてゐるくらゐのことだ。

と、私はお宮ゆゑに種々心を砕きながら、家に戻つた。此の心をお宮に知らす術はないかと思つた。

取留めもなく、自家で沈み込んでゐた時分には、どうかして心の間切れるやうに好きな女でも見付かつたならば、意気も揚るであらう。さうしたら自然に読み書きをする気にもなるだらう。読み書きをするのが、どうでも

自分の職業とあれば、それを勉強せねば身が立たぬ、と思つてゐた。すると女は兎も角も見付かつた。けれども見付かると同時に、此度はまた新らしい不安心が湧いて来た。しばらく寂しく沈んでゐた心が一方に向つて強く動き出したと思つたら、それが楽しいながらも苦しくなつて来た。

女からは初めて、心を惹くやうな、悲しんで訴へるやうな、気取つた手紙を寄越した。私の心は何も彼も忘れて了つて、唯そちらの方に迷うてゐた。

銭がなければ女の顔を見ることが出来ない。が、その銭を拵へる心の努力は決して容易ではなかつた。――辛抱して銭を拵へる間が待たれなかつたのだ。

さうする内に箱根から荷物が届いた。長く彼方にゐるつもりであつたから、その中には、私に取つて何よりも大切な書籍もあつた。之ばかりはどんなことがあつても売るまいと思つてゐたが、お宮の顔を見る為に、それも売つて惜しくないやうになつた。

厭味のない紺青の、サンタヤナのライフ・オブ・リーゾンは五冊揃つてゐた。此の夏それを丸善から買つて抱へて帰る時には電車の中でも紙包を披いて見た。オリーブ表紙のサイモンヅの「伊太利紀行」の三冊は、十幾年憧れてゐて、それも此の春漸く手に入つたものであつた。座右に放さなかつた「アミイルの日記」と、サイモンヅの訳したベンベニュトオ・チエリニーの自叙伝とは西洋に誂へて取つたものであつた。アーサア・シモンスの「七芸術論」、サンド・ブーブの「名士の賢婦の画像」などもあつた。

私は其等をきちんと前に並べて、独りつくづくと見惚れてゐた。さうしてゐると、その中に哲人文士の精神が籠つてゐて、何とか言つてゐるやうにも思はれる。或はまた今まで其等が私に嘘を吐いてゐたやうにも思はれる。

私がそんな書籍を買つてゐる間、お前はお勝手口で、三十日《みそか》に借金取の断りばかりしてゐた。私もまさかそんなほんを買つて来て、本箱の中に並べ立てゝ、それをぢつと眺めてさへゐれば、それでお前が、私に言つて責めるやうに「今に良くなるだらう。」と安心してゐるほどの分らず屋ではなかつたが、けれども唯お前と差向つてばかりゐたのでは何を目的に生きてゐるのか、といふやうな気がして、心が寂しい。けれどもさうして本箱に、そんな種々な書籍があつて、それを時々出して見てゐれば、其処に生き効もあれば、また目的もあるやうに思へた。私だとても米代を払ふ胸算もなしに、書籍を買ふのでもないが、でもそれを読んで、何か書いてゐれば、「今に良くなるのだらう。」くらゐには思はないこともなかつた。

これはお宮の髪容姿と、その厭味のない、知識らしい気高い「ライフ・オブ・リーゾン」や「アミイルの日記」などと比べて見て初めて気の付いたことでもない。

いや、お前に「私もよもやに引かされて、今にあなたが良くなるだらう、今に良くなるだらうと思つてゐても、何時まで経つてもよくならないのだもの。」と口に出して言はれる以前から自分にも分つてゐた。「良くなる。」といふのは、何が良くなるのだらう？　私には「良くなる。」といふことが、よく分つてゐるやうで、考へて見れば見るほど分らなくなつて来た。

私は一度は手を振上げて其の本に「何だ、馬鹿野郎！」と、拳固を入れた。けれども果して本に入れたのやら、それとも私自身に入れたのやら、分らなくなつた。

私は、ハツとなつて、振返つて、四辺を見廻した。けれども幸ひ誰れもゐなかつた。固より誰れもゐやう筈はない。

身体は家にゐながら、こころは宙に迷うてゐた。お宮を遊びに来さす為には家を変りたいと思つたが、お前のこと、過去のことを思へば、むざと、此処を余処へ行く事も出来ない。お母さんの顔には日の経つごとに、「何時までゐるつもりだ。さツ〳〵と出て行け！」といふ色が一日々々と濃く読めた。またそれを口に出して言ひもした。私も無理はないと知つてゐた。さうでなくてさへ況して年を取つた親心には、可愛い生の娘に長い間、苦労をさした男は、訳もなく唯、仇敵よりも憎い。お母さんで見れば私と別れたからと言つて、そんならお前をどうしようといふのではない。唯暫らくでも傍へ置いときさへすれば好い。それが仇敵がさうしてゐる為に、娘を傍に置くことが出来ないばかりではない、自分で仇敵に朝晩の世話までしてやらなければならぬ。老母に取つては、それほど逆さまなことはない。

けれども、私の腹では、たとへお前はゐなくつても此家に斯うしてゐれば、まだ何処か縁が繋がつてゐるやうにも思はれる。出て了へば、此度こそもうそれきりの縁だ。それゆゑイザとなつては、思ひ切つて出ることも出来ない。さうしてゐて、たゞ一寸逃れにお宮の処に行つてゐたかつた。

四度目であつたか――火影の暗い座敷に、独り机によつてゐたら、引入れられるやうに自分のこと、お前のこと、またお宮のことが思はれて、堪へられなくなつた。お宮には、銭さへあれば直ぐにも逢へる。逢つてゐる間は他の事は何も彼も忘れてゐる。私はどうしようかと思つて、立上つた。立上つて考へてゐると、もうそのまゝ坐るのも億儀になる。私は少し遅れてから出掛けた。

桜木に行くと、女中が例の通り愛想よく出迎へたが、上ると、気の毒さうな顔をして、「先刻、沢村から、電話でねえ。あなたがいらつしやるといふ電話でしたけれど、他の者の知らない間におかみさんが、もう一昨日から断られないお客様にお約束を受けてゐて、つい今お酉さまに連れられて行つたから、今晩は遅くなりませうツて。あなたがいらつしたら、一寸電話口まで出て戴きたいつて、さう言つて来てるんですが。……」

私は、さうかと言つて電話に出たが、固より「えゝ〳〵。」と言ふより仕方がなかつた。

女中は、商売柄、「まことにお気の毒さまねえ。今晩だけ他なのをお遊びになつては如何です。他にまだ好いのもありますよ。」と言つてくれたが、私はお宮を見付けてから、もう他の女はなぢ向いて見る気にもならなかつた。

まだ浅い馴染とはいひながら、それまでは行く度にをり好く思ふやうに呼べたが、逢ひたいと思ふ女が、さうして他の客に連れられてお酉さまに行つた、と聞いては、固より有りうちのことと承知してゐながらも、流石に好い気持はしなかつた。さういふ女を思ふ自分の心を哀れと思うた。

「いや！　また来ませう。」と其家を出て、そのまゝ戻つたが、私は女中達に心を見透かされたやうで、独りで恥かしかつた。さぞ悄然として見えたことであらう。

戸外は寒い風が、道路に、時々軽い砂塵埃を捲いてゐた。その晩は分けて電車の音も冴えて響いた。ましてお酉さまと、女中などの言ふのを聞けば、何となく冬も急がれる心地がする。

「あゝ詰らない〳〵。斯うして、浮々としてゐて、自分の行末はどうなるといふのであらう？」と、そんなことを取留めもなく考へ込んで、もちつとで電車の乗換へ場を行き過ぎる処であつた。心柄とはいひながら、夜風に吹き曝されて、私は眼頭に涙をうるませて帰つた。

それでも少しは、何かせねばならぬこともあつて、二三日間を置いてまた行つた。私は電車に乗つてゐる間いつも待遠しかつた。さういふ時には時間の経つのを忘れてゐるやうに面白い雑誌か何か持つて乗つた。

その時は三四時間も待たされた。――此間

の晩もあるのに、あんまり来やうが遅いから、来たら些と口説を言つてやらう、それでも最う来るだらうから、一つ寝入つた風をしてゐてやれと夜着の襟に顔を隠して自分から寝た気になつても見る。するとそれも、ものの十分間とは我慢しきれないで、またしても顔を出して何度見直したか知れない雑誌を繰披いて見たり、好きもせぬ煙草を無闇に吹かしたり、独りで焦れたり、嬉しがつたり、浮かれたりしてゐた。

火鉢の佐倉炭が、段々真赤に円くなつて、冬の夜ながらも室の中はしつとりとしてゐる。煙草の烟で上の方はぼんやりと淡青くなつて、黒の勝つた新しい模様の友禅メリンスの小さい幕を被せた電燈が朧ろに霞んで見える。

階下では女中の声も更けた。もう大分前に表の木戸を降したらしい。時々低く電話を鳴してお宮を催促してゐるやうであつた。

やがてすうつと襖が開いて、衣擦れの音がして、枕頭の火鉢の傍に黙つて坐つた。私は独で揉られるやうな気持になつてぢつと堪へて蒲団を被つたまゝでゐた。

女は矢張し黙つて軽いため息を洩らしてゐる。

私は遂々負けて襟から顔を出した。

女は雲のやうな束髪をしてゐる。何時か西洋の演劇雑誌で見たことのある、西洋の女俳優のやうな頭髪をしてゐる、と思つて私は仰けに寝ながら顔だけ少し横にして、ぢつと微《わ》笑《ら》ひ〳〵女の姿態に見惚れてゐた。

壁鼠とでもいふのか、くすんだ地に薄く茶糸で七宝繋ぎを織り出した例のお召の羽織に矢張り之れもお召の沈んだ小豆色の派手な矢絣の薄綿を着てゐた。

深夜の、朧に霞んだ電燈の微光の下に、私は、それを、何も彼も美しいと見た。

女は、矢張り黙つてゐる。

「おい！　どうしたの？」私は矢張り負けて静かに斯う口を切つた。

「どうも遅くなつて済みませんでした。」優しく口を利いて、軽く嬌態《しな》をした。

さう言つたまゝ後はまた黙あつて此度は一層強いため息を洩らしながら、それまでは火鉢の縁に翳してゐた両手を懐中に入れて、傍の一貫張りの机にグツたりと身を凭せかけた。さうして右の掌だけ半分ほど胸の処から覗して、襦袢の襟を抑へた。その指に指輪が光つてゐた。崩れた膝の間から派手な長襦袢が溢れてゐる。

女と逢ひそめてから、これまでまだ四度にしかならぬ。それが、其様な悩んだ風情を見せられるのが初めてなので、それをも、私は嬉しく美しいと自分も黙あつて飽かず眺めてゐた。

けれども遂々辛抱しきれないで、また、

「どうしたの？」と重ねて柔しく問うた。すると、女は、「はあツ」と絶え入るやうに更に強いため息を吐いて片袖に顔を隠して机の上に俯伏して了つた。束髪は袖に緩く乱れた。

私は哀れに嬉しく心元なくなつて来た。

戸外を更けた新内の流しが通つて行つた。

「おい！　本当に何うかしたの？」私は三度問うた。

すると尚ほ暫らく経つて女は、「ほうツ」と、一つ深あい呼吸をして、疲れたやうにそうツと顔を上げて、此度はさも思ひ余つたやうに胸元をがつくりと落して、頸を肩の上に投げたまゝ味気なさゝうに、目的もなく畳の方を見詰めて居た。矢張り両手を懐中にして。

私は何処までもぢつとそれを見てゐた。

平常はあまり眼に立たぬほどの切れの浅い二重瞼が少しぽつとなつて赤く際だつてしをれて見えた。睫毛が長く眸を霞めてゐる。

「どうしたい！」四度目には気軽く訊ねた。

「散々私を待たせて置いて来る早々沈んで了つて。何で其様な気の揉めることがあるの？　好い情人でもどうかしたの？」

「遅くなつたつて私が故意に遅くしたのぢや

ないし、ですから、済みませんでした、と謝つてゐるぢやありませんか。早く来ないと言つたつて、方々都合が好いやうに行きやしない。………はあツ、私もう斯様な商売するのが厭になつた。」うるささうに言つた。

それまでは、機会に依つては、何処かつんと思ひ揚つて、取澄ましてゐるかと思へば、また甚く慎《つゝまし》やかで、愛想もさう悪くはなかつたが、今夜は余程思ひ余つたことがあるらしく、心が悩めば悩むほど、放埒な感情がぴりぴりと苛立つて、人を人臭いとも思はぬやうな、自暴自棄な気性を見せて来た。

その時私はます／＼「こりや好い女を見付けた。此の先きどうか自分の持物にして、モデルにもしたい。」と腹で考へた。さう思ふと尚ほ女が愛しくなつて、一層声を和げて賺すやうに、

「……何を言つてる？　君が早く来ないと言つてそれを何とも言つてやしないぢやないか。見給へ！　斯うしておとなしく本を読んで待つてゐたぢやないか。……戸外はさぞ寒かつたらう。さツ、入つてお寝！」

「本当に済みませんでしたねえ、随分待つたでせう。」此方に顔を見せて微笑んだ。

「さあ／＼そんなことはどうでも好いわ……。」けれどもそれは女の耳に入らぬやうであつた。

「はあツ……私、困つたことが出来たの。」声も絶え／＼に言つた。「困つた。……何うしよう？……言つて了はうか。」と一寸小首を傾けたが、「言はうかなあ……言はないで置かうかツ」と一つ舌打ちをして、「言つたら、さぞあなたが愛想を尽かすだらうなあ！」と独りで思案にくれて、とつおいつしてゐる。私は、やゝ心元なくなつて来た。

「どうしたの？……私が愛想を尽かすやうなことツて、何か知らぬが、差支へなければ言つて見たら好いぢやないか。」私はその時些と胸に浮んだので、「はあ！　ぢや分つた！　私の知つた人でも遊びに来たの？」と続けて訊いた。

「うむ！」とかぶりを掉つた。私もいくら何でもまさか其様なことは無いであらうと思つてゐたが、あんまり心配さうに言ふので、もし其様なことでもあるのかと思つたがさうでなくつて、先づそれは安心した。

「ぢや何だね？　待たして焦らしてさ！　尚ほその上に唯困つたことがある、困つたことがある。……と言つてゐたのでは私も斯うしてゐれば気に掛かるぢやないか。役に立つやうだつたら、私も一緒に心配しようぢやないか。……どんなこと？」

「はあツ」と、まだため息を吐いてゐる。「ぢや思ひ切つて言つて了はうかなあ！……あなたが屹度愛想を尽かすよ。……尽かさない？」うるさく訊く。

「どんなことか知らぬが尽かしやしないよ、僕と君といふものが好いんだから、たとへこれまでに如何なことをしてゐようとも、どんな素性であらうとも差支へないぢやないか。それより早く言つて聞かしてくれ。宵からさう何や彼や焦らされてゐては私の身も耐らない。」と言ひは言つたが、腹では本当にたよりない心持がして来た。

「ぢや屹度愛想尽かさない？」

「大丈夫！」

「ぢや言ふ！……私には情夫があるの！」

「へえツ……今？」

「今……」

「何時から？」

「以前から！」

「以前から？　ぢや法科大学の学生の処に行つてゐたといふのはあれは嘘？」私もまさかとは思つてゐたが、それでも少しは本当もあると思つてゐた。

「それもさうなの、けれどまだ其の前からあつたの。」

「その前からあつた！　それはどんな人？」

先刻から一人で浮かれてゐた私は、真面目に心細くなつて来た。さうして腹の中で、斯ういふ境涯の女にはよくあり勝ちな、悪足でもあることと直ぐ察したから、

「遊人か何か？」続けさまに訊いた。

「いや、さうぢやないの。……それも矢張り学生は学生なの。……それもなか〳〵出来ることは出来る人なの……」低い声で独り恥辱を弁解するやうに言つた。其男を悪く言ふのは、自分の古傷に触られる心地がするので、成るたけそつとして置きたいやうである。

「ふむ。矢張し学生で……大学生の前から……。」私は独語のやうに言つて考へた。

女も、それは耳にも入らぬらしく、再び机に体を凭して考へ込んでゐる。

「それでその人とは今どういふ関係なの？……ぢや大学生の処に、欺されてお嫁に行つたといふのも嘘だつたね。……さうか……。」私は軽くまた独語のやうに言つた。さうして自分から、美しう信じてゐた女の箔が急に剝げて安ツぽく思はれた。おとなしいと思つた女が悪擦れのやうにも思はれて唯聞いただけでは少し恐くもなつて来た。

「えゝ嘘なの。……私にはその前から男があるの。……はあツ！」とまた一つ深い、ため息をして、更に言葉を続けた。

「私は、その男に去年の十二月から、つい此間まで隠れてゐたの。……もう分らないだらうと思つて、一と月ほど前から此地に来てゐると、一昨日また、それが、私のゐる処を探り当てゝ出て来たの。……私、明後日までにまた何処かへ姿を隠さねばならぬ。……ですから最早今晩きりあなたにも逢へないの。……あなたにこれを上げますから、これを記念に持つて行つて下さい。」と言葉は落着いておとなしいが、仕舞をてきぱきと言ひつゝ腰に締めた、茶と小豆の弁慶格子の、もう可い加減古くなつた、短い縮緬の下じめを解いて前に出した。

「へえツ！」と、ばかり、私は寝心よく夢みてゐた楽しい夢を、無理に揺り起されたやうで暫く呆れた口が塞がらなかつた。けれども、しごきをやるから、これを記念に持つて行つてくれ、といふのは、子供らしいが、嬉しい。何といふ懐かしい想ひをさする女だらう！……悪い男があればあつても面白い！　と、吾れ識らず棄て難い心持がして、私は、

「だつて、どうかならないものかねえ？　さう急に隠れなくたつて、……私は君と今これツきりになりたくないよ。も少し私を棄てないで置いてくれないか。……何日かも話した通り、此の土地で初めてお蓮を呼んで、あまり好くもなかつたから、二十日ばかりも足踏みしなかつたが、また、ひよツと来て見たくなつて、お蓮でも可いから呼べと思つて、呼ぶと、蓮ちやんがゐなくつて、宮ちやんが来た。それから後は君の知つてゐる通りだ。宮ちやんのやうな女はまた容易に目付からないもの。」

さう言つて、私は、仰けになつてゐた身体を跳ね起きて、女の方に向いて、蒲団の上に胡坐《あぐら》をかいた。

お宮は、沈んだ頭振を掉つて、

「いけない！　どうしても隠れなくツちやならない！」堅く自分に決心したやうに底力のある声で言つて、後は「ですからあなたにはお気の毒なの……。私の代りにまたお蓮さんを呼んであげて下さい。」と言葉尻を優しく愛想を言つた。さうしてまた独りで思案に暮れてゐるらしい。

私は、がつかりして了つた。

「どうでも隠れなくつてはならない！……君には其様な逃げ隠れをせねばならぬやうな人があつたのか。……それにはいづれ一と通りならぬ理由のあることだらうが、何うしてまあ其様なことになつたの？……そんなことと は知らず、僕は真実に君を想つてゐた。――尤も君を想つてゐる人は、まだ他にも沢山あ

るのだらうが――けれども、さういふ男があると知れては、いくら思つたつて仕方がない……ねえ！　宮ちやん！……ぢや、せめてお前と、その人との身の上でも話して聞かしてくれないか。……もう大分遅いやうだが、今晩寝ないでも聞くよ。私には扱帯なんかよりもその方が好いよ。……私もさういふことのまんざら分らないこともない。同情するよ。……それを聞かして貰はうぢやないか。……えツ？　宮ちやん！……お前の国は本当何処なの？」私は、わざと陽気になつて言つた。

何処かで、ボーンボーンと、高く二時が鳴つた。

すると、お宮は沈み込んでゐた顔を、ついと興奮したやうに上げて、私の問ひに応じて口数少くその来歴を語つた。

一体お宮は、一口に言つて見れば、ひとへに嘘を商売にしてゐるからばかりではない、その言つてゐることでもその所作にも、何処までがほんたうで何処までが嘘なのか嘘とほんたうとの見界の付かないやうな気持をさする女性だつた。年も初め十九と言つたが二十一か二にはなつてゐたらう。心の恐ろしくいりくんで、人の口裏を察したり眼顔を読むことの驚くほどはしこい、それでゐてあどけないやうな何処までも情け深さうな、たより無気で人に憐れを催さすやうな、嘘を言つてゐるかと思ふと、また思ひ詰めれば至つて正直な処もあつた。それ故その身の上ばなしも前後辻褄の合はぬことも多くつて、私には何処までが本当なのか分らない。

お宮といふ名前も、また初めての時下田しまと言つた本当の名も、皆その他にまだ幾通かある、変名の中の一つであつた。

「だから故郷は栃木と言つてるぢやないか。」お宮はうるささうに言つた。

「さうかい。……だつて僕はさう聞かなかつた。何時か、熊本と言つたのは嘘か、福岡と言つてゐたこともあつたよ。……それらは皆知つた男の故郷だらう。」

「そんなことは一々覚えてゐない。……宇都宮が本当さ！」

「何時東京に出て来たの？」

「丁度、あれは日比谷で焼討のあつた時であつたから、私は十五の時だ。下谷に親類があつて、其処に来てゐる頃、その直ぐ近くの家に其男もゐて、遊びに行つたり来たりしてゐる間に次第にさういふ関係になつたの。」

「その人も学校に行つてゐたんだらうが、その時分何処の学校に行つてゐたんだ？」

「さあ、よく知らないけれど、師範学校とか言つてゐたよ。」

「師範学校？　師範学校とは少し変だな。」私は、女がまた出鱈目を云つてゐるのか、それとも、さう思つてゐるのか、とほんたうに教育の有無をも考へて見た。

「でも師範学校の免状を見せたよ。」

「免状を見せた。ぢや高等であつたか尋常であつたか。」

「さあ、そんなことは何方であつたか、知らない。」

「その人は国は何処なんだ。年は幾つ？　何と言ふの？」

「熊本。……今二十九になるかな。名は吉村定太郎といふの。……それはなか〳〵才子なの。」

「ふむ。江馬といふ人とどうだ？」

「さうだなあ、才子といふ点から言へば、それや吉村の方が才子だ。」

「男振は？」

「男はどちらも好いの。」と、普通に言つた。私は、それを聞いて、腹では一寸妬けた。

「どうも御馳走さま！……宮ちやん男を拵へるのが上手と思はれるナ。……それやまあ、学生と娘と関係するなんか、ザラに世間にあることだから、悪くばかしは言へない。が、其の吉村といふ人とそんな仲になつて、それからどういふ理由で、その男を逃げ隠れをするやうになつたり、またお前が斯様な処に来るやうな破目になつたんだ？」と私は、何処までも優しく尋ねた。

「吉村も道楽者なの。」と、言ひにくさうに言つた。「あなたさぞ私に愛想が尽きたでせう。」

「ふむ……江馬さんもおとなしい深切な人であつたが、下宿屋の娘と食付いたし、吉村さんも道楽者。……成程お前が、何時か『男はもう厭！』と言つたのに無理はないかも知れぬ。……私にしたつて、斯うして斯様な処に来るのだから矢張り道楽者に違ひない。……が、併しその人は何ういふ道楽者か知らないが、道楽者なら道楽者として置いて、君が斯様な処に来た理由が分らないな。私には、私だつて、つき合つて見れば、此の土地にゐる女達も大凡どんな人柄のくらゐは見当が付く。先達て私の処に初めて寄越した手紙だつて『……、多くの人は、妾等の悲境をも知らで、侮蔑を以つて能事とする中に、流石は、同情を以つて、その天職とせる文学者に初めて接したる、その刹那の感想は……』――ねえ、ちやんと斯う私は君の手紙を暗記してゐるよ。――その刹那の感想はなんて、あんな手紙を書くのを見ると、どうしても女学生あがりといふ処だ。どうも君の実家だつてさう悪い家だとは思はれない、それに宮ちやんは非常に気位が高い。随分大勢女もゐるが、皆な平気で商売してゐるのに君は自分が悲境にゐることをよく知つてゐて、それほど侮蔑を苦痛に感じるほど高慢な人が、どうして斯様な処に来たの？……可笑しいぢやないか。えツ宮ちやん？」

けれどもお宮は、それに就いては、唯、人に饒舌らして置くばかりで、黙つてゐた。さうして此度は其の男を弁護するかのやうに、

「そりや初めはその人の世話にも随分なるにはなつたの。……あなたの処に遣つた、その手紙に書いてゐるやうなことも、私がよく漢語を使ふのも皆其の人が先生のやうに教育してくれたの。……けれど、学資が来てゐる間はよかつたけれど、その内学校を卒業するでせう、卒業してから学資がぴつたり来なくなつてから困つて了つて、それから何することも出来なくなつたの。」

「だつて可笑《おか》しいなあ。君がいふやうに、本当に師範学校に行つてゐて卒業したのなら、高等の方だとすると、立派なものだ。そんな人が、何故自分の手を付けた若い娘を終に斯様な処に来なければならぬやうにするか。……十五で出て来て間もなくといふんだから、男を知つたのもその人が屹度初めだらう？」

「えゝ、そりや其の人に……、破られたの。」と、それを取返しの付かぬことに思つてゐるらしい。

「はゝゝ。面白いことを言ふねえ。もし尋常師範ならば、成程国で卒業して、東京に出てから、ぐれるといふこともあるかも知れぬが、今二十九で、五年も前からだといふから、年を積つても可笑しい、師範学校ぢやなからう。……お前の言ふことはどうも分らない。……けれど、まあ其様な根掘り葉掘り聞く必要はないわねえ。……で、一昨日はどうして此処に来てゐることが分つたの？」

「下谷に知つた家があつて、其処から一昨日は電話が掛かつて、一寸私に来てくれと言ふから、何かと思つて行くと、其処に吉村が、ちやんと来てゐるの。それを見ると、私ははあツと思つて本当にぞつとして了つた。」

「ふむ、それで何うした？」

「私は黙あツてゐてやつた。さうすると、『何うして黙つてゐる？　お前はひどい奴だ。俺を一体何と思つてゐる？　殺して了ふぞ。』と、恐ろしい権幕で言ふから、『何と思つてゐるツて、あなたこそ私を何と思つてゐる？』と私も強く言つてやつた。此方でさう言ふと、此度は向から優しく出るの。さうして何卒これまでのやうになつてゐてくれといふの。

……私は、『厭だ！』と言つてやつた。其様なことを言ふんなら、私は今此処で本当に殺してくれと言つてやつた。……悪い奴なの。」と、さも〳〵悪者のやうに言ふ。

「さういふと、どう言つた。」

「けれども、どうもすることは出来ないの、……元はよく私を撲つたもんだが、それでも、此度は余程弱つてゐると思はれて、どうもしなかつた。」お宮は終を独語のやうに言つた。

「どうして分つたらうねえ？　お前が此処にゐるのが。」

「其処が才子なの。私本当に恐ろしくなるわ。方々探しても、どうしても分らなかつたから口髭なんか剃つて了つて、一寸見たくらゐでは見違へるやうにして、私の故郷に行つたの。さうすると、家の者が、皆口ぢや何処にゐるか知らない、と甘く言つたけれど、田舎者のことだから間が抜けてゐるでせう。すると、誰れも一寸居ない間に、吉村が状差しを探して見て、その中に私が此処から遣つた手紙が見付かつたの。よくさう言つてあるのに、本当に田舎者は仕様がない。」

「うむ、お前の故郷まで行つて探した！　ぢや余程深い仲だなあ。……さうして其の人、今何処にゐるんだ？　何をしてゐるの？」

「さあ、何処にゐるか。其様なこと聞きやしないさ。……それでも私、後で可哀さうになつたから、持つてゐたお銭を二三円あつたのを、銀貨入れのまゝそつくり遣つたよ。煙草なんかだつて、悪い煙草を吸つてゐるんだもの。……くれて遣つたよ。私。」と、ホツと息を吐いて、後は萎れて、しばらく黙つてゐる。

「身なりなんか、どんな風をしてゐる？」

「そりや汚い身なりをしてゐるさ。」

「どうも私には、まだ十分解らない処があるが、余程深い理由があるらしい、宮ちやんも少しどうかして上げれば好い。」

「どうかしてあげれば好いつて、どうすることも出来やしない。際限がないんだもの。」と、お宮は怒るやうに言つたが、「私もその人の為にはこれまで尽せるだけは尽してゐるの。初め此方が世話になつたのは、もうとつくに恩は返してゐる。何倍此方が尽してゐるか知れやしない……つまり自分でも此の頃漸く、私くらゐな女は、何処を探しても無いといふことが分つて来たんでせうと思ふんだ。斯う見えても、私は、本当の心は好いんですから、そりや私くらゐ尽す女は滅多にありやしないもの。……ですから其の人の心も、他の者には知らなくつても、私にだけは分ることは、よく分つてゐるの。」と、しんみりとなつた。

「うむ〳〵。さうだ。お前の言ふことも、私にはよく分つてゐる。……ぢや二人で余程苦労もしたんだらう。」

「そりや苦労も随分した。米の一升買ひもするし……私、終には月給取つて働きに出たよ。」

「へえ、そりやえらい。何処に？」

「上野に博覧会のあつた時に、あの日本橋に山本といふ葉茶屋があるでせう。彼処の出店に会計係になつても出るし、それから神保町の東京堂の店員になつて出てゐたこともある。……博覧会に出てゐた時なんか、暑うい時分に、私は朝早くから起きて、自分で御飯を炊いて、私が一日居なくつても好いやうにして出て行く。その後で、晩に遅くなつて帰つて見ると、家では、朝から酒ばツかり飲んで、何にもしないでゐるんですもの。……」

「酒飲みぢや仕様がない。……酒乱だな。」

「えゝ酒乱なの、だから私、こんな処にゐても、酒を飲む人は嫌ひ。……湯島天神に家を持つてゐたんですが、私、一と頃生傷が絶えたことがなかつた。……そんな風だから、私の方でも、終には、『あゝもう厭だ。』と思つて、何か気に入らぬことがあると此方でも負けずに言ふでせう。さうすると『貴様俺に向つて何言ふんだ。』と言つて、煙管《きせる》で撲つ、ビールの空瓶で打つ、煙草盆を投げ付ける。……

その煙草盆を投げ付けた時であつた。その時の傷がまだ残つてゐるんです。此処に小さい痣が出来てゐるでせう。痣なんか、私にやありやしなかつた。」と、言つて、白い顔の柔和な眉毛の下を遺恨のあるやうに、軽く指尖で抑へて見せた。それは、あるか、無いかのうす青い痣の痕であつた。

　私は黙つてお宮の言ふのを聞きながら、ぢつと其の姿態を見戍つて、成程段々聞いてゐればどうも賢い女だ。きりようだつて、他人にはどうだか、自分にはまづ気に入つた。これがまだそんな十七や八の若い身で元は皆心がらとはいひながら、男の為に真実にさういふ所帯の苦労をしたかと思へば、唯いぢらしくもある。自分で気にするほどでもないが、痣の痕を見れば、いつそ其れがしをらしくも見える。私は、「おゝ」と言つて抱いてやりたい気になつて、

「ふむ……それは感心なことだが、併しそれほど心掛の好い人がどうして、とゞの詰りかういふ処へ来るやうになつたんだらうねえ？」

　と、またころりと横になりながら、心からさう思つて、余りうるさく訊くのも、却つて女の痛心に対して察しの無いことだから、さも余処の女のことのやうに言つてまたしても斯う尋ねて見た。さうしてつい身につまされて、先刻からお宮の話を聞きながらも、私は自分とお前とのことにまたつく〴〵と思入つてゐた。「お雪の奴、いま頃は何処にどうしてゐるだらう？　本当に既う嫁《とつ》いでゐるか。嫁いでゐなければ好いが。嫁いで居ると思へば心元なくてならぬ。最後には自分から私を振切つて行つて了つたのだ。それを思へば憎い。が、元を思へば、皆な此方が苦労をさしたからだ。あゝ、悪いことをした。彼女も行末は何うなる身の上だらう？　浅間しくなつて果てるのではなからうか？」と、しみ〴〵と哀れになつて斯うしてぢつとしてはゐられないやうな気がして来てしばらくは、私達が丁度お宮等二人のやうに思はれてゐたが、「いや〳〵お雪が、お宮と同じであらう筈もない。自分がまた吉村であらう道理が無い。私にどうして斯ういふ女を、しまひに斯様な処に来なければならぬやうにするやうな、そんな無惨なことが出来よう！」と、私は少しく我に返つて、

「けれども其の人間も随分非道いねえ。そんなにして何処までも、今まで通りに夫婦になつてゐてくれといふほどならば、何故、宮ちやんがそんなにして尽してゐる間に、少しはお前を可愛いとは思はなかつたらうねえ？　お前が可愛ければ自分でもしつかりせねばならぬ筈だ。況して自分が初めて手を付けた若い女ぢやないか！」と、人の事を全然自分を責めるやうにさう言つた。

　お宮はお宮で、先刻から黙つて、独りで自分の事を考へ沈んでゐたやうであつたが、

「ですから私、何度逃げ出したか知れやしない。……その度毎に追掛けて来て捉へて放さないんだもの……はあツ！　一昨日からまた其の事で彼方此方してゐた。」と、またしてもため息ばかり吐いて、屈託し切つてゐる。私には其大学生の江馬と吉村と女との顛末などに就いても屹度面白い筋があるに違ひない、と、それを探るのを一つは楽しくも思ひながら、種々と腹の中で考へて見たが、お宮に対つてはその上強ひては聞かうともしなかつた。唯、「で、一昨日は何と言つて別れたの？」と訊ねると、

「まあ二三日考へさしてくれと、可い加減なことを言つて帰つて来た。……ですから、どうしたら好いか、あなたに智慧を借りれば好いの。……」と、其の事に種々心を砕いてゐる所為かそれとも、唯私に対してさう言つて見ただけなのか、腹から出たとも口前から出たとも分らないやうな調子で言ふから、

「……智慧を借りるツたつて、別に好い智慧

もないが、ぢや私が何処かへ隠して上げようか。」

　と、女の思惑を察して私も唯一口さう言つて見たが、此方からさう言ふと、女は、

「否！　どうしても駄目！」と頭《かぶり》を掉つた。

「ぢや仕様がない。よく自分で考へるさ。……あゝ遅くなつた。もう寝よう。君も寝たまへ。」と、言ひながら、私は欠伸を嚙み殺した。

「えゝ。」と、お宮は気の抜けたやうな返事をして、それから五分間ばかりして、

「あなたねえ。済みませんが、今晩私を此のままそつツと寝かして下さい。一昨日から何処の座敷に行つても、私身体の塩梅が悪いからツて、皆な、さう言つて断つてゐるの……明日の朝ねえ……はあツ神経衰弱になつて了ふ。」と萎えたやうに言つて、横になつたかと思ふと、此方に背を向けて、襟に顔を隠して了つた。さうして夜具の中から、

「あゝ、あなた本当に済みませんが、電燈を一寸捻つて下さい。」

「あゝ〳〵。よくおやすみ！」

　と、私は立つて電燈を消したが、頭の心が冴えて了つて眠られない。

　また立つて明るくして見た。お宮は眠つた眼を眩しさうに細く可愛く開いて見て、口の中で何かむにや〳〵言ひながら、一旦上に向けた顔を、またくるりと枕に伏せた。私は此度は幕で火影を包んで置いて、それから腹這ひになつて、煙草を一本摘んだ。それが尽きると、また立ち上つて暗くした。お宮は鼾てぐつすり寝入つたらしい。……私は夜明けまで遂々熟睡しなかつた。翌朝、お宮は、

「精神的に接するわ。」と、一つは神経の疲れてゐたせいもあつたらうが、ひどく身体を使つた。

「ぢや、これツ切りもう会へないねえ。何だか残り惜しいなあ。お別れに飯でも食べよう。……何が好いか？……かしはにしようか。」と、私は手を鳴して朝飯を誂へた。

　お宮は所在なささうに、

「あなた、私に詩を教へて下さい。私詩が好きよツ。」と、言つて自分で頼山陽の「雲乎山乎」を低声で興の無ささうに口ずさんでゐる。

　その顔をぢつと見ると、いろんな苦労をするか、今朝はひどく面窶れがして、先刻洗つて来た、昨夕の白粉の痕が青く斑点になつて見える「……万里舟ヲ泊ス天草ノ灘……」と唯口のさきだけ声を出して、大きく動かしてゐる下顋の骨が厭に角張つて突き出てゐる。斯うして見れば年も三つ四つ老けて案外、さうきりやうも好くないなあ！　と思つた。

「ねえ！　教へて下さい。」

　と、いふから、「ぢや好いのを教へよう。」と気は進まないながら、自分の好きな張若虚の「春江花月ノ夜」を教へて遣つた。「これに書いて意味を教へて下さい。」といふから巻紙に記して、講釈をして聞かせて遣つた。「……昨夜間潭落花ノ夢。憐ム可シ春半家ニ還ラズ。江水流春去ツテ尽ント欲ス……」といふ辺は私だけには大いに心遣りのつもりがあつた。

　飯は済んだが、私はまだ女を帰したくなかつた。

　お宮は、心は何処をうろついてゐるのか分らないやうに、懐手をして、ぼんやり窓の処に立つて、つま先きで足拍子を取りながら、何かフイ〳〵口の中で言つて、目的もなく戸外を眺めなどしてゐる。

「あなた、一寸々々。」

　と、いふから、「えツ何？」と、立つて、其処に行つて見ると、

「あれ、子供が体操の真似をしてゐる。……見てゐると面白いよ。」と、水天宮の裏門で子供の遊んでゐるのを面白がつてゐる。

　私は、「何だ！昨夜はあんな思ひ詰めたやうなことを言つて、今朝の此のフハ〳〵とした風は？……」と元の座に戻りながら、不思議に思つて、またしても女の態度を見戍つた。

　すると、女は、フツト此方を振向いて、窓

の処から傍に寄つて来ながら、

「あなた、妾を棄てない？……棄てないで下さい！」と、言葉に力は入つてゐるが、それもまた口のさきから出るやら、腹の底から出たのやら分らぬやうな調子で言つた。

「あゝ。」と、私もそれに応ずるやうに返事した。

「ぢや屹度棄てない？……屹度？」重ねて言つた。

さう言はれると、此方もつい釣込まれて、

「あゝ屹度棄てやしないよ。……僕より君の方が棄てないか？」と、言つたが、真実に腹から「棄てないで下さい！」と言ふのならば、思ひ切つて、どうかして下さい、とでも、もう少し打明けて相談をし掛けないのであらうと、それを効なく思つてゐた。

さういふと、女は黙つてゐた。またもとの通り何処に心があるのやら分らなかつた。するとまた暫く経つて、「定つたらあなたに手紙を上げますから、さうしたらどうかして下さいな。」とさう言ふ。此度は此方で「うむ！」と気のない返事をした。

戸外は日が明るく照つて、近所から、チーンチーンと鍛冶の槌の音が強く耳に響いて来る。何処か少し遠い処で地を揺るやうな機械の音がする。今朝は何だか湿りつ気がない。勘定が大分嵩んだらう。……斯う長く居るつもりではなかつたから、固より持合せは少かつた。私は突然に好い夢を破られた失望の感と共に、少しでも勘定が不足になるのが気になつてさうしてゐながらもちつとも面白くなかつた。私にはまだ自分で待合で勘定を借りた経験はなかつた。お宮を早く帰せば銭も嵩まないと分つてゐたがそれは出来なかつた。又たとへこれきりお宮を見なくなるにしてもお宮のゐる前で勘定の不足をするのは尚ほ堪へられなかつた。さう思つて先刻から、一人で神経を悩ましてゐたが、ふつと、今日は、長田が社に出る日だ。彼処に使ひを遣つて、今日は最う十七日だから、今月書いた今までの分を借りよう。――それはお前も知つてゐる通りに、始終行つてゐたことだ。――と、さう気が付いて、手紙の裏には「牛込区喜久井町、雪岡」と書て車夫に、彼方に行つてから、若しも何処から来たと聞かれても、牛込から来た、と言はしてくれと女中に頼んだ。

暫らくして車夫は帰つて来たが、急いで封を切つて見ると、銭は入つてゐなくつて唯、

「主筆も編輯長もまだ出社せねば、その金は渡すこと相成りがたく候。」

と、長田の例の乱筆で、汚い新聞社の原稿紙に、いかにも素気なく書いてある。私は、それを見ると、銭の入つてゐない失望と同時に「はつ」と胸を打たれた。成程使者が丁度向に行つた頃が十二時時分であつたらうから、主筆も編輯長もまだ出社せぬといふのは、さうであらう。が「その金は渡すこと相成り難く候。」とあるのはおかしい。長田の編輯してゐる日曜附録に、つまらぬことを書かして貰つて僅かばかりの原稿料を、併も銭に困つて、一度に、月末まで待てないで、二度に割いたりなどして受取つてゐるのだが、分けても此の頃は種々《いろん》なことが心の面白くないことばかりで、それすら碌々に書いてもゐない。けれども前借をと言へばもし自分が出社せぬ日であつても、これまで何時も主筆か編輯長に当てゝいくらかの銭を雪岡に渡すやうにと、長田の手紙を持つてさへ行けば私に直ぐ受取れるやうに、兎に角気軽にしてくれてゐる。然るに、たとへ銭は渡せない分とも、その銭は渡すことならぬ、といふその銭は、どういふつもりで書いたのだらう？　自分は平常懶惰者で通つてゐる。お雪を初めその母親や兄すらも最初こそ二足も三足も譲つてゐたものだが、それすら後には向からあの通り遂々愛想を尽かして了つた。いくら自分にしても傍で見てゐるやうに理由もなく、只々懶けるのでもないが、成程懶けてゐるに違ひない。長田

は国も同じければ。学校も同時に出、またしてゐる職業も略ぼ似てゐる。それ故此の東京にゐる知人の中でも長田は最も古い知人で、自分の古い頃のことから、つい近頃のことまで、長田が自分で観、また此方から一寸々々話しただけのことは知つてゐる。長田の心では雪岡はまた女に凝つてゐる、あの通り、長い間一緒にゐた女とも有耶無耶に別れて了つて、段々詰らん坊になり下つてゐる癖に、またしても、女道楽でもあるまい、と、少しは見せしめの為にその銭は渡すこと相ならぬ、といふ積りなのであらうか。それならば難有い訳だ。が、否！　あの人間の平常から考へて見ても、他人の事に立入つた忠告がましいことや、口を利いたりなどする長田ではない。して見れば、此の、その銭は渡されぬといふ簡単な文句には、あの先達ての様子といひ、長田の性質が歴然と出てゐる。これまでとても、随分向側に廻つて、小蔭から種々な事に、ちびり〳〵邪魔をされたのが、あれにあれに、あれと眼に見えるやうに心に残つてゐる。此度はまた淫売のことで祟られるかな、と平常は忘れてゐる、其様なことが一時に念頭に上つて自分をば取着く島もなく突き離されたその上に、まだ石を打付けられるかと、犇々と感じながら、

「ふむ〳〵。」と、独りうなづき〳〵、唯それだけの手紙を私はお宮が、

「それは何？」

と、終にあやしんで問ふまで、長い間黙つて凝視めてゐた。それ故文句も、一字一句覚えてゐる。

お宮にさう言はれて、漸と我れに返つて、

「うむ。何でもないさ！」と言つて置いて、早速降りて行つて、女中を小蔭に呼んで訳を話すと、女中は忽ち厭あな顔をして、

「そりや困りますねえ。手前共では、もう何方《どなた》にも、一切さういふことは、しないやうにして居るんですが、万一さういふことがあつた場合には、私共女中がお立て換へをせねばならぬことになつて居るんですから。ですから其の時は時計か何か持つてお出になる品物でも一時お預りして置くやうにして居りますが。」と、言ひにくさうに言ふ。ぢや、古い外《とん》套《び》だが、あれでも置いとかう、と、私が座敷に戻つて来ると、神経質のお宮は、もう感付いたか、些と顔を青くして、心配さうに、

「なに？……どうしたの？……どうしたの？」と、気にして聞く。私は、失敗つた！と、穴にも入りたい心地をつとめて隠して、

「否む！　ナニ。何でもないよ。」と言つてゐると、階下から、

「宮ちやん！　宮ちやん！」と口早に呼ぶ。

お宮は「えツ？」と降りて行つたが、直ぐ上つて来て、黙つて坐つた。

「ぢや、もうお帰り。」と、いふと、

「さうですか。ぢやもう帰りますから……色々御迷惑を掛けました。」と、尋常に挨拶をして帰つて行つた。

その後から、直ぐ此度は、若い三十七八の他の女中が、入り交りに上つて来て、

「本当にお気の毒さまですねえ。手前共では、もう一切さういふことはしないことにして居りますから、どうぞ悪からず思召してねえ。……あの長田さんにも随分長い間御ひいきにして戴いて居りますけれど、あの方も本当にお堅い方で。長田さんにすら、もう一度も其様なことはございませんのですから、……況してあなたは長田さんのお友達とは承知して居りますけれどついまだ昨今のことでございますし。」

と、さも気の毒さうな顔をして、黄色い声で、口先で世辞とも何とも付かぬことを言ひながら追立てるやうに、其処等のものを片端からさつさつと形付け始めた。

「えゝ、ナニ。そりやさうですとも。私の方が済まないんです。私は今まで斯様な処で借りを拵へた覚えがないもんですから、それが

極りが悪いんです。」と、心の千分の一を言葉に出して恥辱を自分で間切らした。

「あれ！極りが悪いなんて。ちつともそんな御心配はありませんわ。ナニ、斯様な失礼なことを申すのぢやございませんのですけれどねえ。」と、少し低声になつた真似をして、「帳場が、また悪く八ケ間敷いんですから、私なんか全く困るんですよ。……時々斯うして、お客様に、女中がお気の毒な目をお掛け申して。」

「全く貴女方にはお気の毒ですよ。……いや、どうも長居をして済みませんでした。」と、私はそんなことを言ひながらも、

「あの女は、もうゐなくなるさうですねえ。……自分ぢや、つい此の間出たばかりだ、と言つてゐたが、そんなことはないでせう。」と聞くと、

「えゝ居なくなるなんて、ことは、まだ聞きませんが、随分前からですよ。此度戻つて来たのは、つい此間ですけれど、初めて出てから、もう余程になりますよ。」

と、言ふ。私は、「彼女め！　何処まで嘘を吐くか。」と思つて、ます〳〵心に描いた女の箔がさめた思ひがした。

私は、あの古い外套を形に置いて、桜木の入口を出たが、それでも、其れを着てゐれば目に立たぬが、下には、あの、もう袖口も何処も切れた、剝げちよろけの古い米沢琉球の羽織に、着物は例の、焼けて焦茶色になつた秩父銘仙の綿入れを着て、堅く腕組みをしながら玄関を下りた時の心持は、吾れながら自分の見下げ果てたざまがあり〳〵と眼に映るやうで、思ひなしばかりではない、女中の「左様なら！　どうぞお近い内に！」といふ送り出す声は、背後から冷水を浴せ掛けられてゐるやうであつた。

昨夜は、お宮の来るのが、遅いので、女中が気にして時時顔を出しては、「……いえ。あの娘のゐる家は、恐ろしい慾張りなもんですから、一寸でも時間があると、御座敷へ出さすものですから、それで斯う遅くなるのです。……本当にお気の毒さまねえ。でも、もう追付け参りませうから。」と詫びながら柔かいお召のどてらなどを持つて来て貸してくれた。私はそれを、悠然と着込んで待つてゐたのだが、用事のある者は、皆な、それ〴〵忙しさうにしてゐる時分に日の射してゐる中を、昨夜に変る、今朝の此の姿は、色男の器量を瞬く間に下げて了つたやうで、音も響も耳に入らず、眼に付くものも眼に入らず、消え入るやうに、勢も力もなく電車に乗つたが、私は切符を買ふのも気が進まなかつた。

喜久井町の家に戻ると、もう彼れ是れ二時を過ぎてゐた。さて詰らなさうに戻つて見れば、家の中は今更に、水の退いた跡のやうで、何の気もしない。何処か、其処らに執り着く物でもゐるのではないかと思はれるやうに、またぞつと寂しさが募る。私は、落ちるやうに机の前に尻を置いて「ほうツ」と、一つため息を吐いて、見るともなく眼を遣ると、もう幾日も〳〵形付けをせぬ机の上は、塵埃だらけな種々なものが、重なり放題重なつて、何処から手の付けやうもない。それを見るとまた続けてため息が出る。「ああ！」と思ひながら、脇を向いて、此度は、背を凹ますやうに捻ぢまげて何気なく、奥の六畳の方を振返ると、あの薄暗い壁際に、矢張りお前の箪笥がある。其れには平常の通り、用箪笥だの、針箱などが重ねてあつて、その上には、何時からか長いこと、桃色甲斐絹の裏の付いた糸織の、古うい前掛に包んだひのしが吊してある。「あの前掛は大方十年も前に締めたのであらう！」と思ひながら私は、あの暗い天井の隅々を、一遍ぐるりツと見廻した。さうして、また箪笥の方に気が付くと、あの抽斗も、下の方の、お前の僅ばかりの物で、重なるものの入つてゐさうな処は、最初から錠を下してあつたが、でも上の二つは、――私の物も少

しは入つてゐるし――何か知ら、いろんなものがあつて、錠も下さないであつたが、婆さんがしたのか、誰れがしたのか、何時の間にかお前の物は、よそ〳〵しく、他へ入れ換へて了つて、今では唯上の一つが、抽き差し出来るだけで、それには私の単衣が二三枚あるばかりだ。……「一体何処にどうしてゐるんだらう？」と、また暫く其様なことを思ひ沈んでゐたが、……お宮も何処かへ行つて了ふと、言ふ。それに今朝のことを思ひ出せば、遠く離れた此処に斯してゐても、何とも言ふに言へない失態が未だに身に付き纏うてゐるやうで、唯あの土地を、思つても厭な心持がする。ナニ糞！と思つて了へば好いのだが、さう思へないのは矢張りお宮に心が残るのであらう。と、ふつと自分が可笑くもなつて、独り笑ひをした。

後はまた、それからそれへといろんなことを取留めもなく考へながら、ぼんやり縁側に立つて、遠くの方を見ると、晩秋の空は見上げるやうに高く、清浄に晴れ渡つて、世間が静かで、ひいやりと、自然に好い気持がして来る。向の高台の上の方に、何処かの工場の烟であらう？緩く立迷つてゐる。

それ等を見るともなく見ると、私は、あゝ、自分は秋が好きであつた。誰れに向つても、自分は秋が好きだ〳〵、と言つて、秋をば自分の時節がめぐつて来たやうに、その静かなのを却つて楽しく賑かなものに思つてゐたのだが、此の四五年来といふもの、年一年と何の年を考へ出して見ても、楽しい筈であつた其の秋の、楽しかつたことがない。毎年唯そは〳〵と、心ばかり急がしさうにしてゐる間に経つて行つて了ふ。分けて此の秋くらゐ、かうしてこんなに寂しい思ひのするのは、初めて覚えることだ。何よりも一つは年齢のせいかも知れぬ。白髪さへ頻りに眼に付いて来た。それに段々、予期してゐたことが、実際とは違つて来るのに、気が付くに連れて、世の中の事物が、何も彼も大抵興が醒めたやうな心持がする。――昨夕のお宮が丁度それだ。ああいふ境遇にゐる女性だから、どうせきれいなものであらう筈も無いのだが何につけ事物を善く美しう、本当のやうに思ひ込み勝ちな自分は、あのお宮が最初からさう思はれてならなかつた。すると昨夕から今朝にかけて美しいお宮が普通な淫売になつて了つた。口の利きやうからして次第にぞんざいな口を利いた。自分の思つてゐたお宮が今更に懐かしい。――が、あのお宮は真実に去つて了ふか知らん？　――自分はどうも夢を真実と思ひ込む癖がある。それをお雪は屢々言つて、「あなたは空想家だ。小栗風葉の書いた欽哉にそつくりだ。」と、からかふやうに「欽哉々々。」と言つては、「そんな目算も無いことばかり考へてゐないでもつと手近なことを、さつ〳〵と為さいな！」と、たしなめたしなめした。本当に、自分は、今に、もつと良いことがある、今に、もつと良いことがある、と夢ばかり見てゐた。けれども私を空想家だ空想家だと言つたあのお雪が、矢張り空想勝ちな人間であつた。「今にあなたが良くなるだらう、今に良くなるだらう、と思つてゐても何時まで経つても良くならないのだもの。」と、あの晩彼女が言つたことは、自分でも熟々とさう思つたからであらうが、私にはあゝ言つたあの調子がみじめなやうに思はれて、何時までも忘れられない。彼女も私と一緒に、自分の福運を只夢を見てゐたのだ。私はとう〳〵其の夢を本当にしてやることが出来なかつた。七年の長い間のことを、今でも、さも、詰らない夢を見て年齢ばかり取つて了つた、と、恨んで居るであらう。年々ひどく顔の皺を気にしては、

「私の眼の下の此の皺は、あなたが拵へたのだ。私は此の皺だけは恨みがある。……これはあの音羽にゐた時分に、あんまり貧乏の苦労をさせられたお蔭で出来たんだ。」

と、二三年来、鏡を見ると、時々それを言つてゐた。……そんなことを思ひながら、フツと庭に目を遣ると、杉垣の傍の、笹混りの草の葉が、もう紅葉するのは、して、何時か末枯れて了つてゐる中に、ひよろ〳〵ツと、身長ばかり伸びて、勢の無いコスモスが三四本わびしさうに咲き遅れてゐる。

これは此の六月の初めにとう〳〵話が着いて、彼女が後の女中の心配までして置いてあの関口台町から此家へ帰つて来る時分に、彼《あす》家《こ》の庭によく育つてゐたのを、

「あなたあのコスモスを少し持つて行きますよ。家の庭に植ゑるんですから。」とそれでも楽しさうに言つて、簞笥や蒲団の包みと一緒に荷車に載せて持つて戻つたのだが誰れが植ゑたか投げ植ゑるやうにしてあるのが、今時分になつて漸う〳〵数へるほどの花が白く開いてゐる。

あゝ、さう思へば、あの戸袋の下の、壁際にある秋海棠も、あの時持つて来たのであつた。先達て中始終秋雨の降り朽ちてゐるのに、後から後からと蕾を付けて、根好く咲いてゐるな、と思つて、折々眼に付く度に、さう思つてゐたが、其れは既う咲き止んだ。

六月、七月、八月、九月、十月、十一月と、丁度半歳になる。あの後、どうも不自由で仕方が無い。夏はどうせ東京には居られないのだから、旅行をするまでと、言つて、また後を追うて此家に暫時一緒になつて、それから、七月の十八日であつた。いよ〳〵箱根に二月ばかし行く。それが最後の別れだ、と言つて、立つ前の日の朝、一緒に出て、二人の白単衣を買つた。それを着て行かれるやうに、丁度盆時分からかけて暑い中を、私は早く寝て了つたが、独り徹夜をして縫ひ上げて、自分の敷蒲団の下に敷いて寝て、敷伸しをしてくれた。朝、眼を覚して見ると、もう自分は起きてゐて、まだ寝衣のまゝ詰らなさうに、考へ込んだ顔をして、ぢつと黙つて煙草を吸つてゐた。もう年が年でもあるし、小柄な、痩せた、縹緻《きりやう》も、よくない女であつたが、あゝ、それを思ふと、一層みじめなやうな気がする。それから新橋まで私を送つて、暫時汽車の窓の外に立つてゐたが、別に話すこともなかつた。私の方でも口を利くのも怠儀であつた。

「斯うしてゐても際限がないから、……私、もう帰りますよ。ぢやこれで一生会ひません。」と、傍を憚るやうに、こ声で強ひて笑ふやうにして言つた。

私は「うむ！」と、唯一口、首肯くのやら、頭を振るのやら自分でも分らないやうに言つた。

それから汽車に乗つてゐる間、窓の枠に頭を凭して、乗客の顔の見えない方ばかりに眼をやつて、ぢつと思ひに耽つてゐた。――あちらに行つても面白くないから、それでまたしても戻つて来たのだが、斯うしてゐても、あの年齢を取つた、血気のない、悧巧さうな顔があり〳〵と眼に見える。……あれから、あゝして、あゝしてゐる間に秋海棠も咲き、コスモスも咲いて日は流れるやうに経つて了つた。……

それにしても、胸に納まらぬのは、あの長田の手紙の文句だ。帰途に電車の中でも、勢ひその事ばかりが考へられたが、此度のお宮に就いては、悪戯ぢやない嫉妬だ。洒落れた唯の悪戯は長田のしさうなことではない。……禄に銭も持たないで長居をするなどは、誰れに話したつて、自分が悪い。それに就いて人は怨まれぬ。が、あの手紙を書いた長田の心持は、忌々しさに、打壊しをやるに違ひない。何ういふ心であるか、余処ながら見て置かねばならぬ。もし間違つて、此方の察した通りでなかつたならば、其れこそ幸ひだが。それにしても、他人との間に些とでも荒立つた気持でゐるのは、自分には斯うぢつと独りでゐても耐へられない。兎に角行つて様子を見よう。家にゐても何だか心が落着かぬ。

と、また出て長田の処に行つた。

長田は、もう一と月も前から、目白坂の、あの、水田の居たあとの、二階のある家に越して来てゐたから、行くには近かつた。――長田は言ふに及ばず、その水田でも前に言つた△△新聞社の上田でも、村田でも、其の他これから後で名をいふ人達も、凡てお前の一寸でも知つてゐる人ばかりだ。――

長田は、丁度居たが、二階に上つて行くと、平常は大抵此方から何か知ら、初め口を利くのが、その時は、長田に似ず、何か自分で気の済まぬことでも、私に仕向けたのを笑ひで間切らすやうに、些と顔に愛嬌をして、

「今日も少し使ひの来るのが遅かつたら、好かつたんだが……明日でも自分で社に行くと可い。」と言ふ。

「うむ。なに、一寸相変らずまた小遣が無くなつたもんだから。」と、私は、何時もよくいふ通りに言つて、何気なく笑つてゐた。すると、長田は、意地悪さうな顔をして、

「他人が使ふ銭だから、そりや何に使つても可いわけなんだ。……何に使つても可いわけなんだ。」と、私に向つて言ふよりも、自分の何か、胸に潜んでゐることに向つて言つてゐるやうに、軽く首肯きながら言つた。

私は「妙なことを言ふ。ぢやてつきり此方で想像した通りであつた。」と腹で肯いた。が、それにしても、彼様なことをいふ処を見れば、今朝の使者が何処から行つたといふことを長田のことだから、もう見抜いてゐるのではなからうか、とも思ひながら、俺が道楽に銭を遣ふことに就いて言つてゐるのだらう、それは飲み込んでゐる、といふやうに、

「はゝゝ。」と私は抑へた笑ひ方をして、それに無言の答へをしてゐた。けれども何処から使者が行つたかは気が付いてゐないらしい。

けれども、お宮はあの通り隠れると言つたから、本当にゐなくなるかも知れぬ。若し矢張りゐるにしても、ゐなくなると言つて置いた方が事がなくつて好い。むざ〳〵と人に話すには惜いやうな昨夕であつたが、いつそ長田に話して了つて、岡嫉きの気持を和がした方が可い。と私は即座に決心して、

「例のは、もう居なくなるよ。二三日あと一寸行つたが、彼女には悪い情夫《をとこ》が付いてゐる。初め大学生の処に嫁に行つてゐたなんて言つてゐたが、まさかそんなことは無いだらうと思つてゐたが、その通りだつた。その男を去年の十二月から、つい此間まで隠れてゐたんだが、其奴がまた探しあてゝ出て来たから二三日中にまた何処かへ隠れねばならぬ、と言つて記念に持つてゐてくれつて僕に古臭いしごきなんかをくれたりした。……少しの間面白い夢を見たが、最早覚めた。あゝ！　あゝ！　もう行かない。」

笑ひ〳〵、さう言ふと、長田は興ありさうに聞いてゐたが、居なくなると言つたので初めて稍同情したらしい笑顔になつて、私の顔を珍らしく優しく見戍りながら、

「本当にちよいとだつたなあ。……さういふやうなのがはかなき縁《えにし》といふのだなあ！」

と、私の心を咏歎するやうに言つた。私もそれにつれて、少しじめ〳〵した心地になつて、唯、

「うむ！」と言つてゐると、

「本当にゐなくなるか知らん？　さういふやうな奴はよくあるんだが、そんなことを言つても、なか〳〵急に何処へも行きやしないつて。……さうかと思つてゐると、まだ居ると思つた奴が、此度行つて見ると、もうゐなくなつてゐる、なんて言ふことはよくあることなんだから。」と、長田は自分の従来の経験から割り出したことは確だと、いふやうに一寸首を傾けて、キツとした顔をしながら半分は独言のやうに言つた。

私はぢつと、その言葉を聞きながら顔色を見てゐると、「その内是非一つ行つて見てやらう。」といふ心があり〳〵と見える。

「或はさうかも知れない。」と私はそれに応じて答へた。

暫時そんなことを話してゐたが、長田は忙しさうであつたから、早く出て戻つた。

家に戻ると、日の短い最中だから、四時頃からもう暗くなつたが、何をする気にもなれずまた矢張り机に凭つて掌に額を支へたまゝぢつとしてゐると、段々気が滅入り込むやうで、何かしつかりとしたものにでも執り付いてゐなければ、何処かへさらはれて行きさうだ。さうして薄暗くなつて行く室の中では、頭の中にお宮の初めて逢つた晩の、あの驚くやうに長く続いた痙攣、深夜の朧に霞んだ電灯の微光の下に惜気もなく露出して、任かせた柔い真白い胸元、それから今朝「精神的に接するわ。」と言つたあの時のこと、その他折によつて、種々に変つて此方の眼に映つた眉毛、目元口付、むつちりとした白い掌先、くゝれの出来た手首などがありありと浮き上つて忘れられない。……それが最早居なくなつて了ふのだと思ふと、尚ほ明らかに眼に残る。

私は、どうかして、此の寂しく廃れたやうな心持を、少しでも陽気に引立てる工夫はないものか、と考へながら何の気なく、其処にあつた新聞を取上げて見てゐると、有楽座で今晩丁度呂昇の「新口村」がある。これは好いものがある。これなりと聞きに行かう、と、八時を過ぎてから出掛けた。

さういふやうにしてお宮に夢中になつてゐたから、勝手に付けては、殆ど毎日のやうに行つてゐた矢来の婆さんの家へは此の十日ばかりといふもの、パツタリと忘れたやうに足踏みしなかつたが、お宮がゐなくなつて見ると、また矢張り婆さんの家が恋しくなつて、久振りに行つて見た。婆さんは何時も根好く状袋を張つてゐたが、例の優しい声で、

「おや、雪岡さん、どうなさいました？　此の頃はチツトもお顔をお見せなさいませんなあ。何処かお加減でも悪いのかと思つて、をばさんは心配してゐましたよ。」と言ひながら、眼鏡越しに私を見戌つて、「雪岡さん、頭髪なんかつんで、大層綺麗におめかしゝて。」と、尚ほ私の方を見て微笑つてゐる。

「えゝ暫らく御無沙汰をしてゐました。」

と言つてゐると、

「雪岡さん。あなた既う好いをんなが出来たんですつてねえ。大層早く拵へてねえ。」、あの婆さんのことだから、言葉に情愛を付けて面白く言ふ。私は、ハテ不思議だ、屹度お宮のことを言ふのだらうが、どうしてそれが瞬く間に此の婆さんの家にまで分つたらうか、と思つて首を傾けながら、

「えゝ、少しやそれに似たこともあつたんですが、どうして、それがをばさんに分つて？」

「ですから悪いことは出来ませんよ。……チヤンと私には分つてますよ。」

「へえ！　不思議でせう。不思議ですねえ。」

「不思議でせう。……此の間お雪さんが柳町へ来た序に、また一寸寄つた、と言つて、私の家へ来て、『まあ、をばさん。聞いて下さい。雪岡はどうでせう、もう情婦を拵へてよ。矢張りまたいつかのやうに浜町か蠣殻町らしいの。……あの人のは三十を過ぎてから覚えた道楽だからもう一生止まない。だから愛想が尽きて了ふ。』ツて、お雪さんが自分でさう言つてゐました。……雪岡さん、本当に悪いことは言はないから淫売なんかお止しなさい。あなたの男が下るばかりだから」と思ひ掛けもないことを言ふ。

「へーえツ……驚いたねえ！　お雪が、さう言つた。不思議だ！　嘘だらう。をばさんい い加減なことを言つてゐるんでせう。お雪が其様なことを知つてゐるわけがないもの。……」

「不思議でせう！……あなた此の頃、頭髪に付ける香油かなんか買つて来たでせう。ちやんと机の上に瓶が置いてあるといふではありませんか。さうして鏡を見ては頭髪を梳いて

ゐるでせう。」婆さんは、若い者と違つて、別段に冷かすなどといふ風もなく、さういふことにも言ひ馴れた、といふ風に、初めから終まで同じやうな句調で、落着き払つて、柔らかに言ふ。

「へーえツ！　其様なことまで！　何うしてそれが分つたでせう？」

「それから女の処から手紙が来るといふではありませんか。」

「へツ！　手紙の来ることまで！」

　私は本当に呆れて了つた。さうして自然に頭部に手を遣りながら、「気味が悪いなあ！　お雪の奴、来て見てゐたんだらうか。……彼奴屹度来て見たに違ひ無い。」

「否、お雪さんは行きやしないが、お母さんが、お雪さんの処へ行つて、さう言つたんでせう。……さうして此の頃何だかひどくソハソハして、ちよい〳〵泊つても来るつて。帰ると思つて、戸を締めないで置くもんだから不用心で仕様が無いつて。」

「へーえツ！　あの婆さんが、さう言つた。嘘だ！　年寄に其様なことが、一々分る道理が無いもの。」

「それでも、お母さんが、さう言つたつて。お母さんですよ。違やあしませんよ。……あれで矢張し吾が娘に関したことだから、いくら年を取つてゐても、気に掛けてゐるんでせうよ……どうしても雪岡といふ人は駄目だから、お前も、もう其の積りでゐるが好いつて、お雪さんに、さう言つてゐたさうですよ。」

「へーえツ！　さうですかなあ！　本当に済まないなあ！」私は真から済まないと思つた。

「ですからお雪さんだつて、あなたの動静を遠くから、ああして見てゐるんですよ。嫁いでなんかゐやしませんよ。」

「さうでせうか？」

「さうですよ。それに違ひありませんよ……此の間も私の話を聞いて、お雪さん独りで大層笑つてゐましたつけ……私が、『お雪さん、雪岡さんがねえ。時々私の家へ来ては、婆やのやうに、をばさん〳〵と、くさやで、お茶漬を一杯呼んで下さいと言つて、家に無ければ、自分で買つて来て、それを私には出来ないから、をばさんに焼いて、むしつてくれつて、箸を持つてちやんと待つてゐるのよ』と言つたら、お雪さんが、『まあ？　其様なことまでいふの？　本当に雪岡には呆れて了ふ。をばさんを捉へて私に言ふ通りに言つてゐるのよ。』と独りではあはあ言つて笑つてゐましたよ。」と婆さんは、言葉に甘味を付けて、静かに微笑ひながら、さう言つた。

　私も「へーえ、お雪公、其様なことを言つてゐましたか。」と言ひながら笑つた。

　淫売婦と思へば汚いけれどお宮は、ひどく気に入つた女だつたが、彼女がゐなくつても、お前が時々、矢来へ来て其様なことを言つて、婆さんと、蔭ながらでも私の噂をしてゐるかと思へば、思ひなしにも自分の世界が賑かになつたやうで、お宮のことも諦められさうな気持がして、

「矢張り何処に居るとも言ひませんでしたか。」

　と、訊ねて見たが、婆さんも、

「言はないツ！　何処にゐるか、それだけは私が何と言つて聞いても、『まあ〳〵それだけは。』と言つてどうしても明さない。」

　と、さも〳〵其れだけは、力は及ばぬやうに言ふ。

　さうなると、矢張り私の心元なさに少しも減じない。それからそれへといろんなことが思はれて、相変らず心の遣りばに迷ひながら、気抜けがしたやうになつて、またしても、以前のやうに何処といふ目的もなく方々歩き廻つた。けれどもお宮といふ者を知らない時分に歩き廻つたのとはまた気持が大分違ふ。寂しくつて物足りないのは同じだが、その有楽座の新口村を聴いてから、あの「……薄尾花はなけれども……」と、呂昇の透き徹るやう

な、高い声を張り上げて語つた処が、何時までも耳に残つてゐて、それがお宮を懐かしいと思ふ情を誘つて、自分でも時々可笑いと思ふくらゐ心が浮ついて、世間が何となく陽気に思はれる。私は湯に入つても、便所に行つても其処を口ずさんで、お宮を思つてゐた。

明後日までに何とかきめて了はなければならぬ、と、言つてゐたから、二日ばかりは其様な取留めもないことばかりを思つてゐたが、丁度その日になつて日本橋の辺をうろ〳〵しながら有り合せた自動電話に入つて、そのお宮のゐる沢村といふ家へ聞くと、お宮は居なくて、主婦が出て、

「えゝ宮ちやん。さういふことを言ふにや言つてゐたやうですけれどまだ急に何処へも行きやしないでせう。荷物もまだ家に置いてゐるくらゐですもの。……ですから、御安心なさいまたどうか来てやつて下さい。」と、流石に商売柄、此方から正直に女から聞いた通り口に出して訊ねて見ても、其様な悪い情夫の付いてゐることなんか、少しも知らぬことのやうに、何でもなく言ふ。

兎に角、さう言ふから、ぢやお宮といふ女奴、何を言つてゐるのか、知れたものぢやない、と思ひもしたが、まだ何処へも行きやしないといふので安心した。斯うしてブラブラとしてゐても、まだ心の目的の楽しみがあるやうな気がする。けれども其処にゐるとすれば、何れ長田のことだから、此の間も、あの『本当に何処かへ行くか知らん?』と言つてゐた処を見ると、遣つて行くに相違ない。その他固よりいろんな客に出る。これまではそんなことが、さう気にならなかつたが、しごきをくれた心が忘れられないばかりではない、あれからは女が自分の物のやうに思はれてならぬ、と思ひ詰めれば其様な気がするが、よく考へれば、その吉村といふ切つても切れぬらしい情夫がある。……自分でも『いけない!』といふし、情夫のある者はどうすることも出来ない。と言つて、あゝして、あのまゝ置くのも惜しくつて心元ない。銭がうんと有れば十日でも二十日でも居続けてゐたい。

「あゝ銭が欲しいなあ!」と、私は盗坊といふものは、斯ふいう時分にするのかも知れぬ、と其様なことまで下らなく思ひあぐんで、日を暮らしてゐた。

そんなにして家に独りでゐても何事にも手に付かないし、さうかと言つて出歩いても心は少しも落着かない。それで、またしても自動電話に入つてお宮の処に電話を掛けて見る。「宮ちやん、お前あんなことを言つてゐたから、私は本当かと思つてゐたのに、おかみさんに聞くと、何処にも行かないといふぢやないか。君は嘘ばつかり言つてゐるよ。君がゐてくれゝば僕には好いんだが、あの時はがつかりして了つたよ。」と恨むやうに言ふと、

「えゝ、さう思ふには思つたんですけれど、いろ〳〵都合があつてねえ。……それに家の姉さんも、まあ、も少し考へたが好いといふしねえ。……あなたまた入らしつて下さい。」

「あゝ、行くよ。」

と、言ふやうなことを言つて、何時までゝも電話で話をしてゐた。行く銭が無い時には、私は五銭の白銅の一つで、せめて電話でお宮と話をして虫を堪へてゐた。電話を掛けると、大抵は女中か、主婦かが初め電話口に出て、

「今日、宮ちやんゐるかね?」と聞くと、

「えゝ、ゐますよ。」と言つて、それからお宮が出て来るのだが、その出て来る間の、たつた一分間ほどが、私にはぞく〳〵として待たれた。お宮が出て来ると、いつも、眼を瞑つたやうな静かな、優しい声で、

「えゝ、あなた、雪岡さん? わたし宮ですよ。」と、定つてさう言ふ。その「わたし宮ですよ。」といふ、何とも言ふに言へない句調が、私の心を溶かして了ふやうで、それを聞いてゐると、少し細長い笑窪の出来た、物を言ふ口元があり〳〵と眼に見える。

「ぢやその内行くからねえ。」と、言つて、「左様なら、切るよ。」と、言ふと、「あゝ、もしもし。あゝ、もし〳〵。雪岡さん！」と呼び掛けて、切らせない。此度は、「さよなら！　ぢや、いらつしやいな！　切りますよ。」と、向から言ふと、私が、「あゝもし〳〵。もしもし。宮ちやん〳〵、一寸々々。まだ話すことがあるんだよ。」と何か話すことがありさうに言つて追掛ける。終にはわざと、両方で、

「左様なら！」

「さよならね！」

を言つて、後を黙あつてゐて見せる。私は、お宮の方でも、さうだらうと思つてゐた。

さうして交換手に「もう五分間来ましたよ。」と、催促をせられて、そのまゝ惜しいが切つて了ふこともあつたが、後には、あとからまた一つ落して、続けることもあつた。白銅を三つ入れたこともあれば、十銭銀貨を入れたこともあつた。私は、気にして、しよつちう白銅を絶やさないやうにしてゐた。

珍らしく一週間も経つて、桜木では、此の間のやうなこともあつたし、元々其家は長田の定宿のやうになつてゐる処だから、またどんなことで、何が分るかも知れないと思つて、お宮に電話で、桜木は何だか厭だから、是非何処か、お前の知つた他の待合にしてといふと、それではこれ〳〵の処に菊水といふ、桜木ほどに清潔ではないが、私の気の置けない小い家があるからと、約束をして、私はものの一と月も顔を見なかつたやうな、せか〳〵した心持をしながら電話で聞いただけでは、其の菊水といふ家もよく分らないし、一つは沢村といふ家はどんな家か見て置きたいとも思つて、人形町の停留場で降りて、行つて見ると、成程蠣殻町二丁目十四番地に、沢村ヒサと女名前の小い表札を打つた家がある。古ぼけた二階建の棟割り長屋で、狭い間口の硝子戸をぴつたり締め切つて、店前に、言ひ訳のやうに、数へられるほど「敷島」だの「大和」だのを並べて、他に半紙とか、状袋のやうなものをも少しばかり置いてゐる。ぐつと差し出した軒燈に、通りすがりにも、よく眼に付くやうに、向つて行く方に向けて赤く大きな煙草の葉を印に描いてゐる。「かういふ処にゐてかせぎに出るのかなあ！」と、私は穢いやうな、浅間しいやうな気がして、暫時戸外に立つたまゝぢつと内の様子を見てゐた。

「御免！」

と言つて、私は出て来た女に、身を隠すやうにして、こ声で、「私、雪岡ですが、宮ちやんゐますか。」と、言ひながら、愛想に「敷島」を一つ買つた。「あゝ、さうですか。ぢや一寸お待ちなさい！」と、次の間に入つて行つたが、また出て来て、「宮ちやん、そつちの外の方から行きますから。」と、ひそ〳〵と言ふ。

私は何処から出て来るのだらう？　と思つて、戸外に突立つてゐると、直ぐ壁隣の洋食屋の先きの、廂合のやうな薄闇りの中から、ふいと、真白に塗つた顔を出して、お宮が、「ほゝ、あはゝゝ。雪岡さん？」と懐かしさうに言ふ。

変な処から出て来たと思ひながら、「おや！　そんな処から！」と言ひながら、傍に寄つて行くと、「あはゝゝ暫くねえ！　どうしてゐて？」と、向からも寄り添うて来る。

其処の火灯で、夜眼にも、今宵は、紅をさした唇をだらしなく開けて、此方をあをのくやうにして笑つてゐるのが分る。私は外套の胸を、女の胸に押付けるやうにして、

「どうしてゐたかツて？……電話で話した通りぢやないかツ……人に入らぬ心配さして！」

女は「あはゝゝ」と笑つてばかしゐる。

「おい！　菊水といふのは何処だい？」

「あなたあんなに言つても分らないの？　直ぐ其処を突き当つて、一寸右に向くと、左手に狭い横町があるから、それを入つて行くと直き分つてよ。……その横町の入口に、幾個

も軒燈が出てゐるからその内に菊水と書いたのもありますよ。よく目を明けて御覧なさい！……先刻私、お湯から帰りに寄つて、あなたが来るから、座敷を空けて置くやうに、よくさう言つて置いたから……二畳の小さい好い室があるから、早く其処へ行つて待つていらつしやい。私、直ぐ後から行くから。」といそ〳〵としてゐる。

「さうか。ぢや直ぐお出で！……畜生！　直ぐ来ないと承知しないぞツ！」と、私は一つ睨んで置いて、菊水に行つた。

　お宮は直ぐ後から来て、今晩はまだ早いから、何処か其処らの寄席にでも行きませう、といふ。それは好からうと、菊水の老婢を連れて、薬師の宮松に呂清を聴きに行つた。

　私は、もうぐつと色男になつたつもりになつて、蟇口をお宮に渡して了つて、二階の先きの方に上つて、二人を前に坐らせて、自分はその背後に横になつて、心を遊ばせてゐた。

　此間、有楽座に行つた時には、此座へお宮を連れて来たら、さぞ見素ぼらしいであらう、と思つたが、此席ではどうであらうか、と、思ひながら、便所に行つた時、向側の階下の処から一寸お宮の方を見ると、色だけは人並より優れて白い。

　その晩、

「吉村といふ人、それからどうした？」と聞く、と、

「矢張りそのまゝゐるわ。」と、言ふ。

「そのまゝつて何処にゐるの？」

「何処か、柳島の方にゐるとか言つてゐた。私、本当に何処かへ行つて了ふかも知れないよ。」と、萎れたやうに言ふ。

　私は、居るのだと思つてゐれば、またそんなことをいふ、と思つて、はつと落胆しながら、「君の言ふことは、始終変つてゐるねえ。も少し居たら好いぢやないか。」と、私は、斯うしてゐる内にどうか出来るであらうと思つて、引留めるやうに言つた。けれども女は、それには答へないで、

「……私また吉村が可哀さうになつて了つた。……昨日、手紙を読んで私本当に泣いたよ。」と、率直に、此の間と打つて変つて今晩は、染々と吉村を可哀さうな者に言ふ。

　さう言ふと、妙なもので、此度は吉村とお宮との仲が、いくらか小憎いやうに思はれた。

「へツ！　此の間。あんなに悪い人間のやうに言つてゐたものが、どうしてまた、さう遽かに可哀さうになつた？」私は軽く冷かすやうに言つた。

「……手紙の文句がまたうまいんだもの。そりや文章なんか実にうまいの。才子だなあ！私感心して了つた。斯う人に同情を起さすやうに、同情を起さすやうに書いてあるの。」と、独りで感心してゐる。

「へーえ。さうかなあ。」と、私はあまり好い心持はしないで、気の無い返事をしながらも、腹では、フン、文章がうまいツてどれほどうまいんであらう？　馬鹿にされたやうな気もして

「お前なんか、何を言つてゐるか分りやしない。ぢや向ふの言ふやうに一緒になつてゐたら好いぢやないか。何もこんな処にゐないでも。」

　さういふと女は、

「そんなことが出来るものか。」と、一口にけなして了ふ。

　私は、これは、愈々聞いて見たいと思つたが、その上強ひては聞かなかつた。

　お宮のことについて、長田の心がよく分つてから、以後その事については、断じて此方から口にせぬ方がよいと思つたが、誰れの処といふことなく寂しいと思へば、遊びに行く私のことだから、……先達てから二週間ばかりも経つて久振りに遊びに行くと、丁度其処へ饗庭――これもお前の、よく知つた人だ。――が来てゐたが、何かの話が途切れたはずみに、長田が、

「お宮は其の後どうした？」と訊く。

私は、なるたけ避けてそつとして置きたいが腹一杯であつたから、

「もう、お宮のことについては、何も言はないで置いてくれ。」と、一寸左の掌を出して、拝む真似をして笑つて、言ふと、長田は唯じろ〳〵と、笑つてゐたが、暫らくして、

「あの女は寝顔の好い女だ」

と、一口言つて私の顔を見た。

私は、その時、はつとなつて、「ぢや愈々」と思つたが強ひて何気ない体を装うて、

「ぢや、買つたのかい？」と軽く笑つて訊いた。

「うむ！……一生君には言ふまいと思つてゐたけれど、……此間行つて見た。ふゝん！」とあざ笑ふやうに、私の顔を見て言つた。

「まあいいさ。どうせ色々の奴が買つてゐるんだからね……支那人にも出たと言つてゐたよ。」私は固より好い気持のする理由はないが、どうせこうなると承知してゐたから、案外平気で居られた。すると、長田は、

「ふゝん、そりやそんなこともあるだらうが、知らない者ならいくら買つてもいいが、併し吾々の内の知つた人間が買つたことが分ると、最早連れて来ることもどうすることも出来ないだらう！……変な気がするだらう。」と、ざまを見ろ！　好い気味だといふやうに、段々恐い顔をして、鼻の先で「ふゝん！」と言つてゐる。

「変な気は、しやしないよ。」と避けようとすると、

「ふゝん！　おれでも少しは変な気がする筈だ。……変な気がするだらう！」負け吝みを言ふな、嘘だらう、といふやうに冷笑する。

それでも私は却つて此方から長田を宥めるやうに、

「いいぢやないか。支那人や癩病と違つて君だときれいに素性が分つてゐるから。……まあ構ないさ！」と苦笑に間切らして、見て見ぬ振りをしながら、一寸長田の顔を見ると、何とも言へない執念深い眼でこつちを見てゐる。私は、ぞつとするやうな気がしてこれはなるたけ障らぬやうにして置くが好いと思つて、後を黙つてゐると、先は、反対に、どこまでも、それを追掛けるやうに、

「此の頃は吾々の知つた者が多勢あそこに行くさうだが、僕は最早あんな処に余り行かないやうにしなければならん。……安井なんかも、よく行くさうだ。それから生田なんかも時々行くさうだから、きつと安井や生田なんかも買つてゐるに違ひない。生田が買つてゐると一番面白いんだが。あはゝゝゝ。だから知つた者は多い。あはゝゝゝ。」と、どこまでも引絡んで厭がらせを存分に言はうとする。生田といふのは、家に長田の弟と時々遊びに来た、あの眼の片眼悪い人間のことだ。……あんまりしつこいから私も次第に胸に据ゑかねて、此方が初め悪いことでもしはしまいし、何といふ無理な厭味を言ふ、と、今更に呆れたが、長田の面と向つた、無遠慮な厭味は年来耳になれてゐるので尚ほぢつとたへて、

「君と青山とは、一生岡焼をして暮す人間だね。」と、矢張り笑つて居らうとして、ふツと長田と私との間に坐つてゐる右手の饗庭の顔を見ると、饗庭が、何とも言へない独り居り場に困つてゐるといふやうな顔をして私の顔をじつと見てゐる。その顔を見ると自分は泣き顔をしてゐるのではないか、と思つて、悄気た風を見せまいと一層心を励まして顔に笑ひを出さうとしてゐると、長田は、ます〳〵癖の白い歯を、イーンと露して嬲り殺しの止めでも刺すかのやうに、荒い鼻いきをしながら、

「雪岡が買つた奴だと思つたら厭な気がしたが、ちえツ！　此奴姦通するつもりで、遊んでやれと思つて、汚す積りでよんでやつた。はゝゝ君とお宮とを侮辱するつもりで遊んでやつた。」とせゝら笑ひをして、悪どく厭味

を言つた。

けれども私は、「どうしてそんなことを言ふのか？」と言つた処が詰まらないし、立上つて喧嘩をすれば野暮になる。それに忌々しさの嫉妬心から打壊しを遣つたのだ、といふことは十分に飲込めてゐるから、何事につけても嫉妬心が強くつて、すぐまたそれを表に出す人間だがそんなにもお宮のことが焼けたかなあ、と思ひながら、私は長田の嫉妬心の強いのを今更に恐れてゐた。

それと共に、また自分の知つた女をそれまでに羨まれたと思へば却つて長田の心が気の毒なやうな気も少しはして、それから、さういふ毒々しい侮辱の心持でしたと思へば、何だかお宮も可哀さうな、自分も可哀さうな気分になつて来た。私はそんなことを思つて打壊されたつらい心と、面と向つて突掛られる荒立つ心とをぢつと取鎮めようとしてゐた。

他の二人もしばらく黙つて座が変になつてゐた。すると饗庭が、

「あゝ、今日会ひましたよ」と、にこ〳〵しながら、私の顔を見て言ふ。

「誰れに？」と、聞くと、

「奥さんに。つい、其処の山吹町の通りで。」

すると長田が、横合から口を出して、「僕が会へばよかつたのに。……さうすれば面白かつた。ふゝん。」といふ、私は、それには素知らぬ顔をして、

「何とか言つてゐましたか。」

「いえ。別に何とも。……唯皆様によろしく言つて下さいつて。」

すると、また長田が横から口を出して、

「ふゝん。彼奴も一つ俺が口説いたらどうだらう。はゝツ。」と、毒々しく当り散す。

それを聞いて、たとへ口先だけの冗談にもせよひどいことを言ふと思つて私はぐつと癪に障つた。今まで散々いろんなことを、言ひ放題言はして置いたといふのはお宮はどうせ売り物買ひ物の淫売婦だ。長田が買はないたつて誰れが買つてゐるのか分りやしない。先刻から黙あつて聞いてゐれば、随分人を嘲弄したことを言つてゐる。それでもこちらが強ひて笑つて聞き流して居ようとするのはそんな詰まらないことで、男同志が物を言ひ合つたりなどするのが見つともないからだ。

お雪は今立派な商人の娘と、いふぢやない。またあゝいふ処にも手伝つてもゐたし以前嫁いでゐた処もあまり人聞きの好い処ぢやなかつた。あれから七年此の方、自分とあゝなつてこうなつたといふ筋道を知つてゐるが為に、人をさげすんでそんなことを言ふが、たとへ見る影もない貧乏な生計をして来ようともまた其の間がどういふ関係であつたらうとも仮初めにも人の妻でゐたものを捉へて、「彼奴も一つ俺が口説いたらどうだらう。」とは何だ。此方で何処までもおとなしく苦笑で済してゐれば付け上つて、虫けらかなんぞのやうに思つてゐる。言つて自分の損になるやうな人間に向つては、そんなことは、おくびにも出し得ない癖に、一文もたそくにならないやくざな人間だと思つて、人を馬鹿にしやがるないツ。

と、忽ちさう感じてわく〳〵する胸を撫でるやうに堪へながら、向ふの顔をぢつと見ると、長田はその浅黒い、意地の悪い顔をこちらに向けて、じろ〳〵と視てゐる。

「彼奴も俺が口説いたらどうだらう。」と、いふそのやけ糞な出放題な言ひ草の口裏には、自分の始終行つてゐる蠣殼町で、こちらが案外好い女と知つて、しごきなどを貰つたといふことが嫉けて嫉けて、焦れ〳〵して、それでそんなことを口走つたのだといふことが、まざと見え透いてゐる。

さう思つて、またぢつと長田の顔色を読みながら、自分の波のやうに騒ぐ心を落着け落着けしてゐたが、饗庭は先刻その長田の言つた言葉を聞くと、同時にまた気の毒な顔をして私を見てゐたが、二人が後を黙つてゐる

ので、しばらく経つてから何と思つたか、

「あの人いいぢやありませんか。……私なんか本当に感服してゐたんですよ。感服してゐたんですよ。……」と、誰れにも柔かな饗庭のことだから、ふだんほぼ知つてゐる私の離別に事寄せてその場の私を軽く慰めるやうに言ふ。

「えゝ、どうもさう行かない理由があるもんですから。」と詳しく事情を知らぬ饗庭に答へてゐると、また長田が口を出して、

「ありや、細君にするなんて、初めからそんな気はなかつたんだらう。ちよいと家を持つから来てくれつて、それから、ずる〳〵にあゝなつたんだらう。」

と、にべも艶もなく、人を馬鹿にしたやうに、鼻の先で言つた。

私は、成程、男と女と一緒になるには、いろんな風で一緒になるのだから、長田がさう思へば、それでいいのだが、饗庭が、たとへその場限りのことにしても、折角さう言つて面白くも無い、気持を悪くするやうな話を和げようとしてゐるのに、また面と向つて、そんなことを言ふ、何といふ言葉遣ひをする人間だらう！　と思つて、返答の仕様もないから、それには答へず、黙つてまた長田の顔を見たが、お宮のことが忌々しさに気が荒立つてゐるのは分りきつてゐる。さう思ふと、後には腹の中で可笑くもなつて、怒られもしないといふ気になつた。で、それよりもいつそ悄気た照れ隠しに、先達てのあのしごきをくれた時のことを、面白く詳しく話して、陽気に浮かれてゐた方がいい、他人に話すに惜しい晩であつた、と、これまでは、其の事をちびり、ちびり思ひ出しては独り嬉しい、甘い思ひ出をたのしんでゐたが、こう打ち壊されて荒されて見ると大事に蔵つてゐたとて詰らぬことだ。――あゝそれを思へば残念だが、どうせ斯うなるとは、ずつと以前「直ぐ行つて聞いて見てやつた。」と言つた時から分つてゐたことだ。といろんなことがこみ上つて、咽喉の奥では咽ぶやうな気がするのをぢつと堪へながらうはべは面白可笑く二人のゐる前で、さつき言つたしごきをくれた夜のさまを女の身振や声色まで真似をして話した。

解題・解説

「感興」醸成装置としての秋江文学

中島国彦

1　漱石と秋江のエピソードから

既成の文学史像から言うと、どうしてそうしたつながりがあるのか、と思えるような関係を文学者同士が持っているケースが、ままある。夏目漱石と近松秋江（漱石より九歳年下）とのつながりも、そうしたものの一つであろう。漱石が書き残した文章の中に秋江の名は七回出て来るが（岩波書店版『漱石全集』「索引」参照）、その中でも一九一一年（明治44）六月七日の漱石日記の次の記述は、以前から多くの人々によって注意されて来た。

○徳田秋江が来て姦通事件の話をする。小説の様に面白かつた。御増と岡田、秋江の淋病、関口台町から喜久井町、増の姉の亭主文吉、文吉の家で団扇を見て、日光の宿屋へ行つて一軒々々去年の宿帳を調べてあるく事、神山旅館に、岡田某同増と書いてあつた事、文吉との談判、神田の家具屋の斎藤と云ふ所に妾奉公をしてゐるといふ嘘、御増の実兄の女房の兄の三百代言、向ふの利害を代表して来て、秋江の味方になつて、岡山へ岡田をゆすりに行かうと云ふ相談、徳田の岡山行、女の東京へ帰り、徳田が後から帰ると女はもうゐなくなつてゐる。

（傍点中島）

修善寺の大患（一九一〇・八）の病後の漱石としては、この時期の日記はかなりていねいに記されているが、複雑な人物配置を、きちんと実名入りで記録する漱石の関心も、並大抵のものではなかったろう。「姦通事件」という四文字を秋江が実際に用いたかはわからないが、『それから』（一九〇九）『門』（一九一〇）と書き継いで来ていた漱石にとって、その四文字による整理は、ある思い入れがあったかも知れない。が、そうした問題を無化するように、面会日の木曜でないのに（七日は水曜）押しかけて、滔滔と展開する秋江の話は、正に「小説の様に面白かつた」のである。

連作〈別れた妻もの〉の読者なら、この話が『疑惑』（一九一三・一〇・一「新小説」）として二年余り後に作品化されていることを知っていよう（正確には、『執着』〈同四・一「早稲田文学」〉の後半をも含めなくてはならない）。漱石が作品化された『疑惑』を読み、「兎に角、あれだけのことをあゝ正面《まとも》に書き得たのは偉い。——中々面白かつた」と話していたことを、丘の人『漱石山房より』（同一二・一「新潮」）は伝えている。秋江の話の面白さは、言うまでもなく事件の直後に語られているという事情と関係があろう。日光に出かけたのは、『疑惑』によると一九一一年の五月四日で、「神楽阪の南北社の店頭で旅行案内を繰つて見て上野のステーションに行つて、三時何十分かの汽車に乗つた」とある。南北社（牛込区通寺町一四、神楽坂上で、通りに面している）は、周知のように単行本『別れたる妻に送る手紙』前・後篇（一九一三・一〇・一六、一一・二二）の版元である。秋江作品の本文に日付が記されている場合、いちいち例示しないが、その日付は事実と符合することが多い。そうして日光で、家出をした〈別れた妻〉大貫ます（一八七六〜一九二九）が男と遊んだ証拠をつかむのである。秋江の岡山行きも、もちろん事実で、「読売新聞」の「よみうり抄」は、その消息を次のように伝えている（原文総ルビ）。

⊙徳田秋江氏は両三日前出発故郷岡山に赴きたる由

（一九一一・五・二四）

⊙徳田秋江氏　帰郷中なりし同氏も両三日前帰京す

（同六・八）

細かい消息にこだわったのも、漱石の家に秋江が訪れたのが、正に帰京直後であることを確認したかったのである。秋江は帰京し、まだ気持の高まりの中にいた。話をし出したら、止まらない程だったろう。が、だからと言って、「漱石に一部始終を話してみて、ああ、これは長篇に書けると、自己の体験の得がたいことをいまさら再認識したのではなかろうか。この解説文の冒頭に、『執着』『疑惑』『愛着の名残り』として後年まとめられた構想の端緒を、早くも明治四十四年六月にはつかんだように推定してみた所以である」（平野謙『解題』、『明治文学全集70　真山青果・近松秋江集』、一九七三・六・三〇、筑摩書房、のち『さまざまな青春』所収）と考えるのは、やや留保がいるように思う[1]。

〈別れた妻もの〉の出発ともなった短篇『雪の日』（一九一〇・三・一「趣味」）に、次のような高調した一節がある。

　併《しか》しながらそれ（＊一緒になった女とのさまざまな経緯のこと）が、何《ど》うといふことであつたか、此処ではそれを言ふまひ。――或は一生言はない方が好いかも知れぬ。いや、言ふべきことでないかも知れぬ。断じて〳〵言ふべきことでは無い。何となれば自己の私生涯を衆人環視の前に暴露して、それで飯を食ふといふことが何うして堪えられよう！。

この曲折した感情と心情の揺れの内実を考えると、いったい漱石に話をする秋江の心情はどういう所にあったか、とも思う。一言で言えば、説明不可能、つまり論理を超えているのである。平野謙が見事に指摘した、秋江は新しい女を知った後に昔の女との物語を書いている、という独特の実体も、こうしたこととからまって来る。〈別れた妻もの〉を中心に、秋江初期小説の流れを辿った者が、誰しも持つ疑問である。

秋江が日光の宿屋をちょうど調査している頃、「読売新聞」（一九一一・五・六）の「よみうり抄」に、「◎徳田秋江氏は予ねてトルストイの『生ひ立ちの記』後篇の翻訳中なりしがこの程訳了近く出発の都合なり」という一節が載っている。実際の『生ひ立ちの記 青年篇』（一九一二・三・二、東京国民書院）の刊行は、一年近く後であった。「序言」に、前篇刊行後ほぼ引続いて訳してあったのを、いつか手入れしようとしてのびのびになっていた旨の発言が見られるが、消息が事実に近いとすれば、その手入れは、ますの消息を知り始め、日光に行くぞ、と意気込んでいた時期になされていることになる。嫉妬とトルストイでは、余りに現実は引き裂かれ過ぎないか。いかにも秋江らしいという活動は、こうした何重もの混乱・矛盾のように見える世界の中でなされていたのである。わたくしは、そういう世界を前にして、「説明不可能」と呼んでみたが、といって秋江の文学世界が支離滅裂であるかと言うと、そうではないのだ。秋江の世界は、確固として存在しているのである。では、そのメカニズムを、どう理解したらよいか。

2 「感興」の原点としての『雪の日』

わたくしは、漱石に話をする秋江は、一つの「気持の高まり」の中にいたのではないか、と考えた。この「気持の高まり」こそ、秋江の文章の中にキイ・ワードとして頻出する「興」「感興」のことなのである。秋江の人間性が動き出す原点であり、そして秋江文学は一言で言えば「感興」の文学なのである。その「感興」の中では、矛盾・混乱もプラスの価値となる。作中に矛盾・混乱があればある程、それを「感興」で組織化するエネルギーが高まり、作品の緊張感が増すのではないか。論理を超えたこうした世界がどんどん成長して行くさまを、わたくしたちは秋江文学の中に発見し、眼を見張るのである。

秋江は「感興」について、さまざまな場所で発言しているが、ここでは一九〇九年（明治42）までの小説の習作群が一段落した時点で書かれた感想『文壇無駄話』（一九〇九・一一・一四「読売新聞」）を、まず見てみよう。秋江は永井荷風の音楽観に触れつつ、「近代の小説が、段々無感興なものになつて来る」という現状を見据え、次のように指摘する。

> 小説は、輪廓の明かな、象《かたち》を具へた事実に依つて感興を呼び起さうとする。それが為に、ある場合には、最も痛切なる興味を得られるが、近代の小説はあまりに事実に囚《とら》はれすぎて、放縦《はうじう》な感興が呼べない。

自然主義批判であるのは言うまでもないが、秋江の目指したものが事実そのままの提出ではなく、批評を一度通過した世界、秋江流に言えば「人生の理想化」（『芸術は人生の理想化なり（西鶴と近松）』、一九〇九・六・一「現代」、のち『文壇無駄話』所収）、「晶化《クリスタリゼーション》」（『ウォルタア・ペータア氏の「文芸復興」の序言と結論（印象批評の根拠）』、一九〇九・六・一「趣味」、『文壇無駄話』所収）による世界であることを考えねばならない。

「理想化」「晶化」は、時によっては象徴化ともなる。この日の『文壇無駄話』で、秋江が「感興」を人々に直接もたらす音楽を話題にし、オペラよりも「日本の三絃《げん》」、つまり「所謂四畳半の爪弾《つめびき》が可《い》い」と自己の嗜好を語っているのは興味深い。「四畳半」、言わば閉ざされた空間、密室に自己の心情を投入することから、秋江の「感興」は生まれ出るのではないか。習作的な初期小説が一段落して十か月程の空白があった後（もとより批評活動はその間継続している）、〈別れた妻もの〉がその形を示し始める本格的始動の第一作として書かれた短篇『雪の日』が、「私」（村田）と「お前」（お雪）との「一面の銀世界」の中での、「打寛《くつろ》いで、置炬燵に差向つ」ての対話で構成されていることに、注意しよう。

『雪の日』の骨格が、「お前」の昔語りと、それを聞いた「私」の想念の動きにあることは、言うまでもない。そして、そのトーンは、いかにも雪の日の情緒とぴったり響き合う。作中人物の固有名詞（村田・お雪）が記されてはいても、それが出揃うのは作品の終わりの方で、それも他人の言葉の中に現われているだけで、作品は、「私」「お前」「私達」という親密感を示す語句で動いて行く。そして、「お前」は地の文では、一貫して「女」という一語で、突き放すように描かれているのである。「私」の一人称小説なのに、「女は」などと描かれるので、読者は一瞬とまどう。象徴化の一つの現われであるこうした表現も、よく読むと、『雪の日』の幻想空間ではいかにも有効なのである。

「女」の昔語りは、「自分の話に興を感ずると言つたやうに斯《か》う言つた」とか、「女は黙つて静《じつ》と考へてゐたが、少し感興を生じたやうな顔をして」という一節からうかがえるように、「感興」から生まれている。そして、それを支えるのが、体験を再現する生きた語りの文体なのである。一例を示してみよう。

『あれは丁度私が二十歳《はたち》の時分でした。春の宵の口に、私独《ひと》りでお湯から帰つて来ると、街の角の処で、何処の男か、若い男が突立つてゐる。此方《こちら》は誰れか知らないのに、先《さき》は私の名を知つてゝ、『お雪さん〳〵』と言つて呼び留める。私はギヨツとしたが、此様な時生中《なまなか》逃げたり、走つたりするのは好くないと思つたから、静《じ》つと立ち止つて、

『何か御用ですか。』ツて落着いてさう言つた。落着いてゐるやうでも、此方《こちら》はもう一生懸命で、足がブル〳〵して、動悸がして、何を言つたか、自分の声が分らない。（後略）』

（傍点中島）

秋江が大貫ますとの結婚生活の中で、こうした体験を持ったであろうことは、想像がつく。が、ますがこういう口調で秋江に話したかどうかは、もとよりわからない。わたくしはこの一

節を読み返すたびに、ここには体験の事実を超えたトーン、言わば「理想化」「晶化」された表現があるのではないか、と思わずにはいられない。「私が二十歳《はたち》の時分でした」という明確な過去形の枠組みを持ちながら、「突立つてゐる」、「呼び留める」と現在形で語るトーンには、秋江がこの女の体験を自身で体験しているかのように語る意識の反映がうかがえる。オノマトペの効果的な使用による臨場感の盛り上げ方も、「お露様が人珍らしいから、障子の隙間より此方《こちら》を覗《のぞい》て見ると、志丈の傍に端坐《すわつ》て居るのは例の美男萩原新三郎にて、男ぶりと云ひ人品《ひとがら》といひ、花の顔《かんばせ》月の眉、女子《をなご》にして見ま欲しき優《やさ》男だから、ゾツと身に染み如何《どう》した風の吹廻しで彼様《あんな》奇麗な殿御が此処へ来たのかと思ふと、カツと逆上《のぼせ》て耳朶が火の如くカツと潮紅《まツか》になり、何となく間が悪くなりたれば、礑《はた》と障子を閉切り、裡《うち》へ這入たが」（三遊亭円朝口述『怪談牡丹灯籠』第二回、一八八四・七、東京稗史出版社）という先例にも引けを取らない、見事さである。自分が構築した表現空間の中で、秋江は思い切り想像の世界に飛翔しようとしているわけだ。

そうした「女」の話を「『ウム〳〵』と言って聞」く「私」の位置は、作者秋江とは最も遠い場所にある。秋江と「女」の距離が、全く無くなっているからである。数行にわたり「私」の想念が描かれバランスがとれてはいても、「『それから其の男の話は何うした！』と、前の話の続きを促した」という一行があるように、「私」は再び「女」の話を引き出すだけの役割のみ付与されるのである。秋江は、自在に「私」と「女」の双方に顔を出す。だからこそ、次のような、二人をより高い位置から描く視点が、不意に現われたりするのである。

『私、あの時分のやうに、もう一遍あなたの泣くのが見たい。』

『俺がよく泣いたねえ。一度お前を横抱きにして、お前の顔の上にハラ〳〵涙を落して泣いたことがあつたねえ。』

『えゝ』

斯う言つて、二人は、幾許か其の時分のことの追憶の興に促されたやうに、凝《じつ》と互に顔を見合はした。

（後二者、傍点中島）

「二人は」と記す意識には、作品人物を二人とも見事に制御している秋江の心情が反映していよう。場面設定から文体に至るまで、『雪の日』の幻想空間は、「感興」に支えられた、所謂自然主義文学とは全く違った世界を、創造しかかっているのである。[2]

3　「感興」醸成装置の諸相

『雪の日』の実験は、すぐさま翌月から連載された『別れたる妻に送る手紙』（一九一〇・四・一〜七・一「早稲田文学」）に見事に結実する。秋江はそのささやかな実験を通して、誤解を恐れずに言えば、「感興」醸成装置を手に入れ、それを『別れたる妻に送る手紙』で全面的に作動させたのではあるまいか。わたくしの次の関心は、その醸成装置のメカニズムを跡づけ、その諸相を明らかにすることに違いない。(3)

　わたくしが、秋江の話を漱石が聴いて面白く感じたというエピソードとの関連でまず注意したいのは、『別れたる妻に送る手紙』の幕切れの数行の内容である。

　――あゝそれを思へば残念だが、何うせ斯うなるとは、ずつと以前『直ぐ行つて聞いて見てやつた。』と言つた時から分つてゐたことだ。と種々《いろん》なことが逆上《こみあが》つて、咽喉《のど》の奥では咽《むせ》ぶやうな気がするのを静と堪《こら》へながら、表面《うわべ》は陽気に面白おかしく、二人のゐる前で、前言《さつき》つたしごきをくれた夜の様を女の身振や声色《こはいろ》まで真似をして話した。

（傍点原文）

　どんなに思いは屈折しており、苦しくとも、「身振や声色まで真似をして」、つまり「女」になったつもりで話が出来るのは、秋江の最大の資質であろう。それは、自己の体験をそのまま語ったり書いたりする、という所謂私小説のひからびた論理とは全く違う次元にある。作中にどんなに一見だらしのないような出来事や心情が描かれていても、読者はそれを笑うわけにはいかない。漱石の言う「面白かつた」の一言は、単なる三面記事的な興味から生じたものではないだろう。聞く者、読む者の襟を正させるような、純化された世界、理想化された世界が、そこにあったはずである。その世界が、秋江独特の表現の中で、明らかにつなぎとめられているからである。志賀直哉が、いち早く、「此主人公は通俗な意味で平凡な人間かも知れないが其気分は決して平凡でないと思ふ。重みもないかも知れないが軽くはない」（『新作短篇小説批評』、一九一〇・八・一「白樺」）と反応したのも、納得がいく。『雪の日』の方法は、『別れたる妻に送る手紙』の中に、充分生かされているわけだ。

　それにしても、「別れたる妻」への「手紙」という形式は、何という大胆な試みだったろう。

　　拝啓

　お前――分れて了つたから、もう私がお前と呼び掛ける権利は無い。それのみならず、風の音信《たより》に聞けば、お前はもう疾《とつく》に嫁づいてゐるらしくもある。もしさうだとすれば、お前はもう取返しの附かぬ人の妻だ。その人にこんな手紙を上げるのは道理《すぢみち》から言つても私が間違つてゐる。けれど、私は、まだお前と呼ばずにはゐられない。

作品冒頭に「拝啓」とあっても、そうした手紙用語（「陳者」「敬具」というような語句）は、その後一回も出て来ない。あの幕切れの一節も、全く終わりの語調にはなっていない（すぐ続く形で、後日『閨怨』〈一九一五・六・一、七・一「新小説」、のち『うつり香』と改題〉が書かれている）。そうしたことを、矛盾・混乱と呼んでは、やはりいけないのではないか。大切なのは、「拝啓」とまず書くことによって、この特異な文学世界がともかく始発することであり、「お前」という呼びかけも、幻想空間としてのこの作品の世界を生み出し、そこにエネルギーを注入する装置、言わば呪術の言葉としての役割を持っている、ということなのである。秋江独特の用語は、「忘れもせぬ十一月の七日の雨のバラ〲と降つてゐた晩であつたが」云々の一節にある、「忘れもせぬ」という、やや強い、思い入れたっぷりの一語にも見える。この一語は、『執着』『疑惑』『閨怨』にも見えるが、四つの作品とも実はこの一語は、作中の決定的な部分、感情が高まった大切な部分に、ただ一回のみ使われているのである。印象的な一語を作中でただ一回だけ使う、という、言わばぜいたくな使用法も、作品の印象を深めていると言えるだろう。

秋江作品の印象が、秋江の用いた巧みな二字の漢語によって支えられていることも、大切である。すでに「感興」の語に注意したが、小説作品では表題にも用いられている「執着」「疑惑」「未練」「愛着」「閨怨」など、一度眼にすると秋江文学と離れて考えられないような二字の漢語は多い。それらが巧みにミックスされて、言わば醸成装置となって、情念の世界が動き出すのである。が、注意すべきは、そうした漢語が時として、通常の意味あいを超えて、一気に新しい次元の意味を示す場合があるということである。

お雪と篠田の関係に改めて眼を向けた「私」（雪岡）の混乱した嫉妬に満ちた想念を描いた、『執着』の一節に、次のようにある。

> 私は、瞬く間に、斯ういふことが、渦を巻くように念頭《あたま》に上つた。さうして椅子屋を出ると、またしても当てもなく小石川や牛込を歩いて見た。さうして、何うするのも気《け》怠《だる》くつて、自宅に静と落着いてゐることが出来ない。自分でも何物かに執《と》り着かれてゐるような気がして始終それに追掛けられて逃げ廻つてゐるようであつた。（傍点中島）

「執着」はもとよりこの場合、女への「執着」だが、そうした外への働きかけは、自分が他者に囚われている、外部のものから規定されている、ということをも同時に示している。その意味で、この一節で秋江が「執着」の一語を分解し、「何物かに執《と》り着かれてゐるような気がして」という文脈で用いているのは、興味深い。得体の知れないものに規定されているような感触――実は、それが秋江作品の不思議なトーンと、深い所で響き合っているのだ。秋江は、「何物かに」としか書かない。表面的には、「女に」で充分いいのである。それを「何物かに」と書くことによって、その心情にふくらみが生じる。実は、「当てもなく」、「何をするのも気怠」い感じでふらふらする感覚は、明治末から大正始めにかけての日本の近代文学の中に、さまざまな形で形象化されていた。言わば、この疲労と倦怠の感情は、時代の共通のものでもあったように思う。少し先で、秋江は、「脳の具合が良くならないので」と神経の不調という形でまとめるが、「何物かに執《と》り着かれてゐるような気」という心情は、森鷗外『妄想』(一九一一・三・一、四・一「三田文学」)の、「生まれてから今日まで、自分は何をしてゐるか。始終何物かに策《むち》うたれ駆られてゐるやうに学問といふことに齷齪してゐる」という淀んだような想念と、底を同じくしているのではないか。『執着』の幕切れ近くにも、「吾れと吾が心に種々《いろん》な妄想を描いて、自分の身を苦めてゐた」とあり、「妄想」の語を秋江は用いている。「妄想」の質は違ってはいても、「何物か」に取り囲まれながら「妄想」の中で苦しむという構図は、一つの時代の典型的な心情のあり方を示しているわけだ。こうした所にも、秋江独特の二字の漢語の使用が、巧みに使えば使うほど幻想空間を生み出し、言葉のダイナミズムを生み出している事情を、発見することが出来るように思う。

　こうして生まれた言葉のダイナミズムに支えられた文学空間は、もとより現実の人間関係を超えている。周知のように『別れた妻に送る手紙』『閨怨』と連続するエピソードは、蠣殻町の女をめぐっての正宗白鳥(作中では長田という名で出て来る)との確執によっても支えられている。同じ女をめぐる話を、白鳥が『動揺』(一九一〇・四・一「中央公論」)という小説に書いていることも、すでにわたくしたちの共通の理解であろう。その確執は、正にすさまじい感じに映る。が、秋江と白鳥という文学的出発を同じくしている(一九〇一年、島村抱月のもとで、二人は「読売新聞」の「月曜付録」に批評を寄せ始めている)二人が、現実に絶交状態に陥ったという話は無い。「正宗白鳥『動揺』の実説…女主人公は蠣殻町の淫売…」(一九一〇・四・一七「サンデー」72号)というゴシップ記事でからかわれていても、白鳥も秋江も、お互いの作品があくまで文学空間のものであることを知っていたのではないか。人に知られたくないようなどろどろしたものが書かれたからと言って、それが文学的に見事に形象化されていれば、現実の不快や不安などは無に等しいのではなかったか。モデルへの興味も無意味とは言えないだろうが、大切なのはそうしたものを超えて見事に形象化されている秋江の作品世界の内実なのである。

　最後に、「感興」醸成装置の実相を、形態上から見ておこう。問題の発端は、南北社版の初版本『別れたる妻に送る手紙』前・後篇二冊が、アン・カット本であったらしいということにある。アン・カットのままの初版本はまだ管見に入っていないが、わたくしが見得た初版本は、いずれもページを一ページずつ切って読んで行った形跡がある。もしそれが事実だとすれば、書物のたたずまい自身が、すでに幻想空間を生み出す機能を持っているわけである。何の「手紙」かと手にし、それを一ページずつ切って読み進むことによって、少しずつ作品世界が開示される——これは、見事な一つの装置である。もし、こうした形態にまで秋江の意向が反映されているとすると、秋江の「感興」醸成は何重にも工夫され、達成されていると言わねばならない。

4　「感興」を支えるもの

「感興」醸成装置の作動には、もとより多大なエネルギーが必要だが、その潤滑油の働きをするものが無かったろうか。その意味で、わたくしは『文壇無駄話』（一九一〇・三・一五、光華書房）に収録されている『自然と印象（アルフレッド・イースト）』（一九〇六・六・一八、二五「東京日日新聞」、初出題『スケッチ小話（最近のスチユヂオより）』）という小文に注意したい。一八八九年（明治20）に来日したこともある、イギリスの画家 Alfred East（一八四九〜一九一三）の文章の翻訳である（本全集第九巻所収）。が、秋江が処女評論集『文壇無駄話』に落とさず入れている点、それも集中で最も早く書かれた文章であること（もとより、秋江はこの翻訳以前に何篇もの批評をすでに書いている）を考えると、やはりその存在は大きいのである。

調べてみると、秋江の見た原文は、イーストの“*On Sketching from Nature. A few Words to Students.*”で、“*The Studio*”の三十七巻一五六号（一九〇六・三・一五）の巻頭に五ページにわたって掲載されている。イーストの書いた、比較的わかりやすい一文で、秋江の眼を引いたのも充分納得がいく。わたくしが注目したいのは、純粋の翻訳（原文の抄訳）であるにもかかわらず『文壇無駄話』に改題さえして入れているのは、その論旨が秋江の心情そのものでもあったからであろう。イーストが自分の意見の代弁者のように、着いたばかりの“*The Studio*”を開けて感じたに違いない。面白いのは、『文壇無駄話』に収録の際、初出文（総ルビ）の中の二つの箇所に、傍点を打っていることである。前後を含めて、初版（パラルビ）から引用してみよう。

○　他の画家や他の絵画のことを念頭に置いたら、きつと失敗する。力めてこれを避けねばならぬ。自然があれば、それで十分だ。嘗て若い男が私の所に来て、自分はどんな手法に従つたが好いか、それに心を悩まして居る。朝風のそよ吹く時には、コンステーブルのやうに遣つて見やうと思つて、多少それを真似る、また露しげき朝にはコローのやうに遣つて見やうと思つて、多少それを真似る。と、いふから飛んでもないことだ。何もそんなに手法に頭を使ふには及ばぬ。唯自分の感じたまゝ、思つたまゝを強く且つ大胆に描き表はしさへすれば好い。その内に自から自我流の手法が整つて来る。いつまでも気後れがして居つては、つまり失敗を来すに過ぎぬ。と、くれ〴〵も注意してやつた。

（傍点原文）

○ 風景画家は自然に対した上は先づ其処に備へられた材料を撰択することが必要だ。それから後は十分の信仰さへあるならば、ターナーがしたやうに、山をも動かすことが出来る。之れに反して信仰といふものがなければ、石でも割つた方がましだ。画家は何よりも先づ信仰、確信、勇気といふことが大切だ。それさへあれば其の他は独り手に出来る。右の資格さへ備へて居れば、写生家の天職を既に半ば成功して居るものといつて差支へない。

（傍点・圏点原文）

初出と初版とでは、字句の訂正は無い。それにしても、秋江が新たに傍点を付した箇所の内容は、いかにも秋江が力点を置きたいようなものである。原文では、傍点を付した二か所近辺は、"I told him not to bother his head about style, but to try and tell his own story, and to tell it strongly and confidently, then he would form his own style."と、"If he has no faith he had better go and break stones. You must have faith, confidence, and courage—all the rest will come."となっており、イタリック体などにはなっていない。傍点を付したのは、あくまでも秋江の心情、より正確に言えば、三月の『文壇無駄話』刊行のために原稿整理をしていた一九一〇年初頭の心情の現われである。一九一〇年初頭と言えば、『雪の日』成立前夜の時期である。その時点で、「唯自分の感じたまゝ、思つたまゝを強く且つ大胆に描き表はしさへすれば好い」という一節や、「信仰」「確信」「勇気」といった二字の漢語の数々が、改めて秋江の眼を射たのであろう。「そうだ、この気持で行けばいいのだ」と、秋江はその時考えなかったろうか。自分にとって大切な一文、〈別れた妻もの〉成立の隠れたスプリング・ボードを、秋江はこうして、『文壇無駄話』初版の中に、さり気なく入れていたのである。

写生家《スケツチヤア》は多くの失敗を経験せねばならぬ。併しそれは決して無駄にはならぬ。さうして段々時の経つに従つて、腕が殆ど無意識的に頭の言ふことを聞くやうになつて来る。さうなつて来るともう占めたものだ。それから後はスケツチが楽みになつて来る。

イーストは少し先の方で、こうも記している。秋江は傍点こそ打っていないが、わたくしはこの一節を書き写しながら、ここにも「感興」のあり方についての見事な説明を感じるのである。「腕が殆ど無意識的に頭の言ふことを聞くやうになつて来る」という一節は、〈別れた妻もの〉の見事な深化、そして初期小説から脱皮して一九一〇年から本格的にスタートした秋江作品の生成メカニズムを、うまく語ってくれているように思う。イーストの言うスケッチの「楽み」と同じように、秋江は「感興」の中に身を置き、比類無い文学世界の中に生き続けることになったのではあるまいか。

(1)　日光の宿の調査やその後の出来事を二年後に書いているのは、姦通や嫉妬の問題を改めてシュニッツレルの作品を読んで喚起されたという事実にもよろう。拙稿「『執着』『疑惑』を支えるもの―秋江作品成立の諸条件―」(川副国基編『文学・一九一〇年代』、一九七九・三・二五、明治書院)参照。

(2)　『雪の日』の幻想のメカニズムについては、拙稿「雪の日の幻想―明治四三年冬の近松秋江―」(一九七二・八・三一「文芸と批評」、のち紅野敏郎編『近松秋江研究』一九八〇・八・二〇、学習研究社、に再録)で分析した。

(3)　その一端は、『別れたる妻に送る手紙』の注釈(『日本近代文学大系22 岩野泡鳴・近松秋江・正宗白鳥集』、一九七四・一・二五、角川書店)で跡づけたことがある。

＊　秋江作品本文の引用は、本全集の本文(底本は初出)や表題によった。

(一九九二・一・二七)

解題

中尾　務

本巻には明治四十（一九〇七）年から大正三（一九〇八）年までに発表された小説三十八篇を収録した（『食後』以前の初期作品については第十二巻に収録）。作品の配列は発表年月日順とし、連載作品については第一回発表年月日を採った。本文は初出誌を底本とし、旧漢字は新漢字に、変体仮名は通行の仮名に改め、ルビはパラルビとした。本文校訂に際しては、主として初版本を参照し、明かな誤字脱字等は正した。伏字箇所は初出表記通りとした。巻末に初版本との主な異同を示した。「別れたる妻に送る手紙」については、伏字のおこされた太虚堂書房版本文を全文収録した。単行本未収録作品には＊を付した。

食後

明治四十年十一月一日（「早稲田文学」第二十四号）発表。一段組総ルビ。『人の影』（忠誠堂出版部、大正三年四月二十三日）、『新選近松秋江集』（改造社、昭和三年十月二十八日）収録。後者の本文の末尾に「（明治四十年九月作早稲田文学）」の記載がある。

人影

明治四十一年一月二十二日（「新潮」第八巻第一号）発表。一段組総ルビ。『二十八人集』（新潮社、明治四十一年四月十五日）収録。「人の影」と改題して、『人の影』、『新選近松秋江集』収録。後者の本文の末尾に「（明治四十年作、新潮掲載）」の記載がある。

その一人

明治四十一年五月一日（「早稲田文学」第三十号）発表。一段組パラルビ。『人の影』収録。その本文の末尾に「（トルストイ「生ひ立ちの記」一節翻案）」「――明治四十一年五月――」の記載がある。

報知＊

明治四十一年八月一日（「趣味」第三巻第八号）発表。一段組パラルビ。

八月の末＊

明治四十一年十一月一日（「早稲田文学」第三十六号）発表。一段組パラルビ。

お金さん＊

明治四十二年二月十五日（「文章世界」第四巻第三号）発表。一段組総ルビ。

一人娘＊

明治四十二年三月一日（「趣味」第四巻第三号）発表。一段組総ルビ。

田舎の友＊

明治四十二年四月一日（「新文林」第二巻第四号）発表。一段組パラルビ。本文の末尾に「（三月十七日）」の記載がある。大幅に加筆訂正の上、「地方の人」と改題して「新潮」第十五巻第六号（明治四十四年十二月一日）に再掲。

同級の人

明治四十二年五月一日（「早稲田文学」第四十二号）発表。一段組パラルビ。『人の影』収録。その本文の末尾に「――明治四十二年四月十五日――」の記載がある。

雪の日

明治四十三年三月一日（「趣味」第五巻第三号）発表。一段組総ルビ。『別れたる妻に送る手紙後編』（南北社、大正二年十一月二十二日）、『新選近松秋江集』収録。前者の本文の末尾に「（明治四十三年二月）」、後者のそれには「（明治四十三年二月作、趣味掲載）」の記載がある。

別れたる妻に送る手紙

明治四十三年四月一日「早稲田文学」第五十三号から第五十六号（同年七月一日）まで連載。一段組総ルビ。第一回掲載本文題名のみ「分れたる妻に送る手紙」（但し目次では「別れた妻に送る手紙」）。第一回掲載分は本全集九十一頁上段十二行目まで、第二回掲載分は九十九頁上段一行目まで、第三回掲載分は百六頁下段二十二行目まで。第四回本文の末尾に「（前篇終り）」の記載がある。『別れたる妻に送る手紙』（南北社、大正二年十月十六日）、『閨怨』（植竹書院、大正四年七月五日）収録。「別れた妻」と解題して『別れた妻』（新潮社、大正四年十一月十八日）収録、同題名で『近松秋江・久米正雄集（現代日本文学全集32）』（改造社、昭和三年四月一日）、『近松秋江・宇野浩二（明治大正文学全集42）』（春陽堂、昭和四年十月二十五日）、『別れた妻』（新潮文庫、昭和十四年五月十一日）収録。「別れたる妻に送る手紙」の題名で『近松秋江傑作選集第一巻』（中央公論社、昭和十四年八月一日）に収録。『別れたる妻に送る手紙』『閨怨』収録の本文の末尾に「（明治四十三年六月十五日）」の記載がある。戦後、『別れた妻』（太虚堂書房、昭和二十二年二月五日）、『黒髪』（創元社、昭和二十二年七月三十日）において伏字が起された。

主観と事実と印象

明治四十三年八月十五日（「文章世界」第五巻第十一号）発表。一段組総ルビ。本文の末尾に「（七月十四日）」の記載がある。「柴野と雪岡」と改題して『人の影』『新選近松秋江集』収録。後者の本文の末尾に「（明治四十三年作、文章世界）」の記載がある。

骨肉

明治四十四年三月一日（「新潮」第十四巻第三号）発表。一段組総ルビ。大幅に加筆、「兄弟」と改題して『太陽』第六巻第十二号（大正元年九月一日）に発表。

桑原先生＊

明治四十四年十一月一日（「早稲田文学」第七十二号）発表。二段組パラルビ。本文の末尾に「（九月一日）」の記載がある。

途中＊

明治四十五年一月一日（「早稲田文学」第七十四号）発表。一段組パラルビ。

立食

明治四十五年四月一日（「新潮」第十六巻第四号）発表。二段組パラルビ。「立食ひ」の題名で『秋江随筆』（金星堂、大正十二年六月二十五日）に収録。その本文の末尾に「（明治四十五年四月誌、新潮）」の記載がある。

伊年の屛風

明治四十五年六月一日（「太陽」第十八巻第八号）発表。二段組総ルビ。『人の影』、『新選近松秋江集』、『近松秋江傑作選集第二巻』（中央公論社、昭和十四年九月一日）収録。『人の影』収録の本文の末尾に「（明治三十五年四月五日）」、『新選近松秋江集』のそれには「（明治四十五年四月五日作、太陽掲載）」の記載がある。

わたり者＊

明治四十五年七月一日（「早稲田文学」第八十号）発表。一段組総ルビ。

小猫

大正元年八月一日（「文章世界」第七巻第十一号）発表。一段組総ルビ。『別れたる妻に送る手紙後編』、『新選近松秋江集』、『近松秋江傑作選集第三巻』（中央公論社、昭和十四年十月十日）収録。『別れたる妻に送る手紙後編』収録の本文の末尾に「（四十五年六月）」、『新選近松秋江集』のそれには「（明治四十五年六月作、文章世界掲載）」の記載がある。

生家の老母へ　女房よりも下女の好いのを＊

大正元年十一月一日（「文章世界」第七巻第十五号）発表。一段組総ルビ。

執着（別れたる妻に送る手紙）

大正二年四月一日（「早稲田文学」第八十九号）発表。一段組パラルビ。本文の末尾に「（三月十五日午前三時半認む）」の記載がある。副題をはずし、『別れたる妻に送る手紙』、『閨怨』に収録。二書収録の本文の末尾に「（大正二年三月十一日）」の記載がある。

刑余の人々＊

大正二年六月一日（「新日本」第三巻第六号）発表。三段組パラルビ。本文の末尾に「（四月廿二日）」の記載がある。

遊民＊

大正二年八月一日（「新潮」第十九巻第二号）発表。一段組パラルビ。本文の末尾に「（六月九日夜）」の記載がある。

見ぬ女の手紙

大正二年八月十五日（「婦人評論」第二巻第十六号）発表。二段組総ルビ。『人の影』収録。

疑惑

大正二年十月一日（「新小説」第十八年第十号）発表。一段組総ルビ。『別れたる妻に送る手紙後編』、『閨怨』、『未練』（春陽堂、大正六年六月十五日）、『恋から愛へ』（春陽堂、大正十四年五月二十三日）、『近松秋江集（現代小説全集第十二巻）』（新潮社、大正十四年十一月七日）、『近松秋江・久米正雄集』、『近松秋江・宇野浩二』収録。『別れたる妻に送る手紙後編』、『閨怨』収録の本文の末尾に「（大正二年七月稿了）」の記載がある。

後の見ぬ女の手紙

大正二年十月十五日（「婦人評論」第二巻第二十号）発表。二段組総ルビ。『人の影』収録。

流れ

大正二年十二月一日（「文章世界」第八巻第十四号）発表。一段組総ルビ。『閨怨』、『蘭燈情話』（蜻蛉館書店、大正五年七月十二日）、『葛城太夫』（新潮社、大正五年七月十五日）、『新選近松秋江集』、『近松秋江・宇野浩二』収録。『閨怨』収録の本文の末尾に「(大正二年十一月十日)」の記載がある。

黒髪

大正三年一月一日（「新潮」第二十巻第一号）発表。一段組総ルビ。『閨怨』収録。同書収録の本文の末尾に「(をはり—大正二年十二月十四日—)」の記載がある。

仇情

大正三年三月一日（「早稲田文学」第百号）発表。一段組パラルビ。本文末尾に「——三年一月十五日——」の記載がある。「仇なさけ」として、『閨怨』、『蘭燈情話』、『新選近松秋江集』収録。『閨怨』収録の本文の末尾に「——三年二月十五日——」の記載がある。

津の国屋

大正三年三月一日（「中央公論」第二十九年第三号）発表。一段組総ルビ。『閨怨』、『蘭燈情話』、『新選近松秋江集』収録。『閨怨』収録の本文の末尾に「——三年二月十一日」の記載がある。

青草＊

大正三年四月一日（「ホトトギス」第十七巻第七号）発表。一段組総ルビ。『閨怨』、『秘密』（天佑社、大正八年八月十日）、『近松秋江集』、『新選近松秋江集』、『近松秋江傑作選集第二巻』、収録。『閨怨』、『秘密』収録の本文の末尾に「——大正三年三月廿三日」、『新選近松秋江集』のそれには「(大正三年三月作ほとゝぎす掲載)」の記載がある。

松山より東京へ＊

大正三年四月一日（「大正公論」第四巻第四号）発表。一段組パラルビ。

春の宵

大正三年五月一日（「婦人文芸」第一号）発表。一段組総ルビ。『青葉若葉』（新潮社、大正六年七月八日）収録。同書収録の本文の末尾に「(大正三年四月)」の記載がある。

その後＊

大正三年六月一日（「新日本」第四巻第七号）発表。二段組総

ルビ。本文の末尾に「(四月二十三日)」の記載がある。

春のゆくゑ＊

大正三年六月一日(「文章世界」第九巻第六号)発表。一段組総ルビ。「春のゆくへ」として、『青葉若葉』収録。

或る女の手紙＊

大正三年八月一日(「新潮」第二十一巻第二号)発表。二段組総ルビ。

逝く者＊

大正三年十月一日(「文章世界」第九巻第十一号)発表。一段組総ルビ。

男清姫

大正三年十一月一日(「中央公論」第二十九年第十二号)発表。一段組パラルビ。『閨怨』、大正四年版『別れた妻』、『新選近松秋江集』収録。『新選近松秋江集』収録の本文の末尾に「(大正三年十月作、中央公論掲載)」の記載がある。

主な異同

食後(初出 ↓ 『人の影』所収)

3頁下段5行目 冒されても ↓ 弄ばされても

4・下・1 歳が上のやうに思はれるものだが、 ↓ 歳上のやうに思はれる、だが、

5・上・19 ポツと ↓ ホツと

6・上・2 それに ↓ それは

6・下・11 春雨の筧に伝ふ音 ↓ 春雨の筧の音

人影(初出 ↓ 『二十八人集』所収)

8頁下段6行目 十月十九日の午後六時過ぎ〜**10頁上段13行目** 中を読んで見ますと、 ↓ 十月十九日の午後六時過ぎ、私《わたし》は例《いつも》のやうに夕飯を済して、火鉢に寄つて居りますと郵便配達が一通の書状を投込んで行きました。国元《くに》の兄からです、而かも表面《おもて》に『大至急』と添へ書きがしてあります。何事かと思ひながら中を読んで見ますと、

11・下・13 かう書てある所を見れば、壮健《たつしや》で働いて居ることゝのみ思つて居た兄は最早《もはや》二十日も前に死んで、此の世には亡くなつて居つたのです。

↓ 『在米の兄が死んだ?あの壮健《たつしや》な兄が死んだ!誤報《うそ》だ!誤報ではあるまいか?何うも誤報らしい。』と、容易《なか〳〵》に信じられなかつたが、かう書

いてある所を見れば、実際壮健で働いて居ることゝのみ思つて居た兄は最早《もう》二十日も以前に死んで此世には亡くなつて居つたのです。

12・上・5　壊れた茶碗 ↓ 壊れた瓶

12・上・19　肥つてハイカラになつて ↓ 肥つて

12・下・5　三十七年の六月七日といへば～**下・7**　兄が出働ぎの為に ↓ 三十七年の六月七日兄が出働ぎの為に

13・下・10　汽車に乗つても～**下・11**　余裕の金がなくつても ↓ 汽車に乗るにも余裕の金がなくつても

14・上・17　地獄の谷底 ↓ 恐ろしい谷底

17・上・6　叱るやうに言ひました。 ↓ 抑へるやうに言ひました。

17・下・5　四五間 ↓ 五六間

18・上・18　それは独身の新体詩人の歌ふやうなセンチメンタルなものではなかつたかも知れませんが、 ↓ 〔削除〕

18・下・14　兼ねて私の家に来たのも一度東京に来たい言つて居た ↓ 兼ねて東京にも一度来たいと言つて居た

その一人（初出 ↓ 『人の影』所収）

21頁上段1行目　行為《おこなひ》ではなくつて ↓ 行為《おこなひ》ではなくして

21・下・10　何でも斯でも皆なくれてやるに ↓ 何でも斯でも皆なおみねにくれてやるに

同級の人（初出 ↓ 『人の影』所収）

66頁下段22行目　巣鴨 ↓ 巣鴨の病院

67・下・16　『ウム――僕はそれを、つい知らなかつたから。』 ↓ 「ウム――僕はそれを、つい知らなかつたから。」薩摩訛りで言つた。

68・上・19　予期してゐる ↓ 期待してゐる

71・上・9　自分 ↓ 彼自身

71・下・2　生憎《あやにく》一人 ↓ 生憎《あやにく》一人で、

雪の日（初出 ↓ 『別れたる妻に送る手紙 後編』所収）

73頁下段10行目　お母《つか》さんと私と二人で、 ↓ お母《つか》さんと私と

75・下・12　おい、お前とは屡く喧嘩をしたり、 ↓ お前とは屡く喧嘩をしたり、

76・上・8　涙を落して泣いたことがあつたねえ。 ↓ 涙を落して泣いたことがあつたねえ。別れなければならぬと思つたから……

76・上・17　二人の此れから先きの運命 ↓ 二人の此れから先の関係

76・下・11　聞いたとかして、 ↓ 聞いたとかいつて、

別れたる妻に送る手紙（初出 ↓ 『別れたる妻に送る手紙』）

84頁下段19行目　話すこともあつたが、あの婆《ひと》は、丁度お前のお母さんと違つて口の上手な人でもあるし、また若い時から随分種々な目にも会つてゐる女だから、 ↓ 話すこともあつた。…あの婆《ひと》は丁度お前のお母さんと違つて、口の上手な人でもあるし、また若い時から随分種々な目にも会つてゐる女であつた。

86・下・11 初め入つて来て ↓ 初めて入つて
86・下・13 別の間に入つてから ↓ 〔九字分伏字〕
89・下・11 蒲団を畳む ↓ 〔四字分伏字〕む
89・下・13 他の室に戻つてから、 ↓ 〔九字分伏字〕
90・上・7 勘定の仕残りだのして ↓ 勘定の仕残りだのを済まして、
92・下・16 薄情に分れられたのさ。 ↓ 薄情に分かれたのさ。
93・上・22 心の移る日を待つてゐたら ↓ 心の移る日を待つてゐたが、
98・上・6 扭《ね》ぢ向いて見る ↓ 振り向いて見る
98・上・13 恥かしかつた。 ↓ 恥しがつた。
99・下・5 すると、女は、／『はあッ』と絶え入るやうに ↓ ／ すると女は絶え入るやうに
100・上・16 サッ入つてお寝！ ↓ 〔七字分伏字〕。
100・下・14 唯困つたことがある。困つたことがある。と言つてゐたのでは ↓ 唯だ困つたことがあると言つてゐたのでは、
102・下・18 ボーン〳〵 ↓ ボーン
106・下・15 静《そう》と其の姿態《やうす》を見守つて、 ↓ 静《そっ》と其の姿態《やうす》を見守つて居た。
106・下・19 い、い、い、いぢらしくもなる。 ↓ い、い、い、いぢらしくも見える。
106・下・21 抱いてやりたい気になつて、 ↓ 抱いてやりたい気になつた。
107・下・12 屈託し切つてゐる。 ↓ 屈託してゐる。
108・上・6 もう寝やう。君も寝たまへ ↓ 〔十二字分（句読点含む）伏字〕
108・上・11 貴下ねえ。〜**上・14** 神経衰弱になつて了ふ。 ↓ 〔九十四字分（句読点含む）伏字〕
108・下・6 『精神的に接するわ。』〜**下・7** ひどく身体を使つた。 ↓ 〔四十三字分（句読点含む）伏字〕
109・上・18 不思議に思つて、またしては女の態度《やうす》を見守つた。 ↓ 不思議に思つて女の態度《やうす》を見守つた。
117・上・22 お宮の〜**下・2** 〔伏字〕 ↓ 〔六十三字分（句読点含む）伏字〕
117・下・2 精神的に接するわ。 ↓ 〔八字分伏字〕
123・上・8 私は、居るのだと思つてゐれば、 ↓ 居るのだと思つてゐれば、
125・上・11 雪岡が〜**上・13** 〔伏字〕つた。 ↓ 〔八十一字分（句読点含む）伏字〕
126・上・19 顔を凝乎と見ると、 ↓ 顔を凝乎と見てゐた。
126・下・6 落着け〳〵してゐたが、 ↓ 落着け〳〵してゐた。
127・上・14 咽喉《のど》の奥では咽ぶやうな気がする ↓ 咽喉《のど》の奥まで咽ぶやうな気がする

主観と事実と印象（初出 ↓ 『人の影』所収）

127頁下段9行目 三十五で、独身者《もの》で、余所《よそ》の二階に同居してゐる、 ↓ 〔削除〕
128・上・9 雪岡に ↓ 雪岡と
130・下・8 パラ〳〵 ↓ バラ〳〵
137・下・4 空は段々に白く照つて、 ↓ 空は段々と白く照つて、

立食（初出 ↓ 『秋江随筆』所収）

168頁下段5行目　軒燈の付いた気詰りな芸者屋 ↓ 軒燈の付いた入口の狭つた芸者屋

168・下・18　接せられたりした ↓ 接触させられたりした

169・下・9　ブラリ〳〵と ↓ 又ブラリ〳〵と

169・下・11　さはりの処であつた。↓ さはりであつた。

170・上・9　曲板 ↓ 円板

伊年の屏風（初出 ↓ 『人の影』所収）

171頁下段12行目　他人《ひと》 ↓ 妻君《ひと》

172・上・4　言ひ消しながら、↓ 言ひ消しつゝ、

172・上・15　はあゝツ ↓ あゝツと

175・上・7　色彩 ↓ 派手模様の色彩

184・下・4　心無しに笑つた。↓ 浅敢果《あさはか》に笑つた。

185・上・11　眼馴れた ↓ 眼馴みの

185・下・3　自分一人で威勢よく立続けに喋べつて、↓ 自分一人で、教へるやうな口吻で、威勢よく立続けて喋べつて

185・下・17　細君に、↓ その晩、細君に

185・下・19　とたしなめた。↓ 〔削除〕

小猫（初出 ↓ 『別れたる妻に送る手紙 後編』所収）

194頁上段10行目　私は随分我儘勝手ですけれど、それでゐて非常に情深い性質だ ↓ 私は神経質的に非常に情深い性質だ

195・下・12　温々と寝入つて、良く寝られたか。↓ うん？ 温々と寝入つて、良く寝られたか

196・上・8　と言ひなり、↓ とヒステリカルに言つて、

197・上・17　さうしないと、↓ でないと、

199・上・5　知らぬ人 ↓ 知らない人

執着（初出 ↓ 『別れたる妻に送る手紙』所収）

205頁上段8行目　あの頃は、本当に〜**上段15行目**　書いたつもりであつた。↓ 〔削除〕

205・上・21　友人 ↓ 知人

205・下・7　女めとも ↓ お前のことも

205・下・20　友人とよりもまだ非道い ↓ 知人と同じ様な非道い

206・上・1　目上 ↓ 先輩

206・上・12　私は、本当に死んでしまつたに違ひない。〜**上・14**　悶死したに違ひない。↓ 私はどうしたらう。或は人を殺したかも知れぬ。さもなければ、自殺をするか、悶死したかも知れぬ。

206・上・19　感情に脆《まろ》かつたり〜**下・2**　思ふことがある。↓ 〔削除〕

206・下・10　本当に、人情もあるし、↓ 人情もあり

207・上・6　私が、自分から〜**上・9**　見せられてばかりゐるのだ。↓ 〔削除〕

208・下・18　明されません。ともいつたと、聞いた。何が娘の児の一人ある年取つた人なものか、私に隠れて篠田と一所に居やがつたんぢやないか。↓ 明されませんといつたと聞いた。

210・下・18　そもそもは、〜下・21　その調子で口を利いた。 ↓ 〔削除〕

213・上・1　気病み ↓ 屈托

213・上・2　見なかつたといふぢやないか…… ↓ 見なかつたさうだ。……

213・下・3　苦労をさしたからでもあつた。今度また ↓ 苦労をさしたからであつた。尤も、その怠けるといふのも私には止むを得ない脳病の所為《せい》だと思つてゐるが……で、今度また

213・下・6　幸ひ、私に、それ、万年筆をくれた彼の世話で、国民新聞に小説を書くことになつてゐたから、その夏は、 ↓ 幸ひその夏国民新聞に小説を書くことになつてゐたから、

214・下・9　書生に行つてゐる ↓ 書生に住んでゐる

214・下・17　恐ろしいことをいふ人だなあ！ ↓ 恐ろしい話を聞くねえ！

215・上・6　身体の塩梅 ↓ 脳の具合

216・下・6　また夜 ↓ 〔三字分伏字〕

217・上・9　真個に私は其処で、 ↓ 私は其処で、

220・上・14　私が悪かつた。 ↓ 私がよくなかつた。

220・下・20　猫を棄てたりすることは、私には、男でも何うしても出来ない。あんなことをしたのを見ると、 ↓ 猫を棄てたりするのを見ると、

221・下・2　それは酷い。 ↓ それは酷からう。

222・下・4　五十目 ↓ 四十目

224・上・21　送つてもこなかつた ↓ 送つても出なかつた

225・下・13　頭をザラ〳〵さする ↓ 頭をザラ〳〵させる

226・上・15　打ち殺してやる。 ↓ 打ち殺してやる。他にもまだ殺したい人間がある。

見ぬ女の手紙　〔初出 ↓ 『人の影』所収〕

239頁下段8行目　△△△先生 ↓ 櫨村雪波先生〔以下省略〕

249・上・16　恋になりさうだつたから、 ↓ 恋になりさうだつたなら、

249・下・11　母も勿論先生をおわるく思つてやゐません ↓ 母も勿論先生をばわるく思つてゐません。

疑惑　〔初出 ↓ 『別れたる妻に送る手紙 後編』所収〕

250頁上段6行目　私の亡父が、亡くなる十年ばかり前に、〜**251頁上段11行目**　書かうと思ふ。 ↓ 〔削除〕

253・上・22　神楽阪の雑誌屋 ↓ 神楽阪の南北社

253・下・6　通弁 ↓ 通訳

257・上・6　セキさん ↓ 高橋さん

258・上・21　気 ↓ 体

259・下・8　あの其の御婦人は、 ↓ あの御婦人は

260・下・1　七月と八月と二た月だけで ↓ 七月と八月だけで

261・上・3　二人で相談して宿帳に書かしたのだらう。 ↓ 二人で相談して宿帳に書かしたのだらう。そんなに仲よく、年を隠し合つたりして、夫婦のやうにして此所へ来て泊つたか……〔八字分伏字〕……〔二十二字分伏字〕……あゝ、さう思ふと、また急に今にお前の肉体《からだ》が愛しくつて堪らない。

261・下・2　書き直さしてゐる。↓書き直してゐる。

262・上・1　渦を巻き起して、『おのれ畜生！↓渦を巻き起した。『あの畜生め！

262・上・13　彼女《あれ》↓お前〔以下省略〕

262・上・20　枕を高くしてゐるだらう。↓枕を高くして寝てゐるだらう。

262・下・14　岡山では、〔十五字分伏字〕。↓岡山では夫婦の通りに楽んでゐるだらう。

262・下・19　おユキ↓お前

262・下・21　入り浸つてゐるのだ↓入り浸つてゐるのだ。〔六十四字分（句読点含む）伏字〕……

263・上・19　かけて寝てゐる蒲団も小ざつぱりとしてゐて、↓小ざつぱりとしてゐて、

263・下・5　寝てゐる処が見える。↓寝てゐる所が見える。〔百三十一字分（句読点等含む）伏字〕／〔四百二十五字分（句読点等含む）伏字〕

264・下・6　可愛《かあい》い笑ひ顔↓可愛い顔

264・下・13　何故あの時分に、疑はなかつたらう。↓〔削除〕

264・下・21　もう天下晴れて、〔十二字分伏字〕。↓もう天下晴れて好きなことをしてゐたらう。〔七十一字分（句読点等含む）伏字〕

265・上・8　これから、……畜生！見てゐやアがれ！東京に帰つて、直ぐ岡山に行つてやるツ。↓東京に帰つて直ぐこれから畜生！見てゐやがれ！……岡山に行つてやる。

265・下・22　／『今岡山では、↓／自家では『奥さん〳〵』と言つてゐたのを、いま岡山では

266・上・11　あの篠田が、〔十七字分伏字〕思へば↓あの篠田が妾のやうにして、〔十三字分伏字〕と思へば

266・下・2　大尽を極めて、近頃の紳士の仲間入りをする資格か何ぞのように心得て、↓大尽を極めるのが近頃の紳士のやうに心得て、

266・下・8　あの私が貧しい生活に取つては、〜下・9　彼女を其様なに卑しい者には対遇《もちあつ》かはなかつた。↓あ、私の貧しい生活に取つては大切な妻であつた。自分は決して肉のことばかりに、……そんな卑しいものにはお前を対遇《もちあつか》はなかつた。

267・上・9　内助のもの↓内助の妻

267・下・3　それは何時だつたらう。↓〔削除〕

268・下・17　思へば無念で堪らない。↓思へば堪らない。

270・上・16　秘密《ないしよう》の病気↓病気

270・下・13　も少し銭のかゝる↓幾らか余分に銭のかゝる

274・上・8　篠田が極り悪さうにハラ〳〵してゐるのが、私にはよく解つてゐた。／『貴下は↓／篠田は極り悪さうにハラハラしてゐた。『貴下は

275・上・11　照れ隠しの戯談《じやうだん》を言つた。↓照れ隠しを言つた。

278・上・9　原因↓深因

278・下・4　「欣さん、君は、昨夜〔十字分伏字〕行つてゐたんだらう。」ツて、↓「欣さん、君は〔二十一字分伏字〕」つて

278・下・15　それで欣さんに、〔十八字分伏字〕と言つたんですと。……』↓〔三十二字分伏字〕……』

279・上・2　私は、事実に於て、〔七字分伏字〕➡ 私は事実に於て自分の愛妻に

280・下・16　裸体《はだか》のまゝ、其の傍に〔四字分伏字〕、矢張り仰向きに寝転んでゐた。➡ 裸体《はだか》のまゝ、猿股一つで其の傍に寄添うて矢張り仰向きに寝ころんでゐた。〔三十二字分伏字〕

280・下・19　吃驚したやうに、〔八字分伏字〕跳ね起きた。➡ 吃驚したやうに二人は腰から上跳ね起きた。

281・上・4　〔八字分伏字〕、二人とも黙つてゐた。➡ 篠田も私を見たが二人とも黙つて居た。

281・上・6　狭い部屋に〔五字分伏字〕➡ 狭い部屋に二人並んで

281・上・15　胸が苦しくなつた。〔四字分伏字〕？〔十七字分（句読点含む）伏字〕？〔二字分伏字〕と思はれた。➡ 胸が苦くなつた。〔二字分伏字〕！二人はどうかしてゐるのぢやないか？……と思はれた。

281・上・18　〔二字分伏字〕惨酷な興味に刺激された。➡ 肉情を唆る残酷な興味に刺激せられた。

281・下・10　醜く ➡ 酷く

281・下・18　疑惑は生じなかつたのである。生じなかつたばかりではない。➡ 強い疑惑は起らなかつたのである。疑が起らなかつたばかりではない。

281・下・19　自信 ➡ 自尊心

282・上・14　彼等 ➡ 二人

282・上・19　兄姉《きやうだい》などには ➡ 肉身の者に

282・下・9　奥さんにして籍を入れるかといふに、籍には入れないし、➡ 奥様《さん》にして籍にも入れない。

282・下・12　あなた、自分の年のことを考へて見ない訳でもないでせうし、一体如何な積りで今まで唯居たんです。…➡ あなたほどの人がもう自分の歳の事を考へないでもないでせうし、一体どんな考へで今まで唯居たんです。……

282・下・22　種々《いろ〱》な忠告めいたこと ➡ いろんなこと

283・上・3　何時まで経つても薄らぎさうには思はれなかつた。➡ 着き纏つてゐた。

283・上・16　私は戯談らしく言つて〜上・21　当り場がなかつた。➡ 戯談らしくいふ斯んな愚痴が刺のやうな鋭い侮辱をお前に与へた。薄手に出来たお前の顔の皮膚が、それを聴かされると、ピリ〱と顫へるやうに思はれた。私はそれを見て残酷なやうな憐憫《あはれみ》を感じた。けれどもさう言つて突掛つて行くより他に当り場がなかつた。

283・上・22　余り遠くない日のこと ➡ 間のないこと

283・下・2　機会《きつかけ》 ➡ 原因《もと》

284・上・5　私は、新吉を呼びに遣つたりして本気《むき》になつてゐるのを揉み消すつもりで、➡ 私は新吉を呼びに遣つたりしては面倒だと思つたから、それを戯談にするつもりで

284・上・7　もう気分が和らいでゐる時分だ。と思つて、私は日の暮れ方に戻つて来た。➡ 夕暮れ方、もう気分が和いでゐる時分と思ふ頃を見計つて、私はこつそり戻つて来た。

284・上・16　帰つて来るでせうから、 ↓ 帰つて来るでせうから、と言つたら

284・上・20　彼女《あれ》がさう言つた。 ↓ 脅すやうな口調《くちぶり》で言つた。

284・下・18　無能を立てつゞけに訴へた。 ↓ 無能をあからさまに訴へた。

285・上・2　仕事を引受ければ、 ↓ 仕事を引受けてゐれば、――おスマさん、さうでせう。

285・上・4　あなたのお国に対したつて済まない。 ↓ そんなことぢや貴下のお国に対したつて済まない。

285・上・7　尤もらしいことをまたしては繰返へした。 ↓ 尤もらしい口を利いた。

285・上・12　腹の中では、処世の困難～上・14　ゐられなかつた。 ↓ 腹の中では処世の困難――分けても文壇に生活するものゝ排擠、嫉妬の険しさを思ひ出して、苦悩《くるしみ》を感ぜずにはゐられなかつた。

286・下・17　内々彼女から行つて ↓ お前から行つて

287・上・6　いきり立つて ↓ いきなり立つて

287・下・1　大臣を呼んで来たつて、誰れを呼んで来たつて、 ↓ 大臣を呼んで来たつて、

287・下・4　自分の家内が〔十一字分伏字〕、気が着かないんですか？ ↓ 自分の家内が悪いことをしているのが気が附かないんですか？

288・上・5　篠田もその傍に～上・7　入つて行つた。 ↓ 篠田もその傍に同じやうに並んで、左の手でお前の背中を抱え込むやうにしてゐた。私が其所へ顕はれると、静《そつ》と手を引いて篠田は四畳半に入つて行つた。

289・上・10　三尺の口になつてゐて、～上・13　様子を見てゐた。 ↓ 三尺の口になつて、襖は一枚きりであつた。私はその様子を見てハツと変な疑念が胸に浮んだ。これは可怪しいと思ひながら、黙つて一寸の間お前の様子を見てゐた。

289・下・4　ある筈だ。 ↓ ある筈だ。／　私は何か篠田に一口返事をしながら、そのまゝ篠田と入違ひに奥の六畳に入つて見た。〔百七十七字分（句読点含む）伏字〕

289・下・8　彼女は、矢張り黙つたまゝ、落着いて其の枕を取上げて押入れに仕舞つた。 ↓ お前は、矢張り黙つたまゝ落着いて〔十六字分伏字〕。

290・上・6　彼等 ↓ お前等

290・上・21　さうしてゐると、～291・下・1　と思へた。 ↓ さうしてゐると二人の形も暗の中に見えて、お前等は／『〔八字分伏字〕』と思へた。

290・下・13　あんな～下・14　永い間に深く〳〵結ぼれて来た ↓ あんな二十になるかならぬくらゐの学生と、妻がそんなことになるのが、自分達の永い間に深く〳〵結ぼれて来た

291・上・3　喜久井町では、〔四字分伏字〕 ↓ 喜久井町では丁度今時分何んなことをしてゐるか、それが

291・上・17　喜久井町の〔二十字分伏字〕思ひ込むと、 ↓ 喜久井町の奥の六畳で眼に入つたことが、〔二十九字分伏字〕、

292・下・12　何だか〔九字分伏字〕其処に来て ↓ 何だか昼間の通りに篠田が其処に来て

293・上・21　昨日の晩 ↓ 昨日の晩、様子を見て帰つてから、

293・下・9　私を和《なだ》めるやうに、顔を和《やわら》げて言つた。 ↓ 私を和《なだ》めるやうに言

つた。

294・下・5　〔十九字分伏字〕、 ↓ 私と篠田さんと喰付いてゐるですつて

294・下・11　さう思うと、〔十二字分伏字〕意識が苦しく ↓ さう思ふと疑惑が事実であつたと言ふ意識が苦しく

296・下・18　さあ店を出した、品物は売れない、自分ぢや何事にもしない。 ↓ さあ店を出した。品物は売れない、

297・上・21　仮ひ何様な事が無いにせよ〔十六字分伏字〕。 ↓ 仮令どんな事が無いにせよ、並んで寝転んでゐるといふ法はない。

297・下・17　併しその疑ひは〔六字分伏字〕。 ↓ 併しその疑ひは事実であつた。

297・下・19　私は人目を忍んで窓に面を向けて劇烈にソツプした。 ↓ 私は窓に面を向けて人目を忍んで劇烈にソツプした。

後の見ぬ女の手紙（初出 ↓ 『人の影』所収）

299頁下段5行目　△△様 ↓ 櫨村様〔以下省略〕

303・下・22　お料理の本をかりてきて ↓ お料理の本をかりて

流れ（初出 ↓ 『閨怨』所収）

305頁下段20行目　大阪の郊外 ↓ 箕面の谿の中

307・上・6　停留する場処 ↓ 停留する温泉町の入口

307・上・11　寂しい心持ち ↓ 淡い寂しい心持ち

307・上・15　近寄つて来る車上の乗客《きやく》を、 ↓ 「あゝ来た〳〵」と思ひながら近寄つて来る車上の乗客を、

307・下・18　山の上の家々に灯《ともし》が光り始めた。 ↓ 山の上の温泉町の家々に灯が輝き始めた。

307・下・22　ガツカリして、 ↓ 喪然として、

312・上・4　夕飯が漸く済むと、 ↓ 夕飯が済むと、

312・下・7　松の老樹《おいき》の密生した形の好い山が、毎時見ても眼を覚ますやうに聳《そばだ》つてゐる。 ↓ 松の老木の密生した形の奇《めづら》しい山が毎時見ても眼を覚ますやうに鮮かに聳つてゐる。

312・下・20　すぐ雨が降つて来た。 ↓ すぐ村時雨がして来た。

313・下・17　雨が降つてゐる ↓ 雨の糸が白くかゝつてゐる

黒髪（初出 ↓ 『閨怨』所収）

315頁下段20行目　東京の新聞 ↓ 新聞

317・上・2　紺 ↓ 浅黄

318・下・5　と言ひました。 ↓ と、また人見知をしないやうな物言ひをしました。

319・上・4　華かな縮緬の〔二十七字分伏字〕 ↓ 華やかな縮緬の長襦袢を着て仰向きに寝ながら〔十五字分伏字〕

319・上・8　苦心したですから、 ↓ 苦心しました。ですから

319・下・2　末の約束 ↓ 将来の約束

319・下・16　貸座敷 ↓ お茶店

320・下・16　下されたとのこと、 ↓ 下され、

321・上・7　約束の言葉は疑へばあてにならぬとしても、↓約束の言葉は、疑へば疑へるにしても、

321・下・21　主婦↓姉

322・上・6　妹の亭主↓妹の夫

仇情（初出↓『閨怨』所収）

322頁下段6行目　決して数多く読んでゐるといふではありませんが、〜323・上・19　なつて来るのです。↓〔削除〕

323・下・17　この頃飛行機といふものが非常に発達して来て、〜324・下・2　地上の歓楽を味はふではありませんか。↓〔削除〕

324・下・3　遊女の誠と↓それで、遊女の誠と

325・下・19　太い帯↓板のやうな太い帯

326・上・6　脆《しや》がんで、↓膝を突いて、

327・下・3　また『班女』を引くけれど、私は、真面目に、さう感じてゐるのです。↓〔削除〕

328・下・2　清い風が↓清い風は蕭々と

336・上・21　行きますと言つて、↓行きますと、

津の国屋（初出↓『閨怨』所収）

339頁下段18行目　いつもしつとりと落着いた心地のする粋な難波《なんば》中筋の古い街筋↓しつとりと落着いた難波中筋の粋な古い街筋

340・上・7　昼間でもいくらか薄暗い心地のする↓昼間でも薄暗い

343・上・20　近松の音楽↓近松の浄瑠璃

343・上・22　蒼白く変色した↓蒼白く亢奮した

345・下・3　賢うて、↓賢うて、厭味がなうて

346・下・12　女が顔を近けると白粉臭い浴後《ゆあがり》の匂ひがプンと鼻を刺激した。↓しなふやうに、白い腕で男の頸に巻きついた。白粉臭い浴後《ゆあがり》の匂ひがぷんと鼻を刺激した。

347・上・4　河半さん！々々。河半さん！々々。↓河半さん！々々。小式部さん！々々。

347・上・6　東雲さん、↓勝山さんに東雲さん、

351・上・9　恋ひ風が身に染む心地した。↓恋ひ風の身に染む心地を覚えつゝ

351・上・21　静《そう》ツと床の間の方を見た。↓静つと座敷の中を窺いて見た。

351・下・6　ポツと赤く激したやうに詰問した。↓ぽつと赤く亢奮したやうにして詰問した。

352・下・9　群衆《ひとごみ》にもまれて、↓群衆《ひとごみ》にもまれて、土間へ足袋裸足のまゝ突き落されたりしながら

352・下・13　ズラリと立ち並んだ↓軒を並べた

352・下・21　横からジロ〳〵見た。↓横から見守つた。

352・下・22　肩付↓肩のまわり

353・上・6　哀傷に迫られた。↓哀傷に沈みながら歩いていつた。

353・下・8　千草は、小夜衣のことが、いろ〳〵に気になつた。↓千草の眼には覗きからくりの絵のやうにいろ〳〵な美しい女が映て行つた。

354・上・9　女中 ↓ 仲居
355・上・5　一尺ばかり明けて見た。 ↓ 一尺ばかり明けて此方を覗いた。
358・下・11　煮売屋さへ店を仕舞つた通り ↓ 煮売屋さへ影を隠した表の通り
358・下・15　明々《あか〳〵》と照してゐた。 ↓ 蒼白く照してゐる。
359・上・5　併し自分独り泊まつて行かう。 ↓ 併しもう電車もなくなつたから私は泊めてもらはう
359・上・11　小夜衣が帰つて来た。 ↓ 小夜衣が梯段を駆け上つて来た。

青草（初出 ↓ 『閨怨』所収）

360頁上段6行目　一人の営業であつた ↓ 一軒の家で営業してゐた
360・下・15　菜の花が後れて ↓ 菜の花が
360・下・17　静かに煙を吐いてゐる。 ↓ 静かに麗かな空に煙を吐いてゐる。
360・下・22　広い古い池 ↓ 古い池
361・上・17　早くから、紅い色をしたビラになつて、 ↓ 早くから紅い絵びらになつて
362・上・9　渾円とした創作 ↓ 渾成した創作
363・下・14　丁度穏かな晩方に波打際に立つて、 ↓ 丁ど穏かな春の夕暮れに波打際に立つてゐて、
365・上・2　軽く受け流して帰つてから、 ↓ 芝居ぜりふで軽く受け流して帰つてから、
365・下・2　美しい色をした鯛のおつくり ↓ 鮮麗な鯛のおつくり
366・下・11　一面、爛漫たる桜花の吉野山、その花の彼方にも遠見に青い山の峯をあらはし、東京や大阪の役者には、とても見ることの出来ぬ ↓ 一面爛漫たる桜花の吉野山遠見には青草の萌えたつ山をあらはし、東京や大阪の役者でも見ることの出来ぬ
366・下・14　両方の頬に長い黒い頭髪を切り下げて、活々した黒い瞳で ↓ 両頬に長く黒い頭髪を切り下げて、賢さうな黒い瞳で
366・下・19　引脱きが下にも〳〵あつた。 ↓ 引脱ぎが脱いでも〳〵あつた。
367・上・5　二人は外に出た。ホツとなつた。 ↓ 外に出ると、二人はほつとなつた。
367・上・18　志貴山 ↓ 葛城山
367・上・21　油のやうな春雨 ↓ 微温湯のやうな春雨
367・下・4　高く大きな紅い花行燈 ↓ 高く紅い花行燈
368・下・11　予想 ↓ 予感
370・上・8　絣のよく揃つた、ハツキリした大島紬の綿入れの上に ↓ 絣のよく揃つたはつきりした大島紬の小袖の上に匂ふやうな
370・上・14　送つてやるよ。何処までゝも。 ↓ 送つてやるよ、男衆になつてもお前の傍についてゐたいんだから。
371・上・18　女は、浅海の背の上で身悶えした。／『そら！』／『もう厭よ！』 ↓ 女は、浅海の背上で身悶えした。／「もう厭や！」
371・下・1　屋根の低い茶店から覚束ない火影《ほかげ》が泥濘《ぬかる》んだ道を照らしてゐた。三四軒の其様な風な店だけでは、客もないのに、 ↓ 鄙びた茶店から覚束ない火影が泥濘《ぬかる》んだ道を照らして、客もないのに、

371・下・12　屋敷取り ↓ 屋敷
372・上・8　此家《こゝ》も大阪附近の遊山場～上・18　置いたりした。 ↓ 〔削除〕
373・上・6　大きな家に不断の客は、 ↓ 伽藍とした家に滞在の客は
373・上・6　家は寂《しん》としてゐた。 ↓ 家は気味のわるいほど森としてゐた。
373・上・20　また其処を散歩すると、青草は伸々としてゐた。 ↓ また其処を散歩すると昨夕遊女が小用をした跡には青草は伸々と萌えてゐた。

春の宵（初出 ↓ 『青葉若葉』所収）

381頁上段17行目　列席した。 ↓ 主筆も列席した。
381・上・21　カフェーの、市街《とほり》を見下した ↓ 市街《とほり》を見下した
382・下・15　動議 ↓ 緊急動議
383・下・2　貴族院の村田保翁の言論の態度や進退を非難するもの、それを弁護するもの ↓ 今度の政変に関して、総理大臣を熱罵した貴族院の村田保翁の言論の態度やその進退を非難するもの、或はそれを弁護するもの
383・下・3　議論をした。 ↓ 門外漢の政論を戦はした。
383・下・11　『まア兎に角外に出やうぢやないか。』 ↓ 「まア兎に角外に出ようぢやないか。」一と仕切り飲んだり、喰つたりしてから肥満せる記者は、さういつて、危険なその動議を体よく避けようとした。肥つた記者は他の者の懐中を見縊つたやうにいつた。
384・上・3　景気附けに興味の無ささうな連中 ↓ 空景気に興味の無さゝうな健全な連中
384・上・11　時々立ち停つて ↓ 歩きながら立ち停つて
384・下・1　群衆心理の行かうとしてゐる処を認めてゐた。 ↓ 群衆心理の、行かずには、到底済まないことを認めてゐるのであつた。
384・下・20　電車 ↓ 家路《かへり》の電車
385・上・2　『えゝ、もう私は遅いわ。』 ↓ 「えゝ、もう私は遅いわ。」／みんなで色々にいつて留めたが、彼女はどうしても帰つていつた。
385・上・6　その中の一人が言つた。 ↓ その中のある人生派の作家が何か急に家のことでも思ひ出したやうにいつた。

春のゆくゑ（初出 ↓ 『青葉若葉』所収）

399頁下段18行目　この十分に、僕の智識を持つてゐない都会の男女《なんによ》がステーシヨンの三和土の上を足駄音高く急ぎ足に雑沓してゐる ↓ 僕の十分に知識を持つてゐない此の都会の男女《なんによ》が三和土の上を下駄の足音高く急ぎ足に雑沓してゐる
400・上・4　木曾川 ↓ 汪洋たる木曾川
400・上・8　あまり隔たつてゐない。 ↓ あまり時代が隔たつてゐない。
401・上・1　パナマ ↓ 帽子
401・上・2　高野山 ↓ 金剛山
401・上・10　夕暮れかゝる難波新地 ↓ 溝の側を渡り夕暮れかゝる難波新地
402・上・5　夜中 ↓ 十二時《なか》
402・上・17　今に〳〵と言ひ交してゐるつもりで、 ↓ 私の方ぢや今に自由な身になつたらどうせう、かうせう。と言ひ交してゐるつもりで、
403・下・14　さう言ひまよか。 ↓ さう言ひまよか。また好いのが出ました

で。

403・下・21　大阪難波新地の妓楼にて ↓ 大阪より

404・上・5　力逞《ちからづよ》いこと ↓ 力強さ

405・上・12　神戸K旅館の表二階にて ↓ 神戸より

409・上・20　E旅館にて ↓ 神戸より

男清姫（初出 ↓ 『閨怨』所収）

427頁下段15行目　麦 ↓ 青麦

428・上・3　畔に着いた ↓ 畔に登り着いた

429・上・22　むくと ↓ むく〳〵と

430・下・18　土山あひの、あひの土山雨が降る ↓ あひの土山雨が降る

432・上・4　廊下を先に立つて ↓ 廊下を立つて

434・下・22　新らしい憐憫 ↓ 新らしい情夫

439・上・1　松林に松茸臭い強い土の熱蒸《いきれ》がしてゐた。 ↓ 松林に臭い土の熱蒸がしてゐた。

443・上・9　汗ばんだ顔 ↓ 汗ばんだ額

448・上・12　言葉を発して黒いよく働く瞳で男の顔を見詰めた。 ↓ 言葉を発して痛くないほどギザ〳〵と男の上唇を噛んだ。そして黒いよく動く瞳で男の顔を見詰めた。

449・下・22　湖水の椽 ↓ 湖水の岸

なお、左に中島国彦氏作成の「『別れたる妻』系列作品人物表」（『岩野泡鳴・近松秋江・正宗白鳥集（日本近代文学大系22）』（角川書店、昭和四十九年一月二十五日）「補注」所収）を再録した。

「別れたる妻」系列作品人物表

	「雪の日」	「別れたる妻に送る手紙」	「執着」	「疑惑」	「愛着の名残り」（「疑惑続篇」）	「うつり香」（「情火」）
	初出（明43・3）村田・お雪	初出（明43・4—7）雪岡・お雪	初出（大2・4）雪岡・お雪・篠田	初出（大2・10）雪岡・お雪・篠田		
『別れたる妻に送る手紙』（大2・10、11）	雪岡・おスマ	雪岡・おスマ	雪岡・おスマ・篠田	雪岡・おスマ・篠田		
						初出（大4・6、7）「閨怨」雪岡・おスマ
『閨怨』（大4・7）	—	雪岡・おスマ	雪岡・おスマ・篠田	雪岡・おスマ・篠田		—
					初出（大4・11）「愛着の名残り」浅海・おすま・真島	
『別れた妻』（大4・11）	—	雪岡・お雪	—	—	—	—
『蘭燈情話』（大5・7）	—	—	—	—	「愛着の名残り」浅海・おすま・吉田	雪岡・おすま
『未練』（大6・6）	—	—	—	雪岡・おスマ・児島	浅海・おすま・児島	—
『恋から愛へ』（大14・5）	—	—	—	雪岡・おスマ・児島	浅海・おすま・児島	—
現行	雪岡・おスマ	雪岡・おスマ	雪岡・おスマ・篠田	雪岡・おスマ・篠田	浅海・おすま・吉田	雪岡・おすま

＊「——」印はその単行本に収められていないことを示す。左端の「現行」は、筑摩書房版『明治文学全集70　真山青果・近松秋江集』所収本文を指す。

近松秋江全集 第1巻

1992 年 4 月 23 日 初版発行

著 者 近 松 秋 江

発行者 八 木 壮 一

発行所 株式会社 八 木 書 店
〒101 東京都千代田区神田小川町3—8
電 話 03—3291—2965
FAX 03—3291—2963
振 替 東京 4 —10457

印刷所 上 毛 印 刷
用 紙 中性紙使用
製本所 博 勝 堂

近松秋江全集 第1巻 〔オンデマンド版〕

2014年2月25日 初版第一刷発行 定価（本体12,000円＋税）

著者 近松秋江

発行所 株式会社 八木書店古書出版部
代表 八木乾二
〒101-0052 東京都千代田区神田小川町3-8
電話 03-3291-2969（編集） -6300（FAX）

発売元 株式会社 八木書店
〒101-0052 東京都千代田区神田小川町3-8
電話 03-3291-2961（営業） -6300（FAX）
http://www.books-yagi.co.jp/pub/
E-mail pub@books-yagi.co.jp

印刷・製本 （株）デジタルパブリッシングサービス

ISBN978-4-8406-3486-1 AI085